Zornblut

Norwegen-Krimi

Von

LIVA DALIN

Frühjahr 2024

Anmerkung zum Text: Skandinavier duzen sich im Allgemeinen – das dürfte bekannt sein. In Island geht das noch deutlich weiter – hier ist der Nachname praktisch gesellschaftlich irrelevant. Wer bislang glaubte, die ehemalige Sängerin der Sugarcubes, BJÖRK, die auch weit über die Grenzen Islands hinaus bekannt ist, habe einen schlichten Künstlernamen gewählt, liegt falsch. Das ist einfach der Name, mit dem man „Frau Guðmundsdóttir" in Island anspricht. Wenn also einige Figuren in diesem Buch ohne Nachnamen auskommen müssen, so spiegelt das eine Realität wider, die für Deutsche oft nur schwer nachvollziehbar ist. Aber eben Realität.

Lektorat durch Wortsturm

Anregungen und Fragen:
www.liva-dalin.me oder author@liva-dalin.me

Inhaltsverzeichnis

#001

Das Blut hatte nicht nur die Wand bespritzt. Selbst an der seltsam altmodischen Holzdecke, die nicht in ein modernes Hotel passen wollte, sah man die wilden roten Flecken, die aus dem Hals des Toten gespritzt waren.

Jemand von der Hotelbelegschaft hatte ein Betttuch über die Leiche gelegt. Aus Sicht der Spurensicherer ein Desaster. Aber bis die auf Skongholmen eintrafen, würden ohnehin noch ein paar Stunden vergehen, vermutete Bjarne.

Norwegen war ein dünn besiedeltes Land. Die Provinz Møre og Romsdal war ein einziger gigantischer Fjord, wenn man so wollte. Das „Land“ bestand hier größtenteils aus Wasser.

Die einzig nennenswerte Stadt, die den Namen verdiente, war Ålesund. Städte wie Bergen oder Trondheim wirkten auf Karten so, als seien sie in der Nähe. In der Realität waren sie fünf bis sieben Stunden entfernt. Je nach Wetter. Insofern waren die Menschen hier froh, dass es praktisch keine Kapitalverbrechen gab, und machten sich nicht die Mühe, in einem Land mit weniger als 30 Morden im Jahr, an jeder Straßenecke Forensiker und Gerichtsmediziner vorzuhalten. Die hätten nur Däumchen gedreht und sich gelangweilt.

Hier würde das nicht der Fall sein.

Bjarne trat auf den Balkon des Hotels und stolperte ungeschickt. Er sah auf die untere Kante des Türrahmens, über die er gestolpert war, und schüttelte den Kopf. Die Dinger waren seit einiger Zeit Vorschrift. Er erinnerte sich nicht warum, aber es hatte etwas mit Schnee zu tun. Ihm fielen sie nur auf, weil er ständig über die hohen Ränder am Boden stolperte.

Bjarne blickte aus dem vierten Stock nach unten. Smilla, die junge Polizistin, die als erste hier gewesen war, folgte ihm auf den Balkon und deutete von oben auf den Rand des Parkplatzes. Aber Bjarne hatte den Kopf des Toten längst entdeckt. Er hatte sich auf dem Weg nach unten in dem einzigen ausladenden Baum verfangen, von wo aus er Bjarne anzustarren schien.

„Er hat ihm hier im Hotelzimmer den Schädel abgeschlagen und ihn dann runter geworfen“, erklärte die Smilla, die kaum älter als 23 oder 24 zu sein schien, was vermutlich Blödsinn war. Für einen kurzen Moment frage er sich, ob sie ihren Namen dem Roman *Fräulein Smillas Gespür für Schnee* von *Peter Høeg* verdankte. Wann war der erschienen? Mitte der 90er?

Verwirrend schien ihm, dass sie der Smilla-Darstellerin aus dem Kino-Film sogar ähnelte. Sie hatte ein schmales Gesicht mit auffallenden Wangenknochen und dunkle Haare, die sehr brav geschnitten und glattgekämmt waren.

„Interessant finde ich, dass auf dem Weg keine Blutspuren sind“, erklärte sie ihm. „Er muss den Schädel ja irgendwie vom Bett hier herüber geschleppt haben. Und hier sind keine Blutspuren. Komisch, oder?“

Bjarne kniff die Augen zusammen. Dann lehnte er sich vorsichtig über die Brüstung des Balkons und sah auf die Außenmauer. „Hier ist jede Menge Blut“, konstatierte er abgeklärt.

Erstaunt sah die junge Uniformierte ebenfalls auf die Außenmauer des Balkons. Dann nickte sie. „Aber nur hier. Nicht am Balkon darunter. Komisch, oder?“

„Nein, finde ich nicht.“

„Hm?“

„Ich weiß nicht, warum, aber ich denke, der Täter oder die Täterin hat den Kopf in eine Tüte gesteckt und hat ihn hier herübergetragen.“

„Hm? Wieso sollte er das tun?“

„Wie gesagt: Ich weiß nicht, warum. Vielleicht war ihm klar, dass er, wenn er einen tropfenden Schädel vor sich herträgt, durch das Blut laufen würde. Das bedeutet: Fußabdrücke.“

„Ah ... dann wäre das ein reichlich rationaler Täter, nicht wahr?“

„Das kann man so sagen ... Wie viele Leute sind hier durchgelaufen?“

„Ich tippe auf mindestens vier vom Hotel. Die

beiden Putzfrauen, die ihn gefunden haben. Dann der Schichtleiter, den sie gerufen haben. Und anschließend die Hotelmanagerin."

„Na, prima ..." Bjarne lehnte sich an die Brüstung und schloss für einen Moment die Augen.

Smilla räusperte sich. „Du bist von der SkanForce, oder? Also: Du kommst nicht aus Ålesund, richtig?"

Bjarne lachte kurz. „Ich bin von der SkanForce, das stimmt. Aber ich stamme dennoch aus Ålesund. Aber da lebe ich schon ewig nicht mehr. Warum fragst du?"

„Ich ... muss gestehen, dass ich nicht vollkommen verstehe, was die SkanForce macht. Ihr seid so eine Art Reserve für die Polizei ...?"

„Wir sind mittlerweile ein wenig mehr. Wir führen eigene, panskandinavische Ermittlungen durch. Aber ich bin zurzeit in Ålesund, weil die dortige Kriminalpolizei aus zwei Beamten und einer Sekretärin besteht. Die eine Beamtin hatte einen Unfall im Dienst und fällt mehrere Wochen aus und der andere hat irgendwelche ..." Bjarne stoppte seine Ausführungen. Es ging niemanden etwas an, dass der Mann einen Burnout hatte. „Jedenfalls sind zurzeit beide nicht da. Und dann kommen Leute wie ich und ersetzen sie, so gut es geht."

Sie nickte nachdenklich.

„Dabei kommt man ganz schön rum, hm?"

„Allerdings. Das muss man natürlich mögen. Aber du lernst eine Menge bei der SkanForce." Er räusperte sich. Dann drehte er sich um und ließ seinen Blick über den wunderschönen Fjord Richtung Synes schweifen. Von dem kleinen Flughafen stieg eine schier winzige Maschine in die Luft, was man selten beobachtete. Er blickte ihr einen Moment lang hinterher und murmelte dann: „Was wissen wir über den Toten?"

„Noch nicht viel. Er heißt vermutlich Laurin Haugen und ..."

Bjarne Sandvik unterbrach die junge norwegische Kollegin. „Vermutlich?"

„Ja, das ist ein wenig erstaunlich. Er hat eingecheckt und dann an der Rezeption angeblich festgestellt, dass er seinen Ausweis noch im Wagen hat. Die haben alles fertig gemacht und das Feld mit der Ausweisnummer offengelassen. Und scheinbar ist er dann nicht mehr gekommen."

„Also liegt sein Ausweis vielleicht noch im Wagen?"

„Hm ..."

„Hm ...?"

„Der Wagen ist ein älterer Nissan."

„Und?"

Sie deutete auf den Parkplatz „Er ist nicht mehr hier."

„Beste Voraussetzungen. Kameraüberwachung?"

„Das alte System. Wenige Bilder pro Minute an den meisten Außenanlagen. Ruckeliges Material, schlechte Auflösung. Innen haben sie durchgängig kontinuierliche Aufnahmen. Mein Kollege kümmert sich gerade drum."

„Okay. Immerhin. Nennen wir ihn für den Moment mal Laurin Haugen. Was wissen wir über den?"

„Der Name ist nicht eben selten, weißt du?"

„Aber ...?"

„Wir haben vorher mal schnell im Internet geschaut, bevor du gekommen bist. Es gibt zwei Laurin Haugen, die wir gefunden haben, die dunkelblond sind und einen Bart haben."

„Und?"

„Einer lebt in Oslo, einer in Trondheim. Der eine ist Journalist, der andere ... eigentlich auch. Der ist Blogger, wenn du so willst. Und er ist ein selbständiger Journalist, arbeitet aber auch für eine NGO. Du weißt, was das ist?"

„Eine Nicht-Regierungs-Organisation."

„Genau. Non-Governmental-Organization. Und seine NGO kümmert sich um die Rechten in Norwegen. Also Skinheads und so. Die helfen ihnen bei Ausstieg aus der Szene, betreiben eine Menge Aufklärungsarbeit und so. Vermutlich nicht er als Person. Er betreut die PR und so."

Bjarne hob die Augenbraue. In dem Thema war er nicht ganz objektiv, das war ihm bewusst. Zu sehr nagte an ihm, was er 2011 auf Utøya hatte mit ansehen müssen. Er hatte sogar später das Manifest von Anders Behring Breivik gelesen, der sich in bizarren rechtsextremen Fantasien ausgetobt und dann fast 100 Menschen in rechtsradikalem Wahn getötet hatte. Es hatte sich Bjarne nie recht erschlossen, was in solchen Leuten vorging.

Er konnte nur hoffen, dass es sich um den anderen der beiden Laurin Haugens handelte.

Bjarne wandte sich um und sah vom Fenster aus in das recht üppige Hotelzimmer. „Wissen wir, wie der Mörder oder die Mörderin reingekommen ist?"

„Noch nicht." Sie senkte den Blick. „Warum hackst du so darauf herum, dass es auch eine Frau sein könnte?"

„Na ... hast du eine bessere Theorie?"

„Ich ... hatte mit so etwas ja noch nie zu tun. Aber ich meine: Wer würde denn einen Mann in dieser Weise umbringen können? Der muss doch mit einer Axt getötet worden sein. Ich könnte die vermutlich nicht einmal heben!"

„Und eine Machete?"

„Eine Mache...?" Smilla stockte und sah im Raum umher. „Ja, eine Machete könnte ich wohl heben. Das hatte ich nicht zu Ende gedacht."

„Ich sage ja auch nicht, dass es eine Frau war. Die meisten Morde werden von Männern begangen. Auf der anderen Seite sind die meisten Morde Beziehungstaten. Und jetzt mag es noch so viele gleichgeschlechtliche Beziehungen geben: Statistisch gesehen ist es wahrscheinlicher, dass der Kerl hier eine Freundin oder vielleicht auch Ehefrau hatte. Also kommt eine Frau als Täterin hier ebenso in Frage, wie ein Mann."

Zweieinhalb Stunden später trafen sich Bjarne und die beiden Kollegen in einem etwas abgelegenen Raum des Hotels, den ihnen die Managerin zur Verfügung gestellt hatte, die auch sonst äußerst zuvorkommend war. Sie hatte Angst um den Ruf des Hotels und das auch sehr eindringlich formuliert. Und sie hatte für Arbeitsatmosphäre gesorgt: Es gab Kaffee, Tee, ein paar Kanelknuter und eine gute technische Ausstattung, wie Bjarne erfreut registrierte.

Er setzte sich den beiden Kollegen gegenüber hin und räusperte sich. Bjarne Sandvik ging auf die 50 zu und vermutete, dass Smilla und ihr Kollege zusammen nicht viel älter waren als er. Der Kollege hatte sich zweimal übergeben, als er mit den Forensikern den Schädel aus dem Baum am Parkplatz geborgen hatte. Auch jetzt wirkte er nicht gesund auf Bjarne.

„Okay ...", begann der kräftige Mann von der SkanForce. „Ich habe eben mit meiner Kollegin Maren Christensen telefoniert. Sie wird noch heute Abend hier eintreffen, wenn alles glattgeht – spätestens morgen früh."

„Das ist gut."

„Ja. Sie ist eine erfahrene Ermittlerin und hat jahrelang eine dänische Polizeistation geleitet. Das wird uns rasch weiterbringen. Ich habe mit eurem Vorgesetzten gesprochen und darum gebeten, dass ihr mindestens eine Woche exklusiv für den Fall abgestellt seid. Ich hoffe, das ist okay für euch?"

Bjarne hatte das nicht ernsthaft als Frage gemeint. Dennoch nickten die beiden artig und bestätigten das. Smilla mit entschieden mehr Begeisterung als ihr Kollege Nielas mit seinem unfreiwillig leeren Magen. Bjarne zog die süßen zimtigen Kanelknuter unauffällig näher an sich heran. Dann sprach er souverän weiter.

„Die Forensiker sagen, dass sie diverse weibliche Fingerabdrücke in dem Zimmer gefunden haben. Die sind so im Raum verteilt, dass sie einem Gast gehören müssen. Es sind also nicht die Abdrücke einer Putzfrau oder so. Außerdem haben sie rote, lange Haare gefunden. Die scheinen allerdings gefärbt zu sein. Also müssen wir abwarten."

„Es war nur ein Gast in dem Zimmer gemeldet", erklärte Smilla. „Und der war männlich."

„Ja – das ist korrekt. Aber irgendwann im Laufe der Nacht muss die Frau in sein Hotelzimmer gekommen sein. Und wir müssen herausfinden, wie und wann. Und auch, wann sie wieder verschwunden ist. Wenn der Wagen des Opfers fehlt, lieg es nahe, dass sie mit dem abgehauen ist."

„Aber dann wissen wir noch nicht, wie sie

hierhergekommen ist", gab Smilla zu bedenken.

Bjarne blickte sie einen Moment lang an. Da hatte sie einen Punkt. Das Hotel lag praktisch auf einer Insel in der Mitte zwischen zwei Fjorden und war mit langen Brücken ans Festland angebunden. Das war alles andere als eine zentrale Lage. Die Frau musste irgendwie hierhergekommen sein, das mussten sie ebenfalls untersuchen.

Bjarne notierte das. Er hatte eine Datei angelegt, die er auf seinem Telefon verwenden und mit Maren Christensen teilen konnte. Er hoffte, seine Kollegin auf diese Weise schneller in den Fall bringen zu können.

„Okay – wir kümmern uns auch darum. Hierher könnte sie auch mit dem Boot gekommen sein. Das ist ja praktisch eine Insel mit Brücken. Und ich wette, dass es für die Boote keine Kamera-Überwachung gibt."

Smilla nickte und Bjarne verzog leicht die Mundwinkel. „Gut, das hatte ich fast erwartet. Was habt ihr zwischenzeitlich herausgefunden?"

Smilla räusperte sich sofort pflichtbewusst und begann, zu sprechen. Sie hatte sich nicht einmal die Mühe gemacht, Nielas eines Blickes zu würdigen. Tatsächlich schien der junge Kerl immer noch ein wenig geistesabwesend zu sein.

„Also: Wir haben mit allen Gästen gesprochen, die zurzeit hier sind und haben außerdem alle Namen und Heimatadressen von den Gästen, die heute früh schon abgereist sind."

„Von wie vielen reden wir da?"

„31 Gäste haben die Nacht hier verbracht. Sechs sind heute Morgen abgereist."

„Rothaarige Frauen bei den Abreisenden dabei?"

„Ausschließlich Männer."

„Bleiben also 25 übrig."

„Ja. Mit 21 von denen haben wir gesprochen. Die anderen sind unterwegs. Vermutlich mir irgendwelchen Booten. Von den 21 Leuten war niemand eine rothaarige Frau." Sie sah auf ein reichlich vollgekritzeltes Blatt. „Die vier, die noch offen sind, sind zwei Frauen und zwei Männer. Jeweils Paare." Smilla errötete kurz. „Normale Paare, meine ich.

Mann und Frau."

Bjarne nickte lächelnd. „Normal" hatte aus seiner Erfahrung heraus in diesem Kontext längst seine Bedeutung verloren. Warum das seiner jungen Kollegin die Röte ins Gesicht trieb, erschloss sich ihm nicht recht.

„Okay", resümierte er. „Das ist ja schon mal eine gute Quote. Was sagen die 21? Gab es Auffälligkeiten in der Nacht?"

„Zwei Leute haben gesagt, dass sie den Aufschlag des Schädels auf dem Wagen gehört haben."

„Der Schädel ist auf keinem Wagen aufgeschlagen."

„Ja ... deshalb geben wir nicht viel auf die beiden Aussagen. Ein Kerl hat gesagt, dass er heute Morgen gegen etwa 3 Uhr auf Toilette war. Und da hat er einen Wagen wegfahren sehen. Einen silbernen Kombi."

„Und der Wagen des Opfers ist ein ...?"

„Kombi. Allerdings in grün."

„Na – wenn es sich um ein helles Metallic-Grün handelt, könnte das nachts schon wie Silber aussehen."

„Ja ... von der Zulassungsstelle wissen wir nur, dass der Wagen ein grüner Nissan Primera von 2007 ist. Den genauen Farbton kennen wir nicht. Die Aufnahme der Kamera ist schwarzweiß. Da sieht es wie ein heller Farbton aus."

„Na ... dann wäre 3 Uhr also vielleicht ein Anhaltspunkt. Wenn ihr die Informationen von der Zulassungsstelle habt – wissen wir dann auch, um welchen der beiden Männer es sich handelt?"

„Nein. Der Wagen ist auf eine Frau zugelassen. Eine Lehrerin aus Oslo. Wir konnten sie bislang noch nicht erreichen. Vermutlich unterrichtet sie um diese Zeit. Es ist ja noch nicht einmal Mittag."

„Verstehe. Okay ... dann haben wir noch ..." Sie wurden vom Klingeln von Smillas Telefon unterbrochen.

Sie warf einen Blick darauf und erklärte. „Das könnte wichtig ..."

Bjarne bedeutete ihr, das Gespräch anzunehmen. Er lehnte sich zurück und freute sich, mal einem norwegischen Gespräch lauschen zu können. Er lebte der

Liebe wegen in Island und hatte zuvor auch phasenweise in Schweden gelebt. Und hier verstand er die Sprache nicht nur hervorragend – auch der regionale Dialekt ging ihm runter wie Öl. Das war die Sprache seiner Jugend.

Er begriff recht schnell, was geschehen sein musste. Als Smilla auflegte, wunderte er sich nicht über ihre Nachricht: „Sie haben den Nissan gefunden."

#002

Hamnsund war in der Luftlinie etwa fünf oder sechs Kilometer vom Hotel entfernt. Mit einem Boot wäre es schnell gegangen. So aber hatten sie den kompletten Tennfjord umfahren müssen und fast eine Stunde gebraucht, weil Nielas sich verfahren hatte.

Bjarne hatte Smilla gebeten, im Hotel weiterzuarbeiten, da er sie für cleverer hielt. Nielas war ähnlich alt wie sie. Keine 30, vermutete Bjarne. Aber er hatte die Haltung, die viele Männer in diesem Alter kennzeichnete. Er hielt sich für den größten, aber einem erfahrenen Beamten wie Bjarne sagte schon seine Körperhaltung, dass der Kerl nicht wachsam war und für den Job eventuell sogar ungeeignet.

Er erfuhr auf der langweiligen Fahrt, dass Nielas bei der Polizei war, weil schon sein Opa und sein Vater und dessen Bruder bei der Truppe waren. Vermutlich der schlechteste Grund von allen, um diesen Beruf zu ergreifen. Wahrscheinlich kannte er im Grunde keinen anderen Beruf und hatte sich nie Gedanken gemacht, was er mit seinem Leben anstellen könnte.

Als sie am Fundort des Wagens eintrafen, erwartete sie ein Feuerwehrmann und ein Kollege von der

Wasserschutzpolizei. Beide lehnten entspannt an einem Anleger für eines der zahlreichen Schnellboote, die hier die Fjorde überbrückten.

Beide Kerle waren in den 40ern, tippte Bjarne. Sie schüttelten einander die Hände und Bjarne wunderte sich zunächst, weil der Wagen nicht zu sehen war. Erst dann begriff er. Der Anleger befand sich in einem großen Wendeplatz, an dem die Straße endete. Der Fahrer oder die Fahrerin hatte den Wagen vermutlich mit großer Geschwindigkeit um den Wendeplatz gelenkt. Am Ende des tropfenförmigen Platzes war der Wagen ausgebrochen und rückwärts eine Böschung heruntergerutscht.

Unförmige Steine, Gras und ein paar Betonpoller gaben sich hier so die Klinke in die Hand, dass die Antriebsachse des Wagens in der Luft hing.

Vorsichtig traten die vier an den Wagen heran, was ihnen nicht leichtfiel. Bjarne blieb irgendwann stehen und betrachtete das Ganze aus der nötigen Entfernung. Die vordere Achse hing kaum zehn Zentimeter über dem Boden. Hätte jemand den Wagen hinten angehoben, hätte man ohne große Mühe weiterfahren können. Er nahm also an, dass der Fahrer alleine gewesen sein musste. Hätte er Hilfe gehabt, würde der Wagen jetzt nicht mehr hier stehen.

„Du denkst, was ich denke ...?“, erkundigte sich der Feuerwehrmann und deutete auf die vordere Achse.

Bjarne grinste und nickte. „Man bekommt den Wagen hier weg, wenn man zu zweit ist. Meinst du das?“

„Genau ... Entschuldige bitte – ich muss dich das fragen. Bist du nicht Bjarne Sandvik?“

„Was? Ja – bin ich! Müsste ich dich ...?“

Der Feuerwehrmann grinste. „Wir waren auf derselben Schule. Aber ich war zwei oder drei Klassen unter dir. Du bist der Typ, der damals Herrn Engebretsen im Ringen geschlagen hat, oder?“

Bjarne musste laut lachen.

„Ja ... das trifft wohl zu.“

„Gottverdammt! Du warst eine Legende! Der einzige Schüler, der einen Lehrer auf die Matte gelegt hat! Und ihm noch eine blutige Nase verpasst hat!“

Bjarne schüttelte den Kopf. Dann lachte er. Er kannte dieses Gerücht. „Die blutige Nase hatte ich, wenn wir bei der Wahrheit bleiben wollen. Aber ich mochte die Geschichte, die daraus geworden ist, auch lieber.“

Die beiden traten näher an den Wagen und der bärtige Kerl vom Wasserschutz kam ihnen entgegen. „In dem Auto liegen überall Papiere herum. Wild verstreut. Ein ziemliches Chaos.“

Bjarne stellt sich auf die Zehenspitzen und stützte sich an der hinteren Tür ab. Er hatte diesen Wagen selbst einmal besessen. 2006 bis 2008, falls er sich richtig erinnerte. Der Kofferraum war gigantisch und er hatte zum Leidwesen seiner damaligen Frau immer jede Menge Zeug im Gepäckabteil spazieren gefahren. Hier sah es so aus, als habe jemand den Laderaum genutzt, um Akten durch die Gegend zu fahren. Man sah einige feste Ordner und zahlreiche Schnellhefter. Alles war chaotisch über den Innenraum des Wagens verteilt.

Bjarne kniff die Augen zusammen und lugte unter den Beifahrersitz. Wenn ihn nicht alles täuschte, befanden sich dort ein Notebook und ein Telefon. Ein klassisches Mobiltelefon. Kein modernes Smartphone. Wer benutzte das heute noch?

„Die Türen sind zu?“, vermutete er.

Der Kollege, der ihn erkannt hatte, nickte. Bjarne erinnerte sich an eine Unart des Wagens. Er ging ein paar Meter um das Auto herum und suchte den Drücker der Heckklappe. Augenblicke später zeigte ein Klacken, dass die Klappe offen war. Er grinste. Man musste zweimal auf den Schlüssel drücken, um alle Türen zu öffnen – aber auch zweimal, um sie wieder zu schließen. Das konnte niemand wissen.

Bjarne schaute sich um und deutete dann auf den jungen Kollegen, der an diesem Tag aus Bjarnes Sicht noch nichts Sinnvolles geleistet hatte. „Du bist der Leichteste von uns. Ich würde sagen: Du kletterst rein und öffnest die Türen. Wir sollten einen Blick auf die Papiere werfen. Außerdem scheint hier hinten ein Computer zu liegen. Und ein

Telefon."

„Das ist ja beinahe zu einfach ...", grinste der Mann vom Wasserschutz und schubste den Kollegen, der teilnahmslos dastand, in Richtung des offenen Kofferraums.

Er stellte sich erwartbar dumm an, wie Bjarne feststellte. Auch der Feuerwehrmann rollte die Augen und schüttelte den Kopf, während er zuschaute, mit welcher Ungeschicklichkeit der Kerl versuchte, auf die Rückbank zu klettern.

„Vielleicht machst du die Kopfstütze einfach ab?", schlug er lautstark vor.

„Oder legst die Sitzbank um ...?", rief Bjarne. Dann mussten sie mit ansehen, wie der junge blasse Kollege mit dem unfreiwillig leeren Magen zunächst die Kopfstütze umständlich abmontierte und dann anschließend noch die Sitzbank des Wagens umklappte.

Bjarne schloss ungläubig die Augen. Er drehte sich weg und schaute über das glatte klare Wasser. Auf dem Rückweg würde er fahren, entschied er in diesem Moment.

Schließlich öffnete der junge Bursche die hintere Tür und wollte soeben aus dem Wagen springen, als der Kollege vom Wasserschutz ihn entsetzt ansah. „Was ist mit der vorderen Tür?"

„Ich ... oh ..." Er wandte sich wieder um.

Der Wasserschutzpolizist sah Bjarne an und schüttelte mitleidig den Kopf. Bjarne Sandvik zuckte die Schultern und legte die Handgelenke übereinander. Der Polizist verstand das Zeichen so, wie es gemeint war: „Ich bin an den Kerl gebunden."

Eine runde Stunde später hatten die drei Männer den Wagen leergeräumt. Sie hatten alle Papiere in einer trockenen Fischereikiste gesammelt. Den Computer hatte Bjarne kurz angeschaltet – aber er war mit einem Passwort geschützt. Das Telefon hingegen ließ sich entsperren.

Schließlich hatte Bjarne eine Zeit unter dem Armaturenbrett herumgewerkelt und den Wagen kurzgeschlossen. Sie hatten den Nissan hinten hochgestützt und Bjarne hatte ihn geschickt wieder auf die

Straße befördert. Forensisch unsauber – aber solange das Auto dort lag, konnte die Fähre nicht fahren. Das war hier unverantwortlich.

Bjarnes Blick fiel auf den Bordcomputer. Das seltsam futuristische Cockpit des Wagens hatte ihn damals schon angestrengt. Jetzt aber zeigte es eine Information an, die ihm schrullig erschien. Der Wagen hatte 17,4 Liter verbraucht. Wie musste man fahren, um einen solchen Verbrauch zu erreichen? Er erinnerte sich an einen Verbrauch, der etwa halb so hoch gewesen war.

Er würde auch das in seine Notiz schreiben. Vielleicht war das ein Hinweis darauf, dass der Fahrer mit dem Wagen wie ein Verrückter gerast sein musste. Das erhöhte die Chancen, dass sich jemand auf der Strecke daran erinnerte.

Oder der Fahrer hatte versucht, mit den Antriebsrädern in der Luft loszufahren. Auch das würde zu einem irren Verbrauch geführt haben. In jedem Falle musste man dem Umstand Aufmerksamkeit schenken.

Als Bjarne ausstieg, hatte Nielas bereits das alte Telefon angesehen. „Wenn ich das richtig sehe, hat er gestern mit einer Frau Namens Lykke telefoniert. Abends gegen 9 Uhr. Davor zweimal mit einer Frau namens Liv, einem Arvid und einer Jente."

„Aha ... norwegische Nummern?"

„Ich ... keine Ahnung – wo sieht man das bei den alten Dingern?"

Ein leises Seufzen drang aus Bjarnes Kehle und die beiden Kollegen grinsten, während er die Hand ausstreckte und Nielas ihm das Telefon reichte. Er checkte die Nummern. „Liv und Jente haben norwegische Nummern. Arvid eine schwedische und Lykke eine ... Pffff. +373?" Er sah seine Kollegen an. „Wisst ihr das? Ist irgendwas in der ehemaligen Sowjetunion – aber was? Belarus?"

„Eher Ukraine ...", mutmaßte der Feuerwehrmann.

Der Wasserschutzpolizist schüttelte den Kopf. „Moldawien. Oder – wenn es richtig blöd läuft, sogar Transnistrien."

„Transnistrien? Ist das ein Land?", erkundigte sich

Nielas.

„Ja – aber eines, was praktisch niemand anerkennen will“, erläuterte Bjarne. „Typisches Land für Prepaid-Karten aus dem Internet. Dahin kannst du praktisch nichts und niemanden verfolgen.“

„Dann sollen wir uns die Mühe gar nicht erst machen?“, erkundigte sich Nielas.

Die drei Männer starrten den jungen Kollegen an. Keiner war willens, auf diese Frage zu antworten. Bjarne griff nach seinem Telefon und rief Stella Nykvist, seine Vorgesetzte, an. Erst in der letzten Sekunde brach er ab. Stella zog zurzeit um. Er hatte die Nummer gewohnheitsmäßig gewählt. Er suchte die Telefonnummer von Morten heraus, Stellas Chef. Dann atmete er durch. Ihm ging auf: Er musste diesen Einsatz mit Asbjørn klären, weil das die Vorschrift war. Aus seiner Sicht war das so, wie mit einer Taube Schach zu spielen. Aber Asbjörn war Stellas Vertreter. Und das Schlimme daran war: Sie hatten Bjarne Asbjörns Job bereits zweimal angeboten und er hatte ihn nicht angenommen.

Dafür musste er jetzt mit einem Idioten vorliebnehmen. Immerhin eine Art Luxus-Idiot. Richtig dumme Polizisten hatten bei der SkanForce nach seiner Erfahrung keine große Halbwertzeit.

#003

Knut Solbakken ließ den Blick über den Rand seiner Yacht streifen. Er liebte das Klima hier unten. Er hatte die meiste Zeit seines Lebens in Skandinavien verbracht. Die Amalfi-Küste war ihm nie in den Sinn gekommen. Er hatte gar nicht genau gewusst, wo die sich auf dem Erdball befand.

Heute kannte er sich besser aus. Wusste, wo man sich bewegen musste, um keinen Stress mit den Behörden zu bekommen. Die Italiener wussten längst, dass die Yacht „White Pearl“ hier lag. Sie waren darüber informiert und hatten sich sogar die Mühe gemacht und waren mit einem eleganten dunkelblauen Polizeiboot zu ihm rausgefahren. Hatten sich die Papiere angesehen und sie für gut befunden. Beim dritten Limoncello hatten sie sogar angedeutet, welche Gegenleistungen hier üblich waren, wenn Leute wie er vor der Amalfi-Küste ihre Ruhe haben wollten.

Das Leben war einfach hier unten. Denn hier schipperten ganz andere Kaliber als Knut Solbakken herum. Putin sollte seine Yacht hier haben, sagte man. Ein Ding für 600 Millionen Dollar. Mit Raketenabwehr und anderem Firlefanz. Ein Typ wie Solbakken musste daneben wirken wie ein Erstklässler.

Seine Kontakte zur Fratelli d'Italia waren ausgezeichnet und er kannte Matteo Salvini persönlich und wusste, welchen Wermut er bevorzugte. Also stellte sich hier in Italien niemand quer, wenn er ein paar Wochen vor der Küste lag.

Solbakken nahm einen Schluck aus dem elegant geschwungenen bauchigen Glas. Roter Wermut mit ein paar Beeren und Prosecco. Das ganze auf Eis. Mehr verlangte er nicht. Er ließ seinen Blick über Martinas Hintern streifen, der nur von einem dünnen weißen Bikinihöschen bedeckt war, das ihm keinen Widerstand leisten würde.

Er spürte eine solide Regung in seiner Shorts, als sein kleines Telefon klingelte. Eine unbekannte Nummer mit kirgisischer Vorwahl.

„Pronto?“

„Nummer 3?“

„Sicher. Lykke?“

„Allerdings.“

„Okay – wir können frei sprechen. Hat alles geklappt?“

„Ja – er ist ... *weg*“, gab sie zurück.

Knut nickte, richtete sich aber auf. Er hatte auch

über mehrere tausend Kilometer einen Zwischenton wahrgenommen. „Und es hat so geklappt wie geplant?“

„Weitestgehend.“

„Also nein.“

„Doch ... bis auf den Kopf.“

„Du hast seinen Kopf nicht?“

„Ich bin ... dumm gestolpert.“

„Und?“

„Er ist über den Balkon nach unten gefallen und in einem Baum gelandet.“

„In einem Baum? Du meinst: Der Kopf liegt da irgendwo rum? Oder vielmehr: Hängt in einem Baum?“

„So ... in der Art. Knut – es gibt Dinge, die ...“

„Die vereinbarte Schlagzeile war ‚Leiche ohne Kopf‘, oder?“

„Das ist eine Leiche ohne Kopf. Könnten wir vielleicht aufhören, uns in Semantik zu messen, Knut?“

Er schwieg einen Moment. Er hasste es, wenn Leute die präzise Brillanz seiner Ideen nicht erkannten. Und dieser Laurin sollte als *kopflos* in die Geschichte eingehen. Jemand, dessen Kopf nie gefunden werden sollte. Er hatte den klaren Plan gehabt, den abgeschlagenen Kopf auf Social-Media-Plattformen zu zeigen. Klarzumachen, was geschah, wenn man sich gegen sie stellte.

Schließlich hatten sie einen Auftrag. So eine Mission war einfach kein Spaß.

„Lykke. Ich verstehe, was du sagst. Aber glaub nicht, dass ich damit zufrieden sein kann. Ich will mich nicht streiten. Du hast ein wichtiges Ziel gehabt und hast die Sache ... über die Bühne gebracht. Ich will, dass du herkommst. Wir haben eine Menge zu besprechen.“

Martina drehte sich, räkelte sich auf dem vorderen Deck und streckte jetzt ihren nackten Busen in die Sonne. Er starrte ihr zwischen die Beine, während sie nach der perfekten Liegeposition suchte. Knut schluckte und fragte dann: „Wann kannst du hier sein?“

„Das hier ist das Ende der Welt. Ich muss erst nach Oslo. Das nimmt von hier aus sicher 6 oder 8 Stunden in Anspruch. Und dann von Oslo nach Neap...“

„Ja ja ... also Übermorgen."

Er hörte eine Pause am anderen Ende. Sollte ihn das beunruhigen?

„Ich muss vorher noch zu einem Arzt – aber das sollte schon irgendwie klappen."

Er wusste, dass sie hin und wieder zu Ärzten musste. Ihr Leben war nicht ganz fehlerfrei verlaufen. Aber er wollte jetzt keine Details hören. Nicht mit dieser Aussicht auf dieses halb durchsichtige Bikinihöschen. „Ich werte das als JA?"

Sie zögerte. Schließlich nickte sie. „Ja ... geht schon."

„Wir sehen uns übermorgen. Ruf auf der anderen Nummer an."

Sie nickte erneut und legte dann auf. Eine Weile sah Lykke zu Boden. Manchmal hasste sie den Kerl.

Dass sie sich bei dem Unfall verletzt hatte, wollte sie ihm nicht auf die Nase binden. Sie wollte ihm den ganzen Unfall nicht auf die Nase binden. In den letzten Wochen hatte es Tage gegeben, an denen sie am liebsten alles hingeworfen hätte. Ihr war klar, dass das Blödsinn war. Der Weg war so lang gewesen.

Über 10 Jahre hatte sie sich abgemüht. Nortuagians Plan war klar und eindeutig. Wer war sie denn, daran zu rütteln?

#004

„Ich könnte kotzen, wenn ich das sehe!", schnauzte sie und verschränkte die Arme. „Das ist doch nicht so schwer! Wenn das Ding nicht heute noch hier eintrifft, dann hetze ich euch morgen die Bullen auf den Hals! Das meine ich verdammt nochmal ernst! Ich werde morgen früh Kaffee kochen! Weil ich fließendes Wasser haben werde!"

Wütend drückte Stella den roten Knopf. Dann schrie sie laut in die hallende Wohnung hinein, bis ihr der Hals schmerzte. Im Gegensatz zu allen anderen Menschen, die sie kannte, hatte sie sich eine Corona-Infektion erst eingefangen, als alle Medien bereits verkündet hatten, dass der Spuk jetzt endlich vorbei war. Und es hatte sie richtig mies erwischt und dann auch noch wenige Tage vor ihrem Umzug. Und so war Schreien zurzeit immer ein bisschen problematisch.

Während des letzten Falles im Sovet im hohen Osten von Norwegen hatte Stella mit einem Mal entschieden, dass die Skolhusallén in Sundsvall, in der sie seit Jahren lebte, ausgedient hatte. Sie arbeitete schon ihr Leben lang für die SkanForce. Sie war ständig irgendwo in Skandinavien unterwegs. Ihr Büro war in Stockholm – aber darum hatte sie sich nie geschert.

Nun aber war Stella so weit aufgestiegen, dass man sie gerne öfter im Büro sehen wollte. Das war ihr eine Zeit lang gleichgültig gewesen. Aber langsam dämmerte Stella, dass auch ihre 30er nicht ewig dauern würden. Sie musste langsam anfangen, sich wie eine Erwachsene zu benehmen.

Also hatte sie die Wohnung, die sie vor Jahren in Sundsvall erworben hatte – ihr erste eigene Wohnung – mit einem stattlichen Gewinn verkauft, und hatte eine in Stockholm bezogen. Altbau. Hohe Räume. Direkt hinter dem Sveavägen, wo Schwedens berühmtester politischer Mord stattgefunden hatte.

Alles Mögliche flog noch in der Wohnung herum – was sie gut tolerieren konnte. Aber das Fehlen der drei Wasserhähne konnte sie unmöglich hinnehmen. Sie würde ihren Kaffee nicht mit Wasser aus der Dusche aufbrühen. Aus Prinzip.

Stellas wohlproportionierter Po, auf den sie sehr stolz war, passte mühelos so auf die Fensterbank, dass sie dort sitzen konnte. Also kletterte sie hinein und machte es sich für einen Moment bequem. Sie konnte hier Kaffee trinken, aus dem Fenster runter auf die Straße schauen und ein

Buch lesen. Sobald sie Kaffee kochen konnte.

Nicht, dass Stella Nykvist eine große Leserin gewesen wäre. Aber jetzt *konnte* sie das tun, wenn sie wollte.

Sie warf einen Blick auf das andere Telefon. Das Diensttelefon. Sie hatte es gleich am ersten Tag eingesteckt. Mittlerweile musste es zu etwa 2000 Prozent geladen sein, schätzte sie – aber sie hatte es nicht angerührt. Auch etwas, was sie an sich nicht kannte. Die Wohnung aufzulösen war eine spontane Änderung von gigantischer Reichweite gewesen. Das Diensttelefon nicht anzusehen, war eine Änderung von weit größerer Tragweite.

Zögerlich trat sie an die Steckdose. Sie sah das kleine Ding eine Zeit lang an und kämpfte mit sich. Sie hatte noch ein paar Tage frei. Wichtige Führungskraft hin oder her.

Sie musste das Telefon nicht checken, nicht all die Mails lesen, von denen sich ohnehin diverse als politischer Unsinn herausstellten und sich oft nach ein paar Tagen ohne ihr Zutun klärten. Zu vielen Dingen, die in ihren Verantwortungsbereich fielen, hatte Stella keine Meinung. Weil es die Mühe nicht wert war. Sie setzte sich immer schon mit Haut und Haar für Themen ein, die ihr wichtig waren. Die anderen ignorierte sie so lange, bis sie zu zerplatzen drohten. Oder sich erledigten.

Sie seufzte und wandte sich ab, um sich einem weiteren Karton zu widmen. Die vermutlich wichtigste Nachricht hatte sie ohnehin persönlich auf ihrem anderen Telefon entgegengenommen. Maren Christensen hatte sie informiert, dass sie nach Borglund im Norden Dänemarks flog.

Nicht freiwillig. Maren hatte dort lange gelebt. Hatte die dortige Polizeistation geleitet. Bis sie in einem äußerst persönlichen Fall gestolpert war, gekündigt hatte und dann Stella in die Arme gelaufen war.

Zu der Zeit hatte Maren sich gerade erst von ihrem Mann getrennt. Es war zu einer seltsamen Nacht gekommen, die keine der beiden Frauen bereute. Und dabei war es geblieben. Sie arbeiten seitdem intensiv zusammen. Maren hatte sich ausgezeichnet bei der SkanForce eingefunden und funktionierte hervorragend mit Bjarne Sandvik. Sie war ein Glücksgriff. Eine Frau mit einem soliden Auftreten, ausgezeichneter Erfahrung und dem praktischen Wissen, wie man eine Polizeistation zu führen hatte und große Ermittlungen leitete.

Und jetzt war sie in ihre Heimat am obersten Ende Dänemarks geflogen, weil ihr Mann gestorben war.

Mit 43!

Maren und ihr Mann hatten in den vergangenen Monaten seit der Trennung nur wenig Kontakt gehabt. Aber es war klar, dass sie seine einzig lebende Verwandte war. Die beiden hatten ein modernes Haus in einer guten Lage besessen und größere Mengen an Aktien, die ihr Mann in den Boom-Jahren der E-Commerce-Szene angehäuft hatte.

Stella vermutete, dass Maren bei ihrer Rückkehr eine reiche Frau sein würde und sich sicher ebenfalls eine Wohnung in Stockholm leisten konnte.

Stella hingegen war nur reich genug gewesen, sich diese Wohnung in Traumlage zu kaufen, weil sie in ihrem ganzen Leben keine Miete gezahlt hatte. Ihr Vater war jung gestorben und Stella hatte die Wohnung in Sundsvall von einem Teil des Erbes gekauft. Sie war ständig unterwegs und hatte kaum Zeit, ihr mittlerweile stattliches Einkommen auszugeben. Ihr schlimmstes Laster im finanziellen Sinne war ein sündhaft teures schwarzes BMW Cabrio, das sie entschieden zu selten fuhr. Sie hatte einfach keine Zeit.

Kontrollierend blickte sie auf ihr privates Telefon. Die Beerdigung von Marens Mann fand heute statt. Stella würde sie am nächsten Tag anrufen. Heute erschien es ihr unpassend. Also schleppte sie die nächste Kiste in die Küche. Ihr Blick glitt wieder zum Telefon. Nein ... sie würde es nicht tun.

In dem Moment klingelte es an der Tür. Sie stürzte nach vorn und drückte den Knopf der Gegensprechanlage.

„Ja ...?“

„Ich komme wegen der Wasserhähne!“

Sie drückte den Summer. „Geht doch ...!“, knurrte sie

grinsend.

Man konnte eine kleine rothaarige Frau mit einem unschwedischen Namen sein, wenn man ausreichend Stachel besaß und sie im rechten Moment ausfuhr. Das hatten ihr die letzten Jahre gezeigt.

Und wenn man den Hintern im richtigen Moment ein wenig nach außen strecke, half das auch. Auch das hatten ihr die letzten Jahre gezeigt.

#005

Mit einem satten Grinsen stand Stella Nykvist in ihrer neuen Küche mit dem Wasserhahn, den der seltsame Finne spät abends noch angebracht hatte.

Lange hatte er etwas von fehlenden Schlauchschellen gefaselt, bis er begriff, dass er mit einer Frau sprach, die mit 17 ihren ersten Zweitaktmotor vollständig zerlegt hatte. Und anschließend wieder zusammengebaut. Mit erheblicher Leistungssteigerung.

Der Hahn funktionierte jetzt also. Der Kaffee lief durch den Filter und Stella sah halb abwesend aus dem Fenster in den Innenhof, der mit großen Bäumen beschattet wurde. Morgens konnte sie bei diesem Blick kaum glauben, dass sie jetzt so wohnte.

Auf der anderen Seite der Wohnung lag die belebte Straße, in der Stella in Sichtweite ganze vier Straßencafés geboten bekam. Das hatte schon den speziellen Charme, wie man ihn sonst eher in Paris, Barcelona oder Berlin fand. Sie lächelte, bis ihr Telefon klingelte.

Selten rief sie jemand so früh morgens an. Außer auf dem Diensttelefon. Und sie war stolz, das immer noch nicht angeschaltet zu haben.

Streng starrte sie aufs Display, wo der Name der einzigen Person in ihrem Telefonbuch angezeigt wurde, dessen Nachname nicht dargestellt werden konnte: „Starnja Ingimundardóttir", Bjarnes Freundin. Sie hatte sie unter „Starnja I" gespeichert und lächelte nur zögerlich, als sie das Gespräch annahm.

Die beiden Frauen mochten sich sehr. Starnja war eine der coolsten Frauen, die sie kannte. Sie betrieb eine gynäkologische Praxis in Reykjavik und Bjarne hatte sie vor ein paar Jahren bei einem äußerst groben Fall in Island kennengelernt. Wochen später hatte er seinen Wohnsitz faktisch nach Reykjavik verlegt.

„Starnja ... Bist du aus dem Bett gefallen?"

„So ... in der Art", gab sie seltsam zögerlich zurück. Die Frau, die sonst so beschwingt und positiv klang.

„Du klingst ein wenig beunruhigt ..." Stella spürte, dass sie sich sofort die Lippe blutig gebissen hatte. War etwas mit Bjarne? Wenn ihm etwas passiert war, wollte sie den Job nicht mehr machen. Es war zynisch, dass sie mittlerweile seine Vorgesetzte war. Sie hatte so viel von ihm gelernt. Von dem Mann, der so schweigsam war, wenn es um Utøya ging, aber so gesprächig, wenn es darum ging, ein Verhör zu gewinnen.

Oder wenn Stella ihm sein Herz ausschüttete.

„Du weißt, dass ich dich nicht einfach so anrufen würde, Stella."

„Sicher – also: Was ist?"

„Bjarne. Er ist verschwunden." Starnja holte Luft. „Bjarne ist ein erwachsener Mann und ein vernünftiger Polizist, das muss ich dir nicht sagen ..."

„Aber? Er war noch nie ..." Sie stockte. „Seit wann ist er verschwunden?"

„Vielleicht ist er gar nicht richtig verschwunden. Ich wollte ihn besuchen. Aber ich bin 3 Tage früher gekommen. Spontan. Wollte ihn überraschen. Aber er ist nirgends zu finden. Ich hab mit eurem ... mit diesem Asbjörn gesprochen."

„Oh je ... wieso ausgerechnet mit dem?"

„Na – er ist doch dein Stellvertreter, oder?"

„Ja, aber ... ich meine: Du hast doch Bjarnes Nummern. Was passiert, wenn du ihn anrufst?"

„Es klingelt auf dem einen. Und das andere ist wohl nicht erreichbar. Seit 24 Stunden."

„Verflucht ... Wo bist du überhaupt? Wo wolltet ihr euch treffen?"

„In Ålesund. Er hat mir gesagt, dass er hier einen ganz ruhigen Job hat. Die ganze Zeit ist nichts los gewesen – er hat kaum drei Stunden am Tag gearbeitet. Stella – im Ernst: Halt mich nicht für bescheuert. Ich bin ja kein kleines Mädchen", erklärte sie und klang jetzt wieder so cool, wie Stella sie seit ein paar Jahren kannte. „Ich wäre hier nicht aufgetaucht, wenn Bjarne nicht erzählt hätte, wie wenig in Ålesund los ist."

„Ich mache dir ganz sicher keine Vorwürfe. Bjarne ... er ist immer erreichbar. Lass mich ein paar Sachen probieren. Ich melde mich."

„Danke, Stelly."

Stella hatte ihr Diensttelefon bereits angeschaltet, während sie noch mit Starnja sprach. Der fröhliche Klang beim Start des Gerätes erschien ihr unpassend.

Nachdem sie diverse PIN-Codes eingegeben hatte, liefen die irrwitzgen „Plings" und „Pongs" ein, die den Empfang verschiedener Nachrichten signalisierten. All jene Nachrichten, denen sie während des Umzugs aus dem Weg gegangen war. Sie begriff, dass sie so nicht telefonieren konnte, stopfte die nervtötenden Geräusche unter eine dicke Decke und nahm sich eine frische Tasse Kaffee.

Als sie zurückkehrte, hatte das Gerät sich beruhigt und Stella wählte Asbjörns Telefonnummer.

Er begrüßte sie seltsam überschwänglich und sie glaubte ihm kein Wort. Jovial lobte er ihre Entscheidung, nun endlich in der Hauptstadt zu leben und vor allen Dingen nach all den Jahren endlich nahe am Haupt-Office der SkanForce.

Stella unterbrach ihn irgendwann. „Ich rufe an, weil ich eine ziemlich dringende dienstliche Frage habe."

„Hm?“

Sie spürte, dass er sich aufrecht hinsetzte. Vielleicht wusste sie das aber auch nur, weil sie ihn seit Jahren kannte. Er war einmal ihr Vorvorgesetzter gewesen. Mittlerweile waren sie auf demselben Level, was ihn nervös machte, wie sie öfter feststellte. Und das hörte sie jetzt, spürte es, ohne ihn dabei beobachten zu können.

„Sag mir doch mal, wo Bjarne gerade ist.“

„Bjarne? Machst du dir Sorgen um deinen Kumpel?“ Er schien auf eine Reaktion zu warten – aber Stella gönnte ihm keine für diese dumme Bemerkung. Sie waren Ermittler und keine Zirkustruppe. Er räusperte sich und tippte etwas. „Bjarne ist immer noch da oben in ... Ålesund. Da gab es einen Mord vor etwa ... einer Woche oder so. Der Erste seit Jahren.“

„Hast du seitdem etwas von ihm gehört?“

„Ja – sicher, wir haben telefoniert.“

„Er hat Verstärkung angefordert, nehme ich an?“

„Er hatte Maren – aber die ist ... ich weiß nicht, ob du das weißt ...“

„Ja“, unterbrach sie ihn. „Das weiß ich. Wen hast du ihm als Ersatz geschickt?“

„Ich? Niemanden. Er sucht sich doch seine Leute immer selbst.“

„Was?“ Stella stöhnte schwer. „Asbjörn! ... wir hatten eine Übergabe. Und ich habe dir vollkommen klar mit auf den Weg gegeben, dass genau das nicht passiert. Das war früher so. Aber ich habe 12 Leute – das bekomme ich nicht organisiert, wenn die das alle selbst machen. Also: Wer ist jetzt bei ihm?“

„An diese Regelung erinnere ich mich nicht. Das hast du mir ...“

„DAS HAST DU SCHRIFTLICH!“

Asbjörn schwieg einen Moment. Sie hätte wetten können, dass ihr vierseitiges Papier auf seinem Schreibtisch lag. Exakt da, wo sie es hingelegt hatte, bevor sie ein letztes Mal zum Flughafen gefahren war, um ihre Wohnung in Sundsvall auszuräumen.

„Wer ist jetzt bei ihm?“

„Ich wusste das nicht. Ich war mir sicher, deine Leute machen das selbst ..."

Stella hörte ihn blättern und erklärte frech: „Dritte Seite in der Mitte. Unter der Tabelle. Da steht es. Und du hast es dir angekreuzt ..."

„Jaja!"

„Wer ist jetzt bei ihm?", wiederholte sie energisch.

„Niemand! Ich habe ihm niemanden geschickt."

„Wann hast du das letzte Mal mit ihm telefoniert?"

„Pffff ... vielleicht vor ein oder zwei Tagen?"

„Sicher?"

„Nein. Möglicherweise auch drei oder vier. Du hast ja keine Ahnung, was hier los..."

„Asbjörn!" Sie musste sich konzentrieren. Vorsichtig nahm sie ihr Telefon vom Ohr und aktivierte die Aufnahmefunktion. „Du bist einer der wenigen Leute, die länger bei der SkanForce sind als ich. Dir ist klar, dass das ein schweres Dienstvergehen darstellt?"

„Jetzt dreh doch nicht durch! Was soll denn sein? Dann ermittelt er eben alleine und löst den Fall langsamer. Da oben ist sonst nie was los. Wahrscheinlich war es der Bruder mit dem Fischermesser ... Dort oben ist es immer der Bruder mit dem Fischermesser. Warum regst du dich überhaupt so auf, Nykvist?", schnauzte er. Wenn er sie Nykvist nannte, wusste sie, dass er unsicher wurde.

Sie konnte es nicht leiden so genannt zu werden. Ihr Geschichtslehrer in Stinarsund hatte das immer getan. Und zu dem hatte sie ein ernsthaft gestörtes Verhältnis gehabt.

„Bjarne ist nicht erreichbar. Seit mehreren Tagen."

„Du hast Urlaub – was kümmerst du ..."

„Na – offensichtlich ist das wohl nötig! Und ich habe mich gar nicht drum gekümmert. Seine Partnerin hat mich angerufen. Also: Was willst du jetzt tun? Worüber habt ihr zuletzt gesprochen? Gab es Anzeichen, dass etwas aus dem Ruder laufen könnte?"

„Nein. Da war etwas mit einer Ermittlung ... er wollte irgendwo hinfliegen."

„Er ist *irgendwo* hingeflogen? Wohin?"

„Nein … ist er nicht. Er *wollte.* Ich hab es nicht genehmigt."

„Bjarne hat einen Level-3-Key. Der kann seine Flüge selber genehmigen."

„Er kann …? Dein Ernst?"

„Natürlich! Bjarne ist ein vertrauenswürdiger Polizist mit mehr Diensterfahrung als alle anderen. Soll der jedes Mal bei Mama anrufen, wenn er in einer Ermittlung irgendwo hinfliegen muss? Der macht das doch nicht zum Spaß und gönnt sich ein Wochenende an der Copa Cabana!"

„Aber so etwas war es. Er wollte nach Rimini oder so. Hab ich nicht verstanden, konnte er mir nicht nachvollziehbar erklären. Also habe ich ihn gebeten, den Antrag …"

Asbjörn unterbrach sich selbst. Er hatte es wohl beim Sprechen gemerkt. Bjarne würde mit großer Sicherheit keinen Antrag ausfüllen, wenn er den Flug selber buchen konnte und das im Rahmen der Ermittlungen für notwendig hielt.

Stella hielt Asbjörn nicht direkt für einen schlechten Polizisten. Sie glaubte nur, dass er ein grauenhafter Verwalter war, der mit seiner Macht nicht umgehen konnte. Als die Neuordnung der SkanForce angestanden hatte, nachdem Stellas Chefin im Einsatz gestorben war, hatten sich einige Kollegen gezielt zu ihr beworben. Sie hatten Asbjörns Bürokratie sattgehabt. Sie schätzen ihn als Ermittler. Aber vielleicht war er der klassische Fall des Kollegen, der einmal zu oft befördert worden war.

„Ein Typ wie Bjarne verschwindet doch nicht", versuchte es Asbjörn. „Jetzt mal im Ernst: Der fliegt auch nicht alleine ins Ausland. Und wenn, dann wird er dort erreichbar sein. Da bin ich ganz sicher."

„Asbjörn: Ich setze dich jetzt hiermit in Kenntnis, dass ich mich soeben in Dienst gesetzt habe. Mein Urlaub ist ab jetzt beendet. Schick mir deine letzte Notiz in diesem Fall, damit ich weiß, wo er hinwollte."

„Stella …", murmelte er mit einem Klang, der um Verzeihung zu bitten schien.

„Wir können uns später streiten. Du hattest sicher genug um die Ohren."

„Das meine ich nicht."
„Sondern?"
„Ich habe dazu keine Notiz verfasst."
Stella stockte. Ihr war soeben schier der Atem stehengeblieben. Der Anruf von Starnja hatte sie nicht wirklich beunruhigt. Die ersten Minuten dieses Gespräches schon. Aber das machte sie schlagartig nervös.
„Du weißt nicht, wohin Bjarne wollte?"

#006

Es hatte nur Minuten gedauert, bis Stella umgeschaltet hatte. Ihr gesamtes Berufsleben lang hatte sie ihren Körper darauf trainiert. Und selbst hier in der neuen Wohnung saß jeder Griff, als hätte sie ihn tausend Mal ausgeführt.

Die Sporttasche packen, dann die Tasche mit dem kleinen Notebook. Die Teile durchzählen, die dabei sein mussten. Den Kulturbeutel ohne Flüssigkeiten, eine dünne und eine dicke Jacke. Schuhe mit Profil, ein paar Turnschuhe, eines für Restaurantbesuche. Und dann die kleine Rolle mit den Schwimmsachen. Nie würde sie ohne die verreisen. Jeder Schlüssel, jede Haarbürste, jedes noch so kleine Detail – alles befand sich da, wo es hingehörte, nie würde sie Zeit mit Suchen verbringen.

Taxi buchen, während sie auf dem Klo saß, Flug buchen auf dem Weg zum Airport. Dieselben Abläufe wie schon ihr Leben lang. Aber erst an diesem Morgen erfuhr sie, dass Ålesund einen eigenen Flughafen hatte. Das hatte ihr Bjarne bislang verschwiegen.

Dann lief die Ermittlerin in ihr warm. Sie gab sich die Mühe und probierte vier Kombinationen durch. Ein Anruf von ihrem privaten Telefon auf Bjarnes Diensthandy. Dann auf seinem Privaten. Dasselbe noch einmal mit ihrem Diensthandy. Sie wollte nur sichergehen, dass Bjarne nicht irgendwelche Anrufe geblockt hatte. Aus einem vielleicht arroganten Grund ging sie davon aus, dass er sie nicht blocken würde.

Wenige 100 Meter später ging ihr auf, dass sie damit gleichzeitig annahm, dass er sie nicht blocken würde, aber Starnja schon. Eine blödsinnige Annahme.

Vom Taxi aus rief sie die Polizeistation in Ålesund an und versuchte, herauszubekommen, um was für einen Mord es sich gehandelt hatte. Man sicherte ihr einen Rückruf durch die Ermittlerin zu.

„Ist ein Bjarne Sandvik dort irgendwo bei euch?"

„Nein. Der war hier. Vor … weiß nicht – ein paar Tagen? Das ist ein Kollege von dir?"

Stella zögerte. „Warum?"

„Weil wir auch nicht wissen, wo er ist. Wir erreichen ihn nicht."

„Verstehe. Okay – ich bin jetzt auf dem Weg zu euch."

„Super …"

Stella legte auf und ärgerte sich eine Sekunde lang, dass sie nicht schon zuvor dort angerufen hatte. Da hatte sie emotional reagiert, aber nicht professionell. Dann aber zuckte sie die Schultern innerlich. Bjarne brauchte ohnehin Verstärkung. Und Maren konnte nicht. Dann würde eben sie die Ergänzung seines Teams sein.

Auf halbem Weg zum Flughafen Arlanda rief sie Starnja zurück.

„Du musst mir sagen, was du als Letztes mit Bjarne besprochen hast."

„Was ist los? Du klingst, als ob du im Auto …?"

„Ich bin noch zehn Minuten vom Flughafen weg, von hier nach Oslo, dann nach Ålesund."

„Dann glaubst du jetzt, dass ihm etwas passiert ist?"

Stella zögerte. Aber sie redete mit Starnja. Eine hochrealistische Naturwissenschaftlerin. „Ich würde zumindest sagen: Es ist *etwas* passiert. Und mein Vertreter hat es nicht verhindert. Ich sage dir ganz offen: Ich habe nicht die geringste Idee, was das sein könnte. Aber ich werde es herausfinden. Versuch bitte, dich zu erinnern: Was hat er dir als Letztes erzählt?“

Starnja nahm sich die Zeit, nicht hektisch zu antworten, sondern ihre Gedanken zu strukturieren. Stella sah sie geistig vor sich: die lässig getragenen grauen Haare, die bunte Brille, die farbenfrohe Kleidung. Starnja war eine Erscheinung. Und sie tat Bjarne gut.

„Wir haben über seine Unterkunft gesprochen. Er hat eine kleine Wohnung, kein Hotel. In der Nähe der Polizeistation. Er hat über das bisschen Arbeit gesprochen, das es gab. Das schien lachhaft zu sein. Er hat erzählt, dass er fischen war.“

„Bjarne? Beruflich? Im Rahmen einer Ermittlung?“

„Nein – zum Zeitvertreib.“

Stella hatte die Augenbrauen hochgezogen und konnte diese Information nicht deuten. Sie kannte ihn technisch betrachtet seit 2011. Obwohl sie sich da unter schlechten Vorzeichen begegnet waren. Seit 2013 arbeiteten die beiden zusammen. Eine lange Zeit. Aber in der Zeit war selbst Stella in all den Ländern Skandinaviens, in denen sie arbeiteten, öfter fischen gewesen als Bjarne. Und sie machte sich nichts aus diesem höchst skandinavischen Zeitvertreib.

„Sonst hat er nichts gesagt?“

„Doch – jetzt erinnere ich mich wieder. Das war so absurd, dass ich es schon vergessen hatte. Er wollte auf ein Konzert gehen. Hatte schon eine Karte gekauft.“

„Wir reden aber immer noch von Bjarne ...?“

„Stella! Ich hab mich genauso gewundert. Und gerade, als er mir erzählen wollte, warum er dort hingehen wollte, wurden wir unterbrochen. Warte ...“

„Hm? Erinner dich – war etwas Besonderes?“

„Ja – jetzt .... ich denke, eine junge Kollegin kam rein. Hieß wie irgendein Filmstar. Sie sagte, er müsse dringend mitkommen. Verdammt! Ich glaube, sie hat sogar den Ort genannt.“

„Erinnerst du dich an den Ort?“

Eine lange Pause entstand. „Bis du landest, werde ich es wissen. Und wenn ich mir eine Karte der Gegend schnappen muss und nach Ortsnamen suche."

„Okay ... das wäre hoch anständig von dir."

„Ich freu mich auf dich – Umstände hin oder her."

Stella lächelte. „Ich auch ... und jetzt kann ich den Flughafen schon sehen ..."

Als sie auflegte, wunderte sie sich wieder einmal. Menschen wie Starnja gab es in Hollywood-Filmen nie. Da hätte man eine Frau gezeigt, die aufgebracht war, den Tränen nahe. Und Starnja sagte Stella, dass sie sich auf sie freute. Isländer entsprachen keinen Klischees aus anderen Kulturkreisen.

#007

Die Beerdigung hatte sie auf eine seltsame Weise mitgenommen. Anders, als sie erwartet hatte. Eine Freundin ihres Mannes, Bente, hatte die Feierlichkeiten organisiert. Maren war sich eine Zeitlang nicht sicher gewesen, ob diese Frau „Die Freundin" ihres Mannes war. Mittlerweile wusste sie, dass das nicht der Fall war.

Maren Christensen hatte sich aufwändig bei ihr bedankt und seltsame Beileidsbekundungen der Besucher entgegengenommen. Einige der Gäste wussten nicht, ob sie Maren kondolieren sollten. Schließlich hatten sich die beiden getrennt. Andere sprachen das sogar offensiv an. Bei wieder anderen hatte sie das Gefühl, sie hätten Maren am liebsten gar nicht auf diesem Friedhof gesehen.

Die Dänin schlenderte eine Zeit lang auf dem verhältnismäßig großen historischen Friedhof herum. Ihre ehemalige Kollegin Jonna lag hier begraben. Sie lief an ihrem Grab vorbei, wo Maren die Träne zerdrückte, die eher ihrem Mann galt, es bei seiner Beerdigung aber nicht aus ihr heraus geschafft hatte. Sie hatten sich nicht in Streit und Hass getrennt. Eher, weil Marens Vergangenheit und die Art, wie die Kleinstadt damit umging, ihre Beziehung zu heftig belastet hatte.

Ihr letzter Fall als Leiterin der Polizei von Borglund hatte genau hier seinen Ausgang gefunden. Eine ekelhafte Ermittlung. Anschließend war sie Stella Nykvist zur SkanForce gefolgt, obwohl sie andere Angebote gehabt hatte. Bei der nationalen Polizei, der Reichskrim. Und bei einer europäischen Spezialeinheit. All das hätte Sinn gegeben. Aber sie hatte sich für die SkanForce entschieden.

Wegen dieser einen Nacht mit Stella? Nein. Maximal hatte das *irgendeine* Rolle gespielt. Die zentrale Rolle sicher nicht.

Sie hätte auch so weitermachen können. Aber nach all den Jahren und den Geschehnissen wollte sie das nicht. Heute, wenige Jahre später, schien ihr das alles plötzlich nicht mehr so extrem zu sein. War der Schritt damals nötig gewesen? Oder schätzte sie das jetzt anders ein, weil sie einen größeren Abstand zu diesem Ort hatte?

Sie stieg in den Mietwagen, fuhr „nach Hause“ in das Haus ihres Mannes, das sich sicher nicht mehr so anfühlen würde wie ein Heim. Als sie eintraf, erkannte sie als Erstes eine rothaarige junge Frau, die auf der mittleren der drei Stufen vor der Eingangstür hockte.

Stella? War sie hergekommen?

Warum sollte sie …?

Als Maren den Wagen vor dem Haus stoppte, hob die junge Frau den Kopf und lächelte.

Maren entspannte sich. Sie erkannte die Rothaarige sofort als Anna Larsen, ihre ehemalige Mitarbeiterin, obwohl die blonde Frau jetzt die falsche Haarfarbe hatte. *Knallrote Haare*, wenn man es genau nahm. Auf die Ferne hatte sie für Maren dennoch wie Stella ausgesehen.

Marens Herzschlag war bei dem Gedanken in die Höhe gegangen. Und sie ärgerte sich darüber.

Als sie ausstieg, kam Anna ihr sofort entgegen.

Beschwingt und geradlinig, wie sie sie in Erinnerung hatte. Die beiden Frauen fielen sich in die Arme wie alte Freundinnen.

Irgendwann löste Anna sich von ihr. „Sagt man jetzt ‚Herzliches Beileid'?"

„Ich denke schon. Wir waren ja doch ein paar Jahre verheiratet. Und ich fürchte ..." Sie deutete auf das Haus, das für dänische Verhältnisse ungewöhnlich groß und modern daherkam. „Ich fürchte, das Ding gehört mir jetzt auch mit allem, was darin ist."

Anna drehte sich um und musterte das Gebäude. Dann nickte sie. „Na – da kannst du ja fast schon wieder nach Borglund ziehen und die Station übernehmen."

Maren lachte. „So weit kommt das noch ... Magst du mit reinkommen? Ich glaube, ich will da drin jetzt nicht alleine sein."

#008

Stella hatte Kjell Lundström angerufen, einen ihrer Mitarbeiter im Hauptquartier der SkanForce. Dort zumindest hatte sie ihn angerufen. Sie wusste, dass das Gespräch weiter nach Hause geleitet wurde. Seine Covid-Erkrankung hatte seine Spuren hinterlassen. Obwohl er erst 29 war, klang er kurzatmig. Er hatte vor ein paar Wochen gegen den ausdrücklichen ärztlichen Rat wieder mit dem Arbeiten begonnen. Und leider fiel er immer noch oft aus. Aber sein Kollege Taavi Østby und er waren ein ausgezeichnetes Team. Seit seiner Erkrankung war Kjell eher der Researcher, während Taavi sich an die Front geschoben hatte.

„Du musst für mich ein paar Sachen rausbekommen.

Kjell. Bist du … bist du ausreichend fit?"

„Solange du mich nicht ins Büro zwingst …"

Stella zögerte. Es gab zwei Systeme, die nur in den zentralen Büros der SkanForce bedient werden konnten. Aus Datenschutzgründen, die sie nur schwer nachvollziehen konnte. Das Personalsystem und das Controlling-Interface, das ohnehin kaum jemand fehlerfrei bedienen konnte. Beide könnten wichtig sein.

„Also – es könnte sein, dass du eine halbe Stunde an das Controlling-System musst."

„Hm … Dann lass uns erst über den Rest sprechen. Du weißt, dass ich alles für dich tu, Chefin. Sogar ins HQ fahren. Aber wenn ich – warte mal! Wieso reden wir überhaupt? Du hast doch noch Urlaub?"

„Urlaub war das wirklich nicht, mein Lieber. Ich träume von Umzugskartons und meine Hände sehen aus, als wäre ich 70!"

„Dann komm vorbei und ich massiere dir ein Fluid ein, von dem deine Hände wie neu werden. Also 25 … keinen Tag älter, meine Lie…"

Stella unterbrach ihn grinsend. Die Tatsache, dass Kjell schwul war, ließ die Bemerkung, die an anderer Stelle vielleicht unpassend gewirkt hätte, in einem anderen Licht erscheinen.

„Darauf komme ich zurück … Du kannst dann gleich bei meinem verspannten Rücken weitermachen", grinste sie und ließ es lasziv klingen. Das Spiel hatte sich zwischen den beiden schon vor der Pandemie entwickelt. Chefin sein hieß für Stella nicht, dass man anderen den Spaß an der Arbeit nehmen musste.

Kjell lachte. „Ja … du hast mir auch gefehlt. Also – was soll ich für dich tun, Herrin?"

„Meinen Sklaven finden."

„Welchen der zahlreichen?"

„Den großen mit dem Bart …"

„Der ist in … Dort in Norwegen irgendwo."

„Ich glaube, dass er da nicht mehr ist. Ich möchte wissen, ob du ihn ausfindig machen kannst."

„Verstehe … deswegen ins Controlling? Er hat Flüge

gebucht?“

„Das hoffe ich.“

„Okay ...“

„Und Kjell ... du müsstest das auch extern checken. Also so, als würden wir einen Verdächtigen suchen. Er ist telefonisch nicht erreichbar.“

„Und wir wissen, dass er nicht erschlagen in einem abgelegenen Fjord liegt?“

„Nein – wissen wir nicht. Und damit hast du dir gerade Tor 2 geöffnet!“

„Und dahinter finde ich die Aufgabe, seine Telefone zu tracen, Herrin?“

„Und ob ...“

Sie hörte, wie er sich Notizen machte. „Und ich muss dich leider um noch etwas bitten.“

„Dein Wunsch ist mir ... Oh ... warte – sag mir besser erst den Wunsch.“

„Du musst neben Bjarne noch einen weiteren Mann suchen. Einen *Birger Sundvyk*. Gleiches Geburtsdatum, aber geboren in Hønefoss in Norwegen.“

Stelle hörte die Räder in seinem Hirn ineinandergreifen. Sie war nicht glücklich darüber, dass sie ihm diese Information geben musste. Aber sie hatte mit den Jahren gelernt, dass man in einem Fall wie dem, der sich ihr hier darbot, keine Zeit verschwenden sollte.

Sie war mittlerweile beim Mietwagenschalter angekommen und legte alle nötigen Papiere auf den Tisch, während sie weitersprach. „In dem Falle gilt für dich: Not – a – single – word! Okay?“

„To noone, mylady ...“

„Danke. Melde dich, wenn du was weißt oder was brauchst.“

„Ja ... eins noch. Für die Suche wäre hilfreich, wenn ich wüsste, wo er zuletzt eingeloggt war. Denkst du, das war in Norwegen?“

Sie überlegte rasch. „Ja – fang da an.“

„Ich werde mich geißeln ...“

„Das will ich hoffen! Sonst sollst du meinen Zorn spüren, mein kleiner Ledersklave!“, grinste Stella und legte auf. Der

Mann hinter der Rezeption wirkte wie eingefroren und starrte sie mit einem gewissen Entsetzen an. Sie schüttelte den Kopf. „Manche brauchen einfach ein bisschen Druck", erklärte sie. Dann sah sie auf den Schlüssel. „Ist das ein *italienisches* Auto?"

„Ich ... wir hätten auch noch einen Franzosen in der Größe ...", erklärte er mit einem erschrockenen Gesichtsausdruck.

„Einen BMW habt ihr nicht?"

„Nein ...", entschuldigte der junge Mann sich unterwürfig.

„Gut, dann nehme ich den Franzosen."

„Sicher ..." Er griff nach dem Schlüssel und begann zu tippen.

Minuten später saß Stella in einem dunkelgrünen Peugeot, der für ihren Geschmack zu viele Knöpfe besaß, die allesamt gleich aussahen. Aber sie musste den Wagen nicht lieben. Immerhin war er gut motorisiert. Der Kofferraum war gigantisch und das Telefon hatte sich schnell mit dem Auto gekoppelt. Das waren Qualitäten, die in ihrem Leben zählten.

Sie rief Taavi über das frisch gekoppelte Telefon an. „Taavi – ganz kurz ..."

„Stella?"

„Ja, ich musste meinen Urlaub ein wenig verkürzen. Aber deswegen rufe ich nicht an."

„Sondern?"

„Bist du frei und eventuell in Norwegen?"

„Ich muss hier noch ein wenig bei meinem letzten Fall aufräumen ... und ja – ich bin in Norwegen."

„Wo genau?"

„Mein nächster Flughafen wäre Stavanger. Entfernung eine knappe Stunde."

„Okay ... ich rufe dich wieder an."

„Was Dringendes? Wenn ich es mal offen sagen darf: Du klingst ... beunruhigt. So kenne ich dich nicht."

„Ich weiß es noch nicht."

„Aber du wolltest dich vergewissern, ob du notfalls über ausreichend Truppen verfügst?"

„Korrekt."

„Verstehe. Ich packe mal meine Sachen. You never know ..."

„Sehr gut – ich melde mich."

Stella Nykvist legte auf. Sie würden den Kerl bei der nächsten Beförderung berücksichtigen müssen, das hatte sie sofort gespürt. Er war kein Stratege. Aber ein ausgezeichneter „Soldat". Und ein guter Ermittler.

Nochmals zehn Minuten später trat eine junge Frau in den Besucherraum des Polizeireviers. Das wirkte von außen erstaunlich groß, von innen offenbarte es aber, dass es auch die Stadtverwaltung und eine kleine Fortbildungseinrichtung der norwegischen Polizei beherbergte. Das relativierte die Größe.

Stella erhob sich und schüttelte der jungen Frau die Hand, die sich als Smilla vorstellte. Stella hob eine Braue und die junge Polizistin nickte. „Ja ... wie die in dem Buch. Meine Eltern haben es beide gelesen."

Stella lächelte freundlich. Sie kannte nur den Film und hatte den nicht besonders gemocht. Sie selbst hatte keine Kinder. Aber sie empfand es als ein wenig beleidigend, ein Kind nach einer Romanfigur zu nennen. Ihr Vater hatte sie nach der Sonne benannt und dafür eine romanische Sprache gewählt – weil sie mit einem stattlichen Schopf knallroter Haare zur Welt gekommen war und erst einmal kraftvoll geschrien hatte. Das hatte ihn zu der Vermutung veranlasst, dass es sich um ein Mädchen handelte, das temperamentvoller war als der skandinavische Durchschnitt.

Sie bot der jungen Frau einen Platz in ihrem eigenen Revier, musste deswegen selbst einen Moment lächeln und fiel dann gleich mit der Tür ins Haus.

„Ich bin Stelly Nykvist und leitende Beamtin bei der SkanForce."

„Oh."

„Oh?"

„Du suchst Bjarne Sandvik?"

„Ja ..." Sie spürte, dass ihr Herzschlag leicht angestiegen war.

„Ja ... also wir suchen den auch. Er ist verschwunden", erläuterte Smilla.

„Er ist also verschwunden ... Was habt ihr getan, als das passiert ist? Gab es einen Anlass zu verschwinden?"

„Wir haben angenommen, dass er in dem Fall ermittelt, an dem wir gearbeitet haben. Er hat abends noch mit mir gesprochen und da hatte er schon einmal gesagt, dass er eventuell irgendwohin fliegen müsste."

„Wohin genau?"

„Das ..." Sie schüttelte konzentriert den Kopf. „Das habe ich vergessen."

„Wie können das alle vergessen?"

„Alle?"

„Lange Geschichte." Stella atmete schwer ein. Sie dachte schnell, sie redete schnell, sie handelte entsprechend. Oft traf sie damit auf Menschen, die sie abhängte. Die junge Frau hier schien ihr jedoch keine davon zu sein. Dennoch wusste sie nicht, wohin Bjarne gewollt hatte.

Für sie klang das eher, als habe er es ihr verheimlicht.

Was nicht seine Art war.

Und es bestärkte sie in einer hässlichen Annahme.

„Ihr habt *gemeinsam* an dem Fall gearbeitet?"

„Ja."

„Und abends noch ermittelt?"

„Ja. Bis spät in die Nacht."

„Verstehe. Der Fall ist noch offen?"

„Ja. Allerdings."

„Wie viele Kriminalpolizisten habt ihr hier?"

„Ich bin die, die dieser Beschreibung im Moment am nächsten kommt. Es gibt zweieinhalb", erklärte sie zögerlich. „Die anderen zwei sind zurzeit dienstuntauglich."

„Das hatte ich mir fast gedacht."

„Deshalb hatte ich ja Unterstützung von der SkanForce angefordert."

„... was gut und löblich ist."

„Und dann kam der Mord."

„Erzähl mir was über euren Fall."

„Hotelzimmer. Hotel in prominenter Lage auf einer Insel, die mit zwei Brücken ans Festland angebunden ist. Dort gibt es ..."

Stella unterbrach sie. „Was – etwa Skjongholmen?"

„Die kennst du?"

„Lange Geschichte ..." Stella überlegte kurz und erweiterte dann auf „Lange *langweilige* Geschichte. Lassen wir das. Ich erinnere mich an kein Hotel dort."

„Das ist auch ziemlich neu. Etwa 70 Betten. In der Nacht wird ein Kerl in seinem Hotelzimmer hingerichtet. Regelrecht abgeschlachtet, wenn du so willst. Unter anderem trennt ihm jemand den Kopf ab, schleppt ihn dann zum Balkon des Zimmers."

„Den Kerl oder den Kopf?"

„Entschuldige – den Kopf. Das Zimmer liegt recht weit oben. Die Täterin – zumindest legen die Spuren eine Frau nahe – wirft dann den Schädel vom Balkon runter. Er bleibt in einem Baum hängen. Ob das Absicht war oder Zufall ... wir wissen es nicht. Die Frau flieht wohl mit dem Auto des Kerls. Entweder will sie das absichtlich in einen Fjord fahren oder sie hat einen Unfall. Das war noch nicht klar, als Bjarne verschwunden ist."

„Klingt bislang nicht unbedingt danach, dass man irgendwo hinfliegen müsste."

„Sehe ich auch so. Aber es gab mehr. Der Ermordete ist ein sehr engagierter Blogger und bei einer NGO tätig."

„Was für einer?"

„Eine, die Jugendlichen aus dem rechten Sumpf helfen soll."

„Aha ... und ihr meint, das habe was mit dem Fall zu tun?"

Stella hatte die Frage, die ihr auf den Lippen lag, nicht gestellt. Sie fürchtete sich ein wenig davor, sich bestätigt zu sehen.

„Der Mann hatte in seinem Auto einen ganzen Haufen Unterlagen."

Endlich legte die junge Norwegerin die Akte auf den Tisch, die sie die ganze Zeit in der Hand gehalten hatte. Sie klappte sie auf und zeigte Stella ein Bild mit mehreren Haufen von klassischen Papier-Akten, die auf zwei Tischen lagen, die jemand aneinandergeschoben hatte. Sie ahnte, wer. Daneben lagen ein Laptop und ein Telefon.

Dann zeigte sie Stella drei Fotos eines älteren japanischen Kombis, in dem ebenfalls überall Papiere herumlagen. Wild verstreut. Einige waren offensichtlich geheftet gewesen und hatten sich aus ihrer Verankerung gerissen.

„Das ist bei dem Unfall passiert?“, mutmaßte Stella und Smilla nickte. Stella rückte näher und ließ die Finger angespannt über das Foto streifen. Sie blätterte auf die nächste Seite, wo sich ein ähnliches Bild zeigte. Dann lächelte sie. Auf einem Bild erkannte sie Bjarnes kompakten behaarten Unterarm.

Auf dem folgenden Foto sah sie ihn von der Seite. Er stand im Fjord, hatte sich mit beiden Ellbogen auf einen Wagen gestützt. Neben ihm ein blasser junger Polizist, der ihn erstaunt ansah. Bjarne schien zu telefonieren.

Weil sie auf den Kollegen schaute, bemerkte Stella zunächst gar nicht, was das Bild eigentlich zeigte. Es war auf den Kofferraum des Autos fokussiert, der vollkommen leer war.

„Die Blätter lagen im Wagen?“

„Ja, warum?“

„Also sie sind nicht aus dem Kofferraum geflogen während des Unfalls?“

„Nein ... der war verschlossen. Und der hat so eine Gepäckraumabdeckung. So eine Art Rollo, weißt du? Und das Ding war verankert. Schau ... kann man auf dem Bild erkennen.“

„Also hat die Frau, die ihn getötet hat, auch die Unterlagen gestohlen.“

„Wieso meinst du das? Weil sie nicht im Kofferraum lagen?“

„Das sind vermutlich Recherche-Unterlagen, oder?“

„Allerdings.“

„Ich nehme an, er hat sie mit ins Hotelzimmer genommen. So jemand würde die Unterlagen nicht achtlos im Auto liegen lassen. Also hat sie sie vermutlich mitgenommen und auf die Rückbank gelegt oder so.“ Sie deutete mit dem Zeigefinger auf das Foto. „Ich muss diese Unterlagen sehen.“

#009

Er war erschöpft, wenn auch im besten Sinne des Wortes, wie er fand. Der Sex mit der jungen Deutschen hatte eine völlig andere Qualität in sein Leben gebracht. Er war jetzt 40 und wusste das Mädchen ganz anders zu schätzen als in seinen jüngeren Jahren.

Anschließend war er praktisch direkt aus seinem Schlafzimmer von der White Pearl ins Wasser gesprungen. So, wie Gott ihn geschaffen hatte. Nach wenigen Minuten im glitzernden blauen Wasser kletterte er an der Seite des Schiffes wieder nach oben. Er zog sich frische Kleidung an und schaute auf sein Telefon. Sein Mann am Hafen hatte ihm mitgeteilt, dass Lykke unterwegs war. Das war schneller gegangen, als er angenommen hatte. Daneben hatte er ganze fünf weitere Anrufe – was war los?

Er sah auf die Nummern. Alles treue Gefolgsleute. Er pickte sich die Nummer des Schweden heraus. Der ging sofort ran.

„Nummer 3?“

„Ja ... aber wir sind vielleicht nicht allein.“

„Verstehe. Ich wollte dir nur mitteilen, dass der Adler landen wird. Früher als erwartet.“

„Woher weißt du das?“

„Ich habe einen guten Freund. Dort, wo er sich jetzt

aufhält. Der hat es mir gesagt."

„Wann? Wann wird er ..." Er unterbrach sich, hätte beinahe etwas Dummes gesagt. „Wann wird der Vogel landen?"

„Anfang der kommenden Woche. Eventuell noch diese."

„Wie kann es sein, dass wir davon nichts wissen? Wir rechnen doch im Moment mit weiteren vier Wochen?"

„Irgendein Engpass. Sie brauchen den Platz."

Was ihm auf der Zunge lag, war: „*Verdammter Mist!*" Er war einfach noch nicht fertig. Knut räusperte sich. „Was für eine glückliche Fügung. Danke für deine Info. Hattest du ausschließlich deshalb angerufen?"

„Sicher. Sonst gibt es nichts zu vermelden."

„Eure Vorbereitungen ...?"

„Sind abgeschlossen. Heute Abend kann alles steigen."

„Ausgezeichnet. Ich drücke die Daumen."

„Danke."

Als er auflegte, atmete er einen langen Moment durch. Dann sah er ein Boot auf seine Yacht zukommen. Er kniff die Augen zusammen.

Er wandte sich um, schnappte sich sein Fernglas und stürzte nach draußen. Während er scharf stellte, kam das Boot zügig näher. Ein kräftiger Kerl steuerte das Boot zügig auf die Yacht zu. Und neben ihm ... erkannte er Lykke.

Aber dieser Kerl – das war ein Fremder!

Was sollte das? Lykke konnte doch nicht Krethi und Plethi auf seine Yacht mitbringen. Er hatte Vertraute, mit denen er arbeitete!!

„Verdammt!!"

Mit festen Schritten stürzte er die nächstbeste Treppe herunter, um zu dem Zugang der Yacht zu gelangen, wo das Boot anlegen würde. Er zögerte nur kurz. Dann entriegelte er im Vorbeigehen mit dem sechsstelligen Code die Klappe und entnahm ihr eine Beretta. Er stopfte sie gesichert am Rücken in den Hosenbund und rauschte dann weiter.

Als er unten angelangte, war das Boot nur noch 20 oder 25 Sekunden entfernt. Frode, der hier für die Sicherheit sorgte, kam die Treppe auf der anderen Seite heruntergestürzt. Im Gegensatz zu ihm hatte er seine

Waffe offen im Anschlag, wenn auch leicht gesenkt.

„Tu die Waffe weg“, befahl Knut knapp. Frode musterte ihn kurz – aber er wusste, wer hier der Chef war, also gehorchte er.

Das Boot näherte sich.

„Wer ist der Kerl? Ich hab den noch nie gesehen!“

„Ruhig“, mahnte Knut gegen seine innere Unruhe. „Wenn der so offen hier ankommt, dann ...“

Das Boot hatte längst an Fahrt verloren. Der kräftige Kerl, der es hierhergefahren hatte, wirkte mit seinem grau melierten Bart und den dunklen Haaren auf Knut wie einer der typischen Flüchtlinge, die in Italien haufenweise herumlungerten. Die halbe Welt war nach Italien geflohen auf der Suche nach dem gelobten Land, schien ihm.

Der Mann trug eine stark abgedunkelte Sonnenbrille und nickte Knut zu, während er seitlich geschickt anlegte. Er ließ das Boot noch einen Hauch zu schnell herankommen, dann gab er einen Stoß Gas in die Gegenrichtung. Er machte das äußerst professionell und schien das Motorboot besser im Griff zu haben als die meisten.

Mit einem deutlichen Nicken begrüßte er Knut, dann seinen Beschützer. Galant reichte er währenddessen Lykke die Hand und ließ sie nach oben aussteigen. Anschließend griff er flink nach ihrer kleinen Sporttasche und wollte sie ihr reichen, aber Knut war an den Platz getreten und streckte ihm die Hand hin.

„Wer schickt dich ...?“

„Guiseppe hat sich den Fuß verdreht,“ erklärte der Mann in lupenreinem Norwegisch. „Und da haben sie gesagt, ich soll fahren, weil ich eure Sprache spreche. Ich hoffe, das geht okay?“

Er hielt die Tasche höher. Schließlich griff Knut zu. „Wann ist das passiert?“, erkundigte er sich misstrauisch. Wie konnte es sein, dass ihm das niemand sagte?

„Was? Giuseppe? Gerade eben. Er ist aufs Boot gesprungen, ausgerutscht und peng – schon konnte er seinen Fuß nicht mehr drehen. Ist nicht gut beim Fahren. Also bin ich ...“

„Wer hat dich gebeten, die Tour zu machen?“

„Guiseppe, wer sonst?"

„Du hast eben gesagt ‚Sie haben gesagt, ich soll fahren'. Wer ist ‚sie'??"

„Na – Giuseppe und seine Frau. Du weißt doch ... die brauchen ... das Geld."

„Verstehe ..." Er musterte den bärtigen Kerl mit den strammen Unterarmen, der selbstbewusst und aufrecht am Steuer stand. Obwohl die Situation sicher seltsam war, wirkte der Kerl kein bisschen verängstigt oder auch nur nervös. Er musterte ihn noch eine Weile. Aber er schien sauber zu sein.

Also nickte Knut ihm zu und legte seine Hand militärisch an die Stirn. Der andere Norweger tat das Gleiche und wünschte ihm auf Norwegisch einen schönen Tag.

Er blickte ihm einen Moment hinterher. Er musste später mit Giuseppe telefonieren. Aber erst einmal musste er sich um Lykke kümmern. Die wirkte ebenso aufgedreht wie aufgelöst. „Hast du gehört?"

„Hm?" Er umarmte sie knapp und vermied den Blick auf ihre Stirn. Der Wind hatte ihre Haare zerzaust und man sah ihre alte Narbe, obwohl er ihr gesagt hatte, dass sie damit vorsichtig sein sollte. Dieser Norweger würde sich sicher daran erinnern!

Er sah noch einmal raus aufs offene Meer, blickte dem Mann in seinem cremefarbenen Boot hinterher, der schon wieder auf dem Weg zurück nach Protontini war. Woher kannte Giuseppe nur einen Norweger? Von allen Völkern der Welt – ausgerechnet einen aus seiner Heimat?

Er schüttelte den Kopf und schaute zu, wie das Boot kleiner wurde.

Bjarne atmete erst auf, als er außer Schussweite war. Sein Puls spielte verrückt und er musste sich dafür bewundern, so ruhig geblieben zu sein. Bis eben noch hatte er immer geglaubt, dass dieser Knut eine Art Gerücht war. Ein Fetisch.

Aber er war eines Besseren belehrt worden. Als er so weit weg war, dass man ihn nicht mehr erkennen konnte, ging er vom Gas und ließ das Boot ein wenig treiben. Dann lief er nach unten und öffnete die Klappe, die er streng verschlossen gehalten hatte, obwohl diese Lykke nach unten gewollt hatte, weil es da windgeschützter war und nicht mit zerzaustem Haar aufkreuzen wollte.

Er hatte ihr klar gesagt, dass er keinen Schlüssel habe, und sie hatte ihm geglaubt. Als er jetzt die Klappe aufzog und nach unten sprang, starrte Giuseppe ihn bereits an.

Mit einer raschen Bewegung löste Bjarne Sandvik das große Pflaster vom Mund des Italieners, ließ die Handfesseln allerdings, wo sie waren. Giuseppe regte sich nicht und sah ihn nur an. Neutral fast, aber mit einem Schuss Angst.

Bjarne hielt ein Bündel Scheine nach oben. „Du hast jetzt die Wahl. Ich gebe dir diesen Batzen Geld hier und du rufst gleich deinen Meister an und sagst ihm, dass dein Fuß zwar noch höllisch weh tut, du aber jetzt wieder fit bist, weil du eine Spritze bekommen hast. Oder ich fahre bis in den Hafen, verlasse das Schiff und sage dem Hafenmeister, dass er dich befreien soll. Dann sehen wir uns nie mehr wieder. Option drei: Du nimmst das Geld, weil du glaubst, du könntest mich austricksen und verpfeifst mich dann doch. In dem Falle sehen wir uns wieder. Wie entscheidest du dich?"

„Was willst du von dem Mann? Warum dieser Aufwand?"

„Sind wir in Szenario eins, zwei oder drei bei dieser Frage?"

Giuseppe zögerte einen Moment. Aber Bjarne wusste, dass der Mann trotz seines fortgeschrittenen Alters ein kleines Kind hatte. Er brauchte das Geld.

„Eher Szenario eins", murrte er.

Bjarne nickte. „Ich halte ihn für einen fanatisch bösen Menschen. Jemanden, der große Verachtung empfindet für Menschen wie dich."

„Für Menschen wie mich?"

„Solche, die keine Norweger sind. Oder nicht der allgemeinen Herrenrasse angehören. Oder der, die er dafür hält."

„Hm ... ich dachte, das wäre so ein Spinner, der ... Ach, egal." Er winkte ab.

„Nein – sag schon."

„Einer, der Elektroautos baut oder was mit dem Internet macht oder so."

„Von denen sind vielleicht auch einige irre", erklärte Bjarne und ging in die Knie, um die Fesseln des Mannes zu lösen. „Aber der da spielt in einer anderen Klasse."

Er öffnete die Fesseln und Giuseppe spielte mit seinen Fingern, streckte und dehnte sich und rieb sich die Handgelenke. Er schien keinen Groll gegen Bjarne Sandvik zu empfinden. Sollte den Norweger das misstrauisch machen?

Der Italiener, der ein paar Jahre älter sein musste als er, erhob sich. Obwohl Bjarne ihm seine Hand helfend entgegenstreckte, lehnte er ab. Er fixierte den Norweger eine Zeit lang mit einem forschenden Blick von unten herauf.

„Du bist Bulle?"

„Bin ich."

„Dann will ich kein Geld von dir haben."

„Hm?"

„Wenn der Kerl da draußen ein richtig böser Mann ist, dann ..." Er schüttelte den Kopf. „Egal. Lass uns zum Anleger fahren."

„Sicher."

Bjarne gewährte dem Italiener den Vortritt. Er ahnte, dass es dem Mann schwerfiel, zu formulieren, warum er kein Geld von ihm wollte. Es hatte etwas mit Ehre zu tun und damit, das Richtige zu tun. Solche Menschen zu treffen, war seiner Erfahrung nach zu einer Seltenheit geworden.

#010

Stella hatte alles organisiert und in die Wege geleitet und war ein wenig stolz auf sich.

Kjell saß im übernächsten Flieger und würde am Abend eintreffen. Sie hatte sich gemeinsam mit der jungen Smilla den Fundort des Wagens angesehen. Nicht ernsthaft, um dort etwas herauszubekommen. Sie wollte neben der Polizistin sitzen und mehr Details zum Fall erfahren, während sie auf der Fahrt einen Blick auf die diversen Akten warf.

Das hatte zu der Art Erkenntnissen geführt, die sie befürchtet hatte. Nach der Besichtigung des kleinen Fjords fuhren sie ins Hotel, in dem das Mord-Zimmer immer noch versiegelt war. Auch hier versprach sich Stella Nykvist von einer Begutachtung vor Ort nichts, was sie nicht schon auf der umfangreichen Foto-Dokumentation des Tatortes gesehen hatte.

Das Blut war mittlerweile verkrustet und hatte eine bräunliche Färbung angenommen, an den Rändern war es fast schwarz. Der Raum war tagelang nicht gelüftet worden und es gab reichlich Mücken. Stella machte zwei Schritte, zog die Balkontür auf und fuchtelte ein wenig herum, um die Viecher zu verscheuchen. Aber es war hoffnungslos.

Sie trat auf den Balkon und merkte plötzlich, wie ihr der Boden unter den Füßen schier weggezogen wurde. Es gelang ihr gerade noch, sich zu fangen, ohne gegen die Mauer des Balkons zu prallen.

„Drecksverfluchte ...!“ Zornig blickte sie zurück und starrte auf die Fußleiste, über die sie gestolpert war. Die war sicherlich zehn Zentimeter hoch.

„Ist wegen Schneedruck ...“, entschuldigte Smilla.

„Hm?“

„Die Dinger müssen neuerdings so hoch gebaut werden, um den Schnee abzuhalten. Ist Vorschrift seit ... weiß nicht genau – circa 2019 oder 2020, schätze ich."

Stella kniff die Augen zusammen und schaute sich das breite Stück Kunststoff näher an. Man konnte an beiden Seiten erkennen, dass Menschen dagegen gelaufen waren. Und die Hürde war so hoch, dass sie es schon fast als gefährlich erachtete. Dann richtete sie sich plötzlich auf und schaute zum Parkplatz hin. Sie trat näher an die Mauer des Balkons heran und sah nach unten.

„Ist das *der* Baum?"

„Der Baum, in dem der Kopf gefunden wurde? Ja."

„Ich würde sagen, die Mörderin ist genauso gestolpert wie ich, oder?"

„Meinst du?"

„Ich kann mir kaum vorstellen, dass die Täterin den Kopf in einen Baum werfen *wollte*, wenn ich ehrlich sein soll."

„Bjarne hatte auch so einen Gedanken ..."

Stella nickte. Dann lehnte sie sich mit dem Rücken an die Mauer, gegen die sie beinahe gekracht wäre. „Sag mal ... hast du auch die Unterlagen gelesen, die in dem Wagen gefunden wurden?"

„Ja ... wenn auch nicht so intensiv wie Bjarne. Ich musste mich um die ganzen anderen Sachen kümmern, die ..."

Stella unterbrach sie mit einem freundlichen Lächeln. „Du musst dich für nichts entschuldigen. Ich will nur wissen, ob du den Inhalt kennst."

„Ja. Laurin Haugen hat zu den ‚Erben Utøyas' recherchiert."

„Was weißt du über die?"

„Nicht viel. Das sind so ein paar Spinner ... Die haben in ganz Norwegen maximal 100 Mitglieder, soweit der Polizei bekannt ist.

Ein Haufen rechtsnationaler Spinner. Die üblichen Themen: Sie glauben, dass Ausländer die nordische Rasse verunreinigen und solchen ekelerregenden Mist. Anders Behring Breivik ist ihr Vorbild. Also, der Typ, der die Kinder auf der Insel Utøya getötet hat. Daher der Name."

„Sind die hier in der Gegend aktiv", erklärte Stella, ließ

es aber ein wenig wie eine Frage klingen. Längst waren bei ihr alle Alarmglocken angegangen und klingelten schrill und laut. Bjarne und sie ... beide hatten sie ihre persönliche Geschichte mit der Insel Utøya – aber Bjarnes war intensiver. Er war auf einem der ersten Polizeiboote einer Spezialeinheit gewesen, die auf die Insel gefahren waren. Sein Trupp hatte den Schützen gestoppt. Und anschließend hatte sein Leben sich für immer verändert.

Smilla seufzte. „Ich würde sagen: Es kommt ein wenig darauf an, wen du fragst. Es gibt eine Gruppe der norwegischen Polizei, die im rechtsradikalen Spektrum ermittelt. Die halten die für durchaus relevant. Die waren auch mal hier vor ein paar Monaten und haben mit uns gesprochen."

„Über die *Erben Utøyas*?"

„Auch. Es gibt ja bei den Spinnern mittlerweile eine ziemliche Vielfalt. Das wird schnell unübersichtlich, weißt du?"

„Ja ...", bestätigte Stella nachdenklich. Dass es ausgerechnet eine solche Splittergruppe sein musste, trieb ihren Blutdruck steil nach oben. Es fiel ihr grundsätzlich enorm schwer, die Fremdenfeindlichkeit, die überall zunahm, nachzuvollziehen. Stella hatte in ihrer Jugend jedes Jahr in einem anderen Land gelebt. Auch das hatte sie geprägt. Sie war selbst immer irgendwo fremd gewesen.

Und da hatte sie noch Glück. Ihre Familie stammte aus Schweden. Skandinavier waren praktisch überall willkommen und galten als nette Menschen. Fremdenhass, der sich gegen Schweden richtete, war weltweit praktisch unbekannt. Außer vielleicht bei einer winzigen Gruppe von Finnen. Aber weltweit spielte das keine Rolle. Wollte Stella irgendwo einwandern, würde man ihr in den meisten Ländern freundlich lächelnd die entsprechenden Formulare in die Hand drücken.

„Diese Polizei-Einheit ... die bei euch war. Was war deren Sicht auf die Sache?"

„Meinst du, dass Bjarne *deswegen* verschwunden ist?"

„Das ist eine Frage. Aber die andere ist doch: Wenn der tote Journalist zu dem Thema recherchiert hat – ist er dann vielleicht jemandem auf die Füße getreten?"

„Ja ... Also ... die haben gesagt, dass die Aktivitäten der Gruppe derzeit zunehmen. Deswegen waren die hier. Die Gruppe hat so eine Art spirituellen Führer, der im Knast sitzt."

„Wie heißt der?"

Smilla zuckte die Schultern. „Daran erinnere ich mich nicht. Ich glaube aber, die haben ein paar Informationsblätter dagelassen."

„Okay – und sonst?"

„War ein hübscher Typ." Sie gestattete sich ein Grinsen. Dann räusperte sie sich und wurde wieder ernst. „Also – dieser Führer scheint demnächst aus dem Gefängnis zu kommen. Und deswegen glauben sie, dass die Aktivitäten zunehmen werden."

„Verstehe. Wusste Bjarne das?"

„Das kann ich nicht mit Sicherheit sagen. Er hat alles gelesen, was er gefunden hat. Hat Bjarne ... irgendeine Historie mit dem Thema?"

Stella seufzte. „Bjarne war eine kurze Zeit in einer Spezialeinheit. Da hatte er mit einigen Rechtsradikalen zu tun. Aber das ist lange her. Er war aber ... Also – er redet nicht darüber und am besten sprichst du ihn nicht darauf an. Er war auf Utøya mit dabei."

„Oh je ..." Smillas Gesicht veränderte sich, wie Stella es schon öfter gesehen hatte. Die norwegische Polizistin war damals noch auf der Schule gewesen – und doch war dieser Anschlag in den Köpfen der Norweger so fest und schmerzhaft verankert, wie kein anderes Ereignis.

„Ja ...", murmelte Stella ein wenig ratlos. Ihre eigene Rolle bei diesem desaströsen Attentat war eine weit distanziertere gewesen.

„Ich schätze, das vergisst man nicht ..."

„Kaum."

„Ein Glück, dass wir dafür zu jung sind!"

Stella nickte, wenn auch zögerlich. Sie war zu jung dafür, aber ausgerechnet ihr erster echter Fall für die SkanForce hatte sich darum gedreht. Sie hatte in einer Art ungeplantem Undercover-Einsatz eine Gruppe junger

Menschen unterwandert. Und diese Menschen hatten an dem Tag einen Anschlag in Oslo geplant. Einen großen Sprengstoffanschlag. Nur war ihnen Anders Behring Breivik, der spätere Täter von Utøya, zuvorgekommen.

Beide hatten den Besuch der ehemaligen Ministerpräsidentin Gro Harlem Brundtland für ihren Anschlag nutzen wollen. Anders Breivik war jedoch schneller gewesen. Er hatte eine Bombe in Oslo hochgehen lassen. Daher hatte die andere Gruppe ihren Anschlag im letzten Moment abgeblasen. Wenige Stunden später war es dann zu dem furchterregenden Massaker auf der Insel gekommen, das Norwegen – vielleicht sogar Skandinavien – nachhaltig verändert hatte.

Und Stella war als blutjunge Polizistin, ähnlich wie Smilla jetzt, dicht an dem Thema dran gewesen. War rasch in die andere Gruppe vorgedrungen. Unfreiwillig war Bjarne *deutlich* dichter an dem Anschlag dran gewesen. Und er sprach nicht darüber.

Aber es hatte ihn nachhaltig verändert.

Bjarne hatte den Polizeidienst damals quittiert und war monatelang ziellos auf der Welt umhergestreift, was ihn letztlich seine Familie gekostet hatte. Er hatte nach einem Sinn gesucht. Hatte sich gefragt, was er in Zukunft tun sollte. Ein rundes Jahr später hatte er dann bei der SkanForce angefangen.

„Stella?"

„Ja ..."

„Was willst du weiter ermitteln?", riss Smilla sie aus ihren unseligen Gedanken.

Sie atmete schwer aus. „Bjarne muss in den Akten etwas gefunden haben, was mit Utøya zu tun hat."

„Na ja – *Erben Utøyas ...*"

„Nein, das ist mir zu einfach. Da muss mehr sein. Kennst du die Theorie, dass Anders Breivik kein Einzeltäter war?"

„Nein."

„Kann eine Verschwörungstheorie sein. Kann auch darauf beruhen, dass damals ein anderer Anschlag verhindert wurde, der am selben Tag stattfinden sollte. Aber es kann eben sein, dass Breivik eine Marionette war.

Einer, der den Einzeltäter gespielt hat – aber faktisch eine große Gruppe vertrat. Er selbst hat damals solche Sachen in den ersten Verhören gesagt. Er hat behauptet, dass sie viele seien."

„Kann auch Blödsinn gewesen sein. Oder eine Art Metapher, oder? So etwas wie ‚ich stehe für die schweigende Mehrheit' oder so. Der war ja vermutlich nicht ganz dicht."

„Möglich. Aber Bjarne Sandvik ... Er hat sich mit diesem Thema auseinandergesetzt. Und er ist in einen Flieger gestiegen, soweit wir wissen. Wir müssen die Unterlagen daraufhin ansehen, was sie an Hinweisen auf Orte bereithalten. Wohin konnte er fliegen wollen? Was fällt dir dazu ein?"

Smilla schien sehr intensiv in sich zu gehen, was Stella gefiel, obwohl es ihr viel zu lange dauerte. Dann schien eine Erkenntnis in ihr zu wachsen, bei der sie sich nicht ganz sicher war.

„Er hat sich über irgendetwas mit einer Yacht aufgeregt."

„Eine Yacht? Die wurde in den Unterlagen erwähnt?"

„Nicht in denen, die ich gelesen habe."

„Sonst noch etwas?"

„Ich erinnere mich, dass er etwas gesagt hat, wie: ‚Die war an dem Abend auch dabei ...'. Das hat er ein paarmal wiederholt. ‚Die war an dem Abend auch dabei ...'. Das hat ihn irgendwie sauer gemacht. Ich habe ihn gefragt, aber er hat abgewunken."

„Okay. ‚Die' – also eine Frau. Abend. Um welchen Abend ging es da?"

Sie zuckte die Schultern. Dann wandte sie sich halb um und deutete zur Tür. „Wollen wir uns nicht die Unterlagen ansehen?"

„Die habe ich vorher im Auto ja schon ..."

„Nein – Bjarne hatte noch mehr."

„Aus dem Auto?"

„Oder sie waren auf dem Notebook ..."

„Na gut, lass uns das machen."

Smilla schritt rasch durch den Raum und mied den Blick auf das angetrocknete Blut. Stella sah noch einmal nach unten, dann raffte sie sich auf. Zielsicher stolperte sie erneut über die Türschwelle und fluchte laut.

#011

Lykke warf einen verächtlichen Blick auf Martina. Sie wusste, dass Nummer 3 die Frau mochte – aber für sie selbst galt das nicht. Sie hielt sie für eine Schlampe, obwohl sie den frauenfeindlichen Ausdruck persönlich nicht mochte und versuchte, ihn zu vermeiden. Auf Martina jedoch traf er zu. Ohne Einschränkung.

Lykke wusste von mindestens vier weiteren Kerlen, mit denen die Deutsche etwas gehabt hatte. Immer die Alpha-Männchen. Und auch, wenn Knut Solbakken eben nur die Nummer 3 war ... ein Alpha-Mann war er allemal. Einer, der fast als Symbolbild dieser Gattung getaugt hätte.

Hünenhaft, blond, breitschultrig, blauäugig. Mit seiner Erscheinung hätte er der Nukleus der nordischen Rasse sein können. Sie wusste, dass er mehrere Bücher über Willibald Hentschel gelesen hatte, den er regelrecht verehrte. Hentschel hatte eine „Stätte rassischer Hochzucht“ aufbauen wollen. Die neue völkische Oberschicht war ein wichtiges Ziel Hentschels gewesen, das auch Knut Solbakken vertrat. Er und Nummer 1.

Lykke seufzte schwer. Ihr Bruder würde sehr bald aus dem Gefängnis kommen. Und er war das fehlende Glied in der Kette. Die Nummer 2. Sie fragte sich, was das alles ändern würde. Und was das für sie bedeuten würde. Sie hatte sich im Bund der Nordgermanischen Elite über all die Jahre so intensiv engagiert, wie es ihr möglich war. Und darüber hinaus.

Der Schuss in ihren Schädel war jetzt über 10 Jahre

her. Zwei Hautverpflanzungen hatten geholfen, die Narbe zu verdecken. Die Haare geschickt zu tragen, half ihrer Erscheinung ebenfalls.

Die Erinnerung an die Jahre 2011 bis 2013 fehlte Lykke fast vollständig. Im Spätsommer 2011 hatte die Kugel sie direkt über der Schläfe getroffen. Sie hatte auf dem Boden gelegen, hatte in einer Art Trance mit angesehen, wie die verdammte rothaarige Polizistin, der dieser Schuss gegolten hatte, auf ihren Bruder schoss. Und ihn traf!

Danach verschwamm vieles. Sie hatte viele Menschen nicht mehr wiedererkannt, die ihr seit Jahren vertraut gewesen waren. Obwohl sie Deutsch in der Schule als Fremdsprache gelernt hatte – und die kantige Sprache scheinbar ausgezeichnet beherrschte – fehlte ihr jede Erinnerung daran. Erst 2017, als sie einmal ein Tourist angesprochen hatte, hatte sie ihm auf Deutsch geantwortet und es nicht einmal gemerkt.

Heute war die Sprache wieder da. Viele andere Dinge hatte sie nicht so leicht wieder erlernt. Oder gar nicht. Die Splitter, die immer noch in ihrem Kopf waren und sich nicht entfernen ließen, sorgten dafür, dass zwei Finger ihrer rechten Hand praktisch taub waren. Und manchmal vergaß sie, zu blinzeln, was sich dann später als sehr schmerzhaft erwies. Wenn die Augen trocken wurden. Wenn die Lider förmlich darüber kratzten und sie Augentropfen brauchte. Nie verließ sie das Haus ohne Augentropfen.

Ihr erster Flug war die Hölle gewesen. Ihr Kopf hatte gedroht, zu zerplatzen. Zumindest hatte es sich so angefühlt. Irgendwann war Blut über ihr rechtes Auge gelaufen und sie hatte fast zwei Stunden nach der Landung auf dem Auge nur verschwommen gesehen. Aber auch das hatte sie sich wieder antrainiert. Schmerzhaft und mit großen Entbehrungen. Nahm sie Koffein zu sich, konnte sie bis heute nicht fliegen.

Und trotz all dieser Probleme und weiteren, die Lykkes Körper ihr bereitete, hatte sie sich immer engagiert, um die nordischen Ziele zu erreichen. Um weitere Moscheen zu verhindern. Um die Menschen aufzuklären, wie wichtig und dringlich der Erhalt der nordischen Rasse war, um ein Eurabien zu verhindern, in dem die Muslime die Herrschaft übernahmen! Dafür hatte sie gekämpft – und ihr Bruder hatte es ebenso getan. Sogar im Gefängnis.

Knut klopfte zurückhaltend an ihre Tür. Sie wusste, dass sie die vielleicht einzige Frau war, die er in seinen Kreisen respektierte. Ihr gegenüber benahm er sich. Vermutlich wegen ihres Bruders. Bei anderen Frauen wäre er in die Kabine geplatzt. Selbst, wenn sie nackt gewesen wären, vermutete sie.

„Knut ...“, murmelte sie gedankenverloren.

„Lykke – die Jungs fragen, was du essen möchtest. Ich dachte daran, so in einer Stunde auf dem hinteren Deck für uns eindecken zu lassen, wo man im Schatten sitzt. Passt das?“

„Das klingt super.“

„Und – hast du Wünsche?“

„Gerne mal was ohne Fisch ...“

„Sehr wohl. Vielleicht einen Salat und etwas Pasta?“

„When in Rome, do as the Romans do ... sagt man nicht so?“, lächelte Lykke.

Er nickte, aber sie spürte, dass er das gerade zum ersten Mal gehört hatte. Er hatte seinen Mund leicht zusammengekniffen, sein ganzer Körper hatte sich ein wenig versteift.

„Weißt du schon, wann genau dein Bruder zu uns stößt?“, erkundigte er sich.

„Anfang kommender Woche.“

„Bist du da sicher?“

„Sie wollten mich anrufen. Ich bin sein benannter Kontakt.“

„Aha ...“

„Warum? Ich meine, du stellst diese Frage doch nicht nur zufällig, Knut – oder?“

Er atmete schwer aus. „Ich habe gehört, dass er schon früher entlassen werden soll.“

„Nein ...“, gab sie gedehnt zurück. „Das wüsste ich. Das muss ein Irrtum sein. Ich kenne die Leute dort mittlerweile wirklich gut.“ Sie schüttelte energisch den Kopf und behielt einen ungläubigen Gesichtsausdruck.

Knut nickte argwöhnisch. „Ich will es hoffen. Ich könnte mir vorstellen, dass er furchtbar wütend sein dürfte, wenn ihn niemand abholt. Ich zumindest wäre es."

Lykke Andersen spürte eine deutliche Unsicherheit in sich aufkommen. Yngve Sætervik, ihr Bruder, war immer aufbrausend gewesen. Möglicherweise hatte er deshalb so viel Spaß an Sprengstoff gehabt. Da war er schier fanatisch gewesen. Schon als Kind.

Falls Knut recht hatte, wäre das eine Katastrophe. Aber auf der anderen Seite konnte sie sich nicht vorstellen, dass ein Gefängnis eine solche Information vergessen würde.

Sie hatten alle ihre Aktivitäten nach Ålesund verlegt, um dem kleinen dörflichen Gefängnis nahe zu sein, in dem Yngve untergebracht war. Ursprünglich hatte ihr Bruder in ein Gefängnis in Oslo gehen sollen. Dann stellte sich heraus, dass ausgerechnet Anders Breivik, der Utøya-Attentäter, dorthin verlegt werden sollte.

Die Regierung wollte nicht beide im selben Gefängnis haben. Seitdem saß Yngve in Ålesund und sie hatten ein ausgezeichnetes Verhältnis zur Gefängnisleitung aufgebaut. Er hatte einen Computer, um seine Schriften zu verfassen. Er durfte sogar ins Internet. Wenn auch nur unter Aufsicht.

Viele der Wärter waren ihren Ideen gegenüber sehr aufgeschlossen. Einige unterstützten sie. Würden die so etwas Wichtiges wie seine Entlassung vergessen? Nein. Niemals. Das konnte sie sich nicht vorstellen.

#012

Der kräftige Wachmann mit der erstaunlichen Pranke, der

ihn vor ein paar Jahren einmal K.O. geschlagen hatte, reichte ihm seine gigantische Hand mit einer Art Lächeln.

Yngve zögerte nicht. Er langte zu und schüttelte die Hand. Ihm war bewusst, dass der Mann damals richtig gehandelt hatte. Und Yngve hatte seitdem viel gelernt. Unter anderem auch einiges über diesen Mann. Und der war ein angenehmer Zeitgenosse. Seine politischen Ansichten waren aus Yngve Sæterviks Sicht ebenfalls stimmig.

„Deine Schwester holt dich ab, nehme ich an?"

„Sicher. Sie und ein paar Freunde. So ist es vereinbart."

„Sehr gut. Der erste Schritt ist wichtig. Die ersten Tage sind äußerst wichtig. Du weißt ja, was man hier sagt: Wir wollen uns nie mehr wiedersehen, okay?" Der bärenhafte Mann zwinkerte ihm zu. Yngve nickte. Ganz sicher würde er hierher nicht mehr wiederkommen.

Er trat aus dem kleinen hellgelben Gebäude nach draußen.

Der Unterschied dieses einen Schrittes war unbeschreiblich. Er sah nach oben, blickte in die Sonne und musste erst einmal blinzeln. Die Helligkeit schmerzte beinahe in seinen Augen. Ein lauer Wind kam vom Wasser her, das hier sehr nahe lag und schien jede Faser seines Körpers zu streicheln.

Es hatte Tage in den vergangenen 11 Jahren gegeben, in denen er sich sicher gewesen war, dieses Gefühl nie wieder zu erleben. Es mochte der humanste Knast Europas sein, in dem er hier war – und doch war es ein geschlossenes Gebäude. Wochenlang war er im Kreis gelaufen und dabei aggressiv geworden.

In der Phase hatte ihn der Aufseher K.O. geschlagen. Aber nur, weil Yngve den Mann angegriffen hatte. Der Klotz hatte nur einen Schlag gebraucht, um ihn niederzustrecken. Einen.

Am nächsten Tag hatte Yngve seine Wunden geleckt, am Übernächsten hatte er um einen weiteren Stuhl gebeten und begonnen, zwischen den Stuhllehnen Übungen zu machen, um seinen Körper fit zu halten. 30 Minuten auf der Stelle zu laufen, war deutlich langweiliger, als er es sich vorgestellt hatte. Aber das war der Preis. Und er war heute körperlich fast besser drauf als damals, als er hierhergekommen war.

Schließlich atmete er tief ein und sah sich um. Bei all seinen Bewegungen, die er in den letzten Sekunden gemacht hatte, war er sich der Blicke bewusst gewesen, die auf ihn gerichtet waren. Die Frauen, die zu ihm aufschauten, die Männer, die ihn als den Märtyrer respektierten, der er war. Er hatte ihnen die richtige Show bieten müssen. Er wusste das. Er war ein Führer – und das konnten sie verlangen. Sie würden anderen davon erzählen, wie er aus dem Gefängnis gekommen war. Wie seine Bewegungen ausgesehen hatten.

Sein Blick glitt die schmale Straße hinunter. Und wieder hinauf. Streifte das kleine Geschäft gegenüber, die geschickt getarnte Einfahrt des kleinen Parkhauses, die geparkten Fahrzeuge auf der Straße. Er hatte sich nie viel aus Autos gemacht – aber die neuen Fahrzeuge sahen für ihn alle lachhaft aus. Rund und gesichtslos. Bei dem Wagen, der direkt gegenüberstand, kannte er nicht einmal das Logo, das die Erbauer stolz zwischen den unglaublich flachen Scheinwerfern angebracht hatten.

Er machte ein paar Schritte in Richtung der nächsten Kreuzung, die rundliche Sporttasche fest in der rechten Hand. Ein Junge mit einem Hund kam ihm entgegen. Ein Boxer – ein ebenso seltenes wie respektables Tier, wenn man ihn fragte. Der Hund fixierte ihn kurz, dann senkte er den Blick und schritt mit strammen, muskulösen Bewegungen weiter voran.

An der Kreuzung konnte er den Berg hinaufschauen und die Straße runter in Richtung des nächsten Fjords. Er lächelte kurz. Kühl und blau lag das Wasser da und er machte ein paar Schritte die Straße runter, ohne richtig darüber nachzudenken.

Dann verharrte er starr.

Er konnte noch so oft zum Wasser gehen, wie er wollte.

Er war jetzt frei.

Aber er war frei und allein.

Ein Mädchen von 10 oder 12 Jahren kam ihm

telefonierend entgegen. Das war es. Heute hatte jeder ein Telefon. Sogar kleine Kinder. Nur er nicht. Sicher hatten sie angerufen und gesagt, dass sie im Stau steckten. Andererseits ... in welchem Stau? Ålesund war doch nicht Oslo oder Bergen!

Etwas so Unwürdiges wie Stau gab es hier gar nicht!

Er lenkte seine Schritte wütend in Richtung Wasser. Niemand war hier. Für eine wilde Sekunde hatte er überlegt, dass sie vielleicht einen Scherz machen würden. So taten, als hätten sie diesen Tag vergessen. Sie hielten sich irgendwo versteckt und kamen dann wild lachend hervor, eine Flasche Sekt in der Hand.

Aber die Zeit war abgelaufen. Ab jetzt war das kein Scherz mehr.

So eine verdammte Niederlage!

Sie hatten ihn hier stehen lassen!

Wie einen Strafgefangenen, einen Verbrecher!

NEIN!!

Sein Herz pochte wild, als er sich die Sporttasche über die Schulter warf. Er kam näher ans Wasser. Ein Auto hupte ihn wild an und er schreckte zurück. Seit Jahren hatte Yngve keine Straße mehr überquert! Er hatte es vergessen. Hatte schlicht nicht mehr dran gedacht, nach Autos zu schauen, wie er es im Kindergarten gelernt hatte.

Er war ein verdammter Anfänger in solchen Alltagsdingen.

Und in diesem Zustand hatten sie ihn hier stehen lassen? Einfach so?

UNFASSBAR!! grollte es donnernd durch seinen Kopf. Er war allein! Er war hilflos. Sollte jetzt noch jemand auftauchen und das als Scherz deklarieren – er würde ihm die Fresse polieren!

Er lief am Wasser entlang, genoss das Glitzern der Sonne, die ihren Zenit überschritten hatte. Dann sah er rüber nach Aspøy, das man von hier aus gut erkennen konnte. Ein Kreuzfahrtschiff war in der Ferne zu sehen, das den Hafen ansteuerte.

Er setzte sich auf eine Mauer am Hafen und versuchte, sich zu beruhigen. Wie sollte er weitermachen? Er kannte die Adresse, wusste, wo Lykke wohnte, wo die anderen ihr Lager aufgeschlagen hatten. Aber er konnte jetzt ja unmöglich dorthin laufen. Das wäre so, als würde er sagen: „Ach, ist doch nicht schlimm, dass ihr mich vergessen habt nach gerade einmal einem Jahrzehnt. Macht euch nichts draus ..."

Ihm war klar, wie sein Leben weitergehen musste. Er brauchte ein Telefon, er brauchte Bankkarten jeder Art, er brauchte – ein Leben!

Die Leute warteten auf ihn. Sie harrten der Ankunft von Nummer 2, sehnten sie herbei. Und hier war er: Ein Häufchen Elend an einer Kaimauer mit 1400 Kronen in der Tasche, die jeder bei der Entlassung erhielt. Er nahm nicht an, dass man dafür ein Telefon bekam ...

Dann fiel sein Blick auf ein Plakat. Er war weiter oben schon daran vorbeigekommen. Aber da hatte er andere Dinge im Kopf gehabt. Jetzt starrte er mit großen Augen auf die Ankündigung. Heute Abend würden Riefenstål hier spielen!

Riefenstål! Er lächelte breit. Eine Band mit strammen ideologischen Grundsätzen, die er schon 2008 oder sogar 2007 gehört hatte. Leicht kniff er die Augen zusammen. War das eine Eröffnung für ihn? Eine relevante Tat für den ersten Tag? Ein Wink des Schicksals oder gar ein größerer Sinnzusammenhang?

Er sah auf die Vorverkaufsstellen und hielt einen jungen Mann an, der erst die Kopfhörer aus den Ohren nehmen musste. „Sag mal – diese Vorverkaufsstellen – welche ist da am nächsten?"

Der Kerl warf einen Blick auf das Plakat, dann schaute er Yngve an.

„Weißt schon, dass das so ne Nazi-Band ist, oder? Ich meine: Das sieht nach Rockmusik aus – aber Riefenstål ... das ist ein Wortspiel, okay? So mit Riefenstahl und so. Sagt dir ..."

„Ja ja – mir geht es nur um die Vorverkaufsstellen."

Der Kerl seufzte, schaute noch einmal auf das Plakat und deutete dann auf die dritte. „Das hier ist die nächstgelegene. Die Straße hier wieder rauf. Oben am

Knast vorbei und dann nach links. Und dann 100 Meter weiter auf der rechten Seite. Leicht zu erkennen. Ist ein Geschäft für Jagdwaffen."

Kopfschüttelnd ging er weiter und steckte sich irgendwann wieder die Kopfhörer in die Ohren.

Yngve Sætervik wusste, was er zu tun hatte.

#013

Stella nahm den Anruf rasch an, als es klingelte. „Kjell – hast du was für mich?"

„Sicher, Gebieterin."

Stella lächelte, während sie auf die andere Straßenseite wechselte.

„Na, komm, Kleiner ... gib's mir ...!", raunte sie in einem bewusst gewählten lüsternen Tonfall.

Kjells Antwort jedoch klang unerwartet ernst.

„Ich kann Bjarnes Flug nicht tracen."

„Wie meinst du das? Der muss doch verzeichnet sein?"

„Zwei Möglichkeiten bestehen: Entweder hat er seinen Flug selbst bezahlt oder er hat eine Möglichkeit gefunden, ihn aus dem System zu löschen. Dann wäre der alte Mann cooler, als ich dachte."

„Nur ich darf ihn als alten Mann bezeichnen."

„Ich weiß – aber er hört ja nicht zu."

„Was ist mit Möglichkeit 3: Bjarne ist nirgends hingeflogen, sondern wir glauben nur, dass ..."

Er unterbrach seine rothaarige Chefin. „Die Möglichkeit sehe ich nicht mehr."

„Warum?"

„Seine Handy-Daten zeigen, dass sich seine beiden Telefone in Italien eingeloggt haben."

„Wo?“

„Technisch gesehen in einem Ort namens Caserta. Aber ich glaube nicht, dass er dort war.“

Stella kniff die Augen zusammen. „Sondern? Du meinst, dass nur seine Telefone dort waren?“

„Nein – ich glaube, dass er sich in der Luft befunden hat. Seine Telefone befanden sich rund drei Stunden zuvor noch in Norwegen. Er muss also geflogen sein. Er hat meiner Ansicht nach im Flugzeug gesessen und vergessen, die Telefone auszuschalten. Im Landeanflug loggen die sich dann plötzlich ein. Die waren beide nur etwa eine Minute am Netz. Vermutlich haben die Telefone sich eingeloggt, er hat es gemerkt und sie dann ausgeschaltet. *Damit* ihm niemand folgen kann.“

„Mh ...“ Stella fragte sich, ob er nicht ein feines Zeichen gesendet hatte. Sie konnte sich kaum vorstellen, dass Bjarne so etwas „passierte“. Eher schon, dass er eine kleine bewusste Spur legen würde. Sie hatten in ihrem Job viel zu oft damit zu tun, digitale Spuren zu orten, als dass er das vergessen könnte. Aber das wollte sie nicht mit Kjell diskutieren. Nicht jetzt.

„Was für ein Landeanflug ist das? Ich kenne mich in Italien nicht so aus.“

„Und das bei deinem Namen, mein Sternchen ...?“

„Ja, ja ...“

„Das ist der Landeanflug für den Flughafen Neapel. Würde zeitlich auch zu einem Flug passen, der von Oslo aus abgegangen ist und mit nur wenigen Minuten Verspätung in Neapel gelandet ist.“

„Verstehe ...“

Stella schloss die Augen. Sie hatte mit Smilla den ganzen Tag in diesen Unterlagen gewühlt. Und da hatte es einen Hinweis gegeben, der in diese Richtung zeigte. Einen, den sie nicht begriffen hatte. Wenn Stella ehrlich zu sich war, hatte sie in den vergangenen Jahren die Augen vor der Entwicklung der rechten Szene ein wenig verschlossen.

„Neapel ... ist da die Amalfi-Küste in der Nähe?“

„Sekunde ... Reisebüro Lundström prüft das für dich ...“

Sie musste grinsen. Dann wechselte sie rasch die

Straßenseite und warf einen Blick über den breiten Fjord. Sie blieb stehen, stützte sich auf und wartete.

„Oh ja – die Amalfi-Küste – die übrigens bilderbuchtoll aussieht, wenn ich das mal so sagen darf – die ist da ganz in der Nähe. Eine Stunde Fahrzeit, würde ich schätzen."

„Ich hatte es befürchtet."

Sie überlegte einen Moment, schaute zu der Location rüber, zu der sie unterwegs war. Nicht unbedingt einladend. Aus der Ferne nahm Stella an, dass sie die einzige Besucherin des Konzertes ohne großflächiges Tattoo sein würde. Auch ihre Kleidung war nicht ideal. Es war ihr gelungen, ein simples schwarzes T-Shirt in einem kleinen Laden in der Innenstadt aufzutreiben. Aber sie hätte sich wohler gefühlt, wären ein paar Nazi-Symbole auf dem Hemd gewesen ...

Bei den Konzertbesuchern schienen neumodische, nur wenig getarnte Nazi-Symbole in rot, schwarz und weiß zum guten Ton zu gehören. Gerne getragen auf schwarzen Shirts. Oder direkt auf der Haut.

Bjarne kannte sich mit solchen Sachen aus. Stella konnte nur sagen, dass viele Symbole wohl Runen waren, die gerade hier in Norwegen oft Versatzstücke von alten nordischen und nordgermanischen Kulturschnipseln waren. Die hatten sich in dieser Szene über die Jahre verselbständigt. Wohl war ihr bei dem Anblick nicht. Aber das war das Konzert, von dem Bjarne seiner Freundin erzählt hatte. Sie hatten die Karte bei seinen Unterlagen gefunden.

„Passiert etwas an der Amalfi-Küste in diesem Fall?", wollte Kjell wissen. „Soll ich da was recherchieren?"

„Es sieht aus, als würde dort jemand mit seiner Yacht vor der Küste liegen. Ein ... weiß gar nicht, wie man das nennen soll. Irgend so ein rechtes Mastermind."

„Soll ich das checken?"

Sie seufzte. Eigentlich wollte sie nicht über diese Schwelle gehen. Ihre Erinnerungen an den rechtsnationalen Quatsch hatte sie so erfolgreich verdrängt. Sie hatte echte Probleme mit diesen Menschen. Und jetzt musste sie zu einem Haufen solcher Kerle gehen –

und konnte nicht mal eine Waffe mitnehmen, weil sie sie am Eingang filzen würden.

„Ja. In Gottes Namen", seufzte sie.

„Den bemühst du selten."

„Und ich weiß, warum. Der Mann, um den es geht, heißt Knut, soweit ich weiß. Und Bjarne hat eine Notiz neben seinen Namen geschrieben. Er nimmt scheinbar an, dass der Kerl Knut Solbakken oder Sobakken heißt, wenn wir seine Handschrift korrekt entziffert haben."

„Na ... dann werfe ich mal meinen Tor-Browser an."

„Dieses Darknet-Zeug? Meinst du? Ich würde annehmen, dass die mittlerweile ganz offen damit umgehen."

„Ja ... aber den Namen habe ich schon einmal ..." Er stockte. Stella ahnte, was gerade geschehen war.

„Du hast den für Bjarne schon mal recherchiert?"

Er zögerte, wusste aber, dass er ihr nichts verschweigen konnte. „Es ist schon länger her. Sicher zwei Jahre, würde ich sagen. Das war damals ... ihr hattet einen Fall oben in Dänemark. So was hässliches, wo ein Typ irgendwelche Toten vergewaltigt hat oder so und ..."

„Ja, ja. Was hatte das damit zu tun?"

„Ich kann dir nicht sagen, ob die beiden Dinge etwas miteinander zu tun hatten. Ich erinnere mich nur daran, weil du mich damals vor Ort wolltest und ich dann nicht über die Grenze gekommen bin. Irgendeine Corona-Schutzmaßnahme. Ich war auf dem Weg zu euch – und dann haben sie die Grenzen zugemacht. Habt ihr damals nicht Maren kennengelernt?"

„Ja ... Aber ich bekomme nicht zusammen, wo da die Verbindung sein soll."

„Vielleicht gibt es keine. Einfach nur ein zufälliges zeitliches Zusammentreffen. Ihr hattet einen Fall und gleichzeitig hat Bjarne an einem anderen weiter ermittelt oder so. Wäre denkbar, oder?"

„Hm ... Gut. Kannst du mir einen Flug nach Mailand buchen? Den ersten morgen früh?"

„Sicher, Mylady."

„Danke. Und – Kjell?"

„Hm?"

„Der Name, den ich dir genannt habe, ... der Name, den Bjarne manchmal verwendet ...“

„Daran erinnere ich mich nicht.“

„Richtig ... ich auch nicht.“

Sie wollte das Gespräch beenden, als ihr noch etwas einfiel. „Äh – eins noch. Was weißt du über eine Band namens Riefenstål?“

„Klingt stramm germanisch, oder? Sicher ein Wortspiel mit Riefenstahl.“

„Was ist das?“

„Nicht was – eher *wer*. Die hat damals für Hitler seine großen Aufmärsche in Szene gesetzt. Und die Olympiade, die damals irgendwann in Deutschland stattgefunden hat.“

„Oh ... die Bilder kenne ich. Hübsche Körper in Schwarzweiß und so ...“

„Vorsicht. Leni Riefenstahl war eine ganz Schlimme. Die war in ihrer ganzen filmischen Ästhetik damals allen anderen Regisseuren unglaublich weit voraus. Wenn du dir die Einstellungen ansiehst, wie sie gezielt die Winkel gewählt hat, Menschen von unten aufgenommen hat, um sie größer wirken zu lassen! Die hat damals ...“ Er bremste sich selbst aus. „Ich nehme an, du wolltest keine filmwissenschaftliche ...“

„Solange du mich mit deinem Scorsese verschonst ...“

„Die war schlimmer. Und ich sehe hier gerade: Diese Band ist scheinbar am äußerst rechten Spektrum angesiedelt. Eine Musikrichtung, die sich *Nordic Steel* nennt. Au wei ... Sänger stand schon vor 10 Jahren das erste Mal vor Gericht. Danach weitere drei Male. Einmal musste er für ein paar Monate ins Gefängnis wegen Volksverhetzung. Charmanter Bursche.“

„Na ... dann schaue ich mir die doch mal an ...“

„Viel Spaß, meine Herrin. Ich schick dir die Flugdaten.“

„Danke.“

#014

Maren Christensen ließ den Finger nachdenklich über den Rand des Weinglases gleiten. Dann sah sie wieder zu Mathild, die leicht verträumt Richtung Wasser schaute.

„Ich war oft hier in den letzten Wochen", erklärte sie. „Auch, wenn Fynn mich nicht immer hereingelassen hat."

„Hm ... wie schlecht ging es ihm? Ich meine: Ich habe im Laufe der letzten fünf oder sechs Wochen zweimal oder dreimal mit Fynn telefoniert. Am Telefon klang er gut."

„Er hat dir nichts gesagt?"

„Du weißt doch: Er konnte mit der ganzen Sache nicht umgehen."

„Mit der ganzen Sache ...", brummte sie mit einem vorwurfsvollen Unterton und nahm einen weiteren Schluck Weißwein. Maren musste sich nichts vormachen: Obwohl Mathild eine ihrer ältesten Freundinnen war, hatte sie in den letzten Monaten eine stärkere Beziehung zu Fynn gehabt als zu ihr.

„Der Tumor drückte manchmal auf sein Sprachzentrum", erklärte Mathild und es klang vorwurfsvoll. „Dann war es schlimm. Er konnte sich nicht artikulieren. An anderen Tagen war dein Mann dann völlig normal und hat gearbeitet und sich um die Sachen gekümmert." Sie seufzte. „Ich glaube, er hat die ganze Zeit über geglaubt, dass du zurückkommst."

„Ja ... dann hätte er das mal zeigen müssen. Kann sein, dass er dir gegenüber so etwas gesagt hat. In meine Richtung klang das nicht so. Und lass uns mal nicht vergessen: Es war Fynn, der mich hier nicht mehr sehen wollte. So sehr, dass er mir sogar die kleine Wohnung besorgt hat ..."

Mathild sog die Luft ein und nickte. „Ich will dir keine Vorwürfe machen, Maren – wirklich nicht. Aber du hast ihn eben in den vergangenen Wochen nicht gesehen. Monaten", setzte sie hinterher. „Ich war vor zwei Wochen einmal mit Anna hier."

„Larsen?"

„Sicher. Er hat sie nicht erkannt. Das war ganz gruselig."

„Hm … Aber angerufen hat mich keine von euch …"

„Weil er es nicht wollte."

Maren sagte dazu nichts. In ihrem Kopf wollte dieses Bild nicht richtig zusammenkommen. Jeder vernünftige Mensch hätte ihrer Meinung nach diesen Wunsch ihres Mannes ignoriert. Sie hatte von all dem Leiden nichts erfahren. Und das war nach den Jahren für sie ein Sturz aus großer Höhe gewesen. Mehr, als sie zugeben wollte oder je würde.

Mathild richtete sich auf, strich eine Haarsträhne hinters Ohr. „Aber jetzt bist du eine reiche Frau, nehme ich an?"

Maren nickte schweren Herzens. Das Haus war bezahlt, was ihr absurd erschien. Sie hatte sich nie um Finanzen gekümmert. Aber wenn sie das Haus hier oben verkaufte, reichte das sicher üppig für eine Wohnung in Stockholm.

„Was willst du jetzt tun mit dem Geld …?"

Maren zuckte die Schultern. „Weiß nicht. Ich hatte noch nicht die Zeit, darüber nachzudenken. Anna war hier. Dann bist du gekommen. Ich hab mir nur die Papiere im Arbeitszimmer kurz angesehen. Vielleicht zehn Minuten lang. Schätze, ich werde wohl einen Makler beauftragen."

„Hm …"

„Hm?"

„Ich frage dich mal ganz offen, Maren: Du denkst nicht darüber nach, hierzubleiben?"

„Hm? Wieso sollte ich jetzt plötzlich?"

„Na – dein Mann ist tot. Im Grunde ist das Gerede vorbei. Die anderen Kerle sind alle im Knast. Kein Grund mehr, von hier zu fliehen."

„Ich bin nicht geflohen", erwiderte sie und war dabei leicht erbost. Aber sie wollte sich jetzt nicht streiten.

„Ja. Ich weiß das, du weißt das. Aber der Ort weiß es ganz sicher nicht. Für die Menschen hier sah es so aus: Es gab einen Skandal um dich und dann warst du plötzlich weg.

Was hättest du da aus der Ferne gedacht? Das sah nach Flucht aus."

Maren schwieg.

„Der Kerl, der jetzt die Polizeistation leitet ... Er wird bald gehen."

„Woher weißt du das? Anna hat davon nichts gesagt."

„Sie weiß es nicht. Noch nicht. Aber Jorna Poulsen weiß es."

Maren nickte. Die Oberstaatsanwältin wusste immer alles als Erste in dem Bereich. Und Mathild und Jorna waren gut befreundet.

„Und dann soll ich die alte Station wieder übernehmen?" Sie lachte kurz auf. „Das ist ein bisschen so, als würde man wieder bei Mama einziehen."

„Das denke ich nicht. Sie werden die Station umstrukturieren. Sie wird größer. Eine völlig neue Aufgabe, wenn du mich fragst."

„Hm ..." Maren winkte ab, verzog die Lippen, schüttelte den Kopf. „Ich habe einen Job. Und der ist toll. Ich werde als Nächstes nach Norwegen fliegen, um dort zu arbeiten."

„Mit der Rothaarigen?"

„Nein – die wird nicht dort sein."

„Aber sie ist noch deine Kollegin?"

„Nein."

Mathild schien sich zu entspannen.

„Sie ist jetzt meine Chefin", erklärte Maren.

„Dein Ernst? Die kleine Maus? Wie alt ist die? 28?"

„Blödsinn ... Stella ist längst Mitte 30. Und sie ist eine ausgezeichnete Chefin."

Mathild atmete aus. Dann nahm sie einen Schluck Wein. Sie wusste, was ihre Freundin sagen wollte. Sie war der einzige Mensch auf diesem Planeten, mit dem Maren je darüber geredet hatte, dass sie einmal mit einer Frau geschlafen hatte. Mit Stella Nykvist. Ihrer Chefin.

#015

Stella hatte sich die grüne Basecap einer niederländischen Brauerei auf ihre roten Locken gesetzt. Es war ihr gelungen, die meisten der vorwitzigen Haare darunter zu verbergen, so gut es ging. Ihre Haare hatten immer schon ein starkes Geltungsbedürfnis gehabt. Nicht nur farblich.

Sie war froh, keine Waffe bei sich zu haben. Die Frau am Eingang in der kurzen Schlange für weibliche Konzertgäste, hatte sie intensiv gefilzt. Ein wenig zu intim für ihren Geschmack. Männer trauten sich das normalerweise nicht. Aber als sie ihren Blick streifen ließ, während sie auf den Bierausschank zusteuerte, schien ihr das Ganze eine gute Idee zu sein.

Die gesamte Location schien ihr aufgeheizt. In Stellas Wahrnehmung strotzte die kleine Konzerthalle vor Testosteron und einer seltsamen Art von Gewaltbereitschaft, die sie nicht greifen konnte. In der kuscheligen Skolhusallén in Sundsvall, wo sie die letzten Jahre gelebt hatte, begegnete man solchen Menschen nicht. Und in ihrem speziellen Job als Polizistin auch nur selten. Zum Glück.

Die Skinheads hatten ausgedient, schien ihr, während sie sich in die Schlange stellte. Grobschlächtige Kerle gab es jede Menge. Tattoos waren in den letzten Jahren gesellschaftsfähig geworden. Das machte sie weniger auffällig. Und die Haare waren jetzt ein paar Millimeter lang. Springerstiefel und rote Hosenträger waren immer noch so gern gesehen, wie helle Jeans, die man unten umkrempelte. Daran hatte sich seit Stellas Jugend nichts geändert. Eine Art Uniform.

Der Umgangston war rau und laut. Hin und wieder schubste man sich herum. Aber das wirkte eher spielerisch, gehörte vielleicht zum Ritual.

Nur wenige Menschen wichen von dem uniformierten Look ab. Bei der jungen Frau, die ihr das Bier reichte, konnte sie durchs Shirt ein Brustwarzenpiercing sehen – nicht das einzige an ihrem Körper.

Sie gab Trinkgeld und wanderte zu einer Wand in der Nähe, an der sie sich anlehnen konnte, um die Menschen zu beobachten. Warum hatte Bjarne hierher gewollt?

Sie beobachtet zwei seltsame Nerds mit hässlichen Brillen, fast schon klischeehaft. Die beiden wollten nicht hierher passen. Schmal gebaut, verhältnismäßig lange Haare, einer der beiden trug ein Simpsons-T-Shirt, als wäre er mit einem Raumschiff angereist und hätte die Regeln der Szene nicht verstanden.

Ein gutaussehender Typ fiel ihr auf. Kurze Haare, straffe Bewegungen, ein streng geschnittenes, hübsches Gesicht und nur ein einziges Tattoo auf dem Unterarm, das die Rune ᛗ zeigte. Die hatte Stella Nykvist schon in anderen Kontexten gesehen, konnte sich aber nicht erinnern, wofür sie stand.

Er wandte sich um, sah ihr in die Augen und sie schaute sofort weg, wich seinem Blick aus.

Als sie das nächste Mal wieder hinsah, starrte der Runenmann sie seinerseits an. Ein wenig zu intensiv für ihren Geschmack. Dann sah er weg, nahm einen Schluck Bier. Jetzt erst begriff Stella, warum er ihr aufgefallen war. Dass er ein hübscher Kerl war, hatte sicher dazu beigetragen, aber das eigentliche Problem war, dass er alleine hierhergekommen war. Alle anderen waren in Gruppen hier.

Mist! Sie war auch alleine hier, begriff sie. Augenblicklich stieß Stella sich von der Wand ab und stellte sich lächelnd neben eine Gruppe von Kerlen, die ein wenig jünger waren als sie. Von weitem konnte man denken, dass sie zusammengehörten, hoffte sie.

Sie nahm einen weiteren Schluck Bier und sah sich um. Der Runenmann war verschwunden. Vielleicht besser so.

Eine Vorgruppe mit dem Namen Bielefæld kletterte unter den Augen der Besucher auf die kleine Bühne und das Publikum rückte in einer seltsamen Trägheit dichter zusammen, die Gespräche wurden jedoch fortgeführt. Schräg gegenüber gab es einen Stand mit Merchandise der Band Riefenstål. Langsam schlenderte sie zu den T-Shirts, Hoodies und Kappen rüber, nahm einen weiteren Schluck Bier und schaute sich dann die Klamotten aus der Nähe an.

Ihr fiel auf, dass die von erstaunlich guter Qualität waren. Nix Billiges, keine chinesische Wegwerfware. Tatsächlich prangte weiter oben ein Plakat, das erklärte, wie nachhaltig diese Produkte waren. Und natürlich wurden sie von echten Norwegern in Norwegen gefertigt. Ein Bild zeigte ein paar Näherinnen, die allesamt groß waren, schlank und blond die meisten.

Stella verzog die Mundwinkel und sah sich um, während die Gitarren eingesteckt wurden. Ihr Blick blieb an einem weiteren Typen hängen, der allein gekommen war. Er stand förmlich im Zentrum des Saals. Selbstbewusst und aufrecht. Seine Kleidung entsprach nicht ansatzweise den hier vorherrschenden Konventionen. Ganz im Gegenteil. Er trug einen blauen Hoodie, im Schnitt etwas aus der Mode gekommen und eine dunkle Jeans. Besonders passend war das nicht.

Er wandte sich um, als schien er jemanden zu suchen. Sein Körper wirkte kraftvoll, obwohl er schmale Schultern hatte. Sehnig war er und flink auf den Beinen, wie ihr schien. Sogar auf die rund 15 Meter Entfernung, die Stella zu ihm hatte, ließ sein kantiges Gesicht ihn hager wirken. Eine kräftige Nase, die man bei einem hässlicheren Menschen wohl als Hakennase beschimpft hätte, prägte seine Züge.

Und dann erstarrte Stella.

Sie kannte ihn!

#016

Als Stella den Kerl das letzte Mal gesehen hatte, hatte er ihr schräg gegenüber auf der Anklagebank gesessen. Es handelte sich um Stellas erste Aussage in einem Prozess und damals wäre sie am liebsten unter den Tisch gekrochen.

Yngve Sætervik hatte eine seiner Schwestern getötet und einen Sprengstoffanschlag in Oslo geplant, zu dem es nicht gekommen war. Er hatte seine Schwester Lykke schwer verletzt und ihr in den Schädel geschossen. Eine Kugel, die für die junge Stella bestimmt gewesen war und der sie praktisch nur zufällig entgangen war und auch nur knapp. Stella hatte ihn anschließend mit zwei Schüssen verwundet.

Das war 2011 gewesen. Und jetzt stand er da vor ihr. Er wandte sich um und Stella senkte ruckartig den Kopf. In dem Moment grölte der Sänger der Vorgruppe etwas ins Mikrofon und Sekunden später setzten schrubbend ganze drei E-Gitarren ein, deren Lärm Stella für einen Augenblick regelrecht erschreckte.

Sekunden später drehte sie sich rasch um. Sie wusste nicht, ob Yngve Sætervik sie gesehen hatte. Und selbst wenn – er musste sie nicht erkannt haben. Aber sofort schoss ihr durch den Kopf, dass Bjarne vielleicht deshalb hierherkommen wollte.

Wie konnte der Kerl schon aus dem Gefängnis gekommen sein?

Stella schaute sich suchend um. Sie war unbewaffnet. Auch wenn sie eine gut trainierte Kampfsportlerin war, blieb sie eine muskulöse, aber kleine, leichte Frau. Yngve war groß und kräftig und sie vermutete aus der Erinnerung heraus, dass er der Ansicht sein dürfte, mit ihr noch eine Rechnung offen zu haben.

Sie konnte nicht durch den Vordereingang spazieren. Dort strömten noch jede Menge Leute herein. Sie würde gegen den Strom gehen müssen und das würde sie ausbremsen und Aufmerksamkeit erregen.

Kurz huschte ihr Blick nach hinten. Dann sah sie ihn. Und er ging ganz entschieden in ihre Richtung. Hektisch fuhr sie wieder herum. In einer normalen Umgebung wäre sie auf ihn zugegangen, hätte ihn laut zur Rede gestellt. Hier wurde gerade düstere Laute Musik ins Volk gepumpt und ließ die Menschen toben. Yngve würde sie mitten unter all den Menschen erwürgen können und niemand würde etwas davon mitbekommen.

Mit raschen Schritten stapfte sie los. Sie hatte ein Schild gesehen, das auf die Toiletten hinwies, die sich am Ende der Halle befanden. Als sie den schmalen langen Gang erreichte, rannte sie los und überwand die letzten Meter im Eiltempo. Dann stürzte sie in die Damentoilette, auf der sich eine junge schwarzhaarige Frau schminkte und eine blonde Frau um die 50 die Hände wusch.

Beide schauten erstaunt in den Spiegel und starrten sie an. Stellas Blick fuhr hektisch umher. Da! Sie hatte gefunden, was sie gesucht hatte.

Mit einer schnellen Bewegung stürzte sie in eine Kabine, die durch dunkelgrüne Wände von den anderen abgetrennt war. Sie wartete einen Augenblick ab, bis die beiden Frauen die Toilette verließen. Stella nahm an, dass ein Mann auch in dieser Umgebung hier nicht einfach hereinplatzen würde. Gewisse Anstandsgrenzen waren hoffentlich universell genug, um auch in einer aufgeheizten Atmosphäre zu gelten.

Wie konnte der Kerl aus dem Knast gekommen sein? War seine Strafe tatsächlich schon rum? Entließ man einen Kerl wie ihn in Norwegen wegen guter Führung?

Als Stella sicher war, alleine zu sein, stieg sie auf die Kloschüssel und streckte sich. Das kleine Fenster lag direkt darüber. Sie mochte eine Frau sein, die einem großen Mann im Zweifel körperlich unterlegen war. Aber sie war auch eine Frau mit einer schmalen Taille.

Sie zog das Fenster auf, besah sich den simplen

Mechanismus und hebelte den Fensterrahmen Sekunden später mit einer ruckartigen Bewegung aus seiner Verankerung. Vorsichtig stellte sie ihn neben die Kloschüssel. Dann griff sie fest in den Rahmen, zog sich nach oben und streckte sich einen halben Meter aus dem Fenster heraus.

In dem Moment hörte sie die Tür hinter sich.

Mist! Während sie so in der Fensteröffnung hing, dass sie sich nicht umdrehen konnte, war jemand in die Damentoilette getreten! Sie knurrte etwas, legte alle Kraft in ihre nächste Bewegung – und glitt bis zur Hüfte in den Fensterrahmen. Sie berührte ihn mit dem Po. Das Fenster war eng für sie – aber sie war sich noch im selben Augenblick sicher, dass sie hindurchschlüpfen könnte.

Hinter ihr wurde etwas gerufen. Die Band gab ein lautes Stück und ein donnernder Bass, der jedes Geschrei übertönte, drang jetzt auch ungefiltert in die Damentoilette. Stella hätte nicht einmal sagen können, ob es sich bei dem Ruf hinter ihr um eine weibliche Stimme gehandelt hatte oder um eine männliche.

Es war dunkel geworden draußen und Stella musste den Boden unterhalb des Fensters einen Augenblick lang fixieren. Was war das? Schotter? Nicht ideal …

Sie ließ ihren Blick ein wenig gleiten. Der Schotter war nur dicht am Gebäude zu finden. Dahinter konnte sie Gras erkennen. Gelang es ihr, sich 40 oder 50 Zentimeter nach vorn zu stoßen, würde sie gesünder landen.

Und ihr war jetzt klar, dass sie sich beeilen musste. Sie war gesehen worden.

Sie vermutete zwar, dass das Ausbrechen aus einer Konzerthalle nicht geahndet wurde – aber das war nicht das Problem. Sie wollte Yngve nicht unvorbereitet in die Arme laufen. Das durfte nicht passieren. Sie spürte in ihrem Kopf, dass der Kerl bei ihr eine unglaubliche Angst auslöste.

Er hatte damals zweimal versucht, sie umzubringen. Nicht nur mit dem Schuss, der seine Schwester schwer verletzt hatte. Er hatte ihr Holzboot mit seinem Metallboot so gerammt, dass Stella in einem eiskalten Fjord um ihr

Leben schwimmen musste.

Sie war eine ausgezeichnete Schwimmerin, aber in dieser Nacht hatte das eine Angst ausgelöst, die sie bis heute wie einen Schatten über sich empfinden konnte. Sie spürte den Druck und die Angst bis heute körperlich. Diese Panik, dass ihr Leben mit knapp über 20 Jahren einfach enden sollte. In einem Fjord vor Utøya – Mitten in der Nacht alleine im kalten Wasser, die Muskeln schmerzhaft übersäuert, der vollkommenen Erschöpfung nahe. Er hatte damals nicht gezögert, sie zu töten. Und das vergaß Stella nicht.

Mit der Kraft der Verzweiflung glitt sie durch die enge Öffnung und kam sich vor wie in einem Geburtskanal. Nur schien sie niemand zu pressen. Im Gegenteil! Plötzlich spürte sie, dass sich eine Hand um ihr Fußgelenk geschlossen hatte.

„HEEYYY!!", schrie sie, ohne recht drüber nachzudenken. Dann entschied sie sich, die Situation sofort zu eskalieren. Rücksichtslos trat sie mit dem anderen Fuß fest nach hinten aus. Sie trat noch einmal, so fest sie in dieser Lage konnte.

Der Griff um ihren Fuß löste sich. Im ersten Atemzug lächelte sie, dann begriff Stella, dass sie nach vorn fiel. Unaufhaltsam.

Sie hatte das Gleichgewicht verloren, fiel vorn über. Es gelang ihr gerade noch, die Hände nach vorn zu reißen, um ihr Gesicht zu schützen, aber sie rutschte. Und sie fiel schmerzhaft.

Ihr Kopf schlug auf ihrer schützenden Hand auf und wurde dadurch geschützt. Nicht jedoch ihre Hand. Es gab ein hässliches Geräusch, dass sie nicht recht einordnen konnte. Dann gelang es ihr, sich abzurollen und sie spürte einen heißen Schmerz, der durch ihr Handgelenk in ihren Unterarm schoss.

Sie hatte sich kaum abgerollt, als sie einen festen Druck auf dem Rücken spürte. Sie zuckte zusammen und hörte eine dunkle Stimme, die in einem seltsam klingenden Norwegisch knurrte: „Hab dich!"

Einen Moment lang blieb sie leben. Dann aber erwachten ihre Lebensgeister. Der Schmerz in ihrem Handgelenk trieb ihr die Tränen in die Augen. Aber das konnte sie jetzt nicht gebrauchen.

„WAS SOLL DAS??", zischte sie angriffslustig.

„Hier kommt keiner rein, ohne zu zahlen", brummte die dunkle Stimme und schien sie immer noch mühelos auf den Boden drücken zu können. Ihr war jetzt klar, dass es nicht Yngve Sætervik war, der sie geschnappt hatte.

„Ich will doch nicht rein! Ich bin gerade *raus*gekommen! Ich kann dir meine Karte zeigen! Ich hab bezahlt! Aber da drinnen bedroht mich einer! Mein Ex!!"

„Wo ist die Karte?"

„In meiner Hosentasche. Hinten rechts."

Sie bereute diese Auskunft einen Atemzug später. Eine große Hand legte sich auf ihren Hintern. Aber die suchte keineswegs nach der Karte. Die wurde vielmehr fest zwischen ihre Schenkel gedrückt und glitt ihr ungeschickt zwischen die Beine.

„Da ist sie nicht ...!", zischte Stella gepresst.

Der Kerl über ihr lachte plump, während sie spürte, wie er seine Hand fester zwischen ihre Beine drückte.

„Beine auseinander. Ich muss dich absuchen. Vorschrift wegen Waffen und so."

Sie sah seine andere Hand neben sich, die sich auf den Boden stützte. Ein Totenkopf zierte den Handrücken, der sich gut mit einem Hakenkreuz angefreundet hatte. Würde sie ihn erreichen, um ihm in die Hand zu beißen?

Widerwillig schob sie die Beine auseinander, während sie sich auf die Lippe biss. Wieso konnten die Schweine mit der großen Kraft immer entscheiden, wann die Frauen nachzugeben hatten?

Dann plötzlich hörte sie ein platschendes Geräusch. Sekunden später einen Schlag. Im Augenwinkel nahm sie einen blauen Sneaker wahr, den sie heute schon einmal gesehen hatte.

Plötzlich ließ der Druck auf ihrem Rücken nach. Der Kerl über ihr musste sich verteidigen, so viel war klar.

Stella wollte gar nicht wissen, was hier vor sich ging. Sie rollte sich zur Seite, schrie auf, als sie sich auf ihrer Hand abstützte und ging dann auf die Knie, bevor sie einen raschen Blick zu den beiden Männern warf, die sich auf dem Boden prügelten.

Wütend erhob sie sich. Sie erkannte einen schlanken, kräftigen Kerl, der gerade Oberhand hatte und einen dumpfen Dicken mit Glatze, soweit man das in der Dunkelheit beurteilen konnte.

Der Kerl, der oben war, hatte Mühe, den anderen im Zaum zu halten. Er hatte ihn nach unten gedrückt, aber der Kerl schien über massive Kräfte zu verfügen.

„Lauf! Hau ab!“, schrie ihr Retter.

Stella passte das nicht. Sie war keine, die weglief. Dann aber begriff sie, dass der grobe Kerl dabei war, nach einem ersten Schock den Ton in diesem Kampf anzugeben. Und sie wollte seine Hand nie wieder zwischen ihren Schenkeln spüren.

Sie sprang auf, machte zwei feste Schritte, holte aus und trat ihm ohne weiter zu zögern, gegen den Schädel.

Dann zuckte sie schier zurück. Sie konnte sich nicht erinnern, eine solche körperliche Gewalt schon einmal ausgeübt zu haben. Nicht in dieser unglaublich rücksichtslosen Weise mit einem Schuh gegen einen Schädel. Himmel! Was war da in ihr vorgegangen?

Sie sah kurz zu ihrem Retter. Der presste den Mann nach unten, der etwas schrie, aber keineswegs geschlagen wirkte. Spürte der denn keinen Schmerz?

„Lauf! Hau ab jetzt!!“, schrie ihr Retter erneut.

Sie warf ihm einen letzten Blick zu. Dann kreiselte sie herum, hielt sich das linke Handgelenk mit der Rechten fest und rannte in die Nacht.

#017

Als Stella im Dunkeln den Flughafen erreichte, hatte sie schon eine Fahrt über eine lange Brücke und eine unangenehmere Fahrt durch einen Tunnel hinter sich, der unter einem Fjord entlangführte. Die Idee, unter einer gigantischen Menge Wasser entlangzufahren, belastete Stella schon ihr Leben lang, wenn sie ehrlich war. Um ihr Handgelenk hatte sie eine elastische Binde gewickelt, die sie in ihrer Tasche gefunden hatte. Sie war ein wenig zu stramm – aber ohne sie hatte Stella vor Schmerzen nicht schlafen können.

Die Fahrt hatte sie an Färöer erinnert, wo sie als Kind eine Zeit gelebt hatte. Damals war man dort noch viel mit Booten und Fähren von Insel zu Insel gefahren. Als sie das letzte Mal dort war, hatten die Färinger mit großem Aufwand zahlreiche der Inseln mit Tunneln verbunden. Die Struktur der Färöer hatte sich dadurch über die Jahre vollkommen verändert.

Stella bewunderte das, mochte aber den Gedanken dennoch nicht, durch einen Tunnel zu fahren, über dem eine unvorstellbar große Menge Wasser darauf lauerte, in die Röhre einzudringen und das letzte zu sein, was sie zu sehen bekam. Nie hatte sie von einem solchen Unglück gehört. Aber war das nicht immer so bei den furchterregenden Unglücken? Vorher konnte sich das niemand vorstellen …

Als sie den Flughafen erreichte, fühlte sie sich wie die einzige Person auf der Welt, die wach war. Die Läden des kleinen Hafens hatten noch nicht geöffnet. Eine schläfrig wirkende Frau führte die Kontrollen durch, gähnte heftig und Stella Nykvist hoffte, dass der Pilot besser geschlafen hatte als sie und diese Frau.

Die Nacht war ihr nicht gut bekommen. Der Abend erst recht nicht. Aber in der Nacht war ihr irgendwann klar geworden, wer der Mann gewesen war, der sie gerettet hatte. Es war der hübsche Kerl gewesen, der ihr aufgefallen war, weil er alleine bei dem Konzert aufgetaucht war und nur das simple ᛗ als Tattoo auf dem Arm getragen hatte.

Er hatte sie auf Schwedisch angeschrien – auch das war ihr erst später klar geworden. Stella musste in ihrem Job so oft mit den verschiedenen Sprachen jonglieren, dass sie das erst bemerkt hatte, als sie im Bett lag und sich noch einmal den Satz in Erinnerung rief, den er geschrien hatte. Was mochte mit dem Kerl passiert sein? Sie beschloss, Smilla darauf anzusetzen, herauszufinden, ob es irgendwelche Verletzten auf dem Konzert gegeben hatte. Offizielle Verletzte. Sie musste sich bei dem Kerl aufwändig bedanken.

Als ihr Flug angekündigt wurde, erhob sie sich ungewöhnlich früh. Sie lief als erste in den Flieger, schnappte sich im Vorbeigehen ein Kissen aus dem kleinen Schränkchen in der dritten Reihe und ließ sich auf ihren Fensterplatz fallen.

Sie schlief wenige Minuten später ein und wachte erst wieder auf, als jemand an ihrem Arm rüttelte. Erschrocken fuhr Stella hoch. Sie hasste nichts mehr, als in der Öffentlichkeit zu schlafen. Vermutlich hatte sie geschnarcht und die Leute hatten Fotos gemacht oder so.

Der Mann, der auf dem Gangplatz saß, hatte sie angestoßen, deutete auf die Stewardess und fragte sie auch Schwedisch: „Möchtest du einen Kaffee?"

Sie nickte und rieb sich vorsichtig die Augen. Dann streckte sie sich und brummelte: „Schwarz bitte".

Verschlafen klappte sie das kleine Tischchen herunter, nahm den Kaffee entgegen und fragte noch nach einem Orangensaft. Erst dann musterte sie den Mann, der neben ihr saß und sie anlächelte. Auf seiner rechten Augenbraue, die Stella nur knapp erkennen konnte, prangte ein ziemlich großes Pflaster, das sie zunächst nicht gesehen hatte, weil es auf der Gesichtshälfte war, die er von ihr abgewandt hatte.

Erst nachdem sie das Pflaster länger gemustert hatte und sich fragte, warum der Kerl sie so anlächelte, begriff sie die restlichen Strukturen des Gesichts, erkannte sie wieder.

„Scheiße – dir bin ich wirklich noch was schuldig", murrte sie den Mann an, der sie in der Nacht zuvor gerettet hatte. „Stalkst du mich?"

Er reichte ihr die Hand. „Ich bin Mik Wallin."

„Stella Nykvist ... aber ich ahne: Das weißt du bereits."

„Korrekt."

„Wenn du jetzt neben mir sitzt, musst du Kontakte haben ... ich frage mich nur, zu wem."

„Innenministerium. Schweden."

„Hm ... das reicht kaum."

„Nimm es so hin. Ich brauch auch ein paar Geheimnisse."

„So wie das heimliche Hören von schrulliger Nazi-Musik? Wer bist du?" Sie musterte ihn. Bevor er etwas antworten konnte, mahnte sie ihn: „Und sag jetzt nicht Mik Wallin. Dann hau ich dir aufs andere Auge!"

Er zögerte kurz, wollte erneut etwas sagen, aber Stella unterbrach ihn. „Das mit deinem Auge – ist das meine Schuld? War das der fette Kerl hinter dem Haus?"

Er nickte, lächelte aber dabei.

Stella lächelte ebenfalls. Dann streckte sie ihre Hand über den freien Sitz zwischen ihnen und drückte seine Hand, die deutlich wärmer war als ihre eigene. „Danke. Vielen Dank. Ganz ehrlich. Du bist ein Held."

„Und der Kerl ein Schwein."

„Ja ... vermute, damit war er gestern nicht allein. Was hast du da gemacht?"

Er schaute sich um. Dann griff er in die dünne Jacke, die er auf den Sitz zwischen ihnen gelegt hatte, und holte einen Ausweis hervor. Er sagte nichts, ließ sie einen Blick darauf werfen und verstaute die Plastikkarte schneller, als sie gucken konnte.

„Europol" hatte sie lesen können. Ein Wort, das er scheinbar nicht laut sagen wollte. Und so nickte sie nur und sagte: „Cool – dann kannst du in mehr Ländern arbeiten als ich."

„Sogar in dem, wo wir gerade hinfliegen."

Stella nickte ausweichend, woraufhin Mik nachdrücklich erläuterte: „Ich meine im Gegensatz zu dir ... SKAN-force klingt nicht direkt, als wäre Italien in eurem Auftrag mit abgedeckt."

„Ja ... da täuschst du dich allerdings, mein Lieber. Da besteht eine wichtige historische Verbindung. Zu Zeiten der großen Kupferinflation hat Italien praktisch seinen gesamten Edelmetall-Bedarf in Schweden gedeckt.

Das war kurz vor dem Dreißigjährigen Krieg. Vergisst man heute leicht. Schweden und Italien sind EXTREM eng miteinander“, betonte sie mit einem kalten und belehrenden Ton.

Mik starrte sie fast ausdruckslos an.

„Das wusstest du nicht?“, erkundigte sie sich mit großem Erstaunen und runzelte die Stirn.

Mik kniff die Augen zusammen. Er schien für einen Moment ernsthaft über ihre Aussage nachzudenken. Schließlich begann Stella zu lachen und er schloss die Augen, als er begriff, dass er ihr auf den Leim gegangen war.

Er wandte sich einen Moment ab. Dann begann er ebenfalls zu lachen. Sie griff seine Hand und drückte sie nochmals. „Ich bin eine gute Lügnerin. Ist oft wichtig in meinem Job.“

„Ja ... in meinem auch.“

„Warum warst du auf dem Konzert?“

Er atmete schwer aus. Erneut sah er sich um. Aber die beiden Männer, die hinter ihnen saßen, sahen asiatisch aus. Alle anderen, die in Hörweite in dem ohnehin lauten Flieger saßen, schienen zu schlafen. Also entschied er, mit Stella Nykvist offen zu reden.

„Ich fürchte, dass wir eine gewisse Überlappung unserer Fälle haben.“

„Woran arbeitest du?“

Er streckte die Hände aus und ließ sie weit auseinander gleiten, sodass ein breiter Raum zwischen ihnen entstand. „An einer sooooo großen Sache.“

Sie grinste scharf. „Das sagen Männer ja immer.“

„In dem Falle stimmt es. Wir sind schon lange genug an einer Organisation dran ... zu der gehört unter anderem auch ein gewisser Yngve Sætervik. Sagt dir der Name etwas? Taucht der in deinen Ermittlungen auf?“

„Nein – tut er nicht. Noch nicht. Aber ich habe ihn gestern gesehen. Deswegen bin ich weggelaufen.“

„Du kennst ihn?“

„Ich hab ihn hinter Gitter gebracht, wenn man es so sagen will.“

Seine Augen weiteten sich. Sie nahm an, dass er nur unwesentlich älter war als Stella selbst. Er konnte sich ausrechnen, wann das gewesen war.

„Verflucht. Du bist S. Nykvist! Ich hab das immer wieder in den Akten gelesen. Da hab ich nicht geschaltet. Du hast damals für Anna Tjerndahl gearbeitet! Ich hatte mir vermutlich jemanden vorgestellt, der älter ist. Und jemanden, der eher Stina Nykvist heißt. Oder Sanna oder so."

Sie nickte. „Wenn du ganz ehrlich bist, hast du dir einen Sebbe oder Snorre Nykvist vorgestellt."

„Stella ..."

„Nicht schlimm. Das war mein erster richtiger Fall für die SkanForce. Da war ich noch jung. Und die meisten waren damals Männer."

„Ich hab den Namen Nykvist mehrmals gelesen, aber ich wusste nicht, dass man so jung zur SkanForce gehen kann."

„War so eine Art ... *Begabtenprogramm* ...", erklärte sie. Die Geschichte dazu war ihr jetzt zu lang. Und ein echtes Begabtenprogramm hatte die SkanForce bis heute nicht. Er hatte recht: Die meisten Leute, die sie rekrutierten, waren eher erfahrene Polizisten. In Stellas Team gab es ein paar gezielte Ausnahmen.

„Verstehe."

„Ihr habt gewusst, dass er aus dem Knast kommt?", erkundigte sie sich.

„Ein wenig *ja* und ein wenig *nein*. Er sollte übernächste Woche rauskommen. Seine Schwester trifft schon seit Wochen wilde Vorbereitungen. Wir beobachten sie die ganze Zeit."

„Welche Schwester?"

„Lykke, falls du die kennst."

„Die hat doch ... Die hat eine Kugel in den Schädel bekommen."

„Ja – das trifft zu. Und das hat sie nicht sympathischer gemacht. Ich persönlich glaube, dass sie ein Monster ist."

„Was habt ihr mit ihr zu tun? Die ist doch immer nur ein kleines Licht gewesen, oder?"

Er riss die Augen auf. Dann bemühte er sich, leise zu

sprechen. „Sie dürfte in der Organisation …" Unerwartet löste er seinen Gurt, klappte die Armlehne hoch und rutschte auf den Sitz neben Stella. Sein frischer Duft wogte über sie hinweg und sie konnte praktisch spüren, dass seine letzte Dusche noch nicht lange her war. „Sie ist in der Organisation, die wir beobachten, eine der wichtigsten Figuren."

„Lykke? Machst du Witze?"

„Lykke Andersen ist eine stramme intellektuelle Führerin. Wir halten sie für die Nummer 5 oder 6 in ihrer Gruppe."

„Was ist das für eine Gruppe?"

„Ein Haufen rechter Luxus-Nazis. Den ranghöchsten Vertreter, den wir kennen, suchst du auch. Zumindest, soweit ich weiß."

„Knut Solbakken. Eigentlich suche nicht ich den, sondern …"

„Dein Kollege Sandvik. Das habe ich verstanden. Ich habe vor zwei oder drei Jahren schon das erste Mal mit ihm gesprochen."

„Mit dem scheint ja jeder zu sprechen." Sie schüttelte den Kopf. „Aber im Ernst – was ist das für eine Organisation? Sind das die *Erben Utøyas* oder wie auch immer die heißen? Zu denen hat meine Leiche nämlich recherchiert."

Er lachte kurz und trocken. Fast klang das zynisch für sie – aber keineswegs vorwurfsvoll. „Erben Utøyas … das ist ein Haufen Spinner. Kreisliga. Aber ja – du hast recht: Für die macht Lykke nach unseren Erkenntnissen auch hin und wieder immer noch was. Die haben ihre Basis nach Ålesund verlegt, weil Lykkes Bruder dort bis gestern im Knast saß. Aber Lykke ist da schon längst einen Schritt weiter."

„Wie konnte der Kerl früher rauskommen?"

„Verwaltungsfehler. Irgendein Depp in Oslo hat einen Stempel auf ein Dokument gesetzt, das noch nicht reif war. Na ja – was soll's? Ist passiert. Aber Yngve war stocksauer, wie es scheint. Meine Leute haben ihn gestern Abend verfolgt. Nach dem Konzert. Er ist in Lykkes Wohnung eingebrochen und hat dort eine Art Wutanfall bekommen.

Ich meine: Stell dir das vor! Du verbringst ein Jahrzehnt im Knast und niemand holt dich ab!“

Stella musste grinsen. Den Reflex hatte sie oft in unpassenden Momenten. Erneut griff sie beschwichtigend Miks Hand. „Verstehe schon … Ehrlich.“ Er nickte. Aber Stella legte nach: „Aber eine gewisse Komik hat das schon, oder?“

Mik Wallin musterte sie kurz. Dann huschte auch über sein strenges Gesicht ein kurzes, aber heftiges Grinsen. Sofort nahm er sich wieder zusammen und schaute ernst. „Wir wissen, dass Lykke ebenfalls nach Neapel geflogen ist. Sie kam einen Tag nach Bjarne an.“

„Dann wisst ihr auch, wo er ist?“

„Nein. Der Mann ist *wirklich* gut.“

„Ich wette, dass ich ihn finde.“

Mik schaute sie kontrollierend an. Dann hielt er ihr die Hand hin. „Ich wette eine dringend notwendige Nacken-Massage dagegen.“

„Da bin ich dabei!“ Stella schlug grinsend ein. „Aber im Ernst: Ich kenne ihn gut und lange. Ich werde ihn finden.“

„Das wäre gut. Wir sollten ihn nämlich dringend aus dem Verkehr ziehen. Er darf an diesem Fall nicht arbeiten.“

Stella schob sich weit zurück. „Ganz ehrlich: Sobald ich deinen Ausweis gesehen habe, habe ich befürchtet, dass dieser Satz kommt. Und wahrscheinlich bist du *an etwas viel Größerem* dran und am Ende ist mein kleiner Journalist *für eine größere Sache* gefallen und ihm wird nie Gerechtigkeit widerfahren, ist es das?“

„Scccchhht!“, mahnte er regelrecht erschrocken und Stella wurde bewusst, dass sie emotional und laut geworden war. Mal wieder.

#018

Als Stella durch den chaotischen italienischen Flughafen schritt, schien es ihr plötzlich, als wäre sie gegen eine Wand geprallt. Sie hatte sich kurz von Mik getrennt, der sein Gepäck holen musste, während Stella mit Handgepäck geflogen war.

Und jetzt stand sie da in der kleinen Halle. Eine laute Familie mit ganzen vier lockigen Kleinkindern in Schlafanzügen drängte sich an ihr vorbei, während sie den kleinen blauen Automaten in der Ecke der Halle anstarrte.

Sie war am selben Gate angekommen wie Bjarne, wenn Kjell das korrekt ermittelt hatte. Wie in Trance wählte sie seine Nummer. Wie hatte sie so dumm sein können?

„Gebieterin ...“, meldete er sich, bevor er von einem seiner Hustenanfälle geschüttelt wurde. Sie hörte, wie er seinen Luftbefeuchter aktivierte. Mit dem brummenden Geräusch im Hintergrund meldete er sich mit schwacher Stimme zurück. „Was kann ich ... für dich ...?“, bevor der nächste Husten ihn schüttelte.

Irgendwann hatte er sich beruhigt.

„Sagt dir die Firma WindTre etwas?“

„Sicher. Italienischer Mobilfunkprovider.“

„Die haben hier im Flughafen einen Automaten stehen. Den kann man nicht übersehen.“

„Du meinst so einen, an dem man SIM-Karten kaufen kann?“

„Genau.“

„Aber die kann man doch nicht mehr anonym nutzen, oder? Ich meine: In Skandinavien garantiert nicht mehr. Aber ich glaube, auch in Italien nicht.“

„Kannst du das rausbe...?“

„Bin schon dabei.“

„Hast du schon etwas über diesen Knut Solbakken ...?“

„Allerdings. Ist eine reichlich düstere Figur, soweit ich das beurteilen kann. Der organisiert das ganze Chaos in Europa, scheint mir."

„Wie meinst du das?"

„Der Kerl kennt jeden. Ich habe in einigen Archiven Bilder gefunden, in denen er sich mit der neuen Rechten in Italien trifft. Aber ebenso in Polen oder Frankreich. Und ich rede nicht von irgendwelchen Hinterbänklern. Ich spreche von *Le Penn, Meloni, Salvini,* solche Leute. Also nicht die glatzköpfigen Schläger, ja? Versteh mich da richtig: Der verkehrt ganz oben. In den besten Kreisen.

Er kennt Putin, soweit wir wissen. Und er hat Drähte in die deutsche Neonazi-Szene und ebenso zu allen Skandinaviern, die fehlerfrei den Hitler-Gruß hinbekommen."

„Das ist ja nicht allzu schwer ... Und was macht er mit denen?"

„Die Theorie sagt, dass überall dort, wo die rechte Szene plötzlich stark geworden ist, er seine Finger im Spiel hatte. So etwa in den letzten fünf oder sechs Jahren. Unsere Polizei geht davon aus, dass er aber nur die Nummer 4 oder 5 in seiner Organisation ist. Er tritt noch in Erscheinung, ist auf Fotos zu finden. Über ihm muss es da aber noch ganz andere Leute geben. Solche, die genügend Geld haben, dir dein Chaos zu orchestrieren."

„Ich glaube nicht, dass ich das verstehe. Wer ist der Abnehmer von so etwas?"

„Staaten. Zwei Gruppen in ranghohen Positionen. Die einen wollen Neonazis, damit sie strengere Gesetze durchsetzen können. Die wollen sich als das Gegengewicht inszenieren und ihre Bevölkerung vor einer Bedrohung beschützen. Die anderen sind bekennende Rechte. Die wollen an die Macht und wollen Angst schüren, damit niemand etwas gegen sie sagt. Die alte Idee, wie sie auch Hitler schon hatte: Du schickst die SA vor, die die Leute verprügelt. Und wenn alle ausreichend Angst haben, kommen die Nazis im Anzug. Und gegen die traut sich dann niemand mehr, etwas zu sagen."

Stellas Herz pochte erschreckend doll. „Kjell! Jetzt mal im

Ernst! Wenn das so offensichtlich ist, würde doch jemand etwas dagegen unternehmen."

„Ich sage dir nur, was die Ermittler über ihn denken. Und Bjarne. Es gibt da eine Spezialeinheit bei Europol, die den in der höchsten Klasse organisierten Verbrechens sucht."

„Ist da auch Mik Wallin drin?"

„Das weiß ich nicht. Soll ich das ...?"

Stella überlegte einen Moment lang. Sie fand diesen Mik mehr als nur sympathisch nach dem langen Flug. Wenn sie einmal davon absah, dass sie ihn auch sexy fand. Aber ihr Innerstes sträubte sich ein wenig dagegen, dass es ihm gelungen war, sie einfach aufzutreiben und einen Platz neben ihr im Flieger zu bekommen.

„Wenn du so freundlich wärst ...", murmelte sie.

„Verbeugung, Gebieterin ... Meine Finger fliegen schon über die Tasten."

Sie grinste. Der Kerl hatte ihr wirklich gefehlt. „Gib die Infos bitte auch an Taavi. Der soll in dem Mordfall weiter ermitteln. Und ich denke immer mehr, dass dieser tote Blogger vielleicht eine Art Schlüsselfigur war. Der wusste vieles von dem, was du mir gerade gesagt hast – aber ich hab die Zusammenhänge nicht gesehen, als ich es in seinen Unterlagen gelesen habe."

„Bjarne schon. Der ist in dem Thema tiefer drin."

„Zuuu tief, wenn du mich fragst."

„Zu Bjarne muss ich auch noch was sagen."

„Hm?"

„Dein Chef ... ich habe ihn gestern zufällig im Büro getroffen, obwohl ich nur 20 Minuten da war."

„Und?"

„Er weiß das mit dem Flug."

„Soll er ruhig wissen."

„Nein ... Asbjörn hat deinen Chef damit angestachelt. Er glaubt, dass Bjarne etwas Illegales macht. Aber auch er hat keine Ahnung, wie man in unserem System einen Flug verschwinden lassen kann."

„Er weiß sogar, dass der Flug *weg* ist?"

„Er ahnt es. Gib ihm 24 Stunden und er wird es wissen. Dein Chef ist ja nun wirklich kein Dummer."

Stella nickte stumm. „Ich ... ja – ich muss weiter. Melde dich."

„Auf deiner neuen italienischen SIM-Karte?"

Sie lachte laut, während sie Mik entdeckte und auf ihn zuhielt. Dann stutzte sie plötzlich. Sie schaute auf zwei Bettler, die im Inneren des Flughafens saßen. Einer schaute sie mitleiderregend an.

„Kjell?"

„Hm?"

„Du musst herausbekommen, wie man sich bei diesem Anbieter registriert. Ich frage mich gerade, was Bjarne getan hat. Und hier sitzen zwei Obdachlose. Wenn die einen Ausweis haben, und Bjarne gibt ihnen Geld ..."

„Fuck!"

„Eben ..."

„Ich melde mich."

„Danke."

Mik schritt auf die Rothaarige zu wie ein alter Freund. Für eine Sekunde hatte sie das Gefühl, dass er sie gleich in den Arm nehmen würde. Er lächelte breit und hatte eine Sonnenbrille besorgt, die jetzt in seinem Kragen hing. Vielleicht ließ ihn das so seltsam jovial wirken. Dann sah sie auf sein Auge.

„Oh, Mist ..."

„Was?"

„Dein Pflaster blutet gerade durch."

Seine Hand zuckte nach oben, aber sie stoppte sie mit einer raschen Bewegung. „Lass da jetzt bloß keinen Dreck reinkommen. Du siehst aus, als hätte dich gerade eben jemand zusammengeschlagen. Komm – wir suchen eine Apotheke."

Der Flughafen besaß eine große, erfreulich gut sortierte Apotheke. Stella erwarb Pflaster, Gaze und zwei weitere elastische Binden für ihre eigene Verletzung. Dazu ein paar recht starke Schmerzmittel. Ihre Hand schmerzte heftig. Langsam begann sie, sich zu fragen, ob sie sich etwas gebrochen hatte und besser zum Arzt gehen sollte.

Dennoch verarztete Stella vorsichtig und geschickt sein

Auge und nutzte die linke Hand nur für das Nötigste.

Die beiden entschieden sich für den Zug, der sie in einen Ort brachte, von dem sie erst auf der Fahrt begriffen, wie weit er von ihrem Zielort entfernt war. Am Bahnhof entschied Stella, ein Taxi zu nehmen, das mit stattlichen 90 Euro zu Buche schlug. Viel mehr hatte sie in dieser Währung nicht verfügbar und sie mussten eine Bank suchen, weil das Hotel von Ausländern generell eine Kaution nahm. In bar, wie früher.

Diese Maßnahme richtete sich zwar eigentlich gegen junge Deutsche Urlaubergruppen, die hier scheinbar fürs Randalieren bekannt waren. Zahlen mussten die beiden Polizisten sie dennoch.

Immerhin: Das Hotel war nett und klein und verwinkelt und für einen winzigen Augenblick fühlte Stella Nykvist sich wie im Urlaub. Mik hatte auf der langen Zugfahrt viel von Europol erzählt und vielleicht noch mehr von der wachsenden rechten Szene in Europa, deren gewaltbereiten oder rechtswidrigen Teil er mit seinem Team auf dem Radar hatte. Er hatte so viel erzählt, dass Stella am Ende nur noch fahrig zugehört hatte. Sie war müde und hatte die Reise hierher eigentlich als Schlafzeit geplant.

Und sie spürte, dass die Anwesenheit des gut frisierten klugen Mannes sie auf falsche Gedanken brachte. Sex mit Kollegen war tabu für sie. Seit einiger Zeit zumindest. Und Maren Christensen zählte nicht. Damals waren sie noch keine Kollegen gewesen. Aber der Kerl ... sie fragte sich, ob der nicht eigentlich dasselbe Leben führte wie sie. So jemand hatte doch keine Freundin oder Frau! Der war doch im Grunde ständig unterwegs.

Als die Hitze erträglicher wurde, schlenderten sie sehr touristisch zur Strandpromenade hinab, die nicht dem üblichen Klischee entsprach und ein Restaurant am nächsten bot. Vielmehr waren die Häuser in der besten Premium-Lage alte kleine Häuser, in denen alte kleine Menschen lebten.

Erst nach zehn Minuten Fußmarsch entlang der

Küstenlinie fanden sie ein – recht volles – Restaurant, in dem sie zwei Plätze ergattern konnten. Stella fühlte sich für einen Moment verleitet, auf dem Weg ein paar Bilder zu machen. Die wunderschönen weißen Häuser, die an den unmöglichsten Stellen des Berges klebten, wären ein paar Fotos wert gewesen. Wäre sie mit Bjarne unterwegs gewesen, hätte sie das getan. Sie waren sich einig, dass sie diese Momente in ihrem Job ebenso nutzen mussten, wie es zu Stellas Überzeugung gehörte, dass man auch unterwegs Sex haben musste, wenn man nicht völlig verrückt werden wollte. Ihr Körper forderte das.

Der Gedanke beschäftigte sie, bis das Telefon eine dänische Nummer anzeigte und sie das Gespräch annahm, ohne nachzudenken.

„Stella? Maren hier ...", murmelte die Kollegin leise am anderen Ende. Stella erhob sich. Dann drehte sie sich um. „Pasta mit scharfer Soße und einen Salat mit Oliven. Alles andere ist mir gleich!"

Mik zögerte, dann nickte er.

„Entschuldige, Maren – wir haben uns gerade eben gesetzt."

„Oh – ich wollte dich nicht stören. Ich wollte ... sag mal – wo bist du denn? Spielt da im Hintergrund jemand ein ...?"

„Italien. Und das Instrument kenne ich nicht. Aber wenn er es nach lange spielt, werde ich ihn töten müssen."

Sie überquerte die Straße und lehnte sich auf eine nicht besonders hohe Hafenmauer, die es ihr erlaubte, ihren Po ein wenig herauszustrecken. Sie war sich sicher, dass Mik ihn sehen konnte. Und sicher, dass er ihn auch wahrnahm.

„Wie geht es dir jetzt?"

„Ach ... was weiß ich? Ich sitze hier in einem großen Haus, das scheinbar mir gehört. Überall stehen Bilder von mir herum. Es ist ... *befremdlich*", presste sie seltsam unzufrieden hervor.

„Verstehe. Auch, wenn ich es mir nur schwer vorstellen kann. Liegt er auf demselben Friedhof, auf dem wir damals ...?"

„Sicher. Der ist hier für alle drei Orte der einzige Friedhof."

„Verstehe."

„Ich soll dich von Anna grüßen. Wusstest du, dass sie sich bei der SkanForce beworben hat?"

„Was? Nein. Na ja – ich denke, du warst schon damals ihr großes Vorbild, oder? Ich kann verstehen, dass sie dir folgen will."

Maren holte tief Luft und antwortete nicht darauf. Sie trat schweigend auf die Terrasse, von der das Meer nur noch einen Katzensprung entfernt war. Eigentlich hatte Anna sich bei der SkanForce beworben, weil sie so sein wollte wie Stella. Da war Maren sich sicher. Auch die roten Haare schienen ihr das zu sagen. Anna hatte sich in den Eindruck dieser rothaarigen, rasanten Frau verliebt.

Und Maren hatte dafür viel Verständnis. Viel mehr, als sie sich in den hektischen Jahren mit Stella hatte eingestehen wollen.

„Ich werde noch etwas länger bleiben müssen. Deswegen wollte ich dich anrufen."

„Das hatte ich mir fast gedacht."

„Tut mir leid. Ich hatte mir das einfacher vorgestellt. Aber der Makler konnte nicht sofort. Der Typ von der Bank spricht nicht mit mir, bevor ich nicht mit dem Makler gesprochen hab und so weiter ... das zieht sich hier. Ich ..."

„Maren. Hör auf, dich zu entschuldigen. Mehr Ausnahme-Situation als bei dir geht wohl nicht, oder?"

„Ja ... irgendwie schon ..." Sie spürte, wie eine Träne aus ihrem rechten Auge lief. Eine Möwe kam lautstark auf ihr Haus zugeflogen und drehte sehr spät in einer spektakulären Kurve ab und schrie laut.

„Gott ... bist du am Hafen?"

„Nein. Du kennst unser Haus nicht. Also – mein Haus. Das liegt etwa so wie die besten Ferienhäuser."

„Wow. Am Ende willst du demnächst von dort aus arbeiten, hm?"

Die beiden lachten und es fühlte sich vertraut an. Aber Maren lachte nur mit dem Mund. Nicht mit dem Herzen.

Als sie wenige Minuten später auflegte, befand sie sich bereits am Strand. Sie hatte nur eine kleine Wiese überqueren müssen. Fynn hatte ein Tor angebracht, das direkt dahin führte, was es zu ihrer Zeit in diesem Haus nicht gegeben hatte.

Er hatte auch eine zweite Ladestation für ein E-Auto einbauen lassen, was sie sehr verwirrte. Hatte er damit gerechnet, dass sie zurückkommen würde? Hatte es doch eine Freundin gegeben, von der niemand etwas wusste? Oder hatte er das einfach nur getan, weil man das Haus dann besser verkaufen konnte?

Sie biss sich auf die Faust, ohne es richtig zu merken, eine Träne drang aus ihrem Auge, lief über ihre Wange, eine weitere folgte. Irgendwann weinte Maren. Und sie hätte nicht sagen können, warum.

Die Frage ihrer Freundin Mathild hatte sie verletzt. Sie glaubte also, dass Maren nur wegen einer Nacht mit Stella zur SkanForce gegangen war?

#019

Mitten im Gespräch stoppte Stella ihren Satz. Mik reagierte nicht darauf. Er sah konzentriert auf einen Punkt hinter ihr. Sie wandte sich um. „Sitz ich dir im Bild? Ist da eine kurvige Italienerin?“, stichelte sie grinsend.

„Ich glaube, dass wir beobachtet werden“, gab er eindringlich zurück.

„Im Ernst? Wer hätte uns denn hierher folgen sollen?“

„Was ist, wenn es jemand ist, der schon vor uns da war?“

„Okay ... ich drehe mich jetzt nicht um. Beschreib mir den Kerl.“

„Es ist kein Kerl. Es ist eine auffällige Frau. Blond, etwa 1,80 groß. Schlank, aber muskulös. Ein etwas herber Typ mit heller Haut.“

„Skandinavierin?“

„Möglich."

„Frisur?"

„Glatt. Länge bis über die Schultern. Grüne Shorts, bauchfreies Top. Fast ein wenig zu kurz."

Stella griff nach ihrem Telefon und hielt es so, als würde sie Bilder von Mik machen. „Mach mal irgendwelche Posen. Ich hab die Selfie-Cam an." Stella wedelte wild mit dem Telefon herum und Mik spielte mit, als wären sie ein eingespieltes Team.

Sie brauchte einen Moment, um das Telefon korrekt auszurichten. Dann entdeckte sie die Frau auf dem Display ihres Telefons und drückte dreimal entschlossen den Auslöser.

Anschließend legte sie das kleine Gerät auf den Tisch, rief die Bilder auf und zeigte sie ihrem Kollegen mit einem gespielten Lachen. So, als würden sie sich gemeinsam die lustigen Bilder ansehen, die sie von ihm angefertigt hatte. Stelle zoomte die Aufnahme, bis das Gesicht der Frau erstaunlich gut zu erkennen war.

Mik starrte auf das Bild und erblasste regelrecht.

„Vergiss nicht ... dein Urlaubslächeln ...", zischte sie. Dann musste sie das Telefon beiseite räumen, denn in dem Moment brachte der Kellner Salat, Pizza und eine Pasta in einer roten Soße mit Speck, schwarzen Oliven und reichlich duftigen Kräutern.

„Wow", murmelte sie. Ihr Hunger war der eines Labradorwelpen. Ihr Magen hatte bereits vor einer Stunde geknurrt. Sie verdrängte die Ermittlungen für drei Atemzüge und rammte ihre Gabel in die Nudeln.

„Du musst die nicht erlegen ...", mahnte Mik, begann seinerseits die Pizza ordentlich zu schneiden und ließ seinen Blick unauffällig an Stella vorbei gleiten.

„Das ist Martina Wricke."

„Eine Deutsche?"

„Vater Österreicher, Mutter Deutsche mit nordischen Vorfahren. Ich glaube Dänemark."

Stella lachte kurz auf. „Also eine Art Power-Arierin, oder?"

Er sah sie einen Moment lang ein wenig entgeistert an.

„Mach da besser keine Witze. Ganz ehrlich. Im Ernst: Ich glaube, dass sie genau das ist! Sie ist die Top-Arierin. Ich halte sie für eine Art Fetisch. So eine Vorzeige-Frau, mit der Knut sich schmücken will. Sie hatte schon was mit den großen Nazis in Deutschland, bevor sie Solbakken getroffen hat.

Wir sind nicht vollkommen sicher. Aber wir glauben, dass die beiden ein Paar sind. Oder alternativ, dass sie etwas mit einem der Männer hat, die im Rang über Knut Solbakken stehen. Die verdammten Kerle, an die wir ran wollen."

„Was will die hier?"

„Wo die ist, ist auch Knut, denke ich. Und schließlich ist auch Lykke hier. Da ist etwas im Busch. Da wird etwas geplant. Wir denken seit langem, dass die im Besitz zweier Yachten sind, die hier irgendwo herumschippern. Und bevor du fragst: Die konnten wir noch nicht hops nehmen. Die sind auf andere Leute zugelassen."

„Strohmänner?"

Er wägte ab. „Auch ... Und Politiker. Wie gesagt: Wir glauben, dass dieser Kerl für die Politiker der Welt ..."

„Ja ja – er organisiert das Chaos. Das habe ich mittlerweile verstanden."

Ihr Telefon klingelte erneut und Mik rollte spontan die Augen, bevor er sich bewusst beherrschte und auf den Tisch blickte.

„Sklave?"

„Stelly! Ich habe ... gute Nachrichten. Ich hab das mit der SIM-Karte herausbekommen. Es ist weit einfacher, als wir dachten. Du brauchst nur eine italienische Telefonnummer, um die SIM-Karte zu registrieren."

„Ist das nicht schizophren? Du brauchst eine Telefonnummer, um eine Telefonnummer zu bekommen?"

„Und du musst die Simlock aus deinem Telefon entfernen."

„Hä?"

„Das ist deren Vorstellung von Sicherheit. Auf diese Weise wollen sie sicherstellen, dass das Handy immer geortet werden kann. Technisch natürlich kompletter Unsinn! Aber das war scheinbar ein politischer Kompromiss. Die sind ja oft nicht so sehr von Fakten getrieben, oder?“

„Hm ... Und jetzt? Beantragen wir eine ...“

Er unterbrach sie barsch. „Wir beantragen gar nichts.“

„Bitte?“

„Ich hab schon. Ich hab zwei SIM-Karten gefunden, die kaum 20 Minuten nach der Landung von Bjarne aktiviert wurden. Am Flughafen.“

„Kannst du sie orten?“

„Morgen früh um 8 kann ich.“

„Ich liebe dich ...!“

In dem Moment griff jemand Stellas Hand. Sie erstarrte, fuhr erschrocken herum, erkannte Mik und folgte ihm, ohne recht zu begreifen, was geschah.

„Ich denke, diese Martina hat mich erkannt.“

„Die kennt dich?“

„Hat mich einmal gesehen.“

„Na, toll.“

„Nein – da sah ich vollkommen anders aus. Ich hatte die Haare abrasiert und so.“ Er zog sie weiter, schob seine Finger zwischen ihre und bemühte sich, nicht zu sehr an Stella zu zerren. Sie schaute sich um. Ihr Weg führte sie durch eine schmale Gasse mit vielen touristischen Läden. Stella blickte durch die Menge zurück – aber eine Frau mit so auffallend blonden glatten Haaren sah sie nirgends.

Schließlich zerrte sie Mik hinter einen Ständer mit langen Kleidern, presste ihn regelrecht an die Wand hinter sich und sah die Straße hinunter.

Die Menschen wuselten wild durcheinander. Sie wechselten scheinbar planlos Straßenseite und Richtung, hielten an, unterhielten sich, gestikulierten ... Hatte man genügend Zeit, einen geruhsamen Blick auf die Straße zu werfen, schien sich das Chaos allerdings zu lichten.

Die Gruppen vereinzelten sich und vor Stellas Augen blieben nur zwei blonde Frauen übrig. Eine mit Locken, die andere mit einem rosafarbenen Sonnenhut, unter dem man das Gesicht nur schwer erkennen konnte.

Sie presste Mik hinter sich weiterhin an die Wand. Dann rief jemand einen deutschen Namen. Die Frau wandte sich um und ein Mann und zwei Kinder liefen auf sie zu.

„Ich würde sagen: Wir müssen uns keine Sorgen mehr machen", resümierte Stella.

Mik schaute etwas verlegen die enge Fußgängerzone hinab. Dann löste er zögerlich seine Hand aus Stellas und lächelte. „Entschuldige ... ich wollte keine Panik machen. Hast du mal undercover gearbeitet?"

„Ja – und ich hatte Alpträume danach."

„Eben ..."

Sie schlenderten die enge Straße weiter hinauf, bogen in den verwinkelten Gassen zweimal falsch ab und fanden endlich zu dem kleinen Hotel zurück. Sie blieben vor Stellas Hotelzimmer stehen und Stella lächelte den Mann an. Er lächelte zurück. Seine Hände verkrampften sich ein wenig, schien der rothaarigen Polizistin. Dann plötzlich trat er einen halben Schritt auf Stella zu.

Er salutierte kurz und erklärte: „Ich werde mal meine Chefs anrufen."

Einen Atemzug später wandte er sich um und entfernte sich von Stella mit raschen Schritten.

Sie sah ihm eine Zeit lang hinterher. Ihr Herz pochte unregelmäßig und sie merkte, dass sie ihren Mund verzogen hatte. Wut? Enttäuschung ...?

Sie schüttelte den Kopf über sich selbst, öffnete die Tür und riss sich direkt dahinter die Klamotten vom Leib, um zu duschen.

#020

Beinahe hatte Bjarne die beiden im Gewühl verloren. Er

war sich nicht sofort sicher gewesen, ob er richtig gesehen hatte. Stella hatte Urlaub. Und einen ganzen Moment fragte er sich, ob er sie einfach herbei halluzinierte. Jemanden wie sie hätte er hier brauchen können. Aber er wusste ebenso, dass das nicht stattfinden würde. Er musste am kommenden Tag unbedingt nach Norwegen zurück. Er musste Starnja in Empfang nehmen, was mit seinem Flug ohnehin schon eng wurde.

Dennoch wandte er sich um, zog sich die Mütze tiefer ins Gesicht und lief den beiden rasch hinterher. Der Kerl kam ihm vage bekannt vor – aber der gehörte nicht zur SkanForce. Er hatte Stellas Hand genommen und sie hinter sich hergezogen. So, wie Stella ihn angesehen hatte, wirkten die beiden vertraut miteinander. Obwohl das nicht viel heißen musste.

Er hatte während diverser Fälle erlebt, dass Stella Typen hinter sich hergezerrt hatte, von denen er das nicht erwartet hatte. Der hier entsprach ihrem Beuteraster. Ein kräftiger, muskulöser Typ, der offensichtlich auf seinen Körper achtete.

Plötzlich zerrte sie ihn in ein Geschäft, presste ihn hinter sich an die Wand. Sofort fuhr Bjarne seitlich herum, trat an ein Geschäft mit Lederwaren und tat so, als würde er sich eine Tasche näher ansehen. Er lugte vorsichtig nach oben, die enge Straße hinauf.

Man konnte Stella kaum sehen. Aber er begriff jetzt, dass das hier kein Spaziergang war. Das war kein frisch verliebtes Paar an einem lauen Sommerabend an der Amalfi-Küste. Was Bjarne hier sah, war ein Einsatz. Erst nach einer längeren Pause konnte er Stellas Kopf wieder sehen. Sie hatte ein geschicktes Versteck gewählt und die beiden liefen weiter – jetzt allerdings ohne Händchenhalten. Bjarne Sandvik war sich jetzt sicher: Das war Stella Nykvist. Und sie war im Einsatz. Und das konnte nur eines bedeuten: Sie hatte ihn aufgespürt.

Er sah ihr einen Moment lang hinterher, bevor er aus dem Augenwinkel eine Frau mit einem stramm gebundenen Zopf wahrnahm, die sich aus dem Geschäft gegenüber löste und mit eiligen Schritten die schmale

Gasse hinauflief. Verdammt. Die kannte er. Die hatte er auf der Yacht gesehen, als er dort gewesen war.

Sie hatte oben an der Reling gestanden und die Szene beobachtet. Bjarne wartete einen kleinen Moment ab. Dann lief er ihr so zügig hinterher, wie es möglich war, ohne dadurch aufzufallen.

Sie hatte denselben Weg eingeschlagen wie Stella und der große Mann. Und das tat Bjarne jetzt auch. Er folgte ihr mit sicherem Abstand, was einfach war. Sie war groß und hatte ihre Haare hinten durch den Verschluss ihrer schwarzen Kappe gezogen, wodurch die blonde Mähne aus dieser Perspektive schier leuchtete. Zudem ging die Straße bergab, was ihm den besten Blick bot.

Als sie anhielt, tat sie das mit einer flüssigen Bewegung, bemüht unauffällig. Sie holte ihr Telefon hervor und fotografierte den Eingang zu einem Hotel. Bjarne vermutete, dass Stella samt Begleiter darin verschwunden war. Sekunden später hielt sie das Telefon ans Ohr. Sie redete nur kurz und steckte es dann wieder weg. Vermutlich hatte sie jemandem eine Sprachnachricht geschickt.

Im Anschluss stand sie einen Moment lang unschlüssig herum, bis der Besitzer des Geschäftes, vor dem sie angehalten hatte, ihr etwas anpreisen wollte. Sie wandte sich ab, drehte sich um und lief mit schnellen Schritten wieder in Richtung Wasser. Als sie den Hafen ansteuerte, ging Bjarne davon aus, dass sie nun auf ein Boot steigen würde, um wieder zur Yacht zurückzufahren.

Das jedoch war nicht der Fall. Sie steuerte auf ein fast schon dekadentes Hotel zu, das direkt am Yachthafen stand. Ein enorm gepflegtes weiß getünchtes Gebäude, das in der späten Abendsonne regelrecht von innen heraus zu strahlen schien. Italiens Küste von ihrer schönsten Seite.

Dann griff sie nach ihrem Telefon, tippte hektisch darauf herum, sah sich um und lief bis zu dem Hotel, um dann im letzten Moment auf die Piazzale dei Protontini abzubiegen. Ein kleiner Weg, der eng abgemauert kleine Parkplätze bot und den Betreibern des kleinen Marktes diente, um ihre Lieferwagen abzustellen.

Bjarne folgte ihr, soweit es ging. Dann aber ließ sich das nicht fortsetzen. Sie lief alleine über den Steg, musste irgendwann ihre Schuhe ausziehen und lief barfuß auf dem krummen Pflaster weiter. Wäre er ihr hier gefolgt, hätte er es nicht verheimlichen können.

Bjarne rannte an der Strandpromenade weiter vor, um sie aus einem anderen Winkel zu beobachten. Das war seine einzige Chance. Er erkannte einen kleinen Mann mit Bauchansatz und blondierten stoppeligen Haaren, auf den sie zuschritt. Der Kerl hatte sich gegen einen weißen Kleintransporter gelehnt, auf dem eine Aufschrift prangte, die Bjarne nicht lesen konnte. Er zückte sein Telefon und begann zu fotografieren. Mitten zwischen jeder Menge Touristen fiel das nicht auf. Aber die Entfernung war zu groß, das wurde ihm rasch klar.

Die beiden schüttelten sich förmlich die Hände. Dann gab er ihr ein Zeichen und sie lief mit ihm um den Wagen herum. Genau zu dem einzigen Punkt, den Bjarne nicht beobachten konnte. Der Wagen war perfekt abgestellt, vermutlich genau für diesen Zweck.

Als sie wieder vortraten, schien sie dem Mann Geld in die Hand zu drücken. Bjarne hatte seine Kamera auf den Video-Modus umgeschaltet und bemühte sich, so viel bewegtes Bild von den beiden zu bekommen, wie möglich.

Aber die Bildqualität würde sich als nicht besonders beweiskräftig erweisen – da war er jetzt sicher. Es war zu dunkel. Dann beobachtete er noch, wie sie dem Mann wieder die Hand schüttelte und mit raschen Schritten barfuß verschwand. Bjarne zögerte. Er wollte ihr hinterherlaufen. Aber im Grunde war zumindest klar, wo sie enden würde: auf der Yacht. Bei dem Mann konnte man da nicht so sicher sein.

Hektisch rannte Bjarne wieder vor zum Hotel. Eine Strecke von etwa 150 Metern. Er hetzte sich ab und rannte in die Motorrad-Vermietung. Das Mieten eines Motorrollers dauerte so lange, dass der Mann mit dem Kleintransporter gerade an ihm vorbeifuhr, als Bjarne auf den Vespa-ähnlichen Roller stieg. Rasch machte er ein Foto des Wagens aus der Nähe. Er erwischte große Teile des

Kennzeichens. Dann startete er das kleine Zweirad.

Seit Jahren war er keinen Motorroller mehr gefahren. Er gab sich Mühe, anzufahren, ohne größeren Blödsinn anzustellen, und reihte sich dann in den hektischen Verkehr ein. Sofort spürte er eine gewisse Angst. Er trug keinen Helm, keine Handschuhe, war durch nichts geschützt. Und italienische Verkehrsteilnehmer hatten eine völlig andere Idee davon, wie dicht man an andere heranfahren sollte.

Schon mit einem Helm hätte er sich unwohl gefühlt. Wahrscheinlich sogar im Auto. Aber es gelang ihm dennoch, das nötige Selbstbewusstsein aufzubauen, um zwischen den anderen Motorrollern und kleinen Autos hin und her zu flitzen. Und das, ohne den Wagen aus dem Auge zu verlieren.

Nach kaum drei Minuten wurde der Wagen an einer anderen Stelle zu einem winzigen Anlegeplatz gelenkt. Bjarne stoppte auf der Straße oberhalb des Anlegers und beobachtete, was weiter unten geschah.

Neben ihm standen sieben oder acht Jugendliche mit ihren Rollern – eine bessere Tarnung gab es nicht. Er tat so, als tippte er auf seinem Telefon herum. Dann sah er, wie der Mann etwas aus dem Wagen auslud. Einen Karton, der an der Seite mit Holzstreben verstärkt war.

Als er auf ein nahegelegenes Boot zulief, kamen ihm zwei junge Kerle entgegen, die ihm beim Tragen halfen.

Bjarne musste eine Entscheidung treffen. Es war dunkel geworden. Er wusste nicht, ob der Plan, der ihm gerade durch den Kopf geschossen war, sich umsetzen ließ. Rasch ließ er den Roller wieder an, ordnete sich konzentriert in den Verkehr ein und steuerte das kleine Ding nach wenigen hundert Metern an einen anderen Abschnitt des Hafens von Amalfi. Er fuhr hemmungslos auf den kleinen gemauerten Zubringer und suchte das Boot, das er bereits einmal gefahren war.

Er erkannte es erst, als er daran vorbeigefahren war. Bjarne wendete, fiel fast zur Seite, fing sich schmerzhaft mit dem Fuß und stellte den Roller an die nahegelegene Mauer.

Entschlossen lief er auf Giuseppes Boot zu, das eine ähnliche Größe hatte wie das Boot, das er eben beobachtet hatte. Giuseppe war nirgends zu sehen. Er rief seinen Namen und ein älterer Mann auf dem Boot nebenan hob den Kopf und machte eine abweisende Bewegung. Vermutlich sollte Bjarne das sagen, dass Giuseppe um diese Zeit nicht mehr arbeitete.

Er nickte. Dann ging er ein paar Meter aus dem Sichtfeld des Mannes und zog sich an der Seite aufs Boot hoch. Das wirkte nicht besonders elegant. Es war höher, als er angenommen hatte, und das Boot schwankte leicht. Erst im zweiten Versuch konnte er auf der Seite über die Reling klettern und sein Fuß schmerzte noch ein wenig.

Dennoch: Er war jetzt auf dem Boot. Geduckt lief er in die Fahrerkabine des Bootes. Der Schlüssel steckte nicht, obwohl er das angenommen hatte. Er griff unter das Lenkrad, tastete das gebogene Holz im Dunkeln ab – ergebnislos. Also ging er auf die Knie, schaltete Licht an seinem Telefon an und suchte weiter. Schließlich fand er die Klappe für die Sicherungen, zog sie auf und grinste breit. Sekunden später drehte er den Schlüssel und startete das Boot.

#021

„Wir haben doch einen Plan, oder?“ Lykke starrte Knut an. Der nickte. Wenn auch nicht besonders bekräftigend. Eher nachdenklich. Sie nahm einen Schluck Espresso, wartete, schaute ihn fordernd an und wartete noch einen schmerzhaften Moment, in dem sie den Verdacht hatte, dass er eigentlich sehr weit von ihr weg war.

Erst dann meldete er sich zurück. Scharfsinnig und klar.

„Die Radikalisierung schreitet fort in Norwegen. In ganz Skandinavien. Gustav hat dafür einen Index aufgebaut. Wir liegen jetzt stabil bei 75 bis 77. Erreichen wir 80, schlagen wir los."

„Dieser kleine Gustav – das ist ein kluger Typ, oder?"

„Oh ja – ich bin wirklich froh, dass ich den habe. Er kodiert alle Meldungen und solche Sache. Er regelt mittlerweile fast die gesamte Kommunikation mit Nummer 1."

„Im Ernst? Er ... ich meine: Er liest das alles aus erster Hand?"

Knut stellte sein Glas ab. Dann griff er Lykke bei den Schultern. „Es ist nicht mehr so wie früher, Lykke. Wir müssen ein paar Menschen vertrauen, okay? Wir können nicht mehr alle großen Aufgaben alleine stemmen. Nur, weil ihr damals von ein paar Polizisten unterwandert worden seid, heißt das nicht, dass das noch einmal passiert. Dafür sind wir längst zu stark. Ihr habt 2011 am Anfang gestanden. Das war eine andere Welt, okay?"

„Hm ...", murmelte sie und lächelte, bis er ihre Schulter losließ. Er drückte sie kurz und väterlich.

„Was meinst du – was wird das Ziel von Nummer 1 sein?"

„Etwas Großes diesmal. Etwas in der Qualität von ..."

Ihre beiden Köpfe gingen reflexhaft zur Seite. Ein Boot kam auf sie zu. Knut sah auf die Uhr. „Sie ist spät dran?"

„Meinst du, das ist Martina?"

„Das will ich hoffen! Sie hatte ewig Zeit. Und sie wird sich ja nicht an die Uferpromenade gehockt haben, um noch Pasta zu essen, oder?"

„Lass sie doch ... sie ist noch jung."

Knut schüttelte energisch den Kopf. „Sie hat große Aufgaben vor sich."

Das Boot kam näher und Lykke krallte ihre Hand in die Reling. „Was meinst du damit?"

„Ich rechne fest damit, dass Numero Uno sie in der Öffentlichkeit sehen will. Schau sie dir doch an! Die Mutter einer Vorzeige-Rasse wird doch wohl so aussehen, wie sie, oder?"

Sie stöhnte leicht auf. „Bitte, Knut! Nicht diese Parolen.

Es geht doch um andere Ziele, oder? Wir wollen, dass das ganze Pack aus unserem Land verschwindet. Wir brauchen wieder eine stabile, beherrschbare Ordnung. Dann können wir über Rasse reden!"

Er kicherte. „Im Ernst? Lykke! Warum so zögerlich? Das Letzte, was wir von unserem obersten Boss dazu gehört haben, sagt etwas anderes. Wir müssen zulegen, schneller werden, reiner werden. Sonst haben wir denen nicht genug entgegenzusetzen. Ich denke, dass unsere Nummer 1 sehr bald ..."

Das Boot war nähergekommen und wurde jetzt so laut, dass man beinahe meinen konnte, zwei Boote hören zu können, die auf die Yacht zugefahren kamen.

Lykke griff Knuts Schulter.

„Lass und kurz nach hinten gehen. Ich möchte noch etwas mit dir besprechen, bevor Martina kommt."

„Hm?"

Sie schob ihn, drückte ihn ein wenig und schließlich lief er alleine weiter auf das gegenüberliegende Deck.

„Was ist denn ...?", murrte er.

Sie konnte hören, wie das Boot langsamer wurde und anlegte.

Sie schob ihn dicht an die Reling. „Wenn mein Bruder jetzt bald aus dem Gefängnis kommt, wird er rasch mit Nummer 1 sprechen wollen!"

„Ja ..." Er wandte sich ab, sah über das Meer hinaus. „Das ... mag sein."

„Was soll das heißen?"

„Er muss nicht glauben, dass er nach all den Jahren hierherkommt und alle nach seiner Pfeife tanzen. Hast du Nummer 1 persönlich kennengelernt?"

„Wir haben telefoniert."

„Okay ..." Er schien den Gedanken durchzukauen. „Na gut, ihr habt telefoniert. Ich nehme an, dass er für seine lange vermisste Nummer 2 schon etwas tun will, was einen stärkeren symbolischen Charakter hat."

„Knut!" Sie schüttelte den Kopf. Lykke kannte ihren Bruder. Er würde sich sicher nicht mit einem Telefonat abspeisen lassen. Immerhin hätte er fast den größten

Terroranschlag Norwegens verübt – wäre ihm dieser Breivik nicht dazwischengekommen.

„Knut! Wir können ihn unmöglich verprellen! Er war ganz oben. Er hat damals alles aufgebaut. Und seine Schriften! Was ist mit seinen Schriften, hm?“

„Lykke – jetzt mal nicht durchdrehen, okay?“

„Er hat alles aufgebaut! Er war die Nummer 1!“ Den letzten Satz hatte sie nicht sagen wollen. Er war dumm und Knut spießte sie sofort deswegen auf.

„Er war die Nummer 1 in einem Fisch-Imbiss! Jetzt darf er die Nummer 2 in einer großen Restaurant-Kette sein. Vorsicht, ja?“

„Ich ... Ich ...“, stammelte sie. Dann schüttelte sie den Kopf. In einem Akt der Verzweiflung griff sie nach ihm – aber er drehte sich weg. Plötzlich stand Martina neben ihnen. Lykke hatte sie nicht kommen hören. Ihr rechtes Ohr war durch die Schussverletzung schwächer und sie hatte bewusst das Linke zu Knut gedreht.

Sie holte Luft, wollte sich aufregen, als sie Schritte auf der Metalltreppe über sich hörte. Gott! Diese verdammte Yacht war viel zu unübersichtlich für sie. Sie konnte mit der Räumlichkeit auf diesem Boot nicht umgehen. Schon die Meeresgeräusche machten sie verrückt und lenkten sie ständig ab.

Alle starrten nach oben und sahen Gustav, der mit beschwingten Schritten die Treppen herunterkam. Leichtfüßig und schnell. Lykkes Gesicht verzerrte sich boshaft. Sie hatte nicht einmal gewusst, dass er hier war. Eigentlich war sie sich sicher gewesen, dass nur der innere Kreis ... dann erkannte sie ihren Fehler: Der Kerl war jetzt ein Teil des inneren Kreises.

Er stellte sich vor die beiden Frauen und nickte ihnen zu. Er wirkte dabei fast ein wenig unsicher. Lykke tippte darauf, dass auch er in den 30ern war – aber er wirkte oft eher wie Anfang 20. Wie einer, der seinen ersten Job machte und bemüht war, den auffallend gut zu absolvieren.

Er sah zu Knut. Schließlich nickte der. „Wir bräuchten einen Moment ...“, erklärte er und Lykke wollte für einen

Moment protestieren. Martina griff ihre Hand.

„Komm, wir machen uns ein paar Drinks", lächelte sie und zog sie hinter sich. Erst dann wandte sie sich um, die Hand vor dem Mund wie ein erschrockenes kleines Mädchen. „Ich vergaß ... du darfst ja keinen Alkohol ... komm! Wir finden was Fruchtiges für dich."

Die beiden Männer warteten einen Moment ab. Dann hielt Gustav ihm ein Tablet unter die Augen. Nummer 3 musterte es einen Moment. „Ist das gesichert?"

„Er ist raus aus dem Knast."

„Hat Lykke nichts gesagt?"

Knut schüttelte den Kopf.

Gustav sog die Luft ein. „Also – das finde ich reichlich ... weiß nicht. Wenn der draußen ist, wird er doch sofort seine Schwester anrufen, oder? Das würde er als Erstes tun. Sie war die ganze Zeit über für ihn da?"

Knut zuckte die Schultern. „Vielleicht hat er ihre Nummer nicht?"

„Der Kerl kann sich weit komplexere Dinge merken. Nein ... Ich denke ..."

„Gustav ... Das war ein Spaß. Wir beide wissen, dass er die Nummer vorwärts, rückwärts und wahrscheinlich auch auf Finnisch aufsagen kann. Wir wissen das." Er griff ihn an der Schulter. „Aber was bedeutet das deiner Meinung nach? Sollen wir Lykke deiner Meinung nach jetzt misstrauen?"

Er zögerte und Knut ließ ihn wieder los. „Sie will, dass er Nummer 1 trifft."

„Das ... habe ich mir beinahe gedacht."

„Ich denke, wir müssen da etwas vorbereiten." Dann sah er auf die Uhr. „Du solltest ihre Kommunikation überwachen. Ich will nicht, dass unser großer Auftritt in Norwegen schiefgeht. Da sind zu viele Menschen beteiligt."

„Was bedeutet das? Du vertraust ihr nicht?"

„Doch – tu ich. Ich vertraue Lykke. Aber woher soll ich wissen, ob ich dem Bruder vertrauen kann? Gustav – unsere Rasse ist die Sieger-Rasse. Wir müssen uns auch ein bisschen drauf verlassen, dass wir ein Gespür haben, okay?"

„Wenn du das immer so sagst …" Er schüttelte den Kopf. Dann wirkte er plötzlich erschrocken. „Mist! Ist das Boot noch da?"

„Ich denke schon. Die hatten was geladen. Und du weißt doch, wie die hier sind. Die Hälfte fehlt und der Rest kostet extra. Oh mein Gott! Ich habe keine Lust mehr auf dieses Land!"

„Ich muss dem noch was … ich muss noch schnell …" Er drehte sich um und hetzte die Treppe runter. Knut blieb an der hinteren Reling stehen. Dann entschied er, eine Sprachmitteilung zu verfassen. Er atmete durch, konzentrierte sich, wählte gezielt die Worte, die er sagen wollte. Dann startete er die Aufnahme.

„Wir beide werden sehr bald einen wichtigen Vorschlag diskutieren müssen", startete er mit seiner dunkelsten Stimme. „Es gibt eine neue Herausforderung auf dem Weg zur Kirche und …"

Plötzlich wurde er vom lauten Geräusch des startenden Bootes unterbrochen. Wütend unterbrach er die Aufnahme. Dann wandte er sich um und sah aufs Wasser. Er konnte das startende Boot hinter sich hören. Drehte er jetzt durch? Das Boot war auf der anderen Seite.

Er stoppte die Aufnahme, strich sich übers Gesicht. Er musste wirklich froh sein, dass er die Security-Typen an Bord hatte. Seit Wochen fürchtete er, überfallen zu werden. Oder dass jemand auf ihn schoss. Letzten Endes einer der Gründe, warum er hier draußen festhing.

Die gesamte rechte Szene Europas schien auf ihn zu hören. Er konnte die Strippen ziehen, die Strömungen bestimmen. Die kleinen Ereignisse hier und da setzen. Die Leute auf den Social Media-Plattformen in die Angst vor dem Wechsel treiben. Welcher das letzten Endes war, war dabei gleichgültig.

Aber jetzt waren ein paar kleine Dinge schiefgelaufen. Sie waren noch zwei Schritte entfernt von dem großen Schlag. Und plötzlich kam die Angst in ihm hoch.

Es wurde Zeit. Knut war dünnhäutig geworden.

#022

Stella spürte, wie ihr Kopf gegen die Kissen schlug. Fest und rhythmisch, einem Schema folgend, das rasch anstieg. Er war tief in sie eingedrungen und stieß zu. Zögerlich zunächst, zärtlich beinahe. Aber sie wollten es doch beide. Sie hatte die Beine um seinen nackten Po geschlungen und spürte, wie er ...

Irgendetwas hatte sie aus dem Rhythmus gebracht. Was war das gewesen? Sie öffnete die Augen, schüttelte sich regelrecht, als sie auf den Wecker starrte. Dann sah sie auf das Kissen neben sich und suchte den Raum ab. Sie war allein. Ganz und gar allein.

Sie schmatzte unmotiviert. Dann räusperte sie sich und starrte einen Moment zur Decke. Schließlich raffte sie sich auf. Noch nie hatte sie nach dem Wecker lange im Bett liegen wollen.

Für eine Sekunde sah sie noch einmal auf die andere Bettseite. Sie war verwirrt. Beinahe so, als hätte sie einen Teil ihres Kopfes im Traum vergessen. Hatte den Teil nicht vollkommen aus dem Traum herauszerren können. Ihr Traum hatte sich unnatürlich real angefühlt. Er würde sie verfolgen. Das konnte sie nicht brauchen.

Wie fast immer hatte sie nackt geschlafen. Sie blieb vor dem Spiegel stehen und schaute sich ausgiebig an, drehte sich und lächelte dann. Bis auf die blöde elastische Binde in diesem spießigen Karamell-Farbton war sie zufrieden.

Immerhin: Der Schmerz hatte nachgelassen.

60 Minuten später hatte sie geduscht, gefrühstückt und mit Kjell telefoniert, der heute besser geklungen hatte.

Er würde aufstehen und ins Büro gehen. So war die Vereinbarung.

Aber Stella überprüfte das nicht. Solange er seine Ergebnisse ablieferte, war ihr gleichgültig, wann er arbeitete und vor allem, wo er das tat. Und er hatte seine Ergebnisse abgeliefert.

Darüber hinaus hatte er alles Notwendige an Taavi geschickt. Er hatte einen Statusbericht von ihm erhalten und den für Stella aufbereitet und ihr auch den bereits geschickt.

Und er wusste, wo die beiden SIM-Karten sich aufhielten. Und das sagte Stella: Sie hatte gut daran getan, früh aufzustehen. Ganz gleich, wie wohl sie sich in dem kleinen Traum von diesem quietschenden italienischen Bett gefühlt hatte.

Das eine Telefon war in ihrer Nähe – das andere weiter im Landesinneren. Sie musste nicht lange überlegen.

Sie hatte für einen Moment in Erwägung gezogen, Mik anzurufen. Aber sie war nicht nur Ermittlerin – sie war auch eine Vorgesetzte. Und sie hatte ein dienstliches Thema mit Bjarne zu klären. Er hatte die Ermittlung liegen gelassen. Das musste niemand erfahren, wenn es nach ihr ging. Aber sie konnte es nicht einfach so verstreichen lassen.

Erneut zog sie sich die grüne Mütze der niederländischen Brauerei über die prallen roten Locken und trat auf die Straße. Sie hatte eine App installieren müssen. Aber jetzt konnte sie Bjarnes Aufenthaltsort sehen. Nicht ganz live, aber doch zumindest den Punkt, an dem sich sein Telefon in den letzten 60 bis 90 Sekunden aufgehalten hatte.

Und das war in dem Falle am Hafen gewesen. Bjarne Sandvik musste früh aufgestanden sein. In dem Punkt ähnelten sie sich. Musste man um 4 in ein Charterflugzeug steigen, trafen Bjarne und Stella ausgeschlafen um 03:50 am Flieger ein. Frisch geduscht und einsatzbereit. Sie machten das beide fast ihr ganzes Leben lang. Sie waren Soldaten, wenn es darauf ankam.

Mit flockigen Schritten lief sie eine lange steinerne Treppe hinunter, die – wie praktisch alles hier –

wunderschön war und einlud, zu verweilen. Vielleicht Wein und Käse zu konsumieren. Nicht unbedingt, um potentielle Mörder und schräge Anzug-Nazis zu jagen.

Stella hielt inne und ließ ihren Blick über den noch leeren Hafen streifen. Hätte sie ihn nicht nach all den Jahren gut gekannt, wäre ihr Blick an Bjarne vorbeigeglitten.

Er trug einen dünnen Pullover mit aufgerollten Ärmeln. Sein Bart war länger als beim letzten Treffen vor ein paar Wochen und dadurch auch grauer. Er wirkte für Stellas Auge wie ein Einheimischer.

Sie grinste und lief die letzten Treppen zügig herunter.

„Geht denn da niemand ran ...?", hörte man Martina rufen. Die Sonne war aufgegangen, aber sie hätte in Erwägung gezogen, jetzt schon aufzustehen. Sie hatte im Halbschlaf mitbekommen, wie Knut aufgestanden war. Und sie war sich sicher, dass jemand einen der Bediensteten um Kaffee gebeten hatte. Vermutlich Lykke, die oft nicht lange schlief oder schwere Kopfschmerzen entwickelte.

Schließlich hörte sie hektische Schritte. Als Nächstes die gedämpfte Stimme von Lykke, die – obwohl abgemildert – hektisch und aufgebracht klang.

Sie hörte sie telefonieren, dämmerte einen Moment mit halb geschlossenen Augen weiter vor sich hin und war wohl gerade wieder eingeschlafen, als Lykke aufgebracht in ihr Schlafzimmer platzte.

Martina war splitternackt und riss sich eine Decke schützend vor den Leib. Sie starrte Lykke wütend an. „Was zur Hölle ...?"

„Wo ist Knut?"

Die Deutsche zuckte die nackten Schultern. „Schwimmen? Telefonieren? An Land? Was weiß denn ich! Was ist los?"

Lykke atmete tief durch. „Verdammt ... ich muss dringend nach Ålesund! Yngve ist entlassen worden! Er ist jetzt schon seit 36 Stunden aus dem Knast raus. Er sitzt zuhause bei mir, hat kein Geld und nichts zu essen! Er ist stinksau... Ich muss auf den nächsten Flug! Oder etwas chartern!"

Martina schüttelte für einen Moment ratlos den Kopf. Dann lehnte sie sich vor und spürte, wie ihr Puls stieg. Was redete die Frau denn da?

„Sag mal, Lykke! Das kann doch wohl nicht wahr sein! Du bist eine erwachsene Frau. Dein Bruder ruft dich in aller Herrgottsfrühe an und jammert herum. Und du hast nichts Besseres zu tun, als aufzuspringen und quer durch Europa zu fliegen? Das kann ja wohl nicht dein Ernst sein! Du bist doch nicht seine Mama."

Lykke fixierte sie. Sie konnte genügend Deutsch, um den Unterschied zwischen „Mutter" und „Mama" zu kennen. Und die Deutsche hatte das kindliche Wort bewusst gewählt.

„Er war über zehn Jahre im Gefängnis, Martina!", schnauzte sie.

„Ja – das weiß ich sehr, sehr gut. Und? Was hat er gestern gemacht? War er sich da zu fein, anzurufen? War der Kühlschrank noch voll, der Druck noch nicht groß genug? Das hätte man doch alles regeln können. Ein Erwachsener, der einen Führungsanspruch hat, kann das eleganter lösen, oder?" Sie schüttelte wütend den Kopf. „Jetzt mal im Ernst! Das machst du nicht! Du fliegst jetzt nicht hektisch nach Norwegen wie eine Glucke!"

Lykke senkte den Blick. Für einen Moment glaubte Martina, dass sie sie am richtigen Punkt erwischt hatte. Dann murmelte die Norwegerin: „Mist ... ich hab Kaffee getrunken. Wenn ich Kaffee getrunken habe, kann ich nicht fliegen."

„Na – umso besser! Ein Zeichen!"

Ohne ein Geräusch verursacht zu haben, stand Gustav plötzlich im Schlafzimmer. „Verdammt!", murrte er lautstark und herrisch. „Was ist denn hier los! Das klingt ja wie bei den Hühnern hier. Können wir alle mal ein bisschen runterkommen?"

Martina biss sich auf die Lippe. Sie hasste es, wenn er sich so gab, als habe er hier etwas zu melden. Wütend erhob sie sich und stieg splitternackt aus dem Bett. Schon, weil ihre Erziehung ihr sagte, dass mindestens Gustav sich jetzt abzuwenden hatte, während sie sich anzog. Er dachte nicht daran. Zumindest in der ersten, zweiten und dritten Sekunde.

Dann drehte er sich zur Seite und fragte: „Was ist hier los?"

Lykke erzählte es ihm in hektischen Worten und erwähnte auch den Kaffee wieder. Martina schüttelte ständig den Kopf, während sie sich anzog. Eigentlich war diese verdammte Norwegerin überhaupt nicht einsatzfähig. Sollte es nicht bergauf gehen? Knut hatte vor ein paar Tagen gesagt, dass man sich bei einer Revolution irgendwann von ein paar schwächeren Gliedern der Kette trennen musste. Ohne konkret zu sagen, wen er damit meinte.

Martina hätte Vorschläge machen können.

Schließlich nickte Gustav und wandte sich wieder um. „Wir müssen uns um Yngve kümmern. Das steht fest."

„Na ... ich weiß nicht ...", brummte Martina. „Morgen reicht da nicht? Oder ... lass uns mit der Yacht fahren."

„Hä? Wie willst du das machen? Über das österreichische Binnenmeer schippern? Das dauert alles viel zu lange! Da bist du ja bestimmt ... 'ne Woche unterwegs oder so!"

„Na ... wieso hat er sich auch nicht ..." Sie winkte ab. „Ich könnte kotzen", erklärte sie erstaunlich sachlich und passierte wütend die beiden anderen. Dann rauschte sie in ihrem Morgenmantel barfuß die nächstgelegene Treppe herunter und murmelte etwas Wütendes.

Stella war noch drei oder vier Schritte entfernt, als Bjarne den Arm hob und ihr zuwinkte, obwohl er ihr weiterhin den Rücken zukehrte.

„War ja klar ...", brummte sie, schritt näher an ihn heran und trat ihm wohldosiert in den Hintern.

„AU!"

„Hast du verdient."

Er erhob sich, lächelte und nahm Stella fest in den Arm. „Der junge Kjell muss reichlich fit sein mittlerweile, wenn du mich hier gefunden hast."

„Der macht seine Sache gut. Und er hat dabei wenig Dienstvergehen."

Sie setzte sich ihm gegenüber auf eine kleine Steinmauer und verschränkte die Arme vor der Brust. „Bär – was machst du für einen furchtbaren Mist?"

„Was redest du von Dienstvergehen?"

„Du bist einfach abgehauen!"

Bjarne lächelte kurz. „Das ist ja so nicht ganz richtig. Ich habe ein paar Tage Resturlaub genommen und habe sie hier unten in Italien ..."

„Bjarne – du hast das arme Mädchen da sitzen lassen. Diese Smilla. Trotz deiner dienstlichen Verpflichtungen!"

Er schüttelte den Kopf sehr ruhig, strich sich über den Bart und lächelte. „Du hast unsere Dienstvorschriften nicht so genau gelesen wie ich. Wenn du Angst haben solltest, dass dir jemand an den Karren fährt, kannst du dich beruhigt zurücklehnen." Er fixierte sie. „Ernsthaft, Stelly. Mach dich locker. Ich hab das genau geprüft. Alles gut."

Sie senkte den Blick. Sie vertraute ihm. Stellas Vertrauen in Bjarne war beinahe unbegrenzt. Oder anders gesprochen: Niemandem auf diesem Planeten brachte sie mehr Vertrauen entgegen.

„Außerdem", setzte er an, „kommt Starnja heute Abend nach Ålesund. Ab morgen bin ich da wieder voll am Zug. Und die Frau, die dort ermittelt – das ist wirklich keine dumme."

„Smilla?"

„Du hast mit ihr gesprochen?"

„Ich war dort."

„Oh."

„Ich hab Taavi hingeschickt."

„Oh", murmelte Bjarne erneut, als wären ihm die Konsequenzen nicht schon durch den Kopf gegangen. Sie wusste, dass das nicht wahr sein konnte. Vielleicht war das der Unterschied zwischen „etwas wissen" und „etwas begreifen", der gerade in seinem Kopf vor sich ging. Ein älterer Italiener passierte die beiden und grüßte Bjarne mit einem angespannten, leicht grimmigen Blick. Bjarne nickte offen zurück. Die beiden schienen sich zu kennen.

„Und ich muss dir noch was sagen: Starnja ist schon da."

„Was??"

„Sie wollte dich überraschen."

„Mist."

„Bjarne, verdammt! Du warst nicht erreichbar. Für niemanden von uns."

„Das ist kaum meine Schuld."

„Hm?"

„Meine Telefone sind beide nicht für Italien freigeschaltet."

„Im Ernst ...? Meins funktioniert hier."

„Tja ... du bist auch die Chefin", grinste Bjarne. „Und bei meinem privaten Telefon habe ich so eine Skandinavien-Flat. Das hatte ich verdrängt. Aber immerhin sind die Shetland-Inseln da mit eingeschlossen."

„Die Shetlands?" Stelle grinste. „Wusstest du, dass wir auf denen ermitteln dürften?"

„Nein ... den Teil unserer Vorschriften habe ich dann scheinbar nicht zu Ende gelesen", grinste er.

Stella grinste ebenfalls für einen Moment. „Warum bist du wirklich hier, Bär?"

Bjarne atmete ein, senkte den Blick. „Du willst es nicht hören."

„Doch, will ich. Ich hab mich mittlerweile auch ein wenig mit den Spinnern befasst."

„Aber nicht so wie ich."

„Ja – dann muss ich das vielleicht noch nachholen. Kann sein. Aber ich weiß genug über Knut Solbakken, um zu verstehen, dass er ..."

„Ich glaube, dass er der Wingman von Breivik war. Ich bin fest davon überzeugt, dass Breivik den ganzen Anschlag nicht allein hinbekommen hat, das weißt du. Er hatte einen Handlanger. Den Klugen. Es gibt eine Analyse seines Pamphlets, die nahelegt, dass er damals einen Großteil seiner Texte von einem Blogger namens Fjordman abgeschrieben hat. Und ein weiterer Teil seiner Schriften zeigt Muster, die nahelegen, dass sie von jemand anders verfasst wurden."

„Der Nortuagian möglicherweise."

„Das weißt du?"

„Ich mache auch meine Hausaufgaben. Der Nortuagian ist ein rechter Blogger und wohl auch Redenschreiber, dessen Identität nicht geklärt ist. Bezieht sich stark auf die nordische Mythologie, will die Rasse reinigen, schaut nicht so sehr auf Landesgrenzen, sondern eher auf die große nordgermanische Definition von Rasse. Du siehst: Ich mache meinen Job."

Bjarne nickte. So ernst wie selten. Dann deutete er aufs Wasser. „Ich wette mit dir, dass das dort draußen der Kerl ist, dem wir das ganze Desaster von Utøya wirklich zu verdanken haben. Dieser Kerl verdreht den Leuten mit seinen Lügen den Kopf. Im großen Stil. Und das hat er über die Jahre nur noch mehr perfektioniert. Der Mord an diesem Kerl im Hotel in Ålesund war nur ein Vorspiel zu ei---"

BUMMM!

Die beiden Ermittler zuckten zusammen und duckten sich instinktiv.

BUMMM!

Zwei gigantisch laute Detonationen hatten alles um sie herum erschüttert. Man hörte die wenigen Menschen, die bereits unterwegs waren, erschrocken aufschreien. Und alle richteten ihre Blicke in eine Richtung: Zum Wasser, wo über einer der Yachten eine Stichflamme nach oben schoss, der eine schwarze Wolke folgte.

#023

Taavi Østby spürte einen gewissen Stolz. Er hätte das nicht

laut gesagt, aber er musste sich bemühen, sein breites Grinsen einzudämmen.

Die Kollegen, die damit beauftragt gewesen waren, die Fluchtroute der möglichen Mörderin nachzuzeichnen, hatten sich lange damit beschäftigt, den Weg abzuklappern, den sie gefahren war. Sie hatten an die vereinzelten Häuser geklopft, die sich auf dem Weg befanden. Hatten mit Menschen gesprochen, die alle zu der Zeit geschlafen hatten. Taavi war das nicht logisch vorgekommen. Vielleicht hatte die Frau jemand auf dem Weg gesehen. Na und?

Eine Frau, die nachts schnell mit einem Wagen fuhr, dessen Ziel sie kannten. Wie wichtig konnte die Erkenntnis sein? Sie würden nur eine Bestätigung erhalten von etwas, das sie bereits wussten. Also hatte er gezielt danach gesucht, was im Anschluss passiert sein konnte.

Taavi hatte minutiös den Fjord Richtung Norden abgeklappert. Hatte mit jeder Menge Menschen gesprochen, war einige Strecken zu Fuß abgelaufen und hatte sich gefragt, wie die weitere Flucht verlaufen sein konnte. Und dann hatte er an einem kleinen Imbiss angehalten und Fisch-Nuggets gegessen.

Die Mittagszeit war an diesem Tag bereits rum und es war nicht viel los. Als er mit dem Betreiber des Imbisses ins Gespräch kam, fragte der ihn schließlich: „Du bist hier schon gestern unterwegs gewesen, oder?"

Taavi nickte. „Ich ermittle in einem Mord, der ..."

Er deutete mit dem Kopf über den Fjord hinweg. „Unten in dem Hotel?"

„Genau. Davon weißt du?"

„So viele Morde geschehen hier nicht", hatte der Mann erklärt und einen großen Sack mit tiefgefrorenen Pommes frites geöffnet. „Was haben wir hier oben damit zu tun ...?"

Bevor Taavi antworten konnte, blitzte etwas in den Augen des Mannes auf. „Der Unfall in Hamnsund in der Nacht?"

Taavi nickte. Leute wie dieser Typ bekamen viel mit. Und was sie nicht selbst mitbekamen, erzählten ihnen die Kunden. Er hatte sogar schon überlegt, den Mann zu befragen – aber die Tat war morgens um 3 geschehen. Da hatte kein Imbiss geöffnet.

Der Imbissbetreiber ging seiner Tätigkeit weiter nach, bis er sich irgendwann umwandte und die Hände an einem sichtbar gebrauchten blauen Handtuch abrieb. „In der Nacht ... ist hier 'ne komische Frau vorbeigelaufen."

„Hm?"

„Ja ... Ich kann die nich' so richtich beschreiben, wenn ich ehrlich sein soll."

„Wieso?"

„Es war furchtbar dunkel."

„Moment – du warst ... irgendwann in der Nacht hier?"

Er nickte unzufrieden. „Meine Kühlung hat in der Nacht gestreikt. Ich bekomm' eine Nachricht auf mein Handy, wenn die Temperatur einen festgelegten Wert überschreitet. Ich bin aufgestanden, hier rausgefahren und stand ungefähr da, wo du jetzt stehst."

„Und dann?"

„Lief hier so eine Frau vorbei. Hat einen komischen Gang gehabt. Ist gehumpelt, okay?"

„Okay – hast du sie angesprochen?"

„Hab gefragt, ob ich ihr helfen kann. Sie hat mich angeschaut, ist kurz stehengeblieben, und anschließend ist sie weitergelaufen. Ich mein': Ich hab mich schon gefragt, wo die um die Zeit hin will, so mitten in der Nacht. Aber die wollte nicht reden. Oder hat mich nicht verstanden. Konnte vielleicht kein Norwegisch." Er zuckte die Schultern. „Touristin oder irgend 'ne Ausländerin eben. Lungern ja mittlerweile genug hier rum, ohne unsere Sprache zu können. Und ..." Er verzog den Mund. „Verstehe mich da nicht falsch – aber die trug so eine Art Kopftuch. Ich kenn mich da ja nicht so aus – aber auf mich wirkte die irgendwie ... na ja – *ausländisch* eben."

Taavi ahnte, dass auch hier in Norwegen der Satz „Versteh mich da nicht falsch" eher darauf hindeutete, dass er den Mann genau richtig verstand. Die Menschen hier oben hatten oft ein Problem mit Immigranten jeder Art. Vielleicht abgesehen von Schweden oder Dänen.

„Wo ist die hingelaufen?"

„Weiter rauf …"

„Und das war wann?"

„Denke, so gegen vier Uhr, vielleicht auch viertel nach vier. Jedenfalls nicht viel später."

„Und das war's? Ihr habt nicht gesprochen, sie ist einfach weitergegangen und das war's?"

Der Mann nickte und trocknete eine Tasse ab. Er blickte nachdenklich aufs Wasser hinaus. „Außer …"

„Außer …?"

„Kurze Zeit später hat ein Boot abgelegt. Auch irgendwie seltsam."

„Von wo?"

„Na, drüben." Er deutete über den Fjord hinweg. „Von der Halbinsel. Von Terøya. Da ist so ein kleiner Hafen."

„Und da fahren die Boote um die Zeit?"

Der Mann kräuselte die Stirn. „Schon … irgendwann müssen sie ja zum Fischen raus …"

Sein Blick deutete an, dass er Taavi für einen Idioten hielt. Der junge Ermittler war im finnischen Tampere aufgewachsen. Ein wichtiger Industriestandort und einer der wenigen Orte Skandinaviens, an denen Fischfang keine große Rolle spielte.

Er stellte weitere Detailfragen, bedankte sich dann und steuerte den kleinen Hafen auf Terøya an. Der stellte sich als echter Bilderbuchhafen heraus. Die kleinen Holzgebäude hatte man artig in falunrot gestrichen und die Rasenflächen akkurat geschnitten. Ganz so, als würde man sehnsüchtig auf den nächsten Fotografen warten. Ein paar gepflegte Boote wippten im kalten blauen Wasser beruhigend auf und ab und eindeutige Wegweiser führten zum Büro des Hafenmeisters.

Taavi wies sich aus und erkundigte sich, ob der Hafenmeister ihm zu der Beobachtung des Imbiss-Besitzers etwas sagen konnte. Der winkte lachend ab. „Wir führen hier ja nicht Buch wie auf dem Flughafen in Oslo oder so, klar?"

„Aber an den Morgen erinnerst du dich vielleicht trotzdem. Es war, als dieser Mord unten in …"

„Jaja, das kam im Radio. Daran erinnere ich mich

wirklich. Und? Habt ihr den immer noch nicht?"

„Ich bin erst später zu dem Fall ..."

„Wird wieder irgend so ein Vermummter gewesen sein."

„Ein ... bitte?"

„Na so ein Schwarzhaariger." Der Mann winkte ab. „Komm ... erzähl mir doch nichts. Schau dir die Kriminalitätsstatistiken doch an! Die eine Hälfte der Mörder sind Polen und Russen – die anderen Syrer und Somalis ..." Er schüttelte angewidert den Kopf und zündete sich eine Zigarette an. „Das Land hat sich verändert."

„Hm ..." Taavi hatte keine Lust, sich auf eine politische Diskussion einzulassen. In seiner Welt waren solche Argumentationen oft nur schwer nachvollziehbar. Für das südliche Schweden war da sicher viel Wahrheit dran. Hier oben zwischen den Fjorden schien es kaum jemanden zu geben, dessen norwegische Historie sich nicht lückenlos bis in die Zeit der Konvention von Moss nachvollziehen ließ.

„War etwas anders an dem Morgen?"

„Anders?"

„Ja ..." Er zuckte die Schultern. „Vielleicht war nachts ein Boot gestohlen worden oder so? Oder jemand hatte ..."

„Gestohlen nicht."

„Hm? Sondern?"

„Ich hatte am Abend vorher ein Fremdboot gefunden."

„Eines, das hier nicht hingehört?"

Er nickte und zog nachdenklich an seiner Zigarette. „Kommt immer mal vor. Leute, die die Regeln des Hafens nicht kapieren. Oder auch solche, die sich einen Dreck drum scheren – das nimmt immer mehr zu! Die machen ihr Boot hier einfach fest und ...

Na ja – ist ja auch egal. Also: Eins stand hier an dem Abend. Ich hab die Leute gefragt und die hatten eine Frau gesehen, die mit dem Boot gekommen war."

„Kann die jemand beschreiben?"

„Also ... genau genommen hatten die nicht gesehen, dass die Frau mit dem Boot gekommen war. Das Boot war irgendwann gekommen und einer hat dann eine Frau weggehen sehen."

„Also muss das nicht automatisch zusammengehangen haben?"

„Nee ...", relativierte er. „Könnte auch Zufall gewesen sein. Ist natürlich unwahrscheinlich."

„Und das Boot war am nächsten Morgen weg?"

Er nickte und zog erneut fest an der Zigarette. Mit dem Rauch stieß er die Worte aus: „Muss nachts verschwunden sein. Ich war an dem Morgen eher früh hier. So gegen halb sieben, weiß ich noch. Wollte selbst was fangen. Paar Fische für nen Eintopf wollte meine Frau. Also bin ich früh raus."

„Und da war das Boot schon weg?"

Er nickte erneut, aber deutlich nachdenklicher. „Wenn ich jetzt so ... warte mal."

Er warf die Kippe ins Hafenbecken und Taavi sah ihr einen Augenblick hinterher. Er rollte die Augen und sah dann wieder zum Hafenmeister, der sein Telefon aus einer tiefen Tasche seiner Latzhose hervorgezaubert hatte.

„Ich hab das Ding fotografiert."

Taavi starrte ihn an und lächelte zum ersten Mal in diesem Gespräch.

#024

Das Chaos hätte größer nicht sein können. Stella fühlte sich in diversen Klischees bestätigt, wenn sie ehrlich zu sich war. Man sagte Italienern eine große Emotionalität nach, während der gemeine Skandinavier als nüchtern und sachlich galt.

Seit das Schiff draußen vor der Küste explodiert war, musste sie dem zustimmen.

Die Leute waren von überall herausgeströmt und

lamentierten Wild. Diejenigen, die niemanden zum Austausch hatten, riefen die neuen Erkenntnisse und solche, die maximal Ahnungen waren, wild gestikulierend in Telefone hinein. Alle drängten abwechselnd nach vorn. Stella Nykvist hätte sich nicht gewundert, wenn jemand einen Grill aufgebaut hätte und kalte Getränke zum Chaos verkauft hätte.

Und niemand regulierte das Chaos. Das war vielleicht das Schlimmste. Sie hatten ein paar Boote der Polizei aufs Wasser fahren sehen. Kurze Zeit später beobachteten sie Hubschrauber, die über die Berge herangedonnert kamen, über ihre Köpfe hinweg schossen und ebenso schnell wie tief zur Unglücksstelle rauschten.

Stella hatte Mik angerufen. Der durfte hier immerhin ermitteln oder sich zumindest in Ermittlungen einmischen und Erkundigungen einziehen. Also hatte sie ihn gebeten, genau das zu tun.

„Mik?“, erkundigte Bjarne sich, als sie auflegte.

„Europol.“

„Mik Wallin?“

Sie schüttelte den Kopf. „Ich hatte ja bislang angenommen, dass du nur die Bullen aus der skandinavischen Organisation kennst.“

„Der war nicht immer bei Europol. Ich denke, bei Europol ist er jetzt vielleicht vier oder fünf Jahre. Guter Mann.“

Erst in dem Moment begriff Bjarne, mit wem er Stella am Vorabend gesehen hatte. Er hatte den Mann nur von seitlich hinten gesehen. Und auf Wallin hatte er nicht getippt. Mit dem hatte er ohnehin vorwiegend telefoniert, wenn er Kontakt mit ihm gehabt hatte. Gesehen hatte er ihn nur einmal in einem Videocall mit einer äußerst ruckeligen Übertragung und schlechter Klangqualität.

Er wollte jetzt nicht ergründen, wie es zu dieser Konstellation gekommen war, aber er sah erneut auf die Uhr. Was auch immer da auf dem Wasser geschehen sein mochte – für seine Reisepläne war es Gift. Und er mochte sich nicht vorstellen, was Starnja dachte, wenn sie dort in Ålesund saß und nicht wusste, wo er sich aufhielt. Für sie musste das alles chaotisch wirken und so, als könnte

Bjarne gefährdet sein.

„Stella? Kann ich kurz dein Telefon leihen, um Starnja anzurufen?"

Sie sah ihn regelrecht erschrocken an, als auch in ihrem Kopf dieselben Gedanken abliefen. Sie entsperrte es, reichte es ihm wortlos und Bjarne ging ein paar Schritte zur Seite, um weniger Lärm um sich herum zu haben.

Stella wandte sich ab und quetschte sich dann durch die Massen näher zum gemauerten Ufer. Die Qualmwolke war beeindruckend. Längst hatte auch ein Löschboot abgelegt und Stella meinte, ein weiteres am Horizont auszumachen, das aus einer anderen Richtung auf den schwarzen Rauch zufuhr.

Sie schüttelte den Kopf und versuchte, Sprachfetzen zu verstehen. Immer wieder hörte sie das Wort „Russo" in den aufgebrachten Sprachfetzen. Soweit sie wusste, bedeutete das „Russe". Sollte das stimmen, war also vermutlich ein anderes Schiff in die Luft geflogen. Nicht das, welches sie hierhergeführt hatte.

Sie spürte, wie das bei ihr zu einer gewissen Entspannung führte.

Das änderte sich rasch, als der Italiener, der zuvor so mürrisch an Bjarne vorbeigelaufen war, sich nun durch die Menschenmenge presste. Sein Blick war wütend und er drückte Menschen zur Seite, die sich aufregten. Und plötzlich starrte er Stella an und zeigte auf sie.

Er rief etwas und viele der Köpfe fuhren herum und starrten nun Stella Nykvist an.

Stella hasste es, die Landessprache nicht zu verstehen. Vielleicht hatte sie deshalb immer so schnell die verschiedenen Sprachen der Länder gelernt, in denen sie als Kind gelebt hatte. Sie wollte wissen, was um sie herum geschah.

Jetzt wusste sie es nicht.

Was sie jedoch begriff, war, dass zwei uniformierte Polizisten auf die Sache aufmerksam geworden waren. Sie drängten sich ebenfalls durch die Menge und Stella schaute sich hektisch nach Bjarne um. Was konnten die Leute von ihr wollen?

Schließlich entschied sie sich zum Frontalangriff. Während die Leute noch wild herum schnatterten und die beiden Polizisten immer wieder zu ihr herüberschauten, griff Stella in die Tasche ihrer Jeans und zauberte mit ein paar Handgriffen ihren Dienstausweis hervor.

Ihr Herz pochte. Aber Stella wollte sich nicht in die Defensive bringen lassen. Nie. Sie begann, auf Englisch auf die beiden Polizisten einzureden. Sie gab sich Mühe, dabei ebenso schnell zu plappern wie der Kerl, der auch jetzt, aus nächster Nähe, immer noch auf sie zeigte.

Irgendwann wurde es selbst dem Polizisten zu blöd und er brachte ihn mit zwei barsch ausgestoßenen Worten zum Schweigen, die Stella nicht verstand.

Der Polizist zeigte Anzeichen deutlicher Anspannung und wechselte in ein Englisch mit einem starken Akzent. „Giuseppe sagt, dass du mit einem Mann hier bist, einem Skandinavier, der gestern Abend an dem Boot der Russen war?"

Stella schüttelte instinktiv den Kopf. „Ich habe mich hier eben mit einem Mann unterhalten. Einem Skandinavier. Ob der gestern Abend an irgendeinem Boot war, kann ich nicht sagen." Sie schaute sich um. „Ich bin in einer Ermittlung hier und würde gerne ... Ich meine: Können wir uns irgendwo unterhalten, wo nicht 300 Leute zuhören?"

Der Mann sah sich um, sah seinen Kollegen an. Sie tauschten rasch einige Worte. Dann schaute er auf Stellas Ausweis. „Du bist nicht berechtigt, hier zu ermitteln."

„Das ist mir klar. Ich arbeite mit einem Vertreter von Europol zusammen und ... Verdammt! Können wir irgendwo weitersprechen, wo weniger Gebrüll herrscht?", platzte es plötzlich laut aus ihr hervor.

Die Beamten schauten einander an, wechselten wieder rasche Worte in ihrer Heimatsprache. Dann schob der Beamte Stella vorwärts, was sich in der immer noch wachsenden Menschenmenge als äußerst unelegant erwies.

Ihre Augen suchten nach Bjarne. Wo zur Hölle war der nur? Wollten die Leute ernsthaft andeuten, dass Bjarne etwas mit der Sache zu tun hatte? Konnte das wirklich wahr sein? Sie hatte ihren Lieblingskollegen als erstaunlich entspannt empfunden, als das Schiff explodiert war. Beinahe so, als habe er davon gewusst. War das denkbar?

Nein! Verdammt – das konnte nicht der Fall sein! Bjarne, ihr Fels, der Bär …

Der Carabinieri schob sie vorwärts, während sie mit wenigen Worten eine Nachricht an ihr privates Telefon tippte, das sie Bjarne gegeben hatte. Dann schob sie der Polizist unerwartet in ein Restaurant, das noch nicht vollständig geöffnet hatte. Mit ein paar angestrengten, lauten Sätzen schien er dem Wirt mitzuteilen, dass sie Platz brauchten. Der nickte unterwürfig und öffnete ihnen eine Tür. Erst als diese hinter Stella geschlossen wurde, kehrte eine Art Ruhe ein.

Der Polizist fixierte sie und suchte nach den richtigen Worten in einer fremden Sprache, was ihm schwerzufallen schien.

„Bjarne?“, fragte er schließlich. „Hieß der Mann so? Der Mann, mit dem du dich unterhalten hast?“

Sie nickte. „Er ist Polizist, arbeitet für die SkanForce, also den nordischen Rat, wenn ihr so wollt.“

„Was ist das?“

„Eine Organisation. Ähnlich wie die Europäische Union. Sie vertritt die skandinavischen Staaten.“ Sie deutete auf ihren Ausweis, den er immer noch in der Hand hielt. „Die SkanForce, bei der ich arbeite. Sie wird vom nordischen Rat eingesetzt. Wir sorgen dafür, dass in dünn besiedelten Regionen – und davon haben wir viele – eine Art Ermittlungsreserve vorhanden ist.

Und wir koordinieren neuerdings auch den Bereich organisierter Kriminalität mit Russland. Und ein paar baltischen Staaten. Es könnte also sein, dass Bjarne in einer Ermittlung unterwegs war. Du hast vorher etwas von einem russischen Schiff gesagt?“

Der Polizist schien erst übersetzen zu müssen, was Stella da in ihrer üblichen raschen Art von sich gegeben hatte. Nach geraumer Zeit nickte er, machte ein Foto von ihrem Ausweis und gab ihn ihr zurück.

„Das Schiff, das in die Luft geflogen ist, ist in Russland registriert. Wir gehen allerdings davon aus, dass zurzeit ...“ Seine Hände verkrampften sich und Stella nahm einen Geruch von Angstschweiß wahr. Der Mann war in höchstem Maße angespannt, schien ihr. „Wir gehen davon aus, dass die Besatzung des Schiffs im Moment zu großen Teilen aus Skandinaviern besteht.“ Dann kaute er auf etwas herum. „Bestand, denke ich, die Besatzung bestand aus Skandinaviern. Die Kollegen haben eben durchgefunkt, dass mindestens acht Leichen im Wasser treiben. Die meisten schwer verletzt.“

Er schluckte und Stella überlegte, ob sie Bjarne anrufen sollte oder ob sie auf diese Weise einen Joker verspielen würde. Vielleicht den Einzigen, den sie im Moment besaß. Und Bjarne erst recht.

„Wo ist dein Kollege jetzt, dieser Bjarne?“

Instinktiv zuckte sie die Schultern. „Keine Ahnung. Wir haben nur kurz gesprochen.“

„Ruf ihn an.“

„Kann ich nicht. Sein Telefon ist kaputt.“

„Wo wohnt er? Er muss eine Anlaufstelle haben!“

„Das ...“ Sie atmete ein und fragte sich, was Bjarne zu diesem Zeitpunkt wusste oder wissen konnte. Ganz gleich, ob er hier eine Dummheit begangen hatte oder nicht – Stella hatte längst entschieden, sich schützend vor ihn zu werfen.

„Ich weiß es nicht.“

„Er ist dein Kollege, oder?“

„Sicher.“

„Warum weißt du das dann nicht?“

„Eine lange Geschichte mit vielen technischen Problemen. Hast du eine Karte? Ich kann dir im Laufe der kommenden Stunden sicher sagen, wo er abgestiegen ist.“

Er presste die Lippen zusammen. „Das bekommen wir schon raus. Wie ist der Name?“

„Bjarne Sandvik.“

Der Wirt trat unauffällig und leise ein und brachte zwei Espresso zusammen mit zwei kleinen Wassergläsern. Er stellte sie stumm auf einem kleinen Tisch ab, bedeutete

Stella, sich zu bedienen, während der italienische Kollege etwas in ein Telefon blökte. Hektische, knapp gehaltene Anweisungen. Es gelang ihm dennoch, sich mit einer Geste beim Wirt zu bedanken, Stella eine Karte zu reichen und dann mit einer Hand Zucker in seinen winzigen Kaffee zu schütten.

Während er weiter schnatterte, schickte er den winzigen starken Kaffee mit zwei geschickten Bewegungen seinen Hals hinab und stellte die kleine Tasse wieder auf das schmuckvolle Tablett.

Er wanderte herum und schließlich entschied Stella sich, den Espresso ebenso zu sich zu nehmen. Sie blickte rasch aufs Display, wo ihr angezeigt wurde, dass Bjarne etwas tippte.

„Schneller", brummte sie innerlich. Sie biss die Zähne zusammen, schaute zu dem Polizisten und sah dann auf eine Nachricht von Kjell. Er hatte ihr die Bewegungsprofile der beiden anonymen SIM-Karten geschickt, von denen eine Bjarne gehörte. Stella klickte auf die Nachricht, öffnete blitzschnell den Anhang und spürte, dass sie Bjarne gleich sicherlich entlasten könnte.

Eine Karte öffnete sich, die eine Strecke vom Flughafen Neapel hierher beschrieb. Dann diverse kleine Zacken in der Bucht anzeigte. Wilde kleine Bewegungen, die die SIM-Karte vollzogen hatte. Sie blätterte auf den nächsten Tag. Und dann sah sie es: Bjarne war auf dem Wasser gewesen. In etwa dort, wo jetzt eine große schwarze Rauchsäule zu finden war.

Der Polizist beendete sein Gespräch. Mit rasselndem Puls ließ Stella ihr Telefon sinken und schaltete das Display aus. Dann nippte sie an der kleinen Tasse. Einen Atemzug später kippte sie das pechschwarze Getränk herunter.

Der Polizist kam unangenehm dicht vor ihr zu stehen. „Wir müssen mit dem Kollegen von Europol sprechen."

Stella nickte.

„Und du ... darfst unser Land nicht verlassen. Nicht, solange hier eine solche Unklarheit herrscht."

#025

Erneut fühlte Taavi im Inneren einen gewissen Stolz. Instinktiv wollte er Stella anrufen. Dann entschied er sich, noch ein wenig zu warten. Er wollte ihr mehr präsentieren. Wollte ihr demonstrieren, dass er ein würdiger Anwärter auf die nächste Beförderung war.

Dabei wusste er sehr wohl, dass Stella zu den wenigen Polizisten gehörte, die mit unvollständigen Informationen gut umgehen konnten. Stella wusste kleine Fortschritte zu würdigen. Und oft hatte er erlebt, dass sie sie in größere Zusammenhänge einzuordnen wusste. Hätte er die perfekte Vorgesetzte beschrieben – Stella wäre ihr so nahegekommen, wie es im echten Leben nur möglich war.

Aber er wollte noch einen Anruf abwarten. Als der einging, dauerte es nicht allzu lange, bis der Stolz in ihm wuchs. Er hatte auf das richtige Pferd gesetzt.

Er wählte „1stella" aus dem Telefonbuch. Seine Art, die Chefin schneller wählen zu können als jeden anderen Namen, den er gespeichert hatte.

„Stella ...! Ich wollte dir ... Was ist los – du klingst abgehetzt."

„Ja! Bin ich. Lange Geschichte. Was ist?"

„Ich hab einen entscheidenden Fortschritt gemacht. Ich weiß jetzt durch meine Befragungen eines Imbissbesit..."

„Keine Details, nur die Fakten", hauchte sie atemlos in den Hörer.

„Äh ... okay. Die Frau, die nachts mit dem Wagen des Opfers aus dem Hotel geflohen ist. Sie hatte die Flucht vorbereitet. Ein Boot lag auf einer kleinen Halbinsel am Hafen. Und mit dem ist sie morgens wieder zurück zum

Hotel gefahren."

„Wieso das?"

„Das weiß ich noch nicht. Aber es gibt eine Kamera-Aufnahme, die zeigt, dass sie in dieser Nacht wieder hergekommen ist. Warum ist mir unbegreiflich! Aber sie ist zurückgekehrt."

„Vielleicht wollte sie den Kopf aus dem Baum holen?"

„Die Flucht war vorbereitet. Das Boot war am Abend vorher schon abgestellt worden. Sie hatte sich vorbereitet."

„Das könnte immer noch bedeuten ..." Stella musste Luft holen und er konnte hören, dass sie sich abhetzte. Irgendwo hörte er eine Durchsage hinter ihr. Hafen? Flughafen? Bahnhof? Etwas in der Art musste es sein.

Erneut setzte sie an. „Das könnte immer noch bedeuten, dass sie die Sache mit dem Kopf regeln wollte. Die Flucht war vorbereitet, aber anders geplant. Nur so ein Gedanke. Der ganze Weg um den Fjord ... dann die Papiere dort zu lassen ... das ist doch alles maximal unprofessionell", erklärte sie halb außer Atem, „irgendwie schwachsinnig", setzte sie hinterher, „kein logisches Benehmen."

Er hörte, wie sie ihr Telefon an den Körper drückte und etwas rief, das klang wie „bin gleich da!"

Dann war sie wieder dran. „Kann man die Frau erkennen? Auf dem Video?"

„Nein ... kann man nicht. Zumindest nicht gut. Man kann sogar den Eindruck bekommen, dass sie nicht alleine ist. Ich hab mir die Aufnahme mehrmals angesehen. Es gibt eigentlich keine Kamera, die diese Stelle filmt. Sie ist nur zufällig drauf. Ganz am Rand. Sie sitzt auf dem Boot und scheint mit jemandem zu reden."

„Ihr habt die Kennung des Bootes?"

„Ja."

„Wem gehört das?"

„Sind wir noch dran. Gib mir zwei Stunden."

„Das ist doch eigentlich der leichteste Teil. In Norwegen ist doch jedes Boot, das ..."

Er unterbrach sie. „Das ist kein norwegisches Boot, sondern ein deutsches."

„Gottverflucht. Hast du die Anfrage ..."

„...hab ich..."
„Dann zieh sie zurück."
„Bitte? Warum?"
„Ruf einen Kerl namens Enno Schwarz an. Bundespolizei Emden. Hast du das? Enno Schwarz?"
„Hab ich. Stella – was machst du gerade ...?"
„Ich muss hier raus! Die wollen mich in Italien festhalten."
„Die?"
„Die Polizei ... wie gesagt: lange Geschichte."
„Und Bjarne?"
„Ist ... abgehauen. Frag mich nicht. Ich muss los!!"
Taavi starrte einen Moment lang ausdruckslos auf das Display seines Telefons. Hatte ihm eine leitende Beamtin gerade gesagt, dass sie und ihr Kollege auf der Flucht vor der Polizei waren?

#026

Yngve zuckte zusammen, als die Tür sich öffnete. Er lugte vorsichtig um die Zarge der Küche herum und sah auf die Tür, die sich langsam öffnete.

Zögerlich erschien Susanne hinter der Tür. Er starrte sie an, sie schien rot zu werden, hatte sich fast erschrocken, schien ihm. Sie kannten sich von den Besuchen im Gefängnis. Sie war vor etwa anderthalb Jahren zu der Zelle dazugestoßen, die Lykke führte. Eine Deutsche. Jung und mit blonden Locken gesegnet. Von Weitem sah sie aus, wie Lykke in ihrer Jugend gewirkt hatte. Zudem trug die ihre Haare oftmals in derselben Weise geflochten, was Yngve stets ein wenig abgelenkt hatte, wenn sie ihn im Gefängnis besucht hatte.

Nach einem Augenblick schlich sich ein Lächeln auf ihr Gesicht. Sie schloss die Tür der schmalen langen Altbauwohnung, stürzte durch den langen Gang auf ihn zu und blieb einen Augenblick vor ihm stehen.

Ihr Gesicht war knallrot und dann überwand sie sich und umarmte ihn. Zögerlich legte auch er seine Hände um die junge Deutsche und drückte sie ein wenig. Er hatte seit über zehn Jahren keinen Menschen mehr gedrückt, hatte keine Zärtlichkeit gespürt, keine Nähe mehr gekannt.

Und jetzt umarmte ihn eine Frau, die nicht einmal einen BH trug. Er zuckte schier zurück, als er das bemerkte und ließ sie los. Schon die Idee erregte ihn.

„Du ... du bist schon draußen! Ich habe es für ein Gerücht gehalten! Höre, du bist auf dem Konzer... Yngve ..." Sie stockte. „Was ist los mit dir?" Erneut kam sie näher, griff seine Schulter.

„Wir ... ich ... ich bin – niemand hat mich abgeholt! Ich meine: Wie seid ihr den organisiert, dass ..."

„Yngve ..."

„Nein." Er schob sie von sich. Bestimmt zunächst, dann zögerlich. Ihr Blick wurde kurz von etwas gefangen genommen, das sie schockierte. Sofort schaute sie ihm wieder in die Augen. Hatte er ihren Blick bemerkt?

Susanne hatte gesehen, dass seine Hose ausgebeult war. Yngve war erregt und das verwirrte sie.

„Niemand hat es für nötig gehalten, mich abzuholen! Ich musste hier einbrechen!", schnauzte er und war jetzt laut geworden, wirkte äußerst aufgebracht. Sie hatte schon von anderen gehört, dass er aufbrausend sein konnte. Es ging das Gerücht, dass er Lykkes jüngere Schwester in einem Wutanfall totgeprügelt haben sollte.

Lykke stritt das ab. Aber Susanne hatte gehört, dass Lykke damals sogar die Spuren beseitigt haben sollte. Sie wollte das nicht wissen. Aber sie sah ihm stur in die Augen, wollte ihm keinesfalls zwischen die Beine schauen.

Ihre Reaktion hatte entschieden zu viel Zeit in Anspruch genommen. Das begriff sie erst jetzt, als er ihr erklärte: „Susanne! Ich habe dich was gefragt!"

„Ich ..." Sie atmete konzentriert aus. „Wir konnten dich

nicht abholen! Niemand wusste, dass du rauskommen würdest!“

„Wie kann das sein? Hm? Wie soll das bitte möglich sein?? Ihr habt die ganze Zeit mit den Wärtern dort ...!“

„Yngve! Bitte! Schrei nicht so ...!“ Sie kniff die Augen zusammen, wollte sich die Hände vor die Ohren halten – aber sie traute sich auch das nicht. Sie spürte, dass von ihm eine massive Kraft abstrahlte. Er trug nur eine kurze Jogging-Hose und ein schwarzes Unterhemd, das sowohl seine Brustmuskeln als auch seine kräftigen Oberarme betonte.

Obwohl seine Schultern schmal waren, wirkte er kraftvoll auf sie. Sehnig und so, als habe er kein Gramm Fett am Körper, das den Blick auf seine Muskeln einschränkte.

„Es gab einen Fehler ...“

„Einen Fehler? Es geht darum, dass ich aus dem Gefängnis komme – und ihr macht einen FEHLER?“ Er hatte das letzte Wort voll Hohn hervorgepresst, schien sie zu verspotten. Längst hatte Susanne den Blick gesenkt und spürte, wie sehr sich die Atmosphäre aufgeheizt hatte. Sie wollte nach ihm greifen, ihn streicheln, wie einen Hund, um ihn ein wenig zu beruhigen, ihn zu mildern.

„Das war nicht unser Fehler. Yngve: Nicht – unser – Fehler“, wiederholte sie ruhig und streng betont. Beinahe so, als würde sie mit einem dummen Menschen sprechen oder zumindest einem, der ihre Sprache nicht gut verstand.

Yngve hatte das sehr wohl bemerkt. Sie spürte den Schmerz, bevor sie begriff, dass er ihr soeben eine heftige Ohrfeige gegeben hatte.

„Ich sage es noch einmal: Ich bin aus dem Gefängnis gekommen. Niemand hat mich abgeholt. Nach über zehn Jahren! Wer bin ich für euch, hm? Wer – bin – ich – für – euch??“

Er starrte sie an, während ihr die Tränen kamen. Sie wusste nicht, wie sie reagieren sollte. Sie wollte nicht weinen – aber er hatte ihr weh getan. Und sie wusste nicht, wozu er noch fähig war. Hatte er seine Schwester Sölve wirklich totgeprügelt? Konnte er das? So lange zuschlagen, bis das Leben einer jungen Frau beendet war?

„Es gab einen Verwaltungsfehler", brachte sie schüchtern hervor.

„Verwaltungs ...? VERWALTUNGSFEHLER?? Was soll das denn heißen??"

„Du solltest erst nächste Woche rauskommen. Irgendwas ist da schiefgelaufen. Im Knast. In der Verwaltung", schob sie rasch und ängstlich hinterher. „Wir konnten nichts dafür, dass ..." Sie blickte vorsichtig zu ihm auf, traute sich nicht, ihm in die Augen zu blicken.

Er atmete schwer, starrte sie an. Sie spürte, dass sein Blick suchend über ihren Körper glitt und dass sein Atem auf eine erschreckende Art stoßweise ging. Wie bei einem Boxer nach dem Kampf. Er hatte sich furchtbar aufgeregt in der kurzen Zeit. War jetzt in Rage. Genau das hatte sie von ihm gehört. Und das machte ihr Angst. War das der neue Geist, der jetzt hier herrschen würde? Sie hatte ein großes Messer im Rucksack, an das sie plötzlich denken musste.

Sie hatte gehört, dass er die Nummer 2 werden sollte. Sie wusste nicht sicher, ob das zutraf. Aber musste er dann nicht etwas mehr Haltung haben? Kontrolle seiner Wut, seiner Instinkte, die ihr fast animalisch erschienen?

Erst im letzten Moment begriff sie, wie animalisch die Triebe wirklich waren.

Er hatte ihren Arm gegriffen, sie an sich herangezerrt und den Arm dann so gedreht, dass sie sich umdrehen musste.

Sekunden später spürte sie, wie er ihre Hose herunterriss. Er hatte sie nicht gezogen, hatte sich nicht darum gekümmert, was Susanne zu dem Thema dachte. Er hatte ihr die Hose einfach heruntergerissen. Ein paar Nähte hatten dabei sofort heftig gekracht und sie spürte, dass er sich an sie presste.

In diesem Moment klingelte ihr Telefon.

„Das ist .... DAS IST GIUSEPPE!!!", schrie sie. „Das ist sein Klingelton! Da muss ich ran! Das ist Giuseppe!"

Yngve zögerte, schien die Gewalt, die er über sie hatte,

zu genießen, sie nicht aufgeben zu wollen. Oder hatte er derart wenig Kontrolle darüber, wie das Verlangen nach Sex ihn regierte?

Rrrrinnnng!

Sie schluckte und griff nach ihrem Telefon, zog es heran. Aber er ließ sie nicht los. In Unterhose stand sie vor ihm. Er hatte sie leicht vorn über gebeugt, sodass sie ihm ihren Hintern entgegenstreckte, ohne das zu wollen.

Rrrrinnnng!

Sie konnte jetzt Giuseppes Namen auf dem Display sehen.

Dann spürte sie plötzlich, wie sein Griff nachließ. Wie sie sich entspannen durfte. Ein wenig zumindest. Sie traute sich nicht, die Hose wieder hochzuziehen. Wie war das in seiner Welt? Vielleicht akzeptierte er, dass Giuseppe anrief. Aber er akzeptierte es nur als eine Art kurzer Unterbrechung und würde sich gleich wieder auf sie stürzen. Sie hätte es nicht sicher sagen können. Also ließ sie die Hose an der erniedrigenden Stelle, an der sie gewesen war.

Sie hoffte innig, dass sie hier lebend herauskam. Und falls er sie zum Sex zwingen würde, so würde sie alles dafür tun, dass es nicht weh tat. Hauptsache, sie kam hier lebend raus.

Rrrrinnnng!

„Giuseppe ... Hallo, hier ist ..."

Schweigend hörte sie zu, was Giuseppe ihr zu sagen hatte. Sie schluckte. Jetzt floss eine Träne aus ihrem Auge. Dann mehrere aus beiden Augen. Während sie sprach, fand sie den Mut, ihre Hose wieder an eine würdigere Position zu bringen. Sie hasste Männer dafür, dass sie die Kraft hatten, Frauen derartig zu entwürdigen.

Sie hatte so viel für Yngve getan!

Als sie das Gespräch beendete, wandte sie sich um. Yngve hatte sich auf das breite Fensterbrett in der Küche gesetzt und ließ die Beine baumelnd herunterhängen wie ein kleiner Junge. Er wirkte seltsam verloren auf sie. Dann sah er sie an und wollte etwas sagen. Ihr tränenüberströmtes Gesicht stoppte ihn.

„Sie haben die Yacht in die Luft gesprengt …“, brachte sie hervor.

„Die Yacht?“

„Lykke, Knut, Gustav, Martina … alle sind sie auf dieser Yacht gewesen. Es schwimmen … mehrere Leichen im Wasser. Sie sind … alle tot …“, brachte sie noch stammelnd hervor. Dann brach Susannes Stimme.

#027

Die Nachrichten waren voll von der Explosion der Yacht an der Amalfiküste. Niemand wusste so recht, wer nun genau auf dem Schiff gewesen war, und die Gerüchte überschlugen sich.

Das Boot hatte eine russische Registratur. Es war lange Zeit in verschiedenen europäischen Gewässern unterwegs gewesen. CNN berichtete, dass der russische Besitzer, über den nur wenig bekannt war, nie an Land gegangen war. Andere glaubten zu wissen, dass es sich bei dem Besitzer um einen kanadischen Milliardär handeln sollte.

Wieder andere – vorwiegend italienische und österreichische Medien – brachten skandinavische Besatzungen ins Spiel. An der Amalfiküste sagten viele Leute, dass das Schiff von Schweden oder Finnen bewohnt worden war. Der Koch sollte Schweizer gewesen sein. Und ein deutsches Model war ebenfalls an Bord gewesen. Und dann war der finnische oder norwegische Polizist aufgetaucht. Der hatte vermutlich das Boot gesprengt.

Die Gründe dafür waren offenbar vollkommen unklar. Die gesamte Nachrichtenlage wirkte spekulativ und unzusammenhängend. Und dennoch berichteten alle Medien.

Kascha Baranow schaltete den Ton ab. Die russische Polizistin, die seit einiger Zeit die Aktivitäten zwischen der russischen und der skandinavischen Polizei über die SkanForce koordinieren sollte, schüttelte nachdenklich den Kopf. Dann sah sie zu Bjarne, der müde wirkte und dennoch angespannt war.

Sie hatte ihn an einem kleinen Militärflughafen in der Nähe von Sankt Petersburg abgeholt und dafür bewusst ihren Dienstwagen verwendet. Für sie war das ein Einsatz. Ein Kollege hatte um Hilfe gebeten. Und dann auch noch einer, den sie als vertrauenswürdig einstufte.

Als sie die Berichterstattung angeschaut hatte, wollte Bjarne schon Fragen stellen, aber sie hatte ihn mit einer raschen Bewegung unterbrochen. Erst jetzt lehnte er sich vor und gestattete sich einen Satz.

„Gibt das für dich irgendeinen Sinn? Die Beteiligung der Russen?"

Sie nickte und setzte sich auf dem Stuhl rittlings verkehrt herum hin. So konnte sie sich auf die Lehne stützen, den Kopf auf den Armen ablegen und ihn fixieren.

„Das macht für mich in mehrfacher Hinsicht Sinn. Ehrlich. Es ist erschreckend. Sie haben zwar noch keinen Namen gesagt – aber ich ahne schon, um wen es da geht. Die Russen hängen doch schon seit Jahren mit den Nazis aller Herren Länder zusammen. Und wenn du meinst, dass Knut Solbakken auf der Yacht war, dann glaube ich sofort, dass der hier Leute kennt. Die Russen kaufen diese fetten Yachten. Und hier kannst du sie ja nicht ernsthaft fahren, weil es schlicht zu kalt ist, oder?"

Bjarne nickte und musste grinsen. Kascha war eine Art russische Ausgabe einer jungen Stella. Nur auf eine spezielle Weise härter und politischer, was der Job hier vermutlich automatisch mit sich brachte.

„Also: Die lassen die Dinger da runter schippern und stellen sie dann Leuten zur Verfügung, bei denen sie sich einschleimen wollen. Oft in internationalen Gewässern. Das hat verschiedene Vorteile. Einmal hören die Polizisten irgendwann auf, die Schiffe zu kontrollieren, wenn nie Russen drauf sind. Und die Russen verschaffen sich einen

Gefallen. Oft bei solchen Leuten, die ein wenig ... wie sagt ihr noch? Lichtängstlich sind?"

Bjarne lächelte müde. „Lichtscheu meinst du."

„Genau."

„Ja ... kann ich mir vorstellen, so wie du es erklärst. Meinst du, du kannst rausbekommen, wem das Schiff gehört ... und vielleicht auch was über die Leichen?"

„Ich kann dir ganz sicher die Info besorgen, wem die Yacht gehört. Dann können wir mal schauen, was das hilft und ob es überhaupt hilft. Das mit den Leichen ... schwierig. Ich meine: Mir erzählen die Italiener vermutlich noch weniger als dir."

Bjarne Sandvik überlegte einen Moment. Dann nickte er. „Da hast du vermutlich recht. Und ich werde gesucht und habe mit einer polnischen Militärmaschine das Land verlassen. Das dürfte die Lage nicht verbessern."

„Und der Kerl von Europol? Ich habe die bislang immer als recht zugänglich erlebt. Zumindest die echten Ermittler. Allemal besser als Interpol aus meiner Erfahrung."

„Interpol ist keine Polizei-Einheit, sondern eine Sekte", erklärte Bjarne abweisend und ebenso müde und emotionslos.

Kascha nickte. „Auch wieder wahr. Willst du das versuchen? Mit diesem Mik Wallin?"

„Ja ... mache ich."

„Erzähl mir was zu dieser Wingman-Theorie."

„Nordic Edge ist eine schrullige Organisation. Die sind aus einer Organisation namens ‚Nordkråft!' hervorgegangen. Aber das waren die Schreihälse. Nordic Edge hingegen ist verschwiegen. Das sind die Vordenker. Sehr international tätig. Die arbeiten im Hintergrund. Im Kern sind das eher Intellektuelle. Zum Teil ausgezeichnet ausgebildete Leute. Anwälte, Journalisten, solche Leute. Und: die Begründer des Begriffs ‚Siegerrasse'. Gott – wie ich so etwas hasse!

Wir kennen die Nummern 3 und 5 auf der Liste von Nordic Edge. Vermutlich noch einige andere, deren Rang nicht ganz klar ist. Aber diese Hierarchie ist denen wichtig.

Verquere Spinner erster Güte. Und die haben Leute auf der ganzen Welt. Wie das hier in Russland ist, weiß ich nicht. Haupt-Operationsgebiet ist Norwegen, Schweden, Dänemark und Deutschland."

„Also keine kleinen schwarzhaarigen Frauen wie mich, sondern große Blonde."

„Herrenrasse. So, wie es Hitler und alle seine intellektuellen Vorläufer wollten. Aber bei denen nennt sich das jetzt eben *Siegerrasse*. Das Konzept ist das gleiche: Blond, groß, blauäugig – der Rest sind Untermenschen.

Denen kommen die ganzen Flüchtlinge aus aller Welt sehr gelegen. Und die organisieren die politischen Strömungen. Ein paar hundert Chatbots hier, ein paar kleine Aufmärsche da. Wenn du ein paar rechte Ausschreitungen brauchst – die Jungs beschaffen sie dir. Mit Bands und Merchandising, wenn du willst."

„Du meinst, diese ganzen rechten Strömungen sind gar nicht echt?", erkundigte sie sich mit einem Unterton, der klar machte, dass sie nicht bereit war, das zu glauben.

Bjarne Sandvik hob abwehrend die Hände. „So weit würde ich nicht gehen. Aber vielleicht sind die nicht so stark, wie sie sich anfühlen. Oder noch schlimmer: Vielleicht gab es viel weniger gewaltbereite Rechte. Bis zu dem Zeitpunkt, wo Typen wie Knut Solbakken den wenigen Spinnern eine Bühne verschafft haben. Und dann sind auch die wenigen anderen aus den Löchern gekrochen. Und wenn die erst mal draußen sind und laut brüllen – dann kommen auch die Mitläufer. Ich wette, dass das hier nicht anders ist."

„Das ist sicher so. Und Russland hat ein Interesse an den neuen Rechten in Deutschland, Finnland, Dänemark. Die finden den Krieg richtig und sind gegen die Sanktionen. Das ist sicher eine neuere Entwicklung. Aber alle Rechten helfen denen am Ende."

„Ja ... und wenn die erst mal auf der Straße sind, ist es schwer, das wieder zurückzudrängen." Bjarne strich sich übers Gesicht.

„Dein Bart ist ganz schön ... *lang*."

„Ja ... ich wollte ein wenig anders aussehen." Er strich die

Haare glatt. „Jetzt denke ich: Ich sollte schon wieder anders aussehen, wenn ich nach Norwegen zurück will."

„Ich bring dich da schon hin."

„Ja ... das ist das eine. Aber ich muss auch irgendwie dafür sorgen, dass der Verdacht gegen mich zerbröselt. Ich war dort. Ich habe ein paar reichlich irrsinnige Gespräche mitgehört. Ich habe den Eindruck, dass dieser Knut sich in seiner Position gefährdet sieht, weil jetzt eine Nummer 2 aus dem Knast gekommen ist."

„Aber das ist doch auch ungewöhnlich, dass einer so jemandem den Platz freihält, oder? Dieser Yngve ... ein Sprengstoffanschlag, der nicht stattgefunden hat – das qualifiziert ihn zur Nummer 2 in so einer Organisation?"

„Ich finde das auch seltsam. Wir hatten sogar mal eine Zeit über den Verdacht, dass er eigentlich die Nummer 1 ist. Aber es gibt gesicherte Erkenntnisse, dass die Nummer 1 mit diesem Knut Solbakken kommuniziert."

„Dann frage ich besser nicht, woher die Beweise stammen?"

„Das kannst du ruhig machen – du könntest mich sogar foltern", grinste Bjarne trotz seiner Müdigkeit. „Aber ich könnte es dir nicht sagen. Ich weiß es nämlich auch nicht."

„Aber du hast sie gelesen?"

„Allerdings. Purer Irrsinn. Viel nordisches Geschwafel über Stolz und eine reine Rasse. Der Rest könnte auch schon 100 Jahre alt sein. Sie nennen das jetzt eben nicht mehr *Herrenrasse*, sondern *Siegerrasse*."

„Das ist ja auch nicht besser."

„Das ist schlimmer, wenn du mich fragst. Früher waren es die Juden, gegen die man sich abgegrenzt hat, jetzt sind es die Moslems. Und das in einem sehr weit gefassten Begriff. Der intellektuelle Führer redet ständig von einem Eurabien, das uns drohen würde."

„Das ist dieses Fantasie-Gebilde, bei dem die ganzen Araber und vermutlich Israel oder so die Weltherrschaft an sich reißen?"

„Je nachdem, wen du fragst, haben sie das längst getan. Die sind ja überall, wenn du die Siegerrasse fragst. Das ist ein Weltbild, das in sich geschlossen ist. Die Bedrohung durch den Islam. Und alles, was dagegenspricht, wird den Feinden zugeordnet und als Fehlinformation klassifiziert."

„Oder wie bei diesem Blogger: Ausgerottet."

Bjarne schloss die Augen. „Ja ... Dieser Kerl in dem Hotel – das dürfte einer der Fälle sein, die sie nicht mehr dulden wollten. Wer auch immer von denen. Aber dieser Laurin Haugen hat ein paar sehr gute Bücher geschrieben, in denen er ihr Weltbild filetiert hat und sie dumm aussehen ließ. Ich kannte den gar nicht, ehrlichgesagt."

„Aber die Szene kennt ihn?"

„Sieht so aus."

„Verdammt. Sowas gab es doch früher nur bei uns, dass die Leute so offensichtlich mundtot gemacht werden." Die beiden lachten spontan und offen. Bjarne schnappte sich Stellas Telefon. Er hatte bei ihr wirklich etwas gut zu machen, befürchtete er. Ganz jenseits der Frage, was telefonieren mit einem schwedischen Mobilfunkvertrag in Russland kosten mochte.

„Ich versuch mal mein Glück bei Europol."

„Gut." Kascha schaltete den Fernseher mit einer schnellen Bewegung aus. „Dann versuche ich, herauszufinden, welchem unserer Oligarchen die Yacht gehört. Oder die Reste davon."

#028

Taavi hatte wirklich alles getan und Smilla ständig mitgeschleift. Zum Glück war er nicht für ihre Überstunden verantwortlich.

Sie hatte sogar eine Lippenleserin aufgetrieben. Eine taubstumme Frau, die mit beiden Beinen mitten im Leben stand. Sie hatte sich den kurzen Video-Ausschnitt, auf dem man die potentielle Mörderin sehen konnte, wie sie am sehr frühen Morgen nach dem Mord mit dem Boot am Hotel angelegt hatte, nur viermal angesehen. Dann hatte sie genickt und zu schreiben begonnen. Erneut schaute sie das Stück Film und verglich ihn mit ihren Aufzeichnungen. Sie strich zwei Worte durch und reichte Smilla den Zettel.

Die las vor: „...zusehen, dass wir uns beeilen. Wir sind spät dran! Der verdammte Schädel [*drei Wörter, die ich nicht lesen kann*] oder so."

Bei den drei Wörtern hatte die Frau eine hektische Bewegung mit der Hand gemacht, die ihren Mund in Teilen verdeckt hatte.

Taavi war leicht unzufrieden, wenn er ehrlich war, wollte das aber der netten jungen Kollegin nicht auf die Nase binden. Er entschied vielmehr, dass es an der Zeit war, sich einmal bei ihr zu bedanken.

„Sag mal ... wenn du sonst heute Abend nichts vorhaben solltest ..."

„Dann?"

„Würde ich dich gerne zu einem Cocktail einladen. Das Wetter ist ja noch gut", schob er hinterher und fragte sich, warum er das gesagt hatte. Es hatte selbst für sein Ohr entschuldigend geklungen.

Sie fixierte ihn einen Moment lang mit einem leichten Misstrauen, wie ihm schien. Nach einigem Zögern fragte sie: „Ist das ein Date ...?"

„Ein Date? Nein! Ich wollte doch nur, dass wir ..."

Das Klingeln ihres Telefons ersparte ihm weitere Dummheiten. Sie hatte die Stirn schwer gekräuselt und es schien ihm, als sei seine Antwort bei ihr als eher dumm angekommen.

Sie nahm das Gespräch an – ihre Augen aber blieben auf ihm haften.

Ihre Stirn glättete sich. Sie stellte nur drei Fragen, die jedoch so knapp und schnell, dass sein Norwegisch nicht ausreichte, um ihr zu folgen. Als sie Sekunden später auflegte, war ihm sofort klar: Es war etwas Einschneidendes passiert.

„Cocktails ... die müssen wir wohl verschieben. Es gibt eine weitere Tote."

„Nein ..."

„Doch ... Ich bin jetzt seit fünf Jahren in dem Job. Das sind mehr Morde als in meiner gesamten bisherigen Karriere."

„Und du weißt jetzt schon, dass es ein Mord war?"

„Davon sollten wir ausgehen. Ihr fehlt zumindest der Kopf und er soll mit einer Machete abgetrennt worden sein ..."

„Klingt vertraut. Wo?"

„In Fosnavåg."

„Ist das nicht furchtbar weit weg? Oder anders gesprochen: Ist das noch unser Gebiet?"

Sie zuckte die Schultern. „Was denkst du denn? Hier ist einfach alles irgendwie unser Gebiet. Und du darfst nicht in Auto-Entfernungen denken. Da ist es bestimmt eine Stunde. Vielleicht sogar mehr. Aber mit dem Boot geht's."

„Hast du hier irgendwo ein Boot?", erkundigte er sich und sah sich mit einem Lächeln um, das klar machte, wie absurd der Gedanke mitten in der Stadt war.

„Nein – hier nicht. Das steht 300 Meter die Straße rauf."

Er schloss den Mund. Dann schnappte er sich seine Sachen und stapfte Smilla hinterher.

Tatsächlich war die Anbindung mit dem Boot überraschend gut. Als sie auf Fosnavåg eintrafen, erwartete sie ein bärtiger Kerl, der zwar kräftig, aufrecht und gelenkig daherkam, jedoch aus der Nähe wirkte, als wäre er der Pensionierung sehr nahe. Sein Gesicht wies stark eingekerbte Falten auf. Viele davon waren Lachfalten. Das ließ ihn pauschal sympathisch wirken.

„Eure Chefin ist auch schon da ...", begrüßte er die beiden.

Innerlich prallte Taavi schier zurück. Er ließ sich jedoch nichts anmerken. Minuten später trafen sie auf Stella Nykvist, die sich nicht die Mühe gemacht hatte, den Einmalanzug überzuziehen und den Tatort zu besichtigen. Sie hielt ein Tablet in der Hand. Darauf befand sich ein Video, das die Begehung des Fundortes zeigte.

Der Tote war in einem kleinen, hellgelb gestrichenen Holzhaus gefunden worden, das auf einer Anhöhe lag, die von der Straße nur schwer einsehbar war. Dichter Bewuchs mit hohen Nadelbäumen hielt neugierige Blicke fern.

Die beiden jungen Beamten sahen das Video an, während Taavi immer wieder zu seiner Chefin hinschaute, die mit großer Selbstverständlichkeit am Fundort stand. Ganz so, als sei sie nie weggewesen. Sie begegnete ihm mit offenem Blick. Er hatte nichts dazu gesagt, dass sie hier war. Und sie schien das auch nicht im Sinn zu haben.

Er wusste, dass sie oft stur war. Aber er hatte die Erfahrung gemacht, dass sie oft glaubte, gute Gründe dafür zu haben.

Das Video erinnerte unfreiwillig an reißerische TV-Dokus. Einer der Spurensicherer hatte die Kamera einfach laufen lassen, wodurch sie ruckelig wirkte, auf und ab wippte und der Aufnahme einen etwas hektischen Anstrich verlieh. Die Betrachter begleiteten ihn auf dem Weg durch einen engen Flur, in dem ein auffallend großes Schuhregal die Hälfte der rechten Wand einnahm. Einige der Schuhe waren zu Boden gefallen, andere standen schräg im Regal, ein einzelner Schuh war an seinem hohen Absatz im Regal hängen geblieben.

Als Nächstes trat man in einen Raum ein, der das Wohnzimmer darstellte. Hier waren die Kampfspuren unübersehbar. Und nicht nur das. Ähnlich wie bei der ersten Leiche war das Blut weit verteilt. Die jetzige Leiche musste gestanden haben, als ihr Kopf abgetrennt wurde.

Das Blut war bis an die Decke gespritzt und das meiste davon befand sich etwa in Halshöhe an der auffallend gemusterten Tapete, die einer Mode entsprach, die eher vor 40 Jahren geherrscht hatte. Eigentlich fand man solchen Wandschmuck nur noch in Ferienhäusern.

Die Tote war rückwärts auf einen Sessel gefallen und dort lag ihr Körper in einer Haltung, die bei lebenden Menschen unerträglich schmerzhaft gewesen wäre. Rücklings – gebogen über einer breiten Lehne. Die Arme waren ausgestreckt, eine Hand berührte sogar den Boden. Der Oberkörper war weit überstreckt und Taavi wunderte sich beinahe, dass der Körper in dieser Haltung liegen geblieben war.

„Kopf?", erkundigte Smilla sich. „Ist der Kopf da?"

Stella atmete schwermütig ein. „Nein – der fehlt. Liegt auch in keinem der Bäume – ich hab nachgesehen."

Smilla grinste. Dann erst begriff sie, dass das kein zynisch abgeklärter Kommentar war. Stella hatte das tatsächlich getan – sie hatte die Bäume abgesucht, weil sie sichergehen wollte, dass es sich dabei nicht um ein irrsinniges Tatmuster handelte.

Smillas Blick glitt nach oben. Das Haus hatte zwei Etagen und ganz oben gab es zwei weitere kleine Fenster, die andeuteten, dass es einen begehbaren Speicher gab. Wer Wert darauf gelegt hätte, hätte den Kopf der Toten tatsächlich aus dem Fenster werfen können. Und hätte vielleicht sogar einen der Bäume günstig erwischt.

Das Video startete von vorn und die beiden jungen Ermittler schauten reflexhaft noch einmal auf die verwackelten Bilder. Stella trat näher und deutete auf einzelne Punkte auf den Aufnahmen.

„Das Verbrechen kann man sich leicht vorstellen. Hier vorne ist jemand ins Haus eingedrungen. Die Frau hat ihm – oder ihr – die Tür geöffnet. Dann muss sie äußerst schnell angegriffen worden sein. Vermutlich sofort.

Sie ist zurückgewichen, hat einige der Schuhe dabei umgerissen. Und dabei ist sie bereits verwundet worden. Auf der Aufnahme sieht man es nicht, aber sie haben mir gesagt, dass auf dem Boden bereits dort vorne Blut zu sehen ist. Ihre linke Hand ist verletzt."

„Dann ist sie Linkshänderin? Sie hat sich mit der linken Hand geschützt?"

Stella zuckte die Schultern. „Muss nicht sein. Sie kann sich mit beiden Händen geschützt haben. Und wenn die Machete mit der rechten Hand geführt wurde, ist es eben ziemlich wahrscheinlich, dass man beim Opfer die Linke mit der Klinge trifft." Sie schüttelte den Kopf.

„Die Frau ist dann weiter zurückgewichen, ist ins Wohnzimmer geflohen. Vermutlich rückwärts, was naheliegend war, aber dumm. Vom Wohnzimmer aus führt eine Tür nach draußen, die offen stand. Hätte sie schaffen können", erklärte Stella traurig.

Dann deutete sie wieder auf die Aufnahme. „Die Blutspuren deuten an, dass sie vor dem Sessel gestanden hat, als man ihr den Kopf abgeschlagen hat." Die Aufnahme machte einen Schwenk und man starrte auf den Hals, wo der Kopf fehlte. Neben einem blutigen Stumpf starrte man auf einen gesplitterten Teil der Wirbelsäule. Stella spürte eine Reaktion, die ihr Körper nicht ablegen konnte. Sie spürte Schmerzen an der Wirbelsäule, wenn sie auf die Bilder blickte.

Taavi deutete auf die Schnittkante und riss sie aus ihren Gedanken.

„Wenn ich das richtig sehe, wurde da zweimal zugeschlagen."

„Fein beobachtet. Der Täter ist mit dem ersten Schlag nicht ganz durchgekommen. Der Mann, der die Aufnahme gemacht hat, hat das auch eben gesehen und meint, dass der Täter oder eben die Täterin dadurch furchtbar viel Blut abbekommen haben muss. Er verwendete den charmanten Begriff ‚Blutdusche'."

Die beiden anderen schwiegen betreten und schauten auf das Standbild der Leiche, das seltsam vorwurfsvoll die Stelle zeigte, auf die eigentlich ein Kopf gehörte.

„Was wissen wir über die Frau?"

Stella seufzte. „Stina Burkhard. Vater Schwede, Mutter Deutsche. Ich hab eben mit zwei Nachbarinnen gesprochen. Die Frau lebte allein. Sie ist Autorin. Hat mehrere Bücher geschrieben, die sich mit der Rolle des Islams auseinandersetzen."

„In welcher Weise ...?", fragte Smilla und wirkte fast ängstlich dabei.

„Nein, nein. Nicht wie du vermutest. Das war eine stramme Rechte. Die hat einige Bücher über ein mögliches Horror-Szenario geschrieben, das sie ‚Eurabien' nennen. Sagt euch das was?"

Die beiden tauschten Blicke und schüttelten dann die Köpfe.

„Na – dann bin ich ja nicht allein." Stella grinste,

wenn auch nur kurz. „Ich wusste das bis eben auch nicht wirklich. Bjarne hat mir vor Jahren mal was dazu gesagt – aber ich musste es im Internet nachlesen. Es ist ein Kunstwort aus dem Englischen. ‚Europe' und ‚Arabia' bilden Eurabia. Eine Herrschaft arabischer Völker über Europa. Durch Einwanderung. Der Islam unterminiert das weiße Europa. Solche Bücher hat sie geschrieben. Sie hat den Rechten die intellektuellen Vorlagen geliefert.

Darin war sie wohl recht radikal und dafür berühmt. Sie ist zu zwei Bewährungsstrafen verurteilt worden und einer recht hohen Geldstrafe." Stella deutete ins Haus. „Das hab ich nicht recherchiert – einer der Kollegen da drin kannte sich damit aus. Er sagt, dass es schon mal einen Anschlag auf ihr Haus gab. Oder eher auf ihren Garten. Da wurde ein Baum abgefackelt und sie war der Ansicht, dass das politisch motiviert gewesen sei. Es können aber auch ein paar Teenager gewesen sein."

Stella seufzte schwer und schob mit dem Fuß einen imaginären Stein zur Seite. „Die Frau auf der anderen Seite, mit der ich gesprochen habe, hat eine Muslima flüchten sehen. Kopftuch, blutüberströmt, große schwarze Limousine."

„Hat die die Polizei gerufen?"

Stella nickte und schob eine rote Strähne zurück hinters Ohr. Sie wirkte seltsam frustriert, was ihr Mitarbeiter von ihr nicht kannte.

Dann blickte sie die beiden anderen offen an. „Die Fälle sehen sehr ähnlich aus, oder? Aber dann öffnet man die Motorhaube und darunter sind sie so unterschiedlich.

Der Journalist war ein Linker. Einer zudem, der die Rechten gezielt denunziert hat. Schlägt dem jemand den Schädel ab, tippst du auf einen Nazi, oder? Und dann siehst du das hier. Ähnlicher Modus operandi, nur wenige Tage später. Aber hier würde man eher einen Mord durch Islamisten vermuten."

Taavi machte eine einschränkende Geste. „Oder – wenn man sich auf die Gemeinsamkeiten konzentriert – einen Täter, der die schreibende Zunft ermordet. Ohne Blick auf ihre politische Gesinnung. Jemand, der einen Journalisten tötet, dann eine Schriftstellerin. Beide schreiben, beide mit politischen Themen."

Stella schien abzuwägen. Sie verzog ihren Mund, zögerte.

„Ja ...", räumte sie schließlich etwas tonlos ein. „Vielleicht hat Bjarne da spontan zu sehr auf das rechte Spektrum geschaut." Rasch schob sie hinterher: „Was ich vollkommen verstehen kann."

Smilla nickte und bekräftigte: „Absolut!"

Auch Taavi nickte. Aber der Finne tat das etwas halbherzig. Er sah plötzlich eine Vorgesetzte, die diesem Pfad gefolgt war. Er wusste, dass sie nicht zu der Sorte Chefs gehörte, die jetzt die Schuld auf Bjarne schieben würden. Aber sie war dieser „rechten" Spur hinterhergelaufen und hatte damit viel Zeit verschwendet, wie nun schien.

Ihr Telefon klingelte und Stella sah mürrisch aufs Display, bevor sie sich ein paar Schritte entfernte. Dieses Gespräch wollte sie ohne weitere Zuhörer führen.

„Morten ...", begrüßte sie ihren Chef. „Danke, dass du zurückrufst. Ich ..."

„Sag mal – du musst mir jetzt erst mal was erklären."

„Hm?"

„Ich hatte gerade einen Anruf der italienischen Behörden! Das hatte ich noch nie!"

„Echt? Was gab es denn?"

„Die haben gesagt, dass du *illegal* das Land verlassen hast. Man hatte dir mitgeteilt, dass du in Italien bleiben musst. Stimmt das?"

„Waaas?", gab Stella möglichst entsetzt von sich. „Ich sollte in Italien bleiben? Nein – also das ... das ist sicher ein Missverständnis. Dieser Polizist da, der sprach ein ganz, ganz mieses Englisch. Ganz mies. Ich dachte, er meinte Bjarne. Das schien mir auch sinnvoller. Wieso hätte *ich* dortbleiben sollen?"

„Und der hat sich auch verdrückt. Bjarne. Einer *deiner* Mitarbeiter, Stella! Verdammt, was war da los in Italien? In dem Italien, in dem wir übrigens nicht ermitteln dürfen?"

„Also – ganz ehrlich, Morten! An Bjarnes Stelle hätte ich mich auch verdrückt. Das war ein echter Lynch-Mob!

Das war gefährlich! Die sind auch auf mich losgegangen!", entgegnete sie entsetzt. „An seiner Stelle wäre ich da auch keine Sekunde länger geblieben."

„Wo ist er jetzt?"

„Ich habe keine Ahnung."

„Warum glaube ich dir das nicht?"

„Ja, warum??", blaffte sie angriffslustig.

Sie spürte, dass ihr die Kraft für dieses Wortgefecht eigentlich fehlte. Morten hatte sich aus ihrer Sicht zu einem passablen bis guten Chef entwickelt. Und er musste ihr diese Vorwürfe machen. Sie wusste, dass er damit vollkommen recht hatte. Aber sie wollte diesen Fall aufklären. Und sie wollte nicht, dass Bjarne dabei zermahlen wurde.

Ihr Schweigen schien zu helfen. Morten räusperte sich und schlug einen etwas integrativeren Ton an. „Du hattest mich wegen einer anderen Sache angerufen?"

„Ja ... aber da sah die Welt noch anders aus. Ich wollte dich eigentlich um einen Spezialisten aus der rechten Szene bitten. Bjarne hat mal gesagt, dass du dich da ganz gut auskennst."

„Das ist richtig. Und jetzt ...? Jetzt brauchst du keinen mehr?"

„Wir haben einen weiteren Mord hier oben. Bisschen bizarre Sache. Eine Schriftstellerin. Selbst eine aus dem politisch sehr, sehr rechten Spektrum ..."

„Wer denn?"

„Stina Burkhard."

„Fuck! Dein Ernst??"

„Dann muss ich dich wohl nicht mehr fragen, ob du die kennst?"

„Wie gestorben?"

„Ihr wurde der Kopf abgeschlagen. In ihrem eigenen Haus. Eine Frau mit einem Kopftuch wurde bei der Flucht beobachtet ... Wird als Muslima beschrieben."

„Fuck! Fuck! Fuck! Stina Burkhard ist eine ganz, ganz schwierige Frau. Holocaust-Leugnerin. Einreiseverbot in mehreren Ländern. Bjarne kennt die auch gut."

Der letzte Satz erzeugte in Stella, die nicht wusste, wo ihr

Kollege und Freund sich befand, ein unangenehmes Echo.

„Verstehe", brummte sie. „Sollen wir hier eine Nachrichtensperre ...?"

„Puuhh ... wo geht das denn heute noch?"

„Na – die Gegend hat nicht gerade die Siedlungsdichte von Bromma oder Kungsholmen hier, okay? Das ist ein Dorf auf einer mittleren Fjordinsel, die ..."

„Nee – Stella, entschuldige, wenn ich dich da unterbreche. Ich verstehe den Gedankengang. Aber ich sehe da mehr Risiken drin, als wir auf der anderen Seite an positiven Effekten hätten. Sobald das rauskommt, wird das groß. Überleg mal: Das ist doch Wasser auf die Mühlen der Rechten. Im eigenen Land wird eine Frau von einer Muslima mit Kopftuch getötet. Das hältst du nicht mehr auf. Sobald das irgendwo bekannt wird, ist das nicht mehr zu stoppen."

„Das könnte eine hässliche Bugwelle bekommen, sehe ich auch so."

„Ja – aber das ist nicht dein Problem. Darum sollen sich lokale Behörden kümmern, klar?"

„Sicher ..."

„Stella ...?", fragte er mahnend.

„Ja ... ich hab verstanden. Ich gebe keine Pressekonferenzen und sage auch sonst nichts. Alles gut."

„Wenn ich jetzt so drüber nachdenke: Du brauchst dennoch einen Spezialisten. Ich werde dir einen besorgen. Ich hab da jemanden von Europol im Kopf. Mik Wallin. Guter Typ. Bjarne kennt den auch."

Der letzte Satz schien in diesem Fall der neue Standard zu werden. Bjarne hatte sich zu lange mit dieser Szene auseinandergesetzt, um nicht irgendwelche Spuren hinterlassen zu haben.

„Ich kümmer mich drum ...", erklärte Morten. Dann entstand eine lange Pause. „Stella?"

„Ja?"

„Hast du eigentlich in den vergangenen Tagen mal mit Maren gesprochen?"

„Sicher – warum?"

„Irgendeine ... Idee, ob sie zu dem Fall dazukommen

wird?“

„Phhfff ... Sie braucht da noch einen Moment, denke ich.“

„Verstehe.“

„Wieso fragst du?“

„Ich ... dachte nur. Sie kennt sich in dem Segment ganz gut aus, soweit ich weiß. Es gibt mehr Nazis in Dänemark, als man meint.“

„Morten. Ich sehe das im Moment aber nicht mehr so recht. Was ist, wenn wir da einer Nazi-Spur hinterherlaufen und es geht eigentlich hier um etwas gänzlich anderes?“

„Dein Fall. Ich werde dir da nicht reinreden. Wusste nur nicht, ob du das weißt.“ Er räusperte sich. „Ich werd dann mal die italienischen Behörden beruhigen. Falls es mir gelingt ...“

„Danke.“

Sie legte auf und hielt ihr Telefon einen ganzen Moment lang halb abwesend in der Hand. Wirre Gedanken spukten durch ihren Kopf. Der Gedanke an Bjarne verstörte sie. Sie wusste nicht, wo er war. Und die Leute, die er scheinbar kannte, kamen zu Tode. Befremdlich.

Auf der anderen Seite war es Bjarne.

Sie hatte einen Moment lang auf ein Haus gestarrt, das gegenüber lag, ohne es recht zu merken. Der Besitzer war vor die Tür getreten und trank Tee. Er beobachtete sie, ohne echten Blickkontakt aufzunehmen. Stella hatte zuvor bei ihm geklopft. Er hatte den besten Blick auf den Eingang des Hauses, in dem die Autorin umgekommen war.

Vorher hatte er jedoch nicht geöffnet und das Haus war ihr leer erschienen.

Sie näherte sich und grüßte ihn bereits aus der Ferne, um klarzustellen, dass sie etwas von ihm wollte. Nachdem sie sich vorgestellt hatte und ihn fragte, was er gesehen habe, nahm er einen ausgiebigen Schluck seines Tees.

„Ich hab nix gesehen. Ich war im Stall.“

„Im Stall ...?“ Sie schaute schräg neben das Haus, wo kein solcher zu erkennen war.

„Ist die Straße runter. Kann man von hier nicht sehen.“

„Dann hast du niemanden aus dem Haus kommen

sehen?“

„Nein.“ Er nahm einen weiteren Schluck. Seine Augen lagen verborgen. Er musste Ende 50 sein, aber sein Haar war größtenteils noch blond und nur hier und da ein wenig mit grauen Strähnen durchzogen. Er wirkte verschlossen, karg und maulfaul. Aber das kannte Stella bereits aus der Region.

Plötzlich regte sich etwas. „Hab nur wen reingehen sehen.“

„Ins Haus gegenüber?“

Er nickte. „So ’ne ... weiß nicht, wie man dazu heute sagt, ohne wem auf die Füße zu treten.“ Er deutete eine Kopfbedeckung an, zog die Linie dann aber bis auf seine Beine herunter. „Eine Vollverpackte.“

„Eine Frau mit Kopftuch und ...“

„Nein. Mit diesem Ding, das ... heißt das Burka?“

„So heißt das, ja ...“

„Also – so eine. So eine ist reingegangen.“

Stella mochte die Art nicht, wie er über die Frau sprach. Es klang abwertend und unpersönlich. Beinahe so, als würde er von einem Insekt sprechen oder einem unliebsamen Nager.

„Wann war das?“

Er zuckte die Schultern. „Hab keine Uhr. Keine Ahnung.“

„Ungefähr.“

„Weiß ich nich’.“

Der Teetrinker nahm einen weiteren Schluck und Stella begriff, dass sie die Frage auch noch zehn weitere Male in Abwandlungen stellen konnte – eine Antwort würde sie deswegen nicht erhalten.

„Aber du hast sie nicht wieder herauskommen sehen?“

Er schüttelte den Kopf. Fast gelangweilt und nicht willens, zu viele Worte zu verwenden, wenn es sich irgendwie vermeiden ließ.

„Leben in deinem Haus noch mehr Leute?“

„Waren alle im Stall, als sie wieder rausgekommen ist.“

„Woher weißt du das?“

„Mach dich nicht lächerlich. Du weißt, was ich meine“, erklärte der Kerl, wandte sich erstaunlich flink um und schloss die Tür hinter sich.

Stella blieb einen Moment stehen. Dann lief sie ein paar Meter um das Haus herum – bemüht, das Grundstück dabei nicht zu betreten. Sie hatte schon genügend Ärger.

Irgendwann wurde ihr klar, dass er recht hatte. Man konnte das Haus vom Stall aus nicht sehen. Zufällig fiel ihr Blick in den großen Wohnraum, wo sicherlich zehn Leute am Tisch saßen. Da sie Stella ohnehin alle anstarrten, winkte sie freundlich und verschwand Richtung Tatort, ohne eine Reaktion abzuwarten.

Etwas an der Familie beunruhigte sie. Sie hatte im ersten Moment nicht sagen können, was. Aber dann fuhr sie herum. Stella ging ein paar wütende Schritte. Sie spürte ein Pochen im Magen, als sie fest gegen die Tür klopfte.

Erneut öffnete der Mann. Jetzt stand ein jüngerer Mann um die 30 hinter ihm. Identisches Gesicht, breitere Schultern, aufrechter in der Statur.

„Willst du nicht wissen, was dort drüben passiert ist?", schnauzte sie. „Ich meine: Ist dir das vollkommen egal?"

Er musterte sie eine Zeit. Dann schüttelte er den Kopf und wollte die Tür schließen. Aber Stella war sauer und ließ das nicht zu. Als sie den Fuß zwischen Tür und Zarge stemmte, erschrak der Mann. Er hatte bis gerade sicher gewirkt – aber damit hatte er nicht gerechnet.

Er zuckte zurück und seine jüngere Ausgabe fing ihn auf, schob ihn zur Seite und trat zur Tür. Er zog sie auf und stellte sich sehr dicht vor Stella. Die ließ sich davon nicht erschrecken.

„Wieso wollt ihr nicht wissen, was da drüben passiert ist?"

Der junge Mann presste sich etwas dichter an sie. Schob sie mit der Kraft von 90 oder 100 Kilo so weit nach hinten, dass er die Tür schließen konnte.

Dann bückte er sich ein Stück zu ihr herunter. Auch davon ließ sich Stella nicht aus dem Konzept bringen.

Mit fühlbarer Konzentration und Anspannung erklärte der Mann: „Was auch immer der Frau dort drüben passiert ist. Sie wird es verdient haben. Ich persönlich hoffe, dass sie einen grausamen Tod erlitten hat." Er deutete hinter sich. „Und ich sage dir ganz offen: Mein Vater ist alles andere als ein aggressiver oder auch nur wütender Mann. Aber hätte er sich nur einen Menschen aussuchen müssen, den er töten wollte ... Diese Frau da drüben hätte gute Karten gehabt. Sie war eine, die aufwiegelt, die den Hass bringt. Sie muss sich wirklich nicht wundern, wenn sie jemand ...“ Seine Atmung stockte. Aus seiner Ruhe war Wut geworden. Er hatte seine Hände zu Fäusten geballt und streckte sie jetzt wieder.

Dann drehte er sich um und ließ eine bebende Stella Nykvist zurück.

#029

Kascha hatte einen gewissen Sicherheitsabstand gewählt, als sie den schlafenden Bjarne anstupste. Und sie hatte gut daran getan. Als er nur halb wach war, schoss seine Hand vor und er erwischte ihr Sweatshirt. Seine Hand krallte sich in den Kragen und ließ sie erstaunt los, als er wach wurde.

„Ent...schuldige“, brummte er und richtete sich rasch auf. Er rieb sich die Augen. „Wie lange hab ich geschlafen?“

„Sicher nicht lange genug. Und dann noch die verdammte Zeitverschiebung ... Du hattest einen langen Tag.“

Bjarne strich sich übers Gesicht und spürte, wie desorientiert er sich fühlte. Er war auf einer Couch in der Außenstelle der Polizei eingeschlafen. Eine Art Wohnung im Grunde, die sich in einer der schlechteren Straßen Sankt Petersburgs befand. Er war schon einmal hier gewesen, als er Kascha Baranow zum ersten Mal getroffen hatte. Hier zu schlafen, war eher nicht geplant.

Seine Uhr sagte ihm, dass es auch hier mittlerweile nach Mitternacht war. Sein Tag hatte über 20 Stunden gehabt, hatte in Italien begonnen und in Russland geendet. In einem Land, das sich im Krieg befand. Er straffte sich.

„Was ...? Warum ...?"

„Ich hab ein bisschen was herausgefunden." Sie reichte ihm eine kleine Cola-Flasche von einer Marke, die er noch nie gesehen hatte, und Bjarne schnappte sie sich.

„Bist du aufnahmefähig?"

„Ja ...", log er und setzte sich aufrechter hin. Das letzte, woran er sich erinnerte, war, dass er seine Freundin angerufen hatte. Sie kannten sich jetzt seit einigen Jahren. Sie wusste vage, was er damals auf Utøya erlebt hatte. Zum ersten Mal in seinem Leben hatte er sich die Mühe gemacht, es ihr zu erzählen. Seine Art, um Verzeihung zu bitten.

Er hatte sich gefühlt, als würde er dabei neben sich stehen. Als würde er den Bjarne Sandvik von 2011 sehen, der mit einem Haufen Polizisten auf ein Boot springt, während drüben auf der Insel Schüsse fallen.

Während junge Menschen in Todesangst schrien und einige sich von den hohen Klippen stürzten. Getrieben von der vagen Hoffnung, dass das besser sein könnte, als von einem verblendeten rechtsradikalen Schützen erschossen zu werden.

Er hätte das damals nicht tun müssen. Er hatte helfen wollen. Und dann hatte ausgerechnet sein Team den Kerl gestellt. Stunden später hatte Bjarne Sandvik einem Attentäter gegenübergesessen, der es fertigbrachte, sich zu beschweren, weil er sich an einem gesplitterten Knochen eines seiner Opfer eine Wunde zugezogen hatte. Der deshalb nach einem Arzt verlangt hatte.

Sah er heute zurück, war es ein Wunder, dass keiner der Polizisten diesen Mann einfach zu Brei geschlagen hatte. Er dachte das nicht, weil er das für angemessen hielt. Es wunderte ihn vielmehr, dass das nicht passiert war. Viele der Männer hatten selbst Kinder gehabt.

„Also", begann Kascha Baranow langsam. „Ich habe mich mal ausgiebig umgehört. Die Yacht, die dort unten bei den Italienern in die Luft geflogen ist, gehörte einem unserer

Leute. Maksim Markov. Dein Jahrgang. Hat vor über 20 Jahren eine Firma gegründet, die keinen so richtig klaren Geschäftszweck hat. Außer vielleicht Skrupellosigkeit. Er handelt in erster Linie mit Energie. Aber er übernimmt auch sehr spezielle Bürgschaften. Wenn du beispielsweise zu den Leuten gehörst, denen irgendein Staat ihr Vermögen einfriert, dann gehst du zu Maksim Markov."

„Und der bekommt das Geld wieder frei?"

„Langfristig schon. Das ist aber nicht so wichtig. Kurzfristig verdient er das zigfache damit, dass er solche Leute finanziell wieder flott macht. Alle ihre Transaktionen laufen so lange über eines seiner Konten. Und so lange kassiert er mit. Man sagt: 10 bis 20 Prozent von allem. Und da reden wir von Leuten, die mehr laufende Kosten als Miete und Strom haben. Da sind welche dabei, die kein Flugzeug besteigen, das nicht vorher von zehn Wachleuten kontrolliert wurde und ihren eigenen Koch mitnehmen, damit er ihnen ein Zitronenscheibchen fürs Mineralwasser schnitzt.

Wenn du dich also immer gefragt hast, wie die ganzen Bin Ladens dieser Welt eigentlich weiter in Saus und Braus leben können, während ihre Kohle irgendwo eingefroren ist: Das ist die Antwort. Maksim Markov. Wir vermuten, dass er reicher als Gott ist."

„Was hat der mit einem Typen wie Knut zu tun?"

„Ich denke mal, dass ein Kerl wie Maksim Markov immer mal jemanden brauchen kann, der in einem Land für einen politischen Umsturz sorgt. Oder zumindest für ein paar dekorative Aufmärsche von irgendwelchen Glatzköpfen."

Bjarne nickte. „Das stimmt. Wir müssen davon ausgehen, dass Knut Solbakken das hinbekommt."

„Und im Gegensatz zu Markov steht der nicht auf so vielen roten und schwarzen Listen."

„Win-Win, hm?"

Sie nickte und zog den Mund schief. „Solche Typen halten doch immer zusammen."

Bjarne rieb sich das Kinn. „Wenn der so einer ist, muss man sich schon fragen, wem der Anschlag galt, oder? So ein Kerl wie dieser Markov wird doch nicht nur Freunde haben."

„Der hat vermutlich sogar mehr Feinde. Aber ich gehe davon aus, dass das keine totalen Anfänger sind, oder? Wir reden hier von der Oberliga. Richtige Schurken. Regierungslevel. Die sprengen nicht einfach mal den Falschen in die Luft." Sie schüttelte eindringlich den Kopf, während Bjarne die leere Cola-Flasche zuschraubte.

Er musste die neuen Informationen an die richtigen Stellen rücken. Das warf durchaus weitere Fragen auf. „Weißt du was über die Toten? Wer ist da auf der Yacht gestorben?"

Sie lachte. „Ich hab es versucht, Bjarne. Aber an die Infos komme ich nicht ran. Unser Chef führt einen Krieg gegen die Ukraine. Unsere Fragen werden momentan von einigen Ländern nicht so gerne beantwortet, okay?"

„Verstehe."

„Ich weiß nur, dass sie 11 Leichen geborgen haben. Ich habe keine Ahnung, wie viel Personal auf so einem Schiff ist. Aber für mich klingt das so, als hätten sie die alle in die Luft gejagt."

Nach einer kurzen Abschätzung schüttelte Bjarne den Kopf. „Ich war dort. Zweimal. Ich habe mindestens vier Kerle gesehen, die für die Sicherheit verantwortlich waren. Dann unter Garantie mehr als fünf Leute in der Küche. Jemand muss den Kahn gesteuert haben. Und auch der wird sicher ein oder zwei Leute haben. Und dann bin ich noch nicht bei denen, die so eine blitzblanke Yacht sauber halten."

Kaschas Augen waren groß geworden. „O...kay – mir war nicht klar, dass diese Yacht in so einer Klasse spielt. Und wenn sie das tut, kommt noch jemand dazu, der sich um den Motor und die Mechanik kümmert. Vielleicht auch zwei. Da braucht man nicht viel Fantasie und ist bei 25 Leuten, die auf so einem Boot gewesen sein müssten."

Der Norweger nickte.

„Sieht aus, als gäbe es da noch genug zu ermitteln. Lass mich Mik Wallin anrufen. Hast du hier zufällig eine ... Leitung, die ein wenig ..."

„... diskreter ist? Sicher." Kascha nickte. Bjarne mochte

die seltsam natürliche Art, mit der die junge Frau mit der Schrulligkeit ihres Landes umging. Sie hatte eine gewisse Distanz zu dem, was hier politisch angesagt war – aber sie hatte sich auf eine hervorragende Weise mit den herrschenden Umständen arrangiert und zog ihren Nutzen daraus. Dabei schien sie selbst immer clean zu bleiben und sich nicht die Finger schmutzig zu machen.

Sie verschwand und kam mit einem Klapp-Handy wieder, wie man es in den 90ern gehabt hatte. Nur dass dieses einen modernen Eindruck auf ihn machte. Sie tippte eine Zahlenkombination ein und hielt ihm das Gerät dann hin: „Einfach wählen wie immer – nur ohne das Plus bei der Landesvorwahl."

Bjarne zog eines seiner Telefone hervor und tippte eine Nummer ab. Eine verschlafene Stimme meldete sich am anderen Ende.

„Wallin ..."

„Hallo Mik – Bjarne Sandvik."

„Verflucht ..."

„Ja ..."

„Wo bist du?"

„Nirgendwo, wo du ermitteln kannst. Obwohl", grinste er, „das trifft bei dir ja sogar auf Norwegen zu ..."

„Da kann ich mittlerweile ermitteln, sofern andere EU-Staaten betroffen sind, und Einverständnis herrscht."

„Angeber."

„Na", feixte er, „das ist allemal mehr, als du in Italien darfst."

„Deswegen bin ich da ja auch schnell wieder weg."

Die beiden lachten. „Ja – und ich will die Details nicht wissen. Warum rufst du mich mitten in der Nacht an?"

„Wollte nur wissen, wie es deinem Auge geht."

„Deine Art zu sagen, dass du mich gesehen hast?"

„Was kannst du mir über die Toten von Amalfi sagen?"

„Nichts, solange ich nicht sicher weiß, was deine Rolle in der Sache ist."

„Ich habe keine Rolle in der Sache. Ihr werdet sicher irgendwann mein Telefon tracken. Und dann werdet ihr feststellen, dass ich zweimal dort am Schiff war. Einmal tagsüber, einmal nachts. Aber ich habe nichts mit der Sprengung zu tun."

„Wer sagt dir, dass es eine Sprengung war?"

„War es nicht?"

„Nur so ein Gedanke."

„Mik – jetzt benimm dich wie ein Erwachsener. Ich sprenge keine Leute wie Knut in die Luft."

Mik schwieg und Bjarne musste ihm etwas anbieten. „Was weißt du so über Maksim Markov?"

„Fuck, Fuck, Fuck! Das war ja mal wieder klar. Woher hast du das? Wir haben eine Nachrichtensperre! Nicht mal Stella ..."

„Nein – von Stella weiß ich nichts. Wir haben keinen Kontakt." Er grinste feist. „Ich hatte angenommen, sie läge vielleicht neben dir."

„Ha-ha! Sie hat einen Freund."

„Was?"

„Sicher. Sie hat mit ihm telefoniert, als ... Verdammt! Du rufst mich mitten in der Nacht an und wir reden irgendwelchen Blödsinn! Was soll das?"

„Weiß nicht – vielleicht, weil du mir nichts erzählen willst? Komm, wenn du wieder ins Bett willst, dann sag mir, wer die 11 Toten sind."

„Ich könnte durchdrehen! Du weißt, dass es 11 ..." Man hörte ein schweres Stöhnen. Er hatte sich erhoben, wie das Geräusch eines Bettes andeutete.

„Na gut. Quid pro quo. Und in dem Falle fängst du an!"

Bjarne hatte keinen Grund, etwas zu verheimlichen. Er erzählte dem Europol-Kollegen, was er über den Besitzer der Yacht wusste. Und das war bereits mehr, als Europol und die italienischen Behörden zusammenbekommen hatten. Auf Kascha war Verlass.

Und Mik Wallin hielt Wort.

„Okay ... Die Leute, die auf dem Schiff gestorben sind, scheinen allesamt zur Mannschaft zu gehören. Schon komisch, nicht wahr?"

„Allerdings. Wisst ihr was über den Rest?"

„Es gibt Augenzeugen, die behaupten, dass vor der Explosion ein Boot mit zwei Leuten von der Yacht weggefahren sein soll. Andere haben vier Leute gesehen, wieder andere gleich zwei Boote. Aber hey ... die Leute haben ja auch gesehen, wie du gestern eine schwere Bombe auf das Boot eines ..." Er raschelte mit Papieren herum und verkündete dann etwas stockend: „... das Boot eines Giuseppe Cecarelli geladen hast."

„Die haben einfach klangvollere Namen als wir, hm? Aber jenseits dessen, mal ganz offiziell: Das ist eine Fehlinformation, okay? Aber die Blonde, die so nach Model aussieht ..."

„Martina Wricke?"

„Möglich. Die war gestern in der Stadt unterwegs. Ich kann dir gerne die entsprechenden Koordinaten schicken. Ich schicke dir sogar das Kennzeichen, wenn du willst."

„Wenn du das machst, vergesse ich vielleicht, dass du einen Motorroller geklaut hast, um sie zu verfolgen."

„Ich habe den gelieh ..."

„Ja, und dann vergessen, ihn zurückzugeben."

„Ich kann dir auch die Koordinaten schicken, um den zu finden. War eben etwas hektisch heute Morgen."

„Verstehe. Na gut – wenn du willst, kümmere ich mich auch darum."

„Danke, Mik, im Ernst. Ich schulde dir was. Wie geht es da jetzt weiter? Habt ihr die Flughäfen im Auge und so? Ich meine: Dieser Knut Solbakken und seine Kumpane – die werden doch nicht zufällig verschwunden sein, oder?"

„Ich tippe drauf, dass die was chartern, wenn sie hier wegwollen. Oder sie fahren mit dem Zug. Da kontrolliert dich keiner an irgendeiner Grenze."

„Und dann? Wohin? Wenn sie nach Norwegen wollen, kontrolliert man sie schon. Da endet die EU."

„Ich tippe auf Deutschland, wenn ich ehrlich sein soll. Vielleicht auch Dänemark oder Österreich."

„Wenn du untertauchen willst, ist Dänemark erste Wahl. Mehr Ferienhäuser gibt es nirgends. Da sind die Leute nicht gemeldet. Im Süden spricht jeder Deutsch – und im Norden verstehen die Leute Norwegisch. Das ist perfekt."

„So etwas hatte ich mir auch überlegt."

Bjarne kam ein Gedanke, den er spontan aussprach.

„Mik ... sagen wir mal, die sind tatsächlich auf der Flucht ..."

„.... was wir nicht wissen ..."

„Aber sagen wir mal, sie sind auf der Flucht – wenn ich dir die Adresse besorgen könnte, unter der sie zu finden sind, kannst du mich dann aus der Ermittlung raushalten?"

„Das ... äh ... kann ich nicht alleine entscheiden. Aber ich sage es so: Wenn du das hinbekommen solltest, dann setze ich mich dafür ein."

„Wir machen es, als wäre ich ein echter Verbrecher: Frag deine Leute, ob sie da mitgehen – dann bekommst du von mir die Adresse."

„Ich frage mich gerade, ob dich das nicht eher verdächtig macht ..."

„Frag deine Leute und die Italiener. Im Ernst: Mich zu verfolgen ist vollkommene Zeitverschwendung."

Dann legte er blitzschnell auf. Er hatte keine Ahnung, wie er eine solche Information bekommen sollte. Und doch hatte er den vagen Verdacht, dass der Schlüssel dazu eine junge schwarzhaarige Russin mit einer etwas spitzen Nase war.

#030

Der folgende Morgen fühlte sich an wie der erste Tag einer korrekten Ermittlung. Sehr früh hatte Stella sich aus dem Bett geschält und getan, was sie am liebsten tat: Sie war in einem kleinen Wasser-Arm geschwommen, der bis direkt an ihr Hotel heranreichte. Sie war eine kleine, sehr historisch wirkende Sandsteintreppe hinunter gestapft und hatte sich ihrer Kleidung entledigt.

Sie hatte sich in einem gegenüberliegenden Fenster

begutachtet und war zufrieden gewesen. Was war mit diesem Mik nur losgewesen in Amalfi? Sie wollte es nicht wahrhaben, aber er hatte sie einfach stehen lassen. Und das war eine neue Erfahrung für sie.

Mutig war sie mit ihrem roten, hoch geschnittenen Badeanzug in das Wasser eingetaucht. Unter den Augen von insgesamt fünf Beobachtern. Scheinbar war eine Schwimmerin hier mitten in der Stadt nicht vorgesehen.

Das hatte sie nicht abgehalten. Stella war ein Stück unter einer Brücke hindurchgeschwommen, hatte sich mit langen Zügen dem Hafen genähert und war dann langsam wieder umgekehrt.

Ålesund präsentierte sich als ungewöhnlich schöne Stadt. Einzelne Gebäude erinnerten sie an Edinburgh, wo sie ein schwieriges Jahr ihrer Jugend verbracht hatte. Andere Gebäude wirkten auf sie wie im Süden Deutschlands, wo sie sechs langweilige Monate ihrer Jugend hinter sich gebracht hatte.

Ein schönes Ensemble mit einer Altstadt, wie man sie in Skandinavien selten fand. Erst recht nicht hier im Norden. Und wie so oft ging ihr durch den Kopf, an wie vielen tollen Orten sie in ihrem Leben gewesen war. An wie vielen Orten sie gearbeitet hatte und geschwommen war – ohne Urlaub zu machen.

Einen Moment lang starrte sie auf das Fenster gegenüber. Und entschied, dass sie Urlaub machen würde. Einen richtigen Urlaub. Ein paar Wochen lang. Mit Flug in den Süden und Sandstrand. Zum ersten Mal in ihrem Leben spürte sie den Bedarf nach einer echten Pause.

Sie parkte den Gedanken. Aber sie würde ihn nicht vergessen.

Eine Stunde später saß sie in dem leicht düsteren, aber gut ausgestatteten Besprechungsraum der Polizei von Ålesund, den Smilla ihnen besorgt hatte. Das Gebäude stammte aus den 80er Jahren. Ein schlichter Funktionsbau in der architektonischen Nähe zu „hässlich“. Damit war das Präsidium harmonisch an die Umgebung eingepasst. Es lag in einer Straße mit einem hafennahen Industriegebiet, einem heruntergekommenen Discounter und einer Tankstelle mit Werkstatt. Daneben ein Gebrauchtwagenhändler, der kein Auto auf dem geschotterten Hof stehen hatte, das Stella freiwillig fahren wollte.

Smilla und Taavi hatten sich schon nützlich gemacht und Flipcharts vollgekritzelt. Sie sahen drei Ermittlungsstränge und die Blätter hatten drei Überschriften:

Laurin Haugen

Stina Burkhard

Italien

„Italien ist vergleichsweise breit angelegt“, grinste Stella, als sie den Raum betrat und Telefon, Schlüssel und Geldbörse auf einen Tisch ablegte. Taavi grinste. Stella reiste immer mit Minimalgepäck. Sie war die einzige Frau, die im normalen Leben keine Handtasche mit sich führte, schien ihm. Dafür verstaute sie oft Lippenstifte und ähnliches in Fächern ihrer Computertasche, die sie jetzt an den Stuhl hängte.

Sie krempelte ihre Ärmel hoch und trat nach vorn. „Okay ... was haben wir da ...?“, murmelte sie und schnappte sich einen Stift. Es dauerte nur wenige Sekunden, bis sie begann, bei Laurin Haugen weitere Punkte zu ergänzen. Sie schritt weiter zu Stina Burkhard, ergänzte auch hier drei Punkte, die ihr wichtig erschienen und stellte sich dann grinsend vor das dritte Papier, auf dem nur wenig stand.

Sie machte diverse Ergänzungen. Dann holte sie aus und schloss die Punkte mit gigantischen Klammern ein. Sie wandte sich um und erklärte: „Ist nicht unser Fall. Da ermitteln wir nicht. Und so sollten wir den auch behandeln. Wir nehmen alle Informationen entgegen, die wir bekommen können. Kommen Fragen bei unseren beiden Toten hier auf, adressieren wir sie an Mik Wallin in Italien, okay?“

Taavi zog die Augenbraue hoch, nickte aber. Normalerweise kannte er Stella eher als eine, die sich nichts vom Teller nehmen ließ.

Sie deutete auf das Flipchart zum ersten Opfer. „Was wisst ihr über das Boot?“

„In Deutschland registriert auf einen Holger Gerhards in einem Ort namens Eckernförde. Wir haben es uns auf der Karte angesehen. Ist fast in Dänemark. Beste Grüße von deinem Kumpel bei der Polizei.“

Stella lächelte. Dann wurde sie wieder ernst. „Was wissen wir über Holger Gerhards?“

„Ist Betreiber einer Art Heimatzeitung. Wir können das Zeug nicht wirklich lesen. Aber es wirkt auf mich irgendwie seltsam. Viele Vergangenheitsthemen, reichlich Schwarzweißfotos ... So eine Veröffentlichung mit dem Schwerpunkt ‚Früher war alles besser‘, scheint uns.“

„Davon kann man leben?“

„Angeblich 8.000 Abonnenten in aller Welt.“

„Aber das ist kein Nazi-Zeug?“

Taavi zuckte die Schultern. „Ich denke nicht. Aber von den Bildern ausgehend, nehme ich an, dass es zumindest eine Zeit glorifiziert, in der in Deutschland noch keine Ausländer gelebt haben.“

„Hm ... Okay – bringt uns das weiter?“

„Wir müssten mit dem Kerl reden.“

„Vermutlich ja – aber wir können jetzt unmöglich nach Deutschland fliegen. Macht das telefonisch, okay?“

Die beiden nickten. Sie teilten die weiteren Arbeiten auf. Es gab genug zu tun. Stella entschied, dass sie sich an dem Tag – mit Ausnahme der deutschen Boots-Spur – um den neuen Mord kümmern sollten. Sie hatte den Eindruck, dass das einerseits wichtiger war, um keine Zeit zu verlieren. Auf der anderen Seite befürchtete sie, dass sie im Fall des ersten Toten ohnehin auf der Stelle traten.

Stella wollte erst ein klareres Bild davon haben, womit sie es hier eigentlich zu tun hatten. Ging es hier um eine Serie? Hingen die Taten wirklich zusammen? Bei der ersten Tat legten die Spuren nahe, dass die Frau länger im Hotelzimmer gewesen war. Sie hatte das Bad benutzt und etwas getrunken, mussten sie annehmen.

Der zweite Mord unterschied sich davon. Da war

die Frau einfach ins Haus gestürzt. Das war eine andere Vorgehensweise. Und die Verbindung war nicht naheliegend. Zunächst wurde jemand getötet, der viel gegen Neonazis geschrieben hatte, dann eine glühende Befürworterin der klassischen Rassenlehre der Nazis und obendrein Holocaust-Leugnerin.

Die Verbindung schien da eher: „Schreibende Zunft" zu sein – Journalist und Autorin. Dann wären sie für eine Phantom-Spur um die halbe Welt gereist. Für sie einer der Gründe, sich nicht weiter um Italien zu kümmern. Der andere war, dass sie Bjarne Zeit verschaffen wollte. Sie hatte eine leise Ahnung, wohin Bjarne sich verdrückt hatte.

Und das war eines der besten Länder, um zu verschwinden. Zumindest, solange man dort Freunde hatte, die einen deckten und dafür sorgen konnten, dass man nicht für immer verschwand.

Trotz allem hatte Stella sich vorgenommen, an diesem Tag auch mit Yngve zu sprechen. Sein Auftauchen erschien ihr so seltsam zufällig mit alldem verknüpft zu sein, dass sie es nicht stehen lassen konnte. Bei näherem Nachdenken aber ging ihr auf, dass sie ihn mit dem ersten Mord nicht in Verbindung bringen konnte. Da war er noch im Gefängnis gewesen. Um ihn zu dem Zweiten zu befragen, fehlten ihr die Hinweise.

Mik hatte Yngves Adresse ausfindig gemacht. Yngve Sætervik hatte bei der Entlassung aus dem Gefängnis die Wohnung seiner Schwester Lykke angegeben, die zentral in Ålesund lang.

Stella entschied sich, etwas Idiotisches zu tun. In vollem Bewusstsein. Sie verabschiedete sich von den beiden anderen und trat die Strecke zu Fuß an.

Da war etwas in Stella Nykvist, das ungelöst war. Yngve war ihr erster echter offizieller Fall für die SkanForce gewesen. Insofern würde er immer einen besonderen Platz einnehmen. Aber das war es nicht. Sie hatte auch davor schon als Polizistin gearbeitet, war beinahe im Dienst vergewaltigt worden, hatte einem Mörder die halbe Zunge abgebissen und sich in andere Gefahren begeben. Die hatten allesamt keine Spuren in ihr hinterlassen.

Yngve hingegen schon.

Und das ärgerte sie, weil sich nicht wusste, warum. Er hatte Lykkes jüngere Schwester getötet. Das wusste sie. Sie hatten es ihm in Grenzen nachweisen können – aber die Leiche hatten sie nie gefunden.

Er hatte auf Stella geschossen, aber sie war schneller gewesen. Der Schuss hatte Lykke am Kopf verletzt. So sehr, dass Stella auch jetzt noch mehr als erstaunt war, dass diese Lykke angeblich wieder ein normales Leben führen konnte.

Und sie hatte in dem Fall damals zwar den richtigen Riecher gehabt – aber sie hatte nichts daraus gemacht. Und Breivik hatte vollkommen unabhängig davon das Massaker auf der Insel verübt. Sie waren so vielen Spuren gefolgt – aber die Spur „Breivik" hatten sie nicht gekannt.

Es war idiotisch: Aber Stella fühlte auch daran eine gewisse Schuld, ein Versagen. Vielleicht akzeptierte sie es auch deshalb so bereitwillig, dass Bjarne nicht über Utøya redete. Wer wusste, welche falschen Gefühle da in ihm herumspukten?

Und dieser inneren Spur ging sie nach, als sie sich zu der Wohnung begab. Sie lag in einem ursprünglich weißen Mehrfamilienhaus, das an der Brücke lag, die zur nahegelegenen Insel Heissa führte. Das Haus hatte bessere Tage gesehen und brauchte einen neuen Anstrich. Als sie anhielt und nach oben schaute, suchte sie gezielt nach Menschen. Aber hinter den vielen Fenstern schien sich niemand zu befinden.

Warum war sie hier? Aus denselben Gründen, die Mörder an die Stätte ihrer Tat zurückbringen? Sie hätte es nicht erklären können, aber sie spürte, dass sie Yngve mit eigenen Augen sehen wollte. Und Lykke, falls die hier war und nicht als Leiche vor der Amalfi-Küste trieb.

Aber sie konnte nichts erkennen. Sie sah nach links und rechts, wie sie es in der Grundschule gelernt hatte und dann wieder nach links, bevor sie ordentlich die

Straße überquerte und sich dem Haus näherte. Lykkes Name stand an der Klingel. Die Wohnung lag im zweiten Stock. Auf dem Klingelschild daneben stand kein Name, was Stella seltsam vorkam. Sie zog ihr Telefon hervor und wollte etwas nachprüfen, als sich die Tür öffnete und ein Teenager mit Kopfhörern in den Ohren heraustrat. Reflexhaft hielt er ihr galant die Tür offen, bemüht, erwachsen zu lächeln, und Stella schlüpfte lächelnd hinein.

Sie wusste nicht, was gerade geschehen war. Sie hatte nicht den Plan gehabt, hier hineinzugehen. Aber als sie jetzt im dunklen Hausflur stand, liefen ihre Füße beinahe wie von selbst die Stufen hinauf. Bis in den zweiten Stock, wo sich rasch das Rätsel der fehlenden zweiten Klingelbeschriftung klären konnte. Die beiden Wohnungen auf der linken Seite des Flurs waren zu einer Wohnung zusammengelegt worden. Dort, wo sich ursprünglich die Wohnungstür der weiter vorn gelegenen Wohnung befunden hatte, sah sie jetzt eine billige Wand, die nur schlecht verspachtelt war und scheinbar noch auf Putz wartete.

Stella Nykvist schritt den Flur mit möglichst großen Schritten ab. Sie schätzte, dass die verbundenen Wohnungen um die 160 Quadratmeter haben mussten.

Und hier war nur Lykke gemeldet? Wovon lebte die?

Ålesund war eine Stadt, die vom Tourismus geprägt war. Die Gebäudepreise waren hoch, also waren die Mieten es auch. Sie schickte eine Nachricht an Mik Wallin.

Nach recht kurzer Zeit antwortete er ihr, dass sie Annahmen, dass die „Erben Utøyas“, zu denen sie Lykke rechneten, Spenden erhielten. Sie hatten Hinweise darauf, bislang war denen jedoch weder die norwegische Polizei nachgegangen noch Europol. Sie wussten nicht sicher, woher diese Spenden kommen mochten. Genau genommen nicht einmal, ob es sie wirklich gab. Lykke war ihnen bislang nicht wichtig genug gewesen. Auch die „Erben Utøyas“ nicht. Erst durch ihre Verbindung zu Nordic Edge und Knut Solbakken schien sie plötzlich ein gewisses Gewicht zu haben.

Stella stellte sich an das Fenster am Ende des langen dunklen Gangs, der an der Wohnung vorbeiführte und fühlte sich ein wenig kindisch. Sie war hierhergekommen, ohne einen konkreten Auftrag zu haben, ohne etwas in der Hand zu haben. Im Grunde aus purer Schaulustigkeit.

Hatte sie gehofft, Yngve zu treffen? Angenommen, dass Lykke hier sei?

In ihre seltsam finsteren Gedanken mischte sich ein Geräusch. Sie fuhr herum und starrte eine junge Frau an, die gerade aus der Tür der vergrößerten Wohnung getreten war. Eine hübsche blonde Frau. Für eine Sekunde meinte Stella, Sölve vor sich zu sehen. Die Schwester, die Yngve getötet hatte. Dann schaltete ihr Hirn sich ein und erklärte ihr, dass Sölve heute zehn Jahre älter sein müsste. Selbst, wenn sie noch irgendwo leben würde. Aber Stella war bei ihrer Ermordung ganz in der Nähe gewesen.

Sie starrte sie ebenso erschrocken an, wie Stella sie.

Dann räusperte sie sich und fragte in einem stark akzentbelasteten Norwegisch, ob Stella zu ihr wollte.

„Nein ...“, gab Stella spontan zurück. „Ich bin im Auftrag der Hausverwaltung hier, um verschiedene Kontrollen durchzuführen.“ Sie hatte die langen Worte schnell ausgesprochen, weil sie sich sicher war, dass die junge Frau sie dann nicht verstehen würde. Sie klang jedenfalls nicht wie eine Norwegerin. Stella wandte sich um und strich konzentriert über das Fensterbrett. Dann öffnete sie das Fenster und schaute sich den Rahmen mit pingeligem Kontrollblick von außen an. Als sie sich wieder umwandte, war die Frau verschwunden.

Stella spürte, wie eine Anspannung von ihr wich.

Mit wohlbemessenen Schritten ging sie wieder zurück und stoppte nur drei Sekunden vor der Tür. Sie konnte keine Geräusche von drinnen hören. Und das war vermutlich gut so.

#031

Stella hatte ein paar weitere Ermittlungen, für die sie nicht vor Ort sein musste, von einem Café aus geführt und sich dann auf eine Mauer am Wasser gesetzt, das hier in der Stadt allgegenwärtig war. Sie war gut vorangekommen.

Schließlich entschied sie sich, Maren anzurufen. Die drückte sie allerdings nach dem zweiten Klingeln weg. Das war untypisch. Vermutlich befand sie sich in einem der hässlichen Gespräche, die sie zu führen hatte, bei denen es sich um Erbe drehte oder etwas in der Art.

Sie seufzte schwer. Eine unerwartete Erinnerung schob sich in ihre Gedankengänge. Sehr real und irgendwie hitzig.

Sie sah sich selbst, wie sie in Marens kleiner Wohnung neben ihr am Arbeitstisch saß. Durch ein Versehen hatte sie soeben ein intimes Nacktfoto der dänischen Ermittlerin gesehen. Stella war aufgekratzt, hatte Mühe, sich zu konzentrieren. Gerade waren die beiden in einer Ermittlung dabei, einem Kerl, den sie überführen wollten, in einem Chat Nacktbilder unterzujubeln.

Das hatte die Situation nicht besser gemacht.

Stella grübelte einen Moment „Hm… hattest du… Also ich frage dich jetzt mal sehr direkt: Kennt der dich nackt?“

Marens Augen blinkten kurz auf. „Nein! Mit ihm hatte ich nie was…!“ Die Kommissarin schüttelte zur Bestätigung den Kopf und ihre Locken flogen hin und her.

„Okay – und der hat dich bislang auch nicht nackt gesehen? Beim Nacktbaden vor ein paar Jahren mit seinem Bruder oder so…?“

„Hm… Weiß nicht. Ich denke nicht. Und selbst wenn… Daran würde er sich nicht erinnern. Was wollen wir jetzt machen?“

Stella erhob sich und starrte stehend auf den Rechner.

„Was könnten wir ihm zeigen?"

„Wir? Wir können irgendwo ein Bild runterladen..."

„Du hast doch gesagt, die Typen wollen Video, oder?"

„Ja..."

„Dann kannst du ihm deine Brüste zeigen", schlug Stella vor. „Wir richten die Kamera so aus, dass er deinen Kopf nicht sieht. Du kannst dich bewegen, du kannst sprechen, aber er wird nicht sehen, dass du nicht blond bist."

Maren nickte nachdenklich. „Ich... Ja – das könnte gehen..." Sie drückte seitlich gegen ihre Brüste und Stella sah es wieder: Sie trug keinen BH und die Brustwarzen standen unter ihrem Shirt senkrecht ab, wie schon zuvor. Sie konnte sehen, dass Maren erregt war. Der ganze Raum schien ihr erregt zu sein und strotzte nur so vor Sex in dieser Ermittlung.

Dann zögerte Maren. „Aber ganz ehrlich: *So ganz* wie bei einer 25-Jährigen sehen meine Brüste nicht mehr aus, finde ich..."

„Ach, Blödsinn!" Stella trat einen Schritt vor und lüftete Marens T-Shirt, ohne weiter darüber nachzudenken. Sie blickte auf Maren Christensens Brüste, die nun völlig ungeschützt vor ihr entblößt waren.

„Die sind doch toll", erklärte sie und blickte Maren ins Gesicht, die sich nicht gewehrt hatte. Dann trat sie einen halben Schritt zurück, kicherte ein wenig und spürte die Hitze der Unsicherheit auf ihrem Gesicht.

„Meine Titten sind nicht so wild", erklärte Stella. Sie presste sie mit den Händen leicht nach vorn und tänzelte ein wenig herum, während Maren aufstand und das Glas abstellte.

„Aber die Kerle stehen immer auf meinen Hintern", erklärte die Rothaarige. Stella drehte sich um und wackelte mit dem Po vor Maren hin und her. „Ich steh auch auf meinen Hintern", erklärte sie, „Vielleicht sollen wir ihm den zeigen?"

„Hm... ich auch" hörte sie hinter sich und plötzlich fühlte sie Marens Hand auf ihrem Po. Maren legte ihre Hände sanft ab, strich über Stellas Po, strich über ihre Hüften und nahm Stellas Pobacken dann nachdrücklich in die Hand, wie das kein Mann getan hatte.

Ihr Herz pochte heftig und ihr Atem ging schneller. Stella schluckte ein letztes Mal. Dann öffnete sie ihre Jeans. Vorsichtig und leise, um die Situation, die die beiden Frauen hier hatten, nicht zu zerstören. Langsam öffnete sie den Reißverschluss und wollte ihre Jeans vorsichtig über ihren Hintern gleiten lassen, als Maren ihren Hosenbund griff und Stella einen Augenblick später im Slip dastand und Maren mit glühendem Gesicht ihren runden Po entgegenstreckte.

Wieso kam ihr das jetzt wieder in den Sinn? Die folgenden Stunden hatten Stellas Leben verändert, hatten es bereichert. Sie hatte schon mit 15 Jahren gewusst, dass sie wissen wollte, wie Sex mit einer Frau sein würde. Und in dieser Nacht hatte sie es erfahren.

Maren war in einer Umbruchsituation gewesen, hatte sich von ihrem Mann getrennt. Sie hatte zuvor noch nie einen weiblichen Körper angefasst. Und auch danach nicht mehr. Stella ebenso wenig. Aber Maren hatte eine Vergangenheit, in der harter körperlicher Sex eine Rolle gespielt hatte.

Am Morgen danach hatte Maren früh aus ihrer eigenen Wohnung verschwinden müssen. Wege der Ermittlung. Keine Worte, keinen Kaffee, keine Croissants.

Und dann waren die beiden Kolleginnen geworden. Sie hatten die Nacht nicht mehr diskutiert. Vielleicht ein Fehler. Aber als Maren sie eben weggedrückt hatte, hatte Stella einen Stich gespürt, der über das Berufliche hinausging. Sie hatte sich abgelehnt gefühlt. So, wie auch in Italien.

Was war los mit ihr?

#032

Als Stella wieder im Revier eintraf, klingelte ihr Telefon in dem Moment, als sie die Tür zum Besprechungsraum aufschieben wollte. Ein Blick aufs Display zeigte die Nummer von Taavi, der sie im selben Moment durch den Glaseinsatz in der Tür anschaute.

Er grinste kurz und legte auf. Stella öffnete die Tür und starrte erstaunt in den Raum hinein, der sich verändert hatte.

Zwei Kerle standen an einem Monitor, der dort vorher nicht gewesen war. Sie diskutierten laut und die Luft wirkte warm und verbraucht.

Sofort fiel Stellas Blick auf den Monitor und ihr Gehirn schaltete in einen anderen Modus um. Sie trat näher, ohne sich vorzustellen oder die Beamten nach ihren Namen zu fragen.

Die beiden starrten sie eine Sekunde lang an. Dann sprachen sie weiter, gestikulierten und deuteten immer wieder auf Details auf dem Monitor. Stella kniff die Augen zusammen.

„Ist das Knut Solbakken?"

Beide Beamte wandten sich um. „Das ist ... ja. Bist du Stella Nykvist?"

Nach einer winzigen Vorstellungsrunde deutete der ältere der beiden, ein seriöser Typ mit einer altmodischen Gleitsichtbrille und militärisch kurzen grauen Haaren, wieder auf den Bildschirm. „Es gibt eine Videobotschaft. Wir konnten sie ... sagen wir mal: *abfangen*."

„Von Solbakken?"

„Genau."

„An wen? An seine Leute?"

„Er hat sie scheinbar an ein paar handverlesene Multiplikatoren geschickt. Sie sollen seine Nachricht verbreiten, sagt er am Ende."

„Aber es wirkt eher so, als wolle er, dass sie den Inhalt verbreiten – nicht unbedingt das konkrete Video", erläuterte Taavi, der leise herangetreten war. „Eine seltsame Botschaft."

„Kann ich sie mal komplett sehen?"

„Sicher." Der Mann mit dem Militärhaarschnitt beugte sich vor und startete das Video von Anfang.

Das Setting war gespenstisch. Es schien sich um einen dunklen Raum oder eine Höhle zu handeln. Im Dunkeln brannte nur ein kleines flackerndes Feuer und man hörte ein lautes Surren, das vermutlich von der Kamera kam oder einem Lüfter. Jemand murmelte etwas wie „...loslegen..."

Der militärische Typ erhöhte die Lautstärke und nun trat auch Smilla wieder an die vier anderen heran und nickte ein wenig unterwürfig.

Ein Mann trat ans Mikro. Groß, muskulös, schlank und mit einem fast stechenden Blick. Sein Gesicht war an der Stirn und der Wange verwundet. Stella hätte nicht sagen können, was das für Wunden waren. Er hob eine Hand zu einem strammen Gruß, bei dem er den Daumen abspreizte, als wolle er sein Gegenüber würgen. Stella hatte das noch nie gesehen – aber es erschien ihr streng ritualisiert.

Im Hintergrund erkannte sie zwei Runen, die auf A4-Blätter gedruckt und laienhaft an der Wand befestigt worden waren.

Der Mann sah in die Kamera und die war in bester Riefenstahl-Manier so ausgerichtet, dass er größer wirkte, als er war. Dass seine Augen in einem Licht erschienen, das ihn beinahe bedrohlich wirken ließ.

„Nordeuropa brennt!", erklärte er mit kraftvoller Stimme, die bei Stella eine Gänsehaut auslöste.

„Wir befinden uns in einem Krieg, den die linken Regierungen negieren. Sie leugnen ihn! Es müssen erst brutale Einschnitte in die Freiheit der aufrecht Denkenden geschehen, damit ein lahmer Polizeiapparat, der nur noch vom Schreibtisch aus agiert, seinen fetten Hintern erhebt, um diejenigen zu schützen, die unser Volk vor

Schlimmerem bewahren wollen!“

Er schluckte kurz, wirkte so, als hätten seine eigenen Worte ihn bewegt.

„WAS MUSS DENN NOCH GESCHEHEN, UM DIESEN LAHMEN HAUFEN ZU WECKEN!!“, feuerte er plötzlich in die Kamera und Stella spürte, dass sie regelrecht zusammengefahren war. Sie hatte sich erschrocken.

„Viel zu lange haben die Regierungen Europas zugesehen, wie Eurabien vor ihren Augen entstanden ist. Und plötzlich ist es zu spät! Nur durch Glück, Fügung und Schicksal sind meine engsten Freunde und ich einem Anschlag des Mobs entgangen, der unsere Länder unterminiert! Ein Bombenanschlag! Im Herzen Europas!

Wir sehen uns genötigt, uns an einem geheimen Ort zu verstecken! Weil die Regierenden es nicht fertigbringen, uns vor den Islamisten zu schützen! IN UNSEREM EIGENEN LAND!“, feuerte er wieder hinterher. Knut atmete jetzt schwer.

„Und als ob es nicht genug Zeichen wäre, mich und meine engsten Freunde mit tödlichen Waffen anzugreifen. ALS OB DAS NICHT GENUG WÄRE!!

Als ob das nicht genug wäre, erfahre ich heute, dass meine gute Freundin, unsere aufrechte Stina Burkhard, getötet wurde. DURCH EINE ISLAMISCHE ENTHAUPTUNG!“

Er streckte die Faust in die Höhe. „WO LEBEN WIR DENN??

Ich, meine Freunde, werde nicht aufgeben, diese sogenannte Regierung, dorthin zu verbannen, wo sie hingehört.

Die Unterlegenheitsgefühle der Linken haben so tiefe Wurzeln, dass sie sich nicht als stark und wertvoll begreifen. Sie identifizieren sich lieber mit den Problemen von Gruppen, die ihr, die wir, als schwach, abstoßend oder anderweitig einstufen. Solche, die unsere Gesellschaft zersetzen wollen und uns im Herzen da angreifen. Da, wo die sogenannten Regierungen zugelassen haben, dass sie eindringen.

Die schwachen Regierenden unserer Länder – Sie neigen

dazu, alles zu hassen, was stark, gut, erfolgreich ist. Sie hassen die Siegerrasse, weil sie lange schon ihre Überlegenheit spüren. Das, meine Freunde, sollt ihr weitersagen!

Begriffe wie ‚Selbstvertrauen', ‚Zuversicht', ‚Initiative' und ‚Optimismus' spielen im linken Vokabular doch keine Rolle mehr! NUR NOCH BEI UNS! Die sogenannten Regierungen haben sich dem Diktat Eurabiens doch längst gebeugt, wenn sie solche feigen Anschläge zulassen.

Wir werden uns nicht mehr länger von denen beschützen lassen, die das Wettbewerbsprinzip ablehnen, weil sie sich tief in ihrem Innern bewusst sind, dass sie die Verlierer sind, die eine islamische Unterwanderung zugelassen haben. Weil sie feige waren! Weil sie ängstlich sind wie verwundete Karnickel! Weil sie Verlierer sind.

Das, meine Freunde, sollt ihr weitersagen!

Wir werden diese Unterwanderung nicht mehr länger hinnehmen. Wir werden nicht akzeptieren, dass wir um Leib und Leben fürchten müssen. IM EIGENEN LAND!

Wir haben in den vergangenen Tagen die letzten Zeichen empfangen. Und jetzt warten wir nicht mehr, bis uns die regierenden Schwächlinge verteidigen. Wir lassen uns die Anschläge auf unser Leben nicht mehr bieten! WIR SIND BEREIT! Das, meine lieben Freunde, sollt ihr weitersagen! Wir werden uns wehren. Und das, meine Freunde, sollt ihr alle weiterleben!"

Erneut machte er den seltsamen Gruß. Dann senkte er den Blick und sah starr geradeaus in die Kamera. Dann endete die Aufnahme.

Die fünf Polizisten schwiegen für einen Moment, in dem alle mit ihren eigenen Dämonen zu kämpfen hatten. Stella spürte einen Widerstand in sich. Eine Mischung aus Angst, Wut und Rachegelüsten.

Alles nichts, was für sie typisch war. Schon deshalb machte es ihr Angst. Angst vor sich selbst. Vor einer Stella, die die Faust erheben und diesem blonden Teutonen ohne jegliche Rechtsstaatlichkeit ein paar Zähne ausschlagen wollte für sein Gewäsch, das niederträchtig mit den Ängsten der Menschen spielte.

Und Knut Solbakken war ein Intellektueller mit einem gebildeten Publikum. Stella ahnte sehr genau, was drei Intelligenz- und Bildungsebenen weiter unten davon hängen bleiben würde. Etwas wie: „Schlage jeden Moslem, bevor er dich schlägt."

Einfache Formeln funktionierten so.

„Wen zitiert er da?", fragte Stella, die als Erste die Sprache wiederfand.

„Wen er zitiert?" Der kurz geschorene Kerl spitzte konzentriert den Mund und kniff die Augen zusammen. „Mir sagt das nichts." Sein Blick glitt zu seinem Kollegen. „Dir?"

„Nein."

„Ihr habt das Band von Mik Wallin bekommen?"

„Ja."

„Hat der etwas dazu gesagt?"

„Nein ..."

Stella knurrte beharrlich: „Ich bin mir sicher. Das war ein Text, den ich kannte. Zumindest in Teilen."

„Bist du ... auch so eine Nazi-Jägerin?"

„Um Himmels willen! Nein, bin ich nicht. Und deshalb muss es irgendein richtig prominenter Nazi sein. Einer, den man in der Schule lesen musste oder so. Sonst würde ich den nicht kennen."

„Wir kümmern uns ..."

„Nein – macht das nicht. Ihr seid ... versteht mich nicht falsch – aber ihr kennt euch in der Szene auch nicht aus, oder?"

„Nicht im ..."

„Seht ihr! Ich auch nicht. Lasst das Leute machen, die das besser wissen. Wallin ist so einer." Sie sah zu Taavi. „Der hat mir auch noch was anderes gesagt – ich habe eben mit ihm telefoniert."

Dann wandte sie sich wieder an die beiden anderen. „Ich kenne diesen Text. Ich bin mir sicher. Und ich habe keine Ahnung von dieser Szene. Also wird ein Wallin das locker herausbekommen. Das ist vielleicht in Teilen nicht mal unser Fall. Aber was mir Sorge macht: Ich halte das für einen Aufruf! Das riecht nach Gewalt! Gibt es irgendwelche

Veranstaltungen, die gefährdet sein könnten?

Vielleicht irgendwelche muslimischen Veranstaltungen, auf die nach diesem Video jemand einen spontanen Anschlag verüben möchte? Oder solche, wo eh ein Haufen Nazis herumhockt und jetzt plötzlich den Eindruck hat, mal ein Haus anzünden zu müssen?“

Die beiden schüttelten den Kopf. „Da ist hier in nächster Zeit nix ...“

„Denkt nicht nur an hier! Nicht nur vor der Haustür. Ich dachte eher an ganz Norwegen. Oder vielleicht eher ganz Europa? Wer weiß, wo die sich alle herumtreiben? Wir müssen ... vielleicht ist das eher ein Job für Europol?“

Sie fuhr herum, zeigte auf Taavi. „Koordinier du das! Wir kümmern uns um Skandinavien, wenn die wollen. Ich kann da heute noch zwei Leute ... Ich kann da heute vier weitere Leute abstellen, die solche Veranstaltungen sammeln und Gefahrenanalysen machen können.“

Sie zeigte auf den Fernseher. „Ich werde mir von Typen wie denen nicht nachsagen lassen, dass ich meinen dicken Hintern nicht erhebe, verdammt nochmal!“

#033

Zwei Stunden später hatten sie eine Taskforce aufgesetzt. Mit einem SkanForce-Mitarbeiter in Finnland, einem in Island und zweien in Schweden. Die arbeiteten digital mit Leuten in Den Haag, Berlin, Wien, Warschau und Turin, die Europol gestellt hatte. Keiner der Beteiligten stufte Stellas Folgerung als Überreaktion ein, obwohl sie davor einen Moment lang Angst gehabt hatte.

Als sie sich wieder in ihrem Raum trafen, hatte Stella den Eindruck, seit 18 Stunden im Einsatz zu sein. Die Luft in dem Raum war nicht nur verbraucht, sie war regelrecht zäh und sämig, schien ihr. Sie hatte sich immer wieder zum Telefonieren zurückgezogen. Sie war es nach all den Jahren gewohnt, kein Büro zu haben. Stella griff sich im Regelfall einfach ihr Notebook und setzte sich irgendwo hin, wo Platz war. Sie war eine bekennende Nomadin und Raumschnorrerin. Eine mit dem Bedürfnis nach Urlaub. Und eine, der ein diffuser Eindruck von Enttäuschung ungesteuert durch den Kopf geisterte.

Taavi und Smilla schienen auf sie gewartet zu haben. Sie traten in den Raum, als ihr Telefon klingelte und Marens Nummer im Display erschien. Stella verzog den Mund und drückte den Anruf weg. Ihr Herz pochte etwas schneller, aber sie hatte das im Griff.

Stella setzte sich. Sie ahnte, dass sie erschöpft wirkte. Aber die beiden anderen sahen nicht besser aus und waren ein paar Jahre jünger. Sie war erstaunt, wie tief sich die unerfahrene Smilla in die Ermittlung gefressen hatte. Stellas Erfahrung war ohnehin, dass es weniger die detaillierte Ausbildung war, die eine gute Polizistin ausmachte. Der Wille, einen Fall zu lösen, war eine Art Zusatz-DNA, die Menschen entweder hatten oder nicht.

Smilla schien dazu zu gehören.

Eigentlich wollte Stella mit ihren Ergebnissen anfangen. Aber sie war erschöpft. Also gönnte sie sich den Vorgesetzten-Joker. „So, dann sagt mir mal, was ihr so habt ..."

Smilla ließ Taavi den Vortritt.

„Eine Muslima greift nicht an! Das gibt es nicht."

„So, so ..."

„Ich habe mit diversen hochrangigen Spezialisten gesprochen. Weibliche islamische Terroristinnen – im Prinzip gibt es die nicht. Und schon gar nicht als Einzeltäter. Einzeltäterinnen", korrigierte er sich.

Stella nickte. Ihr war das morgens beim Schwimmen erst so richtig aufgefallen und sie hatte den Gedanken im Laufe des Tages ebenfalls verfolgt.

„Ich teile deinen Gedanken grundsätzlich. Aber ich habe da auch was anderes gehört."

„Ach ja?“

„Sagt euch der Name ...“ Sie rückte vor und sah auf ihr Notebook, weil sie sich den schwierigen Namen nicht merken konnte. „... Souhaila Andrawes etwas?“

Die beiden schüttelten synchron den Kopf.

„Mir sagte das auch nichts. Aber das ist eine ganz interessante Figur. Anfang der 50er Jahre im Libanon geboren. Hat sich in den 70ern radikalisiert und dann gemeinsam mit der deutschen RAF Ende der 70er ein Flugzeug entführt. Ich erspar euch die Details über die Jahre dazwischen. Jedenfalls wurde sie bei der Befreiung des Flugzeuges verletzt. Und deswegen ist es ihr gelungen, obwohl sie eine rechtmäßig verurteilte Terroristin ist, in Freiheit zu leben.“

Smilla nickte plötzlich heftig. „Daran erinnere ich mich. Dazu gab es ein Rundschreiben. Sie lebt heute mit ihrer Familie in Oslo! Unglaublich. Die lebt mitten in Oslo, obwohl sie eigentlich eine Haftstrafe absitzen soll.“

„Wieso ausgerechnet in Oslo?“

Stella Nykvist räusperte sich. „Lasst uns das nicht vertiefen. Das ist nicht das Thema, auf das ich raus will. Es gibt ein Kommando islamischer Frauen, das sich scheinbar auf sie beruft und sich entsprechend ‚Kommando Souhaila Andrawes‘ nennt. Von denen ist bekannt, dass sie solche Anschläge verübt haben, wie den gestrigen. Zwei davon sogar mit einer Machete.“

Taavis Gesicht arbeitete einen Moment lang. Dann platzte es aus ihm heraus. „Warum telefoniere ich den ganzen Tag mit Spezialisten und du erfährst solche Sachen einfach irgendwie?“

Stella zuckte mütterlich die Schultern. Sie wollte das Thema nicht vertiefen. Die Sache war ein Zufallstreffer gewesen. Aber es half, den eigenen Mythos wie ein Magnetfeld um sie herum aufzubauschen. Sie genoss das. Das hätte sie auch offen zugegeben.

„Also – so kommen wir nicht aus der Sache raus. Es gibt diese Art Angriffe schon. Sie sind äußerst selten. Aber es gibt sie. Es gibt ein paar schwachsinnige Komponenten an der Geschichte, wie mir scheint. Souhaila Andrawes wurde beispielsweise christlich erzogen und wollte Nonne werden. Und jetzt gibt sie die Identifikationsfiguren für Frauen eines völlig anderen Glaubens ab. Das ist in so einem Kontext zumindest ... schrullig."

„Okay – dann lege ich aber noch mal einen drauf: Gehen solche Terroristinnen denn dann mit einem klischeehaften Kopftuch los und begehen solche Anschläge oder Morde?"

Stella grinste. Die Frage hatte sie sich auch gestellt – aber bislang noch keine Antwort gefunden. „Ja, Taavi – das müssen wir klären."

Er nickte und fühlte sich wieder ein wenig bestätigt, wie ihr schien. Er war ein verlässlicher guter Mitarbeiter, der aber manchmal Probleme mit Enttäuschungen hatte.

„Was haben wir noch?", forderte sie die beiden auf.

„Wir können die Tatzeit eingrenzen und wir haben diverse Menschen, die den Fluchtwagen gesehen haben wollen."

„Wie kommt das?"

„Ein sehr seltener sehr, sehr großer Mercedes in Schwarz. In der Gegend sieht man den nicht oft. Ich meine: Du hast die Gegend doch gesehen – bäuerlich, ländlich, fast arm. Eine Frau mit Kopftuch in einem Mercedes von über fünf Metern Länge – die fällt einfach auf. Und es sieht so aus, als sei sie ins Landesinnere gefahren. Das könnte hier sein, das könnte natürlich auch Oslo sein. Aber zumindest ist sie rasch nach Osten abgehauen – dort, wo sie gesehen wurde."

„Gibt es da irgendeine Maut-Brücke, eine Gegend, wo man nur die Fähre ..."

„Haben wir alles schon geprüft", erwiderte Smilla.

Stella hatte nichts anderes erwartet – aber sie hatte eine gewisse Routine darin entwickelt, solche Dinge zu fragen. Sie wusste, dass sie das als junge Polizistin immer gehasst hatte. Es klang so, als würden einen die älteren Kollegen für blöd halten. Den Jüngeren den Gedanken nicht zutrauen. Heute wusste sie, dass es eher der Reflex war, nichts vergessen zu wollen. Sagte man den Satz nicht, ging er einem im Schlaf nach. Und da stieß sie im Zweifel lieber die jüngeren Kollegen vor den Kopf.

Stella nickte. „Okay – was habt ihr noch? Diese Runen, die wir da gesehen haben … Sahen aus wie RX oder so."

„Ja … Das sind Raidho und Nauthiz." Sie griff nach einem Blatt, nahm einen dicken Stift und malte die beiden Symbole mit einer eigenartig kunstfertigen Ruhe und Geschicklichkeit auf.

ᚱ ᚾ

Stella hatte beinahe den Eindruck, dass Smilla so etwas öfter machte, was sie wunderte. Aber sie hatte aufgegeben, sich in solche kulturell eigenen Themen einzumischen. Sie hatte zu viel Zeit in Gegenden wie Island oder den Färöer verbracht, wo die alten Kulte noch zu gegenwärtig waren.

„Was sagen die?", erkundigte sich Taavi. „Ich hab mich noch nie mit so etwas beschäftigt."

„Hm – das kommt immer ein wenig darauf an, wen du fragst. Meine Oma hätte die noch anders gelesen als ich. Raidho ist noch recht eindeutig. Das steht für den Neuanfang, einen neuen Lebensweg, Bewegung nach vorn – aber auch für das Ziel."

„Das erscheint für eine solche Bewegung ja erst mal passend. Und das andere?"

„Ja … das hätte meine Oma noch als Not, als Verlust oder Armut gedeutet. Das hat sich mit den Jahrzehnten aber geändert. Die neuen Deuter der Kulte – und da zählen die ganzen verdammten National-Spinner mit ihrer Siegerrasse dazu – die sehen darin eher eine große Kraft, die durch Widerstand nur wächst. Sie sehen Leidensfähigkeit und die Kraft, der Furcht ins Auge blicken, in diesem Symbol. Das ist so etwas wie eine Mode-Rune bei den Rechten, wenn du so willst."

„Wieso? Wegen ihrer Wehrhaftigkeit?"

„Nein – sie leiten die sprachlich anders her. Das ‚Nauthiz' wird von denen als der etymologische Ursprung des späteren angelsächsischen ‚Not This' gedeutet. Es geht darum, sich gegen das Fremde abzugrenzen und daraus Kraft zu ziehen." Sie deutete auf den Monitor hinter sich, auf dem ein Standbild immer noch Knut Solbakken zeigte.

„Das, was er vorher gesagt hat. Sich gegen den Islam zu wehren. Die ganzen Leute aus dem eigenen Land zu werfen. Das sehen sie irgendwie als identitätsstiftend an."

„Armselig", murrte Stella.

Taavi nickte. „Wenn ich meine Identität daraus schöpfe, *gegen* etwas zu sein, ist das schon ganz schön schwach ..."

„Vorsicht!" Smilla hob unerwartet die Hand. „Ihr seht das ein wenig zu ... großstädtisch, okay?"

Sie war spontan knallrot geworden und Stella spürte ein fast mütterliches Mitleid mit der jungen Frau.

„Es ist ja nicht die eine Rune, nicht die eine Deutung. Die beiden liegen ja zusammen." Sie deutete auf das Blatt und legte ihren Finger fest zwischen die beiden Zeichen.

ᚱ ᚾ

„Das sagt ja mehr. Sie wollen ja auch auf dem Weg voranschreiten, haben ein Ziel. In der Kombination deuten sie das so, als stünden ihnen die anderen dabei eben im Weg. Raidho speiste den angelsächsischen Ausruf ‚Right-HO!' Zusammen sagen die Runen dann in deren Logik eher etwas wie: ‚Auf geht's, Freunde! Wir kennen den Weg und das Ziel! Und rüstet euch – unterwegs lauert die Bedrohung, die uns den Weg zum Richtigen versperren will!'"

Stella schaute auf die Runen, als ob diese plötzlich anders für sie aussahen. Sie war fast froh, dass sie die Frage nicht gestellt hatte. Genau wegen solcher Antworten war sie mit ihrem vorwitzigen Mund vorsichtiger geworden. Sie hätte das ähnlich gelesen wie Taavi. Nach der Erklärung sahen die beiden Runen plötzlich aus wie der Kern einer gesamten Religion. Es gab Glaubensrichtungen, die auf weit weniger Substanz aufgebaut waren.

Irgendwann bemerkte sie, wie lange sie auf die fremden Symbole geschaut hatte und räusperte sich. „Was haben wir noch?"

„Ich habe versucht, den Besitzer des Bootes zu kontaktieren. Das Boot vom ersten Mord. Bislang erfolglos."

„Versuch's weiter."

„Ja, Chefin", grinste er und sah auf die Uhr.

„Sonst? Sonst haben wir nichts?"

„Nein. Und du?", erkundigte Taavi sich.

„Ich habe diverse Gespräche geführt. Etwa über islamische Terroristinnen. Und ich habe versucht, etwas mehr über die Strukturen herauszubekommen. Was für eine Organisation ist Nordic Edge? Wie könnten die mit den ‚Erben Utøyas' zusammenhängen? Welche Rolle spielt Ålesund in dem Kontext?"

„Und?"

„Ålesund ist eher Zufall. Diese Gruppe rund um Lykke Andersen, die Schwester von Yngve Sætervik, haben sich hier angesiedelt, weil Yngve hier im Gefängnis war. Und da war er nicht ganz freiwillig. Er sollte in einen Knast bei Oslo kommen. Aber dort wurde Breivik eingewiesen. Also haben ein paar kluge Leute sich überlegt, dass zwei Rassisten für einen Knast zu viel sein könnten und ihn hier nach Ålesund verlegt."

„Wo er eine echte Ausnahme ist. Hast du das Gefängnis gesehen?"

„Sieht eher aus wie eine Jugendherberge."

„Eben", bestätigte Smilla. „Unser Knast hier ... vor dem muss wirklich niemand Angst haben."

„Aber sie sind ihm hinterhergelaufen, sobald das klar war. Ich kann ziemlich sicher davon ausgehen, dass Lykke mit mindestens drei weiteren Leuten in einer Wohnung lebt. Eine große Wohnung – ich war dort. Tippe mal, die haben so 150 Quadratmeter. Und ich ahne, dass es dort auch ein Zimmer für Yngve gibt."

„Und die waren die ganze Zeit hier – und dann bekommen sie nicht mit, wie er aus dem Knast kommt?"

„Ja – das ist wirklich schäbig. Ein ganz billiger Verwaltungsfehler. Aber ich wette, das hat ihm nicht geschmeckt. Ich habe ihn gesehen an dem Abend."

„WAS?" Taavi prallte schier zurück.

„So dramatisch war es nicht", log Stella. „Da war ein Konzert von so einer schrulligen rechten Nordic-Steel-Band."

„Riefenståhl?“

„Genau. Und da war ich auch und hab ihn gesehen. Er war alleine dort. Wirkte unzufrieden auf mich. Aber Mik war auch dort. Und seine Leute sagen, dass Yngve noch am selben Abend dort mit vielen Leuten ins Gespräch gekommen ist. Dass sie ihm ein paar Bier ausgegeben haben und dass die Leute, die dort waren, scheinbar wussten, wer er ist. Dieser Yngve – das ist nicht irgendwer in dieser Szene.“

Die beiden anderen nickten gebannt.

„Und eines steht scheinbar an. Seine kleine Organisation wird mit der größeren von Knut fusionieren. Und dort soll er scheinbar eine wichtige Position erhalten. Die sind sehr hierarchisch. Und wie es aussieht, soll er die Nummer zwei werden. Damit würde er über Knut Solbakken stehen.“

„Aber ... spielt der nicht eigentlich in einer ganz anderen Klasse? Der verkehrt mit Politikern und Yngve ist doch eher so ein ... Freizeitterrorist, oder? Ich meine, damals, 2011 – er hat ja nicht mal einen Anschlag verübt oder so.“

„Na – Knut ja erst recht nicht.“

„Was weißt du über den?“

„Nicht genug. Aber ich sollte heute Nacht noch ein Dossier bekommen.“

Die beiden anderen lehnten sich zurück und Taavi warf einen wirklich unauffälligen Blick auf seine Uhr, der Stella jedoch nicht entging. „Wollen wir es für heute gut sein lassen?“

Die beiden anderen nickten. Taavi verschwand mit beeindruckender Geschwindigkeit, was Stella ein wenig wurmte. Früher war man bei so einem Einsatz immer abends noch weggegangen. Gemeinsam. *Invest in Travel and Beer*, wie ihre Ausbilderin Anna Tjerndahl immer gesagt hatte. Zu den Leuten hingehen. Mit ihnen etwas trinken gehen. Gemeinsam lachen. Das schweißte zusammen. Da war etwas dran. Das stärkte die Beziehungen, war der Kit, der in all den schwierigen Situationen zusammenhielt.

Und wer wollte schon abends alleine in einem Hotelzimmer sitzen? Stella jedenfalls nicht.

Sie schaute rüber zu Smilla. „Noch Lust auf ein Bier ...?“

Die Norwegerin schluckte. „Tut mir leid ... bin schon verabredet ... Morgen?“

„Gern.“

Stella nickte in sich gekehrt und räumte ihre Sachen zusammen. Sie zumindest würde nicht in ihrem Hotelzimmer herumsitzen.

#034

„Ich kapier den Quatsch nicht. Diese Tastatur – sie ist wieder verschwunden!“

„Du musst unten auf die Phone-App klicken.“

„Die Phone-App ...? Wieso hat das Scheißding nicht einfach richtige Tasten! Hm?“, fluchte Yngve laut und wirkte dabei so, als hätte Gustav diesen eklatanten Konstruktionsfehler zu verantworten.

Gustav verzog den Mund und lenkte den großen Wagen an den Straßenrand. „Warte – ich zeig dir, wie man mit dem ...“

Yngves Augen funkelten wild. Seine Anspannung war gigantisch. „Gustav! Ich bin kein verdammter Rentner!“

„Das weiß ich.“

„Dann red auch nicht so mit mir!“

Gustav musterte ihn starr. „Kein Grund, mich anzuschnauzen“, erklärte er ruhig. Sein Herz pochte. Aber er blieb äußerlich ruhig. Alle hatten gesagt, dass Yngve hin und wieder solche Wutanfälle hatte. Seit er ihn abgeholt hatte, war es der vierte Ausraster, wenn er richtig zählte. Das Auto, das beim Losfahren die Türen verschloss, hatte ihn nervös gemacht. Er fühlte sich angegriffen, hatte fast geschrien.

Und der Typ sollte in der Organisation aufsteigen? Wie stellten die sich das vor? Sah man von seinen zähen drahtigen Muskeln ab, schien er Gustav ein echtes Wrack zu sein.

Er hatte sich vor ein paar Tagen die Gerichtsakten angesehen, die öffentlich zugänglich waren. Die warfen ihm eine ganze Menge vor. Aber wirkte der wie ein brillanter politischer Kopf? Oder sahen die anderen ihn nur als Fetisch? Wollten die eine Galionsfigur, die „von der Straße" kam?

Über die Nummer 1 wusste Gustav nicht viel. Er sprach gebildet, drückte sich gewählt aus. Aber er hatte ihn noch nie gesehen und hatte kein Gefühl dafür, was er für ein Typ sein würde, wenn man ihm direkt gegenüberstand. Einige hielten ihn für den Nortuagian, der schon vor rund 15 Jahren aktiv gewesen war, ohne je persönlich in Erscheinung zu treten. Andere wiederum hielten ihn für den Wingman von Breivik. Wieder andere fragten sich, ob nicht auch beides möglich war.

Aber Gustav wusste eins ganz klar: Dieser Yngve war keine Nummer 2. Vielleicht war der mal brillant gewesen. Aber selbst das zweifelte Gustav an. Er hielt ihn für primitiv. Die Gerichtsakten legten nahe, dass er seine Schwester Sölve zu Tode geprügelt hatte. Wer machte denn so etwas?

Das Klingeln des Telefons durchbrach seine Gedanken. Er nahm den Anruf an und reichte das Telefon dann vorsichtig an Yngve weiter.

Der griff es an den äußeren Kanten – bemüht, den Touchscreen, den er nicht recht begriff, keinesfalls versehentlich zu berühren. Gustav wollte weiterfahren. Aber was war, wenn dieser Yngve wieder einen Ausraster hatte?

„Wann wir da sind? Weiß ich nicht. Auf dem Schirm da in der Mitte steht 19 Minuten, denke ich. Stimmt das, Gustav?"

„Ja", gab er karg und tonlos zurück.

„Okay – dann wird das wohl stimmen. Wie geht es dann weiter? Du bist da, Nummer 1 ist da, Lykke auch, oder?"

Gustav schloss die Augen. Er hatte befürchtet, dass dieser Moment irgendwann kommen würde. Er hatte nur gehofft, dass er dann nicht daneben sitzen würde.

Yngve richtete sich im Sitz neben ihm auf. „Wie meinst du das – *er ist nicht dort?*"

„Nummer 1 wird uns anrufen. Wir werden mit ihm sprechen. Lykke ist dort, zwei weitere Menschen aus der Organisation, die dich kennenlernen wollen und Nummer 1 und ich wählen uns ein. Für mich ist es momentan zu gefährlich auf der Straße, das dürfte dir klar sein."

„Davon ist die Nummer 1 ja nicht betroffen! Ich will ihn treffen. So war es vereinbart."

„Das war vor dem Anschlag! Vor diesen Morden! Stina ist tot! Stina Burkhard! Ist dir klar, was das bedeutet?"

Yngve schwieg. Er ahnte es nicht einmal. Er hatte mal ein halbes Buch von dieser Frau gelesen und es hatte ihn nur wenig beeindruckt. Der Nortuagian hingegen verfasste Schriften, mit denen er etwas anfing! Und er wettete, dass Nummer 1 sich hinter diesem Pseudonym verbarg. Vermutlich war er deswegen so scheu.

Vor solchen Leuten hatten sie Angst. Ein Kluger, der die Dinge auf den Punkt brachte. Der den Staat entlarvte und alles, was sie den Verbrechern mittlerweile durchgehen ließen.

Er hatte sich oft mit seinem Wärter darüber unterhalten. Und der hatte ihm gesagt, dass mittlerweile 8 Kerle in der Klasse seiner Tochter kein anständiges Norwegisch sprachen. Wie konnte ein Land sich das bieten lassen! Das war schon 2011 schlimm gewesen. Und Anders Breivik hatte doch so eindringlich gewarnt! Der Fjordman hatte gewarnt – und dann hatten sie Konsequenzen ziehen müssen. Breivik hatte damals nur schneller gehandelt als sie. Und gründlicher. Und er war nicht von kleinen Polizisten unterminiert worden.

„Knut – ich verstehe deine Sorge um Stina Burkhard. Aber so können wir nicht arbeiten", erklärte er mit einer kalten Stimme.

„Doch, Yngve. So *müssen* wir arbeiten. Das ist die

neue Zeit. Wir sind nicht mehr organisiert, wie auf dem Bauernhof! Okay?“

„Komm mir bloß nicht so, Knut. Du weißt, dass ich eine sehr gute Vorstellung davon habe, wie du früher ...“ Er sah zu Gustav rüber. „Lass uns kurz allein“, bellte er in einem unerwarteten Befehlston.

Gustavs Blick gefror für eine Sekunde. Dann löste er den Gurt, schnappte sich sein Telefon und stieg aus.

Er lief um den Wagen herum. Dann wechselte er auf die andere Straßenseite. Es wurde langsam kühler. Der Sommer, der den Namen in diesem Jahr verdient hatte, neigte sich dem Ende zu.

Gustav sah sich um. Dann schickte er eine rasche Nachricht und löschte sie anschließend von seinem Telefon. Es musste nicht jeder alles wissen. Aber diesen Kerl mussten sie im Auge behalten. Da war er sich sicher.

Obwohl er jetzt mehrere Meter vom Auto entfernt war, hörte er Gebrüll. Dieser Yngve war ihm einfach zu emotional. Gustav hatte an dem Tag die Rede für Nummer 3 geschrieben. Der hatte von ihm verlangt, immer wieder gezielte emotionale Ausbrüche hineinzuschreiben. Solche, die er glaubhaft brüllen konnte. Noch nie war auch nur eine seiner Reden so wütend gewesen. Aber sie mussten auf so einen Anschlag natürlich reagieren, mussten sich jetzt klar positionieren. Es war die Chance, zu zeigen, wie weit diese Leute im eigenen Land gingen. Und die Politik hatte jahrelang zugesehen, wenn man Knut fragte.

Gustav war die Rede noch mit ihrer schwedischen Anwältin Ragni durchgegangen. Eine echte Maschine, wenn man ihn fragte. Bissig, biestig und sie liebte den Tanz auf der Rasierklinge in juristischen Themen. Sie hatte nur zwei Wörter gestrichen und eines entschärft. Knut hatte es nicht einmal gemerkt, so sehr hatte er sich zu diesem Zeitpunkt in das Thema hineingesteigert.

Dennoch: Er war vorsichtiger, als man meinte. Diese Wutausbrüche lagen ihm nicht. Wollte er deshalb diesen seltsamen Yngve um sich haben? Als Kettenhund?

Sætervik riss die Beifahrertür auf. Er winkte Gustav

heran wie einen Dienstboten. Der verkrampfte sich. Das war nicht die Rolle, die er in der Organisation spielte.

„Was?“, rief er daher von der anderen Straßenseite.

„Mann! Wir fahren zurück. Zurück nach Hause!“

„Zu Lykke?“, erkundigte Gustav sich biestig.

„Zu mir!“, schnaubte Yngve, was dasselbe war, ihn aber vielleicht etwas erwachsener wirken ließ.

Für eine Sekunde wollte Gustav ihn fragen, ob er also schon eine eigene Wohnung hatte. Aber er sparte sich das.

Langsam kam er näher. „Yngve – ist das dein Ernst? Du willst deinen ersten Auftritt bei denen absagen?“

„Mein voller Ernst.“

Er atmete schwer aus. „Ich würde schon wegen des Essens dort hinfahren wollen. Im Ernst! Lass uns dort hinfahren. Du schaust dich um, isst ein paar Happen, schüttelst ein paar Hände.“

„Steig jetzt ins Auto! Sofort! Wir fahren nach Hause.“

Erneut fixierte Gustav ihn. Dann ging er mutig und mit festen Schritten ums Auto herum. Plötzlich stand er vor ihm und kam ihm sehr nahe. „Ich habe es eben schon mal gesagt: Mäßige dich ein wenig, okay? Wir sind hier nicht im Knast.“

Gustavs Bauchmuskeln waren schwer angespannt. Er rechnete mit einem Schlag. Aber schließlich nickte Yngve, sagte nichts und setzte sich wieder auf den Beifahrersitz. Er donnerte die schwere Tür des Wagens fester ins Schloss als nötig.

20 Minuten später standen sie vor der Tür und Gustav hatte den Motor laufen lassen, weil er sich sicher war, dass Yngve sofort aussteigen würde. Er hatte auf der Rückfahrt fast nicht gesprochen.

Kaum, dass Gustav angehalten hatte, schwieg er konzentriert. Seine Hände lagen ruhig auf seinen schmalen, aber muskulösen Oberschenkeln. „Komm mit rauf“, sagte er plötzlich. Dann sah er Gustav an. „Also – falls du nichts anderes zu tun hast. Ich würde dir gern was zeigen.“

Gustav Hetland zögerte. Wenn auch nur kurz. Dann nickte er und sie verließen den Wagen gemeinsam. Zögerlich lief er hinter Yngve die Stufen des Treppenhauses hinauf. Er war erst einmal kurz hier gewesen, hatte Lykke etwas vorbeigebracht, die Wohnung jedoch nie von innen gesehen.

Yngve öffnete die beiden Schlösser, von denen eines offensichtlich nachträglich angebracht worden war. Als er eintrat, kräuselte er kurz die Stirn. Nur ein winziges Nachtlicht brannte in dem enorm langen Flur, wie ihn Gustav in einer Privatwohnung noch nie gesehen hatte.

„Puuh ...", entfuhr es ihm. „Das ist ja riesig hier oben ..."

„Uns gehört die ganze Etage. Das ist ziemlich komfortabel."

Er drückte einige Schalter und weitere Lichter fluteten den langen Flur. Er gab ihm ein Zeichen, ihm zu folgen.

Sie passierten einen Abstellraum, die offene Küche, ein Schlafzimmer, bei dem die Tür nur angelehnt war und eine Abzweigung in einen Flur, von dem weitere Zimmer abgingen.

„Wo ist eigentlich Susanne?", erkundigte Gustav sich betont beiläufig.

„Keine Ahnung. Wieso?"

Er zuckte die Schultern. „Ich hatte irgendwie angenommen, dass sie hier ist."

„Nein, scheinbar nicht. Aber die schuldet mir ja keine Rechenschaft. Und die anderen beiden habe ich noch nicht zu sehen bekommen."

Dann traten sie vor eine Tür und Yngve holte einen Schlüssel aus der Tasche, öffnete sie und ließ Gustav den Vortritt.

Für einen Atemzug zögerte er. Was geschah jetzt? Schubste er ihn rein und schloss hinter ihm ab? Er überwand sich und trat mutig in den dunklen Flur, der ebenfalls von einer Art Nachtlicht schummrig beleuchtet wurde. Wenn er die Architektur richtig verstand, war das die dritte Wohnung. Sie waren in eine eingetreten, durch eine zweite gegangen und hatten dann diese Tür geöffnet. Das Arrangement musste enorm teuer sein. Wie zahlte

Lykke das?

Er wandte sich um und Yngve war ihm gefolgt, ohne Anstalten zu machen, für mehr Licht zu sorgen.

Er drückte die nächste Tür auf. Auch hier gab es eine Art Nachtlicht, das ansprang, als Yngve den Raum betrat. Irgendwo musste es eine Lichtschranke oder einen Bewegungsmelder geben.

Im Halbdunkel schaute Gustav sich um. An großen Teilen der Wandfläche waren Rastergitter angebracht, wie man sie aus Werkstätten kannte. Hier wurden diverse Werkzeuge gelagert, aber auch längere Bänder, Kunststoffe, von denen einige wie Knetmasse aussahen. Dazu gab es kräftiges Papier in verschiedenen Größen und allerlei Zeug, das Gustav nicht zuordnen konnte.

Der Geruch sagte ihm: Hier gab es alles, um Bomben zu bauen. Mit diesem Wissen begriff er die Rolle von einigen weiteren Gegenständen im Raum. Zünder, Zündschnüre, Zeitschalter.

„Einiges von dem Zeug ist lichtempfindlich", erläuterte Yngve ruhig. Gustav nickte und versuchte, sich eines zu vergegenwärtigen: Yngve konnte all das hier nicht gebaut haben. Er war die vergangenen Jahre hinter Gittern gewesen. Dennoch gab er sich wie der Besitzer dieses Ortes, konnte einen gewissen Schaffensstolz nicht verhehlen.

„Das hat Lykke alles ...?"

Yngve nickte ernst. „Sie ist ein ausgezeichnetes ausführendes Organ in diesen Dingen. Die Pläne stammen von mir. Aber du kannst ihr einen Plan praktisch in den Kopf diktieren und sie kann ihn umsetzen. Das ist eine ihrer größten Fähigkeiten, wie ich sie bei keiner anderen kenne." Sein Blick wurde ernst. „Niemand kann das so wie sie. Sie ist eine Maschine, was das angeht."

Gustav nickte und war ernsthaft beeindruckt. Er fragte sich jedoch, warum der Kerl ihm das zeigte. War das eine Machtdemonstration?

Er deutete vage in den Raum hinein. „Das Zeug ist hocheffizient. Wir könnten Oslo in die Luft jagen, wenn es sein müsste. Weißt du, wie?"

„Nein ..."

„Über das Metro-System. Du speist das Zeug gekühlt am Nationaltheater ein und von dort fahren die Züge dann in alle Richtungen. Unter der ganzen Stadt. Rauf und runter. Es dauert etwa vier Stunden, bis du das Röhrensystem mit fünf Vaporizern mit dem Zeug verseucht hast. Hat es lange genug Luftkontakt – zufällig etwa vier Stunden – entzündet es sich selbst. Es brennt einen Moment. Der letzte Moment der Panik, den die Menschen haben. Kurz darauf explodiert es. Personenschaden", er machte eine abschätzende Geste mit der Hand, „... wir rechnen mit etwa 26.000 bis 34.000 Toten und Verletzten. Und das wäre Oslo. Da leben nur 700.000."

Gustav nickte wortlos.

„Die Kosten sind gering. Alles, was du brauchst, bekommst du in Baumärkten und in dem verdammten Internet. Kostet vielleicht 30.000 Kronen."

„Verstehe ..."

„Aber das will ja keiner, oder?"

„Hm ... Was würdest du damit erreichen wollen?", erkundigte Gustav sich.

„Es kommt ja drauf an, wer schuld wäre, oder?", gab Yngve ruhig zurück.

„Hm?"

„Na, stell dir vor, du findest eine Wohnung in Oslo. Dort liegen ein paar Doomsday-Dokumente. Die Bude ist gemietet auf einen Kerl namens Chalid Moqued und seinen entfernten Cousin Almihdhar al-Hasmi Hanjour. Überall hängen Pläne an den Wänden, die das Metrosystem von Oslo zeigen. Meinst du, dann würden wir immer noch alle Leute ins Land lassen?"

„Puuh ... das ist ja großartig ..."

Yngve zögerte, dann nickte er.

„Du kannst von mir halten, was du willst, Gustav. Aber ich finde, du sollest dich mit einem Gedanken anfreunden: Ich kann wirklich was bewegen. Und ich zeige dir noch etwas."

Er drehte sich um, bedeutete Gustav, ihm zu folgen. Sie passierten ein kleines Badezimmer, aus dem jemand die Wanne und die Dusche entfernt hatte. Ein Stapel

Fliesen deutete an, dass hier noch weitere Umbauarbeiten anstanden.

Yngve drückte eine Tür auf und ließ Gustav den Vortritt. Dann drehte er mit einem Dimmerschalter langsam das Licht auf, um die Augen nicht zu sehr anzustrengen.

Aus dem Dunkel schälte sich ein Raum von guten 40 Quadratmetern.

Er deutete mit dem Daumen hinter sich – in Richtung des gefährlichen Raums, den sie eben verlassen hatten. „Das da hinten. Das ist aber die Alte Welt, oder? Wir können das jederzeit nutzen, wenn wir es brauchen." Er deutete im Raum umher, zeigte auf die sechs Computerarbeitsplätze mit jeweils zwei großen Monitoren, auf Ausdrucke an der Wand, auf ein beeindruckendes großes Bild von Willibald Hentschel. Daneben Programmiercode, Logins und Passwörter, diverse Ausdrucke, auf die sich Gustav keinen spontanen Reim machen konnte.

„Das hier ist die Neue Welt, oder? Als ich in den Knast gegangen bin, da musste man noch mit Rauch und Feuer auf sich aufmerksam machen. Heute haben wir viel bessere Mittel." Er bewegte eine Computermaus und ein Bildschirm flackerte. Sie sahen auf den Schirm. Um die 20 verschiedene Chatfenster wurden sichtbar. Dahinter die üblichen Social-Media-Plattformen. Yngve sah zu Gustav und grinste.

„Schau ruhig hin. Hier verstehen die Leute gerade, was der Anschlag auf Stina Burkhard bedeutet. Eine verschleierte Frau schlägt einer von uns den Kopf ab. Mitten im Herzen unseres Landes. Wollen wir uns das bieten lassen ...?"

„Das sind ... Chatbots?"

„Hier sprechen Rechner mit Menschen, wenn du so willst. Es stehen jetzt schon um die 400 Antworten bereit. Das ist eine Menge. Links zu Plattformen, auf denen nur 4 oder 5 Artikel stehen, die aber aussehen wie richtige News-Seiten. Sowas kapiert doch heute keiner mehr. Als ich ins Gefängnis gegangen bin, hatte noch jeder Norweger eine Zeitung, oder? Das Land gibt immer noch wahnsinnig viel Geld aus, um sicherzustellen, dass jeder Fjord seine eigene

Gazette hat. Dabei lesen die Leute doch heute nur noch die Headlines. Wenn die stimmen, dann bilden sie sich ihre Meinung."

Gustav schaute sich um, nahm das Surren wahr, die Feinheiten wie die kleinen externen USB-Lüfter, die liebevoll platziert worden waren, um die Maschinen bei bester Laune zu halten. „Das ist ja großartig. Eine echte Machtzentrale. Das hat Lykke alles ...?"

„Blödsinn. Ich hab im Knast schon begriffen, dass wir einen Schritt weiter sind. Ich habe einen Computer bekommen, um meine Texte zu verfassen. Aber natürlich kann man auf dem programmieren. Ich hatte über 10 Jahre Zeit, viele Dinge zu verstehen. Lykke musste sie nur installieren und testen." Er faltete die Hände und schaute Gustav durchdringend an. „Knut sollte also nicht glauben, dass ich mich einfach so abspeisen lasse und Nummer 1 nicht kennenlernen will. Wer sagt mir, dass der nicht auch aus so einer Maschine kommt?"

Gustav lächelte. „Ich rede recht regelmäßig mit ihm."

„Hast du ihn schon mal gesehen?"

„Das ist kein Computer." Er musste lachen. „Nein, ... der Mann hat wirklich große Pläne. Und ganz ehrlich: Nach so einem Anschlag ist es doch klar, dass er ..."

Yngve hob die Hand. „Das verstehe ich. Aber dann soll er doch die Größe haben, soll mich anrufen und mit mir reden. Wer bin ich denn für den? Hm? Wer bin ich für den? Ich könnte fünf solcher Anschläge in Szene setzen, wenn ich wollte. Von hier aus. Einen in Schweden für die Norweger, einen in Finnland für die Schweden und so weiter. Solange es woanders ist, prüfen sie es nicht. Aber es macht ausreichend Angst. Glaub mir eins: Die Menschheit war noch nie so dumm.

Wir haben alles. Wir könnten die klügste Generation der Menschheit sein. Und Leute wie du und ich – wir sind das!

Aber die Regierenden – das sind Dummköpfe. Die jammern ständig über den Verfall traditioneller Werte! Gleichzeitig unterstützen sie den technischen Fortschritt für ihr Wirtschaftswachstum. Offenbar begreifen die nicht, dass man schnelle und drastische Veränderungen in Technologie und Wirtschaft unmöglich bekommen kann, ohne dabei Veränderungen in der Gesellschaft zu verursachen. Das muss zu einem unvermeidlichen Zusammenbruch traditioneller Werte führen, nicht wahr? Du kannst nicht auf das Wachstum des Online-Versandhandels setzen und gleichzeitig jammern, dass die Innenstädte sterben. Beides gleichzeitig geht nicht, oder?"

Gustav spürte eine Gänsehaut. Er kannte den Gedankengang. Hätte ihn beinahe wortwörtlich so aufsagen können. Und er hatte sich reichlich an diesen Gedanken bedient, als er die Rede für Knut in Eile geschrieben hatte. Wollte Yngve ihm das sagen? Gustav mitteilen, dass er wusste, wo er die Rede geklaut hatte?

„Da hast du recht", gab er zurück. „Und die ganzen Lämmer nehmen es alle hin, oder? Und jammern alle mit! Keiner steht da mal auf. Na ja – nicht mehr lange."

„Eben. Wir steuern das Ganze auf einer viel höheren Ebene. Die ganzen Politiker treffen doch nur noch auf Leute, die wir schon online für unsere Sache gewonnen haben. So eine Nummer wie Oslo. Die Metro. Das ist Ultima Ratio. Wenn sie es wirklich nicht begreifen."

Gustav nickte nachdrücklich. Seit Yngve hier stand, schien er sein Vokabular vollkommen ausgetauscht zu haben.

„Beeindruckend", lobte er. „Wirklich beeindruckend!" Und das war sein voller Ernst. Die mögliche Machtkonzentration, die in dieser Wohnung steckte, übertraf die mancher Regierung. Und die friedlichen Skandinavier schauten zu. Sie schliefen ihren friedlichen Schlaf. Bestehend aus einer offenen Gesellschaft. Aus Verständnis für die Täter und geringen Strafen. Sie würden verlieren. Alle würden sie verlieren.

#035

Kichernd schüttete sie ihm einen weiteren Sekt nach und reichte ihm das Glas. Klirrend stießen sie an und er lächelte. Er war sich der Tatsache bewusst, dass er schon einen Schluck zu viel gehabt hatte, Schnaps vertrug er. Bier auch. Aber dieses Prickelzeug ...

Sie hatte einen Sirup reingekippt, von dem sie behauptete, dass er einen scharf machte. Er fragte sich, warum eigentlich. Sie machte ihn durch ihre pure Anwesenheit scharf.

Aber die jungen Mädels machten ja solche Trends mit. Wenn jemand auf TikTok sagte, dass der Sirup hilft, dann besorgten sie ihn sich.

„Komm ... Lass uns rübergehen ..."

Elias griff ihren Arm und hatte beinahe das Gefühl, dass er sich dabei nicht besonders geschickt anstellte. Jesus – was war denn in diesem Sirup drin?

Sie lächelte und warf ihre fast unnatürlich schwarze Mähne zurück. Dann griff sie seine Hand, zog sie an sich heran, und schob sie langsam und vorsichtig in ihren Ausschnitt. Er spürte ihre warme Brust, die noch so unglaublich fest war. Die Haut war glatt und gespannt und ihre Nippel reckten sich ihm förmlich entgegen und wollten mehr, das spürte er, während sie näherkam und ihn küsste.

Dann spürte er ihre Hand im Schritt. Die Kleine war frech. Das kannte er so nicht. Er wollte eilig seinen Sekt abstellen. Wenn sie sich lieber hier im Wohnzimmer die Klamotten vom Leib reißen wollte, sollte Elias das recht sein.

Aber sie lächelte, zog ihn zu sich, küsste ihn und stieß erneut mit ihm an. „Keine Hektik ...", mahnte sie. Aber schon einen Atemzug später spürte er, wie ihre Hand über seine Hose glitt, wie sich ihre andere vom Hintern aus näherte und frech einen kleinen Abstecher zwischen seine Beine wagte. Er zuckte regelrecht nach vorn.

Gott – er hatte immer mit so einer Frau schlafen wollen, diese ganzen banalen nordischen Schönheiten von einem Meter und fünfundachtzig, die aussahen, als seien sie soeben einem Männermagazin entstiegen. Er hatte das so sattgehabt. Und dann war ihm Nadira begegnet. Sicher nicht die Frau, die er seinen Eltern vorstellen wollte. Seine Mutter hatte seltsam auf den Namen reagiert.

„Was ist das für eine?“, hatte sie gefragt. „Woher kommt sie?“

„Aus der Nähe von Oslo ...“

„Nein – das meine ich nicht. Woher kommt sie *wirklich*?“

Er schüttelte innerlich den Kopf, während Nadira ihm erneut das Glas an den Mund führte. „Lecker das Zeug, oder?“

Er lächelte. Dann gelang es ihm dennoch, das Glas abzustellen. Er ließ seine Hand über ihren Rücken gleiten, bis sie auf ihrem kleinen festen Po zum Liegen kam. „Nadi... Wir ...“

„Ich muss ins Bad. Geh du schon mal rüber. Leg dich ins Bett ...“ Sie schlug die Augen weiter auf. „...und mach dich bereit“, grinste sie frech und küsste ihm erschreckend schnell auf den Hals. Er zuckte leicht zurück. Seit der Operation hatte sich eine seltsame Angst eingestellt, wenn jemand seinen Hals berührte. Diese Angst war unbegründet. Das wusste er. Aber er konnte sie nicht ablegen. Es war ein neuer Reflex in seinem Körper geworden.

Sie lächelte und schob ihn leicht in Richtung Schlafzimmer, bevor sie sich umwandte, ihren Hintern keck ausstreckte und erst dann im Flur verschwand. Er konnte sehen, wie sie ihren großen Rucksack griff und ihn mit ins Bad nahm. Er lächelte. Er selbst hatte keine Ahnung, was Frauen in diesen Dingern mit sich herumschleppten. Aber bei ihr war es mindestens ein kompletter Satz Kleidung zum Wechseln. Dann noch ein oder zwei Wasserflaschen und andere schwere Dinge. Sie hatte ihn kaum tragen können, als sie in seine Wohnung getreten war, schien ihm. Aber er hatte ihn ihr auch nicht abnehmen dürfen.

Er wusste, dass arabische Frauen ihren sehr eigenen Stolz hatten. Er würde damit nicht experimentieren, überlegte er sich, während er in Richtung Schlafzimmer lief. Schon unter der Zarge ließ er das Hemd von den Schultern gleiten. Er zog das Unterhemd neben dem Bett aus und reckte seinen Nacken, so gut es ging.

Dann schlüpfte er aus der Hose und legte sie über einen Stuhl in der Nähe. Er überlegte, sich vollkommen auszuziehen. Aber er wusste nicht recht, wie sie darauf reagieren würde. Vielleicht fand sie das unangemessen. Sie hatte ihm vor ein paar Tagen erzählt, dass sie lange Zeit ihren Körper nicht bei Licht sehen wollte. Er fragte sich, ob das immer noch so war.

Schließlich griff er in die Schublade des Nachttischs und entschied sich, zwei kleine Nachtbeleuchtungen herauszuholen, die sie damals bei den Kindern verwendet hatten, als er noch verheiratet war. Die „Kompromisslichter", wie seine Frau sie genannt hatte. Das Deckenlicht war aus, aber es war noch hell. Das war die Idee gewesen.

Er platzierte die kleinen Dinger in zwei der bodennahen Steckdosen. Das gab dem Raum einen regelrechten kleinen Teppich aus Licht.

Als er sich von unten aufrichtete, spürte er plötzlich ihre Anwesenheit, obwohl er sie auf dem hochflorigen Teppich nicht gehört hatte.

„Dreh dich nicht um", zischte sie eindringlich. Dann löschte sie das Licht im Flur. *„Dreh dich nicht um"*, wiederholte sie nachdrücklich und heiß. Elias blieb stehen wie angewurzelt. Er lächelte.

Dann hörte er ein Geräusch, das ihm seltsam schien. Sie stöhnte kurz und heftig. Hatte sie irgendwelche ...

Etwas prallte gegen seinen Nacken. Schockierend. Kalt und schmerzhaft.

Er fiel nach vorn und gab einen stöhnenden Laut von sich.

Was war das gewesen? Ein unglaublicher Schmerz breitete sich in seinem gesamten Körper aus. Etwas war gegen seinen Nacken geprallt und der Schmerz schoss die gesamte Wirbelsäule hinab und schien sich in den ganzen Körper hineinzubohren.

Etwas lief über seinen Hals. Eine Flüssigkeit. Als hätte sie ihn mit einer Flasche geschlagen oder so. Was zur Hölle ...?

Dann begriff er: Blut lief aus seinem Hals! Erschrocken drehte er sich zur Seite, als eine Klinge irgendwo in seinen Körper hinein rauschte. Laut schrie er auf, stöhnte. Er hatte die Klinge erst im letzten Moment gesehen, als er sich schon halb gedreht und seinen Arm schützend erhoben hatte.

Entsetzt starrte er im Halbdunkel auf seinen Unterarm. Den gab es nicht mehr!

Was???

Tatsächlich! Sie stand über ihm. Eine Art blutiges Schwert in der Hand und einen weißen Overall am Körper.

„Was zur ... Nari ...?"

Sie schüttelte den Kopf. Dann griff sie um, stellte sich über ihn und rammte ihm das Schwert in die Brust. Es gelang ihm, sich gerade noch zu drehen und die beidseitige Klinge schlitzte seinen Brustkorb seitlich auf und durchtrennte im selben Zug etwas in seinem Arm. Mit dem Schmerz begriff er die Taubheit, die sich sofort eingestellt hatte. Er konnte seinen Unterarm nicht mehr spüren. Der eine Unterarm fehlte, der andere hing nutzlos herab. Er rollte sich verzweifelt zur Seite. Einem gelernten Muster folgend wollte er auf alle viere gehen, wollte wegkriechen, aber seine Hand brach sofort unter ihm zusammen, ließ sich nicht platzieren. Erneut schlug sie die Klinge auf seinen Nacken.

Sie donnerte mit einem „KLONG" auf und prallte ab. Sein Kopf schlug auf den Boden und sie schrie wütend auf. Das Letzte, das er spürte, war, dass etwas unbarmherzig in seinen Kopf eindrang.

Dann lag ein Schweigen über dem Raum, nur unterbrochen vom hektischen Atmen der Frau mit der Machete.

Sie atmete aus, holte tief Luft und stieß sie wieder aus. Dann ging sie in die Knie und sah auf seinen Nacken. Da blitzte ein Stück Metall hervor.

#036

Die Dunkelheit hatte Bjarne überrascht. Sie war eingezogen wie ein Unwetter. Er hatte zum Himmel gesehen, dann wieder auf sein Telefon. Er hatte die Mail zu Ende getippt, wieder zum Himmel gesehen und plötzlich war alles schwarz.

„What th...?"

Er blickte auf die Uhr. Das war überraschend gekommen. Kascha hatte gesagt, ihr Besuch könnte 20 bis 30 Minuten dauern, je nachdem, an wem sie vorbei musste.

Und diese Frau hatte die Kraft, an Leuten vorbeizukommen – so hatte er sie bereits erlebt. Oft erinnerte ihn die kleine Polizistin an Stella Nykvist. Wäre die in Russland aufgewachsen, hätte sie sich ähnlich entwickelt. Hätte ein noch dickeres Fell bekommen, würde noch schneller rennen können und würde noch früher zuschlagen. Nur ein ganz so loses Mundwerk hätte sich nicht entwickelt, vermutet er und lächelte mild.

Als er Stella im Sommer 2011 zum ersten Mal gesehen hatte, war sie noch fast ein Kind gewesen. Jetzt war sie seine Chefin.

Aus diversen Gründen. Einer war, dass er selbst den Job mehrmals abgelehnt hatte. Es gab immer wieder Tage, an denen Bjarne nicht einmal sicher war, ob er überhaupt noch Polizist sein wollte. Er liebte seinen Job. Aber er spürte die Grenzen seiner Leistungsfähigkeit. Immer dann, wenn es um die Leute ging, die sich aufspielten und glaubten, das Land retten zu wollen, indem ihnen nichts Dümmeres einfiel, als die Schwachen des Landes zu verprügeln und solche, die die vermeintlich falsche Haarfarbe hatten. Dann spürte Bjarne wieder diese unbändige Wut, die er auch auf Utøya empfunden hatte.

Wo ein einziger Mensch sich zum Richter aufgespielt hatte, der seine verqueren Ansichten herangezogen hatte, um hunderten von Menschen das Leben für immer zu verderben. Er spürte, dass er frische Luft brauchte, wenn er nur daran dachte.

Bjarne stieg aus dem Wagen und schaute sich um. Sie waren weniger als eine Stunde von Sankt Petersburg entfernt. Hätte er nicht gewusst, wo er sich befand – er hätte auf Schweden getippt. Eine lange gerade Straße hatte sie hierhergeführt, gleichermaßen gesäumt von Nadelbäumen und ausnehmend hohen Birken. Er hatte zwei Elche gesehen.

Optisch ähnelten die Länder sich, die im Inneren so verschieden waren. Das eine Land brachte eine Stella hervor, das andere eine Kascha Baranow. Beides Polizistinnen in ihren 30ern, die einen hohen Rang innehatten. Aber die eine, die sie hierhergefahren hatte, lebte in einem Land, wo man auch als Polizistin nicht sicher sein konnte, ob man von einer simplen Befragung lebend heimkehrte. Obwohl es ebenso viele helle Birken hier gab.

Sie hatte ihm erzählt, dass sie vor ein paar Jahren acht Wochen lang nicht laufen konnte. Sie hatte einen Entführer aufgespürt, der drei Mädchen gefangen gehalten hatte. Am Abend vor seinem Prozess hatte sein Bruder ihr aufgelauert und das Bein mit einem Baseballschläger zertrümmert. Sie hatte ihn erschossen, bevor er an ihrem Kopf fortsetzen konnte.

Bjarne streckte sich. Dann sah er auf die Uhr. Das alles dauerte ihm zu lange, machte ihn nervös. Kascha hatte ihm keine Anweisungen für den Fall gegeben. Sie hatte ihm nur klargemacht, dass die Männer, bei denen sie klingeln würde, mächtige Männer waren. Keine, die ihn bei so einem Gespräch dulden würden.

Bjarne bückte sich in den Wagen, zog den Schlüssel ab, verschloss das Auto und trat in das kleine Waldstück, hinter dem sich das Haus vor neugierigen Blicken der Besitzlosen versteckte. Bjarne fixierte das Haus, das sicher 120 oder 150 Meter von der Straße entfernt lag. Er konnte es nicht präzise erkennen, aber jemand rauchte vor der Tür, wenn er sich nicht irrte. Die Glut bewegte sich und leuchtete weit durch die Dunkelheit.

Bjarne machte ein paar gemessene Schritte auf das Haus zu, näherte sich sehr langsam durch den dichten Wald. Natürlich – er hätte über die Zufahrt gehen können. Aber Bjarne war sich nicht ganz sicher, was hier vor sich ging.

Er schob sich vorwärts. Dann konnte er den Mann erkennen. Der stand vor dem Eingang der Villa – ein kleineres Wort ließ sich für dieses Waldhaus nicht verwenden – und rauchte zielstrebig und konzentriert. Eine Waffe hing über seiner Schulter.

Bjarne schüttelte den Kopf. Dann hörte er die Schritte. Er hörte sie im letzten Moment. Es war schon zu spät. Das folgende Klicken kannte er. Auch das Gefühl, eine Waffe am Kopf zu spüren.

Jemand schnauzte ihn barsch auf Russisch an.

Zischend gab Bjarne zu verstehen, dass er das nicht verstand.

Der Mann schnauzte weiter in der Sprache, die für Bjarnes Ohr so grob klang. Stur wiederholte Bjarne, was er zuvor gesagt hatte. Einer der fünf oder sechs russischen Sätze, die er imitieren konnte.

Langsam wandte er sich um und schaute den Mann an. Seine tiefe Stimme und seine grobe Art konnten nicht darüber hinwegtäuschen, dass er eher halb so alt war wie Bjarne Sandvik. Ein schlanker drahtiger Typ, die Haare an den Seiten kurz rasiert, der Oberkopf von diesem etwas tristen Blond, das man oft bei Russen oder Polen sah.

Er wusste, dass man das „Schweinchenblond" nannte – hatte aber keine Ahnung, ob das eine Beleidigung darstellte oder eher liebevoll gemeint war.

Er starrte den jungen Mann an. Eben noch hatte Bjarne reflexhaft die Hände hochgenommen. Jetzt senkte er sie wieder. Dann grinste er den jungen Burschen an, der nervös geworden war. Er machte eine wilde Bewegung mit der Waffe, aber Bjarne gab vor, die nicht zu verstehen. Sie war eindeutig – er sollte seine Hände hochnehmen. Aber Bjarne lächelte und erklärte dem Kerl freundlich lachend auf Englisch, dass er nur in die Büsche gegangen war, um zu pinkeln.

Wieder machte der Kerl die irre Bewegung mit der Waffe, wedelte herum und wieder kräuselte Bjarne die Stirn, lachte und wiederholte seine Erklärung in einem jovialen Ton. Ganz so, als gäbe es keine Waffe in Sichtweite. Der Junge wurde lauter. Dann hob er beide Arme, um Bjarne klarzumachen, was er wollte.

Einen Augenblick später kippte der junge Kerl nach vorn.

Kaum, dass der blonde Junge seine Arme nach oben gestreckt und seinen Körper völlig ungeschützt dargeboten hatte, erwischte ihn Bjarnes Faust im Bauch. Auf dem Weg nach unten traf sie ihn am Adamsapfel, dann am Kinn. Seine Waffe hatte er da schon nicht mehr in der Hand, weil Bjarne sie jetzt hielt.

Der Kerl röchelte, was nicht weiter verwunderlich war. Das Gefühl war hässlich. Also schlug Bjarne erneut zu. Das war in seinen Augen nur fair. Solange er ohnmächtig war, würde er weniger Schmerzen haben.

Wo kam nur diese verdammte Gewalt her? Er sah sich um. Waren da noch mehr von den Jungs? Erkennen konnte er zumindest nichts.

Er griff sich den Kerl am Hosenbund und drehte ihn um. Dann nahm er sich sein Telefon und warf es ein paar Meter in den Wald. Sonst hatte er Junge nichts bei sich.

Also richtet Bjarne sich wieder auf. Dann bückte er sich wieder herunter, legte dem blonden Kerl etwas unter seinen Kopf und stabilisierte seine Haltung. Er würde genügend Schmerzen haben, wenn er zu sich kam – da musste nicht noch Muskelkater dazukommen.

Bjarne steckte die Waffe gesichert in seinen hinteren Hosenbund. Dann hörte er Stimmen vom Haus. Und dann trat bei ihm Erleichterung ein. Er konnte Kascha Baranow sehen und hören. Und sie schien unverwundet und ruhig.

Sie scherzte mit der Wache herum, bevor sie sich endlich auf den Weg zu ihrem Auto begab.

Bjarne Sandvik hetzte zum Wagen zurück und öffnete ihn. Als Kascha eintraf, saß er auf dem Beifahrersitz, als sei nichts gewesen.

„Und? Weitergekommen?"

„Ja", brummte sie. „Ich musste ihm einen blasen, aber wir haben eine Adresse."

Der Norweger hatte die Augen aufgerissen und starrte Kascha an, bevor sie anfing, zu giggeln wie ein kleines Mädchen. „Warum glaubst du nur immer, dass alle Russen korrupte Verbrecher sind?"

Er griff hinter sich und hielt ihr die Knarre entgegen, die in der Enge des Wagens plötzlich gigantisch wirkte. „Weil ihr es seid", grinste er. „Die hab ich gerade einem jungen Burschen abgenommen."

Kascha starrte die Pistole an, sah Bjarne an, schüttelte den Kopf und erklärte: „Wir machen besser, dass wir hier wegkommen!"

Dann startete sie den Wagen und ordnete sich hektisch in den fließenden Verkehr ein.

#037

Die beiden SMS erreichten Stella um 05:29 Uhr am Morgen und hatten keinen Absender. Stella konnte jedoch ahnen, woher die Nachrichten kamen.

Die erste enthielt eine Adresse in Norwegen.

Die zweite erläuterte:

```
Da sollte sich Solbakken
aufhalten. Du hast Vrsprng
vor Europol. Nutze ihn. Mik
```

```
ist auf dem Weg nach Nwgn. V
Glück
```

Sie grinste und konnte eine gesprochene Fassung der Nachricht laut und deutlich in ihrem Kopf hören. Nur Bjarne nutzte diese seltsamen Abkürzungen. Und das auch nur, wenn er sich wirklich im Stress befand. Er telefonierte ohnehin lieber, als er schrieb.

Also war Mik auf dem Weg nach Norwegen. Auch das hatte sie geahnt. Sie überlegte einen Moment lang, ob sie ein Interesse daran hatte, etwas ohne ihn zu erledigen oder ihm zuvorzukommen. Eigentlich hatte sie das nicht. Und doch hatte sie einen Moment lang dieses kindische Gefühl, ihren Vorsprung nutzen zu wollen.

Schließlich nahm sie davon Abstand. Aus dem Alter war sie raus. Sie rief Miks Nummer an und landete bei einer Frau, die sich mit Europol meldete. „Oh – ich wollte eigentlich Mik …"

„Herr Wallin ist derzeit aus technischen Gründen nicht erreichbar", erklärte die Frau.

„Ja – ich weiß. Er fliegt gerade zu mir nach Norwegen. Ich wollte wissen, wann er in etwa landet."

„Verraten Sie mir Ihren Namen?"

„Stella Nykvist." Sie betete ihre Dienstnummer hinterher und erhielt die Information tatsächlich. Mik hatte sein Telefon auf eine Einheit umgeleitet, die genau für so etwas verantwortlich war, und diese Info hinterlassen. „Für zwei Anruferinnen", wie die Frau ihr mitteilte. Stella fragte sich, ob die Frau am anderen Ende wohl berechtigt war, ihr diese Info zu geben. Dann seufzte sie und beendete das Gespräch.

Nackt und durchgeschwitzt, wie sie war, kroch sie unter die Dusche und saß kaum 25 Minuten später mit noch nassen roten Locken im Auto. Sie fühlte sich frisch und hatte ausreichend geschlafen, nachdem sie am Vorabend mit Starnja Essen gewesen war, die nicht so spät ins Bett wollte.

Zwischenzeitlich hatte sie eine SMS an Mik geschickt, die er empfangen würde, wenn er am Boden war. Dabei würde eine unsichtbare Statusinformation an Stella gehen, die ihr sagen würde, dass er empfangsbereit war.

Eine uralte Funktion des GSM-Netzes, die ihre Ausbilderin Anna Tjerndahl ihr 2012 einmal gezeigt hatte.

Diese Nachricht ging ein, als Stella kaum noch 5 Minuten von dem kleinen Militärflughafen entfernt war. Grinsend wählte sie seine Nummer.

„Guten Morgen, mein europäischer Kollege."

„Guten Morgen. Na, da hast du aber Glück. Ich bin noch im Flieger und hab vielleicht seit 10 Sekunden wieder Empfang. Rate mal, wo ich bin."

Sie nannte ihm den Namen des kleinen Militärflughafens und ein kurzes Schweigen entstand. „'Kay ... Du hast mit dem Europol-Service gesprochen?"

„Exakt. Ich bin auf dem Weg zu Knut Solbakken und dachte, da willst du vielleicht mitkommen? Ich bin in drei Minuten am Flughafen. Und ich darf in diesem Land arbeiten."

„Waru... Ach – was soll's. Ja. Ich ruf dich an, wenn ich am Boden bin. Aber ich würde gern verstehen, was du von dem Kerl willst. Rechtfertigt eure Ermittlung das?"

„Bestimmt ..."

Während Stella wartete, hörte sie nach langer Pause wieder einmal das Album „Out of Exile" von Audioslave. Ein melodisches Rock-Album, das selbst Stellas Mutter in engen Grenzen ertragen konnte. Dann warf sie einen Blick auf ihre Mails. Das Dossier zu Knut Solbakken, das sie angefordert hatte, war eingegangen. Sie öffnete es und musste schon auf der Startseite feststellen, dass es diverse Schwärzungen gab. Sie kniff die Augen zusammen. Das kannte sie aus vielen Ländern – in Skandinavien war diese Art der Immunität höchst unüblich.

Knut Solbakken war vor 42 Jahren in einem winzigen Ort namens Uggerby in Dänemark zur Welt gekommen. Sein Vater Lukas Solbakken war Norweger, geboren in der Nähe von Oslo. Zu seiner Mutter Monia Stalens war keine Herkunft angegeben, was ungewöhnlich war. Stella markierte das.

Solbakken war ein paar Jahre im Norden Dänemarks aufgewachsen, dann aber im deutschen Neumünster zur

Schule gegangen. Dort war er als Teenager mit dem dortigen „Club88" in Berührung gekommen. Ein Treff für Neo-Nazis, der laut Dossier zu dieser Zeit heftigen Zulauf hatte. Eine Anmerkung sagte, dass dieser Club zwischenzeitlich geschlossen worden war.

In diesem Club fanden diverse Konzerte von Rechtsrock-Bands mit Namen statt, die oft martialisch klangen. Viele der Namen begriff Stella dennoch nicht, weil ihr der Kontext fehlte. Sie vermutete, dass Bjarne damit mehr anfangen konnte.

Mit diesem Gedanken leitete sie ihm das Dossier weiter und setzte das Lesen fort.

Knut Solbakken hatte als Teenager begonnen, über den Club CDs des Labels „Nordic Storm" zu vertreiben und Kontakte zu den entsprechenden Bands aufzubauen. Nordic Storm hatte seinen Sitz in Dänemark und Stella erstarrte schier, als sie die Adresse las. Das Neo-Nazi-Musiklabel hatte seinen Sitz zu dieser Zeit in Gårdsted gehabt. Das fiel in die Zuständigkeit des Reviers von Borglund, das Maren Christensen lange Zeit geleitet hatte. Stella selbst war dort vorübergehend mal die Chefin gewesen, überlegte sie mit einem milden Lächeln.

Sie strich auch das an.

Das Label war anschließend um die Jahrtausendwende nach Norwegen umgezogen. Und das hatte Solbakken ebenfalls getan. Seine Eltern hatten sich getrennt und seine Mutter lebte in Norwegen, während sein Vater von Deutschland aus ins schwedische Umeå umgezogen war und nur wenige Jahre später nach Sundsvall. Stella kannte die angegebene Adresse. Sie lag fünf Gehminuten von ihrer langjährigen Wohnung entfernt. Eine gute Lage, in der eher die Reichen der Stadt lebten.

Knut Solbakken siedelte nach Oslo über. Er lebte zeitweise wieder bei seiner Mutter, bevor er sich eine Wohnung in einem bekannten Hochhaus in Oslo nahm. Er kam wieder mit rechten Musiklabeln in Kontakt. Und scheinbar auch mit Mitgliedern des Tempelritter-Ordens, über den Stella nichts wusste. Daneben finanzierte er sein Studium mit dem Verkauf von Hoodies und T-Shirts, die allesamt Neonazi-Randgruppen bedienten.

Das Dossier listete seine Einkommenssteuerangaben aus dieser Zeit auf und Stella riss die Augen auf. Er hatte mit 22 Jahren etwa das Doppelte von dem verdient, was sie heute, nach 20 Jahren Inflation, als ranghohe Polizistin bekam.

Ab diesem Zeitpunkt formte sich ein klarer werdendes Bild von Solbakken, das ihn als Profiteur zeigte. Er hatte die rechte Szene verstanden, versank aber nicht im Sumpf prügelnder Skinheads, sondern begriff das Ganze eher als wirtschaftliches Spielfeld. Er versorgte die Leute mit T-Shirts und Musik und wurde dabei steinreich, ohne sich vor Ort die Finger schmutzig zu machen.

Schließlich begann er, Bücher zu verlegen. Zunächst Übersetzungen rechter Texte, die vorwiegend aus den USA stammten. Dann zunehmend Texte „nordgermanischer" Autoren, wie sein Medienhaus „Kråftdruck" sie nannte.

Jemand klopfte an die Scheibe und sie fuhr zusammen. Mik lächelte sie an und warf Sekunden später eine Sporttasche auf den Rücksitz, bevor er sich neben sie setzte.

Er drehte die Musik leiser und vermutete: „Das ist aber eher was für 'n kleinen Kreis, hm?"

„Das ist Audioslave. Ich liebe Chris Cornell."

„Hm ..." Er blickte auf das Dossier. Sie hätte nicht sagen können, ob sein Blick der Musik oder dem Dokument in ihren Händen galt. „Oh je ... du frisst dich rein."

„Du kennst das Ding?"

„Auswendig."

„Super. Ich bin gerade im Jahr 2010. Ich fahre, du erzählst mir den Rest. Wir haben eine lange Fahrt vor uns."

Auf den folgenden Kilometern erfuhr Stella einiges über den Mann, zu dem sie sich auf den Weg gemacht hatten. Knut Solbakken hatte Kråftdruck als Medien-Label weiter ausgebaut und 2012 angefangen, selbst zahlreiche Texte zu verfassen. Er schrieb seitdem ein bis zwei Sachbücher im Jahr.

„Und das ist so rechtsnationales Zeug?"

Mik nickte mit einem leidgeprüften Stöhnen. „*Die Grenze*

von Volk und Raum, *Fremdheitswahn*, und *Skandinavischer Wüstensand* – das sind die Titel seiner drei meistverkauften Bücher. Schwer lesbares Verschwörungszeug. Aber sehr beliebt. Neunazis der besseren Klasse stellen sich das gerne in den Bücherschrank. Ob sie es lesen, weiß ich nicht. Aber er hat zwei Juristinnen, die das Ganze äußerst genau lektorieren. Fiese Menschen, aber gute Juristen, denke ich.

Seine Texte sind so, dass sie rechte Leser aufwiegeln. So, dass die Linken sich drüber aufregen. Dennoch ist es bislang niemandem gelungen, ihm an den Karren zu fahren. 2016 hat es mal einer geschafft, dass in einem seiner Bücher eine Passage von ein paar Zeilen geschwärzt werden musste. Das hat die Verkaufszahlen nur nach oben getrieben und in der Szene kursiert die Ausgabe ohne Streichung. Und natürlich ist er seitdem eine Art intellektueller Märtyrer. Sein nächstes Buch hieß dann auch folgerichtig *Fesseln der Wahrheit*."

„Oh je ... Aber: Er hat 2012 damit angefangen?"

Mik Wallin grinste. „Du hast es erfasst. Erste Veröffentlichung: Februar 2012. Und jetzt fragst du dich: ‚Wann mag er mit dem Schreiben begonnen haben? Vor Utøya oder danach?'"

„Ja ... so etwas ging mir durch den Kopf."

„Das ist schwer zu sagen. Aber dein Freund Bjarne ..."

„... der mein Mitarbeiter ist ...", widersprach sie halbherzig.

„... glaubt, dass dieser Kerl Breiviks Wingman gewesen sein könnte."

„Aha – und glauben andere das auch? Oder: Glaubst du das?"

„Anders Breivik ist unzweifelhaft ein verblendeter Spinner, der 1500 Seiten Unsinn zusammengeschrieben hat, bevor er diese beiden grauenhaften Anschläge verübt hat. Aber er war kein begabter Intellektueller, dem ich das zutrauen würde. Er hat sich radikalisiert und dann viel zusammengeklaut. Das tun die alle. Aber sein geistiger Diebstahl war zum Teil leicht erkennbar. Die Teile dazwischen sind spannend. Alles, was er zu Rassen und solchen Themen verfasst hat, ist aus einem Guss. Und da frage ich mich schon: Hatte er einen Einflüsterer?"

„Aber?"

„Ich frage mich genau das: Hatte er jemanden, der ihm beim Schreiben geholfen hat. Ich frage mich nicht, ob er Breivik noch die Hand gehalten hat, als der seinen Sprengsatz zusammengemischt hat. Diese ganzen Psychologen – und Bjarne weiß das – sagen, dass Breivik ein typischer Einzeltäter ist. Auch, wenn er bei seiner Festnahme das Gegenteil behauptet hat."

„Na ja – das ist doch aber irgendwie üblich, oder? Breivik hat gesagt, dass er eine ganze Gruppe vertritt. Selbst der Unabomber hat bei seiner Festnahme gesagt, er sei ..." Sie stockte. „VERDAMMT!! Die Rede!!" Stella schlug mehrmals fest aufs Lenkrad. Dann fuhr sie auf der Landstraße spontan rechts ran.

Erschrocken starrte Mik sie an.

Ein LKW schoss hupend an ihnen vorbei und erschütterte den Wagen mit seinem Luftzug. Stella schnauzte dem Fahrer etwas hinterher, bevor sie sich wieder an Mik richtete.

„Die ganze Rede, die Knut gestern gehalten hat. Sein komisches Video. Das sind alles Zitate des Unabombers gewesen."

„Du kennst Zitate des Unabombers? Heute können sich nicht mehr viele Leute an Ted Kaczynski erinnern."

„Ted Kaczynski war das Thema meiner Abschlussarbeit. An der Polizeihochschule. Ich hab den ganzen Quatsch damals gelesen. Ich interessiere mich nicht dafür. Aber sein Manifest ist ... Ich weiß gar nicht, wie ich das sagen soll. Es ist recht zeitlos und nicht *vollkommen* verrückt. Seine Taten mag man verdammen. Aber mit einem anderen Namen drauf hätte sein Text durchaus ein politischer Bestseller werden können. Der Mann war ja kein Dummer. Der war immerhin Professor an einem College."

„Und du bist dir wirklich sicher? Du bist dir sicher, dass da Zitate von Ted Kaczynski in der Rede waren?"

„Ich glaube, dass die ganze Rede nur auf denen basierte."

Mik war blass geworden.

„Was ist?“, erkundigte Stella sich.

„Wenn du das rausfinden kannst, dann finden das auch andere raus.“

„Ja ... Und?“

„Ich muss kurz telefonieren.“

Unerwartet riss er die Tür auf, schnappte sich sein Telefon und verließ den Wagen. Wieder hupte ein LKW und Stella startete den Motor und fuhr den Wagen weiter an den Rand. Es dauerte gute fünf Minuten, bis Wallin zurückkehrte. Er wirkte immer noch aufgekratzt und unruhig.

„Du hast recht.“

„Was ist daran so dramatisch?“

„Meine Leute haben das nicht gemerkt. Die suchen in solchen Reden immer als Erstes nach versteckten Botschaften. Dann nach Zitaten irgendwelcher schrulligen Nazis. Aber da haben sie nicht Theodore Kaczynski auf dem Radar. Der hat ja nun nicht gerade das große germanische Reich gefordert.“

„Nein, aber viel über die Linken gelästert. In seiner Welt waren das eben die Freunde der Indianer. Aber das Konzept ist ja irgendwie dasselbe.“

Er sah auf sein Telefon und las ab. *„Begriffe wie ‚Selbstvertrauen‘, ‚Zuversicht‘, ‚Initiative‘ und ‚Optimismus‘ spielen im linken Vokabular doch keine Rolle mehr!*

Wir werden uns nicht mehr länger von denen beschützen lassen, die das Wettbewerbsprinzip ablehnen. Das hat er in dem Video gesagt. Meine Leute sagen tatsächlich, dass das ein fast wortgenaues Zitat des Unabombers ist.“

„Und was schließen die daraus?“

„Das wissen die auch nicht. Das ist ein Haufen Wissenschaftler, weißt du? Die brauchen ewig, bis die ...“

„Warte ...“ Stella griff nach ihrem Telefon und rief Kjell an. „Schatz – du klingst nicht gut. Kannst du arbeiten?“

„Leidlich – wieso?“

„Ich würde dir gerne etwas schicken. Eine Rede, die ich auf Video habe. Ich würde dich bitten, sie auf Ähnlichkeiten mit Texten von Ted Kaczynski zu überprüfen, und vielleicht auch mal mit älteren Reden von Knut Solbakken zu vergleichen. Wühl dich nicht zu tief rein, okay? Mir geht es eher darum, zu verstehen, was da passiert ist. Schreibt dem vielleicht neuerdings jemand seine Reden oder so? Solche Sachen."

Mik Wallin lauschte dem Gespräch und musste mit ansehen, wie Stella sich mit „100 Küsse, Schatzi", verabschiedete.

Er musterte sie, sagte aber nichts dazu. Schließlich startete sie den Wagen und setzte die Reise fort.

Torjulvågen war weiter entfernt, als sie angenommen hatte. Am Ende waren sie über drei Stunden unterwegs, bis das Navi endlich auf knapp 10 Minuten heruntergezählt hatte. Die Gegend war bergig und von Landwirtschaft und weiten Wiesen geprägt. Sie sahen zahlreiche Kühe auf gigantischen Weiden. Stella war in ihrem gesamten Leben noch nicht in dieser Region gewesen und sah sich immer wieder staunend um. Vieles hier wirkte auf sie eher wie in der Schweiz oder Österreich.

„Jetzt wollen wir mal hoffen, dass die Adresse richtig ist", brummte sie irgendwann.

„Weißt du, woher Bjarne sie hat?"

„Ich ahne es – aber das willst du nicht wissen."

„Hat er gute Beziehungen nach Russland?"

„Denkbar ..."

„Wenn ich ihn recht verstehe, sagt er ja, dass Solbakken sich in einem Haus verkrochen hat, das dem Besitzer der explodierten Yacht gehört. Hat Solbakken denn gute Beziehungen nach Russland?"

„Der hat überall hin gute Beziehungen." Mik Wallin deutete nach oben. „Man könnte meinen, er habe sogar gute Beziehungen zu Gott. Dort hinten ist der Himmel ja mittlerweile so schwarz, dass man meinen könnte, wir seien hier nicht übermäßig willkommen."

Stella bog konzentriert in eine Straße ab, die sie in einen dunkel anmutenden Nadelwald führte. Dann sah sie zum Himmel und musste Mik recht geben. Das Wetter würde innerhalb der nächsten Minuten vermutlich eskalieren.

„Was wissen wir Neues über die Explosion an der Amalfi-Küste?"

„Wir gehen davon aus, dass keine der relevanten Personen an Bord des Schiffes war. Was irgendwie schockierend ist, oder?"

Stella atmete tief ein. „Meinst du – die haben das inszeniert?"

In dem Moment klingelte Stellas Telefon. Als sie das Gespräch annahm, brach es jedoch sofort ab. Man hörte das Grollen eines Donners.

„Das ist jetzt ein wenig gruselig ... Das war gerade Taavi. Aber ich konnte ihn nicht verstehen." Sie hielt mitten auf der unbefahrenen Straße an. „Ich habe keinerlei Empfang mehr – du?"

„Ja ... Sekunde – ich versuche es bei ihm."

Er wählte seine Nummer und sie sprachen nur kurz, bevor auch diese Verbindung abbrach und anschließend keine mehr zustande kam. Erneut gab der pechschwarz verhangene Himmel ein gigantisches Grollen von sich. „Taavi hat keine guten Nachrichten. Es gibt einen dritten Mord. Der liegt ein wenig außerhalb eurer Zuständigkeit – aber er passt irgendwie ins Raster. So ein verdammter Mist. Da rastet gerade jemand aus!"

#038

Sie hatten Taavi an den Tatort gelassen, obwohl es ganz klar nicht mehr das Einsatzgebiet von Ålesund war. Er bezweifelte das „ganz klar", welches die Einsatzleiterin mehrfach betont hatte, ein wenig. Eigentlich endete die Verantwortung von Ålesund kaum zwei Parallelstraßen weiter nördlich.

Da die Einsatzleiterin angriffslustig wirkte und die SkanForce nicht kannte und sich schon deshalb quergestellt hatte, wollte Taavi das Problem aber nicht noch vergrößern. Sie hatte nur eine Person zugelassen und Smilla hatte ihm sofort den Vortritt gelassen. Er nahm, was er kriegen konnte. Vorsichtig bewegte er sich in einem der weißen Tatortanzüge in die Wohnung hinein. Er schwitzte daher bereits, bevor er über die Schwelle getreten war.

Die Wohnung stellte sich als beeindruckend groß heraus. Hier hatte jemand gelebt, der wohlhabend gewesen war. Und belesen. Es gab nicht nur einen Haufen Bücher, sondern auch jede Menge Zeitungen und ältere politische Magazine, teilweise englischsprachig.

Taavi hielt sich artig am Rand und ließ die anderen Leute ihren Job machen. Er warf einen vorsichtigen Blick ins Schlafzimmer, wo der Mann offenbar gestorben war. Starke Scheinwerfer beleuchteten seine Leiche und Körperteile, die in der Nähe zu finden waren. Ein Massaker. Jemand hatte ihm einen halben Arm abgeschlagen. Am Körper befanden sich weitere Wunden.

Aber all das war es nicht, was den Blick des Betrachters fing. Das alles war grausam genug. Der Raum strotzte vor Blut – und doch war es der Kopf, auf den Taavi starrte. In dem steckte eine stattliche Machete, die von oben eingedrungen war und unterhalb des Kinns wieder ausgetreten. Taavi griff sich reflexhaft an den eigenen Adamsapfel und starrte das unfassbare Bild weiter an, bis ein älterer Mann ruhig neben ihn trat.

„Schätze, da ist alles schiefgelaufen."

Taavi starrte ihn an. „Wie meinst du das??"

„Wenn ich höre, was da bei euch oben passiert ist ... das ist ja nicht weit weg, oder?"

„Nein – und eine Machete wurde bei uns auch verwendet."

„Eben. Und das ist hier nicht schiefgelaufen, weil der Angreifer zu blöd war." Er deutete auf den Toten. „Der Kerl hat einen versteiften Nacken. Eine ziemlich üble Operation, die die meisten Ärzte gerne vermeiden."

„Das bedeutet ...?"

„Er hat ein Metallgestell neben und hinter den

Halswirbeln. Vereinfacht gesagt. Das hat die Klinge gestoppt. Der Kerl hat zweimal zugeschlagen, vielleicht dreimal. Aber das hat so nicht funktioniert. Zugegeben ..." Er verschränkte die Arme. „Kann keiner mit rechnen ..."

„Ich hab noch nie gehört, dass man Nackenwirbel versteift. Lendenwirbel schon – aber der Nacken?"

„Ja ... ist eher selten. Wird eben nicht gerne gemacht. Gibt auch hässliche Narben." Erneut deutete er auf den Toten. „Kommt jetzt nicht mehr so drauf an."

Er hatte das ohne jeden Zynismus gesagt. Dennoch spürte Taavi eine gewisse Abneigung gegen diese Geisteshaltung. Er sagte nichts. Immerhin war der Mann auskunftsfreudig. Und vielleicht wurde man in diesem Job mit den Jahren so.

„Was ist deiner Einschätzung nach dann passiert?"

„Der Mörder hat versucht, ihm den Kopf abzuschlagen. Was wegen des Metallgestells eben nicht geklappt hat. Der Angegriffene hat vermutlich versucht, zu fliehen. Idiotisch, aber normal. Der Mörder hat dann auf alles geschlagen, was er getroffen hat. Und da spritzt das Blut dann nur so. Das muss eine gigantische Sauerei gewesen sein."

„Verstehe ..."

„Und als der Kerl nicht gestorben ist, wurde es dem Mörder vermutlich zu blöd und er hat die Machete in den Schädel gerammt. Riskantes Vorgehen."

„Warum?"

„Das muss man draufhaben. Und man braucht Mut. Viele Menschen wissen gar nicht, dass man eine Waffe in einen Schädel rammen kann. Sie gehen davon aus, dass man an der Schädeldecke stecken bleibt. Das ist das eine Problem."

„Und das andere?"

Taavi war sich nicht sicher, ob er die Antwort wirklich hören wollte. Er spürte zunehmend, dass der Blick auf die Leiche ihm zusetzte. Einen solchen Akt von Gewalt hatte er bislang auch noch nie gesehen.

„Das zweite Problem kannst du gut beobachten: Man bekommt die Klinge nur schwer wieder aus dem Kopf heraus. Und in dem Falle hier ... Die Klinge hat sich unten praktisch verkantet. So lange noch Blut fließt, gibt es eine Reaktion. Einfache Physik. Da greift die Adhäsion sich die …" Er musterte Taavi. „Also – es ist schwierig, die Klinge wieder rauszubekommen. Sie saugt sich fest."

„Ist das eine Frage der Kraft? Also ich meine: Würdest du sagen, ein Mann würde die Klinge herausbekommen, eine Frau eher nicht?"

Der Kerl zuckte gelangweilt die Schultern. „Die Frage kann dir niemand beantworten. Es mag Frauen geben, die das hinbekommen – ebenso wie Männer, die zu schwach sind. Kann ich nicht sagen. Was ich aber sagen kann: Hier war eine Frau. Eine mit langen dunklen Haaren." Nochmals deutete er ins Schlafzimmer. „Da liegen einige davon rum. Und sie liegen im Blut. Ich werde nicht deinen Job machen – aber nach so einer würde ich auf jeden Fall suchen."

„Warum sagst du dann die ganze Zeit ‚der Mörder', so als ob es ein Mann wäre?"

„Weil das die ersten Erkenntnisse sind. Die weiblichen langen Haare siehst du sofort. Männer haben meist kürzere Haare. Vielleicht finden wir die noch. Die Art der Gewalt spricht eher für einen Mann. So – und jetzt muss ich mal weitermachen …"

Er verabschiedet sich und Taavi gestattete sich insgesamt gerade einmal sechs Aufnahmen der Wohnung, bevor er sie wieder verließ. Draußen zeigte er sie Smilla.

Sie starrte eine Zeit drauf und nickte schließlich mit den Worten: „Da bin ich ja froh, dass ich hiergeblieben bin."

„Schon, ja … lecker war das nicht …" Für eine Sekunde wollte er ihr über den Arm streichen oder sie kurz drücken. Aber das war unpassend. Er hatte das auch am Abend zuvor ein paar Mal gespürt und es schließlich vermieden. Rückwirkend war ihm der ganze Abend ein wenig peinlich. Vor allem, dass er Stella nicht gebeten hatte, mitzukommen. Was hatte er sich denn nur eingebildet, was geschehen würde?

Er schüttelte den Gedanken ab. Dann erläuterte er Smilla die Besonderheiten, die ihm der Spurensicherer mitgegeben hatte. Vor allem die Informationen rund um den versteiften Hals. Das schien ihm wichtig.

„Wenn du mich fragst: Wir haben hier eventuell die Mordwaffe vor uns, die uns die Spur zu den beiden anderen Todesfällen liefert."

„Die wird sie nicht ganz freiwillig hiergelassen haben."

„Nein – das nun wirklich nicht. Und das macht sie so interessant."

„Fingerabdrücke?"

„Das können sie in der Zeit nicht wissen."

„Wenn sie blutig sind, schon. Und das müssten sie doch sein."

„Da ... hast du verdammt recht. Der Gedanke ist mir nicht gekommen."

„Müssen wir auch nicht überbewerten. Wir werden ja wohl den Bericht bekommen."

„Ja ... aber das kann dauern. Mist." Er schüttelte den Kopf. „Ich muss Stella anrufen. Die soll denen Feuer machen."

„Die soll denen Feuer machen?"

Taavi schaute Smilla an und lächelte. „Du kennst sie nicht ..."

#039

Er sah zu, wie die Leute aus dem Flieger hektisch losliefen. Einige rannten. Und Bjarne wusste, wo die hinwollten. Er wusste auch, dass sich das Rennen nicht lohnte.

Sein Flug sollte ursprünglich zu einem Flughafen weiter im Norden gehen, aber wegen eines Unwetters hatten sie in Oslo landen müssen. Und jetzt rannten die Leute zu den Mietwagen-Schaltern.

Bjarne lächelte. Er war frech genug gewesen und hatte sein Telefon schon auf dem Flug angeschaltet. Seinen

Mietwagen hatte er gebucht, bevor sie gelandet waren. Ohne Rücksicht auf die Mietwagenklasse, die ihm zustand. Aber das würde Stella durchwinken. Und das war der letzte Wagen an dieser Station gewesen. Er musste also nicht rennen.

Minuten später presste er sich ruhig an den verzweifelten Menschen vorbei, die Sätze sagten wie: „Aber es muss doch eine Möglichkeit geben, hier noch einen Wagen ...!"

Bjarne nahm sein Auto in Empfang. Dann schluckte er. Es gab ein rot umrahmtes Feld, das er unterschreiben musste, weil der Preis des Wagens die Grenze von 1,25 Millionen Kronen überstieg. Er las den Namen des deutschen Sportwagens durch, der so lang war, dass er einen Umbruch erzeugte.

Er hatte noch nie von diesem Wagen gehört. Das würde schwierig werden. Aber er wusste: Jetzt konnte er nicht tauschen.

Der Wagen entpuppte sich als schwarzer Viertürer mit deutlich über 300PS. Für die Straßen Norwegens der schiere Irrsinn.

Auf der anderen Seite hatte er über 500 Kilometer vor sich. Und so kaufte er sich ein paar Nahrungsmittel, 6 kleine Flaschen Cola und fuhr mit einem feisten Grinsen aus der Stadt heraus.

Er war keine 30 Kilometer weit gekommen und wollte eigentlich Stella anrufen, als das Unwetter, das sie zur Landung gezwungen hatte, sich noch kurz vor ihm auftürmte und dann in einer Art gigantischen Explosion über das Land herfiel. Schneller als 40 km/h zu fahren wurde irgendwann schwierig. Die ausladenden Scheibenwischer schafften den Regen auch auf höchster Stufe nicht mehr.

Der Regen prasselte so laut auf das Autodach, dass kein Telefonat möglich war. Er hätte nichts verstanden.

Bjarne startete eine Playlist, die Stella ihm kürzlich geschickt hatte. Die nannte sich „melodisch hart" und sollte Bjarne an ihre stets etwas zu krachige Musik heranführen. Und Bjarne musste gestehen: Die Lieder, die ihm die rothaarige Schwedin da zusammengestellt hatte, trafen seinen Geschmack.

Und sie waren in ihrer Natur laut und rau und passten zum Wetter und waren sogar mit dem Trommeln auf dem Dach noch hörbar.

Es schien, als würde er exakt mit dem Unwetter gen Norden fahren. Und als der schlimmste Regen sich gelegt hatte, versuchte er sich erneut mit dem Anruf – aber der Mobilfunk war scheinbar weitflächig ausgefallen.

Er wechselte aufs Radio und erfuhr nach kurzer Zeit, dass das noch eine Zeit lang so bleiben würde. Der Sprecher erläuterte ausgiebig, dass es sich um den größten Ausfall des norwegischen Mobilfunknetzes handelte, der seit …

Er erfuhr es nicht, denn in dem Moment verabschiedete sich auch der Radioempfang.

Die kommenden zwei Stunden auf der E6, die stur und endlos durchs Land schnitt, kam Bjarne sich vor wie in einem dieser apokalyptischen Zombie-Filme. Der Himmel über ihm war abwechselnd bedrohlich schwarz oder wurde von der Kraft der aufeinanderprallenden Kräfte der Natur taghell erleuchtet.

Irgendwann spürte Bjarne, dass er langsam zu alt für den Mist war. Sein Tag war lang gewesen. Am Morgen war er noch in Sankt Petersburg gewesen. Jetzt fuhr er seit Stunden durch das Land der Fjorde. In einem Wagen, der teurer war als sein Haus und mehr Bedieneinheiten hatte, als man auf der Strecke erlernen konnte. Er fühlte sich ausgelaugt und müde. Irgendwann fuhr er schier blind von der Strecke ab. Es hatte wieder zu regnen begonnen, wenn auch nicht so katastrophal wie zuvor.

Keine fünf Minuten von der E6 entfernt fand er einen alten Gasthof, der hoffentlich nur wegen des Zombie-Wetters apokalyptisch wirkte. Aber Bjarne Sandvik hätte seine Hand nicht dafür ins Feuer gelegt. Der Übernachtungspreis war gering und kompensierte die gigantische Mietrate seines 300PS-Autos und er zog sich zurück in einen kleinen Raum, legte sich aufs Bett und tat etwas, das er ewig nicht getan hatte: Er schaltete den Fernseher an.

Mittlerweile gab es wieder Nachrichten und alles drehte sich um die großen Ausfälle. Immerhin: der kleine Gasthof verfügte über Internet. Wenn auch kein besonders stabiles.

Mit Unterbrechungen lud Bjarne alle seine Mails, internen Nachrichten sowie die Ermittlungsakten und Kodierungen herunter. Er schaute sich an, was die anderen ermittelt hatten, während Bjarne sich nach Russland verbannt hatte. Er war ernstlich dankbar, dass Mik Wallin Wort gehalten hatte. Er hatte dafür gesorgt, dass Bjarne nicht mehr als Verdächtiger geführt wurde. Das war nichts Illegales gewesen. Bjarne würde sich jeder Untersuchung stellen. Aber er hatte dafür gesorgt, dass er wieder reisen konnte.

Mit Schaudern sah sich Bjarne zweimal das Video von Knut Solbakken an. Er spürte, wie es in ihm brodelte, wenn er solchen Unsinn hörte. Diese Rechten hatten sich so sehr an ihre Lügen und Übertreibungen gewöhnt, dass sie das Ganze selber zu glauben schienen.

Dann wurde Bjarne plötzlich stutzig. Der Text kam ihm in Teilen bekannt vor. Er konnte ihn nicht zuordnen – aber die Worte waren seltsam, klangen nicht nach Knut Solbakken, wenn man ihn fragte.

Etwas anderes machte ihn stutzig. Soweit er wusste, war keiner der Leute um Solbakken auf dem Schiff gewesen, als es in die Luft flog. Nicht einmal in der Nähe. Warum hatte er eigentlich eine Wunde im Gesicht? Stammte die aus dem Schminkset „moderner rechter Märtyrer“?

Er verfolgte den Gedanken nicht weiter, sondern verschaffte sich einen besseren Überblick. Er warf einen intensiven Blick auf Stellas Unterlagen. Das Dossier über Solbakken hätte er am liebsten ausgedruckt. Aber er konnte das unmöglich dem Pensionsbetreiber schicken, damit der es für ihn druckte. Also las er den Text notgedrungen auf dem kleinen Bildschirm.

Dieser Inhalt machte ihn ebenso wütend. Der Kerl war ein Templer gewesen. Genau wie Anders Breivik! Hatte das denn keiner gesehen? Die Verbindungen in die Musik-Szene – auch nach Deutschland und Dänemark – kannte Bjarne seit Jahren. Dann stutzte er. Die hatten sich damals alle dort niedergelassen, wo sich Maren Christensen zurzeit befand. Sollten sie das nicht nutzen? Das war doch beinahe ein Zeichen!

Er schickte Maren eine Nachricht.

Dann las er weiter, spürte aber, dass er nicht schlafen würde, wenn er sich die Mühe wirklich machte. Er würde so wütend werden, dass sein Herz die ganze Nacht pochen würde.

Bjarne war ein unempfindlicher Typ. Er hätte über ein Feld von Leichen latschen können und hätte sich weniger aufgeregt. Aber die Kerle, die meinten, aufgrund irgendwelcher vollkommen verqueren Gesinnungs-Denke Menschen töten zu dürfen, trieben ihn in den Wahnsinn. Er wusste, dass er das nicht so auf sich wirken lassen durfte. Utøya hatte eine zu große Narbe durch sein Leben gezogen. Quer hindurch.

Er konnte sich nicht erinnern, wann er zuletzt mit seiner damaligen Frau gesprochen hatte. Immerhin hatte seine Tochter sich mit Starnjas Tochter angefreundet, die seit einiger Zeit beide in Stockholm studierten. Ein Zufall – aber vielleicht auch eine Art Fügung.

Er schaute zur Ablenkung in die Akten des Falles, mit dem das alles seinen Anfang genommen hatte. Die Entwicklung des Bootes aus Deutschland machte ihn stutzig – aber sie hatten sie nicht weiterverfolgen können.

Der ganze Pfad schien ihm unsinnig – warum war die Mörderin zurückgekommen? Er schüttelte den Kopf. Er hatte das nicht begriffen – aber in dieser Frage waren sie keinen einzigen Schritt weitergekommen.

Seine Gedanken schweiften ab. Als er die Anmeldeunterlagen ausgefüllt hatte, war parallel zu ihm eine Frau eingetroffen. Die hatte nur kurz mit dem älteren Mann am Tresen gesprochen und hatte natürlich über das unglaubliche Wetter geredet und den Ausfall der Netze. Aber auch darüber, dass sie die letzten beiden Tage eine wunderschöne Zeit gehabt hatte und seine Tipps unglaublich gut gewesen seien. Der Mann hatte gelächelt. Die Frau hatte Bjarne kurz gemustert, dann auch ihn angelächelt.

Er war regelrecht steif gewesen und hatte genickt. Und das hatte daran gelegen, dass sie ihn an eine seiner Klassenlehrerinnen erinnert hatte. Eine, vor der er großen Respekt gehabt hatte, der fast schon in Angst umgeschlagen war. Diese Empfindung hatte ihn abgelenkt. Aber warum dachte er jetzt daran?

Plötzlich erstarrte er.

Er hatte sich in den ersten beiden Tagen der Ermittlung unzählige Videos aus dem Hotel angesehen. Aus den unglaublichsten Perspektiven. Bilder, die bei Tag und bei Nacht entstanden waren. Und sie hatten nach der Täterin gesucht. Nach der Täterin, die ins Hotel eingedrungen war. Oder aus dem Hotel geflohen war. Sie hatten nicht nach einer gesucht, die dortgeblieben war.

Deshalb war sie zurückgekommen.

Das war ihre Tarnung gewesen.

Und ihr Zugang zu Laurin Haugen.

Sie war in seinem Hotelzimmer gewesen. Wieso hatten sie das nicht begriffen? Die beiden hatten sich gekannt, hatten sich vermutlich in der Bar getroffen und sie war ihm auf sein Zimmer gefolgt.

Während er noch darüber nachdachte, hatte er den Ordner bereits geöffnet, in dem er die Videos vom ersten Mord abgelegt hatte. Wie hatten sie das *nicht* erkennen können?

Er sah die Videos durch. Fast zwei Stunden lang.

Zwei verdächtige Frauen konnte er ausmachen, bevor ihm nach einem Tag wie diesem die Augen zufielen. Er schaffte es gerade noch ins Bett und hätte nicht einmal sagen können, ob es Nacht war oder ob nach all dem Unwetter einfach nur die Welt um ihn herum schwarz geworden war.

#040

Ein junges Mädchen öffnete die Tür des Anwesens und musste zu Stella aufblicken, die selbst nicht gerade groß war.

„Ja ...?"

„Hallo", flötete die Schwedin so jovial und nahbar wir möglich. „Wir wollen zu Knut."

„Hier ist kein Knut. Nur meine Mutter und ich."

Stella ging vor ihr in die Hocke. Sie deutete auf die Autos im Bereich der Auffahrt, die aufwändig geschottert worden war und elegant wirkte. Das ganze Haus hatte den Stil eines traditionellen britischen Landsitzes und passte weder hier in die Gegend noch zu einem vermutlich russischen Besitzer.

„Welches der Autos ist denn euer Wagen?", erkundigte Stella sich.

Das Mädchen deutete stumm auf das unauffälligste der Autos. Ein Kleinwagen, der von einem großen Range Rover, einem ausladenden Mercedes Geländewagen und einer schweren schwarzen Limousine regelrecht überschattet wurde.

„Aha ... das ist eurer? Der ist eigentlich am schönsten, oder? So in einem knalligen Rot." Sie deutete auf ihren Kopf. „Fast wie meine Haare, hm?"

Das Mädchen lächelte, wenn auch unsicher. Stella vermutete, dass man sie an die Tür geschickt hatte, um Besucher abzuwimmeln. Aber man hatte ihr keine ausreichenden Anweisungen gegeben. Sie trat einen Schritt zurück und Stella hakte nach: „Oder findest du den großen Wagen schöner?"

„Ich finde ..." Dann besann sie sich. „Es ist keiner da – außer meiner Mutter und mir."

Stella deutete hinter ihr auf die lange Holztreppe. „Und

der große blonde Mann dort hinten?"

Selbst Mik Wallins Kopf zuckte automatisch hoch, als Stella zur Treppe deutete. Das Mädchen fuhr erschrocken herum. Und noch, bevor sie etwas sagen konnte, sagte Stella. „Oh – jetzt ist er ins Zimmer gegangen. Sag mal: Haben die dir gesagt, dass du uns sagen sollst, dass keiner da ist?" Sie schüttelte entsetzt den Kopf. „Also, wenn sie das machen, dann müssen die aber auch richtig mitspielen, oder? Dann müssen sie sich verstecken, oder? Also – das finde ich richtig blöd von denen."

Das Mädchen sah zu Stella, dann wieder hektisch zur Treppe. Dann wieder zu Stella. Dann drehte sie sich völlig unerwartet um, ließ die beiden im Eingang stehen und rannte in das große Haus hinein.

Stella schluckte, griff rasch nach Miks Hand und zog ihn ins Haus. In dem Moment geschahen mehrere Dinge gleichzeitig.

Es donnerte so laut, dass beide erschrocken zusammenfuhren. Das Mädchen rief etwas und am Ende der Treppe trat ein junger Mann aus der Tür und fragte: „Sind sie weg?"

Erst dann starrte er die beiden Polizisten an und Stella war geistesgegenwärtig genug, zu behaupten: „Die Kleine war so nett." Frech lächelnd trat sie mutig näher.

„Stella Nykvist", erklärte sie in einem Ton, als müsse das dem jungen Mann etwas sagen. Dann deutete sie auf ihren Europol-Kollegen. „Und das ist Mik Wallin. Und du bist ...?"

Er starrte sie an, und kam langsam ein paar Schritte die Treppe herunter. „Ich bin Gustav Hetland. Was wollt ihr hier – wer seid ihr?"

„Polizei. Wir müssen mit Knut Solbakken sprechen. Im Rahmen einer Mordermittlung", erklärte Stella. Dass Knut im Haus war, setzte sie damit einfach voraus.

„Ihr dürft hier nicht sein. Niemand hat euch ..." Er machte ein paar rasche Schritte und rauschte unerwartet flink die Treppe herunter. Draußen donnerte es erneut grollend, dann erhellte ein Blitz den dunkelgrauen Himmel. Gustav zuckte zusammen. Aber das blieb der einzige Moment der Ablenkung. Als er vor Stella stand, war sie sich sicher, dass er sie am liebsten durch den Flur schubsen wollte. Nur seine Erziehung schien ihm das zu verbieten.

„Was bildet ihr euch ein? Ihr könnt nicht einfach hier ..."

Er trat näher. Dann deutete er zur Tür und sagte für die Nähe zu Stellas Ohr entschieden zu laut: „Verlasst auf der Stelle dieses Haus."

„Mal für mich", erklärte Stella unbeeindruckt. „Was ist deine Rolle hier?" Dann setzte sie frech hinterher: „Du warst doch auch auf der White Pearl, richtig?"

Das war nicht mehr als eine Annahme. Sie hatte sein Gesicht in keiner ihrer Unterlagen gesehen. Aber der Kerl entsprach allen besseren Nazi-Klischees. Stramm gebaut, muskulös, akkurat geschnittene Haare, die nur am Oberkopf länger waren und dabei auf eine schon fast lächerliche Weise blond. Seine Brille war streng und rund und saß dicht an den Augen. Seine gesamte Körperhaltung sagte: „Ich gehöre zur Siegerrasse."

„Ich wüsste nicht, was euch angehen sollte, ob und wann und wo ..."

Oben öffnete sich eine weitere Tür. Das kam auch für ihn unerwartet und verwirrte ihn offenbar für eine Sekunde. Stellas Kopf zuckte nach oben und dann starrte sie die Frau an, die sie sofort erkannte. Lykke Andersen.

#041

„Lykke!", rief Gustav und huschte rasch zwei Schritte die Treppe hinauf. „Lykke – geh wieder rein, es gibt hier ..."

Lykke winkte ab. Als Gustav weitersprechen wollte, machte sie eine barsche Bewegung und starrte ihn an, als wollte sie ihm mitteilen, dass sie ihn notfalls mit einem

Blick töten könnte.

Er verzog das Gesicht. Jetzt war zumindest klar, wer hier das Sagen hatte.

Dann kam Gustav die Stufen wieder runter. „Ihr verschwindet jetzt! Niemand hat dich hereingebeten!“ Gustav trat näher an Stella. Dann noch näher. Schließlich schob er sie mit Kraft seines Gewichts einfach vor sich in Richtung Tür. Stella war für einen Moment entsetzt. Das hatte sie noch nicht erlebt. Und sie hatte auch nicht damit gerechnet.

Dann hörten sie Lykkes Stimme von oben.

„Lass sie! Lass die kleine Rothaarige. Das ist mein Job.“

Sie lief auf der oberen Ebene bis zur Treppe, trat auf die erste Stufe. „Gustav“, schnarrte sie mahnend und versuchte, herrisch zu klingen, obwohl ihre Stimme seltsam kraftlos wirkte.

Gustav trat einen Schritt von Stella zurück und verschränkte die Arme. Sie blinkte kurz nach hinten und stellte dankbar fest, dass Mik direkt neben ihr stand und angriffsbereit gewesen war. Er hielt Gustav im Blick und hatte sich zu seiner vollen Größe aufgerichtet.

Lykke kam einige Stufen der langen breiten Treppe herunter, die etwas von einem Herrschaftshaus im nordamerikanischen Kolonialstil hatte. Weiß lackiert und breit durchschnitt sie das prachtvolle Haus gediegen und elegant. Lykke hingegen wirkte wenig elegant auf der Treppe. Sie ging die Stufen langsam herunter und behielt Stella Nykvist dabei im Blick. Es wirkte so, als müsste sie sich auf die Stufen konzentrieren, um nicht zu fallen. Das ließ sie wie eine alte Frau wirken.

Dann hielt Lykke unvermittelt an. „Was willst du hier?“

„Mit euch reden. Wie es aussieht, sind ein paar Bekannte von euch getötet worden. Und auf euch gab es ja auch einen Anschlag.“

„Welche Bekannten?“

„Stina Burkhard beispielsweise oder Elias Nordberg.“

Lykke kam mit ausdruckslosem Gesicht zwei Stufen näher und schien das nicht einmal zu bemerken. Immer noch fixierte sie Stella mit einem regelrecht ätzenden

Gesichtsausdruck. Sie wirkte, als wollte sie Stella etwas antun, aber Stella blieb ruhig. Gegen Lykke würde sie ihrem Empfinden nach einerseits ankommen, andererseits war sie noch ausreichend weit weg.

„Was ist mit Elias Nordberg?"

„Er ist tot. Wurde ermordet", antwortete Stella angriffslustig. „Ziemlich brutal, wenn du mich fragst."

„Und wer war das? Wieder so eine verdammte Kopftuch-Schlampe?", platzte es aus Gustav heraus.

Stella widmete ihm einen oberlehrerhaften Blick. „Stünden wir hier, wenn wir das wüssten, hm?"

„Bei uns kommt ihr ja immer gerne unter den fadenscheinigsten Gründen vorbei", gab er zurück.

Lykke war noch eine Stufe heruntergekommen. Sie wirkte zögerlich und Stella konnte beobachten, dass ihr Augenlid leicht zuckte. Es fiel ihr schwer, sie anzusehen. Ständig wollte sie auf den verletzten Bereich ihres Schädels starren. Der Teil ihres Kopfes, der die Kugel abgefangen hatte. Die Kugel, die für Stella bestimmt gewesen war.

„Wann ist das passiert? Wann ist er gestorben?"

„Warum fragst du das?"

„Weil ich es wissen will?"

„Gestern Abend. Wo warst du da?"

„Hier."

„Das ging aber schnell. Eben noch in Amalfi und jetzt schon in Norwegen ..."

„Wir wollten da weg. Und die Gründe dürften klar sein."

„Wo ist Knut – ist der auch hier?"

Gustav schüttelte den Kopf. „Knut ist an einem sicheren Ort."

„Also hier im Keller?", mutmaßte Stella.

Gustav sah sie bemüht neutral an und gab keine Antwort. Schließlich spielte Stella einen Joker aus, den sie noch nicht hatte, was mutig war. „Also müssen wir erst den Geo-Tag des Videos auslesen?"

Er schien für einen Moment zu überlegen, ob es den geben konnte, und seine Reaktion zeigte Stella, dass das der Fall war. Bevor er etwas erwidern konnte, erklärte Lykke: „Da ist er längst nicht mehr. Denk doch mal ein bisschen nach, Nykvist – sonst hätten wir das Video ja kaum verbreiten können. Damit würden wir ihn in Gefahr bringen."

„Wir müssen mit ihm sprechen."

„Was weiß die Polizei über den Anschlag auf die White Pearl?"

„Das ist Sache der Polizei in Italien, nicht der skandinavischen Einheiten."

„Also wisst ihr beiden nichts", unterstellte Lykke in einem ätzenden Tonfall – aber keiner der beiden ging darauf ein.

„Können wir uns irgendwo setzen?"

„Keinesfalls. Wir brechen das jetzt hier ab." Sie deutete auf Mik. „Der da hat hier ohnehin keine Rechte, soweit ich weiß."

„Soweit du weißt ...", brummte Stella. Dann grinste sie. „Das trifft so nicht zu. Außerdem habe ich ja ausreichend Rechte."

„Um in einem italienischen Fall zu ermitteln? Dass ich nicht lache."

Gustav baute sich breitbeinig vor den beiden auf. „Ich würde vorschlagen, dass ihr jetzt geht."

„Nicht so eilig", entgegnete Stella. Mittlerweile war auch sie nicht mehr ganz so ruhig. Hierher zu fahren, war eher eine Art Machtbeweis gewesen. Sie wollte ihnen zeigen, dass sie die Adresse hatte, dass sie sich nicht vor ihr verstecken konnten. Und sie würden jetzt wissen, dass Bjarne ebenfalls wusste, wo sie sich aufhielten. Sie ging davon aus, dass das reichen würde, um diese Bande in eine gewisse Nervosität zu versetzen.

„Stina Burkhard. Wie war euer Verhältnis zu der?"

„Sie ist eine kluge Frau, die sich für die richtigen Dinge einsetzt. Unsere Interessen überlappen sich oft", erläuterte der kräftige Jung-Nazi, der immer noch zu dicht an ihr stand. Oben öffnete sich die Tür. Für einen Augenblick kam das kleine Mädchen zum Vorschein. Dann verschwand sie wieder.

„Wann habt ihr sie das letzte Mal gesehen?"

„Ist das jetzt eine Vernehmung?"

„Eine Befragung. Also: Wann?“

Gustav zuckte die Schultern. „Zwei Wochen vielleicht.“

„Was habt ihr da gemacht?“

Er seufzte gereizt. „Ein paar Sachen abgestimmt. Knut und sie schreiben ein Buch. Und das wird wieder einmal die Wahrheit sagen! Kein Wunder, dass da irgendeine dieser Spinnerinnen plötzlich das muselmanische Schwert zieht und Selbstjustiz begeht.“

„Das ist doch der eigentliche Skandal!“, schnauzte Lykke. „Die schlägt unserer Freundin den Kopf ab! Und wir müssen uns verstecken! In unserem eigenen Land! Und was macht ihr? Erst mal schauen, ob wir nicht vielleicht schuld sein könnten! Habt ihr uns mal gefragt, wie es uns geht? Nein – erst mal die Ausländer in Schutz nehmen, die sich nicht an die Regeln unserer Kultur halten. Zum Kotzen ist das, zum Kotzen, Nykvist! Du hast unser Land schon dermaßen geschwächt ...“

„Wenn das alles so zutrifft – was ist dann mit Laurin Haugen? Keiner dieser ‚Ausländer‘ hätte doch wohl einen guten Grund, den zu töten, wenn wir da mal in eurem Bild bleiben – mit der Wahrheit – oder?“

„Weil das eben verdammte Tiere sind“, erklärte Lykke ruhig. „Vielleicht einfach zu dumm, zu begreifen, was der Kerl geschrieben hat. Die Hälfte von denen kann unsere Sprache nicht. Was erwartest du denn, was ...“

„Lykke ... rede nicht solchen Unsinn. Wenn du dich mit dem Thema mal ohne deine nordgermanischen Scheuklappen beschäftigen würdest, dann ...“

Lykke hob die Hand, schaute zu Gustav und gab ihm ein Zeichen. Dann drehte sie sich um und stolzierte die Treppe hoch. So sehr ihr das möglich war. Sie humpelte leicht, das war auch jetzt nicht zu übersehen. Unerwartet verschwand sie in dem Raum, in dem eben das kleine Mädchen zu sehen gewesen war.

Gustav steuerte auf die beiden zu. Mik stellte sich unerwartet vor die rothaarige Schwedin. „Mal sachte, ja?“

„Ihr verschwindet jetzt.“

„Ja – und das haben wir gut verstanden. Kein Grund, auf meine Kollegin zuzugehen wie eine Dampfwalze, oder? Du bist doch ein zivilisierter Nordgermane."

„Ihr verschwindet jetzt", wiederholte er. „Und falls ihr nochmal wiederkommen wollt, habt ihr vielleicht besser etwas in der Hand."

Er überholte Stella und öffnete die Tür. In dem Moment schoss ein Blitz quer über den Himmel und erleuchtete ihn hell. Alle drei zuckten erschrocken zusammen. Kaum, dass sie sich von dem Schreck erholt hatten, donnerte es, als habe jemand eine Kanone abgefeuert. Alle drei zuckten erneut zusammen.

Das Unwetter musste jetzt praktisch direkt über dem Haus stehen. Gustav zog den Mund schief. „Wo steht euer Auto?"

„Draußen auf der Straße."

Er schien mit sich zu ringen. Mit seiner Rolle und der Erziehung, die er irgendwann einmal genossen hatte. Dann griff er in die Tasche. Für einen Moment war Stella sicher, dass er ihnen anbieten würde, sie zum Auto zu bringen. Dann aber nickte er und erklärte: „Na – dann werdet ihr wohl furchtbar nass, tippe ich."

Er grinste, wandte sich um und schloss die Tür hinter ihnen. Der Regen prasselte neben ihnen herab und erneut wurde der Himmel fast taghell erleuchtet. Diesmal folgte kein Donner, aber Stella spürte, dass ihre Schuhe rasch nass sein würden. Sie schaute ihn an, nickte und rannte los. Eine Alternative hatten sie nicht.

Sie war schon stinksauer, bevor sie den Wagen erreichte. Rennend entriegelte sie den Wagen aus der Ferne und Sekunden später sprangen sie nacheinander ins Auto. Beide waren klatschnass.

Aus ihren roten Locken lief Stella das Wasser ins Gesicht, lief ihr in den Nacken und den Körper herunter. Sie konnte Wasser in ihren Schuhen spüren, als sei sie durchs Meer gelaufen. Sie konnte sich nicht erinnern, einmal so nass von einem Regen geworden zu sein.

Dann folgte ein grell gezackter Blitz und einen Atemzug später schien der Donner den Wagen regelrecht zu erschüttern.

„Das war ja mal echt für die Katz ...", brummte Mik nach

einer Weile.

Stella sah das im Grunde genauso. Aber aus einem regelrecht kindischen Impuls heraus wollte Stella es nicht zugeben. Sie schaute ihn vorwurfsvoll an. Dann startete sie den Wagen, legte den Rückwärtsgang ein und bugsierte den Peugeot unter laut auf das Blech trommelndem Regen in eine kleine Bucht im Wald.

Sie stoppte den Motor, schaltete alle Lichter aus und säuselte hochnäsig. „Abwarten."

„Worauf willst du warten? Was meinst du, was passiert? Sie haben uns abserviert. Beim nächsten Versuch werden sie uns gar nicht erst reinlassen ohne richterlichen Beschluss. Hast du wirklich angenommen, dass du mit Knut sprechen kannst und der etwas kluges ..."

„Mik – warum bist du mitgekommen, wenn du das alles vorher wusstest?"

Ihre Blicke hafteten einen Moment lang stur aufeinander. Mik Wallin verlor, wenn auch nach einer erstaunlich langen Phase. Er senkte seinen Blick – nur kurz zwar, aber er hatte verloren. Und das wusste er.

„Ich würde mit dir wetten, dass der Kerl da drin ist. Und wir wissen jetzt, dass das Video eine Kennung hat, die es sich zu verfolgen lohnt."

„Und was bringt uns das bezüglich der Morde?"

„Hm ... was ich mitnehme: Lykke wusste von dem dritten Mord nichts, oder?"

„Nein."

„Dieser Gustav ... ich hätte gewettet, dass der es wusste."

„Und?"

„Das sagt eine Menge über Lykkes Stellung in der Organisation aus. Ich weiß nicht, ob du es weißt: Sie nennt sich jetzt Lykke Sætervik. So heißt sie rechtlich aber gar nicht. Ihr Bruder heißt so. Also Sætervik Sie haben unterschiedliche Eltern. Sie heißt eigentlich Lykke Andersen. Aber auf ihrer Klingel steht jetzt Lykke Sætervik. Ich glaube, dass sie vielleicht mal weiter vorn in der Organisation war. Aber die wollen eigentlich ihren Bruder. Und das wird ihr so langsam klar."

„Okay – aber nochmal: Was hilft uns das bei den drei

Morden?“

„Bei Mord zwei und Mord drei hilft uns das auf den ersten Blick einmal gar nichts.“

„Aber?“

„Mich haben die Reaktionen der beiden gewundert. Dich nicht?“

„Warum?“

„Na – die hatten für den ersten Mord sofort eine Erklärung parat. Menschen, die so etwas begründen können, finde ich immer verdächtig.“

„Die hatten eine Erklärung aus ihrem seltsamen Verschwörungskosmos ‚Eurabien‘ parat. Das war keine ernstgemeinte Einlassung. Das war ein Reflex.“

„Die haben sich aus einem Haufen von Spinnereien die lustigsten herausgesucht und sie schief und krumm zusammengeknotet“, maulte Stella. „Deren seltsame ‚Ideologie‘ ist nur ein wilder Mischmasch. Zusammengeklaut ohne Sinn und Verstand. Die haben den Schwachsinn mehrerer Generationen genommen, ihn neu zusammengesteckt und bunt angepinselt! Das ist doch nicht neu!“

„Meinetwegen – aber worauf willst du hinaus?“

„Die Reaktion – auch wenn du sie als Reflex einstufst – war dennoch eine Reaktion. Die hätten einfach die Schultern zucken können. Ein simples ‚was weiß ich?‘ hätte doch gereicht. Aber die wollten uns eine Erklärung anbieten. Mich wundert das. Und mich wundert auch ein wenig diese seltsame Choreografie der Morde.“

„Hm?“

„Na – die kommen doch im perfekten Moment. Morgen werden die Zeitungen landesweit voll davon sein. Und die Menschen werden eine furchtbare Angst bekommen, oder? Selbst vernünftige Menschen werden sich jetzt vielleicht fragen, ob sie erkennbar muslimischen Mitmenschen jetzt besser mal ausweichen, oder? Die rennen ja scheinbar herum und schlachten einfach Leute ab, die nicht ihrer Meinung sind! Oder? Und das ist doch der perfekte Moment, in dem der angeschlagene Märtyrer wieder aus der Kiste springt. Der Augenblick, in dem Knut seinen ganzen Mist absondern kann."

„Moment – du meinst, er hat das inszeniert? Er hat die Morde beauftragt?"

Nun war es an Stella, seinem Blick auszuweichen. „Mir ging das jedenfalls durch den Kopf", gab sie leiser zurück als bei ihr üblich. „Ich meine: Es wäre doch schon ein reichlich praktischer Zufall ..."

„Im Ernst, Stella: Deswegen wolltest du hierherkommen?"

„Ich wollte die Reaktion sehen. Ich hab mich das ziemlich schnell gefragt und mich auch gefragt, wer einen Nutzen davon haben könnte. Löst man Fälle nicht auf diese Weise?"

„Jeder seltsame Freizeit-Nazi hätte einen Nutzen davon."

„Das stimmt."

„Also: Warum er? Warum Knut?"

„Siehst du nicht die Zufälle, Mik? Da ist doch was im Argen. Yngve kommt aus dem Knast – quasi pünktlich zum ersten Mord. Aber seine ganze Entourage ist nicht da. Die treiben sich in Italien rum, wo ihre russische Yacht zu einem strategisch günstigen Zeitpunkt in die Luft fliegt, als sie gerade alle irgendwie zufällig nicht an Bord sind. Und dann kommen kurz hintereinander zwei politische Morde. An schillernden Figuren. Und die beiden folgen ja nicht nur eindeutig einem Muster, sondern auch einem sehr ähnlichen wie der erste Mord."

„Und der ergibt in dem ganzen Kontext überhaupt keinen Sinn."

„Mir ist auch klar, dass der nicht ins Muster passt. Die beiden anderen Morde könnte eine rachsüchtige Muslima begangen haben. Der erste ... vielleicht sehen wir da was nicht."

„Bjarne hat das anders gesehen, sonst wäre er nicht nach Italien geflogen."

„Na ja ... vielleicht hat er den Namen von Knut in den Akten gesehen und ..."

„Nein – da war mehr. Bjarne ist doch nicht verrückt. Der hat sofort eine Verbindung zu den Erben Utøyas hergestellt."

Sie schaute auf die Uhr. „Lass uns Bjarne anrufen. Ich denke, dass der …" Sie starrte auf ihr Telefon. „Ich habe kein Netz. Du?"

„Ich habe …" Er riss die Augen auf. „Seit fast einer halben Stunde kein Netz."

Stella blickte sich in der Dunkelheit um. „Na – dann hat das Unwetter wohl ausreichend …"

Seine Hand schoss an ihr vorbei und deutete zum Haus. „Da tut sich was."

#042

Martina kniff die Augen zusammen und musterte die Shampoo-Flasche konzentriert. Sie konnte die einzelnen Wörter nur in Grenzen verstehen. Ihr Norwegisch war im Alltag okay – aber für Inhaltsstoffe von Kosmetik reichte es nicht. Dennoch versuchte sie, die Worte in sich aufzunehmen.

Als Knut plötzlich hinter ihr stand, erschrak sie. Sie schrie spitz und ließ das Shampoo fallen.

„MANN!! Spinnst du??"

„Entschuldige …! Sag mal – machst du verbotene Sachen im Bad?"

Er bückte sich und hob die Flasche auf. Gelassen stellte er sie auf dem kleinen Sims. Dann legte er die Arme um ihre Schultern. Langsam ließ er die Hände über ihr Shirt gleiten, aber er spürte, dass sie sich unerwartet versteift hatte. Argwöhnisch sah er in den Spiegel, suchte ihren Blick.

„Was ist mit dir?"

„Nichts …", brummte sie widerwillig.

„Du hast doch was …" Er sah wieder zu der Shampoo-

Flasche. Dann wieder zu ihr. Langsam ließ er seine Hände über ihren Bauch gleiten. „Komm, sag schon ... was ist?"

„Ach ... Ist alles ein bisschen viel, oder? Dieser ganze Sprengstoffanschlag, die Morde – macht dir das keine Angst?"

„Schatz – red keinen Blödsinn. Was ist los? Was ist ... mit dem Shampoo da drüben?"

Sie räusperte sich. „Färbst du dir die Haare?"

„Was???" Mit einer erstaunlich raschen Bewegung griff er sie an den Schultern und schleuderte sie förmlich herum. „Sehe ich aus, als würde ich mir die Haare färben?"

Sie blickte zu seinen blonden Haaren auf und schüttelte langsam den Kopf. „Und was ist das da?"

„Das Zeug verhindert, dass meine Haare ausbleichen. Schau dir mal Kinderfotos von mir an. Da habe ich im Sommer manchmal ausgesehen, als ob ich weiße Haare hatte. Auf Videos ist das ganz schlimm."

„Verstehe", brummte sie. Sie erinnerte sich an die letzten beiden Male, als sie hektisch aufbrechen mussten. Dieses eine Shampoo hatte er immer als erstes in die Reisetasche geworfen. War er so eitel?

„Dann nehm ich das vielleicht auch mal, wenn wir wieder in Italien sind?", grinste sie und legte ihre Hände um seinen kräftigen Körper. Sie presste sich an ihn.

„So schnell wird das wohl nichts. Du weißt, dass wir hier noch etwas vorhaben."

„Sicher ...", erklärte sie und legte ihren Kopf an seine Brust. Es gab Mittel gegen ausbleichende Haare? War das nicht Blödsinn? Sie war ihr Leben lang blond – hätte sie davon nicht mal was gehört? Hätte nicht ein Friseur ihr was Teures für den Urlaub verkauft?

In ihrem Kopf lief ein seltsamer Film ab. Wenn sie bei ihm war, führten sie eine sehr intensive Beziehung. Dann verschwand er und meldete sich oft tagelang nicht, wenn er unterwegs war. Wenn er Nummer 1 traf, bekam sie manchmal nur eine SMS in 3 Tagen oder so.

Hatte Knut Solbakken eine Freundin, die sie nur ahnte ...?

„Komm", erklärte er und löste sich von ihr. „Wir können

hier nicht bleiben. Die kleine Rothaarige weiß, wo wir sind."

„Also? Was machen wir dann?"

„Ein anderes Haus. Weiter im Süden."

„Du willst jetzt bei dem Wetter auf die Straße?"

„Das ist die beste Voraussetzung. Wir werden allein sein."

„Wer kommt alles mit?"

„Lykke und Gustav. Und morgen kommen zwei Sicherheitsleute dazu. Die wollten heute kommen – aber in Norwegen und in Teilen Schwedens sind alle Flüge abgesagt worden wegen fehlender Funksysteme."

Wie zur Bestätigung hörten sie einen lauten Donnerschlag. Martina schaute nach oben. Und immer noch rasselte dort der Regen gegen das Dachfenster und schien nicht enden zu wollen. Hatte ihre Oma nicht immer gesagt, wenn es regnet, hören Blitz und Donner auf?

Martina sah wieder zu Knut und nickte dann. „Ich pack meinen Kram fertig."

Sie erwartete, dass er sie loslassen würde. Aber er hielt ihre Hüfte nach wie vor regelrecht umklammert.

„Wir haben keinen Grund, jetzt durchzudrehen, Martina, okay?", erklärte er eindringlich.

„Tu ich doch gar nicht!", gab sie zurück und bemühte sich, ein wenig entrüstet zu wirken. Eigentlich war sie müde von den letzten Wochen.

„Deshalb sag ich es. Fang nicht damit an, dir jetzt Sachen einzubilden, die uns gefährden. Wir sind genauso stark wie letzte Woche. Vielleicht sind wir sogar stärker. Das, was da jetzt gerade passiert, zeigt den Leuten doch nur, wie überfremdet wir sind. Norwegen, Schweden, Deutschland ... Überall das gleiche Bild. Und jetzt, ja, jetzt haben wir Munition! Das wird einiges verändern."

Sie nickte. Eher reflexhaft, nicht, weil sie ihm wirklich zugehört hatte. Er war unbewusst beim Sprechen in seinen Bühnenton abgedriftet. Das passierte ihm immer häufiger. Martina spürte, dass da etwas in ihm vorging, fühlte, dass er weiter nach vorn wollte. Er wollte sichtbar werden, schien ihr. Nach all den Jahren, die er im Hintergrund tätig war, Krisen für die Führer der unterschiedlichsten Länder organisiert hatte.

Er schwieg einen Moment. Beinah glaubte sie, dass Knut den Wechsel in seiner Stimme ebenfalls bemerkt hatte. Er gab ihr einen flüchtigen Kuss und wandte sich um. Rasch schnappte er sein Shampoo, sein Deo und eine Zahnbürste. Dann verschwand er.

Martina war 20 Minuten später so weit. Sie stand abreisebereit mit ihren beiden Taschen im Flur nahe der Eingangstür, wo sie ihren Wagen geparkt hatten. Sie hatte sich von dem kleinen Mädchen verabschiedet. Ebenso von ihrer Mutter, die das Haus hier am Laufen hielt und hier wohnen durfte, solange sie sicherstellte, dass Gäste von Maksim Markov hier jederzeit spontan auftauchen konnten, wenn er das wollte.

Gustav kam mit seinem pflichtbewusst militärischen Schritt und seinen beiden Reisetaschen aus dem kleinen Raum hinter der großen Treppe auf sie zu und stellte die Taschen ab. Er öffnete die Tür. Der Regen hatte ein wenig nachgelassen. Aber kaum, dass er das hohe Portal aufgezogen hatte, erhellte ein kraftvoller Blitz den Himmel.

Er blickte auf ihre Taschen. Ungefragt schnappte er sie sich, hing sie nacheinander über seine rechte Schulter, griff seine eigenen und verschwand überladen in der nassen Dunkelheit.

Sie hörte ihn am Wagen – aber nach kürzester Zeit kehrte er wieder zurück. Seine Schultern waren nass, seine Haare ebenso.

„Danke", murmelte sie und wusste nicht recht, was sie reden sollte. „Wo steht der Index?", erkundigte sie sich eher pflichtschuldig.

Er lächelte satt. „79,5. In Norwegen auf dem Land mittlerweile weit über 80. Das Volk kocht", grinste er siegessicher.

Martina war erstaunt, dass Knut das nicht erzählt hatte. Er hatte nur die Reaktionen auf seine Rede beobachtet. Und da auch eher die der Multiplikatoren. Die liebten seine

Rede.

Der Index, den Gustav entwickelt hatte, hatte Knut die ganze Zeit als „das Maß der Dinge“ beschrieben. Wenn Martina das richtig verstand, sagte er etwas über die Aktionsbereitschaft der Bevölkerung aus. Im Prinzip darüber, wie wütend sie waren und wie willig, etwas gegen die ganzen Flüchtlinge zu unternehmen.

Lag er über 80, würden sie zuschlagen. Das hatte er immer gesagt. Das erste Mal, dass Martina das gehört hatte, hatte der Wert bei 64 gelegen und 80 schien weit entfernt. Jetzt jedoch, vielleicht auch getrieben durch die muslimischen Morde, war der Wert praktisch erreicht. Hieß das nicht auch automatisch, dass Knut den nächsten Schlag ausführen wollen würde?

Als Martina sich noch einmal erkundigen wollte, was sie da verpasst hatte, musterte Gustav sie unerwartet. „Welche Route hast du eigentlich genommen?“

„Hm?“

„Wo warst du – welche Route hast du hierher genommen?“

„Weiß nicht genau. Bin gefahren, wo das verdammte Navi mich hingeschickt hat“, log sie.

Sofort spürte sie seinen bohrenden Blick. Dieser Gustav war clever. Entschieden cleverer, als sie zunächst angenommen hatte. „Warum fragst du mich das überhaupt?“, erkundigte sie sich mit einem giftigen Unterton. „Wo bist du denn die ganze Zeit gewesen?“

„Das weißt du doch.“

Martina schluckte. Das stimmte leider. Sie wusste es. Ihre Antwort war eher ein Reflex gewesen. Gustav hatte das Treffen zwischen Yngve und Nummer 1 organisiert, das dann nicht stattgefunden hatte. Knut hatte getobt.

„Also … welche Route hast du genommen?“

Sie zuckte die Schultern und versuchte, es belanglos wirken zu lassen. „Ich hab mir da nicht jede Straße gemerkt. Und ganz ehrlich: Für mich klingen norwegische Ortsnamen oft sehr austauschbar.“ Sie zuckte die Schultern und mied seinen Blick. Sie hatte nicht gedacht, dass er Verdacht schöpfen würde. Sie hatten sich für die

Flucht schließlich aus guten Gründen getrennt.

Plötzlich hörten sie eine Tür in der oberen Etage und Stimmen. Lykke und Knut kamen die Treppe herunter und schienen plötzlich wieder sehr gelockert zu sein. Er trug ihr galant die Tasche und Lykke wirkte entschieden entspannter und gesünder als noch vor einer Stunde. Ihr Humpeln war wieder verschwunden, stellte Martina verwundert fest.

Der Besuch der schwedischen Polizistin hatte sie in höchstem Maße aufgewühlt. Das war nicht zu übersehen gewesen. Martina kannte die Details dazu nicht. Nicht offiziell. Nur aus den Geschichten, die man sich hinter vorgehaltener Hand erzählte. Die rothaarige kleine Frau mit dem frechen Mundwerk sollte für Lykkes Verwundung verantwortlich sein. Und dieser Kopfschuss war zwar kosmetisch gut behoben worden – aber er belastete sie. Das war unübersehbar.

Jetzt hingegen wirkte sie regelrecht erleichtert. Die beiden strahlten, als sie die Treppen herunterkamen. Auch Knut schien entspannter zu sein als in den vergangenen Stunden.

„Wir haben ein neues Treffen arrangiert", erklärte er beschwingt. Er musste nicht erwähnen, um wen es ging. Es ging um DAS Treffen. Es ging ja um nichts mehr anderes. Das Treffen zwischen Yngve und der Nummer 1.

Die beiden lächelten und nickten und Martina warf einen Blick zu Gustav. Hätte sie raten sollen, hätte sie gesagt, dass er davon nichts wusste. Lykke und Knut hatten dieses Treffen organisiert, was eigentlich sein Job gewesen wäre.

Rasch schaute sie weg und lächelte. „Das freut mich. Es wird dringend Zeit!"

Die anderen nickten ruhig. Dann griff Knut freundschaftlich Lykkes Hand. Er verschränkte seine Finger in ihren und lächelte, bevor er an den beiden vorbeistolzierte, die Tür öffnete und mit Lykke auf der Rückbank des Wagens verschwand. Eigentlich wäre das der Platz für Martina gewesen.

Sie presste die Lippen aufeinander und lief los. Nach

wenigen Metern im Regen nahm sie auf dem Beifahrersitz des großen, luxuriösen Geländewagens Platz. Sie streifte den Regen von ihren nackten Armen und legte die Jacke zwischen ihre Beine. Martina bemühte sich, nicht nach hinten zu schauen. Sie hasste es, wenn Knut auf diese Weise mit ihr umging.

Gustav startete den Wagen und rauschte entschieden zu schnell über die lange Auffahrt zur Straße. Er bog links ab und fuhr in die immer noch dichte Regenfront hinein, die das Tageslicht so rücksichtslos und endgültig ausgelöscht hatte. Er schwieg. Seine Enttäuschung tropfte ihm schier aus den einzelnen Poren.

Wenige Augenblicke später löste sich ein Wagen aus dem Dunkel und folgte ihnen.

#043

Als Maren Christensen aus dem flachen Gebäude nach draußen trat, war sie froh. Sie atmete durch und schaute sich um, während sie zu ihrem Wagen zurück schritt, den sie bedeutend zu weit weg vom Haus abgestellt hatte.

Das kleine Ensemble, das einsam an der schnurgeraden Straße stand, bestand aus acht unterschiedlich großen Gebäuden und sie hatte gleich vor dem ersten geparkt. Dann aber hatte sich herausgestellt, dass das ehemalige Plattenlabel „Nordic Storm“ im vorletzten Gebäude untergebracht war. Als sie aus dem jetzt heraustrat, hatte sie den Eindruck, nur wenig erreicht zu haben.

Die beiden Kerle, die das Label heute betrieben, hatten es bereits vor Jahren in „Klangkråft“ umbenannt. Im Stil der seltsamen nordisch rassistischen Bewegungen, die gerne mit germanischen Begriffen und skandinavischen

Buchstaben spielten. Hier und da verwendeten sie auch mal Runen, die den gewohnten Buchstaben ähnelten, was verwirrend war.

Solche hatte sie auch hier gesehen. Hinter den beiden Kerlen hatte ein ziemlich lächerlicher Ausdruck mit den Runen ᚱ ᚼ gehangen, die sie zunächst nicht als Runen begriffen hatte, sondern als eine schnörkelige Version der Buchstaben R und X. Aber sie hatte diese Symbole schon einmal gesehen. Sie würde Bjarne fragen müssen. Ungewollt kannte der sich mit solchen Dingen aus.

Sie hatte eine Nachricht von ihm erhalten, die sie aufgewühlt hatte. Er hatte ihr ein Dossier geschickt und darin zwei Dinge markiert. Einmal war da das Plattenlabel gewesen. Aber die Jungs, die es heute betrieben, schienen mit den Vorfällen zu Beginn des letzten Jahrzehnts, die schließlich in dem grausamen Anschlag auf Utøya gegipfelt hatten, nichts zu tun. Der Ältere der beiden, unter dessen kurzen Haaren man am Hinterkopf noch ein tätowiertes Hakenkreuz durchschimmern sah, hatte damals schon das Label geleitet.

Der Zweite war vielleicht Mitte 20 und damals noch zur Schule gegangen.

Sie hatte nicht viel aus ihnen herausbekommen. Nur eines hatte sie erstaunt. Auf die Frage, was sie über den Templerorden wussten und die Frage, was Solbakken mit denen zu tun gehabt hatte, hatten sie regelrecht aggressiv gemauert. Da waren sie beide – auch der Jüngere – in eine Verteidigungshaltung gegangen, die schier lächerlich von ihrem bisherigen Verhalten abgewichen war. Da hatten sie geblockt. Damit wollten sie nichts zu tun haben.

In Dänemark war das nicht so bekannt gewesen. Aber Maren wusste aus anderen Ermittlungen und von Bjarne, dass ausgerechnet Breivik ein Anhänger dieses Ordens und seiner historischen Überbleibsel gewesen war. Er hatte sich eine Parallelwelt gezimmert. Die hatte im Kern aus Ausländerfeindlichkeit bestanden. Man brauchte ja einen Schuldigen. Und drum herum hatte er alle möglichen Bausteine von Mythologien verwendet. Ob sie passten oder nicht. Der Templerorden passte nicht. Da war sie sich sicher. Aber das wollte sie nicht bewerten.

Sie setzte sich in ihren Wagen, die Füße noch auf der Straße und ließ die Tür einen Moment lang offenstehen. Es war noch früh und sie wusste, dass Bjarne noch ein Stück zu fahren hatte. Sollte sie ihn jetzt schon anrufen? Mit so ein paar mickrigen Informationen?

Sie seufzte und schwang ihre langen Beine ins Auto. Dann machte sie sich auf den Weg ins winzige Uggerby, das ohnehin auf ihrem Rückweg lag. Da hatte Bjarne ihr offen gesagt, er habe keine Ahnung, was er dort erwarten würde. Aber vielleicht können sie einfach mal „mit ein paar Leuten plaudern", hatte er angeregt.

Maren musste auch jetzt wieder lächeln. Tatsächlich war „mit ein paar Leuten plaudern" eine von Bjarnes speziellen Qualitäten. Stella verbiss sich, war oft konfrontativ und erreichte dadurch manchmal auch unerwartete Fortschritte, während Bjarne ein Talent hatte, mit Menschen zu reden. Er konnte in einer Kneipe oder am Fischimbiss im Plauderton mehr aus manchen Leuten herausbekommen als andere in einem stundenlangen Verhör.

Uggerby war einer der kleinen dänischen Orte, an denen man nur vorbeifuhr. Er lag an der Reichsstraße 597 und hatte seinen Namen vom Fluss „Uggerby" erhalten, der oben bei Hjørring ins Meer mündete. Es war ein Kaff, das ursprünglich wohl nur aus ein paar Bauernhöfen bestanden hatte. Den Häusern nach zu urteilen, hatte sich der „Kern" des Ortes erst in den späten 50er Jahren rund um die Kirche herum entwickelt.

Maren Christensen stellte den Wagen vor dieser Kirche ab und lief ein paar Meter. Sie hatte die Adresse des Hauses, in dem Knut Solbakken aufgewachsen war, im Kopf und schlenderte die entsprechende Straße entlang.

Sie ahnte schon aus der Ferne, dass das Haus nicht bewohnt war. Aus der Nähe sah sie auf einen Falun-farbenen Zaun, dessen Lack weitgehend abgewetzt war. Ein Brett fehlte und legte den Blick auf ein aufblasbares

Schwimmbecken frei, das vollkommen verblichen war und von zwei Ziegelsteinen am Wegfliegen gehindert wurde. Das lag nicht erst seit gestern hier.

Maren schaute sich um und überlegte einen Augenblick, über den Zaun zu steigen, der den Namen nicht mehr verdiente. Aber sie konnte eine Bewegung im gegenüberliegenden Haus erkennen. Dort stand jemand und beobachtete sie.

Sie kniff die Augen zusammen und schaute rüber. Eigentlich sah sie erstaunlich gut – aber hinter der Gardine konnte sie nur eine Art Umriss erkennen. Sie wandte sich wieder um, schritt ein paar Meter ums Haus und sah es sich von hinten an. Ein großes Grundstück, das vollkommen ungepflegt war und ein Haus, das über mehrere stark unterschiedliche Anbauten verfügte, zeigte sich ihr. Nichts hier war mehr schön, einiges war nie schön gewesen. Speziell die Anbauten wirkten so, als habe sie jemand gemacht, der nur eine sehr grobe Idee hatte, wie man Steine aufeinanderschichtet.

Als sie wieder zur Hauptstraße kam, stand dort eine grau melierte Frau und blickte sie an. „Kann ich dir helfen? Bist du von der Regierung?“

„Von der Regierung?“ Maren kam mit raschen Schritten näher. „Nein ... warum sollte ich von der Regierung sein?“

„Das Haus soll doch abgerissen werden, oder?“

„Davon weiß ich nichts.“ Sie reichte ihr die Hand. „Ich bin Maren Christensen und arbeite für eine skandinavienweite Polizeiorganisation.“

„Oh ...“, murmelte die Frau mit einem gewissen Respekt und schüttelte Maren die Hand. „Das wusste ich nicht.“

„Sieht man mir ja auch nicht an. Du ... wohnst hier schon länger?“, erkundigte Maren sich vorsichtig.

„Seit ich aufrecht stehen kann.“

„Dann musst du Knut gekannt haben?“

„Oh je ...“

„Wie meinst du das?“

„Wie viel Zeit hast du?“

„Jede Menge ...“

Minuten später saß Maren hinter einer großen Kaffeetasse. Die grau melierte Frau hatte ein altertümlich wirkendes Fotoalbum hervorgekramt, wie Marens Eltern sie besessen hatten. Sie blätterte zunächst scheinbar ziellos darin herum. Dann erhellte sich ihr Gesicht. Sie drehte das Album und deutete auf ein ausgeblichenes Polaroid.

„Das isser."

„Knut?"

Sie nickte. „Der Original-Knut sieht dem heutigen nicht so sehr ähnlich, hm?"

„Er hat ziemlich dunkle Haare."

„Ja ... der muss die sich schon seit Jahren färben, wenn du mich fragst."

Maren grinste. Ihre eigenen Haare waren so dunkel, dass man ihr das auch oft unterstellte. Sie wirkten gefärbt, hatten aber schon so ausgesehen, als sie noch ein kleines Kind war. Sie schätzte die Menge der Leute, die im Laufe des Lebens natürlich erblondeten, als gering ein.

„Wer sind die anderen auf dem Bild?"

„Der große Mann ist sein Vater. Lukas hieß der. Mit dem ist er dann später nach Deutschland gegangen. Da wollte seine Mutter nicht hin. Die ist lange hiergeblieben."

„Das ist die hier?" Maren deutete auf eine Frau, die angestrengt wirkte und nur oberflächlich für den Schnappschuss gelächelt hatte, wie ihr schien.

Die Besitzerin des Albums nickte. „Sie war lieb. Hat bei uns gearbeitet, als wir noch Tiere hatten."

„Das war ein Bauernhof?"

„Das hier war ein Bauernhof, klar." Sie deutete aus dem Fenster. „Die drei Häuser gegenüber natürlich nicht. Die waren für die Arbeiter. Die meisten aus Polen oder auch Ungarn. Viele Juden natürlich, die durch den deutschen Krieg ... Na ja – das weißt du sicher selbst."

„Ich bin in der Stadt groß geworden. Da gab es das nicht so sehr." Erneut sah sie auf das Bild. „Monia Solbakken ... die war Polin?"

Die Frau lachte. „Und ob! Die hieß auch nicht Monia."

„Sondern?"

„Henryka. Henryka Monique Stalens."

Maren starrte sie einen Moment lang an. Das würde erklären, warum das Dossier keine Informationen über sie enthielt.

„Aber Lukas Solbakken war Däne?"

„Was?" Sie lachte laut auf. „Der war so viel Däne, wie ich Albanerin bin."

Maren kniff die Augen zusammen. „Der war auch Pole?"

„Hm ... zumindest zur Hälfte. Bei seiner Mutter weiß ich es nicht im Detail. Aber sein Vater war ein reiner Pole. Jerzy Soławski. Weißt du – mit diesem gestrichenen ‚Ł'. Das spricht man eher wie ein ‚W'. Ungefähr zumindest."

„Und daraus wurde Solbakken?"

Sie nickte ruhig. Dann sah sie Maren durchdringend an. „Ich dachte irgendwie, das wäre bekannt?"

„Hm ... Das ist schwierig. Weißt du, was Knut heute macht?"

„Irgendwas mit Musik?" Sie hob hektisch die Hand. „Nein – er schreibt jetzt Bücher, glaube ich! Stimmt's?"

„Genau – weißt du, was für Bücher?"

„Ich nehme an, historische Romane oder so? Für Geschichte hat er sich immer interessiert."

„Der schreibt eher ... Politische Bücher. Politisch ziemlich rechte Bücher, wenn man es genau nimmt. Über die vielen Ausländer, die Flüchtlinge und warum man die eigentlich aus dem Land vertreiben sollte und solche Sachen."

Der Frau, die Maren gegenübersaß, war leicht anzusehen, was gerade in ihr vorging, in den ersten Sekunden wirkte sie noch erstaunt. Die Empfindung wich einem leichten Entsetzen und schlug schließlich in Wut um.

„WAS?? Dieser kleine Wicht? Der erdreistet sich ... Ich meine: Der war doch selber eine Art Flüchtling!" Sie schüttelte wütend den Kopf. „Bitte – bekomm das nicht in den falschen Hals. Ich habe nichts gegen die Flüchtlinge. Hatte ich auch damals nicht. Aber wie kann denn so einer ..."

Erneut schüttelte sie ratlos den Kopf.

„Er hat eigentlich das Haus geerbt. Seine Mutter hat es der Stadt abgekauft. Über Jahre hinweg. Sein Vater und sein Onkel hatten ein paar Anbauten gemacht. Schon, bevor es ihnen gehörte. Das waren handwerklich begabte Leute. Ich weiß noch, dass mein Vater immer gesagt hat, dass wir froh sein müssen, die Polen zu haben. So hießen die hier. ‚Die Polen'. Die ganze Familie gegenüber. Und das war nicht böse gemeint. Das lag ein Stück weit auch an den Namen, die wir nicht richtig aussprechen konnten."

Plötzlich schlug sie unerwartet auf den Tisch. „Gottverdammt! Moni dreht sich im Grab um!"

„Seine Mutter? Wann ist die gestorben?"

„Vor vier Jahren. Jetzt begreife ich auch ..."

„Was?"

Sie hob abwehrend die Hand, schien angestrengt nachzudenken und brauchte einen Moment ohne Störungen. Schließlich nickte sie angespannt. „Ich kenne die Details auch nicht – aber mir hat der Pfarrer mal erzählt, dass sie keinen Verwandten ausfindig machen konnten. Ich hab dann gesagt: ‚Hey, was ist denn mit Knut?'. Und da hat er so etwas gesagt wie, sie hätten herausgefunden, dass der gar nicht mit Moni verwandt war. Oder dass er das zumindest behauptet hat. Das würde ja vieles erklären."

Maren holte nachdenklich Luft. „Das hast du ... noch nie jemandem erzählt?"

Sie schüttelte den Kopf. „Warum auch? Wir sind ein Nest am Ende der Welt. Meinst du, dass TV2 hier mit Filmteams vorbeikommt und mich nach meinen Jugendfreunden fragt?"

Maren schüttelte den Kopf. „Klar ... das würde mich wundern. Irgendwie ... hatte ich vielleicht angenommen, dass die sich für ihn interessieren."

„Einer war mal da. Aber nicht Fernsehen. Irgendwie mehr so .... Internet oder so."

„Ein Blogger?"

Sie zuckte die Schultern. „Bei sowas kenne ich mich nicht so aus. Der war auch nicht nett. Hab nicht richtig mit ihm geredet, okay?"

„Und was wollte der?"

„Der hat sich für den jungen Knut interessiert. Ist aber auch schon ... ein paar Wochen her, denke ich. War übrigens auch ein Ausländer."

„Was meinst du damit?"

„Hatte einen Namen, den ich nicht aussprechen konnte. Ich meine: Der sah so aus wie wir. Also kein ... Perser oder wie auch immer man heute sagt. Aber der Name war irgendwie ausländisch. Vielleicht war der Türke oder so?"

„Okay ... aber an den Namen erinnerst du dich nicht?"

Sie schüttelte abweisend den Kopf. „An den würde ich mich nicht mal unter Folter erinnern, im Ernst. Die Namen sind mir wirklich fremd."

„Okay ... verstehe." Maren schaute auf die wenigen Notizen, die sie sich gemacht hatte, und nahm einen großen Schluck Tee. „Ich denke, du hast mir sehr geholfen."

Als Maren diesmal aus dem Haus trat, atmete sie aus anderen Gründen auf. Sie machte ein paar Bilder des verfallenen Hauses. Dann rief sie ihre frühere Kollegin Anna Larsen an, die wie immer chronisch gut gelaunt war.

Maren hatte das früher eher darauf zurückgeführt, dass sie noch jung war. Mittlerweile hielt sie es für einen angeborenen Charakterzug. Einen sehr angenehmen. Ihre Art war ansteckend und manchmal vermisste sie die junge Frau.

Sie tauschten ein paar bedeutungslos nette Sätze, bevor Maren sie bat, etwas für sie zu prüfen. „Du kannst doch in der Datenbank sehen, wenn Menschen ihre Namen geändert haben, richtig?"

„Zurück bis 1961. Also: Ab der Reform der Namensrechte sehen wir das."

„Okay ... das reicht mir dicke. Könntest du bitte mal schauen, ob es da bei einem Knut Solbakken aus Uggerby eine Änderung gab?"

Sie hörte sie tippen. „Der ist in den 80er Jahren geboren ...", ergänzte Maren.

„So einen habe ich hier. Und der hat zwei Sternchen."

„Das ist das Zeichen für eine Änderung?"

„Das ist das Zeichen, dass es eine Änderung gab. Und dann wurde die unter Verschluss gelegt. Das zeigt das zweite Sternchen an."

„Also – er hat seinen Namen geändert und dann hat er aber dafür gesorgt, dass man das nicht mehr nachvollziehen kann?"

„Genau. Da hast du keine Chance, wenn nicht eine schwere Straftat vorliegt, die ... Warte mal. Es gibt da eine Lücke im System. Kennst du eventuell die Namen seiner Eltern?"

„Ja." Maren buchstabierte Jerzy Soławski.

„Das ist blöd. Ich kann dieses Zeichen nicht eingeben."

„Versuch es mit einem L."

„Oha ... ja – Jerzy Solawski gibt es."

„Und? Was ist jetzt die Lücke?"

„Die Änderung bei Knut Solbakken ist nicht zugänglich, aber wenn wir Glück haben ... Ja – hier haben wir was. Dieser Jerzy Soławski hatte einen Sohn mit einer Frau namens Henryka Monique Stalens. Aus einem Ort namens Gliwice in Polen."

„Und? Wie hieß der?"

„Kacper Soławski. Aber ... Hä? Der ist laut Register Norweger."

„In unseren Unterlagen ist er Däne ..."

„Abgefahren. Dass man das irgendwie fälschen kann, war mir nicht klar. Vielleicht ist die Namensänderung deswegen gesperrt?"

„Denkbar. Danke, Anna."

„Immer. Sag mal ... bist du heute noch einmal hier?"

„In Borglund?"

„Ja."

„Sicher ... ich komme in einer Stunde oder so."

„Ich würde gerne mit dir sprechen, wenn du Zeit hast."

„Sicher ... warum?"

„Sag ich dir dann", lachte sie hell und legte auf.

Maren blickte einen Moment lang ratlos auf ihr Telefon. Dann wählte sie Bjarnes Nummer.

#044

„Jetzt strengt euch mal an", maulte Bjarne ein wenig ungehalten. „Was verbindet die Morde? Ihr müsst euch doch in den vergangenen Tagen dauernd darüber Gedanken gemacht haben."

Smilla schwieg und sah zu Boden. Ihre dunklen Haare verdeckten dabei einen Teil ihres Gesichtes. Schließlich räusperte Taavi sich. „Ja, haben wir. Aber wir wurden echt überrollt, okay?"

„Das verstehe ich schon. Aber eine Ermittlung ist ja immer ein bisschen wie Jonglieren, oder? Da kannst du auch nicht sagen: Ich hab den Ball fallen lassen, weil ich gerade mit dem anderen beschäftigt war." Bjarne spürte selbst, dass er ein wenig zu barsch geklungen hatte. Aber er war schon ein bisschen erstaunt.

Zwei Dinge hatte er wahrgenommen, als er in den Ermittlungsraum kam. Da war einmal die fehlende Hektik. Er kannte Taavi von drei früheren Einsätzen, in denen er sich sehr gut geschlagen hatte. Vor allem war er immer auf Ballhöhe gewesen. Stella hatte ihn für eine Beförderung vorgemerkt – das wusste Bjarne.

Und er ahnte: Das Problem war die zweite Wahrnehmung, die er sofort gehabt hatte, als er in den Raum getreten war: Zwischen Smilla und Taavi lief etwas. Entweder wollte Taavi etwas von ihr und war davon abgelenkt oder die beiden hatten längst etwas miteinander und jetzt traute Taavi sich nicht mehr, die junge Kollegin anzutreiben, wie es in so einem Fall nötig war.

Stella hatte ständig was mit irgendwelchen Leuten vor Ort. Zumindest war das früher so gewesen. Bjarne hatte sogar vor ein paar Jahren mal für einen winzigen Moment gedacht, dass Stella etwas mit Maren Christensen gehabt hatte. Das erschien ihm mittlerweile irgendwie absurd. Aber er hätte auch klar sagen können, dass Sex am Rande einer Ermittlung bei Stella nie den Fall beeinflusst hätte.

Mit einem inneren Lächeln erinnerte er sich daran, dass sie ihn deswegen sogar einmal angeblafft hatte. *„Bjarne, verdammt – sei nicht so ein Spießer! Man muss doch auch in unserem Job mal vögeln dürfen! Sonst wird man weich in der Birne. Und ich bin jetzt seit fast drei Monaten hier, von denen nur zwei geplant waren…!“*

Das hatte ihr als Erklärung gereicht. Und irgendwie fand er das nachvollziehbar. In dem Job, den sie machten, war das Leben unberechenbar. Da konnte man nicht zuhause sitzen und auf den Richtigen warten. Und so ein passives Verhalten gab es bei Stella ohnehin nicht. Aber normalerweise beeinflusste es ihre Arbeit eben nicht.

Bjarne wusste: Er musste das jetzt kompensieren. Wenn er dadurch wie ein Kapo rüberkam, war das eben so. Das war ja schließlich kein Ferienlager hier.

Nach einem Moment des Schweigens meldete Smilla sich zu Wort. „Wir haben uns natürlich Gedanken darüber gemacht, wie das alles zusammenhängen kann, Bjarne. Und wir haben uns heute Morgen auch schon hier hingesetzt und noch einmal die Videos vom Hotel angesehen, in dem Laurin Haugen getötet worden ist. Aber die Frau haben wir auf den Videos nicht gefunden.“

„Hm ... Habt ihr die Meldebögen angeschaut?“

„Das mache ich jetzt als nächstes“, erklärte Smilla.

Bjarne schüttelte den Kopf. „Kümmert ihr euch lieber darum, dass ihr die Sachen des dritten Falles bekommt. Die werden doch jetzt schon die ersten forensischen und gerichtsmedizinischen Erkenntnisse haben.“

„Wir müssen die Pressekonferenz ...“

Bjarne erstarrte. „Im Ernst? Ich meine: *Ist das euer Ernst?* Ihr wollt eine Pressekonferenz machen?“

Taavi zuckte die Schultern und Smilla wirkte mittlerweile so, als wäre sie um ein paar Zentimeter geschrumpft. Bjarne schüttelte den Kopf. So emotionslos wie möglich. „Und wenn ich sie persönlich absagen muss. Wir machen keine PK. Auf gar keinen Fall heute. Und auch morgen nicht. Übermorgen meinetwegen. Aber ich werde den Presserummel zu diesem Thema nicht noch anfeuern."

„Bjarne ... Übermorgen ist Sonntag."

„Dann machen wir sie eben am Montag."

„Das ist dann aber ..." Taavi nickte schließlich und schwieg dann. Er nickte erneut, schnappte sich Smilla mit einem raschen Griff und schob sie aus dem kleinen Büro, das Bjarne zu seinem erklärt hatte, seit er hier war.

Er sah den beiden noch zwei Atemzüge lang hinterher. Dann nickte er. Die beiden gingen miteinander ins Bett. Und das war eine frische Entwicklung.

Bjarne begann, die Videos aus dem Hotel nochmals anzuschauen. Nach einiger Zeit ging ihm auf, dass sie kein Video der Bar gesehen hatten, obwohl er dort vor seinem Aufbruch nach Italien sehr wohl eine Kamera gesehen hatte.

Sekunden später hatte er die Managerin am Telefon. Sie betonte angestrengt, dass die Polizei alle zwölf Mitschnitte der Nacht bekommen hatte – auch die aus der Bar. Bjarne zählte rasch durch.

„Wir haben nur elf."

„Mist ... Entschuldige. Ich hab die selbst hochgeladen. Dann muss ich die Bar vergessen haben. Tut mir furchtbar leid."

„Mir geht es nicht darum, jemanden zu finden, der Schuld ist, okay? Lad das Video einfach hoch. Am besten sofort. Das ist wirklich wichtig."

„Mach ich ... Du hast wirklich Glück – morgen hätten wir das gelöscht." Er hörte sie rasch herumklicken. „Ist unterwegs."

„Danke."

Er legte den Hörer auf und war wütend. Nicht auf die Managerin. Auf sich selbst. Stella hatte recht gehabt, als sie ihn in Italien angemotzt hatte. Er hatte seinen Posten verlassen. Etwas, das er noch nie getan hatte. Das war unprofessionell und unentschuldbar. Auch, wenn er zuvor genau die Dienstvorschriften geprüft hatte und wusste, dass ihm deswegen dienstrechtlich niemand etwas tun konnte. Unprofessionell blieb es.

Er fragte sich auch, warum das den beiden anderen nicht aufgefallen war. Aber das war nicht der springende Punkt. Ihm war es aufgefallen. Und ihm wäre es auch aufgefallen, wenn er nicht nach Italien gefahren wäre. Aber dann wäre er eben viel früher über das fehlende Video gestolpert.

PLING!

Mit reichlich Smileys auf seinem Display informierte ihn die Hotelmanagerin, dass das Video nun hochgeladen war. Bjarne lud es herunter, während er eine Nummer wählte, die er lange nicht gewählt hatte.

Balto Haugland meldete sich am Telefon mit vollem Namen und Dienstrang.

„Bjarne Sandvik hier", erklärte Bjarne nur äußerst ruhig.

Haugland schwieg einen Moment. Die Tatsache, dass er sich mit seinem vollen Namen gemeldet hatte, sagte Bjarne, dass Balto seine Nummer aus dem Telefon gelöscht hatte. Das war einmal anders gewesen.

Balto Haugland war mittlerweile der Chef der Polizei von Hønefoss. In seinem Zuständigkeitsbereich lag, neben einigen anderen markanten Punkten, die Insel Utøya. Und so war Balto 2011 einer der bekanntesten Polizisten Norwegens geworden. Ohne das zu wollen. Ein guter Typ, aber eher unauffällig.

Balto war die Art Bulle, die den lokalen Frieden sicherstellten. Kein Draufgänger. Kein Angeber. Keiner, der gern von der Waffe Gebrauch machte.

Als er Breivik damals gegenübergesessen hatte, hatte Balto Haugland im ersten Moment regelrecht verzweifelt gewirkt. Aufgebracht und persönlich betroffen. Er hatte in der ersten Vernehmung eine Pause gemacht, war rausgegangen und hatte geweint. Daran erinnerte sich Bjarne bis heute und es erzeugte denselben Schmerz in ihm wie damals. Dieselbe Wut. Diese Verzweiflung, die ihm fast unerklärlich erschien.

„Wie geht es dir?", erkundigte Balto sich.

„Gemischt ...", erklärte Bjarne.

„Irgendwie hatte ich schon fast befürchtet, dass du dich meldest. Die haben den kleinen der beiden Spinner scheinbar früher entlassen, hm?"

„Yngve Sætervik ist draußen, ja. Und kaum ist er draußen, passieren seltsame Dinge."

Balto schwieg einen Moment. „Sachen, die ich wissen will?"

„Schwer zu sagen. Ich ..." Bjarne zögerte. Er hatte keinen konkreten Verdacht in diese Richtung, wenn er ganz ehrlich zu sich war. Die Hälfte seines Anrufs lag darin begründet, dass er Balto Haugens Stimme hören wollte. Die andere Hälfte leitete sich daraus ab, dass er ernstlich etwas von ihm wissen wollte.

„Beobachtet ihr die komische kleine Gruppe von damals noch? Diejenigen, die sich jetzt ‚Erben Utøyas' nennen?"

„Die gibt es hier nicht mehr. Die sind alle weg. Sie sind jetzt in Ålesund. Und glaub mir, ich bin verdammt froh, dass das der Fall ist. Wir hatten mit denen ... Verflucht. Ålesund. Bist du etwa dort?"

„Bin ich."

„Da gab es diese Morde in den letzten Tagen. Die Nachrichten waren voll davon." Er holte Luft, schwieg, holte erneut Luft. „Sag – Bjarne – darf ich dich mal fragen, ob ich das wirklich glauben soll? Du arbeitest in ganz Skandinavien mit deiner Einheit, oder? Und in dem Moment, wo dieser Kerl aus dem Knast kommt, bist du ganz zufällig ..."

„Balto – denk das nicht einmal zu Ende. Und sprich es auch nicht aus. Ich weiß selbst, wie das aussieht. Aber ich wusste nicht einmal, dass der Spinner hier im Gefängnis sitzt. Den hatte ich erfolgreich vergessen. Aber die kleinen Spinner ... seine seltsamen Jünger von den ‚Erben Utøyas', die haben sich ..."

„... haben sich?"

„Sekunde ..." Bjarne war erstarrt. Er hatte nebenbei das Video aus der Bar gestartet. Jetzt starrte er darauf und konnte seine Augen nicht davon lösen. Zögerlich sprach er weiter. „Seine Jünger scheinen sich ausgerechnet ‚Nordic

Edge' angeschlossen zu haben."

„Sieh es mir nach, Bjarne – aber die kenne ich nicht mal."

„Das ist die Gruppe, in der heute Knut Solbakken agiert."

Nun schwieg Balto. Er kannte die Wingman-Theorie nicht nur. Er hatte selbst das Verhör geführt, als Anders Breivik erklärt hatte, eine große Organisation zu vertreten. Als er erklärte, Hilfe gehabt zu haben und gleich darauf weitere Anschläge für die nächsten Tage angekündigt hatte. Zu der Zeit war Bjarne nicht einmal mehr bei den Verhören dabei gewesen. Und er hatte gewusst, warum. Er kannte sich selbst gut genug und wusste, dass dieser Tag in ihm etwas ausgelöst hatte. Dieses unglaubliche Verbrechen hatte eine seiner inneren Grenzen überschritten.

Der Sprengstoffanschlag, den Breivik in Oslo verübt hatte, war dabei fast irrelevant. Das war ein schlimmes Verbrechen, ohne Zweifel. Aber es war vergleichsweise unpersönlich gewesen. Utøya hatte eine ganz andere Qualität gehabt. Dieser Kerl war mit seinen Waffen über die Insel marschiert und hatte gezielt über eine Stunde lang Jugendliche erschossen. Einige hatten sich totgestellt und er war an sie herangetreten und hatte ihnen aus nächster Nähe in den Kopf geschossen.

Wie konnte ein Mensch ein solches Verbrechen begehen? In Bjarnes Kopf war das nie recht angekommen. Er hatte es bis heute nicht begriffen. Und Balto Haugland auch nicht.

„Von Solbakken habe ich ewig nichts mehr gehört", erklärte Haugland nach einer Weile. „Der war früher immer mal wieder hier. Und einmal habe ich ihn festgenommen. Und zwei seiner Leute."

„Ernsthaft? Weswegen?"

„Die hatten Sprühdosen bei sich und trieben sich in der Nähe des Denkmals herum. Das lasse ich nicht zu. Knut selbst hatte keine Sprühdose. Aber seine Leute. Das war das letzte Mal, dass Solbakken hier war, soweit wir wissen. Und der Hof, auf dem Lykke und Yngve gelebt haben, ist mittlerweile auch nicht mehr. Den hat ein Finne gekauft und hat ihn dem Erdboden gleich gemacht. Stehen heute sechs Häuser drauf und in der Mitte gibt es einen wunderschönen Garten."

„Das ... klingt richtig. Okay ... das wollte ich nur wissen. Vielen Dank."

„Kommst du mal irgendwann wieder vorbei?"

„Mit Sicherheit. Aber nur, wenn du meine Nummer speicherst. Als ungebetener Gast komme ich nicht."

Der Mann am anderen Ende schwieg. „Das war reiner Selbstschutz. Ich bin froh, dass wir die Sache hier so weit wie möglich vergessen konnten."

Bjarne nickte. Er wusste das.

Sie verabschiedeten sich und er starrte wieder auf das Video. Konnte das wirklich der Fall sein?

#045

Stella kletterte grinsend über die schmale Mittelkonsole des Mietwagens nach vorn und begab sich auf die Suche nach ihrem roten Slip. Die Scheiben des Wagens waren durchgängig beschlagen und entsprechend war es beinahe zu dunkel. Aber dank der Signalfarbe fand sie ihn.

Mit ein paar geschickten Bewegungen schob sie ihren muskulösen kleinen Po, auf den sie so stolz war, in den Slip, warf das Shirt über den Oberkörper und stopfte ihre Beine in die Jeans. All das hatte sie geschafft, während Mik noch nackt in einer schrägen Haltung auf der Ladefläche des kleinen grünen Kombis lag und schlief. Sie konnte seine tätowierte Rune sehen – ᛗ.

Stella grinste und kam sich ein wenig vor wie ein Teenager. Als sie das letzte Mal in einem Auto Sex gehabt hatte, hatte sie noch bei ihrer Mutter in Stinarsund gelebt und der Wagen war der Ford Transit des Tauchclubs von Järvsby gewesen.

Sie zog die Tür auf, drückte sie leise wieder zu und huschte in den gegenüberliegenden Wald. Sie musste dringend pinkeln und hatte eigentlich nur darauf gewartet, dass es endlich hell genug war.

Sie hatten in den letzten Ausläufern des gestrigen Unwetters hierher gefunden. Eisern waren sie dem großen Geländewagen in dem immer wieder aufflammenden Unwetter hinterhergefahren. Einmal hatten sie ihn aus den Augen verloren. Mik hatte umdrehen wollen, aber Stella war stur geblieben und hatte den Wagen dann auf einer Parallelstraße entdeckt. In einer wilden Jagd hatten sie ihn wieder eingeholt. Und das, ohne aufzufallen.

Sie zog ihre Jeans geschickt wieder hoch und streckte sich. Ihr Blick fiel auf den grünen Peugeot. Immerhin hatte sie Glück gehabt und einen Kombi als Mietwagen bekommen, grinste sie vor sich hin.

Sie hoffte, dass Mik Wallin mit dieser Nacht professionell umgehen konnte. Auch wenn sie sich eingestehen musste, dass sie den Kerl etwas mehr als nur angenehm fand. Er war ein kluger Typ, hatte es zu etwas gebracht und kam genauso viel herum wie sie. Und er hatte sich in den wichtigen Momenten am Vorabend immer so vor sie gestellt, dass er klar gemacht hatte: Er würde sich einmischen, wenn ihr jemand zu nahekam, ohne sie wie ein Stück Porzellan zu behandeln oder sich heldenhaft zu benehmen, wie es viele Männer gern taten.

Aber er hatte sich eben nicht wie ein stumpfer Macho vor sie gestellt. Hatte keinen der anderen bedroht. Er hatte Stella gezeigt, dass er für sie da war, ihr aber auch signalisiert, dass er der Ansicht war, dass sie das auch gut alleine hinbekommen würde. Und dass er nur für den Notfall da war – aber darauf konnte sie sich verlassen. Das mochte sie.

Das fand man bei normalen Männern schon selten. Bei Bullen war es extrem rar.

Lächelnd kehrte sie zum Wagen zurück und erkannte, dass Bewegung auf der Ladefläche herrschte. Bevor sie das Auto erreichte, ging die hintere Beifahrertür auf und Mik Wallin sprang heraus. Er sah sich um und lächelte, als er sie erblickte.

Er kam auf sie zu, hauchte ihr kurz einen Kuss auf die Lippen und erklärte: „Wir müssen die Kiste durchlüften. Da drin sieht man ja gar nix ..."

Dann verschwand auch er im Wald. Stella grinste, stieg in den Wagen, startete den Motor und drehte den Defroster auf die höchste Stufe. Diese modernen Autos konnten was: Als Mik Wallin zum Wagen zurückkehrte, waren die Scheiben praktisch schon frei. Für einen kurzen Moment schaute Stella sich in dem knackigen Wagen um und fragte sich, was so einer kosten mochte.

Ihr großer BMW, den sie schon ewig besaß, war in die Jahre gekommen und erschien ihr jetzt, in der großen Stadt, seltsam unzeitgemäß. Sie nutzte ihn kaum. Vielleicht sollte sie gleich auf ein E-Auto umsteigen? Oder gar keinen Wagen mehr haben? Carsharing? Sowas gab es doch in den großen Städten.

Mik kniete sich an die offene Beifahrertür. Er hielt einen gewissen Anstandsabstand von ihr, was sie sehr schätzte. Oft fühlten Männer sich genötigt, nach einer solchen Nacht an ihr herumzugrabschen. Sie mochte das nicht und war ihm dankbar, dass er keine Besitzansprüche an ihrem Körper geltend machen wollte.

„Wie machen wir jetzt weiter?"

„Ich würde sagen, erst mal die Mails checken. Das Netz ist wieder da. Und ich würde gerne näher ans Haus kommen. Wir glauben doch beide, dass wir Knut gestern gesehen haben, oder?"

„Ich habe ein kleines Fernglas dabei – vielleicht hilft uns das?"

„Wie klein?"

„Enorm kompakt – aber ich denke, wir kommen so dicht an das Haus heran, dass wir mit dem Ding reinschauen können und die Leute auch erkennen."

Er kam um den Wagen herum und schnappte sich sein dickes Telefon. Stella musterte das Gerät argwöhnisch.

„10.000er Batterie. Europol-Ausstattung", erklärte er die ungewöhnliche Dicke des Gerätes.

Sie grinste und starrte dann auf ihr Telefon.

„Das glaube ich jetzt ja nicht. Wie lange befasst du dich schon mit Knut Solbakken?“

„Knapp vier Jahre. Warum?“

„Kennst du seinen richtigen Namen?“

„Das *ist* sein richtiger Name.“

„Neee ...“, grinste Stella. „Ich glaube vielmehr, dass er Kacper Soławski heißt.“

Sie hielt ihm das Display hin. Seine Stirn legte sich in Falten und sein Blick verfinsterte sich. „Kacper Soławski? Der Kerl ist Pole?“

„Nicht von der Nationalität. Aber seine Eltern waren es wohl. Alle beide. Sehr witzig. Dann ist ausgerechnet der Chef der Einwanderungsgegner ein Einwanderer?“ Stella begann zu lachen. Aber sie spürte, dass Mik Wallin nichts Aufheiterndes an dieser Situation finden konnte.

„Das Bild hier ... ich bin mir nicht einmal sicher, ob er das ist. Schau dir mal die Haare an. Die sind reichlich dunkel, oder?“

„Gefärbt?“

„Hey ... Welcher Mann färbt sich denn die ...“ Er stockte. „Na gut, vielleicht hat der Kerl ... wenn er immer im Fernsehen und so ...“ Sein Gedanke blieb unvollendet und er sah sich das gesamte Dokument an, das Stella ihm gereicht hatte.

„Wo hast du das her?“

„Dänisches Geburtenregister seiner Heimatstadt. Hat eine meiner Mitarbeiterinnen ausgebuddelt. Das ist eine kluge Frau“, schob Stella Nykvist hinterher.

Mik hatte immer noch erkennbar Mühe mit dem Gedanken. „Wie kann das sein? Ich meine: Wir wissen solche Sachen. Wir sind ...“

Blitzschnell griff Stella nach dem Telefon und wählte Marens Nummer.

„Stella?“, brummte Maren und schien sich das Telefon zwischen Kinn und Schulter zu klemmen. „Was gibt’s?“

„Hallo, meine Liebe. Sag mal: Hast du fünf Minuten Zeit, einem Freund von Europol zu erläutern, wie du an die Daten von Knut Solbakken gekommen bist?“

„Sicher ...“

Sekunden später verließ Wallin den Wagen, um draußen zu telefonieren. Stella sah sich im Auto um. Dadurch, dass er ihr Telefon hatte, konnte sie nicht einmal Musik hören. Also schaltete sie das Radio an. Dabei fiel ihr Blick auf sein Telefon. Das leuchtete noch, wenn auch schon in einem etwas abgedunkelten Modus, der nahelegte, dass es sich gleich ausschalten würde.

Sie konnte einen halben Satz lesen, der sagte: „... mit SN hinter dem Wagen hergefahren und liegen jetzt auf der Lauer, um ..."

Dann war das Telefon dunkel.

Stella nahm an, dass sie SN war. Aber wann hatte er noch eine Mail an jemanden schreiben können, nachdem sie den Geländewagen verfolgt hatten, und wem hatte er die geschrieben?

Misstrauisch erhob Stella sich, verließ den Wagen und streckte sich erneut. Sie standen günstig auf einem Hügel und konnten auf das Haus hinunterschauen, in dem die seltsame Bande sich am Vorabend verkrochen hatte. Sie hingegen war vom Haus aus vermutlich nur schwer zu erkennen, weil die Bäume hier günstig standen.

Als sie jetzt zum Haus blickte, kamen gerade zwei große SUV mit hoher Geschwindigkeit dicht hintereinander die Auffahrt rauf geschossen. Es hätte Stella nicht gewundert, wenn der Präsident der Vereinigten Staaten in einem dieser Wagen gesessen hätte. Das Ganze hatte unübersehbar dramatischen FBI-Charme. Vor der Haustür stiegen zwei breitschultrige Kerle aus. Und mit ihnen hüpfte seltsam beschwingt ein jüngerer Kerl aus dem Wagen.

Stella brauchte kein Fernglas, um ihn zu erkennen. Der Mann war Yngve Sætervik. Niemand sollte sagen, dass Bjarne kein Gefühl für seltsame Verbindungen hatte.

#046

Bjarnes Blick war an zwei Männern hängen geblieben. Das Video der Mordnacht aus dem Hotel zeigte sie beide, wie sie in einer gemütlich wirkenden Sitzecke saßen. Aber die unterhielten sich keineswegs in einer entspannten Art und Weise. Vor beiden stand jeweils ein recht helles Getränk, das Bjarne dem Glas nach zu urteilen für Whisky hielt.

Eine höchst ungewöhnliche Wahl. Whisky war in Norwegen schon im staatlichen Monopolhandel „Vinmonopolet" sündhaft teuer. Selbst verschnittener polnischer Whisky kostete hier schnell 600 bis 800 Kronen. Schottischer das Doppelte. In Bars galt er als unbezahlbar und wurde außerhalb Oslos so selten verkauft, dass viele Bars ihn gar nicht erst führten. In Hotelbars war er so teuer wie Gold, wenn man die meisten Norweger fragte.

Bjarne jedenfalls hätte sich nicht getraut, welchen zu bestellen. Da bedurfte es schon eines sehr wichtigen Anlasses.

Aber all das, als wäre es nicht schon ungewöhnlich genug gewesen, hatte seine Aufmerksamkeit nicht so sehr in Anspruch genommen, wie die Frau im Hintergrund. Sicher, einer der beiden Männer war in dieser Nacht gestorben. Den anderen kannte er nicht. Noch nicht. Aber die Frau im Hintergrund hatte seinen Blick auf sich gezogen.

Die Aufnahme hatte nur schwache Farben – aber diese Frau hatte eindeutig rote Haare. Sie reichten nicht ganz bis auf die Schultern, waren lockig und die Frisur der störrischen Haare ähnelte dem Haarschnitt vorn Stella auf schier erschreckende Weise.

Sie hatte schmalere Schultern und schien größer zu sein als Stella. Aber die Haare hatten seine Aufmerksamkeit erregt. Erst dann hatte er auf ihre Hände geschaut, in denen sie ihr Telefon hielt. Im ersten Moment hatte er angenommen, dass die Frau ein Selfie anfertigte. Aber ihr Gesichtsausdruck wollte nicht dazu passen. Dann hatte er einen Moment lang gedacht, sie würde die beiden Männer fotografieren. Aber dazu passte die Haltung ihrer Finger nicht.

Es war die Mischung aus den Händen und ihren Augen, die immer wieder zu den beiden Männern hinüberschauten. Hektisch fast. Sie hatte auf ihr Telefon geschaut, dann auf die beiden Whiskytrinker. Beides Männer in den 40ern mit kurzen dunkelblonden Haaren. Immer und immer wieder hatte sie auf das Display geschaut, dann auf die beiden Männer. Und dann war sich Bjarne sicher, was die Frau da machte: Sie hatte ein Foto auf dem Telefon und verglich es mit den beiden Kerlen.

Die beiden hatten wild gestikuliert. Je länger Bjarne hinsah, umso weniger sicher war er sich, welcher der beiden das Mordopfer war. Wellige Haare, eine ähnliche Frisur, hellblaue Hemden. Der eine trug eine Jeans, der andere eine helle Stoffhose. Nach längerer Betrachtung begriff Bjarne Sandvik, dass er sich getäuscht hatte. Das spätere Opfer war der, der aufgeregter mit den Händen herumfuchtelte. Nicht derjenige, den er zuerst dafürgehalten hatte. Die Ähnlichkeit der Männer war ungewöhnlich. Waren die miteinander verwandt?

Irgendwann erhob sich einer der beiden auf dem Video. Es gab keine Abschiedszeremonie – keinen Handschlag, kein Salutieren, kein Winken, kein Nicken. Er verschwand einfach – aber solange Bjarne auch vorspulte – der Kerl kam nicht wieder.

Es dauerte um die 15 Minuten laut Zeitanzeige, bis das scheinbar auch die Frau mit den roten Locken so sah. Sie erhob sich und das Video zeigte, wie sie sich an den Tisch des Mannes setzte. Sie lächelte unterwürfig, stellte ihr Glas ganz an den Rand des Tisches und setzte sich zunächst nur so hin, dass sie mit dem Po gerade eben so auf dem Stuhl saß. Alles an ihr deutete an, dass sie nicht bleiben wollte.

Irgendwann machte der Mann eine einladende Geste –

aber sie lehnte scheinbar ab. Nach kaum zwei oder drei Minuten, in denen sie sehr viel gesprochen hatte und er sehr aufmerksam zugehört hatte, erhob sie sich. Sie ließ ihr Glas stehen und verschwand durch den offenen Eingang der Bar.

Bjarne starrte ihr hinterher und wünschte sich Ton herbei, den die Aufnahme naturgemäß nicht hatte. Es war ein Wunder, dass es in der Bar überhaupt eine Kamera-Überwachung gab. Es hatte zweimal Randale in der Bar gegeben, bei denen viel zu Bruch gegangen war, hatte die Managerin ihm erzählt, als Bjarnes geübtes Auge die Kamera entdeckt hatte.

Er spulte vor, schaute dem späteren Opfer zu. Der Mann hatte ein Buch neben sich liegen, schlug es auf, las zwei Seiten und schaute dabei immer wieder auf und blickte sich um. Er wirkte unkonzentriert.

Bjarne erkannte, dass die rothaarige Frau scheinbar einen anderen Weg gefunden haben musste, um nachts irgendwann in das Zimmer des Opfers zu gelangen. Vielleicht hatten sie sich während des Gesprächs in der Bar verabredet und nachts war sie zu ihm gegangen?

Aber warum? War das eine Prostituierte gewesen? Eine, die ihm ein Angebot gemacht hatte, aber nicht mit ihm gesehen werden wollte?

Er verschränkte die Arme vor der breiten Brust und sah dem Mann, der wenige Stunden später auf grausame Weise sein Leben verlieren sollte, zu. Ein wenig mitleidig beinahe. Was mochte in seinen letzten Stunden in ihm vorgegangen sein?

Schließlich lehnte Bjarne Sandvik sich vor und griff nach seinem Telefon. Er wollte herausbekommen, ob die Managerin ihm sagen konnte, wer der andere Mann gewesen war. Dann stutzte er. Eine dunkelhaarige Frau mit einem langen Gewand war in die Bar getreten und sah sich um. Nach wenigen Sekunden schaute sie zu Laurin Haugen, dem späteren Opfer.

Er hatte von seinem Buch aufgeblickt und sah die exotisch wirkende Frau an, die sich in Bewegung setzte und die wenigen Meter zu ihm in ihrem Gewand mit weich fließenden Bewegungen zurücklegte. Sie streckte ihm die Hand hin, als er sich erhob und er nahm sie so galant wie möglich, wirkte auf Bjarne jedoch gleichzeitig nervös.

Er wollte sich wieder setzen, deutete auf den Platz gegenüber, aber sie schüttelte den Kopf und senkte ihn dann schüchtern. Sie musste in diesem Moment etwas gesagt haben, aber seit sie ihren Blick gesenkt hatte, war ihr Gesicht aus dem Winkel der Kamera nicht mehr zu erkennen. Angespannt starrte Bjarne mit pochendem Herzen auf den kleinen Schirm.

Dann warf der Mann hektisch einen großen Geldschein auf den Tisch und die beiden verließen die Bar. Wohin sie verschwanden, konnte Bjarne nicht sehen.

Immer noch hielt er das Telefon in der Hand. Seine Hand schwitzte und er war regelrecht erstarrt. Was hatte er da gerade beobachtet?

Wie in Trance wählte er die Nummer des Hotels.

Eine der beiden Frauen musste in dem Hotel gewohnt haben. Sie hatte den Mann getötet und war nach Norden gefahren und anschließend mit dem Boot zurückgekommen. Vermutlich hatten sie die Tat gemeinsam begangen. Und er war sich jetzt sicher: Die Frau war am folgenden Morgen noch im Hotel gewesen.

#047

Lykke lief zur Tür des Hauses, das beinahe ebenso groß war, wie das, aus dem sie in der Nacht zuvor bei dem grausigen Unwetter geflohen waren.

Bevor sie die Haustür erreichen konnte, trat Gustav aus seinem Raum, der nahe am Eingang lag, und zog den Flügel der Tür auf.

Er lächelte und Yngve streckte ihm sehr männlich die Hand hin, was nicht seine Stärke war. Lykke wusste, dass er sich im Gefängnis verändert hatte. Sie war sich nur noch nicht sicher, was sie davon hielt. Aber Yngve war immer mehr das gewesen, was man heute wohlwollend als „Nerd“ bezeichnete.

Bei ihm hatten die Computer auch eine Rolle gespielt. Aber noch lieber hatte er Dinge ausgetüftelt und kleine Maschinen gebaut. Das Einzige, was er noch lieber getan hatte, war, Sachbücher zu lesen. Gerne solche mit vielen Zahlen, statistischem Material, mit dem er anschließend Diskussionen durch sein Faktenwissen dominieren konnte. Er konnte sich alles merken. Und wusste, wann er es hervorzaubern musste. In einer Art und Weise, die schier unmenschlich war.

Erst im Gefängnis hatte er das Ganze auf ein neues Level gehoben. Mit all den Texten, die er verfasst hatte. Er hatte begriffen, dass es nicht mehr darum ging, laut herumzubrüllen und Dinge in die Luft zu sprengen. Die Revolution hatte die nächste Stufe erreicht und schritt nun zunehmend ins Politische.

Dort wurden jetzt die Dinge bewegt. Und so war Knut sein perfekter Sparringspartner geworden, hatte ihm durch Lykke diverse Briefe übermittelt und in die andere Richtung jede Menge zurückbekommen. Lykke wusste, dass ihr Bruder einige von Knuts Reden geschrieben hatte. Ebenso Teile seiner beiden letzten Bücher. Und als er jetzt durch die große rote Tür schritt und lächelnd seine Schwester erkannte, da spürte sie: Er war hier, um sich den Lohn für all das zu holen.

Er wollte den nächsten Schritt gehen. Er wollte in dieser größeren und politischeren Organisation den Platz, der ihm zustand. Und das war derjenige der Nummer 2.

Mindestens, vermutete Lykke. Aber das würde sie ganz sicher nicht laut sagen.

Sie ging die letzten Schritte in der Geschwindigkeit, die ihr Körper heute zuließ. Yngve kam ihr entgegen und nahm sie steif und angespannt in den Arm. Auch etwas, das er früher nicht getan hatte. So wie sie es sah, versuchte er, weltmännisch zu wirken.

Dazu passte das schwarze Hemd, das er heute trug. Ebenso der schwarze Anzug und die dunkle Jeans. Ein Ensemble, das ihn gewandter wirken ließ, als den Yngve in seinen Turnschuhen und den Motto-Shirts, die gerne mal Botschaften in Schwarz, weiß und rot enthielten, die in anderen Ländern teilweise längst strafbar waren.

All das hatte er heute abgelegt. Und kaum, dass er sich von ihr löste, hörte Lykke schon die raschen Schritte von Martina auf sie zukommen und hinter ihr folgten gemessenere Schritte.

Knut war im Anmarsch.

Lykke lächelte und strich ihrem Bruder sanft über die Wange. Das war die einzige Zuneigung gewesen, die die Geschwister in den letzten Jahren austauschen durften, wenn die Wärter im Knast zusahen, die mit den Jahren sehr gnädig mit Yngve geworden waren. Es war mehr ein Reflex. Eine Gewohnheit. Die war ihnen keine liebe Gewohnheit geworden – aber ebene eine angestammte.

Martina erreichte die Drei und Yngve streckte auch ihr die Hand entgegen, was steif wirkte, aber nach Lykkes Erinnerung zu ihm passte.

Als letzter gesellte sich Knut zu ihnen. Ruhig, staatsmännisch. Mit großer Geste streckte er beide Arme in die Höhe, lächelte breit und einnehmend, und legte dann die Arme um Yngve. Er klopfte ihm jovial auf den Rücken, als wären sie alte Freunde, die sich seit Jahren wieder zu sehen bekamen. Nach all den Jahren der Trennung.

Dabei hatten sie sich vor Yngves Gefängnisaufenthalt nicht ein einziges Mal gesehen. Man hatte sich gekannt. Aber eben nur aus der Ferne.

„Yngve!“, sagte Knut feierlich. Obwohl Yngve groß war, bemerkte Lykke jetzt, dass Knut ihn nochmals um einige Zentimeter überragte.

Sie merkte, dass das nicht ihrem bisherigen Empfinden entsprach. Hatte sie ihren Bruder ohne den entsprechenden Vergleich intuitiv größer eingeschätzt?

Knut gab den Hausherren. Er erkundigte sich jovial, wie die Fahrt verlaufen sei. Dann entschuldigte er sich für die widrigen Umstände. „Aber du weißt ja, was da draußen los ist."

Yngve nickte ebenso wissend wie mitfühlend, bevor er seine Hand auf die Schulter von Nummer 3 legte. „Aber wir sehen doch Besserung kommen, oder?"

Knut nickte. „Komm, lass uns ein paar Vorbereitungen treffen." Begeistert legte er den Arm um den neuen Gast und schob ihn in Richtung der kleinen Bibliothek. Gustav machte intuitiv einen Schritt nach vorn. Dann spürte er Lykkes Arm unerwartet vor seiner Brust.

Sie warf ihm einen scharfen Blick zu, dann blitzten ihre Augen giftig auf. „Ohne dich", erklärte sie knapp.

„Was? Wir hatten verabredet, dass ..."

„Möglich. Knut hat mir das eben erst gesagt. Das ist frisch. Das ist ganz frisch."

Gustav hatte sich instinktiv gegen Lykkes Arm gepresst und trat nun so zurück, dass klar war, dass er das Thema verstanden hatte. Sie senkte den Arm erkennbar, wenn auch langsam. Martina beobachtete die beiden konzentriert. Eine solche Anspannung hatte sie zwischen ihnen bislang nicht gekannt. Sie fragte sich, ob entweder Lykke, die in den vergangenen Monaten alles für Knut getan hatte, oder Gustav, der notfalls 25 Stunden am Tag für ihn zur Verfügung gestanden hatte, sich im Stillen erhofft hatten, in der Organisation aufzusteigen.

„Was haben die beiden vor?", erkundigte Gustav sich so bemüht ruhig wie nur möglich.

„Knut wird ihm die Nummer 1 vorstellen."

Gustav starrte sie erstaunt an. Dann nickte er, wandte sich zackig um und verschwand Augenblicke später in seinem Zimmer.

#048

Bjarne beendete das Gespräch. Dann rief er rasch noch einmal den kurzen Schnipsel auf, der die Frau zeigte, die mit dem Boot wieder am Hotel eintraf. Eigentlich hatten sie hier eher das Boot identifiziert als die Frau.

Auf dem kleinen Stück Film trug sie eine Mütze. Der Mann am Fisch-Imbiss hatte sie auch nicht richtig gesehen. Ganz sicher war er nur in einem Punkt gewesen: Sie hatte gehumpelt.

Sah Bjarne jetzt noch einmal auf den Film, selbst, wenn er zoomte, so sah er eher eine Frau, die vermutlich blonde Haare hatte. Das war doch Schwachsinn!

Er erhielt eine Nachricht von Taavi, der ihm mitteilte, dass beim dritten Mord die Zeugin eine Frau von vermutlich türkischer Herkunft gesehen hatte. Die war geflohen und war laut anderer Zeugen sogar blutüberströmt gewesen. Aber da waren die Kollegen aus dem Süden noch dran.

Er rief die Forensikerin an, die den Wagen untersucht hatte, mit dem die Frau geflohen war. Der alte Nissan von Laurin Haugen.

„Sag mir mal eins: Was hast du für Haare in dem Wagen gefunden. Neben denen von Laurin Haugen natürlich."

Die Frau lachte schallend. „Der Wagen sah aus, wie ein Friseursalon. Wir haben die gesichert – aber wir haben die nicht untersucht, wenn du darauf hinauswillst. Es gab rote Haare, blonde Haare, Hundehaare, mindestens zwei verschiedene Katzenhaare, lange schwarze Haare, kurze schwarze Haare. Nenn mir irgendeinen konkreten Verdacht und ich schaue mir die an."

„Habt ihr die roten Haare mit denen aus dem Hotelzimmer verglichen?"

„Ist der Papst katholisch? Natürlich haben wir das. Die

waren identisch. Warte ... was hab ich zu denen notiert?" Sie murmelte etwas, eine Maus klickte, dann tippte sie ein paar Zeichen. „Ja ... rote Haare identisch mit Haaren aus Hotel. Haare ohne Follikel. Länger abgestorben."

„Das bedeutet so viel wie ...?"

„Die Haare waren zwar identisch, könnten aber an beiden Orten bereits länger gelegen haben oder wurden bereits länger mit sich herumgeschleppt. Das sogenannte ‚Kofferpacker-Szenario'. Gab es früher oft: Eine Frau packt ihrem Mann den Reisekoffer. Der ist auf Dienstreise und wechselt zwar ständig die Unterwäsche und ein paar häufig verwendete Kleidungsstücke. Dann wird es aber kalt und er holt von ganz unten im Koffer die Daunenjacke hervor.

Die hat seine Frau eingepackt. Vielleicht hat die sogar in einer Plastiktüte den Sommer über im Schrank gelegen. Dann sind die Haare, die man findet, alt. Die haben eine andere Spannkraft, eine andere Oberfläche."

„Und das merkt man so im Vorbeigehen?"

„Ist an sich leicht festzustellen, ja. Aber wenn Haare nur verglichen werden, achtet man da normalerweise nicht drauf. Warum auch?"

„Verstehe, das leuchtet mir irgendwie ein. Aber du hast darauf geachtet."

„Ich wollte mich nicht loben oder so ..."

„Das musst du nicht. Das erledige ich ja schon. Ich finde das super, dass du drauf geachtet hast. Ich gebe zu: Ich fange mit der Information im Moment nicht das Geringste an – aber du hast deinen Job ernst genommen und drauf geachtet."

„Wie meinst du das? Wieso fängst du damit nichts an?"

„Das ... ist für mich ein wenig blöd. Ich muss im Moment davon ausgehen, dass die rothaarige Frau den Ermordeten erst wenige Stunden vor seinem Tod kennengelernt hat. Wieso sollten also alte Haare bei ihm im Hotelzimmer sein? Oder im Auto?"

„Na ja ..." Sie schien selbst einen Moment zu zögern. „Für sie kann das Gleiche gelten. Sie ist lange unterwegs. Sie hat vielleicht den Kleidersack dabei, in dem das schöne

Kleid liegt, das sie auf der Reise schützen will. Nach drei Wochen im Koffer packt sie es aus und ..." Sie stockte. „Na ja ... das würde nicht ganz funktionieren. Bei dem eigentlichen Mord hat sie sich angestrengt. Da hätte sie frische Haare verloren. Sie müsste eine Kappe getragen haben. So eine wie die Forensiker. Und selbst dann wäre es wahrscheinlich, dass wir frische Haare gefunden hätten."

„Lass mich mal anders fragen: Du hast eben auch von langen schwarzen Haaren gesprochen."

„Ja."

„Gab es einen Quervergleich von denen mit den Morden Nummer 2 und 3?"

„Es gibt einen dritten Mord?"

„Ja – allerdings nicht in unserer Zuständigkeit."

„Dann gibt es auch keinen Quervergleich, wenn den nicht jemand anordnet. Ich weiß nichts von Mord Nummer 3."

„Gottverfl...." Er beherrschte sich. „Sicher – woher sollst du auch, wenn dir das keiner sagt? Ich kümmere mich drum." Bjarne brodelte innerlich. Dann fiel ihm dennoch etwas Wichtiges ein. „Könntest du dann schon mal den Quervergleich der dunklen Haare vom ersten und zweiten Mord machen?"

„Sicher. In etwa einer Stunde könnte ich den dazwischenschieben."

„... und mich dann gleich anrufen ...?"

Sie lachte laut auf. „Natürlich. Sonst noch Wünsche?"

„Eine Nackenmassage, einen Single Malt mit Eis und ..."

Sie lachte erneut und legte auf. Bjarnes Grinsen gefror. Er sah auf seine Mails und starrte erstaunt auf eine von Maren Christensen. Die öffnete er sofort. Minuten später schien sein Kopf schier verkehrt herum auf seinem Hals zu sitzen. Der Vordenker der Siegerrasse, blond und blauäugig, wie Gott ihn geschaffen hatte, war eigentlich Pole? Ernsthaft?

Am Ende hatte er noch jüdische Vorfahren. Und vielleicht einen russischen Liebhaber namens Sergej.

Bjarne seufzte.

Nein – das wäre wirklich zu schön ...

Bjarnes Gedanken drifteten für einen Moment unkontrolliert herum. Zu dem dritten Mord, zu Stella. Dann hin zu Europol, Nazi-Musik, polnischen Flüchtlingen in Dänemark, Starnja, dem Porsche, den er schnell erklären müsste ... Er war unkonzentriert, fast ein wenig weggetreten, als Smilla eintrat.

„Hast du einen Moment ...?“

Er winkte sie mit einer raschen Bewegung herein. „Sicher! Was gibt es?“

Sie deutete vage aus dem Fenster. „Taavi ist noch einmal zu dem Team gefahren, das sich um den dritten Mord kümmert. Die zicken gerade ein wenig rum.“

„Wie äußert sich das?“

Sie vollführte eine ebenso wilde wie ziellose Bewegung. „Ich hatte die gebeten, uns die Ergebnisse zur Verfügung zu stellen. Ich meine: Wir haben jetzt beispielsweise drei dunkle lange Haare von den Tatorten – die muss doch jemand vergleichen! Aber die haben das nicht gemacht.“

Bjarne lächelte. Es tröstete ihn, dass die jüngeren Ermittler auch ohne ihn auf diese Idee gekommen waren. Früher war er froh, wenn er die guten Ideen hatte. Heute freute er sich mehr über die Teamleistung.

„Aber deswegen bist du nicht hier ...“, mutmaßte er und fokussierte die junge Kollegin.

„Nein ... Ich habe mir noch einmal Gedanken über die drei Morde gemacht. Die verbindenden Elemente liegen ja eigentlich auf der Hand – bei den Morden 2 und 3 ganz sicher. Der Erste passt so gar nicht ins Bild. Und ich habe mich gefragt, ob der Mord ein Versehen war.“

„Ein Versehen? Hast du schon mal jemanden versehentlich umgebracht?“

„Nur Insekten“, gab sie grinsend zurück und errötete leicht. Sie räusperte sich und wurde wieder ernst. „Ich meine nicht *so* ein Versehen. Ich denke an eine Art *Verwechslung*. In meinem Kopf sehe ich eine Auftragskillerin, okay?“

„Okay ...“

„Die hat ein Profil des Kerls, den sie umbringen soll. Oder auch der Frau, die sie töten soll, wie beim zweiten Mord.

Zumindest stelle ich mir das so vor. Aber bei den anderen Morden ist es leicht, oder? Sie hat eine eindeutige Adresse. Vielleicht gibt es ein Bild vom Haus, in dem die Zielperson lebt. Öffnet sie die Tür, dann ist sie die gesuchte Person und wird getötet. Im Hotel hingegen ist das völlig anders."

Bjarne spürte plötzlich, wie ihm heiß wurde. Instinktiv hatte er denselben Gedanken gehabt. Er hatte ihn nur nicht verfolgt. Er unterbrach Smilla mit einer Handbewegung und startete wortlos das Video aus der Bar, spulte bis zu der entsprechenden Stelle und drehte seinen Bildschirm zu Smilla.

Sie schaute auf die beiden Männer, sah Bjarne an und fragte. „Ist das im Hotel?"

„Sie hatten vergessen, uns den Film von dieser Kamera zu schicken."

„Dreck ..."

„Ja – aber das ist jetzt nicht das Thema. Die beiden Kerle da – die sehen fast aus wie Brüder, oder? Und da hinten ... diese Frau setzt sich gleich zu ihm an den Tisch und ..."

„Zu welchem?"

Er deutete auf die entsprechende Person. „Zu ihm hier. Aber ich hatte deinen Gedanken auch. Ich meine: Schau sie dir an – die könnten Zwillinge sein. Na ja – Brüder mindestens!" Er fixierte sie einen Moment. „Du kanntest das Video nicht – wie bist du drauf gekommen?"

„Ich bin nicht von einer optischen Ähnlichkeit ausgegangen. Sondern eher von einer Art intellektueller Ähnlichkeit. Ich hab mir die Gästeliste der Nacht angesehen. Dann habe ich die alle noch einmal durch die Suchmaschinen gejagt. Und siehe da: Einer von denen würde prima in die Mordserie passen."

„Wer?"

„Ein Deutscher. Halb Däne, wenn man es genau nimmt. Lebt in Deutschland und war dort so eine Art Chef-Spinner von einem rechten Nachrichtenmagazin, das jetzt in wirtschaftliche Schieflage geraten ist."

„Und?"

„Er heißt Norbert Rosegger. Such den doch mal kurz im Netz, damit wir wissen, wie er aussieht."

Bjarne tippte den Namen hektisch in eine Suchmaschine ein und starrte die Bilder einen zu langen Moment an. Dann nickte er.

„Das ist er." Er strich sich über Gesicht. „Das kann doch nicht wahr sein. Ich will mit dem reden. Der war vielleicht der Letzte, der mit Laurin Haugen gesprochen hat. Wir müssen den Kerl finden!"

#049

Stella hatte versucht, Bjarne zu erreichen. Aber weder bei ihm noch bei Taavi hatte sie Glück gehabt. Mik Wallin und sie waren einen Moment lang ratlos, wie sie weitermachen sollten.

Yngve war jetzt offensichtlich hier angekommen und sie konnten diese Verbindung mit eigenen Augen sehen. Ohne jedoch recht zu wissen, was hier geschah. Es war ja nicht strafbar, sich hier zu treffen. Aber beobachten wollten sie das. Stella legte fest, dass sie sich das eine Stunde lang ansehen würden. Geschah nichts, würden sie zumindest einmal in den nächsten Ort fahren und sich mit frischer Kleidung versorgen.

Sie verloren kein weiteres Wort über die Nacht, sondern bearbeiteten ruhig ihre Mails und warfen hin und wieder einen Blick durch das Fernglas. Irgendwann strich ihr Mik über die Hand. Stella schaute ihn erstaunt an, aber er deutete stumm auf das Haus, aus dem sich nun eine Gestalt löste. Ein Kerl mit einem Hoodie und einem enganliegenden Rucksack, dessen Gesicht sie kaum erkennen konnten. Er raste um die Hausecke herum, verschwand rennend im Wald und war nach wenigen Sekunden nicht mehr zu sehen.

„Wer war das?“

„Dieser Gustav?“

„Hm ... meinst du?“, murmelte Mik und hielt sich das Fernglas vor die Augen. Angestrengt suchte er den dichten Wald ab, konnte aber nichts entdecken. Stella checkte den Wald mit ihren bloßen Augen ab. Aber nach wenigen Minuten mussten sie beide einsehen, dass sie nichts finden würden. Der Wald war hier entschieden zu dicht. Ein kleines Waldstück nur – aber das war eng mit Nadelbäumen und Birken bepflanzt.

Mik sah auf die Uhr. „Die Stunde ist fast rum. Zählt der Typ oder sollen wir fahren?“

„...“ Als Stella gerade antworten wollte, öffnete sich die Tür erneut und sie schloss den Mund. Mik riss das Fernglas hoch und hielt es sich vor die Augen. Stella benötigte für die beiden Männer keine Sehhilfe.

„Lass und den beiden folgen.“

„Wie?“

„Dich kennen sie nicht. Du gehst über den unteren Weg. Ich bleibe hier oben.“ Sie hielt ihm die Hand hin. „Gib mir das Fernglas. Und schalt deinen Klingelton aus, damit ich dich anrufen kann, ohne, dass du auffällst.“

Mik kniff die Augen zusammen, reichte ihr das Fernglas und tat, was sie ihm gesagt hatte. Dann lief er geduckt los und den Hügel hinunter. Stella lief über den Kamm und sah zum Haus runter. Sie duckte sich, ging in die Knie und beobachtete die beiden Männer.

Dann glitt ihr Blick über die Bäume hinweg auf einen Parkplatz. Dort fuhr gerade eine große schwarze Limousine über die geschotterte Fläche, wurde gestoppt und blieb mit laufendem Motor stehen, soweit Stella das ausmachen konnte.

Wieder sah sie zu den beiden Männern. Verdammt! Sie hatte sie aus den Augen verloren.

Nein! Sekunden später erkannte sie die beiden durch ein paar Baumkronen, durch die sie von ihrer erhöhten Position schauen konnte. Yngve und Knut schienen sich angeregt zu unterhalten. Knut gestikulierte und Stella hätte auf die Entfernung angenommen, dass er der

Wortführer an der Stelle war.

Wie die beiden zusammenpassten, ging ihr nicht recht auf. Das Dossier ging davon aus, dass Knut die Nummer drei in seiner Organisation war. Wohin wollte er mit diesem Kerl nur, der in Stellas Augen nichts weiter als ein kleiner Sprengstoffbastler war?

Sie liefen weiter und Stella konnte nicht nur die beiden Männer ausmachen. Sie erspähte auch Mik, der geschickt von einem Baum zu anderen huschte und froh sein musste, dass die Bäume ihr Laub noch nicht abgeworfen hatten.

Er schien das gut drauf zu haben und sehr leise und unauffällig zu sein. Stella hätte vermutlich schon durch ihre leuchtenden Haare ein Handicap gehabt. Abgesehen davon, dass Yngve sie erkannt hätte. Die Reaktion von seiner Schwester auf sie hatte ihr gezeigt, wie viel Wut und Hass noch immer in den beiden steckte. Für sie war Stella diejenige, die sowohl Yngve in den Knast gebracht hatte und zudem an Lykkes Schussverletzung schuld war. Ihre eigene schuldhafte Beteiligung an diesem Themenkomplex schienen die beiden eiskalt zu ignorieren.

Dass Yngve sich sofort nach seiner Entlassung wieder mit Leuten wie Knut traf, erzählte ohnehin eine eigene Geschichte bezüglich seiner Einsichtigkeit.

Stella stolperte über eine Wurzel, rollte sich aber geschickt ab. Als sie wieder auf die Beine kam, waren die beiden erneut aus ihrem Blickfeld verschwunden. Ihre Hand blutete ganz leicht, hatte ein paar Kratzer abbekommen. Aber immerhin waren die Schmerzen des letzten Sturzes schnell wieder verschwunden und Stella konnte beide Hände voll einsetzen.

Sie sah sich mit bloßem Auge um, suchte nach Bewegungen und konnte nichts erkennen. Schließlich entschied sie sich, nicht zu viel Zeit verstreichen zu lassen, und schnappte sich ihr Telefon. Sie drückte auf Miks Nummer und musste sofort danach feststellen, dass sie hier oben keinen Empfang hatte. Am Rande des Waldes war der noch hervorragend gewesen.

Außerdem kam plötzlich ein weiteres Problem auf sie zu. Sie hatte die ganze Zeit über nach unten geschaut, hatte versucht, die beiden im Blick zu behalten, und musste jetzt feststellen, dass sie an einen Felsrand gelaufen war. Sie trat vorsichtig an die steinerne Kante und sah hinunter. Da ging es solide fünf Meter senkrecht bergab. Stella musste sich einen anderen Weg suchen.

Blitzschnell wandte sie sich um, lief ein paar Meter zurück, schaute nach unten, lief weiter, schaute wieder nach unten und traute sich schließlich, an dieser Stelle den steinigen Pfad hinunterzuklettern. Allerdings nur rückwärts und so, dass sie sich an ein paar Gräsern und Büschen festhalten konnte.

Als Stella wieder eine halbwegs ebene Fläche unter sich spürte, sah sie aufs Telefon. Immer noch keinen Empfang. In ihrem hektischen Abstieg hatte sie ein wenig die Orientierung verloren. Hatte sie zuvor über alles hinwegschauen können und den besten Überblick gehabt, befand sie sich nun mitten im Wald. Sie sah sich um. Erneut wollte sie auf ihr Telefon schauen, um eine Karte aufzurufen – aber wo kein Empfang war, gab es auch keine Karten aus dem Internet.

„Mist …", knurrte sie und entschied sich, loszulaufen. Sie lief so stur geradeaus, wie ihr möglich war und behielt den Boden im Blick, der hier mit dichtem Wurzelwerk zum Stolpern einlud. Und ihre Hand blutete bereits vom letzten Sturz.

Nach etwa zwei Minuten hielt Stella an und sah erneut auf ihr Telefon. Wütend musste sie sich selbst eingestehen, dass sie die Orientierung verloren hatte.

Stellas Orientierung war grundsätzlich gut. Erst recht, wenn sie Gebäude, geparkte Autos und Straßen als Fixpunkte heranziehen konnte. Wälder sahen in ihren Augen oft fatal gleichartig aus. Sie war einem besseren Trampelpfad gefolgt, der in ihrer Wahrnehmung einigermaßen geradeaus verlief. Als sie zurückblickte, bemerkte sie, dass er einen langgezogenen Bogen nach rechts beschrieb, der ihr beim Laufen entgangen war. Sie sah den Hügel, von dem sie heruntergekommen war, nicht einmal. Obwohl sie sicher war, in die richtige Richtung zu schauen. Aber zwischen all den Bäumen konnte sie ihn nicht mehr erkennen. Oder sie schaute in die falsche Richtung.

Sie spürte einen seltenen Moment der Verzweiflung. Als sie ein Teenager gewesen war, hatte sie im Wald einmal den Hund ihres Onkels verloren. Stella war wütend, schreiend und weinend durch den Wald gelaufen und erst nach einer Stunde wieder zum Haus zurückgekehrt. Tränenüberströmt. Dort hatte der Hund schon sein Futter verspeist und lag faul in der Sonne, als sie eintraf. Die Erwachsenen hatten sie ausgelacht, was pädagogisch fragwürdig und ansonsten auch einfach gemein gewesen war. Sie hatte das nie vergessen, dachte aber praktisch nie mehr daran.

Dass es ihr jetzt in den Kopf kam, sagte ihr eine ganze Menge darüber, wie sie sich fühlte. Ihr Herz pochte schnell. Orientierungslosigkeit war eine Angst, die meist nur Kinder spürten. Und sie führte zu großer Verzweiflung bei Stella, machte ihr Angst.

Wütend stopfte sie die Hände in die Taschen und lief ein paar Meter in Richtung des Wagens. Zumindest nahm sie das an. Dann hielt sie an und überlegte. Vielleicht war das nicht klug. Besser würde es sein, den Weg zurückzulaufen, den sie gekommen war. Das würde sicherstellen, dass sie wirklich dort ankam, wo sie hinwollte.

Sie stapfte zurück, fand den Weg und lief den Hügel wieder rauf. Schneller jetzt und entschlossener. Hier wusste sie zumindest sicher, wo sie landen würde. Der steile Hügel war oben rutschig und erneut hielt sie sich an einigen Büschen fest und zog sich die letzten beiden Meter angestrengt und schwer atmend auf das Plateau hoch, auf dem sie zuvor noch gelaufen war.

Ihr Blick glitt über die Kuppe und Stella duckte sich sofort. Dann schob sie ihren Po den letzten Schritt den Hügel hinauf, legte sich flach auf den Boden und kroch nach vorn.

Sie war keineswegs dort angekommen, wo sie herkam, musste sie feststellen, obwohl der Weg so ausgesehen hatte. Aber sie sah jetzt auf eine kleine Lichtung, die sie zuvor nicht gesehen hatte.

Dort standen zwei Männer, von denen der eine unzweifelhaft Yngve war. Der andere hatte eine zutiefst befremdliche Erscheinung. Er trug eine Art Kutte aus einem dunklen Stoff. Die Kapuze des Kleidungsstücks verdeckte große Teile seines Gesichts, während sich der Rest durch eine Sonnenbrille Stellas Betrachtung entzog.

Die beiden sprachen miteinander und es schien sich dabei um eine sehr intensive Unterhaltung zu handeln. Stella spürte einen Anruf in ihrer Jeanstasche, der sich brummend gegen ihren Beckenknochen drückte. Aber sie konnte ihn unmöglich annehmen. Die beiden anderen waren viel zu nahe. In einem stillen Wald wie hier würden sie Stella sprechen hören. Im Grunde musste Stella schon froh sein, dass die Männer sie nicht bemerkt hatten, als sie auf das Plateau hochgekeucht war.

So sehr sie sich auch konzentrierte – sie konnte die beiden Männer nicht verstehen. Sie konnte hören, dass die Gesprächsfetzen lauter geworden waren. Yngve war offensichtlich nicht zufrieden mit dem, was der Mann ihm gesagt hatte. Er trat einen Schritt näher und der Mann in der Kutte einen zurück.

Eine Sekunde später jedoch geschah etwas deutlich Erschreckenderes. Aus den umliegenden Bäumen traten zwei Männer mit Waffen. Mit denen schien auch Yngve nicht gerechnet zu haben. Er sah sich hektisch um. Stella folgte seinem Blick und erkannte einen dritten Mann, der eine große automatische Waffe im Anschlag trug.

Yngve machte keine Anstalten, die Arme zu heben oder etwas Vergleichbares. Erneut schaute er zu dem Mann in der Kutte, sprach laut und erhielt eine laute Antwort.

Yngve schien zu überlegen. Dann nickte er, wandte sich wortlos um und lief mit bemerkenswert strammen, raschen Schritten in den Wald.

Stella spürte, wie ihr Herz pochte. Die drei Männer im Wald hatten ihr gezeigt, wie lächerlich ihr Versteck war. Ebenso gut könnte in der nächsten Sekunde einer hinter ihr auftauchen. Sie blieb flach auf dem Boden liegen und lugte nur gerade noch so weit hervor, dass sie die vier Männer beobachten konnte.

Die Bodyguards wirkten immer noch angespannt. Zwei von ihnen schauten Yngve hinterher – der dritte sprach mit dem Mann in der Kutte. Der sah noch einmal in Yngves Richtung und schüttelte dann den Kopf. Dann nickten die beiden anderen und schließlich traten die Männer wie auf ein geheimes Kommando den Rückzug an. Einer von ihnen lachte laut und sagte etwas und Stella war der Überzeugung, dass der Mann Englisch gesprochen hatte.

Das Letzte, was sie sah, war, dass der Mann mit der Kutte die Kapuze herunterzog. Sie richtete sich auf, konnte aber nur noch ein paar dunkelblonde Haare sehen und wäre sich nicht einmal sicher gewesen, ob diese zwischen den dichten, lichtschluckenden Bäumen vielleicht heller waren, als sie annahm.

Dann ließ sie sich absinken. Sie atmete eine Minute lang nur ein und aus und hatte das Gefühl, in der Zeit nicht einmal zwei oder drei vollständige Gedanken im Kopf zu haben. Langsam richtete sie sich auf. Sie fischte das Telefon aus der Hosentasche und schaute aufs Display. Es war Bjarne gewesen, der sie angerufen hatte. Wie das gelungen war, blieb ihr ein Rätsel. Sie befand sich immer noch an der gleichen Stelle und jetzt hatte sie wieder keinerlei Empfang.

Also richtete sie sich auf und lief langsam und unzufrieden zum Wagen zurück.

#050

Sobald sie wieder Empfang hatte, trafen mehrere Nachrichten ein, aber sie zögerte nicht und rief als erstes Bjarne Sandvik an. Irgendwo weiter im Süden klingelte jetzt ein Handy mit dem Klingelton „Little Mrs S.“ und

Augenblicke später glitt Bjarnes verlässlich dunkle Stimme durch ihr Ohr und sie spürte körperlich, wie sehr sie diesen Kerl als Kollegen vermisst hatte.

„Stelly! Die Verbindung ist mies … wo bist du?"

„Im Wald. Ein paar hundert Meter von einem Haus entfernt, in dem sich zurzeit unser neuer polnischer Freund befindet und ebenso Lykke und Yngve."

„Lykke? Die ist bei euch?"

„Sicher. Wir sind gestern zu der Adresse gefahren, die wir von dir bekommen haben. Kurz, nachdem wir bei ihnen waren, haben sie scheinbar die Panik bekommen und sind in ein anderes Haus geflohen. Weiter südlich. Da sind sie jetzt. Und ich bin mir nicht ganz sicher, aber ich denke, ich habe eben die Nummer 1 der Organisation gesehen. Und Yngve hat mit ihm gesprochen."

„Das ist alles schockierend. Aber nochmals: Du bist dir sicher, dass Lykke dort ist?"

„Ohne Zweifel. Wieso?"

„Wir haben ihre DNA gefunden. Und nicht nur einmal, sondern gleich zweimal."

„Was? Lykkes DNA? Die kann doch keine Machete …" Stella stockte. „Warte – wo genau?"

„Einmal im Haus von Stina Burkhard. Aber dort wäre es kein guter Beweis. Die beiden kannten sich. Da können ihre Haare durchaus dort gewesen sein. Vielleicht hat sie sie mal zuhause besucht, wer weiß?"

„Aber …?"

„Aber wir haben sie ebenso im Hotelzimmer und im Wagen von Laurin Haugen gefunden. Als Taavi die Spur mit dem Boot gefunden hat, hat ihm ein Kerl aus einem Imbiss gesagt, er habe mitten in der Nacht eine Frau beobachtet."

„Das habe ich gelesen."

„Die Frau humpelte. Ich hab das intuitiv auf den Unfall bezogen, den sie mit dem Wagen gehabt hatte. Aber es könnte natürlich auch eine Frau sein, der man vor ein paar Jahren in den Kopf geschossen hat und die deswegen manchmal humpelt. Ihre Haare sind jedenfalls dort. Im Auto. Und im Hotelzimmer. Das hätten wir alles viel früher wissen können – ist aber nicht untersucht worden, weil dort einfach zu viele Haare waren und man keinen Fahndungsansatz hatte."

„Und das sind immer nur Haare?"

„Haare und Hautschuppen."

„Verdammt, Bjarne – willst du mir etwa sagen, dass ich die blöde Kuh in zwei Mordfällen festnehmen kann?"

„Besser: Du kannst sie verhaften. Ich schicke dir gleich ein Papier der hiesigen Staatsanwältin. Und wenn sie dort in dem Haus ist, dann hat sie vermutlich auch keinen Anwalt bei sich, oder?"

„Gott! Es wird mir ein Fest sein, Bär!" Stella grinste breit.

Dann gab ihr Bjarne ein Update über die weitere Entwicklung. Während Stella ihm zuhörte, erblickte sie den dunkelgrünen Mietwagen und auch Mik Wallin, der an dessen Tür lehnte.

Als sie den Wagen erreichte, nickte sie gerade. „Aber verstehen kann ich das Ganze noch nicht."

„Ich auch nicht", bestätigte Bjarne.

„Sag mir eins: Das mit diesen abgestorbenen Haaren – wieso begegnet uns das nicht viel öfter? Irgendetwas daran stimmt nicht, oder?"

„Ja ... ich verstehe die Erklärung der Forensikerin und ich glaube sie auch. Aber ich hatte denselben Gedanken. Ich mach das jetzt seit 25 Jahren und mir ist diese Erklärung so noch nie begegnet. Da ist etwas Falsches dran. Wir stolpern zurecht darüber."

„Ja ..."

„Aber lass uns das zu einem anderen Zeitpunkt klären. Ruf dir ein paar schöne, stämmige Polizisten zu diesem Haus und schaff Lykke hierher."

Bjarne legte auf und sah erneut aus dem Fenster, das einen Blick auf den Hafen bot. Gerade hatte sich ein gigantisches Kreuzfahrtschiff dem Hafen genähert, das regelrecht die gesamte Landschaft zu verändern schien.

Es gab ihm ein bedrückendes Gefühl, weil es den Blick auf den gegenüberliegenden Berg plötzlich vollkommen versperrte und die Geografie rund um die Polizeistation regelrecht aus den Angeln hob. Er schüttelte den Kopf.

Dann traf ihn ein Gedanke wie ein Blitz. Er musste einfach öfter mit Stella sprechen.

Erneut rief er die Forensikerin an. Die meldete sich frech mit: „SkanForce Akutbetreuung – wie kann ich dir helfen?“

Bjarne lachte. Rau und laut. Er mochte solche Menschen. „Sag mal – mir lassen deine Follikel keine Ruhe.“

„Meine Follikel sind in einem hervorragenden Zustand. Ich trage mein Haar kurz und mein Haarausfall hält sich in engen Grenzen. Aber falls du die Follikel der toten Haare meinst ... was ist dein Problem mit denen?“

„Ich habe eine sehr konkrete Frage: wenn man eine Echthaar-Perücke verwenden würde, würden die Haare dann auch so sein, wie du beschrieben hast?“

Die Forensikerin schwieg. Sie schwieg so lange, dass Bjarne Sandvik sich mit Blick aufs Display vergewisserte, dass das Gespräch nicht unterbrochen worden war. Dann hörte er ein Seufzen.

„Also ... auf die Idee bin ich bislang nicht gekommen. Aber ich bin ja auch keine Kriminalistin. Ich müsste ...“ Sie holte tief Luft, schien zu überlegen. „Ich müsste ehrlichgesagt ein paar Telefonate führen. Ich kenne mich mit Perücken nicht aus. Spontan würde ich vermuten, dass du recht haben könntest – aber es müsste dann sozusagen noch eine ziemlich frische Perücke sein. Die Haare dürften noch nicht zu lange vom Kopf weg sein. Aber die eigentliche Frage wäre für mich das Fertigungsverfahren. Ich nehme an, dass man die Haare, vereinfacht gesprochen, auf etwas aufklebt. Ich nehme auch an, dass man die Haare vorher mit etwas behandelt, damit die sozusagen frisch bleiben. Aber das sind nur die Dinge, die mir spontan durch den Kopf gehen. Ich hatte noch nie eine solche Perücke in der Hand. Du?“

„Nie. Nur mal eine Theaterperücke.“

„Geht mir ähnlich. Gib mir eine Stunde.“ Sie legte auf, ohne sich zu verabschieden.

In dem Moment trat Taavi in Bjarnes Büro. Er wirkte angespannt. „Hast du einen Moment?“

„Natürlich. Ich wollte dir ohnehin gerade das Update ...“

„Ich habe unterwegs mit Smilla gesprochen.“

„Gut … aber weißt du auch, dass wir Lykkes DNA haben?“

Er nickte und setzte sich Bjarne gegenüber hin. „Das Team, das in dem dritten Mord ermittelt, ist wirklich die Pest, wenn du mich fragst. Ich habe keine Ahnung, was ich denen getan habe, dass sie …“

Bjarne hob ruhig die Hand. „Wie heißt der Chef der Einheit?“

„Ist eine Chefin. Ingrid Vik.“

Ein breites Lächeln schlich sich auf Bjarnes Gesicht. „Ingrid … ja, die ist anstrengend. Stella hat ihr beinahe mal einen Finger abgebissen.“

„Was??“

Er winkte mit einem väterlichen Lächeln ab. „Ja … lange Geschichte. Und Stella hätte den Prozess gewonnen. Gib mir eine Stunde.“

„Okay … dein Selbstbewusstsein möchte ich haben.“

„Das wirst du, wenn du in meinem Alter bist …“

„Aber ich bin nicht nur deswegen hier. Ich habe mir das Video aus der Bar angesehen.“

„Und etwas gesehen, das uns entgangen ist?“

„Ich glaube schon.“

„Also …?“

„Die Rothaarige und die Frau mit den glatten schwarzen Haaren. Ich glaube, dass das ein und dieselbe Person ist.“

Bjarne Sandvik ließ das nur kurz wirken. Dann drückte er die Wahlwiederholung.

„Bjarne … ich hatte gesagt eine Stunde … das waren vielleicht zwei Minuten!“

„Ich weiß. Kannst du bitte auch einen Blick auf die schwarzen Haare werfen?“

„In welcher Sache?“

„Ich möchte auch bei denen wissen, ob es sich um eine Perücke handelt.“

„Sicher …“

„Nicht auflegen!“

„Hm?“

„Wie sieht es mit euren Kapazitäten aus? Könnt ihr einen weiteren Fall annehmen?“

Sie stöhnte. „Diesen dritten Mord?“

„Genau."

„Na … die hängen ja immerhin zusammen, wenn alles glattgeht, oder?"

„Genau."

„Ich habe zwei Rentner, die nur darauf warten, dass ich sie anrufe. Hast du den Fall schon?"

„Gib mir eine Stunde."

„Das trifft sich gut …"

Sie legte auf und Bjarne musste lachen. Dann nickte er Taavi zu. „Eine Stunde. Ich glaube, dass du da einen Punkt hast."

#051

Yngve rieb sich übers Gesicht und streckte sich. Er war nicht vollkommen zufrieden mit der Begegnung. Warum lief so ein Kerl denn in einer Kutte und Sonnenbrille herum wie ein ängstlicher Drückeberger? Warum hielt er sich überhaupt in dieser Art und Weise versteckt und trat nicht mit festem Schritt nach vorn?

Er ließ seinen Blick kreisen und der verfing sich an einem grünen Kombi, der weiter oben auf dem Hügel stand. Ein großer Kerl lehnte an dem Wagen und telefonierte. Für eine Sekunde fragte Yngve Sætervik sich, wie man wohl dort oben hinkam, dann vergaß er den Gedanken wieder und ging mit strammen Schritten zu dem stattlichen Haus zurück.

Er musste den Gedanken noch ein wenig kauen. Er war mit einer anderen Einstellung hierhergekommen. Möglicherweise naiv – Aber er war sich sicher gewesen, dass Nummer 1 ihn im Haus empfangen würde und ihn dort feierlich zu seiner Nummer 2 ernannte.

Jetzt fragte er sich plötzlich, ob er nicht lieber die Nummer 1 der „Erben Utøyas“ sein wollte. Ob er nicht die Organisation, in der er das Sagen hatte, ausbauen sollte, anstatt sich einer unterzuordnen, die agierte wie ein schrulliger Geheimbund.

Er musste sich eingestehen, dass er das aus der Ferne cool gefunden hatte. Aus der Nähe zweifelte Yngve jetzt, fragte sich, was das sollte. Der Mann hatte doch Großes vor. Und er wollte es mit Yngve machen – das hatte er ihm versichert. Aber machte das nicht Yngve automatisch zu dem, der die Prügel bekam? Die Nummer 1 versteckte sich mit einem Haufen Bodyguards und Yngve trat in die Öffentlichkeit. Denn das hatte er ganz klar vor. Und dafür war er der Richtige.

Das fühlte er! Er hatte sich nie als so stark begriffen wie jetzt, wo er Jahre Zeit gehabt hatte, sich auf seine Aufgabe zu besinnen und vorzubereiten. Yngve hatte gelesen, dass Adolf Hitler im Gefängnis gewesen war und dort einen großen Teil seines Buches verfasst hatte und scheinbar seine Gedanken dort ebenso geschärft hatte wie Yngve. Und Hitler hatte sich für ihn immer durch eine unglaubliche Klarheit und eine Linie ausgezeichnet, wie man sie heute kaum noch fand.

Politiker dieses Jahrzehntes schienen nur noch von ihrem „Personal Coach“ zu ihrem „Imagedesigner“ zu tingeln und sich von Beratern die Wahlprognosen vorlesen zu lassen, um dann vor laufenden Kameras weichgespültes Zeug von sich zu geben.

Für echte Politik und ernstgemeinte, idealistische Ziele des Umbruchs hatte keiner von denen mehr die Zeit oder den Willen! Darauf musste man sich konzentrieren! Eine Vision entwickeln! Und er hatte das getan in all den Jahren. Er war jetzt vorbereitet. Sollte er sich da mit einem Kerl einlassen, der Bodyguards beschäftigte und ihn mit dunkler Brille und Kapuze getroffen hatte?

Yngve klopfte fest an die Tür. Er hörte rasche männliche Schritte an die Tür eilen und Sekunden später öffnete ihm einer der Leibwächter, die ihn hierhergebracht hatten.

Er nickte nur, sprach nicht, deutete eine Verbeugung an

und ließ Yngve passieren. Der nickte ihm ebenfalls kurz zu und schritt durch den langen Flur des großen Hauses zu der kleinen Bibliothek, in der er sich mit Knut abgestimmt hatte.

Der rief nicht einfach ein „Herein!“ Er trat vielmehr an die Tür, öffnete sie schwungvoll und lächelte Yngve breit an. „Und? Ich hoffe, du hattest eine beeindruckende Zusammenkunft?“

Yngve holte Luft und trat schweigend ein. Knut Solbakken schloss die Tür hinter ihm, deutete auf einen der Ledersessel an dem kleinen runden Holztisch und setzte sich fast zeitgleich mit Yngve hin.

Er schenkte ihm ein Wasser ein und sah ihn dabei beinahe durchgängig an. Yngve spürte wieder, welche Kraft dieser Kerl ausstrahlte. Der Mann beeindruckte ihn. Er hatte ihm im Wald von so vielen Dingen erzählt, die sie richtig machen wollten. Und die Anschläge beschleunigten all das. Die Massen waren so aufgebracht gegen diese Leute, die herumliefen und Menschen abschlachteten, dass man den Massen jetzt im Moment fast alles verkaufen konnte.

Auch eine neue Partei. Eine, die durchgreifen konnte. Die Strukturen waren vorhanden. Man musste sie nur in die richtigen Kanäle lenken. Yngve hatte ihm von seiner Idee mit der U-Bahn erzählt und auch die hatte die Nummer 3 begeistert in Betracht gezogen – aber zuvor wollte er sie mit der Nummer 1 abstimmen. Das war ihm wichtig.

„Was hat er dir gesagt? Hat er dir eine Aufgabe gegeben?“

„Ja – hat er ... Hattest du damit gerechnet?“

Er vollführte eine große Geste. „Natürlich! Es geht um seinen *Stellvertreter*! Er hat so lange auf dich gewartet!“

„Ja ... aber er will, dass ich eine Aufgabe erfülle, die ...“ Yngve stoppte. Die Nummer 1 hatte ihm ganz klar gesagt, dass er nicht über diese Aufgabe sprechen sollte. Er musste sie alleine erfüllen.

„Eine Aufgabe, die ...?“

„Wir haben abgemacht, dass das eine Sache zwischen Nummer 1 und mir bleibt“, erklärte Yngve in einer Form, die nicht direkt gelogen war. Sie hatten das abgemacht.

Aber das war ein Befehl seitens Nummer 1 gewesen. Eine Anweisung, der er sich gebeugt hatte. Aber das wollte er so nicht erzählen.

Lykke würde er es berichten. Aber ganz sicher nicht Knut.

„Okay ... verstehe ..."

Yngve nickte und sah auf die Uhr. Seine Aufgabe würde Zeit in Anspruch nehmen. Und er brauchte Lykke. Er war gut darin, zu schreiben. Lykke war besser in den Details der Rechtschreibung und Grammatik. Das musste er nutzen. Sie würde der Sache den nötigen Schliff geben.

Er wollte sich vom Sessel erheben, rutschte aber nur auf dem Leder nach vorn. Dann schluckte er. „Knut ... ich möchte dich etwas Wichtiges fragen bezüglich Nummer 1. Wie schätzt du seinen Willen ein, in die Öffentlichkeit zu treten? Eine Organisation braucht eine Figur, die an der Spitze steht. Eine Galionsfigur, oder?"

„Einen Führer, meinst du? Sag es doch ruhig. Die Menschen wollen einen Führer. Einen, der ihnen sagt, wie wir aus dieser verfluchten Misere rauskommen. Einen, der sie beruhigt und ihnen erklärt, dass wir ein Abschiebeministerium ins Leben rufen werden, sobald wir gewählt werden. Dass wir konkret werden. Dass wir Versprechen halten und dafür sorgen, dass niemand mehr mit einer Machete durchs Land reisen kann und wahllos gute Männer und Frauen abschlachtet!

Und es fällt mir schwer, mir jemanden vorzustellen, der das besser könnte als du. Du bist glaubhafter als die Nummer 1 in so einer Rolle. Jemand, der für die richtige Sache auch die andere Wange hingehalten hat und mutig ins Gefängnis gegangen ist! Ich meine: Kann man denn glaubhafter ..."

Ein schwerer Gong ertönte und die beiden Männer kräuselten die Stirn.

„Erwartest du ...?"

Knut schüttelte den Kopf. Dann erhob er sich rasch und schritt zur Tür der Bibliothek. Wenige Augenblick später stürzte er entschlossen hinaus und rief etwas. Das jedoch ging in einem wirren Durcheinander mehrerer dunkler

Männerstimmen unter. Dann hörte Yngve stramme Schritte auf dem Flur. Stiefelschritte mehrerer Männer, da war er sich sofort sicher. Ihm war klar: Sie wurden angegriffen. Ihr Haus war verraten worden und sie wurden überfallen.

Er schaute sich um und dachte über ein Versteck nach. Aber da war es bereits zu spät. Die Tür wurde aufgerissen und ein stämmiger Kerl trat herein. Der sah allerdings nicht wie ein wilder Angreifer einer politischen Organisation aus. Er war vielmehr Polizist. Yngve hob reflexhaft die Arme.

Der Mann schaute sich blitzschnell im Zimmer um und fragte dann „Lykke Sætervik? Ist die hier, versteckst du die irgendwo?"

„Nein! Was ist mit Lykke?"

Der Polizist sah ihn kurz an, dann trat er wieder in den Gang hinaus. Ein Beamter überholte ihn, ein weiterer stürmte mit den festen Stiefeln die Treppe hinauf.

Und dann sah er sie. Yngve sprang vor und riss die Tür zum Gang auf.

„NYKVIST! Was wird das denn hier? Drehst du jetzt durch??"

Stella Nykvist blieb stehen. Sie trug als einzige keine Uniform, sondern eine Jeans und ein etwas zerknittertes T-Shirt.

Er machte zwei Schritte auf sie zu. Er hatte die Hände zu Fäusten geballt und war laut geworden. „Was soll das – was willst du von Lykke, Nykvist?"

„Ich würde vorschlagen, du bleibst genau da, wo du jetzt bist!!", hörte Yngve eine dunkle Stimme von oben. Er sah für einen Augenblick nach oben – aber da war es bereits zu spät. Während er noch den Beamten auf der Treppe suchte, hatten zwei weitere ihn längst zu Boden gepresst – schneller, als er überhaupt begriff, was hier geschah.

Stella bedankte sich bei den beiden Kerlen, die ihm jetzt die Hände zusammenschnürten, und Yngve schrie laut und wütend auf, während Stella Nykvist mit flotten Schritten die Treppe hinauf stürmte.

Den nächsten Satz, den er verstehen konnte, war:

„Lykke Sætervik? Du bist hiermit verhaftet. Dir wird die Beteiligung an mindestens zwei Morden vorgeworfen. Zuständig für diese Ermittlung ist der Bezirk Ålesund, in den du mit dieser Verhaftung verbracht wirst, weil in deinem Falle erhebliche Fluchtgefahr besteht. Du hast bereits nach dem ersten Mord das Land verlassen und verfügst über ausreichende Mittel ..."

Den Rest konnte er nicht verstehen.

Lykke? Zwei Morde? Was war geschehen? Wütend versuchte Yngve, sich zu befreien. Er konnte nur aus dem Augenwinkel erkennen, wie Stella mit seiner Schwester die Treppe herunterkam, eingerahmt von zwei Beamten. Er hatte den Überblick verloren, wie viele Polizisten im Haus waren. Jedenfalls mehr, als man bei einer normalen Festnahme erwarten konnte. Er war sich sicher: Stella hatte alles getan, um ihn zu erniedrigen.

Stella Nykvist blieb vor Yngve stehen und ging in die Hocke. Er zuckte hoch, wollte sie anschauen, aber die beiden Kerle pressten ihn sofort wieder auf den Boden.

Stella erhob sich wieder und sagte nur: „Ich hätte mich gerne vernünftig mit dir unterhalten. Aber du benimmst dich ja lieber wie ein wildes Tier."

„WASSS???" Er presste sich nach oben. Wütend streckte er seinen Rücken durch und erneut presste ihn ein Polizist nach unten und schrie, dass er sich beruhigen sollte. Lykke schrie ebenfalls und schließlich zog Stella sie weiter und die Kollegen halfen ihr dabei.

Stellas Herz pochte. Sie warf einen Blick auf Yngve, mit dem sie wirklich gerne in einem vernünftigen Ton gesprochen hätte. Aber mit seinem Auftritt in dieser Weise hatte sie nicht gerechnet.

Kopfschüttelnd lief sie zur Tür, wo ein weiterer Kollege Knut Solbakken in Schach hielt, der sich jedoch ganz entschieden zu benehmen wusste. Sie schritt näher auf ihn zu, hatte ihn beinahe schon passiert, als sie sich umwandte und sich entschied, ihm etwas klarzumachen.

Rasch trat sie an ihn heran und flüsterte ihm ins Ohr: „Die Einschläge kommen näher, Kacper." Dann löste sie sich vom ihm. Sie konnte erkennen, dass er sich beherrschen wollte. Aber soeben war ein Blitz in ihn hineingefahren. Sein Gesicht, das sonst so blankpoliert und herrisch wirkte, hatte gelitten, wirkte jetzt angegriffen. Für eine Sekunde hatte er verunsichert gewirkt. Wie lange hatte er diesen Namen wohl nicht mehr laut ausgesprochen gehört?

Er hatte sich nicht gewehrt, hatte nicht widersprochen oder auch nur etwas gesagt wie „Was soll der Blödsinn?" oder „Wovon redest du?"

Stella wusste: Sie hatte ihn gerade ins Mark getroffen. Und genau das hatte sie gewollt.

#052

Nachdem Bjarne sich mit Stella abgestimmt hatte, fühlte er sich besser. Aber eine Information traf ihn jenseits der Ermittlung. Stella hatte in einem Nebensatz erwähnt, wie sehr die seltsame Rede von Knut Solbakken auf den Texten von Theodore Kaczynski, dem Unabomber, fußte.

Bjarne überprüfte das noch, während sie telefonierten, und konnte es kaum glauben. Er drehte eine Zeit die Daumen, dann schloss er kurz die Tür und öffnete eine App auf seinem privaten Telefon.

Er hatte mehrere 100 Nachrichten auf diesem Konto erhalten und scannte sie nach Begriffen rund um den Unabomber. Er fand eine Anmerkung in einem langen Post, in dem jemand einen Ed Kadschinsky erwähnte. Dem Kontext nach war der Mann auf der richtigen Spur gewesen. Aber er hatte kein Echo gefunden. Vermutlich hätte den Namen hier ohnehin niemand gekannt – auch, wenn er „Kaczynski" richtig geschrieben hätte.

Bjarne setzte einen Post unter seiner dort gewählten

Identität ab. Er fertigte einen Screenshot an und schickte ihn an eine Nummer, mit der er erst kürzlich telefoniert hatte. Irgendwo in der Nähe von Utøya piepste jetzt ein Telefon. Bjarne wechselte auf eine weitere Plattform und setzte denselben Gedanken dort ebenfalls ab.

Dann wechselte er seine digitale Identität und kommentierte seinen ersten Post mit reichlichem Entsetzen, zwei gezielt eingesetzten Rechtschreibfehlern und einer Menge Ausrufungszeichen. Er sah sich den Post an und schickte ihn ab. Dann wiederholte er das mit zwei weiteren Namen, die ihm zur Verfügung standen. Erfreut nahm er zur Kenntnis, dass auch die rechte Szene in ihrer Weise funktionierte. Die ersten hatten auch hier schon kommentiert.

Es wurde rasch gepöbelt, dann regte sich Widerstand.

Bjarne lächelte, als ein weiterer Mann sich in die Diskussion einmischte, dessen wahre Identität ihm wohl bekannt war. Er saß in der Nähe von Utøya und schüttete Benzin ins Feuer. Der Norweger nickte, schloss die Anwendungen und startete sein Telefon vorsichtshalber neu. In dem Moment klingelte sein Diensttelefon. Die Stunde war herum. Es wurde geliefert.

„Ja?"

„Du hattest wohl recht."

„Mit der Perücke?"

„Allerdings."

„Erzähl mir mehr."

„Die schwarzen Haare sind auf jeden Fall Teil einer Echthaarperücke. Und wohl keiner besonders guten. Aber sie haben eine entsprechende Behandlung erhalten, die leicht erkennbar ist, wenn man weiß, wonach man sucht."

„Und die roten Haare?"

„Bei denen können wir es nicht sicher sagen. Bei den schwarzen sind wir uns sicher. Und zwischenzeitlich hat mir die liebe Smilla das Video geschickt. Ich habe einen meiner Jungs drangesetzt."

„*Einen deiner Jungs*?"

„Typen, die fließend Pascal und C++ sprechen oder was da auch immer gerade in Mode ist. Die wissen, wie man mit

Computern umgeht. Nicht nur, um Pornos runterzuladen, sondern auch, um was Sinnvolles zu tun."

„Warum erzählst du mir das?"

„Die haben die Videos zerlegt. Hab mir das gerade angesehen und einer der Kerle schickt es gerade zu Smilla rüber. Das, was deine Leute glauben, dürfte stimmen. Die beiden Frauen – also die Rothaarige in der Bar und die Dunkelhaarige, mit der der Kerl verschwindet. Die sehen zwar erstaunlich unterschiedlich aus, aber der Schein trügt da ganz schön. Wir sind uns nach der Bearbeitung zu weit über 80 Prozent sicher, dass es sich bei beiden Frauen um dieselbe Person handelt. Die Länge der Unterarme, die Diameter der Schenkel, wenn ... Na ja – alles, was man messen kann, stimmt überein.

Bjarne schwieg einen Moment und versuchte, sich einen Reim auf die Sache zu machen.

„Gut ... ich werde nicht spontan schlau daraus, da muss ich ganz ehrlich sein. Aber ..."

„Aber?"

„Kann man ihr Gesicht isolieren? Also, falls das der richtige Fachbegriff ist. Ich meine aus dem Video rausschneiden und es beispielsweise in die Fahndung geben?"

„Kann man schon. Dir muss dann aber klar sein, dass die Chancen gering sind, dass da was bei herauskommt. Wir können das Gesicht ja nur so isolieren, dass es keine Haare hat. Ohne Haare wird die niemand erkennen."

„Und wenn wir ihr blonde Haare geben?"

„Hä? Weil Männer sich alle Blondinen ansehen?"

„Nein. Ich versuche mich gerade, da reinzuversetzen! Warum würde eine Frau eine rothaarige Perücke aufsetzen und später eine dunkelhaarige? Doch wohl am wahrscheinlichsten, weil beide Perücken sie verändern! Also bleiben nicht so viele Farben übrig. Lass sie uns blond machen. Ich würde fast wetten, dass die Frau blond ist."

Bjarne dachte einen Moment nach. Lykke war blond, wenn auch von einem eher dunklen Typ. Aber soweit er wusste, schied sie für den zweiten Mord aus. Wer war sonst noch blond in diesem Fall? Martina war blond – die

Freundin von Knut oder wie auch immer er richtig heißen mochte. Aber die schied aus demselben Grund aus – sie war in Italien auf der White Pearl gewesen.

Er seufzte.

„Du musst dir über eines klar sein: Jeder hätte das ohne Computer erkennen können. Aber diese Frau, die ihr da sucht, hat das schon geschickt gemacht. Schaust du dir ihre dunkelhaarige Version an, ist nicht nur die Haarfarbe anders. Sie hat die Augen und vor allem die Brauen vollkommen anders geschminkt. Das lässt sie aussehen, wie eine Türkin oder eine Griechin. Vielleicht auch noch eine Inderin oder so. Dazu gehört schon was."

„Und ich fürchte: Das war nicht nur einfach der Wille der Veränderung. Ich bin mir mittlerweile sicher, dass wir es hier mit Leuten zu tun haben, die gerne einer Türkin die Schuld in die Schuhe schieben wollen." Bjarne schlug wütend auf den Tisch. „Und alle verdammten Zeugen sind drauf reingefallen! Was für ein perfider Plan, oder?"

„Du meinst: Da tötet jemand gezielt Menschen, weil er will, dass die Leute auf Moslems sauer werden?"

„Wenn du das so sagst, klingt es erschreckend trivial. Aber überleg mal, was da für ein Potential drinsteckt."

„Das ... wird mir auch gerade erst langsam klar", bestätigte die Forensikerin. „Normale Täter verändern ihr Aussehen, um leichter fliehen zu können. Die hier wollen gesehen werden."

„Ja – das findet man selten ..."

Bjarne hörte Geräusche im Hintergrund. Dann murmelte die Forensikerin etwas und es wurde noch lauter. „Bjarne – hier kommen die Sachen von eurem dritten Fall."

„Okay – dann halte ich dich nicht länger auf. Fang mit der schwarzen Per..." Er seufzte. „Ja – oder leg einfach auf ..."

Smilla stürzte in Bjarnes Büro, ohne anzuklopfen. Sie wirkte aufgebracht. „Wir haben eben noch einmal mit dem Hotel gesprochen."

„Vom ersten Mord?"

„Genau. Und sie haben das jetzt alles mit ihren Akten

abgeglichen. Keiner der Namen ihrer Gäste kommt uns irgendwie bekannt vor."

„Aber?"

„Es gibt eine junge Frau, die eine Nacht zuvor dort eingecheckt und erst im Laufe des folgenden Tages wieder ausgecheckt hat. Die Managerin hat die Bilder zweien ihrer Mitarbeiter gezeigt und beide sind sich sicher: Das ist die Frau."

„Jetzt bin ich verwirrt – welche?"

„Sie glauben beide, dass das die rothaarige Kundin war. Sie war vor dem Mord im Hotel und ist dortgeblieben bis zum Tag danach. Ich habe sogar mit ihr gesprochen! Aber da hatte sie ein Handtuch als Turban auf dem Kopf. Sie kam gerade aus der Dusche. Also ... hat sie zumindest gesagt", schränkte Smilla ein.

„Smilla – glaub bitte nicht, dass du deswegen jetzt die Schuld bei dir suchen musst. Wie viele Mordermittlungen hast du geführt?"

Sie senkte den Blick. „Ich weiß ..."

„Und dann diese Idee. Wir rechnen doch damit, dass Täter fliehen, oder? Du hast zu dem Zeitpunkt Zeugen gesucht. Du hast nicht damit rechnen können, dass die Täterin die eventuell gegenübersteht."

„Hm ..."

„Aber es fühlt sich trotzdem schlecht an. Das verstehe ich. Glaub nicht, dass du die erste bist, der es so geht."

Sie nickte nochmals. Erst jetzt begriff Bjarne so richtig, dass sie nicht in sein Büro gekommen war, um ihm einen Ermittlungserfolg mitzuteilen. Sie hatte sich bei ihm entschuldigen wollen!

Er erhob sich, setzte sich vor sie auf die Kante des Schreibtisches. „Smilla ... der Einzige in diesem Spektakel, der sich einen Vorwurf machen muss, bin ich. Es war unvernünftig, dich mit diesem Thema allein zu lassen, okay? Aber auch, wenn ich da gewesen wäre: Hätten wir an dem Morgen wissen können, dass wir mit der Mörderin sprechen? Wir haben doch – vernünftigerweise – angenommen, dass die geflohen sein muss."

„Es war verflucht clever, einfach dort zu bleiben, oder?"

„Es ist unser Job, das herauszufinden. War das wirklich clever? Ja, sicher, auf den ersten Blick schon. Aber was ist mit dem Rest? Sie wird bezahlt haben. Wie hat sie das gemacht? Bar? Mit Karte? Hat sie vorab reserviert? Wenn ja – telefonisch oder online? Wenn online – über welches Portal? Ist sie dort angemeldet? Hat sie ein Kundenkonto? Wenn sie bar gezahlt hat – gibt es dann vielleicht Aufnahmen des Zahlvorgangs? Kann man dabei vielleicht einen Blick in ihr Portemonnaie erhaschen? Sieht man ein Familienfoto? Haben die beim Check-in ihren Pass gesehen? Haben sie den eventuell für die Akten kopiert oder gescannt?"

Sie nickte. Dann sprang sie auf. „Bin dran ..."

Er lächelte, als sie hinauslief. Sie hatte jetzt genug zu tun. Also packte er seine Sachen zusammen und verließ die Station. Er hatte Starnja viel zu lange nicht gesehen und sie in dieser Stadt allein gelassen, ohne das zu wollen. Das hatte sie nicht verdient.

#053

Knut hatte Gustav zu sich gerufen. Per Telefon. In einem Haus dieser Größe ein unsinniger Akt. Aber einer, den Nummer 3 seiner Erfahrung nach oft vollführte. Er liebte solche Spielchen.

Ebenso liebte er es, die Leute gegeneinander auszuspielen. Seine Zuneigungen zu verteilen oder Nachrichten von Nummer 1 nur an diesen oder jenen weiterzugeben. All das folgte nach Gustavs Beobachtungen einem völlig willkürlichen Schema. Und einem, das man eher bei einem kleinen Jungen vermutet hätte. War Knut beleidigt, wurde er oft bockig. Auch das war nicht das

Benehmen eines Erwachsenen.

Gustav klopfte akkurat an die Tür der Bibliothek. Erst nach einer erstaunlichen Zeitverzögerung hörte er das ersehnte „Herein".

Knut Solbakken saß an dem kleinen dunklen Holztisch mit den cognacfarbenen Ledersesseln, die eigentlich dienten, um lange lesen zu können. Der Lichteinfall war über lange Strecken des Tages ausgezeichnet dafür geeignet. Knut hatte auf einen Stadtplan geschaut, den er nun langsam zusammenrollte. Er sah Gustav mit ernster Miene an.

Dann rollte er den Plan wieder aus und deutete auf den Sessel neben sich. Als Gustav sich setzte, zeigte er auf den Plan. „Hast du dir je Gedanken darüber gemacht, was für eine Schockwelle man auslösen könnte, wenn man in einer großen Stadt das komplette U-Bahn-System zum Ziel eines Anschlages machen könnte?"

Gustav blickte leicht verwirrt auf den Plan. War das ein Test?

„Im Ernst. Weißt du, was das hier für ein Plan ist?"

„Das Metro-System von Oslo?"

Knuts Gesicht erhellte sich. „Guuuter Mann", lobte er gedehnt. Dann lehnte er sich vor. „Ich habe mir schon lange Gedanken darüber gemacht, was wohl passieren könnte. Mittlerweile habe ich einige Spezialisten befragt. Die denken dabei natürlich an etwas anderes. Aber es gibt hocheffiziente Sprengstoffe. Die musst du gekühlt am Nationaltheater einspeisen. Also direkt im Herzen der Stadt. Von dort fahren die Züge dann in alle Richtungen. Unter der gesamten verdammten Stadt.

Das Metro-System ist simpel. Die Züge pendeln im Prinzip immer von A nach B und wieder nach A zurück. Rauf und runter. Es dauert kaum vier Stunden, bis du das Röhrensystem verseucht hast. Und wenn das Zeug lange genug Kontakt mit Sauerstoff und Licht hat, entzündet sich das Ganze. Binnen weniger Minuten. Keine Polizei der Welt, kein Katastrophenschutz, keine Feuerwehr hätten die Chance, etwas dagegen zu unternehmen. Was schätzt du? Wie viele Menschen würden dabei sterben?"

„So ... 30.000 ...?“, mutmaßte Gustav vorsichtig, der Yngves Vortrag noch gut im Ohr hatte.

„Ha – 50.000! Überleg dir das. Und jetzt sagen wir mal ...“ Er rollte den Plan wieder zusammen. „Jetzt sagen wir mal, die Welt würde herausbekommen, das seien islamische Terroristen gewesen. Vielleicht solche mit Sprengstoffgürteln oder so. Man kennt das ja.

Also – nur so als Gedankenspiel ...“ Sein Grinsen war gemein. „Ich habe Yngve gebeten, das einmal durchzuplanen. Ich schätze, das kann man für weniger als 100.000 Kronen bewerkstelligen ...“

Gustav nickte. Wer von beiden hatte ihn jetzt angelogen? Und weit wichtiger: warum?

Knut Solbakken steckte den Plan zurück in eine starke Papprolle und verschloss sie. „Gustav – du weißt, dass Yngve einen Auftrag bekommen hat?“

„Von Nummer 1. Sicher.“

„Er hat einen wichtigen Auftrag. Ich spüre, dass Nummer 1 sich langsam aber sicher rüstet, um uns auf die nächste Ebene zu heben.“ Er deutete auf einen Stapel Papier. „Siehst du die 80 Seiten dort? Das ist der Antrag, um unsere Partei zu gründen und am staatlichen norwegischen Finanzierungssystem teilzunehmen. Wir meinen es jetzt also ernst.“

Gustav nickte. Die Situation strengte ihn an, war hoch verwirrend für ihn. Was sollte das hier? Das musste ein Test sein! Sie hatten ihn in die Zange genommen – Yngve und Knut. Sie wollten sehen, wem seine Treue galt. Oder sie hatten den Verdacht, dass es mit Gustavs Treue nicht weit her war.

Knut setzte ein ernstes Gesicht auf. „Unser Stern geht jetzt sehr bald auf, mein lieber Freund“, erklärte er jovial und ein wenig väterlich.

„Hm ...“, stimmte Gustav Hetland vage zu.

„Du wirst bemerkt haben, dass sich vieles ändert im Moment. Wir sind im Aufwind – wie noch nie. Nicht zuletzt dein Index sagt, dass wir an der Schwelle für den nächsten großen Schritt sind.“

„Sicher.“

„Und da wird es große Umbauten geben, Gustav. Ich meine: Auch personeller Natur. Und ich habe jetzt mehrfach mit Nummer 1 gesprochen. Und wir ... also wir könnten uns eine größere Rolle für dich vorstellen."

Er griff nach seinem Telefon und tippte darauf herum. „Schau mal hier – deine letzte Rede. Wir haben 16.000 Kommentare. In einem Netzwerk dieser Art! Überleg dir das mal!"

Gustav lächelte, wenn auch angespannt. Er hatte vor ein paar Minuten dieselbe Seite angesehen. Aber im Gegensatz zur Nummer 3 hatte er sich die Kommentare inhaltlich angesehen. Und da waren einige dabei, die ihn sorgten. Solche, die sich plötzlich um das Erbe von Ted Kaczynski drehten. Da hatte Gustav in der Eile zu hoch gepokert. Er hatte kaum Zeit für diese Rede gehabt. Und Knut hatte ihm ständig Druck gemacht. Also hatte er ein wenig gestohlen und hier und da ein paar griffige Zitate geraubt. Die Menschen erinnerten sich natürlich an den Unabomber. Aber wer hatte denn je sein wirres Geschwafel gelesen?

Schon der Titel „Die Industrielle Gesellschaft und ihre Zukunft" sollte doch die meisten Leser verlässlich abschrecken!

„Wir könnten uns eine größere Rolle für dich vorstellen. Und auch um mich macht sich der große Mann Gedanken. Deswegen hat er uns mit etwas beauftragt, das keinen Aufschub zulässt."

„Und das wäre?"

„Buch uns zwei Flüge nach Aalborg. Und einen Mietwagen."

„Was werden wir dort tun?"

„Nummer 1 will ein klares Bekenntnis von uns. Es geht um eine Frau namens Yva Torp. Sie steht uns im Weg. Sie rüstet gerade auf. Und wie gesagt: Steht uns dabei im Weg. Und dafür ist jetzt nicht die Zeit."

Gustav stutzte. Nie war eine so klare Aufforderung an ihn herangetragen worden. Davor hatte er sich die ganze Zeit gefürchtet.

„Wo genau müssen wir hin?"

„Das sage ich dir ... wenn wir dort sind."

„Mir geht es um ganz praktische Aspekte. Sind wir weit vom Flughafen entfernt? Wie lange soll der Mietwagen zur Verfügung stehen – solche Sachen."

„Lass uns so schnell wie möglich fliegen." Er sah auf die Uhr. „Na – heute könnte das eng werden. Vielleicht lieber morgen früh und dann am späten Nachmittag zurück. Uggerby ist nicht so weit weg. Das schaffen wir schnell. Wir haben einen Auftrag in einer sehr abgelegenen Gegend. Das Risiko ist verschwindend gering. Aber es würde uns einen großen Stein aus dem Weg räumen. Und nochmals: Denke an deine Rolle. Du bist die Nummer 14." Er hob die Brauen an. „Da geht was Einstelliges für dich."

Gustav nickte und tat das mit einem gewissen Stolz. Er hatte sich abgemüht, um hierher zu kommen, mittlerweile zahlte Knut ihn gut und es lebte sich hervorragend in all den Plätzen, an denen sie sich befanden.

War das der Zeitpunkt, Knut nach seinen persönlichen Plänen zu befragen? Er war die Nummer 3 und alle gingen davon aus, dass Yngve die Nummer 2 werden sollte. Wie passte all das zusammen? Viel Platz war da ja nicht mehr für einen Aufstieg. Oder hatte ihm Knut gerade zu verstehen gegeben, dass sie Yngve nicht mehr in dieser Rolle sahen?

„Kümmer dich drum. Und tu es mit Mut und Aufgeschlossenheit für die Aufgabe", riet ihm Knut in seinem seltsamen Ton, den er sonst eher auf der Bühne verwendete. Da klang der Ton gut, weil er ein Manuskript hatte. Hier fühlte es sich anders an und die dramatischen Begriffe standen ihm nicht, fand Gustav.

„Und dann ...", erklärte Knut und erhob sich feierlich, „... gehst du am besten früh ins Bett. Nummer 1 könnte uns noch brauchen, denke ich."

„Auf Abruf?", erkundigte Gustav sich militärisch und erhob sich.

„Auf Abruf", bestätigte Knut.

Gustav nickte. „Hast du ... schon was gehört? Wie geht es mit Lykke weiter?"

„Sie bringen sie nach Ålesund. Aber das dauert. Sie muss erst hier registriert werden, dann muss ein Fahrer und noch ein Ersatzfahrer bestimmt werden und ... Ach ... langweiliges Zeug. Ich hab unsere Anwältin darauf gesetzt. Sie kümmert sich."

„Wie sie es immer tut."

Knut Solbakken nickte, wenn auch nachdenklich. „Ja ... wie sie es immer tut." Dann blickte er Gustav intensiv an. „Ich vertraue ihr, weißt du? Ich vertraue nicht vielen Menschen", erklärte er mit einem befremdlichen Nachdruck. Gustav gab sich alle Mühe, nur zu nicken und nichts in diesen Gesichtsausdruck hineinzuinterpretieren. Aber er war sich sicher, dass das eine Drohung gewesen war.

„Ich kümmer mich um die Flüge und sag Bescheid ..."

„Ja – mach das. Und denk daran: Das könnte eine gänzlich neue Rolle für dich bedeuten."

Gustav nickte. Er spürte, dass seine Muskeln am gesamten Körper schmerzhaft angespannt waren. Er musste diesen Raum verlassen.

#054

„Mit ihr rede ich nicht", erklärte Lykke so ruhig und kalt, dass Bjarne und Stella es zunächst kaum wahrnahmen. Und als sie es wiederholte, nahmen sie es nicht ernst.

Als Bjarne die Aufnahme startete, ließ sie ihn nicht reden. Sie deutete mit ausgestrecktem Arm auf Stella.

„Solange die Nykvist hier sitzt, rede ich nicht."

„Das ist hier nicht wie im Fernsehen, Lykke", maulte Stella kopfschüttelnd. „Du kannst nicht ..."

„Solange die kleine Schlampe hier ist", unterbrach sie Stella, „rede ich nicht!"

Stella schüttelte den Kopf. Dann richtete sie sich auf und

schickte Smilla in den Raum, um einen zweiten Ermittler bei der Vernehmung zu wissen.

Sie schlenderte ein wenig in den Büroräumen umher, die ihnen hier zur Verfügung standen. Eine halbe Etage, die eigentlich renoviert werden sollte. Überall standen Kisten herum. Eines der Büros hatte Bjarne in Beschlag genommen. Er hatte die herumstehenden Kisten zumindest ordentlich gestapelt. Auf dem Whiteboard befanden sich Nummern in seiner Schrift und er hatte sogar begonnen, das Festnetztelefon zu nutzen. Stella lächelte. Niemand benutzte die Dinger mehr. Aber Bjarne mochte die Sprachqualität.

Sie setzte sich auf seinen Stuhl und sah sich um. Dann fiel ihr Blick auf einen Ausdruck. Er zeigte eine Frau mit blonden Haaren, die wie eine Perücke wirkten. Aber sie hatte das Gesicht schon einmal gesehen, schien ihr. Sie kniff die Augen zusammen und wollte sie gerade eingehender mustern, als Taavi an den Türrahmen klopfte.

„Stella – hast du einen Moment?“

„Sicher.“

„Ich komme gerade von dieser furchtbar netten Forensikerin, die die ganze Nacht durchgearbeitet haben muss. Sie sagt jetzt ganz klar, dass wir es mit einer Frau zu tun haben, die eine Perücke getragen hat bei dem dritten Mord. Eine Echthaarperücke, bei der die Haare kaum behandelt wurden und die darüber hinaus auch noch sehr frisch sind.“

„Also könnte ich mit meiner hässlichen Idee richtig liegen?“

Taavi Østby nickte mit traurigem Gesichtsausdruck. Dann klappte er das Notebook auf, das er in der Hand hielt und schob es Stella rüber. Der Screen zeigte eine regionale Zeitung, die Stella nicht kannte. Die Headline war klar: Böse Ausländerin tötet Vorzeige-Norweger mit Machete. Nur in feineren Worten.

Selbst von der schweren Kopfwunde wussten die. Wie kamen die an solche Informationen?

„So klingen heute alle Zeitungen. Bjarne hat sich gegen eine Pressekonferenz geweigert und ...“

„... damit hatte er recht. Zeitverschwendung."

„Aber jetzt stellen die eben ihre eigenen Theorien an."

„Das hätten die sonst auch gemacht, Taavi. Die sind in der verzweifelten Situation, Zeitungen verkaufen zu müssen, auch wenn das in Norwegen nicht ganz so schlimm ist."

„Wieso?"

„Der Staat sponsort das hier. Damit die nicht alle pleitegehen und eine saubere Information und Journalismus gesichert ist."

„Oh ... das wusste ich nicht."

„Ist eine gute Idee. In der Theorie." Sie deutete auf den Screen. „Am Ende kommt trotzdem immer irgendwie das heraus."

„Und das ist noch der smarte Part."

Er machte zwei rasche Bewegungen über den Monitor und Stella blickte auf die Headline einer nationalen norwegischen Zeitung. Eine, die für kernige Schlagzeilen in großen Buchstaben bekannt war. Neben ein paar Bildern, auf denen große Brüste und lange blonde Haare eine Rolle spielten, kamen hier Worte wie „muslimische Übergriffe", „Überfremdung" und ähnliche Begriffe vor. Und solche Zeitungen fragten nicht nach.

Stella spürte ein leichtes Zittern in der rechten Hand. Angespannt schob sie das Gerät wieder rüber.

„Selbst, wenn wir beweisen können, dass irgendwelche rechten Spinner hinter den Anschlägen stecken und einer Frau eine Perücke aufgesetzt haben, damit sie als muslimisch wahrgenommen wird ... die werden keine Korrektur der Überschriften drucken. Und wenn doch, liest das niemand. Die Leute lesen nur noch Headlines und füllen den Rest mit ihren Vorurteilen auf."

Taavi lächelte einen Moment. „Ich gestehe: Ich mach das mit den Überschriften auch immer öfter. Und irgendwie glaubst du dann eben, was du ohnehin schon immer geglaubt hast."

„Und die Überschriften hier – die werden genau für diese Leser gestaltet. Manchmal ist es zum Durchdrehen! Bjarne hatte recht, keine Pressekonferenz zu veranstalten. Die

Überschrift wäre dieselbe gewesen.“ Sie streckte sich. „Was ergibt eure Rekonstruktion sonst?“

„Wir können ziemlich sicher sein, dass die Mörderin im zweiten Fall mit einer großen schwarzen Limousine unterwegs war. Deutsches Fabrikat. Beim dritten Mord wissen wir das nicht.“

„Und der erste? Da müsstet ihr doch jetzt schon weiter sein?“

Er nickte. „Sind wir. Seit gerade eben. Hättest du Smilla nicht zur Vernehmung geschickt, dann würde sie dir jetzt etwas Erstaunliches mitteilen.“

„Jetzt machst du mich neugierig.“

„Also. Es gab da eine Frau. Die hat einen Tag vor dem Mord im Hotel eingecheckt und einen danach ist sie wieder abgereist. Das ist ganz clever gewesen. Wir haben während der Ermittlung sogar mit ihr gesprochen.“

Stella schloss die Augen. „Deswegen ist sie an dem Abend wieder zurückgekehrt. Das war Teil ihrer Tarnung ...“

„Genau. Eigentlich eine gute Tarnung, wir haben uns auf die Leute konzentriert, die an dem Abend gekommen und an dem Morgen abgereist sind.“

„Ermittlungstaktik, erstes Semester.“

„Genau. So, wie wir es gelernt haben. Verdächtige Bewegungen erkennen. Hätten wir das nicht getan, wären wir auf eine Frau gestoßen, die wir zu dem Zeitpunkt nicht gesehen haben. Weil sie sich eben nicht in der bekannten Weise verdächtig verhalten hat. Das Hotelpersonal ist sich sicher: Das ist die Frau mit den roten Haaren gewesen.“

„Rothaarige merken die Leute sich immer“, grinste Stella.

Taavi lächelte und setzte dann fort: „Sie hat online vorab gebucht. Knapp vier Wochen, bevor sie angereist ist.“

„Dann kennen wir ihre Bankverb...“

Taavi lächelte breit. „Ja – wir kennen ihr Konto, wir kennen die Besitzerin des Kontos. Eine Frau aus der Nähe von Oslo. Und wir können absolut keine Verbindung zu ihr herstellen.“

„Da kommt jetzt noch ein ‚Aber‘, oder? Bitte sag mir, dass da noch ein ...“

„Ja – kommt. Ein reichlich schräges. Wir bekommen die Unterlagen der Bank. Du kennst die. Sechs Seiten nach internationalem Standard. Dieses Konto hat aber sieben. Wir schauen uns die siebte Seite an und die zeigt vier weitere Unterschriftsberechtigte des Kontos. Eine ungewöhnlich hohe Zahl – daher die siebte Seite. Im Standard lassen sich nur zwei zusätzliche Berechtigte abbilden. Typischerweise die Eltern oder die Kinder. Und eine dieser Frauen auf Seite 7 ist Lykke."

Stella schloss erneut die Augen. Sie spürte eine seltsame Erleichterung. Endlich gab es eine Verbindung, die es sich zu verfolgen lohnte. „Weiß Bjarne ...?"

„Smilla weiß. Und sie ist ja jetzt bei ihm."

„Okay ... Was habt ihr sonst noch über diese Nacht herausbekommen?"

„Wir bekommen Lykke nicht recht in das Bild rein. Sie muss in dem Wagen des Toten gesessen haben."

„Aber?"

„Gefahren sein kann sie nicht. Sie kann keine Schaltwagen fahren. Ihr linkes Bein ist durch den Schuss wohl nicht so verlässlich."

„Könnte sie dann nicht erst recht den Wagen gefahren haben und hatte einen Unfall wegen des Beines?"

„Ja ... das ist möglich. Aber wir verstehen eher das Konzept der ganzen Tat nicht. Ich meine, schau: Diese Frau, die die Mörderin sein könnte, mietet sich dort ein. Sie setzt sich eine Perücke auf und folgt dem Mann in sein Zimmer, um ihn dort zu töten. Das legen zumindest die Aufnahmen nahe. Dann wirft sie den Kopf raus in den Baum. Vermutlich ein Versehen. Wir gehen davon aus, dass sie den Kopf mitnehmen wollte, ihn aber nicht durch die Lobby schleppen wollte.

Und ab da wird es doch irgendwie mysteriös, oder?

Ich meine: Sie hat ein Boot dort oberhalb des Fjords geparkt, mit dem sie wieder zurückkommt. Warum? Was macht das Boot dort oben? Warum klaut sie den Wagen, um dort hinzufahren?

Will sie sich dort mit jemandem treffen? Mit wem? Das Boot stammt aus Deutschland. Gehört einem Holger

Gerhards. Es ist nicht hochseetauglich, muss also auf einem Anhänger hierhergekommen sein. Und dieses Boot ist dort oben geparkt. Warum? Es gibt auf dem Weg dorthin ungefähr 20 dunkle Ecken, wo du ein Boot abstellen könntest und irgendetwas übergeben könntest."

„Es muss ja etwas schiefgelaufen sein, da sind wir uns einig?"

„Der Unfall? Könnte auch Absicht gewesen sein. Vielleicht wollten sie den Wagen in den Fjord fahren."

„Aber warum dann der weite Weg? Warum fährt jemand eine halbe Stunde durch die Nacht, um den Wagen ausgerechnet dort zu versenken? Kauf ich nicht. Nein. Da gab es eine Planung. Die wollte ja dort oben zu der Insel, wo ihr Boot stand. Ich halte das für einen Treffpunkt. Die wollten sich dort mit jemandem treffen und wollten ihm wahrscheinlich die Papiere übergeben."

„Aber dann wären sie doch zurückgefahren und hätten die Papiere geholt, oder?"

Stella schluckte.

„Hm?"

„Oder den Schädel."

„Den Schädel?"

„Vielleicht wollten sie den Schädel übergeben."

„Iiihh ... Stella – dein Ernst?"

„Ist eine sehr altmodische Trophäe. Aber in vielen Kulturen nicht unüblich. Wenn du einen Schädel von jemanden hast, dann ist er definitiv tot. Eine Hand oder so ist da ja Kinderkram. Ein Schädel ist etwas Verlässliches. Wer keinen mehr hat, den bist du für immer los."

„Okay – aber wenn wir das durchdenken, dann frage ich mich: Warum fährt sie dann dort den ganzen Weg rauf, wenn sie gar keinen Schädel hat? In dem Falle rufst du doch an und sagst: ‚Hey, Jungs – ist blöd gelaufen, aber ich kann euch leider keinen Schädel bringen', oder?"

Stellas Gesicht verfinsterte sich. „Vielleicht ging es um den Schädel UND die Papiere. Du hast das mit dem Schädel vermurkst, also schnappst du dir den Wagen und fährst zu dem vereinbarten Treffpunkt, um den Leuten wenigstens die Papiere anzubieten. Taktik der Besänftigung. Schau,

Mama – ich habe zwar eine 6 in Mathe, aber die 2 in Schwedisch …"

Taavis Blick zeigte, dass er diesen Film in seinem Kopf durchspielte. Langsam nickte er. „Das erscheint mir … einigermaßen plausibel, Chefin. Warum, verdammt, sind wir da nicht selbst draufgekommen?"

Er schüttelte nachdenklich den Kopf. Stella wollte das nicht beantworten und mögliche Selbstzweifel unterstützen. „Ich würde mal Folgendes vorschlagen: Schaut nach Kameras dort oben an ihrem Treffpunkt. Dort muss jemand gewesen sein, den sie treffen wollte. Wie Lykke da reinpasst, weiß ich auch noch nicht. Aber das bekommen wir dann raus."

„Wir haben uns die Aufnahmen der Kameras dort angesehen und …" Er unterbrach sich selbst. Dann nickte er. „Da hatten wir noch nach etwas anderem gesucht …" Er erhob sich. „Ich kümmere mich drum."

Mik Wallin schien draußen gewartet zu haben.

Er trat artig in Stellas Büro und lächelte. Sie spürte eine gewisse Distanz. Am Vorabend war er plötzlich telefonierend aufgebrochen, hatte ihr noch gewunken und war in sein Hotel verschwunden, anstatt ihr nach der langen Fahrt für eine gemeinsame Dusche ins Zimmer zu folgen.

Was war nur los mit diesen Kerlen?

„Und …?", erkundigte er sich in einem beiläufigen Ton. „Habt ihr schon was neues gefunden?"

Sie gab ihm ein kurzes Update. Er hörte aufmerksam zu und nickte in unregelmäßigen Abständen. Dann kräuselte seine Stirn sich langsam. „Ich bin mir nicht ganz sicher – aber verfolgen wir da jetzt zwei Ideen gleichzeitig?"

„Wie meinst du das?"

„Na – im Grunde hat Bjarne doch gestern gesagt, es könnte auch sein, dass die Frau schlicht den Falschen getötet hat, oder? Dass sie auf das ähnliche Aussehen hereingefallen ist und eigentlich den anderen Kerl treffen wollte."

Stella dachte einen Moment nach. „Wenn das so war,

würde das nichts an der Qualität dieser Spur ändern."

„Wieso?"

„Falls sie den Falschen getötet haben sollte, wusste sie das in dem Moment nicht unbedingt. Sie hätte also weitergemacht und so gehandelt, wie sie geplant hatte."

„Das ... stimmt." Auch er musste einen Moment lang überlegen. „Den Treffpunkt verstehe ich trotzdem nicht. Das ist doch alles seltsam kompliziert, oder? Diese Insel, wo das Boot auf sie gewartet hat, ist reichlich weit weg. Und wieso ein Boot? Wieso nicht ein Auto? Oder anders: Wenn du ein Boot besitzt – wieso fährst du dann nicht übers Wasser zum Treffpunkt und ..." Er schüttelte den Kopf und wollte etwas hinterher setzen, als sein Telefon klingelte und er mit einem leichten Entsetzen aufs Display blickte.

Ohne ein weiteres Wort sprang er förmlich auf und stürzte aus Stellas Büro.

Stella sah sich um und erneut fiel ihr Blick auf das Foto der Frau – oder genauer gesagt die Fotomontage. Man spürte auch als Unbeteiligter, dass hier ein Computer ein Gesicht zusammengesetzt hatte. Dennoch kam Stella das Gesicht bekannt vor. Sie legte die Hand auf die Haare, hielt dann wechselweise das Kinn und die Augen der Person auf dem Foto zu, um sich auf andere Punkte zu konzentrieren. Aber es war kein Gesicht, das sie gut kannte. Eines, das sie schon einmal gesehen hatte. Und in dem Punkt war sie wirklich gut. Wer war das? Sie musste Bjarne fragen, was es mit dem Bild auf sich hatte.

Plötzlich stürzte Mik Wallin wieder in ihr Büro.

„Wir haben ein scheiß Problem! Ein riesiges Problem!"

#055

Martina hatte ein paar Texte geschrieben, um die Knut sie gebeten hatte. Zwei Übersetzungen ins Deutsche und ein längeres Kapitel für ein Werk, an dem Knut gemeinsam mit zwei deutschen Autoren arbeitete, wo die neue Rechte zurzeit einen Höhenflug erlebte, der weiter gefüttert werden wollte. Dort hatten die beiden sich kennengelernt. Auf einer Veranstaltung dieser Partei. Sie erinnerte sich noch sehr genau daran.

Sie hatte zu der Zeit schon von Nordic Edge gehört, sie aber immer für eine Art urbane Legende gehalten. Die Organisation, die so geheimniskrämerisch mit all dem umging, was sie tat. Zu dieser Zeit war Martina nicht klar gewesen, wie sehr auch sie längst auf all das hereingefallen war, was Nordic Edge tat. Die ganzen kleinen Beeinflussungen, denen man ausgesetzt war. All die Überschriften, die sie gelesen hatte, die auch ihre Meinung gestärkt hatten.

Die Nummer 1 hatte ein herausragendes Produkt geschaffen. Und dazu war Diskretion notwendig gewesen. Und Knut leistete diesem Thema bedingungslos Folge. Was zunächst befremdlich für sie gewesen war. Sie wusste nur wenig über ihn. Nach einem knappen Jahr, in dem sie nun mit Nordic Edge unterwegs war, wusste sie kaum, dass Knuts Eltern beide gestorben waren.

Und das hatte sie nicht von ihm erfahren. Er sprach nie darüber.

Martina schlenderte durch das Haus, in dem jetzt außer ihr nur noch Yngve war, den sie ein paar Mal gehört hatte. Er hatte telefoniert, hatte wild getippt, dann wieder telefoniert. Schließlich war er in den Wald gegangen.

Sie hatte ihn am Telefon fluchen gehört, ohne den Inhalt zu verstehen. Er war ein seltsamer Mann, wenn man sie fragte. Einer, der anders war. Seltsam verschlossen. Sie wusste, dass er eine Aufgabe hatte – und sie ahnte, dass das keine leichte sein würde. Die Nummer 1 stellte oft große, unerwartete Forderungen. Aber alles schien sich immer im Rahmen der richtigen Logik zu bewegen. Zumindest schien es ihr so. Knut ahnte oft, was der Mann an der Spitze wollte. Auch die Aufgabe für Yngve hatte er im Vorfeld prognostiziert. Knut glaubte sogar, zu wissen, worum es sich dabei handelte. Der Mann wusste, wohin er Nordic Edge zu steuern hatte.

So musste es wohl auch mit der Reise nach Dänemark sein, die Knut und Gustav hektisch angetreten hatten.

Sie kämmte sich nachdenklich die Haare und erneut fiel ihr Blick auf das seltsame Shampoo. Grinsend schüttelte sie den Kopf und kämmte ihre blonden Haare weiter. Erneut hörte sie Yngve. Er hatte eine Tür zugeschlagen und sie konnte die Geräusche in diesem Haus nicht auseinanderhalten. Vermutlich war er immer noch unten. Aber sicher konnte sie nicht sein.

Dennoch spürte sie, dass sie sich unwohl fühlte. Sie wusste nicht, wo die Haushälterin war, sie hatte keine rechte Ahnung, wo in Dänemark die beiden anderen waren – und jetzt war sie mit diesem seltsamen Mann allein, der scheinbar zu Aggressionen neigte.

Sie hatte mit Susanne Gerhards gesprochen, die ihr erzählt hatte, dass er bei ihrer ersten Begegnung in Lykkes Wohnung versucht hatte, sie auszuziehen. Sie war sich sicher gewesen, dass er sie vergewaltigen wollte. Sie hatte sich nicht getraut, Lykke deswegen anzusprechen. Der Kerl erschien ihr unberechenbar. Und Susanne war nicht schwächlich, auch wenn sie schlank war und für einen erregten Mann wie ein leichtes Opfer aussehen mochte.

In einem Impuls nahm Martina ihr Telefon, scannte den Text des Shampoos und ließ ihn sich übersetzen. Sie wusste selbst nicht recht, warum sie das tat. Aber Sekunden später wusste sie: Es handelte sich um ein Tönungsmittel zur permanenten Anwendung. Der Text versprach, dass man die Zeit zwischen zwei Färbevorgängen damit überbrücken konnte. Auf das

Doppelte strecken, wenn man dem winzig gedruckten Text mit den vielen Fachbegriffen, die Martina nicht kannte, Glauben schenken wollte.

Sie grinste. Waren Knuts Haare doch schon grauer, als er zugeben wollte?

Langsam streifte sie weiter durchs Haus. Erneut hörte sie Yngve telefonieren. Sie hörte ein Geräusch aus der Bibliothek und öffnete die Tür vorsichtig. Dann schüttelte sie den Kopf. Bei ihrem hektischen Aufbruch hatten Knut und Gustav das kleine Fenster in der hinteren Ecke offengelassen. Sie schritt durch den großen repräsentativen Raum und schloss es.

Dann fiel ihr Blick auf das Tablet, das auf dem schmalen Tisch in der Zimmerecke lag und dort nicht hingehörte. Das Modell kannte sie nicht. Knut hing an einer überteuerten Marke und kaufte nichts anderes. Lykke hatte er ein solches geschenkt, weil er ihr Tablet als „peinlich" eingestuft hatte. War das vielleicht Yngves Tablet?

Sie schnappte es sich und schaltete es an. Erstaunlicherweise war es nicht mit einem Fingerabdruck gesichert oder ähnlichem. Sie wischte über den Screen und eine Reihe Fotos entfaltete sich. Schwach beleuchtete Bilder, die allesamt aussahen, als stammten sie aus den 90er Jahren. Farben, die man heute nur noch selten sah.

Die Bilder zeigten eine offensichtlich arme Familie. Ein Bauernhof mit einem schiefen kleinen Anbau, der unprofessionell wirkte. So, als habe ihn jemand zusammengezimmert, der wusste, wie man Steine aufeinanderschichtete, es aber noch nie gemacht hatte. Sie grinste. War vermutlich in irgendeinem dieser Länder aufgenommen worden, die Knut so gerne „Bartfußländer" nannte.

Sie strich über den Schirm zum nächsten Bild. Noch eine Aufnahme dieser Art. Erst auf der fünften Aufnahme war etwas anderes zu sehen. Langsam begriff sie. Das war nicht am Ende der Welt aufgenommen, sondern in Skandinavien. So mussten Lykke und Yngve großgeworden sein. Das war wohl der Bauernhof nordwestlich von Oslo, wo sie bis 2011 gelebt hatten. Frühe Aufnahmen. Auf dem sechsten Bild waren Menschen zu sehen. Ein kräftiger Mann, lachend, mit einem grauen Bart. Der hatte zwei anderen Männern die Arme um die Schultern gelegt, die beide erschöpft lächelten. Sie wirkten weniger entspannt.

Sie kniff die Augen zusammen. Im Hintergrund sah man spielende Kinder. Martina hatte schon ein paarmal gedacht, dass Lykke und ihr Bruder aus ganz schön ärmlichen Verhältnissen kommen mussten. Lykkes Sprache war oft so simpel, fast schon primitiv. Nur, wenn sie schrieb, änderte sich das schlagartig. Sie schrieb die besten Reden, wenn man Martina fragte. Aber Martinas Norwegisch war natürlich begrenzt.

Sie blätterte weiter und endlich fiel ihr Blick auf ein Foto der Kinder. Beide waren schmutzig, wirkten aber glücklich. Ein junges Mädchen, ein etwas älterer Junge. Sie hatten etwas in den Sand gekratzt. Was war das? Ein Datum? Nein – Namen.

Den Mädchennamen las sie als „Ylua". Dann begriff sie, dass das „Ylva" bedeuten musste. Oder Yva? Sie war sich nicht ganz sicher. Keines der Kinder sah Lykke oder Yngve ähnlich. Aber das bedeutet ja nichts. Den Namen des Jungen zu entziffern, fiel ihr schwerer. Kaopar? Kaoper? Gab es so einen Namen? Sie sah noch einmal hin und spürte, dass etwas in ihrem Kopf zur Seite kippte und dort schmerzhaft aufschlug.

„Kacper" stand da im Sand vor dem lächelnden Jungen. Kacper. Ein polnischer oder russischer Name. In jedem Falle Ostblock, wie ihre Eltern noch gesagt hatten.

Kacper wurde vermutlich weich ausgesprochen. Wie „Kasper" oder „Kaschper". Vermutlich etwas dazwischen. Und hatte das nicht diese Nykvist gesagt? Hatte sie nicht etwas gesagt, wie „Die Einschläge kommen näher, Kasper?" Sie hatte es leise gesagt. Ganz kurz, bevor sie gegangen war. Aber Martina hatte es gehört.

Sie hatte das so gedeutet wie: „Die Einschläge kommen näher, du Clown!" In ihrer deutschen Heimat war „Kasper" ein ähnlich gängiges Wort. Es gab das Kasperle-Theater.

Puppen, die kleine Theaterstücke aufführten. Ihr Vater, der aus dem Süden Deutschlands stammte, hatte auch da „Kaschperle“ gesagt.

Aber all diese Erklärungsansätze schienen plötzlich irrelevant, als sie den kleinen Jungen ansah, der da hinter dem Wort „Kacper“ stand und lächelte. Sie sah ihn einen längeren Moment an. Wie alt mochte er auf dem Bild gewesen sein? 10? 12? Sein dunkles Haar war wellig und schlecht frisiert. Hinten deutlich zu lang und vorne hingen ihm ein paar Strähnen in die Augen, die die Schere nicht erwischt hatte.

Sie sah ein Kind, das unbeschwert und glücklich irgendwo auf einem Bauernhof spielte. Einen einfachen Jungen mit funkelnden Augen, der schon zu der Zeit groß, schlank und kräftig war. Man konnte die muskulösen Schultern erkennen. Und das bübische Grinsen, das sich auch heute noch bei dem erwachsenen Mann zeigte. Der jedoch hätte nie zugelassen, dass eine lange Strähne in die Stirn hing. Der hätte auch nicht zugelassen, dass seine welligen Haare straßenköterbraun gewesen wären. Der trug sein Haar blond und nutzte Tönungsshampoo.

Martina sah dem Jungen lange ins Gesicht. Sie war sich sicher: Das war Knut. Niemand anders.

Was hatte die fiese rothaarige Polizistin gesagt? „Die Einschläge kommen näher, Kacper.“ Sie hatte ihn gemeint. Hatte den Kacper gemeint, der heute ein Knut war und seit Wochen neben ihr im Bett lag, so oft es ging.

Für einen Moment war sie wie gelähmt. Dann griff sie das Tablet wieder und schaute, was sie sonst noch finden konnte. Ein paar weitere Bilder. Ein Bauernhof, ein anderer Bauernhof, eine Kirche mit einem Parkplatz. Sie zoomte heran und konnte den Namen der Kirche erkennen. Darunter ein kleines Schild der Gemeinde „Uggerby“. Wo war das? Schweden? Dänemark? Norwegisch klang es jedenfalls nicht.

Sie schaute sich die anderen laufenden Anwendungen an. Eine war ein Textprogramm. Ein langer Text auf Englisch, wie ihr schien. Sie ging auf die erste Seite. Das Ganze war aufgemacht wie eine wissenschaftliche

Arbeit. Ihre Aufmerksamkeit verfing sich in der dritten Zeile, die lautete: „Eingereicht durch Yngve Fridtjof Torvik Sætervik".

Eingereicht? Dieser Text war doch hoffentlich nie bei einem universitären Prüfungsgremium vorgelegt worden. Oder? Sie starrte auf den Briefkopf, der die „Universität der weitsichtigen Templer" als betreuende wissenschaftliche Einheit auswies. Gab es die wirklich?

Titel des Werkes war: „Das Andrawes-Prinzip. Sieben Aufbaumerkmale einer Cocon-Organisation".

Martina blätterte hinein und begriff die grundlegende Idee schnell, obwohl sie grauenhaft umständlich beschrieben war. Für sie klang die Sprache wie „bemüht wissenschaftlich".

Es ging darum, Anschläge so aussehen zu lassen, als habe sie jemand anders begangen. Sie suchte nach einer Erklärung des Titels und fand heraus, dass Souhaila Andrawes eine Terroristin gewesen war, die zusammen mit der RAF an der Entführung der „Landshut" beteiligt gewesen war.

Daran erinnerte sich Martina aus der Schule. Die Details mochten falsch sein – aber grundlegend kannte sie dieses Ereignis. Man hatte damit versucht, den deutschen Staat zu erpressen. Aber der hatte eine militärische Eingreiftruppe geschickt und die Geiseln im Flugzeug irgendwo in Afrika befreit. So zumindest ihre Erinnerung.

Martina schüttelte den Kopf. Das alles erschien ihr so wirr und unzusammenhängend. Und was sollte sie mit der Information über den kleinen Jungen mit dem polnischen Namen anfangen?

Einen Moment lang starrte sie durch das kleine Fenster, das sie eben geschlossen hatte. Geistlos und abwesend. Als die Tür aufplatzte und Yngve Sætervik hereinstürzte, bekam sie das im ersten Moment gar nicht mit.

Plötzlich spürte Martina, wie ihr das Gerät aus der Hand gerissen wurde. Sie erwachte noch in der Bewegung und starrte in Yngves Gesicht. Der hatte seine Augen längst auf den Text gerichtet. Plötzlich grinste er. Sie griff nach dem Tablet, aber Yngve hielt es hoch. Das hatte sie schon als Kind verachtet. In einem Reflex boxte sie ihn fest in die Seite und er klappte kurz nach vorn. Ausreichend lang, damit sie das Tablet greifen konnte.

Sie riss es ihm aus der Hand und machte zwei Schritte rückwärts. Er stürzte ihr hinterher und hob die Hand, als wollte er sie schlagen.

„Pass bloß auf!!", rief sie in einem ersten Reflex in ihrer Muttersprache. Als sie weiter zurück stolperte, wiederholte sie den Satz hektisch und falsch auf Norwegisch. Auf Deutsch hatte er besser geklungen. Yngve folgte ihr grinsend. Warum, begriff sie, als sie gegen den kleinen Tisch stolperte. Sie taumelte, wedelte wild mit der linken Hand, während Yngve sich blitzschnell das Tablet schnappte.

Es gelang Martina, sich zu fangen.

„Gib mir das verdammte Ding!"

„Warum? Sind da ein paar heimliche Nacktfotos von dir drauf?", lachte er laut.

Martina trat mit zwei stampfenden Schritten näher. Sie rechnete damit, dass er ausweichen würde. Aber das Gegenteil war der Fall. Er sprang vor und rammte sie mit einer unglaublich geschickten Bewegung weg, indem er seinen Körper ruckartig um die Mittellage straffte, den Bauch vorschnellen ließ und sie mit der vollen Kraft seines Leibes nach hinten rammte. Taumelnd trudelte sie rückwärts, bis sie schließlich fiel.

Martina kam auf dem Rücken zum Liegen. Dort blieb sie einen Moment und fand in ihrem Schrecken nicht die Kraft, sich aufzurichten. Sie sah Yngve, musste zusehen, wie er wild auf dem Gerät herum wischte und immer wieder einmal grinste. Hatte er die Bilder gesehen? Hatte er dieselben Schlussfolgerungen gezogen wie sie? Oder hatte er das womöglich längst gewusst?

Erschöpft blieb sie liegen.

Wenige Sekunden später war er über ihr. Sie zuckte zurück, aber er griff ihre Hände und zog sie nach oben, als würde sie keine 20 Kilo wiegen. Mit einer geschickten Bewegung richtete er sie auf. Er fasst ihr dabei fest an die Brust und sie zuckte zurück. Was hatte Susanne ihr erzählt? Er hatte sie vergewaltigen wollen?

Aber dann entschuldigte er sich artig.

„Das wollte ich nicht." Er deutete auf das Tablet, das er auf den Tisch gelegt hatte. „Du hast das nicht gewusst, oder?"

„Was?"

„Souhaila Andrawes – die ganze Geschichte?"

Sie wollte lügen. Wollte spontan behaupten, dass sie selbstverständlich alles gewusst hatte. Aber es wollte ihr nicht über die Lippen kommen. Sie wollte zu der ganzen Sache am liebsten nichts sagen. Sie hatte mitnichten gewusst, dass Yngve so etwas verfasst hatte.

Langsam trat er wieder an sie heran. „Sag mir eins, Martina ... was weißt du eigentlich? Was weißt du so über Knut?"

„Genug."

„Wie groß ist er?" Yngve rückte näher heran, stellte sich jetzt dicht vor sie. „Ist er größer als ich?"

„Was?"

Er drückte sich an sie. „Wenn er so vor dir steht. Das musst du doch wissen. Ist er größer als ich?"

Er presste sich dichter an sie, streifte ihre Brust nun mit seiner, presste seinen Unterleib dreist und widerwärtig gegen sie. Er demonstrierte ihr, dass er der Klasse Männer angehörte, die sich eine Frau „nehmen" konnten, wenn sie wollten. Um nichts anderes ging es hier. Er demonstrierte ihr, wer er war und was er war.

Und sie hielt es aus.

„Ganz sicher ist er größer als du."

Sie wandte sich ab und verließ den Raum so schnell es ging, ohne dabei rennen zu müssen. Als sie in der oberen Etage ankam, schaffte sie es noch ins Bad. Dann musste sie sich übergeben.

#056

Bjarne war wütend, als er die Vernehmung beendete. Er hatte zwischendurch zweimal mit der Staatsanwältin gesprochen. Die hatte ihm zugesichert, dass er ein wenig Spielraum haben würde. Aber auch der hatte nicht gereicht.

Lykke hatte sich gewunden, hatte mürrisch und knapp geantwortet. Sie hatte nichts gesagt, was sie nicht sagen musste, nicht einen einzigen Laut von sich gegeben, um den sie nicht gebeten worden war.

Letztlich hatte das Gespräch ergeben, dass sie Laurin Haugen gekannt hatte. Seit Jahren. Als er wegen eines geplanten Termins im Hotel eingecheckt hatte, hatte er sie angerufen. Ålesund war nicht weit entfernt, also war er vorbeigekommen.

An dem Abend, bevor er getötet worden war, waren die beiden Essen gewesen und anschließend noch in einer Bar am südlichen Hafen. Sie hatte eine Stunde in der dicht gedrängten Bar neben ihm gestanden, war in seinem Wagen mitgefahren. Zweimal an diesem Abend. Natürlich hatte er Haare von ihr an der Kleidung gehabt. Sie hatten sich umarmt. Zur Begrüßung und auch zum Abschied.

Bjarne hielt kurz Rücksprache mit der Forensikerin, die er über die letzten Stunden und Tage ins Herz geschlossen hatte. Aber auch die musste zugeben, dass an der Aussage etwas dran sein konnte. Zumindest waren die bestehenden Beweise nicht stichhaltig genug, wenn Lykkes Aussage stimmte.

Als sie sie gehen lassen musste, war Bjarne ebenso sauer wie Smilla, die versucht hatte, sie über das Bankkonto zu kriegen, über das die rothaarige Frau das Hotel gebucht hatte. Sie telefonierten mit der entsprechenden Bank, die bestätigte, dass Lykke vor über 10 Jahren die Unterschriftsberechtigung für dieses Konto erhalten hatte. In dem Moment, als ihr Bruder ins Gefängnis gegangen war.

Das Konto war mehrere Jahre nicht verwendet worden und die Frau, die es jetzt verwendet hatte, war der Bank wiederum nicht bekannt. Da dies die zweite Anfrage der Polizei zu diesem Zahlvorgang war, entschied die Bank, das Konto zu sperren, und ging von einem Missbrauch aus.

Es war zum Verrücktwerden. Sie hatten die Frau durchs halbe Land gekarrt für diese Vernehmung. Sie hatten sich sicher gefühlt. Und sie hatten sich ihr gegenüber auch so benommen. Jetzt kamen sie sich wie Idioten vor.

Als die beiden in den kleinen Trakt wechselten, in dem sich Stella befand, erschien nach dem zähen Gespräch alles auf eine bizarre Weise hektisch zu sein. Mik Wallin und Stella standen über einem Lautsprecher. Bjarne erkannte Maren Christensens Stimme. Er konnte gerade noch hören, wie sie erklärte, dass sie sich jetzt um die Sache kümmern würde, weil das ohne Zweifel immer noch die schnellste Möglichkeit war.

Wallin wirkte angefressen und aufgebracht. Anders, als Bjarne ihn bislang wahrgenommen hatte.

„Was ist los?"

Stella stöhnte schwer. „Es sieht aus, als wären Knut und Gustav auf dem Weg nach Dänemark. Und ich hab den schlimmen Verdacht, dass sie der ehemaligen Nachbarin von Knut etwas antun wollen."

„Hä? Wie sollten sie jetzt auf die kommen?"

Stella senkte den Blick. „Könnte sein, dass ich ein wenig daran schuld bin."

„EIN WENIG??", schnauzte Wallin. Dann verließ er wütend den Raum. In der ersten Sekunde wollte Bjarne hinter ihm her. So ging man unter Kollegen seiner Meinung nach nicht miteinander um. Aber Stella war schneller. Sie rauschte an ihm vorbei. Sie konnten nicht hören, was Stella sagte. Nur wie laut sie es tat. Er spürte, wie Smilla neben ihm schrumpfte und Bjarne lächelte nur.

„Manchmal muss man Sachen zurechtrücken. Die können sich nach dem Dienst streiten – jetzt geht es erst mal darum, den Fall zu lösen."

Smilla nickte, schluckte aber und wirkte so, als wäre sie am liebsten im Boden versunken, als die beiden zurückkehrten und Stella sich mit verschränkten Armen an die Wand lehnte.

„So!" Schnauzte sie. „Also: Maren kümmert sich um Dänemark. Und wir hier – wir kümmern uns ALLE GEMEINSAM um diesen Fall. Was ist mit Lykke?"

Bjarne lachte bitter und gab einen kurzen Abriss. Stella fluchte scharf und Bjarne stellte fest, dass ihr nicht einmal danach war, das Ganze mit einer frechen Bemerkung oder einem dummen Witz abzutun. Auch Stella war mit den Jahren ernster geworden und verhärtete sich. Und eigentlich war sie so weit befördert worden, dass sie im Grunde nicht einmal hier sein musste. Es war Bjarnes Schuld, dass sie überhaupt in diesen Fall eingetreten war, anstatt durch die Lande zu reisen und mit wichtigen skandinavischen Polizeifunktionären in Skylounges Jubiläumsaquavit zu schlürfen.

Sie lugte aus dem Fenster und fluchte erneut. „Drei Presse-Autos! Drei! Haben die nix richtiges zu tun?"

„Lass uns lieber darüber sprechen, was wir jetzt richtiges tun."

„Ja ..." Sie setzte sich und atmete durch.

„Die Aussage von Lykke bestärkt mich eigentlich. Ich hab mir die Ermittlungen angesehen. Und ganz ehrlich: Ich glaube nicht, dass es da eine Verwechslung gab. Ich denke nicht, dass die Frau in der Bar sich geirrt hat und eigentlich den anderen töten wollte. An so einer Stelle passiert einem das nicht."

„Stella – wir beide wissen, dass so etwas passiert", erklärte Bjarne, dem klar war, dass er in dieser Stimmung wohl der Einzige war, der der kleinen explosiven Frau jetzt widersprechen durfte. „Aber ich verstehe schon, was du meinst." Er blickte zu Smilla. „Was wissen wir über den Toten? Hast du dich nicht um den gekümmert am ersten Tag?"

„Nein ... das war Nielas."

Bjarne schloss die Augen. Stella sah die junge

Norwegerin an. „Wer?"

„Ich hab ihn von dem Fall abziehen lassen", erklärte Bjarne. Smilla warf ihm einen erschrockenen Blick zu. Dann sah sie zu Boden. Er hatte sie in dem Punkt angelogen, um sie nicht in Verlegenheit zu bringen. Sie war bislang davon ausgegangen, dass Nielas' Vorgesetzter ihn auf einen anderen Fall angesetzt hatte.

Bjarne murmelte etwas und deutete dann auf Smilla. „Weißt du, wo er seine Ermittlungen abgelegt hat?"

„Sekunde ..."

Sie verließ den Raum und die anderen drei schwiegen einen Moment. Bjarne, weil er sich dumm vorkam, Stella, weil sie wütend war und die Lage nicht noch schlimmer machen wollte. Mik Wallin, weil er das Gefühl hatte, lieber in Dänemark zu sein oder zumindest einen seiner Leute zu schicken. Aber die ganzen Europol-Leute waren in Kopenhagen. Und selbst mit einem Hubschrauber würde die Zeit knapp werden.

Er wusste, dass er keine andere Wahl gehabt hatte, und er musste dankbar sein, dass Stella das so schnell in die Wege geleitet hatte. Dass sie Knut davon in Kenntnis gesetzt hatte, dass sie von seinen polnischen Wurzeln wussten, hielt er für unverzeihlich. Die ganze Information war nicht stabil aus seiner Sicht.

Bevor Smilla zurückkehrte, trat Taavi lächelnd in den Raum. Er spürte sofort, dass die Stimmung angebrannt war und bemühte sich darum, möglichst sachlich herüberzukommen.

„Ich hab was gefunden, denke ich."

„Was denn?"

Er sah sich vorsichtig um, schien bei Bjarne Schutz zu suchen, der ihm aufmunternd zunickte. Das Gute an Stella war: Ihre Wut war die einer Südländerin. Sie rastete leicht aus, explodierte heftig – aber sie war nur selten nachtragend.

„In der Nacht des ersten Mordes finde ich zwar keine humpelnde Frau oder so – aber ich kann einen großen dunklen Wagen ausmachen, der zu dem kleinen Hafen gefahren ist in der Nacht. Vielleicht 20 bis 30 Minuten, bevor sie dort eingetroffen ist."

„Kennzeichen?"

„Ich selbst kann es nicht lesen. Aber ich hab das Zeug an Kjell geschickt. Der ist doch gut mit so digitalem Zeug ..."

„Warum findest du das so wichtig?", erkundigte Bjarne sich. Aber Stella kam ihm zuvor.

„Ein Mercedes?"

„Yep."

Dann wandte sie sich an Bjarne. „So einen habe ich gesehen, als wir die beiden im Wald verfolgt haben." Sie deutete auf den Europol-Kollegen. „Mik und ich. Und wenn ich sagen sollte, wer in dem Wagen saß ... ich hätte den Verdacht: Ein ranghohes Tier der Organisation Nordic Edge."

„Und die Frau beim Mord an dieser Schriftstellerin ist mit so einem geflohen", ergänzte Taavi.

In dem Moment trat Smilla fast unhörbar ins Zimmer. „Also ... ich denke, Nielas hat das Thema irgendwie ... Nicht ganz so gründlich behandelt."

Bjarne hatte bereits den Kopf geschüttelt, bevor sie ihren Satz zu Ende gesprochen hatte. „Na dann: Hopp, los, Tempo, sofort", sagte er, schnappte sich die beiden jungen Kollegen und verschwand aus dem Sichtfeld der beiden anderen.

Mik blieb am Rand des Büros stehen. Dann schloss er die Tür.

Stella sagte nichts. Dieser Mik war ein seltsamer Mann. Einfühlsam und klug auf der einen Seite – tendenziell verschlossen auf der anderen. Was ihn jetzt umtrieb, konnte sie nicht einmal ahnen.

„Diese Maren Christensen ..."

„Ist auf dem Weg."

„Ja – sicher. Ist sie eine vertrauenswürdige Kollegin?"

„Spinnst du? Was ist denn das für eine Frage!!", fauchte Stella Nykvist explosionsartig. „Sie ist eine meiner direkten Mitarbeiterinnen. Ausnehmend qualifiziert und ..."

„Stella!"

„Was??" Sie hasste es, wenn jemand ihre Leute in

Frage stellte. Er hatte Maren etwa zehn Minuten über das Telefon kennengelernt und sie hatte in der kurzen Zeit demonstriert, welche Auffassungsgabe sie hatte, wie schnell sie Lösungen für ein unerwartetes Problem anbieten konnte und sofort begann, diese in die Tat umzusetzen.

Schon die Frage war eine Frechheit!

„Stella …" Er trat unentschlossen näher und sie hatte den Eindruck, dass er sie berühren wollte, sie an der Schulter packen und sie rütteln wollte. Etwas, das sie nicht begriff, schien ihm am Herzen zu liegen.

„Ich habe jemanden da drin."

„Wo drin?"

„In der Organisation!"

„Was? Undercover?"

Er sah sich erschrocken um, obwohl er selbst die Tür geschlossen hatte. Dann machte er in einem Reflex eine Bewegung, die ihr signalisierte, leiser zu sprechen.

„Du hast jemanden dort eingeschleust? Bei Knut Solbakken?"

Er nickte ruhig und wich ihrem Blick aus. „Und jetzt ist eine furchtbare Situation entstanden."

„Hm?"

„Er soll jemanden töten. Damit hatten wir nicht gerechnet. Das war nicht vorgesehen. Bis jetzt war das immer alles eher so eine Art politischer Aktivismus."

„Du willst mir also sagen, dass Gustav einer von deinen Leuten ist?"

„Er ist einer der besten."

„Ich hatte den für einen strammen Nazi gehalten."

„Wie gesagt: Er ist einer der besten. Er macht das wirklich gut. Aber jetzt ist er plötzlich mit diesem Knut in einem Flieger und wird sich nicht einfach so aus der Sache herauswinden können."

„Wir müssen mit Maren sprechen."

„Das dürfen wir nicht. Eure Geheimhaltung lässt das nicht zu. Ich dürfte dir das auch nicht sagen!"

„Und dann? Willst du ihn in sein Unglück rennen lassen?"

„Er ist dafür trainiert!"

„Na dann mal anders: Willst du *meine* Leute ins Unglück rennen lassen? Sagen wir mal, es kommt zu einer unkontrollierbaren Situation und Maren schießt auf deinen Mitarbeiter. Dann hat sie am Ende einen Kollegen getötet und wird sich das nie verzeihen."

Mik Wallin sah sie ausdruckslos an. Oder sah sie da Ratlosigkeit? Die Idee konnte ihm nicht vollkommen fremd sein.

„Mik?"

„Ich ..."

„Ich rufe Maren jetzt an. Sie wird sich etwas einfallen lassen."

Mik zögerte immer noch. Stella hielt seinem Blick stand und begann zu wählen.

#057

Knut Solbakken hatte auf dem verhältnismäßig kurzen Flug ein Buch von Stina Burkhard gelesen. „Der Eurabische Pakt". Das Exemplar wirkte abgegriffen und Gustav wusste, dass Knut es schon mehrmals gelesen hatte und längere Passagen notfalls fehlerfrei zitieren konnte. Die Familie hatte ihn gebeten, auf ihrer Beisetzung zu sprechen. Und Knut strich einzelne Stellen an, schüttelte hin und wieder den Kopf, nickte dann und seufzte in unregelmäßigen Abständen.

Gustav schwitzte und drehte die Belüftung für seinen Platz höher. Ihm fehlte jede Fantasie, wie er aus dieser Sache herauskommen sollte.

Er wusste nicht, was ihn exakt erwartete. Die Frau hieß Yva Torp, so viel wusste er. „Eine alte Frau, die im

Grunde auf den Tod wartet", hatte Knut erklärt. Aber das bedeutete nichts. Oft klassifizierte er auch Menschen als „alt", die um die 60 waren und mitten im Leben standen. Die Frau betrieb einen Bauernhof, machte das aber allein. „Eine Selbstversorgerin in einem Kaff mit einer Kirche, einem Milchladen und einem Haufen anderer baufälliger Höfe. Sie hat keine Nachbarn oder so – und auf ihrem Hof arbeitet auch niemand."

Mit keinem Wort hatte er gesagt, dass sie diese Frau töten sollten, Knut verwendete Formulierungen wie: „Sie steht der Idee der nordgermanischen Rasse im Weg – in einer unzulässigen Weise."

Gustav hatte erhebliche Mühe, sich zu konzentrieren. Sie hatten keine Waffe bei sich, weil sie mit Handgepäck in den Flieger gestiegen waren. Ohne jeden Kontext hatte Knut ihm erläutert, dass auf so einem Hof „reichlich Zeug" zu finden war. „Rostige Äxte, Küchenmesser, große Hammer – sowas findest du da überall."

Es war beeindruckend, wie er es vermied, über die eigentliche Tat zu sprechen. An diesen Punkt hatten sie ihn immer bringen wollen. Aber sie hätten ihn *in flagranti* gebraucht. Sie brauchten eine Aufnahme, auf der er einen Mord befahl. Aber bis in diesen engen Zirkel war Gustav bislang nie vorgedrungen. Er glaubte auch, dass das bislang vielleicht nicht stattgefunden hatte. Nun kam er dorthin, musste sich den Eintritt aber mit einem Mord erkaufen. Und das durfte er nicht!

Leute wie er hatten sich an Dienstvorschriften zu halten – auch wenn einige von denen für Undercover Einsätze ungeeignet und realitätsfern erschienen. Aber ein Mord kam nicht in Frage. Nicht nur wegen des Dienstrechtes. Er kam auch für Gustav als Menschen nicht in Frage. Er hatte zweimal in seiner Dienstzeit auf einen Menschen geschossen. Mit großer Überwindung hatte er das getan und dabei streng auf die Beine gezielt.

Und jetzt? Was sollte er tun? Zwei irre Pläne nahmen in seinem Kopf Gestalt an. Er konnte ohne Knut in den Hof stürmen, die Frau niederschlagen, und anschließend behaupten, er habe sie getötet. Die zweite Option war:

Knut Solbakken dazu bringen, den Mord zu begehen – und das Ganze aufnehmen. Mit der Handykamera. War das denkbar?

Schwierig. Kaum vorstellbar.

Beide Pläne waren den Namen „Plan“ eigentlich nicht wert. Wenn einer etwas taugte, dann der erste. Und improvisieren würde da unmöglich sein. Die SMS an Mik Wallin zu schicken, war bereits eines der größten Risiken seines Lebens gewesen. Und aufwändig. Gustav bewahrte ein simples Seniorenhandy im Wald auf. Bei jedem spontanen Umzug war das ein Irrsinn. Es gab eine andere Möglichkeit, aber für die war die Verbindung zu schlecht gewesen. Er musste darauf bauen, dass der irgendeine Möglichkeit gefunden hatte, die Sache zu entschärfen. Er hatte keine Ahnung, wie das aussehen sollte.

Im schlimmsten Notfall mussten sie einen Polizeizugriff vortäuschen. Entweder war sein Undercover-Einsatz anschließend zu Ende oder sie fanden eine andere Möglichkeit.

Aber es sollte anders kommen. Kaum, dass der Flieger gelandet war und sie sich auf dem Weg zu den Mietwagen befanden, starrte Knut auf sein Telefon. Dann blieb er erschrocken stehen.

„Verdammt!“

„Was?“

„Der ... Also manchmal denkt der sich wohl ...“

Er ließ die Hand mit dem Telefon sinken, schaute sich um, als würde er nach Beobachtern suchen. Dann schien er sich auf die Lippe zu beißen.

„Du musst die Sache allein durchziehen.“

„Hm?“

„Pass auf. Ich gebe dir jetzt die Adresse des Hofes. Du erledigst, was zu erledigen ist, und nimmst dann genau den Flieger, den du gebucht hast. Benimm dich wie jeder Tourist. Schau dir ein paar Sachen an, mach viele Bilder. Vielleicht müssen wir später behaupten, dass wir einen Hof dort in der Region kaufen wollen. Nimm dir Prospekte bei irgendeinem Makler mit oder so. Ja – mach das so. Fahr zuerst zu einem Makler, besorg dir Prospekte der Region.

Die nimmst du später auch mit. Also – Erst Makler, dann Hof. Okay?“

„Und ich ... Also ich fahr da ganz alleine hin, erledige das und dann schaue ich nach den Maklern?“

„Genau. Ich weiß, dass das nicht der Plan war. Aber Numero Uno braucht mich an einer anderen Stelle.“

Gustav fühlte, wie das Blut sich in seinem Körper neu verteilte, wie die Anspannung wich. Das war eine Aufgabe, die leicht zu erledigen war. Er hatte nie damit rechnen können, dass ihm dieses Glück zuteilwerden würde. Das würde er irgendwie bewerkstelligen, würde sich mit der Frau einigen oder ... was auch immer! Er würde eine Lösung finden.

Knut Solbakken legte ihm feierlich die Hand auf die Schulter. Lächelnd nannte er ihm die Adresse und nickte dann begeistert. „Ich sehe eine große Zukunft für dich, mein Freund. Erledige das und dir stehen alle Türen offen. Schnapp dir den Mietwagen und fahr auf direktem Weg dorthin.“ Er drehte sich halb zur Seite, griff nach seiner Reisetasche und ergänzte. „Nummer 1 erwartet dich wegen der Details an der Kirche. Kannst du nicht verfehlen! Ich zähle auf dich!“

Dann wandte er sich um und verschwand in der Menge.

#058

Wochenenden und andere Rahmenbedingungen schienen für Smilla keine Rolle zu spielen. Für Taavi und Bjarne sowieso nicht. Sie hatten sich aufgeteilt und Bjarne und Smilla hatten sich in die Fragestellung vertieft, wer Laurin Haugen war. Die Fragestellung, um die sich Nielas hatte kümmern sollen.

Smilla hatte ihn elegant verteidigt und behauptet, er habe nur wenig dazu beigetragen. Bjarne staunte, als er die „Akte" sah, die Nielas dazu angefertigt hatte.

Sie bestand aus dem beeindruckend umfassenden Text:

Laurin Hagen
23.06.1978 in Kongsvinger

Hat zu den ‚Erben Utøyas' recherchiert. Mehrere Bücher verfasst.

Unter anderem: „Im Gleichschritt" und „Deckmantel Politik"

„Er hat sogar den Namen falsch geschrieben ...", brummte Bjarne. „Außerdem hat dieser Haugen doch mehr geschrieben, oder?"

Smilla verzog die Mundwinkel und wich seinem Blick aus. „Vermutlich", räumte sie kopfschüttelnd ein und es war leicht erkennbar, dass sie die Schuld bei sich suchte. Bjarne wollte den Vortrag nicht noch einmal halten. Sie traf keine echte Schuld. Aber sowohl Bjarne als auch Smilla und Taavi traf die Schuld, sich nicht weiter um den Toten gekümmert zu haben. Sie alle hatten auf Spuren gesetzt, die sie in die Irre geführt hatten und keiner von ihnen hatte sich die Wurzel angesehen.

„Älteste Regel, Smilla: Wer verstehen will, wie ein Mann gestorben ist, muss verstehen, wie er gelebt hat, okay?"

Sie nickte. Smillas Blick zeigte, dass sie – wie wohl jeder andere Polizist auch – diese Regel nicht zum ersten Mal hörte. Musste man sie erwähnen, war das nicht gerade ein Ritterschlag.

Smilla nahm die staatlichen Quellen unter die Lupe, während Bjarne sich durch Online-Quellen quälte und die Register Skandinaviens anzapfte, zu denen er einen leichteren Zugang hatte als Smilla. Da war es oft von Vorteil, für die SkanForce zu arbeiten.

Irgendwann wurde Bjarne stutzig. Es zeichnete sich ein Bild ab, das diffus auf ihn wirkte. Schließlich schnappte er sich sein Telefon, führte vier Telefonate und war anschließend mehr als erstaunt.

Nielas hatte den Namen nicht falsch geschrieben. Kyrre

Hagen, der mit vollem Namen Kyrre Laurin Hagen hieß, war am 23. Juni 1978 in Kongsvinger geboren. Das hatte Nielas scheinbar recherchiert, denn der Ausweis, den der Mann eigentlich noch aus dem Auto holen wollte, hatte auf den Namen „Laurin Haugen" gelautet, den er sich erst 2012 zugelegt hatte, was nach norwegischem Namensrecht damals kein großer Akt gewesen war. Selbst dem Massenmörder Anders Behring Breivik hatte man vor ein paar Jahren eine Namensänderung zugestanden.

Im Falle von Laurin war sie nicht besonders groß gewesen. Eigentlich war die Änderung so klein gewesen, dass man sich fragen musste, wer so etwas tat und was es bringen sollte.

Lykke hatte in der Vernehmung angegeben, dass sie ihn aus ihrem ersten Job in einem Verlag in Oslo kannte. Das hatte Bjarne während der Vernehmung geprüft. Haugen hatte dort zwei Sachbücher veröffentlicht – 2013 und 2014. Seine beiden ersten Werke. Ein Sachbuch zum Thema Migration und dann sein erstes eher politisches Werk „Im Gleichschritt", das sich mit den Methoden der damals signifikant aufsteigenden Rechten im Land beschäftigt hatte und ein Erfolg geworden war, bis es sogar ins Englische, Schwedische und Russische übersetzt worden war.

Damals hatte er also schon seinen Namen geändert und hieß schon Laurin Haugen.

Verwirrend war für Bjarne eher, dass Laurin Haugen unter seinem richtigen Namen in der Kommune Åmot in einem Ort namens Rema gelebt hatte. Bei Smilla löste das nichts aus. Bei Bjarne sehr wohl. In diesem Ort hatte auch der spätere Massenmörder Anders Breivik gelebt. Und zwar genau zu der Zeit, als er seine Anschläge vorbereitet und seine wirren Schriften verfasst hatte.

Im Gegensatz zu Breivik war Haugen jedoch nach Oslo gezogen. Dort hatte er in der Zeit, als Yngve, Lykke und ihre Freunde studiert hatten, an der Uni gearbeitet. Da war er bereits knapp über 30 und hatte eine Stelle als wissenschaftlicher Mitarbeiter innegehabt. Für drei Semester. Was dann geschehen war, war schwieriger zu verfolgen. Schriftsteller als freier Beruf unterlag in Norwegen keiner weiteren Regulierung. Man machte eine Steuererklärung und blieb ansonsten unbehelligt.

Seine Steuern hatte er ein paar Jahre in Oslo gezahlt – dann unter neuem Namen – bis er zwei weitere Tätigkeiten als Journalist aufgenommen hatte und in eine Gemeinde nördlich von Oslo gezogen war. Die gehörte zum Speckgürtel der Stadt, aber man zahlte seine Steuern nicht mehr in Oslo. Das waren alle Veränderungen gewesen.

Er hielt scheinbar kaum Vorträge, unternahm nur selten Lesereisen. Ein unauffälliger Mensch, wenn man seinen Job bedachte.

Als Bjarne jedoch nach Kyrre Hagen suchte und auch Smilla das tat, zeigte sich rasch ein anderes Bild. Vielleicht hatte der Wechsel seines Namens doch einen Sinn gegeben?

#059

Kaum, dass der Flieger gelandet war und sie sich auf dem Weg zu den Mietwagen befanden, starrte Knut auf sein Telefon. Dann blieb er erschrocken stehen. Entsetzt starrte er auf die Nachricht, die Lykke ihm geschickt hatte.

„Verdammt."

„Was?"

„Der ... Also manchmal denkt der sich wohl ..."

Er ließ die Hand mit dem Telefon sinken, schaute sich um, als würde er nach Beobachtern suchen. Dann biss er sich auf die Lippe, bis er Blut schmeckte. Er hatte einen Plan für den Tag gehabt. Einen, der wirklich nicht leicht zusammenzustellen war. Aber, was er jetzt las, warf ihn nach all den Jahren regelrecht aus der Bahn.

„Du musst die Sache allein durchziehen."

„Hm?", erkundigte sich Gustav erstaunt.

„Pass auf. Ich gebe dir jetzt die Adresse des Hofes. Du erledigst, was zu erledigen ist und nimmst dann genau den Flieger, den du gebucht hast. Benimm dich, wie jeder Tourist. Schau dir ein paar Sachen an, mach viele Bilder. Vielleicht müssen wir später behaupten, dass wir einen Hof dort in der Region kaufen wollen. Nimm dir Prospekte bei irgendeinem Makler mit oder so. Okay?"

„Und ich ... Also ich fahr da ganz alleine hin, erledige das und dann schaue ich nach den Maklern?", stammelte er.

„Genau. Ich weiß, dass das nicht der Plan war", erklärte Knut und fand seine Ruhe langsam wieder. Dann deutete er nach oben. „Aber Numero Uno braucht mich an einer anderen Stelle."

Knut legte ihm betont feierlich die Hand auf die Schulter. Lächelnd nannte er ihm die Adresse und nickte ihm dann begeistert und aufmunternd zu. „Ich sehe eine große Zukunft für dich, mein Freund. Erledige das und dir stehen alle Türen offen. Schnapp dir den Mietwagen und fahr auf direktem Weg dorthin." Er griff nach seiner Reisetasche und ergänzte. „Nummer 1 erwartet dich wegen der Details an der Kirche. Kannst du nicht verfehlen! Ich zähle auf dich!"

Dann wandte er sich um und verschwand in der Menge. Erst nach gut 100 Schritten wandte er sich um und suchte den langen Gang ab. Dann griff er in seine Tasche und setzte sich eine Mütze und eine Sonnenbrille auf. Im Gegenzug zog er seine dünne Jacke aus und faltete sie mit einer geschickten Bewegung in seine Sporttasche.

Dann sah er noch einmal auf sein Display. Immer noch schmeckt er den befremdlich metallischen Geschmack von Blut im Mund. Der Text, den ihm Lykke geschickt hatte, wurde bei jedem Blick auf die Buchstaben entsetzlicher.

Sie hatte alles gegenübergestellt. Sie arbeitete wissenschaftlich sauber, das wusste er. Das war ihre Stärke. Lykke war ein seltsamer Mensch – aber eine gute Wissenschaftlerin. Stück für Stück musste er sich ansehen, womit Gustav ihn vor die Kamera geschickt hatte.

Deine Rede	Theodor Kaczynski
Die Unterlegenheitsgefühle der Linken haben so tiefe Wurzeln, dass sie sich nicht als stark und wertvoll begreifen.	Davon ist der Linke weit entfernt. Ihre Unterlegenheitsgefühle sind so tief eingewurzelt, dass er sich nicht als stark und wertvoll begreift.
Begriffe wie ‚Selbstvertrauen', ‚Zuversicht', ‚Initiative' und ‚Optimismus' spielen im linken Vokabular doch keine Rolle mehr!	Begriffe wie „Selbstvertrauen", „Zuversicht", „Initiative", „Unternehmungsgeist", „Optimismus" usw. spielen im linken und liberalen Vokabular eine geringe Rolle.
Wir werden uns nicht mehr länger von denen beschützen lassen, die das Wettbewerbsprinzip ablehnen, weil sie sich tief in ihrem Innern bewusst sind, dass sie die Verlierer sind, die eine islamische Unterwanderung zugelassen haben.	Der Linke lehnt das Wettbewerbskonzept ab, weil er sich tief in seinem Innern als Verlierer fühlt.

Gustav hatte ihn der Lächerlichkeit preisgegeben! Und ein paar Kerle im Forum hatten es gemerkt! Der eine nannte sich „Wingman", der andere hatte die Dreistigkeit, sich „Behringer" zu nennen. Wütend schüttelte er den Kopf. Das konnte sie alles kosten. Gustav gefährdete die Grundsätze dessen, wofür Nordic Edge stand!

Blitzschnell wechselte er in die andere Anwendung. Er schloss die Augen und fühlte einen leichten Schwindel in sich aufkommen. „Das gibt es doch nicht ..." Knut starrte auf den Index. Runter auf 76!

„AAAHHHH!", platzte es aus ihm heraus. Ein paar Leute

sahen ihn an, zwei blieben stehen, setzten ihren Weg über den Flughafen jedoch nach kurzer Zeit fort.

Wie hatte Gustav das tun können? Wie hatte er ihm das antun können?

Erneut biss er sich auf die Lippe. Dann beherrschte er sich. Er hatte einen Job zu erledigen. Es gab genug zu tun in diesem Land und genug für Leute wie ihn. Viele Hindernisse gab es nicht mehr. Er hatte den Antrag auf Parteigründung am Morgen am Flughafen in die Post gelegt. Nun war es also amtlich. Er würde mit Nordic Edge in den Kampf um die nächste Wahl gehen. Da konnte er sich keine Frauen leisten, die mit Geschichten über polnische Wurzeln durch die Lande liefen.

#060

Als Gustav den kleinen koreanischen Mietwagen auf den Parkplatz vor der Kirch lenkte, war der beinahe leer. An der Kirche konnte er jedoch ein paar Personen ausmachen, von denen eine ein Telefon hervorzauberte und hineinsprach, als Gustav aus dem Wagen stieg und sich streckte.

Eine junge rothaarige Frau mit einer ungemein eng sitzenden hellen Jeans schlenderte über den Parkplatz und warf ihm ein Lächeln zu. Ein wenig wirkte sie auf ihn wie eine jüngere Version dieser Stella Nykvist, mit der sein Chef Mik Wallin jetzt arbeitete.

Er sah ihr hinterher und starrte ihr eine Zeit unweigerlich auf den Hintern. Was aber eigentlich in seinem Kopf vorging, war: Diese Frau lief aufrecht und wirkte trainiert und wachsam. Außerdem trug sie eine Jacke, obwohl es ausnehmend warm war. War das eine Kollegin, die eine Waffe versteckte?

Er sah sich um und entdeckte eine junge Frau mit einem leeren Kinderwagen und zwei Kindern. Eines, das um die drei oder vier Jahre alt sein mochte und ein weiteres, das sehr taumelnd lief und eigentlich noch in den Wagen gehörte, aber scheinbar keine Lust darauf hatte. Die Mutter hielt die Hand schützend hinter das kleinere Kind und hatte kaum Augen für das ältere der beiden, das einen Stock aufgehoben hatte und nun herzhaft hineinbiss, um herauszufinden, wie der schmecken mochte. Plötzlich schrie die Mutter etwas. Das Kind erschrak, aber auch die anderen Menschen in Sichtweite waren für einen Augenblick abgelenkt.

In dem Moment fuhr ein großer schwarzer Geländewagen auf den Parkplatz. Er wurde dicht an Gustav herangesteuert. Die hintere Scheibe senkte sich und ein Mann mit einem schwarzen Hut und einer stark getönten Brille kam zum Vorschein, der kurz lächelte.

Er musste sich nicht vorstellen. Gustav hatte von anderen gehört, die der Nummer 1 begegnet waren. Alle hatten einen ähnlichen Auftritt des Mannes beschrieben.

„Hat alles geklappt?“, erkundigte er sich knapp.

Gustav nickte und erhaschte einen Blick auf den Mann am Lenkrad, der ihn demonstrativ nicht ansah und auch mit seiner Körperhaltung vorgab, kein Teil des Gesprächs zu sein. Bodybuilder-Typ mit einer strengen Narbe am Nacken, die auf einen Messerangriff hindeutete.

„Was hat dir Knut erzählt?“

„Ich hoffe, alles, was ich wissen muss.“

Der Kerl mit dem Hut zog die dunklen Augenbrauen hoch. Erst jetzt realisierte Gustav, dass der Mann Englisch mit ihm sprach. Er war nervös und hatte auf das geantwortet, was man ihn gefragt hatte, ohne das zu merken.

Warum machte der das?

„Pass auf. Die Situation ist die: Ich muss sicher sein können, dass dieses Problem gelöst ist. Und es gibt da ein Versicherungsthema. Dort unten lebt niemand und die kommenden zwei Stunden wird dort auch kaum ein Auto vorbeifahren.“

Dann rückte er näher.

„Ich stelle mir eine Feuerbestattung vor. Wenn da jemand im Haus zuvor dumm fällt und irgendwie ... Ach – ich muss dir nichts erzählen. Lass mir eine Erfolgsmeldung über die üblichen Kanäle zukommen, okay?"

Gustavs Hand zitterte jetzt. Er sollte ein Haus anzünden? Mit einer Frau darin? Oder akzeptieren, dass sie notfalls erst starb und verbrannte?

Sein Kopf nickte, sein Körper sträubte sich dagegen, wie er nur konnte. Es schien ihn schier zu zerreißen. Dafür war er nicht Polizist geworden. Aber er hatte genickt. Und eine Erfolgsmeldung zugesagt.

So schwer konnte das nicht sein, ging ihm auf. Gelang es ihm, mit der Frau in ein vernünftiges Gespräch zu gelangen, könnte er sie dazu bringen ... Und vielleicht, wenn sie ihr Geld für ihren alten Hof bieten würden ...

„Du, eins noch. Ich hätte gerne deine Einschätzung."

„Zu ...?"

„Zu dem Neuen. Zu Yngve. Was hältst du von ihm?"

Gustav hatte keine ausreichende Zeit zum Überlegen. Dennoch schossen die Gedanken wild durch seinen Kopf. Es gab keine gute Antwort auf diese Frage! Der Mann wollte den Kerl zur Nummer 2 machen. Sollte er da sagen, dass er ihm misstraute? Oder war das ein Test, bei dem es genau darum ging? Darum, ob er die Nerven hatte?

Schließlich platzte es aus ihm heraus: „Ich hatte nicht genug mit ihm zu tun, um ihn seriös beurteilen zu können."

„Ah ... aha. Na gut. Ich bleibe in der Gegend", erklärte die Nummer 1, klopfte kurz gegen den Beifahrersitz und ließ das Fenster nach oben surren, während er zwei Finger an den Hut legte und sein Fahrer Gas gab.

#061

Die beiden hatten alles getan, was getan werden musste, und hatten die Tür sehr betont verschlossen gehalten.

Bjarne klopfte und trat Sekunden später ein, ohne eine Antwort abzuwarten. Er wusste, dass ihm dieses Recht zustand – Stella hätte es sich andersherum auch genommen.

Er nickte Mik Wallin zu, dessen Anspannung ihm auf den Körper geschrieben stand. Dann trat er an die Seite und öffnete das Fenster, was Stella als stummen Vorwurf an die Luftqualität werten musste. Sie lächelte leicht, obwohl auch sie angespannt war. Sie konnte Bjarne nicht sagen, was gerade ein Land weiter vor sich ging, wo Maren vermutlich hektisch in einem Wagen saß und erheblich zu schnell fuhr, ohne das Blaulicht verwenden zu können.

Stella wusste zwei Dinge in diesem Moment. Erstens: Maren würde das hinbekommen. Zweitens: Sie würde Bjarne das Ganze erzählen, sobald Mik wieder allein in seinem Hotelzimmer verschwunden war. Drittens würde sie ihm genau dafür wütend in den Hintern treten. Aber das war ein anderes Thema.

Bjarne begann zu referieren, was er über den ersten Toten herausgefunden hatte. Stellas Gesicht verzog sich mit jedem weiteren Satz. „Und das ist nicht alles," erklärte Bjarne. „Dieser Kyrre Hagen – kannte Knut Solbakken und hat eine Zeit für sein dänisches Plattenlabel gearbeitet.

Seine Eltern, die er in seinen biografischen Angaben immer als Dänen deklariert, stammten in Wahrheit aus der DDR. Sie sind nach Dänemark geflohen und dann später nach Norwegen umgesiedelt. Seine Wurzeln waren Deutsch bis ins Mark. Die Familie Hagen hat weit über 100 Jahre in Rostock gelebt und dort im Schiffsbau gearbeitet."

„Und das hat ihnen die Flucht ermöglicht?", erkundigte

sich Mik Wallin.

Bjarne nickte. „Genau das war es, was ihnen auch die seltene Flucht aus der DDR ermöglicht hat. Schiffsbaukenntnisse. Ist damals von der Deutschen Regierung scheinbar verschwiegen worden und man hat auch die dänische Regierung gebeten …"

Mik schüttelte aggressiv den Kopf und hob die Hand. „Warte! Wann war das? Mitte der 80er Jahre?"

„Genau … warum?"

„Verflucht!"

„Hm?"

„Bjarne! Du kennst dich doch ebenso gut mit der Wingman-Theorie aus wie ich, oder?"

„Ja – aber da klingelt bei mir jetzt nichts."

„Also … es gibt Unterlagen rund um den Anschlag von Utøya, die nahelegen, dass Breiviks Wingman eben nicht nur einfach ein politischer Schreiber war. Er schreibt eine ziemlich lange Passage. Über die sogenannte Frankfurter Schule und über politische Korrektheit. Beide Bücher, aus denen er nachweislich zitiert hat, waren nur in Deutsch erhältlich!"

„Okay … ja … das wusste ich tatsächlich. Das hatte ich nach all den Jahren irgendwie vergessen."

„Er hat auch lange Passagen bei Ted Kaczynski abgeschrieben. Und beim Fjordman. Da hat er komische Formulierungen verwendet. Aber da kannte er die Sprache. Die anderen Passagen hingegen – die muss er von einem Deutschen gehabt haben. Breivik konnte kein Deutsch."

Bjarne nickte nachdenklich. „Wieso kommt Ted Kaczynski eigentlich ständig in diesem Fall vor?"

„Das erscheint mir auch befremdlich. Aber sein Werk gilt heute vielen Rechten wieder als eine Art …" Er suchte nach dem richtigen Wort.

„Wichsvorlage …?", schlug Stella vor.

Die beiden Männer sahen sie leicht betrübt an, bis Bjarne anfing zu lachen.

„Aber es geht nicht nur darum. Der Kerl hatte auch noch einen Bruder."

„Ted Kaczynski?", wollte Stella wissen. „Ich verliere

gerade den Überblick."

„Nein – unser erster Toter. Der hatte einen jüngeren Bruder, der als strammer Nazi galt. Der ist verschwunden. Auch ungefähr 2012. Also alles irgendwie kurz nach Utøya, nicht wahr? Auch der kannte Knut Solbakken. Und es gab auch bei ihm den Verdacht, dass er da in irgendeiner Weise mit dringesteckt hat."

„Was weiß man über den?"

„Da bin ich noch nicht so weit. Unveränderliches Kennzeichen war nur ein Tattoo. Die nordische Rune der Männlichkeit. Könnte also ein Angeber gewesen sein. Könnte natürlich auch einer sein, der heute ein Führer ist, der nicht so gerne gesehen werden will.

Oder er hat der rechten Szene abgeschworen. Auch das sollten wir nicht vollkommen ausschließen. Wenn man sich den Lebenslauf von Laurin Haugen anschaut, könnte man glatt meinen, der hat nach seiner Zeit bei einem Nazi-Rock-Label mit seinen linken Büchern förmlich gegen seine Vergangenheit angeschrieben. Vielleicht hat sein Bruder das auch gemacht. Wie gesagt: Dem komme ich noch näher."

„Aber was heißt das jetzt für uns?", erkundigte Stella sich, die sehr wohl bemerkte, dass Mik Wallin ständig auf sein Telefon schaute. Vermutlich wartete er auf Nachrichten aus Dänemark. „Was machen wir daraus jetzt?"

„Darum kümmern wir uns. Aber ich glaube, dass du richtig gelegen hast: Da hat nicht jemand sein Ziel verwechselt. Die haben den Kerl aus dem Weg räumen wollen. Vielleicht erinnert der sich noch an ein paar Dinge, an die sich niemand mehr erinnern soll?"

Mik schluckte. „Immerhin will ja Knut scheinbar eine Partei gründen."

„Davon haben wir ja auch noch nicht genug, hm?", brummte Bjarne.

„Aber das könnte sein Bewusstsein für ..."

„VERDAMMT!", schnauzte Stella. „VERDAMMT, VERDAMMT, VERDAAAAAMMMT!" Dann stampfte sie wie ein kleines Kind auf den Linoleumboden.

„Stella …?“

„Diese Frau hier!“ Sie hielt das Phantombild hoch, welches Bjarne von der rothaarigen möglichen Täterin hatte anfertigen lassen. „Die kenne ich!“, brüllte Stella regelrecht.

„Hm?“

„Die wohnt keine zehn Minuten von hier entfernt! In Lykkes Wohnung!“

#062

Gustav war am Bauernhof vorbeigefahren. Langsam, aber nicht zu auffällig. Dann hatte er umgedreht, die Stelle noch einmal passiert und war in eine kleine enge Wohnstraße abgebogen. Hier konnten ihn zwar die Anwohner sehen, aber die Straße war eine enge Sackgasse. Sollte der Mann mit dem Hut und der Sonnenbrille hier hereinfahren, würde er ihn ganz entschieden erkennen.

Gustav wusste, dass er telefonieren musste. Er konnte das hier nicht mehr alleine lösen. Zu viel hing davon ab. Zwei Jahre seines Lebens hatte er in dieser Organisation verbracht – das wollte er nicht zerstören! Das durfte er nicht zerstören – nicht jetzt, wo alles darauf hinauslief, dass Knut und Nummer 1 ihre Pläne so ändern würden, wie sie die ganze Zeit über befürchtet hatten. Und er war mittendrin. Hatte den großen Mann gesehen.

Bei Mik Wallin war belegt. Er wusste, was zu tun war. Dafür gab es einen Notfallplan. Eine Notfallnummer in Den Haag, die 24 Stunden am Tag besetzt war. Er kannte sie auswendig, hatte sie vor seinem Einsatz immer wieder aufsagen müssen. Dort konnte Mik Informationen für ihn hinterlegen. Und das hatte er getan.

Nachdem er sich mit einem Code, den er gewählt hatte und unmöglich vergessen konnte, identifiziert hatte, erklärte ihm die junge Frau am anderen Ende, dass es eine Nachricht für ihn gäbe.

„Sie lautet: ‚Du kannst durch die hintere Tür in den Hof gehen und dann die Kellertreppe nehmen. Eine Beamtin namens Maren Christensen erwartet dich dort' – ich hoffe, das hilft dir."

Gustav wurde es für einen kurzen Moment schwindlig. „Ja", brummelte er leise. „Ja, das hilft mir. Danke." Mit Herzflattern legte er auf. Mik hatte es irgendwie geschafft, jemanden aufzutreiben. Wie auch immer ihm das gelungen war. Er startete den Motor. Dann fuhr er erneut zum Hof, stellte den Wagen dennoch weiter hinten in einem kleinen Waldstück ab, wie es jemand tun würde, der einer geheimen Mission nachging.

Geduckt lief er bis zum Waldrand. Er sah sich um und lief die letzten Meter bis zu dem alten Hof so unauffällig wie möglich, was auf dem praktisch offenen freien Feld kaum möglich war.

Als er die Hintertür erreichte, pochte sein Herz wild, aber Gustav fühlte sich besser.

Leise öffnete er die Tür und orientierte sich. In der Küche, die am anderen Ende des Hauses im Gegenlicht zu erkennen war, lief das Radio und jemand sang einen alten dänischen Schlager, soweit er das beurteilen konnte. Sein Blick streifte weiter und er erkannte die Kellertür. Wenige Sekunden später trat er mit der starken Taschenlampe seines Telefons auf die Treppe und schritt sie vorsichtig herunter.

Erst, als er unten angekommen war, sagte eine dunkle Frauenstimme: „Jetzt nicht erschrecken, Gustav."

Er fuhr herum und blickte in die Augen einer fast schwarzhaarigen Frau, die eine Waffe auf ihn gerichtet hatte.

„Mach das Licht runter", maulte sie und er senkte die Lampe. „Du bist unbewaffnet?"

„Wir sind mit dem Flieger gekommen, Handgepäck."

„Das ist keine Antwort auf meine Frage", brummte

Maren mürrisch.

„Ich bin unbewaffnet."

„Mh ..." Ein Klacken ertönte aus dem Dunkel und mit dem klassischen Flackern alter Neonröhren erstrahlte ein unangenehm helles, beißendes Licht. Der Keller erinnerte ihn auf fatale Weise an die Leichenhalle in Hamburg-Nord, in der er zu oft gewesen war.

Er löschte das Licht an seinem Telefon. Maren senkte die Waffe. „Maren Christensen, SkanForce", erklärte sie mit ihrer tiefen, angenehmen Stimme, die Gustav zu beruhigen schien.

„Gustav Hetland", erklärte er und streckte ihr die Hand entgegen. Zutiefst erschrocken stellte er fest, wie warm seine Hand im Vergleich zu ihrer war. Die Situation behagte ihm nicht.

Er war für alles Mögliche ausgebildet worden. Sie hatten alle Eventualitäten durchgespielt, bevor er sich in diesen Auftrag begeben hatte. Und immer hatten sie ihm gesagt, dass man in solchen Kontexten einfach nicht alles proben konnte. Er wusste das, er hatte es verinnerlicht. Aber er hatte es verinnerlicht, ohne es zuvor verstanden zu haben, weil man das nicht verstehen kann, wenn man es nicht erlebt, schien ihm. Aber jetzt begriff er, was es bedeutete.

Er war unendlich froh, eine Frau wie Maren in diesem dunklen Keller zu finden. Während sie sprach, trat eine ältere Frau aus dem Dunkel hervor und näherte sich mit langsamen Schritten, während sie ihn misstrauisch begutachtete.

„Das ist Yva Torp", erläuterte Maren und ergänzte den seltsam emotionslosen Satz: „Sie ist die Frau, wegen der du hier bist."

Er nickte ihr zu und es war ihm peinlich, ihr in die Augen zu schauen – obwohl das Unsinn war. Dennoch: Gustav steckte so tief in seiner Rolle, dass sein Kopf ihm sagte, dass das die Frau war, die er umbringen sollte. Und sie wusste das.

Was für ein grauenhafter Gedanke. Sie lehnte sich leicht gegen die schroffe Kellerwand, behielt ihn im Auge und schwieg.

„Wir haben folgende Option ..."

Gustav hob abwehrend die Hand. „Nummer eins will, dass ich den Hof anzünde. Und ich muss ihm einen Beweis schicken."

Marens Gesichtsausdruck verhärtete sich. „Feuer? Was soll denn das jetzt?" Sie sah zu Yva Torp rüber, die vehement den Kopf schüttelte, aber nicht sprach. Ihr Blick ruhte weiterhin mit einem gewissen Entsetzen auf Gustav Hetland, der gekommen war, um sie zu töten – ganz gleich, welche komplexen Gründe dahinterstehen mochten.

„Kein Feuer", erklärte Maren. Dann schaute sie erneut zu der Frau. „Einen kleinen Schuppen, den wir ...?"

Yva schien nachzudenken. „Der Zwischenschuppen wäre eine Möglichkeit. Der ist klein, aber er fasst zwei oder drei Personen und eine Menge Gerätschaften. Und der würde ein schönes Feuerchen abgeben. Der fackelt sicher lichterloh."

„Aber wir würden die Feuerwehr automatisch zu Mitwissern machen."

Sie sah zu Gustav. „Ich weiß nicht, ob wir uns das leisten können und wollen. Ich sage dir unsere Alternative."

Sie hob ihr Telefon und erklärte: „Eben hektisch vorproduziert. Wunder dich nicht über den Anfang. Es soll so wirken, als hättest du mittendrin erst den Aufnahmeknopf gedrückt."

„Hm?"

Sie legte den Finger auf die Lippen. Dann drückte sie zwei Tasten hintereinander. „„... zu einem schlimmen Fund. Auf dem abgelegenen Bauernhof wurde eine Frau tot aufgefunden. Die 68-jährige ist einem Gewaltverbrechen zum Opfer gefallen, bei dem nur wenige 100 Kronen durch den oder die Täter erbeutet wurden. Die zuständige Polizei bitte um ihre Mithilfe: Wer hat im Umkreis von Uggerby ..."

Sie drückte wieder den Knopf. „Das könnte ich dir jetzt sofort schicken. Dann hast du alles erledigt und kannst deinem Job nachgehen."

„Ich würde also die Frau ..." Er sah kurz zu der Bewohnerin des Hauses. „Ich würde dich also töten, würde das Haus auf den Kopf stellen und mit ein paar Kronen in der Tasche wieder abziehen, um die Tat wie einen Raubüberfall aussehen zu lassen?“

Die beiden nickten. „Als Beweis schickst du diese Datei und wir sorgen dafür, dass das Ganze in zwei kleinen Lokalzeitungen online zu finden ist. Dann können deine Leute es auch überprüfen.“

Gustav atmete schwer durch.

„Wie erkläre ich, dass ich das Ding hier nicht abgefackelt hab?“

„Du wurdest gestört“, erklärte die Frau plötzlich. „Der Pfarrer kam mit seiner Mitarbeiterin. Das machen die tatsächlich immer mal.“

Maren nickte ihm aufmunternd zu. „Du wolltest nicht noch mehr Aufsehen erregen und bist durch die Hintertür in Richtung Wald abgehauen, Problem erledigt.“

Gustav spielte das geistig durch, versuchte, sich die notwendigen Bilder dazu vorzustellen. Irgendwann nickte er schließlich. „Das ... werde ich hinbekommen.“ Er wandte sich an Yva. „Muss ich was über den Pfarrer wissen?“

„Was denn?“

„Na – ich meine: Fehlt dem ein Bein oder so? Etwas, was man über den in Erfahrung bringen könnte, das ich auch wissen müsste, wenn ich ihn vor dem Haus gesehen hätte?“

„Nein. Über ihn nicht. Aber seine Mitarbeiterin. Die ist aus Gabun.“

„Aus ...?“

„Die ist pechschwarz!“, erläuterte die Frau ihm.

Er spürte den eigentlichen Vorwurf. Obwohl er nur eine Rolle spielte, sah sie ihn als einen echten Nazi an.

Er nickte schließlich. Dann fixierte er sie. „Du kennst Knut?“

„Ja.“

„Von früher?“

„Von ganz früher.“

„Verstehe. Gibt es ... ein Foto, das ich mitnehmen könnte? Etwas, das zeigt, dass ich hier gewesen bin und es dir einfach wegnehmen konnte?“

Sie presste die Lippen zusammen.

„In Gottes Namen, ja. Mein Hochzeitsbild? Davon habe ich die Negative noch. Davon könnte ich neue Abzüge machen lassen."

Bevor einer der beiden reagieren konnte, hetzte die Frau förmlich die Treppe hinauf.

Maren schaute zu Gustav. „Sonst noch etwas, was ich tun kann? Eine Nachricht an jemanden?"

„Du arbeitest mit dieser Stella zusammen?"

„Ja – das ist meine Chefin."

„Die ist dei... Okay", murmelte er. Maren kannte die Reaktion. Stella wirkte für die meisten Beobachter 10 Jahre jünger als sie, was nicht zutraf. Aber gerade Männer hatten Probleme mit der Vorstellung, dass Maren eine jüngere Vorgesetzte haben könnte.

„Ich glaube, dass sie sich nicht auf Lykke konzentrieren sollten. Sag ihr, sie soll sich auf die kleine Blonde konzentrieren", raunte er rasch, während die Besitzerin des Hauses die Kellertreppe wieder herunterstürzte.

Missmutig drückte sie ihm ein Foto in einem goldfarbenen Rahmen in die Hand und mühte sich ein sentimentales Lächeln ab. Er nickte dankbar.

Maren überspielte ihm die Sounddatei, die sie zuvor aufgenommen hatten, und nickte ihm aufmunternd zu. „Wird schon werden. Wir sorgen dafür, dass die Info in die Online-Ausgaben kommt, okay?"

Er nickte dankbar. Dann steckte er das Bild in die Innentasche und hetzte die Treppe wieder hinauf.

Oben angelangt blickte Gustav sich noch einmal um. Ein Wagen schoss mit hoher Geschwindigkeit über die einzige Straße, die am Hof vorbeiführte. Auf der anderen Seite sah er einen ärmlichen Hof, der so wirkte, als sei er mehrfach dilettantisch angebaut worden. Aber Gustav war in der Großstadt aufgewachsen. Er kannte sich mit Bauernhöfen nicht aus.

Vielleicht sahen ältere Höfe einfach so aus, was wusste er schon. Er sog die frische Luft ein. Ein Feuer war nicht nötig gewesen und diese Christensen hatte alles ausgezeichnet vorbereitet. Damit hatte er nicht gerechnet. Manchmal musste man einfach auch gewinnen können.

Als der Wagen außer Sichtweite war, rannte er los und hetzte in den schützenden Wald hinein.

#063

Smilla hatte eine Freundin bei der Wohnungsgesellschaft angerufen. Sie hatte Stella gegenüber behauptet, dass das der schnellste Weg sei und war straff gespannt, als sie telefonierte. Ihre Freundin, der sie vor Jahren einmal Mathe-Nachhilfe gegeben hatte und die ihr vermutlich ihren Schulabschluss verdankte, tat alles, was ging. Das schloss eine Abfrage ein, die niemand autorisiert hätte. Aber es gab kein Protokoll dieses Anrufes und niemand würde später erfahren, dass es diese Abfrage gegeben hatte. Das wussten nur zwei Menschen.

Als sie auflegte, strahlte sie Stella an, die mit einem verzogenen Gesichtsausdruck auf ihrem Telefon herumtippte, sie aber sofort aufmerksam ansah. Ebenso Bjarne. Der jedoch erhielt in exakt diesem Moment einen Anruf. Er war hin und hergerissen. Er wollte ebenso wissen, was Smilla in Erfahrung gebracht hatte, wie er das Gespräch annehmen wollte. Er entschied sich für das Gespräch und wechselte in den Nebenraum.

„Also ... meine Freundin sagt etwas Seltsames. Lykke hat nicht nur eine Wohnung in dem Haus."

„Nein", erklärte Stella. „Es sind zwei."

„Woher weißt du das?", wollte Taavi wissen.

„Ich war dort. Sonst hätte ich das blonde Mädchen nicht getroffen. Ich stand im Flur, als sie vor die Tür getreten ist und ..."

„Es sind drei", widersprach Smilla.

„Drei?"

„Lykke hat drei Wohnungen gemietet. Und sie hat diese mit dem Wissen der Hausverwaltung miteinander verbunden. Die Wohnungen waren früher anders geschnitten und man muss da nur eine Wand rausschrauben und eine Tür einsetzen, sagt meine Freundin. Kann man scheinbar ebenso leicht wieder rückgängig machen."

„*Drei* Wohnungen? Wieso haben die gleich drei Wohnungen?"

„Das war der Verwaltung recht egal. Sie können drei Wohnungen vermieten. Und wer drei Wohnungen mietet, der zieht nicht so schnell aus. Also haben sie das gemacht."

„Okay – und wer ist dort gemeldet?"

Smilla schaute auf ihren Zettel. „Lykke unter ihrem alten Namen Lykke Andersen. Dann Yngve seit ein paar Tagen."

„Da wollten sie also korrekt sein, nachdem er aus dem Gefängnis kam", bemerkte Stella abwertend.

„Ja … scheinbar. Und dann ist da noch eine Frau namens Madita Hensgen, ein Kerl namens Ansgar Fredricks und eine Frau namens Susanne Gerhards. Und die scheint interessant zu sein. Denn diese Susanne hat sie schon zweimal selbst getroffen und sagt, dass sie …"

„Ich hab sie hier!", erklärte Taavi, der den Namen im Internet gesucht hatte. „Das ist sie."

Stella griff seine Hand und bog sie samt des Telefons in ihre Richtung um. „Na – allerdings! Und ob sie das ist. Das ist die Frau, die ich in der Wohnung gesehen habe. Und ich will verflucht sein, wenn das nicht auch die Frau ist, die wir auf dem Video aus der Hotelbar gesehen haben!"

Smilla nickte. Dann wählte sie die Nummer der Staatsanwältin auf dem grauen altmodischen Festnetztelefon und hielt Stella Nykvist den Hörer hin.

Es dauerte fast anderthalb Stunden, bis sie ein Team für einen Zugriff zur Verfügung hatten. Ålesund war für finnische Verhältnisse eine große Stadt. Und dennoch klein genug für einen Zufall. Einer der Männer hatte selbst in dem Haus gewohnt, wenn auch am anderen Ende des kleinen Wohnblocks. Aber er wusste, dass es einen Zugang über den Garten in den Keller gab, der aus Lykkes drei Wohnungen nicht einsehbar war.

„Wir können mit dem gesamten Squad-Team und einem Panzer über den Garten kommen und diese Lykke könnte uns nicht sehen, weil sie in allen diesen drei Wohnungen nicht ein einziges Fenster in dieser Richtung hat."

„Dann lasst uns das machen", hatte Bjarne erklärt, war aber plötzlich auf Widerstand bei Stella gestoßen. Sie hatten ein Schreiben der Staatsanwaltschaft, das ausreichte, um in die Wohnung zu stürmen, falls niemand öffnen sollte. Und zwar mit allem drum und dran. Notfalls mit einer Ramme, um die Tür mit Gewalt wegzustoßen. Mit Waffen, Tränengas – einfach das ganze Programm.

„Dieser Yngve ist ein schlimmer Bastler", erklärte sie. „Selbst, wenn keiner von denen in der Wohnung ist, würde ich beinahe wetten, dass die irgendeinen Sicherheitsmechanismus haben. Wenn wir die Tür aufbrechen, geht irgendwo in diesem Land ein Alarm los, davon bin ich fest überzeugt. Und der landet vermutlich ohne Umwege auf dem Handy von Yngve oder seiner Schwester."

Sie brauchten eine weitere halbe Stunde, um einen Störsender für mobile Datenübertragungen aufzutreiben und einen Mann des Bombenkommandos, der die Wohnung untersuchen sollte, sofern das von außen möglich war. Darüber hinaus würde der Hausmeister den Internet-Verteiler im Keller abschalten, um wirklich sicherzugehen. Stella traute Yngve in dem Punkt alles zu. Auch, wenn er erst seit wenigen Tagen wieder in Freiheit war. Sie war sich sicher, dass er sich um solche Themen rasch und gründlich kümmern würde.

Also begaben sie sich mit erheblicher Verzögerung auf die Rückseite des Gebäudes. Stella und Bjarne fuhren mit Taavi in ihrem grünen Mietwagen zum Haus.

„Wo ist eigentlich dein Mietwagen?", erkundigte Stella sich.

„Ach ... am Ende der Welt geparkt. Hier war nichts

frei ...", brummelte er und tippte etwas. Dann schaute er Stella an. „Ich werde nach diesem Einsatz ein Stück in den Norden fahren."

„Warum?"

„Der Anruf, den ich vorher bekommen habe. Das war Balto Haugland."

Für eine Sekunde blitzten Stellas Augen auf. An diesen Namen würde sie sich ihr Leben lang erinnern. Balto war auf Seite der Polizei der schlimmste Verlierer von Utøya gewesen. Er hatte sich um den Fall Anders Behring Breivik kümmern müssen. Nicht, weil er so exzellent dafür qualifiziert war, sondern, weil die Insel auf dem Gebiet seiner Polizeistation lag.

Bis zu diesem Tag hatte das bedeutet, hin und wieder mal ein paar Kerle in die Ausnüchterungszelle zu stecken – aber der 22. Juli des Jahres 2011 hatte alles geändert. Für immer.

Stella Nykvist wusste, dass Bjarne zu dem Mann immer Kontakt gehalten hatte. Auch sie hatte ihn 2015 einmal getroffen, als sie ein paar Tage in Oslo gewesen war. Da hatte er die kleine Polizistin, die sie damals gewesen war, noch nicht ganz ernst genommen. Aber sie hatte seine Veränderung gespürt. Er war das Thema dieser rechten Netzwerke nie ganz losgeworden. Er hatte das gesamte Manifest von Breivik gelesen und Anmerkungen dran geschrieben. Ein Werk des fanatischen Irrsinns von über 1500 Seiten.

Stella war sich an dem Abend nicht sicher gewesen, was überwog: Bewunderung für den Polizisten oder Mitleid mit diesem gebrochenen Mann.

„Was hat Balto zu erzählen gehabt?"

„Er hat ... also: Wenn er seinen Job heute Abend verlieren sollte, dann sollten wir bereit sein, ihn bei der SkanForce aufzunehmen ..."

Stella schaute in den Rückspiegel. „Taavi – du setzt jetzt mal deine Kopfhörer auf."

Er nickte und tat tatsächlich, was Stella gesagt hatte. Sie konnten hören, dass er laute Rap-Musik spielte. Bjarne schaute leicht verwirrt hinter sich, dann wieder zu Stella.

„Hast du einen Kurs mit ihm gemacht, bei dem er ... Ach – egal. Also: Balto hat einen Aussteiger an der Hand."

„Woraus ausgestiegen?"

„Nordic Edge. Damals hießen sie noch anders. Die Details sind egal – es war dieselbe Organisation."

„Nordkråft – ich weiß. Und? Was ist mit dem?"

„Er dürfte den nicht haben. Der Mann ist in so etwas wie einem Zeugenschutz und hat ... Pass auf – ich erspar dir die Details. Ich werde diesen Mann heute Abend noch treffen und mit ihm sprechen, okay?"

Stella überlegte einen Moment. Sie konnte das im Sinne der Ermittlung verantworten, entschied sie schließlich. „Okay. Machen und Klappe halten", erklärte sie knapp.

Dann erreichten sie ihr Ziel. Sie stellten den Wagen außer Sichtweite ab und liefen ein Stück zu Fuß. Noch bevor sie ankamen, konnte Stella erkennen, dass die Männer und Frauen des Eingreif-Teams bereits vorgerückt waren. Sie hatte davon geträumt, noch eine wichtig wirkende Ansprache zu halten – aber in dem Moment, da sie sie sehen konnte, hetzten sie los. Der Kollege, der in dem Haus gelebt hatte, allen voran – und die Frau, die die Abschaltung des Internets koordinierte, weit hinter ihnen mit einem Knopf im Ohr, den sie beim Laufen festhielt.

Taavi stoppte. „Ich geh nach vorn – mich kennen sie nicht."

„Warte!", schnauzte Bjarne. Er stopfte sich einen Kopfhörer ins Ohr. „Ruf mich auf dem Handy an."

Taavi nickte, wählte im Weglaufen die Nummer und Bjarne verband sich mit ihm, als er auf die Treppe zulief, an deren Ende sich die frisch aufgebrochene Kellertür befand. Das würde ein teurer Einsatz werden.

„Hab dich", hörte sie noch. Dann tauchte Bjarne in den Häuserblock ein und zog seine Waffe. Stella folgte ihm.

Wo war eigentlich Mik Wallin abgeblieben?

Sie wusste es nicht und würde es jetzt auch nicht ermitteln können. Der Knabe war alt genug und verdiente bei Europol wahrscheinlich so viel wie Taavi und Bjarne zusammen. Also konnte er auch auf sich selbst aufpassen, beschloss Stella, obwohl sie bei dem Gedanken einen kleinen Stich spürte.

Wie im Fieber folgte sie den Männern. Auch Stella hatte nun ihre Waffe gezogen. Vor ihnen trat plötzlich ein junger Mann aus einer Wohnung. Er starrte sie für etwa anderthalb Sekunden an, bis er begriff, dass er nicht an diesem Ort sein sollte. Er sprang in seine Wohnung zurück und schloss hektisch die Tür ab. Weiter oben hörten sie zwei Frauenstimmen, von denen die eine sagte: „Wir haben nix mehr – weder Fernsehen noch Radio noch Intern…."

Als Nächstes hörte sie einen barsch gezischten Befehl. Dann nochmals, diesmal noch energischer. Sekunden später wurden zwei Wohnungstüren hektisch zugeschlagen und man hörte auch hier Schlüssel im Schloss.

Die Ersten kamen nun weiter oben an, bewegten sich leiser und geduckt und flüsterten nur noch. Ab jetzt wurde nur noch Zeichensprache verwendet. Knappe Fingerzeichen, die sehr reduziert klarmachten, wer was wollte und wie sie weiter vorgingen. Die Zeit großer Reden war vorbei.

Stella holte auf und tippelte geräuschlos die letzten Stufen hinauf, während die Männer Aufstellung nahmen. Ihr schien das auch sonst zu gelten: Die Zeit der großen Reden war vorbei. Sie wollte diese Leute stoppen. Es reichte ihr.

Der Einsatzleiter – satt mit schusssicherer Weste gepolstert – drückte die Klingel. Dann schloss er das Visier seines Helms und es trat eine beängstigend laute Stille im Hausflur ein.

Mehrere Sekunden lang passierte gar nichts. Dann huschte ein Mann vor. Er steckte etwas unter der Tür hindurch. Konzentriert sah er auf einen nur schwach glimmenden kleinen Monitor, während er seine Hände bewegte, um die kleine Sonde in die richtige Position zu bringen. Dann zog er sich sehr langsam und geschickt zurück und reckte den Daumen in die Höhe.

Die Männer holten noch einmal Luft. Zwei von ihnen traten mit dem großen, gefüllten Metallrohr nach vorne. Auch sie schlossen den transparenten Gesichtsschutz vor ihren Helmen, während der Einsatzleiter mit fünf Fingern begann, herunterzuzählen.

Dann brach die Hölle los.

Mit einem gigantischen Knall stürmten sie mit der Ramme durch die Tür, als würde diese keinerlei Widerstand bieten. Mit wilden Kommandos und großen Waffen stürzten die Kollegen in die Wohnung, wo sie sich orientierten und nacheinander die Räume sicherten. Dann geschah etwas Unerwartetes. Man hörte den Einsatzleiter in eine Pfeife blasen, jemand rief etwas. Dann hörte man die Schritte fester Stiefel, die auf dem Boden Anlauf nahmen.

Im Flur kam ein Geräusch an, das im ersten Augenblick wie eine Explosion klang. Dann rief jemand „DOOOOOR down!"

Stella begriff: Es musste eine weitere gesicherte Tür im Inneren gegeben haben, die Widerstand leistete. Vor der Wohnungstür stand nun ein Mann, der dafür sorgte, dass neugierige Kollegen wie Bjarne nicht hineinlaufen konnten. Erst nach sicherlich 90 oder 100 Sekunden ertönte ein erneuter Pfiff und der Mann entspannte sich.

„AAAAALL Clear!", hörten sie von drinnen.

Der Mann, der die Haustür versperrt hatte, trat theatralisch zur Seite und verbeugte sich wie ein ergebener Hausdiener im letzten Jahrhundert. Bjarne klopfte ihm im Vorbeigehen herzhaft und ebenso herzlich auf die Schulter. Drinnen ertönte aus mehreren Richtungen kehliges Lachen und wilde Wortwechsel. Dann schob sich der Mann vom Bombenkommando in die Wohnung und fuhr ein teleskopartiges Gerät aus, das stroboskopisch flackerndes Licht abgab.

„BOOOOOMB Squad!", rief jemand im Inneren im militärischen Stil. Drinnen hörte man trippelnde Schritte und spürte mal wieder, worauf es bei solchen Einsätzen ankam: eiserne Disziplin und klare Hierarchie. Hier übernahm keiner das Kommando, um sich wichtig zu machen. Hier leistete das Team genau das, was die Männer so ausgiebig trainiert hatten, bis es für sie so selbstverständlich war wie Nase Putzen.

Stella erreichte Bjarne nach wenigen Metern im Flur. Sie hatte in ihrem Leben noch keinen solchen Flur in einer Privatwohnung gesehen. Nur ein winziges Nachtlicht brannte in dem langen Flur. Sie schritten den langen Gang konzentriert ab. Weiter hinten entdeckten sie den Einsatzleiter, der sie heranwinkte.

Stella und Bjarne passierten einen Abstellraum, eine Küche, dann ein Schlafzimmer, das unaufgeräumt wirkte. Sie erreichten die Tür, die mitten im Flur lag und vermutlich einmal das Ende der Wohnung markiert hatte. Sie mussten sich jetzt in der dritten Wohnung befinden.

Ein kräftiger Kerl hob gerade die Tür vom Boden auf, über die die Männer mit ihren Stiefeln gelaufen waren. Er lehnte das zerstörte Holzstück an die Wand.

Schummriges Licht gab dem Flur ab hier ein bedrückendes Klima. Sie schritten durch eine weitere aufgebrochene Tür, die jedoch eine normale Zimmertür war und entsprechend weniger Widerstand geleistet hatte. Auch hier gab es nur zwei Nachtlichter.

Der halbdunkle Raum roch unangenehm. Ein wenig wie Entwickler und Fixierbad, erinnerte Bjarne sich. So hatten frische Abzüge früher gerochen, als die Polizei noch mit Schwarzweißfotos gearbeitet hatte.

Im Halbdunkel schaute er sich konzentriert um. Er schauderte. Eine perfekte Werkstatt. Mitten in einer Wohnung in der Innenstadt. An den Wänden waren Rastergitter angebracht, an denen ordentlich und strukturiert Werkzeuge auf ihren Gebrauch warteten. Ebenso Kunststoffe, von denen einige wie Knetmasse aussahen. Dann Schnüre und andere Gegenstände, die auch für einen Laien nach Bombenbau aussahen.

An einer Wand hing ein Plan, den Bjarne sofort als den Schienenplan der Metro von Oslo erkannte. Ein weiterer zeigte ein großes Gebäude mit vielen großen Zimmern.

„Ihr solltet nicht glauben, dass das alles ist …", erklärte der Einsatzleiter. Bjarne blickte neugierig zu ihm auf. Dann folgten sie ihm auf eine Handbewegung hin ins nächste Zimmer, in dem es ein wenig heller war. Aber auch hier drang kein Tageslicht ein.

Aus dem Dunkel schälte sich ein Raum von sicherlich 25 oder 30 Quadratmetern, der bis zum Anschlag mit Computerarbeitsplätzen mit mehreren Bildschirmen gefüllt war. Auf einem der Geräte konnte man wilde Chatverläufe sehen. Mehrere gleichzeitig. An der Wand gab es nur ein Bild, das Bjarne als ein Foto von Willibald Hentschel erkannte. Einer der schlimmsten bekannten Spinner, der „Rassenlehre" neu definiert und aufbereitet hatte. Er hatte Menschen züchten wollen, die seinem Ideal entsprachen, aber zum Glück nicht genügend Frauen gefunden, die an dem Experiment teilnehmen wollten.

Daneben hingen Ausdrucke mit Programmiercode. Mehrere Logins und Passwörter. Hinzu kamen externe Laufwerke und ähnliche Gerätschaften. Nichts davon lag wild herum wie bei einem Start-up. Hier herrschte eine nahezu militärische Ordnung. Hätte man Bjarne gesagt, dass er sich in einer geheimen Einsatzzentrale der Regierung befand – er hätte es geglaubt. Das bedrohlich strukturierte Surren kleiner Ventilatoren bestärkte den Eindruck. Hier hatte man nichts dem Zufall überlassen.

Bjarne wollte gerade eine Frage stellen, als sie plötzlich einen Ruf hörten, den niemand von ihnen hören wollte. „BOOOOOMB found!"

Sofort trat ein anderes Protokoll in Kraft und der Einsatzleiter schob sie mit ebenso knappen wie eindeutigen Bewegungen zur Tür. Er zischte dem Mann im nächsten Raum eine Frage zu, der gab eine knappe Antwort, die Stella und Bjarne nicht verstehen konnten. Dann ertönte ein langgezogener dunkler Pfiff aus einer Pfeife.

„Ihr dürft vorgehen. Aber wir müssen evakuieren. Hier liegt mehr Sprengstoff rum, als unsere Truppen zur Verfügung haben. Das Zeug darf nicht mal ans Licht …!"

#064

Stella legte auf. Sie stand aufgewühlt am Ufer und drehte sich schließlich mürrisch um. Sie wollte lieber über das friedlich wirkende Wasser schauen, als den evakuierten Bewohnern zusehen zu müssen. Mit alledem hatte sie nicht gerechnet. Sie würden die Situation vollkommen neu bewerten müssen.

Bjarne telefonierte in ein paar Metern Entfernung und schien sich dabei in erheblichem Umfang aufzuregen. Er wollte, wie er erklärt hatte, „Das ganze verdammte Dreckspack" zur Fahndung ausschreiben. Das war sicher die polizeilich richtige Maßnahme. Auf der anderen Seite war sich Stella einigermaßen sicher, dass sie wusste, wo „Das ganze verdammte Dreckspack" sich herumtrieb, das sie eigentlich in dieser Wohnung vermutet hatten.

Also schnappte Stella sich ihr Telefon, ging ihre letzten Anrufe durch und fand die Nummern der Beamten, die ihnen bei Lykkes Festnahme weiter im Norden behilflich gewesen waren. Sie rief gezielt den Älteren der beiden an, die die Festnahme organisiert hatten.

„Hallo, hier ist Stella Nykvist. Ich weiß nicht, ob du dich an mich ..."

„Stella! Hallo! Was kann ich für dich tun?"

„Ich ... habe tatsächlich eine Bitte."

„Schieß los."

„Unser Fall entwickelt sich an ein paar Stellen anders als erwartet. Könntest du für uns unauffällig nachsehen, ob die Bande immer noch in dem großen Haus ist?"

„Na sicher. Ich schicke jemanden hin. Zu Fuß. Mit Hund und Fernglas. Typ Wanderer."

Sie lächelte. „So jemanden hast du griffbereit?"

„Ist nicht schwer. Ich muss den Hund ja irgendwann abends um den Block jagen."

Stella lachte knapp. „Ich spüre Chefarztbehandlung ..."

„Kein Problem, ehrlich. Ich kümmer mich drum. Erreiche ich dich heute Abend noch?"

„Auf jeden Fall! Ich gehe selten vor Mitternacht ins Bett."

„Oh ... ich schon. Komm erst mal in mein Alter. Also – ich melde mich."

Er legte auf, bevor sie es recht begriffen hatte. Sie lächelte. Bjarne telefonierte und hielt sich wild gestikulierend das Telefon ans Ohr. Mik Wallin, der kurz nach dem Zugriff aufgetaucht war, trug Kopfhörer.

Sie ließ sich das Gespräch mit Maren noch einmal durch den Kopf gehen. Sie hatte ihr von Gustav ausrichten sollen, dass sie sich auf die kleine Blonde konzentrieren sollten. Wie es aussah, hatten sie genau das getan. Und sie hatten es richtig gemacht.

Oder hatte er nicht die kleine Blonde gemeint? Meinte er die andere Deutsche? Diese Martina? Stella überlegte einen Moment. Dann sah sie wieder über das Wasser hinweg.

Marens Stimme zu hören hatte gutgetan. Eigentlich wollte sie länger mit ihr sprechen – aber das hatte sich nicht ergeben. Anna hatte neben Maren im Wagen gesessen, alles mithören können und hatte ein paar Bemerkungen gemacht. Stella hatte eine sehr klare Erinnerung an die junge Frau und mochte sie. Aber sie musste ein paar private Themen mit Maren besprechen. Sie hatte zunehmend Angst, sie zu verlieren.

Und dann hatte Maren plötzlich gemerkt, dass sie ihre Handtasche im Haus von Yva Torp vergessen hatte. Wütend hatte sie gewendet und sich den Spott von Stella und Anna anhören müssen, die beide keine Handtaschen trugen.

Sie war wieder zurück zum Bauernhof gefahren und sie hatten sich verabredet, am Abend länger zu sprechen. Und dann hatte Stella aufgelegt und übers Wasser geschaut. Am Horizont erkannte sie ein gigantisches Kreuzfahrtschiff, das den Hafen verlassen hatte und weiter gen Norden fuhr. Der Gedanke an Urlaub ging ihr durch den Kopf. Sollte sie allein in den Urlaub fahren?

Sie träumte seit Jahren davon, einmal mit ihrer ältesten

Freundin Yvonne Jónsson wegzufahren. Würde die wohl jemanden für die Kinder finden?

Stellas Telefon brummte erneut. Sie kräuselte die Stirn. „Maren? Was---"

„Sie ist tot!"

„Wer?"

„Yva Torp. Sie ist tot. Ich kann es nicht glauben."

„WASS??"

Stella sah sich suchend um, aber die anderen telefonierten. Und nur Mik Wallin wusste von diesem Einsatz. Natürlich hatte sie Bjarne das Ganze längst gepetzt – aber nicht offiziell.

„Jetzt mal mit ein bisschen Kontext. Ihr seid zurückgefahren und habt sie tot aufgefunden?"

„Tot ist gar kein Ausdruck …!", hörte sie Anna Larsen neben Maren sagen.

„Ja", brummte Maren. „Ich würde sagen, sie dürfte so um die 20 Stiche in der Brust haben. Die Tatwaffe sehen wir nicht. Vielleicht hat der Täter sie mitgenommen. Und ich würde sagen, dass wir jede Menge Reifenspuren haben."

„Verdammt … Wie wollt ihr das Ganze erklären? Du kannst dort offiziell im Einsatz sein. Anna kann es nicht! Ich meine: Diesen Einsatz gibt es ja praktisch gar nicht! Weil der Kerl undercover … So ein verdammter Mist!"

„Stella – das ist die eine Sache. Glaub mir: Das ist momentan wirklich das kleinste Thema. Diese Frau ist regelrecht perforiert worden. Die Küche steht sozusagen unter Blut! So etwas habe ich noch nie gesehen!"

„Und wir sind reingelatscht …", hörte sie Anna sagen.

„Du siehst: Wir können Anna gar nicht mehr verheimlichen. Ich lass mir was einfallen – aber …"

„Aber?"

„Ich meine: Wer wusste von dem hier? Wer konnte ahnen, dass die Frau *nicht* tot ist? Man kann sie von der Straße aus nicht sehen. Ich frage dich jetzt mal: Kann man diesem Mik Wallin vertrauen?"

„Ja … das kann man ganz sicher. Europol. Überleg mal, was du da sagst – die haben einen viel heftigeren Background-Check als wir!"

„Und dieser Gustav? Ich meine: Du weißt doch, was man sagt. Der Kerl ist seit Jahren in dieser Organisation drin. Wer sagt uns, dass der wirklich noch ein Bulle ist und nicht schon längst die Seiten gewechselt hat?“

Stella hielt sich die Augen zu. Sie stöhnte. Was wusste sie wirklich über die beiden? Mik war plötzlich da gewesen. Er hatte sie auf dem Konzert gerettet. Als sie ihn das nächste Mal gesehen hatte, wusste er, wo sie zu finden war. Und sie hatte keine Ahnung, wie er das angestellt hatte.

Aber es hatte sie auch nicht misstrauisch gemacht. Er war schließlich bei Europol. Die galten doch als ähnlich cool, wie das FBI oder die CIA, soweit sie wusste.

Wieso sollte so jemand also nicht wissen, wo sie war?

Sie schüttelte den Kopf. Sie durfte sich jetzt nicht verrückt machen lassen.

„Maren ... bei Mik Wallin mache ich mir keine Sorgen. Diesen Gustav ... ich kann ihn nicht beurteilen. Ich habe den im Grunde nur zweimal aus der Nähe gesehen. Und da hatte ich jedes Mal andere Sachen zu tun. Mir schien der ein ergebener Soldat zu sein. Aber das ist schließlich auch seine Rolle, oder?“

„Ja ...“ Maren schien zu überlegen. „Yva hat ihm misstraut. Sie hatte Angst vor ihm, hat sie uns nachher gesagt. Der hat etwas in ihr ausgelöst. Sie hatte Angst vor ihm. Und jetzt ist sie tot.“

„Was ist mit dem anderen, den ihr gesehen habt? Der Kerl, mit dem er sich an der Kirche getroffen hat?“

„So jemand hat doch Leute wie Gustav, damit er sich nicht die Finger schmutzig machen muss, oder? Der würde eher jemanden wie ihn einspannen, um die Frau zu töten, und dann dafür sorgen, dass das niemand erfährt, indem er diesen Gustav beseitigt. Aber so einer kommt garantiert nicht hierher und macht sich die Finger selbst schmutzig.“

„Ja ... wahrscheinlich stimmt das ...“ Sie schüttelte den Kopf. Für einen winzigen Moment spürte sie einen Kloß im Hals. Sie konnte jetzt nicht weinen. Keinesfalls! Aber all das erschien ihr so unendlich traurig zu sein. Sie hatten dieser Frau mit einem Kraftakt das Leben gerettet und Gustav in seiner Rolle beschützt. Und all das hatte so unglaublich nahtlos geklappt. Und jetzt das!

Sie schluckte und fragte sich, ob sie an einem anderen Punkt dieser ganzen Überlegungen eine Schuld an der Sache trug. Sie hätte Knut nicht sagen müssen, dass sie seinen richtigen Namen kannte.

Das war unsinnig und dumm gewesen.

„Stella – ich wollte dir das nur gesagt haben. Zieht ihr eure Schlüsse daraus, okay? Anna und ich sollten jetzt mal die Behörden hier in Gang bringen. Und wir müssen diesen Wagen zur Fahndung ausschreiben."

„Ja ... sicher ... Ich melde mich heute Abend."

„Ja ..., wenn ich dann nicht hier festhänge."

„Oh – richtig. Na, dann melde du dich. Bitte, Maren."

„Ja, natürlich, Mama ..."

„Eins ist mir wichtig", erklärte Stella. Das Nächste, was sie wahrnahm, war, dass Bjarne plötzlich nach vorn stürmte. Mik Wallin, der immer noch telefonierte, starrte ihm hinterher. Dann rannte auch er los. Smilla folgte ihnen. Wie sich herausstellte, war sie die schnellste der drei.

Am Ende der Straße erkannte Stella eine junge Blondine, die sich umgedreht hatte und losgerannt war. Aber Smilla erreichte sie mit einem Sprung und riss sie in einer Weise zu Boden, die für Stellas Auge nach gebrochenen Knochen aussah. Ohne es selbst zu merken, war sie selbst ebenfalls losgerannt. Sie hielt das Telefon noch in der Hand, war aber längst über den Parkplatz gerannt und den Männern hinterhergelaufen, die nun hinter Smilla liefen.

Als Stella das Knäuel von Menschen erreichte, war bereits alles geschehen und sie schaute in das Gesicht von Susanne Gerhards, wegen der sie hergekommen waren. Sie hatte einen mitleiderregenden Kratzer auf der Wange, aus dem Blut lief und ins Ohr tropfte. Sie heulte vor Wut. Aber am Ende war sie auch nur ein kleines Biest, von dem sie annehmen mussten, dass sie mindestens einen Menschen getötet hatte. Vermutlich sogar mehrere.

Mit ihr hatte Stella Nykvist kein Mitleid. Bjarne stand neben ihr und hatte sich mit seinen Pranken auf den Oberschenkeln abgestützt, um wieder zu Atem zu kommen. Er hatte sich abgehetzt. Aber sein Grinsen reichte um den gesamten Kopf herum.

#065

Als er am Flughafen eintraf, fühlte Gustav sich langsam wieder wie ein Mensch. Er hatte noch ein paar Makler abgeklappert, denen er seine Geschichte aufgetragen hatte, und besaß nun reichlich Prospekte und Visitenkarten. Man würde sich an ihn erinnern. Aber der Tag hatte ihn in die Situation gebracht, dass er nicht nur Gustav Hetland spielen musste, sondern einen Gustav Hetland, der jemand anders spielen musste. Er kam sich vor, als hätte er sich regelrecht selbst an diesem Tag verloren.

Der Flughafen, an dem er heute zum ersten Mal in seinem Leben gewesen war, erschien ihm dadurch beinahe wie ein sicherer Ankerpunkt, eine Anlaufstelle, die er schon kannte.

Nachdem er den Mietwagen abgegeben hatte, packte er seine Sachen um und sah sich dabei immer wieder um. Er wurde entweder verfolgt oder er drehte endgültig durch. Dieser verfluchte Tag war einfach zu viel für ihn gewesen. Und das Zusammentreffen mit Yva Torp auf ihrem Hof hatte ihn beinahe verrückt gemacht. Sie hatte ihn die ganze Zeit so angesehen, als würde er zu den anderen gehören. Zu den Menschenfeinden, die er eigentlich aushebeln wollte. Zu denen, die ihn jeden Tag zur inneren Weißglut trieben mit ihren Parolen und ihren Mythen über eine Rasse, die alles besser konnte.

Er spürte: Er musste da raus. Sonst war sein Leben vorbei. Er war nicht mehr in der Lage, das ewig durchzuhalten.

Sein Blick fiel zufällig auf einen der Monitore, der eine Nachrichtensendung ohne Ton zeigte. Und er spürte, dass er hinstarrte, ohne es zu wollen. Aber was er dort sah, kannte er! Das war der Hof von Yva Torp. Und er sah all die Polizisten und einen Rettungswagen. Weiter hinten auf den Aufnahmen glaubte er, Maren Christensen zu sehen. Dann grinste er.

Da hatten sie ganze Arbeit geleistet. Der Ticker im unteren Teil des Bildes sprach von einer beispiellosen Bluttat. Er würde ihr bei Gelegenheit danken müssen.

Er spürte Erleichterung. Jeder würde ihm jetzt glauben müssen. Er richtete sich auf und suchte seine Umgebung nach Getränken ab. Er fand einen Kiosk, der mehr bot als Kaffee und steuerte darauf zu. Dann entschied er sich, zunächst zur Toilette abzubiegen, die auf dem Weg lag.

Zwei Minuten später stand er vor dem Spiegel und spritzte sich kaltes Wasser ins Gesicht. Für eine Sekunde schloss er die Augen. Am Morgen noch war er sicher gewesen, dass all das hier schiefgehen würde. Die Kabine hinter ihm wurde geöffnet. Er riss die Augen auf, griff nach einem Papierhandtuch und schaute in ein bekanntes Gesicht, das lächelnd aus der Kabine getreten war.

Dann stutzte er. Natürlich – das Gesicht war ihm seit zwei Jahren bekannt, aber ...

Der Gedanke blieb unvollendet.

Augenblicke später verließ ein Mann mit einem Hut und einer Sporttasche die Herrentoilette. Er steuerte ein nahegelegenes Abflugterminal an und sah auf die Anzeigetafel. Das Boarding hatte bereits begonnen. Er schaute sich noch einmal um. Dann ging er mit raschen Schritten in die kleine Herrentoilette, die direkt am Gate lag.

Ein paar Minuten später verließ er den kleinen Raum mit einer dunklen Jeans, einer grünen Baseballkappe und einem blauen Polohemd. Seine Tasche war auffallend leer und weiter unten auf dem langen Gang hörte er jemanden schreien. Einen Menschen, der sich furchtbar ängstlich anhörte. Die Leute schauten den Gang hinunter und murmelten erstaunte Halbsätze. Aber sie mussten ihre Flieger bekommen.

Er nickte der Frau vom Bodenpersonal zu, die auch nur halb bei der Sache war und neugierig zum Geschehen herunterschaute. Das Schreien war markerschütternd gewesen und jeder hier hatte gespürt, dass etwas Schlimmes passiert sein musste.

Eine Stunde später sah Maren in der App der dänischen Polizei den ersten Bericht über einen jungen Mann, der am Flughafen mit einem Küchenmesser getötet worden war. Es war ihm von unten in den Kopf gerammt worden. Auf der Herrentoilette. Sie schüttelte kurz den Kopf. Dann trat sie wieder vor und ließ ihren Blick über den Haufen Polizisten streichen, die auf dem Hof von Yva Torp nach Spuren suchten.

Der Leiter der Polizei nickte ihr zu und trat näher an sie heran. Er hatte ein paar Minuten gebraucht, um ihre und Annas Angaben zu überprüfen. In dem Moment erhielt er eine Nachricht und schaute auf sein Telefon. Dann schüttelte er den Kopf, zeigte Maren die Nachricht in der Polizei-App über einen Mord am Flughafen.

„Was zur Hölle ist denn hier heute nur los ...? Das ist ja wie in New York hier!"

Dann seufzte er. „Okay, Mädels. Lasst uns über diesen Mord hier reden ..."

#066

Sie hatten das Gesicht der jungen Frau qualifiziert verarztet, soweit Stella das beurteilen konnte. Sie war selbst empfindlich mit Gesichtsverletzungen. Und es verband sie eine unangenehme Historie damit. Sie spürte den Schmerz regelrecht. Jedes Mal, wenn die Frau leicht zusammenzuckte und sich reflexhaft ans Gesicht greifen wollte. Aber ihre Handfesseln verhinderten das.

Noch vor der Aufzeichnung hatte das Gespräch mit der verpflasterten Frau einen seltsamen Verlauf genommen. Taavi Østby hatte ihr etwas zu trinken angeboten, woraufhin Susanne Gerhards lautstark klargemacht hatte: „Ich will keinen Anwalt."

Taavi hatte ein wenig ratlos zu Stella geblickt, die die Aufnahme angeschaltet hatte. Sie hatte die Pflicht-Sätze abgespult und dann die blonde Deutsche angeschaut. „Frau Susanne Gerhards – verstehe ich dich richtig, dass du keinen Anwalt willst?"

„Ich will keinen Anwalt. Ich lehne eure Gesetzbarkeit ab. Und somit will ich auch keinen Anwalt."

„Du lehnst die Gesetze des Landes Norwegen ab, verstehe ich dich da richtig?"

„Ich glaube nicht, dass ich dich über meine juristische Auffassung aufklären muss, Nykvist", schnauzte sie.

Stella lehnte sich vor und strich sich eine ihrer roten Locken hinters Ohr, die heute wieder vorwitzig waren. „Müssen ... Du musst gar nichts, wenn du nicht willst. Ich würde dich nur gerne auf folgendes aufmerksam machen: Dem Staat Norwegen ist deine Rechtsauffassung vollkommen gleichgültig. Okay? Wenn du das Recht auf dem Territorium des Landes ablehnst, juckt das im Grunde niemanden. Da ist das Land eigen, verstehst du? Wenn du hier jemanden tötest, gehst du ins Gefängnis. Und ob du die Paragraphen kennst, sie singen kannst oder sie dir egal sind: Irgendwann steht eine sehr unnachgiebige kräftige Frau vor dir und wird deine Körperöffnungen untersuchen, bevor du in einer Einzelzelle verschwindest. Und das, bis du etwa 40 bist.

Ist aber nur eine Schätzung von mir. Ich habe nur schwedisches Recht studiert."

„Ich lehne die Gerichtsbarkeit des Landes ab", wiederholte sie.

„Was meinst du mit Gerichtsbarkeit genau?"

„Was?" Sie wirkte erstaunt.

„Na – sag mir, was für dich alles unter Gerichtsbarkeit fällt. Du hast den Begriff jetzt in den letzten paar Minuten öfter verwendet, als die meisten Menschen in ihrem gesamten Leben."

„Na ..." Sie kniff die Augen zusammen und blickte kurz hektisch zu Taavi. „Ich lasse mich hier nicht verurteilen. Ich bin Deutsche."

„Na und?"

„Hä?" Sie lachte hektisch. „Wie wollt ihr mich denn hier bitte verurteilen, hm? Ich bin EU-Bürgerin!", erklärte sie mit einem gewissen Stolz.

Stella hatte befürchtet, dass die junge Frau noch etwas viel Schlimmeres im Kopf hatte und zu der Art Verschwörungstheoretikern gehörte, die in ihrem eigenen Fantasiestaat lebten oder so und die Erde für flach hielten.

Taavi hatte begonnen, mit dem Fuß zu wackeln. Er legte die Hände auf den Tisch. „Ich weiß nicht, woher du das hast, Susanne – aber wir können dir versichern, dass das Blödsinn ist."

„Nein. Ich bin Deutsche."

„Ich frage dich mal anders: Wenn einer dieser Perser, die deine Leute für böse halten, nach Deutschland kommt und deine Mutter tötet. Was tut dann der deutsche Staat? Schickt der den zurück in sein Land und hofft, dass er dort für den Mord an deiner Mutter verurteilt wird?"

„Was?", fragte sie entsetzt und spuckte förmlich hinterher: „Blödsinn! Wer weiß, was die Kameltreiber da machen! Am Ende finden die das noch richtig, dass er ..."

Der Moment, in dem Susanne Gerhards die Analogie begriff und verstand, dass sie in diesem Bild der Perser war, war greifbar. Auch eine Polizistin mit so viel Vernehmungserfahrung wie Stella war über den Gesichtsausdruck erstaunt, den die junge Deutsche aufsetzte, als ihr klar wurde, was sie in den vergangenen Minuten für einen Blödsinn geredet hatte.

Taavi gelang ein kluger Schachzug. „Immerhin: Die Strafen sind hier auch für Mord nicht so hoch wie in Deutschland. Also: Dort gibt es ja beispielsweise lebenslänglich. Das ist hier eher so 15 Jahre wert oder so.

Dann bist du zwar immer noch 40 – aber immerhin. Also vielleicht noch einmal kurz: Anwalt?“

„15 Jahre?“

„In etwa. Anwalt?“

„Nein.“

Stella erinnerte sich an eine jüngere Stella, die sich in diesem Moment der Dummheit früher diebisch gefreut hätte. Jetzt sah sie sich eher einer Frau gegenüber, die bereit war, sich ihr Leben zu versauen und keine Ahnung hatte, was sie da tat. Sie beschloss, ihr zu einem späteren Zeitpunkt noch einmal einen Anwalt anzubieten. Schon, um später im Prozess durch diese Vernehmung nicht blöd dazustehen.

„Okay ... dann halten wir das mal so fest.“ Sie nickte Taavi zu. Der klappte sein Notebook auf, gab sein Passwort ein und drückte ein paar Tasten, bevor er das Gerät so zwischen sie stellte, dass sie alle drei auf den Schirm sehen konnten.

Erneut schauten sie auf das Video aus der Bar. Die rothaarige Frau, die ihr Telefon in der Hand hielt und ganz offensichtlich Bilder auf ihrem Telefon mit dem realen Laurin Haugen verglich.

Sie ließen das Video ein wenig wirken. Stella drückte unter dem Tisch auf Taavis Oberschenkel, um ihm zu signalisieren, dass jetzt nicht die Zeit war, um Fragen zu stellen. Noch nicht.

Er hatte noch den einen oder anderen Joker und hatte das Ganze so zusammengeschnitten, dass es alle relevanten Szenen enthielt und nichts gespult werden musste. Stella hatte ihn darum gebeten, um keine peinlichen Pausen entstehen zu lassen, bei denen man auf den Tasten herumtippen musste. Sie sollte gleich die geballte Ladung abbekommen.

Als nächstes sah man das Bild der schwarzhaarigen Frau, die in die Bar trat. Die Frau, von der sie mittlerweile annahmen, dass es dieselbe Susanne unter einer anderen Perücke war, die wusste, wie man sich die Augen in kurzer Zeit so schminkte, dass man im weiteren Sinne persisch wirkte.

Susanne konnte ihren Blick nicht vom Monitor lösen. Als der Mann auf dem Video aufstand und ihrem digitalen Abbild folgte, gab sie unbewusst ein schmatzendes Geräusch von sich. Dann veränderte sich das Bild und zeigte einen abgeschlagenen Schädel in einem Baum. Der schwierige Effekt dieses Bildes war, dass der tote Laurin Haugen in diesem Moment mit einer seltsam enttäuscht wirkenden Mine von oben in die Kamera schaute.

Erneut gab sie dieses seltsam schmatzende Geräusch von sich. Dann sah man, wie ein Beamter versuchte, den losen Schädel im Baum zu bewegen, der sich jedoch verfangen hatte. Dabei schien sich in einer Szene förmlich das Gesicht vom Schädel zu lösen, was blödsinnig war, aber sofort ertönte wieder das Schmatzen. Stella schaute noch einmal kurz zu der jungen Deutschen. Dann sprang sie geistesgegenwärtig auf.

Eine Sekunde, bevor Susanne Gerhards sich mit einem schmerzhaften Würgegeräusch in einem großen Schwall übergab. Stella stellte fest, dass die junge Frau einen Döner gegessen haben musste. Aber in dem Moment ertönte das Geräusch erneut und war so laut, dass zwei Beamtinnen hereinstürzten.

„Arzt?", fragte die eine.

Stella sah die junge Frau an, schaute dann wieder zu der Beamtin. Dann wieder zu Susanne Gerhards. „Alles draußen?", erkundigte sie sich mütterlich.

Es dauerte fast 20 Minuten, bis sie das Gespräch fortsetzen konnten. Sie hatten den Raum wechseln müssen und die junge Frau saß den beiden nun blass gegenüber, als Stella die Aufnahme startete und Taavi den Film mit den Worten starten wollte: „Ich lass mal die letzten beiden Minuten nochmal ..."

„NEIN!"

„Nein ...?"

„Ich ... ich kann das nicht."

„Der Rest ist weniger hässlich", erklärte Taavi unnötigerweise. Schließlich wusste kaum jemand besser, was in den folgenden zwei Stunden nach dem Treffen in der Bar passiert war. Aber sie wusste nicht, wie viel sie davon auf Band hatten.

Stella winkte ab. „Ihr musst du das nicht erklären. Sie war dabei." Sie richtete ihren Blick konzentriert auf die Deutsche und startete einen gewagten Versuch, den sie eher als Scherz angelegt hatte. Sie wollte der Frau die restlichen Aufnahmen zeigen. Aber die winkte mit einem Gesicht, auf dem rote Flecken entstanden waren, ab. Mit aller Kraft ihres gefesselten Körpers.

„Ich hab den Mann getötet. Ich wars."

„Und jetzt willst du dir ganze Schul..."

„Aber ich hab das nicht alleine gemacht. Und ich habe es im Auftrag getan."

„Wessen?"

„Schwer zu sagen, wer da am Ende dahintersteht. Lykke Sætervik einmal als erste. Aber sie hat mich nur .... beauftragt. Sagt man das so?"

Taavi nickte und ergänzte „Auftragsmord".

Susanne nickte nachdrücklich. „Auftragsmord, genau."

„Ich frage nochmals: Anwalt?", gab sich Stella Nykvist ein letztes Mal Mühe mit dem jungen Mädchen, die sich gerade ihr Leben versaute. Dann biss sie sich kurz auf die Lippe. Blödsinn. Die Entscheidung hatte sie längst getroffen. Sie besiegelte sie, als sie den Kopf schüttelte und Taavi fürs Protokoll sagte: „Susanne Gerhards lehnt einen Anwalt ab."

Gerhards' Geständnis war so detailliert, dass es Stella regelrecht langweilte. Nach all den Jahren im Dienst eine neue Erfahrung. Oder waren Deutsche so? Selbst in einer solchen Situation akribisch und genau? Sie rechnete beinahe damit, dass sie noch zugeben würde, auf der Flucht das Tempo überschritten zu haben.

Sie ließen sie daher reden und stellten nur ganz wenige Fragen. Die meisten davon stellte Taavi zur Präzisierung der präzisen Schilderung. Wenn es an Präzision mangelte, dann in den meisten Fällen, weil es der Deutschen, die behauptete, bereits seit sechs Jahren Norwegisch zu lernen, eher hier und da am richtigen Wort mangelte. An der nötigen Differenzierung. Sie kannte vielleicht das Wort für „See" und das für „Pfütze" – aber nicht unbedingt auch Teich, Tümpel, Weiher und andere Abstufungen. Dennoch war Stella sich sicher, dass ihnen später zumindest niemand den Vorwurf machen könnte, eine Frau vernommen zu haben, die der Sprache nicht mächtig war. Zu eindeutig und detailreich war ihr Geständnis. Selbst, wenn ein guter Anwalt da noch etwas abfeilen konnte, blieb sie eine Mörderin.

Taavi hatte immer wieder wild getippt. Nun nickte er und räusperte sich fast ein wenig theatralisch. Stella musste grinsen. Taavi wirkte, als wollte er eine festliche Rede halten.

„Ich fasse also einmal die Geschehnisse dieser Nacht zusammen.

Lykke Sætervik hat dich in den Wochen vor diesem Abend auf das Zusammentreffen vorbereitet. Du hast deine Verkleidung perfektioniert und deine Rolle eingeübt. Ihr habt in etwa vier Wochen vor der Nacht von dem Aufenthalt von Laurin Haugen in dem Hotel gewusst. Woher diese Information kam, weißt du nicht, aber du nimmst an, dass sie von Gustav Hetland oder sogar von Knut Solbakken kam."

„Und der ist immerhin die Nummer 3", betonte sie.

„Und der ist immerhin die Nummer 3 in einer Organisation, die wir als ‚Nordic Edge' kennen. Genau.

Du hast einen Abend vorher bereits im Hotel eingecheckt, weil das eure Tarnung war. Da war Lykke noch nicht bei dir."

„Da noch nicht ...", bestätigte sie unnötigerweise.

„Aber am folgenden Abend wart ihr verabredet. Du hast Laurin als rothaarige Frau in der Bar angesprochen und hast ihm gesagt, dass deine schüchterne türkische Freundin auf ihn steht."

„Sagt man das so?"

„Was genau?"

„Auf ihn steht? Also ich meine: Ich hab ihm gesagt, dass

sie SO RICHTIG auf ihn steht. Dass sie mit ihm Sex haben will."

Stella schüttelte den Kopf. „Dann ist der Ausdruck vielleicht ein wenig zu schwach. Entschuldige, wenn ich da nachfrage: Das hat ihn nicht gewundert? Ich meine: Hatte er sie schon mal gesehen?"

„Ja – ich war ihm zweimal begegnet. Also – ich meine: Ich mit der dunklen Perücke. Also in meiner Rolle als türkische Freundin. Wir hatten sogar einmal kurz gesprochen und da habe ich ihm gesagt, dass ich seine Bücher kenne. Und ich habe ihm gesagt, dass ich Schriftsteller bewundere und so ... *Sachen.*"

„Dann korrigieren wir das hier", übernahm Taavi wieder, während Stella noch den Kopf schüttelte. Sie war schon mit so einigen Kerlen im Bett gelandet, die sie noch nicht übermäßig lange kannte und schämte sich dessen nicht. Aber dass man das so aufziehen konnte, verwunderte sie doch. Sie verschränkte die Arme und hörte der Schilderung weiter zu.

Susanne Gerhards war tatsächlich über die Schwelle gestolpert. Sie hatte den Kopf in einer Tüte getragen, in die er nicht recht hineinrutschen wollte, weil er zu groß war. Sie wollte den Kopf auf den Parkplatz werfen. Er war Teil des Plans gewesen. Susanne hatte nicht mit dem blutigen Schädel durchs Hotel laufen wollen und damit riskieren, jemanden zu treffen, dem sie einen abgeschlagenen Schädel erklären musste.

Bis zu dem Moment hatte alles ausgezeichnet geklappt. Sie hatte einen Schutzanzug getragen, der sie vor dem Blut einigermaßen geschützt hatte. Leider hatte sie den hektisch im Bad übergezogen und ihre Perücke vergessen, die war im Anzug heruntergerutscht und später beim Ausziehen auf den Boden gefallen.

Aber da war sie bereits in Panik gewesen – in der Gewissheit, dass der Kopf draußen im Baum hing. Sie war so gestolpert, dass er von oben in die Krone des kleinen Baumes geschleudert worden war, während sie sich auf dem Balkon das Knie aufgeschlagen hatte. Humpelnd und unter Schmerzen hatte sie die Flucht angetreten.

„Dann hast du dich im Dunkeln verfahren und den Wagen ungeschickt in die Bucht gefahren, wo er sich festgefahren hat."

„Das blöde Drecksding", presste sie zwischen zusammengekniffenen Zähnen hervor. „Und ich konnte das ganze Zeug ja nicht schleppen. Diese ganzen Akten – das war viel mehr, als wir geahnt haben."

„Das hast du eben nicht gesagt", hakte Stella ein.

„Na – die wollten doch seine Unterlagen haben. Der hat über uns recherchiert. Der wusste – der wusste fast alles!"

„Über *uns* ...?"

„Die Erben Utøyas."

Stella lehnte sich vor. „Lass uns da bitte sauber sein: Nicht über Nordic Edge, sondern über eure Gruppe?"

„Nicht Nordic Edge, nein!" Sie schüttelte energisch den Kopf. „Das war ja das erstaunliche!"

„Hm?"

„Lykke war sich sicher, dass er der Sache auf der Spur ist. Aber er hat eigentlich nix Richtiges gewusst. Der wusste sehr, sehr viel über uns – aber nichts über Nordic Edge. Allerdings ...", murmelte sie nachdenklich. „Er wusste schon, dass wir eine Partei gründen wollen."

„Wer jetzt? Ihr oder Nordic Edge?"

„Entschuldige – in dem Falle meine ich Nordic Edge." Dann grinste sie wie ein schüchterner Teenager. „Aber er hielt Knut für die Nummer 1." Sie kicherte dümmlich. „Knut ... die Nummer 1 ..." Dann schüttelte sie den Kopf und lachte wieder.

„Was meinst du damit?", wollte Taavi wissen.

„Na ... der hat sich doch da wegputzen lassen. Die Nummer 1 hat gewartet, bis es so weit war, und will jetzt Yngve zur Nummer 2 machen. Einen Kerl, der im Knast war!"

„Woher weißt du das?"

„Na ..." Sie zuckte die Schultern. Einen Moment lang wirkte sie nicht nur nachdenklich, sondern fast aufgeschmissen. „Na ... Das wissen wir eben! Ich meine, es ist ja nicht so, dass Nummer 1 einen E-Mail-Newsletter betreibt oder so. Aber am Ende erfährt man das Ganze eben doch."

„Du kennst ihn nicht?"

„Nein."

„Du hast Nummer 1 noch nie gesehen?"

„Nein! Nicht mal auf Fotos."

„Bitte, erklär uns eins noch einmal. Du hast dich nach deinem Unfall in der Nacht am Hafen mit den Leuten getroffen. Mit einem Mann, den du nicht kennst und mit Knut. Der Mann war aber nicht die Nummer 1?"

„Kann ich nicht sagen. Ich habe denen eine Akte mitgebracht. Nur eine, die ich aus dem Wagen genommen habe. Mehr konnte ich nicht tragen. Außerdem tat mein Fuß weh.

Knut hat sich die Sachen angesehen. Dann hat er furchtbar gelacht und ist wieder in seinen fetten Wagen gestiegen und abgefahren."

„Dann hast du Laurin Haugen am Ende also auch noch umsonst getötet?", warf Stella ein und war selbst ein wenig erstaunt über ihre platte, fast fatalistische Aussage.

Sie schluckte. „Also ...", murmelte sie. Dann begann sie zu weinen.

Nur wenige Augenblicke lang. Schließlich straffte sie sich wieder. „Das war's! Mehr ist nicht passiert", erklärte sie. Auf Stellas Frage hatte sie nicht geantwortet.

Stella nickte. „Dann machen wir vielleicht eine Pause, bevor wir mit dem Mord an Stina Burkhard weitermachen?"

„Stina Burkhard?"

Sie stutzte. „Stina Burkhard. Die Schriftstellerin."

„Was hab ich denn damit zu tun? Habt ihr sie noch alle?"

#067

Bjarne war im ersten Moment ein wenig erschrocken, als er Balto erkannte. Genau genommen, weil er ihn *nicht* erkannte. Er bemerkte einen Mann, der auf ihn zukam. Erst dann begriff er, dass das Balto sein musste.

Sie hatten sich an einem etwas abgelegenen Parkplatz getroffen, der aber durch einen nahelegelegen Diner beleuchtet war. Ihm war schleierhaft, wie der Mann es so schnell hierhergeschafft hatte. Vermutlich hatte er Zugriff auf einen Polizeihubschrauber. In jedem Falle erkannte Bjarne den Scan-Code eines Mietwagens auf der Windschutzscheibe. Und das war ein anständiges E-Auto und kein so peinlicher Schlitten wie seiner, mit dem man hier überall auffiel.

Die beiden umarmten sich fest. Anschließend musterte Bjarne den alten Kollegen offen. „Jesus – du bist wirklich schlank geworden."

„Ach ... kein Verdienst, weißt du. Ich hab Probleme mit der Bauchspeicheldrüse."

„Oh ... das tut mir leid ..."

„Immerhin rauche ich seitdem nicht mehr. Alles in allem könnte es mir schlechter gehen." Er grinste. „Und du siehst aus wie immer, Bjarne Sandvik! Nur dein Bart wird immer grauer!"

„Das ist jetzt total angesagt in Stockholm und Reykjavik."

„Ah ... dann lässt du dir das also extra so färben?" Die beiden Männer lachten und es fühlte sich für Bjarne so an, als hätten sie sich erst vor ein paar Wochen gesehen. Dabei hatte Balto nach all den Jahren immerhin seine Nummer aus dem Telefon gelöscht. Zum Selbstschutz.

„Wie machen wir das jetzt?", wollte Bjarne wissen.

„Wir fahren noch ein Stück in Richtung Norden. Und dann werden wir sicher ein wenig improvisieren müssen."

„Wie meinst du das?"

„Na ... der Mann ist ein Aussteiger, okay? Der ist in einer Art Zeugenschutz."

„Was meinst du damit?"

„Es ist kein vollständiger Zeugenschutz. Kein großes Programm, wie man das in anderen Ländern kennt, okay?

Ich weiß ja offensichtlich auch, wo er ich befindet. Ist eher so eine Art Zeugenschutz auf Probe. Oder auf Widerruf, wenn du so willst. Benimmt er sich nicht, verliert er seinen Status. Aber wir dürfen ihn natürlich trotzdem nicht gefährden. Im Grunde dürfen wir nicht mit ihm sprechen, das sollte uns klar sein."

„Aber?"

„Wir machen es trotzdem. Ich glaube, dass er der einzige Mensch ist, der uns in eurem Fall weiterhelfen kann. Er war damals ganz dicht am Geschehen dran. 2011, 2012. Der kennt auch die ganze Bande von ‚Nordkråft' – also die Typen, aus denen ‚Nordic Edge' hervorgegangen ist. Er war Gründungsmitglied. Und er wollte damals schon eine Partei daraus machen, wollte den politischen Weg gehen.

Er hat Yngve sozusagen als Brieffreund gehabt. Jahrelang. Bis er dann untergetaucht ist. Oder sozusagen von der norwegischen Regierung untergetaucht wurde, die ja gar kein Zeugenschutzprogramm hat, wie du sicher weißt."

„Sicher ...", brummte Bjarne Sandvik. Er war der festen Überzeugung, dass jede Regierung das im Angebot hatte. Sicher in verschiedenen Abstufungen. Aber es gab Bewegungen, die man nicht anders im Griff behalten konnte. An manchen Stellen musste man einfach das ganz große Angebot machen können. Südseeinsel, ein neuer Name, ein Sack voll Geld und keine Fragen.

„Wie weit ist das von hier?"

„Vielleicht 20 oder 25 Minuten. Je nachdem, wo wir ihn antreffen."

„Aber dass wir ihn treffen ist sicher?"

„Ich lasse ihn seit zwei Tagen beobachten. Er ist zumindest in dem Ort, in den er gehört. Die Frage ist lediglich: Ist er noch in der Kneipe oder schon daheim?"

„Verstehe. Na komm ... dann mal los."
„Bjarne?"
„Lass uns meinen Wagen nehmen. Bei deinem wäre ich mir nicht ganz sicher, ob wir den irgendwo abstellen können und anschließend wiederfinden, okay?"
Er schnaufte. „Sicher ..."

#068

„Du solltest eins verstehen", erklärte Stella zum zweiten Mal an diesem Abend. „Du musst uns schon ein bisschen mehr anbieten, Mädchen! Ich meine: Schau dir doch mal die Fakten an: Du gestehst uns, dich als Türkin oder wie auch immer wir das nennen wollen, verkleidet zu haben und einen Mann mit einer Machete getötet zu haben. Kurze Zeit später werden zwei weitere Leute in der Nähe auf exakt dieselbe Weise getötet. Und da willst du uns sagen, dass das nicht du warst?"
„Ich war es auch nicht."
Taavi nickte ernst. „Es gibt Übereinstimmungen bei den Haaren."
„Das kann nicht sein! Ich bin nie dort gewesen."
Stella war mittlerweile angefressen. „Wo lagerst du deine Perücken?"
„Im Grunde ... gar nicht."
„Im Grunde??"
„Ich habe sie Lykke gegeben. Sie war furchtbar sauer auf mich nach dieser Nacht. Ich meine: Ich hab den Schädel da durch die Gegend geworfen und dann noch den Wagen geschrottet ..."
„Lykke hat deine Perücken?"
Die beiden Ermittler tauschten einen raschen Blick.

„Willst du uns sagen, dass Lykke die beiden Morde verübt hat? Ich meine ... ist sie dazu in der Lage?“

„Keine Ahnung! Ich war ja nicht dabei. Was weiß ich, ob sie dazu in der Lage ist.“

„Kann sie eine Machete führen?“

Susanne stockte. Dann zuckte sie nachdenklich und eher unentschlossen die Schultern. Damit konnten die Ermittler nicht zufrieden sein.

„Kann sie oder kann sie nicht?“, erkundigte Stella sich mit einem bedrohlichen Unterton.

„Ich denke ... schon.“ Sie riss die Augen auf. „Aber ich will sie da keinesfalls beschuldigen! Okay? Lykke ist ja eher so eine Art Wissenschaftlerin, okay?“

„Das schließt es noch nicht aus. Du sagst, du traust es ihr zu, eine so große Klinge zu führen?“

„Ja ... Sie ist ja nicht behindert. Sie humpelt manchmal, dann tränt ihr Auge hin und wieder und sie nimmt ein Kilo Paracetamol an schlimmen Tagen. Gegen ihre Kopfschmerzen. Aber sie ist weder blöd, noch ist sie behindert. Ich frage mich nur gerade ... War sie überhaupt da?“

„Weil sie in Italien war?“

„War sie?“

„Davon können wir ausgehen.“

„Phhffff. Knut hat einen Hubschrauber.“

Stella und Taavi schlossen synchron die Augen. Wieso wussten sie das nicht?

„Wo befindet der sich?“

„Ha! Das fragt ihr mich! Der gehört Nummer 1, denke ich. Ich erklär euch das gerne noch einmal: In der Klasse spiele ich nicht. Die sagen mir weder, wo sie ihren Hubschrauber parken, noch ...“

„Noch?“

„Noch gar nix. Die werden auch noch eine Menge anderer Fahrzeuge haben, von denen sie mir nichts erzählen.“

„Das wolltest du gerade nicht sagen.“

„Doch – ich weiß nichts von den anderen Autos.“

„Ich denke, du wolltest etwas über ihre Pläne sagen. Den Mordplan an Laurin haben sie dir auch nur so halb erklärt, oder?“

„Ach ...“

„Was sagt dir der Name Souhaila Andrawes?“

„Nix.“

„Das ist aber schade ...“

„Was soll das heißen?“

„Na – dafür haben sie dich doch eingesetzt. Du hast dir eine dunkle Perücke übergezogen und als islamische Terroristin getarnt, um die Stimmung gegen die Ausländer in Norwegen anzuheizen. Du hast dich zur Helferin eines billigen Betruges degradieren lassen. Ist dir das nicht peinlich?“

„Was ...?“

„Du hast dich für eine billige Idee hergegeben! Kerle wie Knut gründen Parteien, tragen dekorative Anzüge und halten sich aus allem raus!“, feuerte Stella in rascher Abfolge der einzelnen Wörter auf die Deutsche ab. „Sie brauchen dich, um die Lügen aufrecht zu erhalten, die sie an die Macht bringen. Die machen sich nicht die Finger schmutzig. Aber du gehst dafür ins Gefängnis, bis du verschimmelst.“

„Das ist ja wohl nicht wahr! Knut wäre beinahe umgekommen. Das war ja wohl ein echter Anschlag!“

„In Italien?“

„Sicher!“

„Hm ... weiß nicht. Wie konnte er denn verwundet sein, wenn er gar nicht auf dem Boot war?“

„Die sind gerade noch davongekommen!“

„Die saßen in einem Straßencafé an der Promenade und haben Espresso geschlürft, als die Yacht in die Luft geflogen ist!“

Stella fixierte sie und spürte, dass der Widerstand schwächer wurde. Das Straßencafé hatte sie erfunden. Solche Details machten die Sache glaubwürdig. Aber sie vermutete, dass es nicht viel anders gewesen war.

„Der Zufall ist schon zu seltsam, oder? Ich meine, dass wirklich alle Hauptfiguren gerade in diesem Moment zufällig das Boot verlassen. Das hast du doch nicht wirklich geglaubt, oder?“

„Das ...“, murmelte sie unsicher, dann senkte sie den Blick. Susanne Gerhards war sich der Tatsache bewusst, dass sie nicht das hellste Licht in der Kaskade der Macht ihrer Organisation war. Aber dass sie so weit unten rangierte, wie sie nun langsam zu begreifen schien, verletzte sie doch. Stella hatte den Eindruck, keine besonders kluge Frau vor sich zu haben. Aber vielleicht tat sie ihr Unrecht. Immerhin führten sie die Vernehmung nicht in ihrer Muttersprache.

Sie wusste, dass sie eine Chance hatte, sie zu knacken. Aber sie brauchte mehr Material, das sie frustrierte. Das ihr klar machte, wie klein sie in dem ganzen Spiel war – und wie sehr sie gleichzeitig ihr Leben für diese kleine Rolle in den tiefen Schlamm gefahren hatte, in dem sie jetzt mit durchdrehenden Reifen stand und langsam begriff: Hier kam sie ohne fremde Hilfe nicht raus.

„Wieso haben sie dich die Schriftstellerin nicht umbringen lassen?“

„Von diesem Anschlag wusste ich nichts!“

„Also den ersten durftest du machen. Wahrscheinlich, weil du sexy bist und die Männer auf dich reinfallen, oder?“

„Bitte ...?“

„Na ja – der zweite Anschlag. So eine Frau kannst du ja nicht einfach ins Bett zerren. Die fällt nicht auf dich rein. Also brauchten sie eine Frau mit mehr Geschick, mehr Fingerspitzengefühl.“ Stella lehnte sich vor. „Im Ernst – die haben dich nicht mal gefragt, ob du das erledigen kannst?“

„Ich wusste von dem Anschlag nichts!“

„Ja, eben! Merkste was?“ Sie deutete mit der Hand von oben nach unten an Susannes jungem festen Körper entlang. „Sie haben dich nur als Schlampe eingesetzt. Aber die wichtigen Sachen, die sagen sie dir nicht.“

„Natürlich tun sie das!“

„Ach ja – wer hat dann den dritten Anschlag verübt?“

„Weiß ich nicht.“

„Wer den zweiten?“

„Weiß ich nicht!“

„Wer hat ...“

„Ich weiß von dem großen Anschlag! Sie sagen mir die

Sachen nämlich doch."

Ein Schweigen trat ein und Stellas Hand zitterte leicht vor Erregung. Susannes Gesichtsausdruck zeigte klar, dass sie gerade nicht nur Mist gebaut hatte. Sie hatte auch begriffen, dass sie Mist gebaut hatte. Vermutlich sogar in der exakten Sekunde, als ihr diese Idiotie über die Lippen gegangen war.

Nach zweimal hektischem Blinzeln schloss sie die Augen. Zwei Atemzüge später übermannten sie die Tränen. In dem Moment erhielt Taavi Østby eine Nachricht und gestattete sich einen raschen Blick aufs Display.

Er kniff die Augen zusammen. Kjell hatte das Kennzeichen des schwarzen Wagens entschlüsselt, den sie in der Nacht des ersten Mordes am Hafen gesehen hatten. Es war ein deutsches Kennzeichen.

Stella hatte die Nachricht ebenso gelesen und sah Susanne an, die sich gerade in ihre Tränen hineinsteigerte.

„Lass uns doch mal darüber reden, wer bei euch wirklich das Sagen hat ..."

20 Minuten später standen Stella und Taavi erschöpft in der Kaffeeküche. Das Gebäude wirkte ausgestorben und dunkel um diese Zeit. Nur noch eine kleine Bereitschaft war anwesend, von denen die meisten jedoch schliefen. Ein unübersehbares Schild wies darauf hin, dass man sich leise verhalten sollte, um die Kollegen der Nachtschicht nicht zu wecken.

Also sagte Stella leise: „Wenn Susanne recht hat, dann würde einiges darauf hindeuten, dass diese Martina eigentlich die Nummer 1 ist. Ich weiß nicht recht, ob ich das glauben will."

„Warum? Weil du dir keine Frauen in diesen Nazi-Gruppen als Chefin vorstellen kannst? Die Chefin der rechten Regierungspartei in Italien ist eine Frau. Die Chefin der Rechten in Deutschland auch, glaube ich. Dann haben wir in Frankreich Marie Le Pen ..."

„Das ist es nicht. Ich verstehe das Konzept in dem Falle nicht. Wir haben bislang nur von Leuten gehört, die einen

Mann als Nummer 1 beschrieben haben, oder?"

„Selbst das ..." Er deutete auf das Verhörzimmer. „Die germanische Blondine da drin haben sie ja auch für eine Perserin gehalten, oder? Da könnte sie sich auch als Mann verkleiden. Diese Martina ist recht groß. Das dürfte helfen."

„Die hat auch ziemlich große Brüste, wenn du mich fragst. Also ich wüsste nicht, wo sie die hinstopfen sollte."

„Ist ein Punkt ..."

„Und was würde das sonst bedeuten? Wieso sollte sie die Chefin sein und das geheim halten?"

„Da fallen mir schon Gründe ein. Erstens: Sie ist keine Norwegerin. Zweitens: Knut kann alles Mögliche so aussehen lassen, als hätte er die Entscheidung nicht getroffen. Das ist recht praktisch."

„Und warum würde sie Yngve auf die Position Nummer 2 heben? Und nicht Knut als ihren Partner?"

„Ich glaube, dass das ein politischer Schachzug sein könnte. Sie brauchen eine solche Figur. Einen, der aus grobem Holz geschnitzt ist. Der war im Knast. Der kann auch die Primitiven motivieren. Dafür ist der geschniegelte Knut nicht ganz so geeignet. Und gleichzeitig kann Yngve sich gewählt ausdrücken und kluges Zeug schreiben."

„Und Bomben bauen ..."

„Auch das, ja. Aber ich denke, dass das alles in allem klug sein könnte. Wenn Martina die Nummer 1 wäre, gäbe es auch umso mehr Sinn, dass sie nie jemand trifft. Außerdem – erinnere ich mal: Du hast gesagt, dass du den großen schwarzen Wagen im Wald gesehen hast. Du glaubst, dass Yngve sich da mit der Nummer 1 getroffen hat. Und das war ein deutscher Wagen. Diese Martina ist Deutsche. Passt das nicht plötzlich alles irgendwie zusammen? Und sie trug eine Sonnenbrille und eine Kapuze."

Stella schnaufte. Taavi hatte recht. Aber ihr Bauch sagte ihr, dass Knut nicht der Typ war, der eine Frau auf dieser Position akzeptieren würde. Das war kein Argument. Aber im Moment war das im Grunde fast gleichgültig.

„Das, was sie über den großen Anschlag sagt, macht mir im Moment mehr Sorge."

„Ja ... und ich habe vorhin mit dem Einsatzleiter gesprochen. Er sagt, dass in Lykkes Wohnung Sprengstoffe gelagert werden, die sie nicht einmal kennen. Sie lassen über Nacht ein Bombenkommando aus Oslo einfliegen." Er deutete mit dem Daumen aus dem Fenster. „Unten stehen sicherlich fünf Übertragungswagen. Ich traue mich gar nicht, die Nachrichten einzuschalten. Wie willst du denen erklären, dass du ein Mehrfamilienhaus mehrere Tage evakuierst?"

„Sie mussten jetzt sogar die beiden Häuser daneben evakuieren. Sie haben denen was von einer defekten Gasleitung erzählt. Die Geschichte hält vielleicht bis morgen Mittag oder so. Ab da wird es schwierig."

„Und der Polizist, der das Haus oben im Norden beobachtet, ist nicht sicher, ob die verdammte Bande dort ist."

Taavi nickte. „Trotzdem ... wir müssen so schnell wie möglich zuschlagen. Wenn die einen großen Anschlag planen, dann ..."

Stella nickte und schüttete den restlichen Kaffee in die Spüle. „Lass sie uns noch einmal vernehmen. Ich will mir nicht vorwerfen, es nicht versucht zu haben. Und ich wette, dass sie morgen früh schweißgebadet aufwacht und nach einem Anwalt verlangt. Alles, was wir heute erfahren, hilft uns."

#069

Wie sich herausstellte, war der Mann, den Bjarne und Balto Haugen suchten, nicht zu Hause. In der Kneipe war er auch nicht. Aber als Balto bereits sein Telefon in der Hand hielt, um den örtlichen Polizeikontakt anzurufen, trat der Mann, den sie suchten, aus der Kneipe nach draußen. Vermutlich war er auf Toilette gewesen, als sie nach ihm gesehen hatten.

Balto gab Bjarne ein Zeichen, zurückzubleiben. Langsam gingen sie hinter dem Mann her. „Bis zum Spielplatz", murmelte er. „Da schnappen wir ihn uns."

Bjarne nickte und stellte seinen Kragen hoch. Ein leichter Nieselregen hatte auf dem Weg hierher eingesetzt. Eher eine Art sehr schwerer und dichter Nebel, der in den Körper einzudringen schien und ihn durchnässte und unangenehm herunterkühlte.

Der Mann, hinter dem sie herliefen, war so breitschultrig wie Bjarne, aber deutlich kleiner als der große Mann von der SkanForce. Sein Schritt legte nahe, dass er in der Kneipe, aus der er gekommen war, nicht zu viel getrunken hatte oder Alkohol gut wegsteckte. Jedenfalls lief er gerade, aber nicht zu schnell.

Als er den Spielplatz erreichte, griff Balto in seine Jacke und holte zu Bjarnes Erstaunen eine Pistole hervor.

„Snorre!", zischte er und der Mann fuhr erstaunlich leichtfüßig herum.

Er musterte die beiden wie ein Profi. Keine Panik, keine hektischen Reaktionen.

„Okay ... ich denke, die Knarre kannst du wegstecken, Balto. Aus dem Alter bin ich raus."

Balto deutete mit der Pistole auf den Spielplatz. „Lass uns ein paar Takte reden."

Snorre stand einen Moment still. Dann sah er in Bjarnes Gesicht. „Und Du bist ...?"

„Ich gehöre zu ihm. Und ich ermittle gegen Knut Solbakken."

Für eine Sekunde schien es, als würde Snorre sich umdrehen und weglaufen. Oder vielleicht laut schreien. Dann nickte er angespannt, wandte sich um und lief in den Spielplatz hinein. Es gab eine große Holzhütte mit Grill, die gegen das Wetter ausreichenden Schutz bot. Eine Minute später hatten die drei dort platzgenommen und Snorre signalisierte den beiden, dass er bereit war.

„Wann bist du bei Nordic Edge ausgestiegen?", wollte

Bjarne wissen.

„Vor ... etwas über zwei Jahren."

„Da war Knut schon die Nummer 3 der Organisation?"

„Ja ... jein."

„Hm?"

„In der Zeit gab es einen großen Umbruch. Ich denke, dass er da vielleicht schon faktisch die Nummer 3 war. Die drei über ihm waren da gerade auf dem Abflug."

„Wie meinst du das?"

„Die waren mit der Entwicklung nicht einverstanden. Ich meine: Dieser verfluchte Knut ist ein verdammter Nazi erster Klasse, okay? Der will Leute abschieben. Sachen, für die wir gar keine Gesetze haben. Der träumt von Zwangsarbeit für ausländische Straftäter und solchem Zeug."

„Verstehe. Was ist aus den anderen dreien geworden?"

„Einer sitzt vor dir."

„Oh ... okay. Du warst wer?"

„Ich war die Nummer 3 der Organisation. Nummer 2 werde ich keinesfalls benennen und Nummer 4 ist mittlerweile verstorben. Leider. War ein kluger Mann." Er schluckte und knetete seine Hände. „Ihr dürft das alles nicht an dem messen, was da heute passiert. Mir ging es nur darum, die Sachen in Ordnung zu bringen. Ich war nicht damit einverstanden, wie viele Ausländer in unserem Land sind, okay? Ich bin es auch heute nicht. Aber ich würde sie nicht heimschicken und ich würde auch den anderen ganzen Quatsch nicht wollen. Ich will nur, dass die sich in unserem Land so benehmen, wie man es als Gast tut. Oder eben tun sollte. Und sie sollten nicht in diesen verdammten Ghettos leben!"

„Wie meinst du das?"

„Na – das ist doch der Fehler! Früher haben die gelebt wie wir. Ich bin mit einer Menge von denen zur Schule gegangen, okay? Ein paar von den Jungs waren meine Freunde. Ich hab schon Döner gegessen, als man den in Norwegen noch nicht kaufen konnte. Aber da haben die gelebt wie wir. Sobald die in ihren Ghettos herumlungern und ihre eigenen Gemüsehändler haben und nicht mehr gezwungen sind, Norwegisch zu sprechen, bricht alles zusammen. Dann kapseln sie sich ab. Und das ist falsch."

Bjarne nickte. Einen Teil dieser Aussage hätte sogar er unterstützt. Er war alt genug, sich daran zu erinnern, dass das so war und auch zu sehen, dass es diese Veränderung gab. Vor allem in den großen Städten und im Süden hatten sich Ghettos entwickelt. Und die machten den Norwegern Angst, weil sie sich da im eigenen Land fremd fühlten.

„Okay ... Ich respektiere diese Haltung", erklärte Bjarne. „Aber deswegen sind wir nicht hier. Ich würde gerne verstehen, wie das damals lief. Du kennst die Nummer 1?"

„Hab ihn zweimal gesehen. Allerdings unter dubiosen Umständen."

„Wie meinst du das?"

„Wir haben uns in einem Kino getroffen. Es war dunkel. Er hat mir seine Vision dargelegt und klar gemacht, wie er sich die Entwicklung vorstellt. Ein klarer Typ."

„Norweger?"

„Sagen wir Nordgermane. Vermutlich Skandinavier. Aber da wäre ich mir nicht vollkommen sicher. War mir auch egal. Vielleicht war er Deutscher oder Däne. Die haben einen ähnlichen Akzent im Norwegischen."

„Aber ihr habt norwegisch gesprochen?"

„Ja."

„Wieso habt ihr solchen Quatsch akzeptiert?"

„Weil es kein Quatsch war. Der Typ war irre gut vernetzt. Und er hat die Aufträge herangeschafft, mit denen wir reich geworden sind. All die Unterstützung, die uns den weiteren Aufbau ermöglicht hat. Er hat sich selbst gar nicht als die Nummer 1 eingestuft. Ich hab ihn eher als den Elder Statesman wahrgenommen, der die Fäden zieht und die Kontakte hat. Ich würde nicht einmal sagen, dass er die Rolle einer Nummer 1 beansprucht hat. Das kam eher von ... nennen wir ihn mal Nummer 2 für den Moment und natürlich von solchen Leuten wie Knut, der eben auf solchen mythologischen Scheiß steht. Und der Kerl kannte Anders."

„Breivik?"

Er starrte Bjarne erstaunt an. „Sicher."

Bjarne faltete die Hände. „Ich nehme an, dass du die These vom Wingman kennst?"

„Einer, der mit Breivik die Anschläge in Oslo und auf Utøya vorbereitet hat? Ja, natürlich."

„Was hältst du davon?"

Snorre sah zu Balto. Der nickte ihm knapp zu. „Bjarne kennt sich mit der Sache besser aus als die meisten. Und er war da."

Snorre musterte Bjarne. Es war zu dunkel, um seinen Blick deuten zu können. Aber die Information, dass Bjarne dort gewesen war, schien bei ihm etwas auszulösen.

„Na gut. Also der Wingman ..." Snorre lehnte sich nachdenklich zurück. „Würde ich mein Vermögen darauf setzen, dass mir Baltos Leute ohnehin weggenommen haben? Ich denke schon. Ich meine: Schau dir Breiviks Vermächtnis an. Der Mann hat 1500 Seiten verfasst, okay? Und da war natürlich eine ganze Menge nicht von ihm. Aber da gibt es drei Passagen, die mich immer wieder stutzig machen, okay?"

Bjarne nickte und fragte sich, ob er den Mann wohl richtig verstanden hatte. Sagte der ihm, dass er Breiviks irrsinniges Pamphlet zur Rechtfertigung eines Massenmordes regelmäßig las?

Der kräftige Mann fixierte Bjarne. „Wie gut kennst du dich aus mit Breivik?"

„Gut ... Gut bis sehr gut."

„Okay. Also ... Da ist einmal diese Stelle mit der *massiven Attacke* in seinen Schriften. Im Prinzip das, was Anders umgesetzt hat, okay? Er schreibt, dass man im Falle eines Angriffs so viele Leute töten soll, wie möglich. Das ist eine Art Sicherheitsmaßnahme, okay? So viele töten, wie nur geht, bevor sie zur Gegenwehr ansetzen. Wenn du Leute tötest, dann möglichst alle, sonst geht es schief. Das ist eine ganz praktische Anweisung."

„Und?"

„Na – die stammt nicht von Breivik. Die ist aus einem anderen Text reinkopiert. Man kann das im Dokument sogar erkennen – weißt du das nicht?"

Bjarne schüttelte den Kopf. Für ihn klang das wie eine

Verschwörungstheorie. „Wie will man das nachweisen?"

„Textverarbeitungsprogramme schreiben alle möglichen kleinen Informationen mit. Und bei der Textpassage kann man erkennen, dass die ohne Formatierung in den Text kopiert und später auf das Format angepasst wurde. Vermutlich hatte ihm die jemand geschickt. Die Passage klingt auch nicht nach ihm. Aber das ist meine persönliche Meinung. Weit wichtiger ist doch: Es gibt deutsche Textpassagen, die er zitiert und übernommen hat, ohne ein Wort Deutsch zu können. Das hat mich immer stutzig gemacht."

„Es wird doch auch 2011 schon Programme gegeben haben, mit denen man so etwas übersetzen konnte, oder? Was ist denn das für ein Beweis?"

„Hm ... Breivik war da paranoid. Der hatte Angst, dass ihm jemand auf die Schliche kommen könnte. Der hätte einen Menschen um die Übersetzung gebeten, um keine Spuren zu hinterlassen. Ihr dürft eins nicht vergessen: Der wurde ständig von den Behörden beobachtet, weil er in krassem Umfang Steuern hinterzogen hatte."

„Okay ... also deswegen glaubst du an den Wingman? Wegen ein paar deutscher Passagen?"

„Ja. Und ich habe mich lange damit auseinandergesetzt. Und ich glaube daran, weil die Organisation sich nach 2012 plötzlich sehr verändert hat. Und dann noch einmal, bevor ich gegangen bin. Damals hatte Breivik einen Antrag auf vorzeitige Haftentlassung gestellt. Und plötzlich begann eine Diskussion, ob wir den nicht bei uns aufnehmen sollten. Und dann entstand diese seltsame Rochade-Idee."

„Rochade?"

„Rochade! Beim Schach. Wenn du den Turm und den König tauschst und ..."

„Ich weiß, was eine Rochade ist – ich verstehe nur die Anmerkung nicht."

„Na – Knut hat sich plötzlich dafür eingesetzt, den Platz der Nummer 2 freizulassen und auf jemand anders zu warten. Dabei hätte er doch um den Platz kämpfen können."

„Ja – das hab ich noch nie verstanden."

„So bereitest du im Schach eine Rochade vor. Du räumst den Platz zwischen der 1 und einem anderen wichtigen Offizier leer. Und dann tauschst du sie."

„Du meinst, er will die Nummer 1 werden?"

Snorre so zu Balto. „Du hast ihm das nich gesagt?"

„Ich setze da voll auf dich."

Snorre stützte sich auf und wirkte auf Bjarne jetzt angespannt. Höchst angespannt, beinahe ein wenig beängstigend.

„Ich glaube nicht, dass er die Nummer 1 werden will. Ich glaube vielmehr, dass er die Nummer 1 ist!"

„Hm?"

„Ich bin mir sicher, dass es so sein muss. Pass auf: Zwei Möglichkeiten.

Entweder war der Kerl ziemlich klug und hat sich zu Nutze gemacht, dass man die Nummer 1 nie gesehen hat. Er hat ihn irgendwie aufgespürt, ihn unschädlich gemacht und ist dann in seine Rolle geschlüpft.

Möglichkeit 2: Es hat nie eine Nummer 1 gegeben und er hat sie komplett erfunden. Aber das glaube ich nicht so recht. Ich glaube vielmehr, dass er den Kerl abgemurkst hat. Es gab sogar mal eine Zeit Gerüchte, ob nicht sogar Breivik höchstselbst die Strippen zieht.

Aber das halte ich für Blödsinn."

Bjarne strich sich übers Gesicht und bemühte sich, das alles in ein sinnvolles Bild zu bringen. „Warum sollte Knut das tun? Um sich hinter dem ‚großen Mann' verstecken zu können?"

Snorre nickte. „So sehe ich das. Er hat den vollen Einfluss, ohne dafür geradestehen zu müssen. Unangenehme Entscheidung?" Der Kerl hob theatralisch die Hände. „War ich nicht – war die Nummer 1."

Bjarne lehnte sich zurück. „Lass mich offen sein: Ich bin mir nicht sicher, ob ich je einen solchen Blödsinn gehört habe. Mir fallen so viele praktische Fragen dazu ein, dass mir das Hirn platzt. Aber ich muss zugeben: Zu Knut würde so ein Schwachsinn passen."

Sie schwiegen einen Moment, bis Bjarne sich räusperte. „Wenn du sagen solltest, wer die Nummer 1 war, bevor

Knut sie möglicherweise getötet hat, wen hättest du dann im Verdacht?"

Er lachte. „Die Frage musste ja irgendwann kommen. Mir fallen da tatsächlich zwei ein. Der eine war meiner Ansicht nach ein Kerl namens Kyrre Hagen. Der Name ist irreführend. Der konnte Deutsch und so. Seine ganze Familie konnte Deutsch. Die kamen aus der DDR. Der hat später seinen Namen geändert und Bücher geschrieben."

„Und ist jetzt tot."

„Was?"

Bjarne nickte ruhig. „Hat kürzlich unter dem Namen Laurin Haugen sein Leben beendet."

„Okay …" Snorres Stirn arbeitete und seine Gesichtsmuskeln sendeten wirre Signale. Er hatte seine Mimik für einen Moment völlig außer Kontrolle geraten lassen. Dann fing er sich wieder. „Okay … Der war eigentlich einer meiner heißesten Kandidaten. Er oder sein Bruder. Der ist 2012 verschwunden. Kyrre war der Klügere der beiden. Sein Bruder ging mehr so in die mythologische Richtung. Hatte eine Rune auf den Arm tätowiert. War ein paar Jahre jünger und eher der stumpfe von den beiden, wenn du so willst."

Er stockte nachdenklich und Bjarne gewährte ihm den Raum. „Kyrre ist tot? Ist das eine neuere Entwicklung?"

„Ist erst ein paar Tage her."

„Dann verwischt Knut seine Spuren, denke ich."

„Wie meinst du das?"

„Na … er will unbedingt an die Macht. Unbedingt. Er will Politiker sein. Er war immer schon ein kleiner Weltherrscher. Verdammter Spinner", grunzte er abfällig und spuckte in den Sand. „Kyrre hätte ihm jederzeit schaden können. Der wusste alles von damals. Mir gegenüber hat der mal behauptet, dass Knut eine falsche Identität hat. Der sollte angeblich Kirgise sein. Oder Pole. Was schon zynisch wäre."

Die beiden Polizisten kommentierten das nicht. Keiner der beiden wusste, was er damit auslösen würde. Stella hatte mit dieser Information schon eine alte Dänin getötet und Gustav in Gefahr gebracht.

Snorre steckte immer noch tief in einem Denkprozess. „Ich nehme an, Kyrre wurde ermordet?“

Bjarne nickte.

Snorre strich sich übers Gesicht und schaute zum Himmel. „Ich sage mal jetzt noch eins und dann halte ich die Klappe, verstehen wir uns da?“

Die beiden nickten, wenn auch zögerlich.

„Eins muss euch klar sein: Was Knut an Anders Breivik mochte, war seine Ausdruckskraft. Der hat so ein verdammtes Pamphlet geschrieben und ganz viele Menschen haben es gelesen, okay? So etwas versucht er schon seit Jahren. Und er hat immer versucht, ein paar prägnante Sprüche zu prägen.

Einer davon war: Wenn wir an die Macht kommen, dann mit einem großen Knall. Das habe ich zuerst nicht richtig verstanden. Ich dachte, das sei eine Art Metapher.

Aber da kommt es auf den Kontext an, okay?

Er hat das Anfang 2011 gesagt. Ein paar Monate vor Fukushima – ihr wisst schon, dieses Kernkraftwerk da in Japan, was in die Luft geflogen ist. Das war ein großer Knall. Aber es ging ihm nicht um den Knall selbst. Der Knall hat bewirkt, dass auf der Welt ganz viel passiert ist, oder? Plötzlich sind in ganz Europa gezielt Atomkraftwerke abgeschaltet worden. Mit einem Mal haben die Leute grüne Parteien gewählt. Der Knall in diesem Bild war, dass die Welt mit einem einzigen Schlag eine andere war. Mit einem einzigen lauten Knall hatte die Welt begriffen, dass Kernkraft ein vollkommen unzeitgemäßer Wahnsinn ist.

Als Breivik die Bombe in Oslo gezündet hat, dachte ich einen Moment lang, dass Knut dahinterstecken könnte. Aber so einen Knall meinte er nicht. Er suchte nach einem Ereignis, dass der Welt mit einem Knall zeigen würde, dass man sich nicht mit den Islamisten anfreunden darf.

Und ich sage jetzt mal eins und dann halte ich auch meine Klappe: Wenn er jetzt anfängt, diejenigen auszulöschen, die ihm schaden könnten, dann wird es auch bald einen großen Knall geben. Einen Anschlag. Etwas wie den 11. September. Etwas Großes mit

Symbolkraft, das in den Köpfen der Leute etwas auslöst. Da wird er sich nicht lumpen lassen. Vertraut mir. Laut, tödlich, weltweite Berichterstattung. Das wird etwas richtig Großes.“

#070

An diesem Abend hatte Stella sich nicht lumpen lassen. Sie hatte das Team zum Essen eingeladen. Taavi, Smilla und Mik Wallin. Sie hatte bei der SkanForce erst vor kurzem durchgesetzt, dass solche Ausgaben einer eigenen Kostenstelle zugewiesen werden konnten. Sie gingen also *auf Regierungsgeld* essen. Und für den Job, den sie heute gemacht hatten, fand Stella das mehr als angemessen.

Stella hatte sogar ein kleines schwarzes Etui-Kleid getragen, das sie liebte, weil es ihren Po so betonte. Es zeigte viel Bein, aber man musste sich nicht ständig verbiegen, damit einem niemand blöd zwischen die Beine glotzte, was der wahre Grund war, warum Stella praktisch nie Röcke oder Kleider trug.

Beim Umzug war es ihr wieder in die Hände gefallen und zum ersten Mal hatte sie sich bei dem Gedanken ertappt, dass das Kleid sie jünger machte. Der seltsame Gedanken ging ihr in letzter Zeit öfter durch den Kopf.

Das beherrschende Thema des Essens war eine Andeutung von Susanne gewesen, die eine Andeutung geblieben war. Sie war sich sicher, dass es einen großen Anschlag geben sollte. Einen der den Index weit über 80 bringen sollte. Allerdings hatte sie keine Ahnung, was es mit diesem Index auf sich hatte.

Sie hatte aus Gesprächen nur ableiten können, dass es etwas mit einer großen Kirche auf sich haben sollte.

Aber ob man auf die nun Farbe sprühen, sie in die Luft jagen oder besuchen wollte und ob sie in Norwegen lag oder nicht – all das konnte sie nicht sagen. Hatte sie jedenfalls behauptet. Später hatte sie dann eingeräumt, dass Sprengstoff womöglich doch eine Rolle spielen würde.

Nun hatte Norwegen zahlreiche Kirchen. Aber die waren nicht unbedingt groß. Historische Stabkirchen aus Holz waren das landestypische Erscheinungsbild, das man den Touristen vorführte. Davon gab es endlos viele. Selbst die Dreifaltigkeitskirche oder der Dom von Oslo waren zwar groß, aber keine spektakulären Gebäude wie ein Kölner Dom, die Londoner St.-Pauls-Kathedrale oder Notre Dame in Paris. All das schien keinen rechten Sinn zu geben.

Stella war aufgekratzt gewesen und hatte Bjarne diverse Nachrichten geschrieben, der nicht geantwortet hatte. Sie hatte Mik Wallin beim Essen genau beobachtet. Auch er war unruhig. Und er war ihrem Blick immer wieder ausgewichen.

Als sie beide im Hotel eintrafen, standen sie erneut einen langen Moment vor Stellas Zimmer. Sie öffnete die Tür und stand einen Moment davor, bis Mik die Hand hob und fast schüchtern erklärte: „Ich werde mal meine ..."

Stella schüttelte den Kopf. „Ich glaub, du hast sie nicht mehr alle!" Sie griff seine Hand und zerrte ihn herein. Zwei Stunden später lag sie nassgeschwitzt und aufgebracht im Bett. Mik war neben ihr eingeschlafen und hatte in den letzten Minuten davor bereits leicht unzurechnungsfähig gewirkt.

Stella hatte die Hände hinter dem Kopf verschränkt und sah nach oben. Über dem Bett hatte ein Witzbold ein großes Bild aufgehängt mit einem Hund, der auf einem Fahrrad über ein Drahtseil fuhr und dabei mehrere Tiere und Gegenstände auf den Schultern und der Nase balancierte. Darunter stand: „The Trick is to make it look easy."

Aha ...

Es gab keine spektakulären Kirchen, ging ihr durch den Kopf. Je länger sie drüber nachdachte, fragte sie sich, ob das eine Finte war. Oder nur ein simples Missverständnis oder auch Halbwissen. Sie hatte am Ende der dritten Vernehmung nicht mehr den Eindruck gehabt, dass Susanne sie noch belügen wollte. Darüber waren sie zu dem Zeitpunkt längst hinweg gewesen.

Sie sah zu Mik und fragte sich für einen kurzen Augenblick, ob sie ihn wohl noch einmal wach bekommen würde. Sie spürte immer noch ein Kribbeln im Bauch …

Sie begriff nicht, was mit ihm los war und fragte sich, ob er eine Freundin hatte und es ihr nicht sagen wollte. Auf der anderen Seite hielt sie ihn für zu ehrlich. Er war insgesamt ein ehrlicher Typ. Vermutlich hätte er ihr von einer Freundin erzählt. Dass er schwul war, konnte sie ausschließen, stellte sie lächelnd fest. Dann wiederum ging ihr durch den Kopf, dass seine Ehrlichkeit vielleicht Grenzen hatte. Es war ihm gelungen, ihr Gustav zu verschweigen. Und sie hatte nur zweimal einen winzigen Verdacht gehabt. Da hatte sie allerdings nicht ahnen können, worum es da ging.

Ihr Blick glitt über seinen halb bedeckten Körper. Eigentlich makellos, fand sie. Bis auf das seltsame Tattoo, das bei ihr nichts auslöste: ᛗ

Als sie ihn zum ersten Mal gesehen hatte, war das auf einem dieser verdammten Nazi-Konzerte gewesen. Ihr waren zuerst seine straffen Bewegungen aufgefallen. Sein streng geschnittenes, hübsches Gesicht, das jetzt neben ihr auf dem Kissen lag. Sie erinnerte sich, dass sie gedacht hatte, dass das Tattoo zu einem Neo-Nazi passte, ohne zu wissen, was es darstellte. Aber die Szene hatte immer schon mit den nordischen Kulten und der deutschen Sprache gespielt.

Plötzlich spürte Stella, wie ihr eine Hitze über das Gesicht huschte. Was hatte Bjarne gesagt?

Laurin Haugen hatte einen jüngeren Bruder gehabt, der verschwunden war. Sie wusste nicht, wie jung der gewesen war. Aber Bjarne hatte ganz sicher etwas von einem Tattoo erwähnt. Erneut sah sie auf den Arm, der neben ihr lag.

Mik hatte Arme, die praktisch nicht behaart waren. Auch auf seiner Brust gab es nur ein paar schüchterne Locken. Die Haare auf seinen Armen waren – gemessen an seinen dunklen Kopfhaaren – viel zu blond, fast durchsichtig. Insofern war sie sich mit Blick auf das Tattoo recht sicher: Das hatte bereits ein paar Jahre auf dem Buckel.

Man erkannte es gut auf dem Arm – aber die Ränder der Rune faserten bereits ein klein wenig aus, wenn man genauer hinsah. Konnte er das Tattoo schon vor 10 Jahren gehabt haben? Sie war keine Expertin, aber sie vermutete, dass das durchaus der Fall sein konnte.

Stella schluckte. Dann griff sie nach ihrem Telefon und schlich splitternackt ins Bad.

Leise drehte sie den Schlüssel im Schloss. Sie setzte sich auf den Wannenrand und begann zu suchen. Bjarne hatte etwas gesagt über die Rune. Männlichkeit. Das war es gewesen! Die Rune für Männlichkeit!

Sie suchte danach, fand aber eine Rune, die vollkommen anders aussah als Miks Tattoo. Sie entspannte sich ein wenig. Dann überlegte sie einen Moment. Was mochte seine Rune bedeuten? Wie suchte man eine Rune im Internet? Waren die irgendwo auf der digitalen Tastatur drauf, so wie die Zeichen für ÿ, æ oder å, die man in vielen anderen Sprachen nicht brauchte?

Nach einer Weile schloss sie das aus. Wer tippte Runen auf seinem Handy?

Sie versuchte es beschreibend. Die Rune sah aus wie ein gekreuztes M, wenn man so wollte. Gab das sinnvolle Suchergebnisse?

Oh ja ... Die Rune ᛗ, die wie das gekreuzte M aussah, war die Rune „Mannaz“, lernte Stella lächelnd. Wenn die Sprache künftig darauf kommen sollte, konnte sie behaupten, sie hätte sich mit seiner Rune eingehend beschäftigt. Das mochten die meisten Männer ihrer Erfahrung nach.

Sie ertappte sich jedoch bei starkem Kopfschütteln, als sie den Text las. Wer verfasste nur diesen ganzen Unsinn über Amulette und die Selbstgestaltbarkeit des Schicksals? War das überhaupt ein Wort? Selbstgestaltbarkeit? Blödsinn.

Als sie unten angelangt war, hatte sie entschieden zu viel über die Idiotie rund um diese einzelne Rune „Mannaz“

erfahren. Dann starrte sie auf den letzten Absatz.

„Seit den 90er Jahren wird die Rune auch oft fälschlicherweise als Rune der Potenzkraft und Männlichkeit verwendet und als Tattoo oder Schmuck getragen."

„Ach ... Dreck, verdammter ..."

Sie hörte ein Geräusch im Nebenraum und grinste. Es waren also auch noch andere wach.

Dann kniff sie die Augen zusammen. Rasche Schritte huschten vorbei. Waren die Schritte in ihrem Raum gewesen? War jemand in ihr Zimmer eingebrochen?

Sie straffte sich. Das war doch irgendwie Blödsinn, sagte sie sich. Dennoch zögerte sie, als sie auf den Türgriff sah. Aber nur kurz.

Sie öffnete die Tür und trat schutzlos ins Zimmer. Durch die Zimmertür fiel ein Spalt Licht. Sie war nicht vollständig geschlossen. Stella schaute zum Bett. Es war zerwühlt – und leer.

„Verdammt!!"

Nackt rannte sie zur Tür und zog sie auf. Sie konnte ihn am Ende des Ganges um die Ecke biegen sehen. Dort, wo die Treppe herunter ging.

„AAAHHH!!", schnauzte sie. Was soll denn das jetzt??

Sie konnte sich sicher sein, dass es sich nicht um die Art Flucht handelte, bei der man dem Partner der letzten Nacht nicht beim Frühstück begegnen will. Mit schnellen Schritten sprang sie ins Zimmer. Sie griff das kleine Schwarze und zog es blitzschnell über. Sie schaute sich nach Unterwäsche um, konnte aber keine entdecken. Miks Socken lagen vor dem Bett – die halfen ihr nichts.

Also fuhr sie herum, schnappte sich die Magnetkarte und das Telefon, während sie in die Schuhe stieg, und rannte dann eilig auf den Gang hinaus. Sie pfefferte die Tür so laut zu, dass alle auf dem Gang etwas davon hatten – aber diesmal war sie immerhin verschlossen.

Stella bog ab und stürzte die Treppe hinunter. Sie konnte Mik weiter unten hören. Dann hörte sie eine Tür. Er musste unten aus dem Hotel gerannt sein. Richtung Hinterhof. Sie wusste: Dort parkte sein Auto.

Und sie wusste: Es musste etwas vorgefallen sein.

Stella entschied, nicht bis ganz unten zu laufen. Sie würde aus dem Haupteingang rennen und dann weiter zur Auffahrt, die er hinaufkommen musste. Als sie unten die Tür aufriss, prallte sie schier zurück. Ohne jegliche Unterwäsche spürte sie die Kälte der Nacht unerwartet heftig. Aber jetzt gab es kein Zurück. Sie rannte um den Parkplatz herum, lief Richtung Auffahrt, als vollkommen unerwartet ihr Telefon klingelte.

Sie starrte aufs Display, lief weiter, stutzte, nahm dann den Anruf an.

„Maren?!"

„Stella? Tut mir leid, dass ich dich mitten in der Nacht ... Was machst du?"

„Rennen!"

„Okay ... Ich muss dir was Wichtiges sagen!"

„Was?"

„Dieser Gustav ist tot."

„Was? Gustav Hetland? Undercover-Gustav? Woher weißt du das?"

„Er wurde am Flughafen gefunden. Die Feststellung der Identität hat reichlich gedauert und ..."

„SCHEISSEEE!!!"

„Was ist?"

„Jetzt ist er weg. Mik Wallin! Er ist gerade an mir vorbeigedonnert." Stella blieb stehen. Für eine Sekunde wollte sie zu ihrem Wagen rennen – aber sie hatte keinen Schlüssel bei sich.

Sie atmete aus, hechelte, hustete einmal und hielt sich das Telefon dann wieder ans Ohr. „Kann es sein, dass Wallin das auch gerade erfahren hat?"

„Da bin ich mir sogar sicher. Er ist der verantwortliche Agent bei Europol. Sein Chef, wenn du so willst."

„Wie ist er gestorben?"

„Jemand hat ihm ein riesiges Messer von hinten in den Schädel gerammt. Von unten herauf. Er muss hinter ihm gestanden haben. Herrentoilette. Er wurde relativ schnell gefunden, hatte aber keine Papiere bei sich. Anhand der möglichen Flugdaten haben sie ermittelt, um wen es sich handelt. Aber so etwas dauert eben. Sonst hätte ich das schon viel früher erfahren.

Er ist morgens in Dänemark angekommen, und auf mehreren Kameraaufnahmen des Flughafens zu sehen. Bei der Einreise haben sie seinen Pass angesehen. Aber er heißt im echten Leben nicht Gustav Hetland, sondern Lucas Winter."

Stella spürte einen leichten Nieselregen. Sie wandte sich um und lief ein paar Schritte zum Hotel zurück, wo sie sich unter einer Markise unterstellte. Sie wickelte die Arme schützend um sich und hörte Maren zu, die ihr weitere Details erzählte.

Schließlich fühlte sie sich seltsam resigniert. Sie konnte nur ahnen, wie Mik sich fühlen musste, wenn er diesen Einsatz verantwortete. Falls er derjenige war, der ihn eingeschleust hatte, dann hatte er Gustav vielleicht überredet, diesen Auftrag anzunehmen. Sicher gab er sich die Schuld.

Aber wohin war Mik gefahren?

„Stella ... es gibt da noch etwas. Ich habe mir zusammen mit Anna Larsen die Videos angesehen. Die von der Landung."

„Und?"

„Darauf passiert etwas äußerst Seltsames."

„Jetzt bin ich ja mal gespannt."

„Gustav ist zusammen mit einem Mann angereist. Ich hab dir gerade das Bild geschickt. Aufnahmen vom Flughafen. Kennst du den Mann?"

„Sekunde." Stella starrte auf den Bildschirm. Sie nickte. „Ja – das ist Knut Solbakken."

„Okay ... also die beiden Männer kommen aus demselben Flieger. Dann bleibt Solbakken stehen. Er starrt auf sein Telefon und hat scheinbar eine wichtige Info bekommen. Er schickt Gustav Hetland weg und läuft in die Gegenrichtung. Eine ganze Zeit scheint er sich über das aufzuregen, was er liest. Er wird richtig sauer und stampft mit dem Fuß auf wie ein kleines Kind."

„Passt zu dem Drecksack."

„Aber dann passiert etwas Komisches. Er dreht sich wieder um. Er läuft in eine Toilette am Flughafen und kommt nicht mehr wieder heraus. Das ist eine etwas hektische Ecke auf dem Flughafen. Da rennen hunderte von Personen vorbei auf ihrem Weg zum Gate. Aber er scheint dort zu verschwinden. Wir wollen uns das gleich mit den Sicherheitsleuten hier noch einmal ansehen."

„Okay ... gibt das für dich irgendeinen Sinn?"

„Vielleicht liegt er auch tot in einer Kabine. Oder es gibt einen Hinterausgang. Oder er hat sich verkleidet oder so. Ganz begreifen können wir es noch nicht. Ich melde mich wieder, wenn ich mehr weiß."

„Maren?"

„Hm?"

„Vielen Dank ... Ich ahne jetzt irgendwie, wo Wallin hinwill."

„Den Kerl suchen, der Gustav umgebracht hat? Meinst du, dass er da mehr weiß als wir?"

„Das weiß ich leider auch nicht."

Sie verabschiedeten sich. Stella schaute sich eine Zeitlang in dem miesen Wetter um. Erst, als ihre Augen bereits zum zweiten Mal über das kleine Geschäft gegenüber streiften, erkannte sie dort einen Mann in einer Regenjacke.

Der stand da, sah sie ruhig an und machte auch keine Anstalten, das zu verbergen. Ein muskulöser Mann, groß und schlank. Sie trat zwei Schritte vor, spürte den Regen, aber dann erkannte sie ihn und lief langsam weiter auf ihn zu.

Die Hakennase gehörte eindeutig Yngve Sætervik!

#071

Als sie sich trennten und Bjarne auf den Porsche zulief,

wusste er, dass er die Entscheidung längst getroffen hatte. Er warf einen Blick auf sein Telefon. Ganze drei Anrufe von Stella hatte er verpasst. Aber um diese Zeit wollte er sie nicht mehr anrufen.

Als er im Wagen saß, warf er einen Blick auf die Fahndungsapp. Es hatten sich keine Erfolge eingestellt. Und er sah, dass auch Stella diese Abfrage gestellt hatte, ebenso Taavi und auch Kjell.

Kjell?

Was hatte der damit zu tun?

Er öffnete die SkanForce-App, die ihm doch anzeigte, dass Kjell trotz der Nachwirkung seiner Covid-Erkrankung noch an seinem Rechner saß. Also zögerte Bjarne in diesem Fall nicht. Er setzte den großen Wegen in Bewegung, steuerte ihn auf die Schnellstraße nach Norden. Er musste sich selbst überzeugen, dass die ganzen Verrückten rund um Knut Solbakken nicht dort oben in ihrem Unterschlupf waren. Dann wählte er Kjells Nummer.

Nach einem Atemzug hörte er die vertraute Stimme, auch wenn die seit seiner Erkrankung immer ein wenig belegt klang, wie Bjarne fand.

„Wer reitet so spät durch Nacht und Wind ...?“, erkundigte Kjell sich.

„Oh je. Ist das die Tageszeit, in der du dein Literaturstudium nachholst? Morgens um halb 2?“

„Ha – das ist die Zeit, wo ich endlich mal zum Arbeiten komme, und all die Sachen machen kann, von denen ihr mich tagsüber abhaltet. In erster Linie die kleine rothaarige Frau.“

„Ja ... so ist sie manchmal ... Sag mal: Ich habe eben gesehen, dass du dich für unsere Fahndungsergebnisse interessierst?“

„Großer bärtiger Mann! Was soll die Frage? Ich gehöre zum Team.“

„Und du meinst, du solltest auch in deinem Pyjama wissen, wo sich Knut Solbakken, Lykke Sætervik und Martina Wricke herumtreiben?“

„Wenn ihr das wissen wollt, will ich es auch. Aber nein – ich widme mich gerade anderen Rätseln. Weißt du zufällig, welcher Polizist eine Dienstnummer ohne Ländercode hat? So etwas gibt es doch gar nicht!"

„Doch."

„Was?"

„Ja – schau ... es gibt Sachen, die man nicht im Internet suchen kann. Und da muss man dann alte Männer fragen, die noch über fundiertes, ernsthaftes Wissen verfügen. So wie früher."

„Und? Wer hat solche? Na?"

„Europol und Interpol."

„Fuck ..."

„Im Gegenzug sagst du mir jetzt aber auch, warum du das wissen willst, oder?"

Kjell holte Luft. „Ein paar deiner Reisebewegungen ... sie sind gelöscht worden."

„Hm?" Bjarne Sandvik war plötzlich hellwach.

„Na ... wir dachten zuerst, dass du die Spur vielleicht vertuschen wolltest. Aber ich bin jetzt tief in die Logfiles des Systems eingedrungen. Deine Reisen wurden gelöscht. Und nach dem, was du jetzt sagst, war das jemand von Europol oder Interpol."

Bjarne schwieg mehrere Sekunden lang.

„Alter Mann?"

„Nenn mich nicht so."

„Ich hatte nur gedacht, ich müsste dich etwas anstacheln, damit du nicht einschläfst. Wieso sitzt du jetzt noch im Auto?"

„Ich fahre nach Torjulvågen."

„Wo ihr Lykke festgenommen habt?"

„Genau."

„Da war die Polizei doch längst."

„Die Polizei schon – aber ich nicht."

„Lass dich nicht erwischen, wenn du da Leuten auf die Füße trittst."

„Kein Problem – ich frage einfach meine Kumpels bei Europol, ob sie meine Spuren verwischen können." Bjarne Sandvik seufzte. „In diesem gesamten Fall gibt es doch nur zwei Leute von Europol. Mik Wallin und Gustav Hetland."

„Nein ... den ... gibt es genaugenommen nicht mehr. Der

wurde am Flughafen Aalborg erstochen."
„Welcher von beiden?"
„Hetland. Echtname Lucas Winter."
„Oh Gott."
„Puuh ... ob der da noch helfen kann ... ich denke, der Zug ist abgefahren. Im Ernst: Maren hat das eben eingetragen."
„Eben?"
„Hm ... eine Stunde, zwei ... ich erinnere mich nicht mehr genau."
„Okay ... das ist nicht gut. Kannst du mir die Sachen schicken?"
„Sicher."
„Wie lange bist du noch wach?"
„Bjarne", kicherte Kjell. „Willst du mich anmachen?" Dann legte er lachend auf. Auch Bjarne musste lachen. Und das konnte er jetzt brauchen.

#072

Als sie auf ihn zulief, machte er immer noch keine Anstalten, sich zu bewegen. Erst, als Stella fast nach ihm greifen konnte, trat Yngve einen Schritt nach hinten und sagte erschreckend fürsorglich: „Komm besser hier unters Dach, sonst holst du dir noch den Tod in deinem dünnen Kleidchen."
„Ja, Papa", gab Stella trotzig zurück. Dann trat sie unter die Markise.
Das letzte Mal, dass die beiden sich so nahe gewesen waren, hatte Yngve eine Waffe auf sie gerichtet und wollte Stella erschießen Da war sie nur knapp über 20 Jahre alt gewesen.
Aber die Kugel hatte seine Schwester Lykke getroffen

und ihr Leben nachhaltig verändert. Im Prozess hatten sie Yngve später von ihr abgeschirmt. Das letzte Mal, dass sie ihn damals gesehen hatte, war in dem Moment gewesen, als er erfahren hatte, dass er in den unbedeutenden kleinen Knast in Ålesund kommen würde. Der galt als Luxus-Knast und Yngve hatte sich furchtbar aufgeregt. Er wäre wohl lieber in einen echten Märtyrer-Knast gegangen.

Dass die beiden noch einmal so nebeneinanderstehen würden, war nicht geplant, und seit dem heutigen Tag erschien es Stella eher surreal. Nach dem Mann wurde gefahndet! Schließlich war er in Lykkes Wohnung gemeldet gewesen, wenn auch nur wenige Tage lang. Und die war voller Sprengstoff gewesen.

„Du weißt, dass wir deine Wohnung ausgeräumt haben?"

„Ehrlichgesagt: Nein. Aber ich nehme mal an, dass du Lykkes Wohnung meinst? Ich habe gar keine. Ich suche mir gerade was in Oslo. Hier oben ist mir alles zu wässrig ..."

„Du bist in genauso einer Gegend aufgewachsen."

„Eben. Kenn ich schon – brauch ich nicht nochmal."

„Nach dir wird gefahndet."

Nun drehte Yngve seinen Kopf zu Stella. Er schien die Information verstörend zu finden. „Stella – im Ernst? Weswegen?"

„Sprengstoff, Anschlagspläne auf U-Bahnen, solche Kleinigkeiten. Hast du was dazu zu sagen? Bist du deshalb mitten in der Nacht zu meinem Hotel gekommen?"

Mit gequälter Miene schüttelte er den Kopf. „Hör mit dem Blödsinn auf. Wenn es solche Sachen gab, dann vielleicht in dem hinteren Teil von Lykkes Bude. Da war ich nie. Nykvist! Du musst in mir nicht das Böse sehen. Sprengstoff! Ehrlich: Von solchen Sachen weiß ich nichts. Zwischen uns beiden: Lykke hat mir gesagt, dass dort eine Überraschung auf mich wartet, die noch nicht fertig ist."

„Ach, Yngve. Erinnerst du dich, dass ich euch beide schon kannte, als du noch nicht so viel Zeit hattest? Ich erinnere mich, wie du dich ihr gegenüber benommen hast. Oder gegenüber deiner Schwester Sölve. Nenn mich nachtragend: Aber ich weiß, dass du Sölve getötet hast.

Und ich werde das auch nicht einfach so stehenlassen."

„Komm doch jetzt nicht wieder mit so ollem Zeug. Du hast das schon mal vor Gericht gebracht und es ist schiefgegangen. Außerdem bin ich nicht deswegen hier."

„Sondern?"

„Ihr müsst euch um Knut kümmern. Ich habe mich nach meiner Entlassung mehrmals mit ihm getroffen. Und ich komme zu dem Schluss, dass er einen Umsturz plant. Ich glaube ..." Er zögerte und das wirkte nicht gespielt. „Sagt dir die Wingman-Theorie etwas?"

Für einen kurzen Moment hatte Stella die junge Polizistin in sich gespürt, die damals Yngve zugehört hatte, der 2011 schon ein kluger Kerl und ein Anführer gewesen war. Nur für einen winzigen Augenblick hatte sie diese erregende Neugier von damals gespürt. Die sich einstellt, wenn dir jemand ein echtes Geheimnis verraten kann. Eine Offenbarung, an die in Stellas Alter längst niemand mehr glaubte. Und eigentlich hatte sie es damals auch schon nicht getan. Sie hatte es damals nicht getan, sie tat es heute nicht.

„Willst du mir jetzt erzählen, dass Knut der Wingman von Anders Breivik war? Ich kann es nicht mehr hören. Hast du Beweise? Oder träumst du davon, dass du mich instrumentalisieren kannst, damit ich ihn für dich aus dem Weg räume? Den Mann, der vielleicht deinen Aufstieg verhindern kann?"

„Ach, Stella ... Als ob ich irgendetwas von denen will. Die wollen eine politische Partei gründen. Da wäre ich vielleicht dabei. Aber ich erkenne da kein Programm, rein gar nichts. Ich denke, ich werde eine eigene Partei gründen."

„Yngve – für den Blödsinn ist meine Nacht zu kurz. Ich rufe jetzt meine Kollegen und lasse dich festnehmen. Nach dir wird gefahndet."

„Ja ... mach das. Aber dann erfährst du vielleicht nicht mehr rechtzeitig, welchen irren Anschlag die planen."

„Die?"

„Die Leute von Knut. Nordic Edge. Von denen reden wir doch, oder? Wenn du dir weiter Gedanken machen willst über ein paar Kleckse Sprengstoff in einer Etagenwohnung in Ålesund – bitte, Nykvist. Aber *ich* kann dir sagen, was wirklich abgeht."

„Aha ... dann lass mal hören."

„Nimm Lykke und mich von der Fahndungsliste."

„Du weißt, dass das niemand kann. Sprengstoff, eure Wohnung, das ganze Programm. Ihr geht in den Knast. Basta."

„Du willst dir später vorwerfen lassen, dass du einen Anschlag von gigantischen Ausmaßen nicht verhindert hast?" Er deutete auf das Hotel, während Stella die Arme um den Körper schlingen musste. Die Kälte drang immer mehr durch das kurze Kleid ein. Ihr Körper war eine einzige Gänsehaut. Sie konnte gegenüber in der Scheibe sehen, wie ihre Brustwarzen sich durch den schwarzen Stoff nach vorne reckten. Sie stand ohne Unterwäsche in der kalten Nacht vor einem Kerl von der Fahndungsliste. Sie war wirklich eine Top-Polizistin.

„Was glaubst du, warum ich mich hier positioniert habe, hm? Dort drüben sehe ich vier Kameras. Die filmen uns. Du sprichst seit Minuten mit mir und unternimmst nichts, Nykvist. Was werden sie sagen? Schau her, die Rothaarige ist in den Kerl verknallt. Sie lässt ihn einfach gehen. Und das, obwohl er ihr Informationen angeboten hat."

„Warum sollte ich dir das glauben?"

„Dass dort drüben Kameras sind?"

„Dass du Informationen hast und dass du sie mir geben willst. Meinst du denn, wir wüssten nicht längst von dem Anschlag. Sprengstoff, Kirche ...", murmelte sie betont vage und schleuderte dann hinterher: „Ich habe 20 Leute auf dem Thema sitzen und wir verhören 10 Leute aus der Organisation."

Das war vollständig gelogen – aber sie spürte, dass er damit nicht gerechnet hatte. Was war das richtige Stichwort gewesen? Kirche? Sprengstoff?

Dann dachte sie für einen Moment, er würde laut loslachen, weil er sie durchschaut hatte. Sie hatte es vielleicht mit einem primitiven Menschen zu tun, der seine Aggressionen nicht im Griff hatte. Aber er war nie ein dummer Mensch gewesen.

„Wenn ihr die Nummer 1 wollt, konzentriert euch auf Knut."

„Und dich sollen wir in Ruhe lassen? Du weißt genau, dass der einzige Grund, warum ich dich nicht verhafte, der ist, dass ich keine Waffe bei mir habe. Und du weißt, dass du dich nicht verstecken kannst. Norwegen ist eine Insel."

Er drehte sich zur Seite. „Der einzige Grund ist, dass du hier ohne Höschen im kalten Wind stehst und Angst hast, dass deine Kollegen dir auf die Titten starren, wenn du sie rufst. Ich verschwinde jetzt. Überlege dir, wo deine Prioritäten liegen, Nykvist." Er drehte sich um, ging mit kräftigen Schritten rasch richtig Norden. Stella verzog wütend das Gesicht und lief rasch über die Straße zum Hotel.

„Nykvist?"

„Hä?"

„Geiler Hintern ...!" Er lachte dreckig und er hatte es geschafft.

Stella kam sich endgültig vor wie ein Mädchen, das ohne Unterwäsche herumlief.

Stella Nykvist stellte sich wütend unter die Dusche. Dann schickte sie eine Nachricht an den Chef der norwegischen Terrorabwehr, den sie von einem anderen Einsatz kannte. Die Terrorabwehr war eine der Einheiten, die das Land gerne kleinredete. Der Anschlag auf Utøya hatte das Land fundamental verändert – aber man sprach nicht gern darüber. Dennoch bat Stella ihn, sich bei ihr zu melden.

Nach einigem Überlegen ergänzte sie: „Du kennst mich und solltest wissen, dass du mir vertrauen kannst. Ich mache keine Panik – ich biete dir die Chance, einen großen Angriff abzuwenden. Aber wir müssen zusammenarbeiten. Und das schnell."

Sie hatte sich längst entschieden, dass sie die kommenden Stunden im Auto verbringen würde, und bot ihm an, dass er sie auch im Rest der Nacht erreichen könnte.

Dann packte sie die kleine Tasche. So, wie sie es schon seit Jahren tat. Jeder Griff saß, alles landete an dem genau dem Ort, wo es hingehörte, wo man nicht danach suchen musste und keine Zeit verschwendete.

Dann setzte sie sich in den knackigen grünen Kombi und suchte aus den letzten Zielen das Haus heraus, in dem sie Lykke verhaftet hatten.

Erst nach einer knappen halben Stunde wählte sie die Nummer von Mik Wallin. Aber entweder telefonierte er oder er hatte sein Handy ausgeschaltet.

#073

Das Wasser war weder kalt genug, noch hatte es genügend Kohlensäure. Knut Solbakken verzog wütend den Mund.

Er hatte das andere Haus lieber gemocht, aber es war nur noch eine Frage von Tagen für ihn, in dieser Weise leben zu müssen. Er hatte die Eingangsbestätigung erhalten. Die Bearbeitungszeit lag ab jetzt bei vier Tagen. Bald würden sie eine Partei sein. Und er würde es so aussehen lassen, als sei das eine spontane Entscheidung gewesen. Eine Reaktion auf die Ereignisse der letzten Wochen.

Er sah auf die Uhr. Er wollte Joggen, dann duschen – in knapp zwei Stunden würden die Kerle mit den Kameras kommen. Er musste ein paar Worte sagen.

Und es mussten gute Worte sein.

Sie mussten vorbereitet wirken. So, als hätten sie genau das kommen sehen.

Gustav konnte ihm keine Rede mehr schreiben, Lykke war zurzeit zu aufgebracht, um zu schreiben. Sie hing an ihrer Wohnung. Jeder Zentimeter dieser Wohnung war nach Yngves Vorgaben gestaltet worden. Und nun hatten sie sie hemmungslos hochgenommen, hatten das gesamte Haus evakuiert.

Knut ahnte: Das würde schief gehen. Aus der Geschichte kam Lykke nicht raus, obwohl sie das Ganze auf Susanne abwälzen wollte. „Die geht eh in den Knast", hatte sie ihn angeblafft. „Sorg dafür, dass die verdammte Anwältin das hinbekommt."

Das hatte er gemacht. Eine Rede hatte sie ihm dennoch nicht schreiben wollen.

„Was ist eigentlich mit Gustav?", hörte er plötzlich hinter sich. Dann legte Martina Wricke die Arme von hinten um ihn.

„Morgen ..."

„Ist er noch in Abstimmung mit den Presseleuten?"

Er atmete schwer aus. „Gustav ... er hat sich scheinbar mit Nummer 1 angelegt. In Dänemark."

„Was?" Sie ließ von ihm ab, kam um ihn herum. „Was heißt das?"

„Ich weiß es nicht – aber es ist nicht gut."

„Du ... Du weißt nicht, was vorgefallen ist?"

„Er hat mir noch gesagt, dass Nummer 1 furchtbar sauer auf ihn war. Aber da saß ich schon im Flieger und musste das Gespräch beenden."

Martina nickte. Sie nickte sehr nachdenklich.

„Was ist?"

„Nummer 1 muss furchtbar sauer gewesen sein. Aber das konnte ich natürlich nicht zusammenbringen."

„Wie meinst du das? Womit zusammenbringen?"

„Na – er hat mich gestern angerufen und mir ..."

„Er hat was??"

Martina fuhr regelrecht zurück. „Was schreist du denn so, Knut?"

„Ich schrei doch nich' ..." Knut hatte geschrien. Und er hatte es selbst gemerkt. Es war ihm peinlich und er atmete intensiver, um sich zu beruhigen.

Plötzlich lachte Martina so hell und klar, wie er es mochte. Er sah an der blonden Deutschen herunter und versuchte abzuschätzen, ob sie bereits Unterwäsche trug.

Morgens war sie da oftmals etwas nachlässig. Aber was sollte diese Geschichte mit der Nummer 1? Er hatte sie angerufen?

„Was gibt es da zu lachen?"

„Ganz ehrlich: Ich habe schon ein paarmal gedacht, dass du die Nummer 1 bist, Knut." Knut machte eine wegwerfende Geste. „Ich meine das ernst! Ich weiß, es klingt absurd ... Aber ich habe ihn ja noch nie gehört. Bis gestern."

Sie musterte Knut, der auf sie regelrecht gelähmt wirkte. War sie zu weit gegangen? Sie hatte gepokert, das war ihr klar. Aber sie hatte das gut vorbereitet, stand nicht mit leeren Händen da.

„Willst du nicht wissen, was er gesagt hat?"

„Was?" Knut wirkte, als wäre er aus einer Trance aufgewacht.

„Ich frage, ob du nicht wissen willst, was er gesagt hat?" Er starrte sie an, wie er es sonst nie tat. Die Information hatte ihn überfordert, das war jetzt vollkommen klar.

„Ich ... na sicher. Was hat er gesagt?"

„Er hat mir gesagt, dass er mit mir sprechen möchte. Mit mir direkt. In meiner Rolle hier und in meiner Rolle als Frau."

„Als Frau?"

Sie sah ihn an, als sei er begriffsstutzig. Dann deutete sie auf ihren Busen. „Frau ... ich bin eine, das weißt du schon, oder?"

„Du musst mit mir nicht wie mit einem ..." Er senkte den Blick, konzentrierte sich. „Warum wollte er mit dir als Frau sprechen?"

„Weil er glaubt, dass wir vielleicht umdisponieren müssen. Wir leben ja nicht mehr in den 90ern. Er meint, dass Frauen künftig eine wichtigere Rolle spielen müssen. Und auch eine sichtbarere. Erst recht in einer Partei."

„Und das wollte er mit dir besprechen?"

„Nicht nur besprechen. Er hat mich gefragt, wie ich meine Rolle sehe. Nach allem, was ich getan habe. Und ob ich nicht nach vorn möchte. GANZ nach vorn. In die erste Reihe."

Sie musterte ihn erneut und sah, wie sein Adamsapfel unkontrolliert hüpfte. Würde er den Bluff schlucken? Oder müsste er ihr gleich als Nächstes sagen, dass dieses Gespräch nicht stattgefunden haben konnte?

Martina hatte tatsächlich schon vor einem Jahr einmal den Verdacht gehabt, dass Knut eigentlich die Nummer 1 bei Nordic Edge sein musste. Nie hatte sie die Nummer 1 gesehen. Und die drei Male, die sie ihn live im Videochat gesehen hatte, war Knut nicht da gewesen. Aber dann hatte sie zweimal miterlebt, wie Nummer 1 Knut angerufen hatte und ihm Aufträge gegeben hatte, die ihm nicht passten.

Sie hatte gezweifelt, hatte den Gedanken nicht weiterverfolgt. Im Grunde war das ja auch idiotisch. Warum sollte er das tun?

„Er will Frauen weiter nach vorn bringen?"

Sie nickte und beobachtete ihn konzentriert. Das war nicht der geistig flinke Knut, den sie kannte und den er gerne spielte. Unzweifelhaft: Er war blitzschnell im Kopf. Aber jetzt sah er an ihr vorbei und schien sich zu fragen, wie das passiert sein konnte. Falls er die Nummer 1 war, konnte es dieses Gespräch nicht gegeben haben.

„Warum findest du das so erstaunlich?", erkundigte sie sich. „Ich meine: Der ist doch ein kluger Typ. Er hat mich gebeten, ihn zu treffen."

„Was?"

„Knut! Sag mal, was soll denn das? Gönnst du mir das etwa nicht? Nach allem, was ich für die Organisation getan habe?"

„Martina ... nein – keineswegs. Ich ... ich wundere mich einfach nur, dass er ... sowas nicht mit mir bespricht."

Sie holte zum finalen Stich aus. „Na, ich denke mal, dass er sowas jetzt ja vielleicht mit Yngve bespricht, oder?"

„Mit Yngve??"

Martina versuchte, es lapidar wirken zu lassen, zuckte mit ihren Schultern. „Na ja ... wenn der die Nummer 2 werden soll."

„Das steht ja noch gar nicht fest."

„Nicht? Also ..." Ihr Herz pochte, als sie einen letzten

Schritt wagte. Wenn sie das jetzt sagte und sie hatte mit ihrer irren Vermutung nicht recht – dann würde sie auffliegen. „Also mir hat er gestern gesagt, dass das feststeht."

„Yngve??"

„Nein – die Nummer 1." Sie versuchte etwas in einem jovialen Ton. „Sag mal, wenn du mit ihm sprichst, wie nennst du ihn dann eigentlich? Du sagst doch nicht die ganze Zeit ‚Nummer 1' zu ihm, oder?"

„Ich ..." Er schüttelte ratlos den Kopf. „Sag mal: Wann war das? Wann hat er dich angerufen?"

„Ich schätze, als du im Flieger gesessen hast."

„Und du bist dir sicher, dass er es war?"

„Wer weiß sonst noch, dass du die Anmeldung zur Partei eingereicht hast? Ich meine: Mich mal ausgenommen. Gustav? Yngve?"

„Yngve weiß das nicht!"

„Hm ... außer, Nummer 1 hat es ihm gesagt."

Sie spürte tief in ihrem Inneren, dass es soeben geschehen war. Jetzt war sie sich sicher. Er war stinksauer, hatte seine Fäuste geballt. Er war so wütend, wie er nur sein konnte. Jetzt hatte sie einen Mann aufgebaut, der die Nummer 1 war und ihn hinterging. Wenn er die Nummer 1 war, konnte er das nicht akzeptieren. Aber in diesem Moment war sie im Grunde sicher: Er war es. Er war die Nummer 1. Er hielt eine seltsame Lüge aufrecht. Aber warum tat er das?

Erst dann ging ihr auf, dass es auch anders in seinem Kopf angekommen sein könnte. Wer sagte, dass nicht Yngve einen solchen Anruf fingiert hatte, um Knut schwach wirken zu lassen?

„Knut?"

„Hm?"

„Alles gut mit dir? Du siehst blass aus."

„Ich muss unbedingt laufen gehen. Ich .... ich muss mich ein wenig ... ich muss für nachher fit sein."

„Ja – da hast du recht. Sag mal: Soll ich nachher mal irgendetwas Besonderes für uns beide kochen?"

„Hm ... die anderen kommen noch."

„Wer?"

„Yngve, Gustav und Lykke."

„Ah ... dann bestellen wir nachher was?"

„Mal sehen. Lass uns das ..." Er wirkte für wenige Sekunden regelrecht desorientiert, machte eine unklare Bewegung mit der Hand.

„Werde mal laufen ...", stammelte er kaum verständlich. Dann hetzte er die Treppe hinauf. Sie hörte zwei Pferde wiehern und fragte sich, ob sich wohl jemand ausreichend um die kümmerte. Sie hatte bisher nur einmal einen älteren Kerl mit einem kleinen traditionellen Jeep gesehen. Der war kurz nach hinten an den Stall gefahren. Und nach kaum 20 Minuten war er wieder weg gewesen.

Martina hätte es nie zugegeben – aber sie hatte einen so großen Respekt vor Pferden, dass man ihn schon fast als Angst bezeichnen konnte.

Sie trat vor die Tür und schaute in den Morgen hinaus. Eilig stieg Dunst auf, wo die Sonne den feuchten Boden erwischte. Es hatte heftig geregnet in den letzten beiden Tagen. Und auch heute würde es wieder schütten, wenn man den Vorhersagen glaubte.

Als Knut an die Tür trat, strich er ihr über die Schulter. „Ich ... lauf nicht so lange."

„Ja ... Wann kommen die anderen?"

Er zuckte die Schultern in einer fast gelangweilten Weise, während er mit seinen Dehnübungen begann. „Schwer zu sagen."

„Hm ... Sag mal: Yngve hat eine Aufgabe bekommen, nicht?"

„Sicher, wie es sich gehört."

„Wann muss er die – also was erwartet die Nummer 1, wann er ..."

„Hat er dir das bei eurem Telefonat nicht erzählt?"

„Knut ... wieso bist du jetzt so angefressen?"

„Tu ich das?" Er dehnte seine Wade und schaute sie dabei an. Sie starrte eine Zeit auf seinen Fuß.

„Yngve hat mich etwas Seltsames gefragt", erklärte sie plötzlich. Sie war sich selbst nicht sicher, warum sie das jetzt sagte.

„Hm?“

„Er wollte wissen, ob du größer bist oder die Nummer 1. Seltsam, oder?“

„Das hat er gefragt? Ich meine: Er hat ihn doch gesehen.“

„Ja ... was weiß ich ... Lauf los, bevor du in den Regen kommst.“

Er winkte ihr und Martina konnte ihren Blick lange nicht von ihm lösen. War sie zu weit gegangen? Nein. Es war verdammt nochmal an der Zeit, dass er merkte, wen er hier vor sich hatte. Sie war große Risiken eingegangen. Sie hatte auch ihren Preis. Auf eine Politikerin würde ihr Vater stolz sein, der sich schon in den 80er Jahren für einen politischen Wandel in Deutschland eingesetzt hatte und mit vier seiner engsten Freude von der Bundeswehr die „Völkische Union“ ins Leben gerufen hatte. Die war, wie er immer sagte, „irgendwie diesem Ding mit dem Mauerfall“ zum Opfer gefallen.

Aber er sagte auch, dass man damals noch die Chance gehabt hätte, das alles zu stoppen. Da hatte es die ganzen Flüchtlingsunterkünfte und die Zahlungen an diese Leute, die das Land nur schröpfen wollten, noch gar nicht gegeben.

Martina hatte das Land nicht ohne Grund verlassen. An dem Abend, als sie Knut kennengelernt hatte, hatte er es auf den Punkt gebracht. „Als blonde hübsche Frau musst du in diesem Land ja mittlerweile Angst haben.“

Martina wusste, warum sie die Risiken auf sich nahm. Die Grenzen zu den Dingen, die man „nicht durfte“, verschwammen, wenn es darum ging, die nordgermanische Rasse zu retten. Oder wie Knut es formuliert hatte: „Was für die nordgermanische Rasse gut ist, soll gefälligst auch die nordgermanische Rasse entscheiden dürfen.“

Sie nickte, als wollte sie sich selbst bestätigen, schloss die Tür und ging ins Haus.

#074

Toralf Dalen von der Terrorabwehr rief Stella am frühen Morgen an. Wenn auch bei weitem nicht so früh, wie sie gedacht oder gehofft hatte.

„Officer Nykvist", meldete er sich und sie wusste genau, wie das Grinsen auf seinem Gesicht mit der etwas theatralischen Narbe in diesem Moment aussah.

„Agent Dalen ... Hast du dir heute den Vormittag freigenommen?", feixte sie.

„Ich hab schon mein erstes Hemd durchgeschwitzt, bevor ich dich angerufen habe. Ich wollte dir nicht mit leeren Händen gegenübertreten. Ich hab erst mal meine Leute gefragt, was sie von deinen Andeutungen halten."

„Ich denke, das war ja wohl mehr als eine Andeutung." Stella stieg aus dem Wagen und streckte sich. Sie hatte das kompakte Fernglas von Mik Wallin auf der Ladefläche des Kombis gefunden und blickte nun durch das kleine grüne Ding runter auf das Haus, in dem es noch ruhig war. In der Küche erkannte sie ein schwaches Licht. Ebenso in der angrenzenden Vorratskammer.

„Ja ... damit fangen wir schon etwas an. Also es sieht so aus: Meine Männer haben ..."

„Frauen hast du da keine?"

„Meine ... Herrgott, Stella! Doch. Jede Menge. Fast die Hälfte", schnarrte er. Dann setzte er ruhig fort: „Meine Männer und Frauen sagen, dass sie diesen konkreten Hinweis nicht kennen. Also: Diese Information liegt uns bislang nicht vor. Keine große Anschlagsdrohung, nichts von den Geheimdiensten, was auf einen relevanten Anschlag schließen lässt."

„Und mit dem Thema Kirche fangt ihr auch nichts an? Ich habe mich die ganze Zeit mit meinen Leuten gefragt, welche Kirche eine Rolle spielen könnte. Ich meine: Wir haben ja nichts Spektakuläres an Kirchen in diesem Land hier. Jede Menge zwar – aber wenn du einen kleinen Dom in Kjellmyra in die Luft jagst, dann ..."

„Ja – lass uns das abkürzen. Das sind wir auch alles durchgegangen. Und dann ist einer meiner Männer – ein echter Mann übrigens – auf eine spannende Idee gekommen. Und deshalb rufe ich dich an."

„Jetzt bin ich gespannt."

„Wir haben uns gefragt, wie der Tipp, den du bekommen hast, wörtlich gelautet hat. Erinnerst du dich daran?"

„Warum?"

„Unsere Frage war: War da wirklich eine Kirche gemeint? Also: eine Kirche als Gebäude. Oder war das eher abstrakt zu sehen. ‚Die Kirche', wenn man alles vom Papst bis runter zum Messdiener meint, weißt du?"

„Ja ... verstehe schon. Das Problem ist: Die Frau, die wir da verhört haben, ist Deutsche. Die spricht ganz passabel Norwegisch. Aber ich könnte nicht sagen, ob sie den Unterschied sprachlich so genau differenzieren könnte." Stella ließ das Fernglas sinken und lief ein paar Schritte.

„Ich erinnere mich, dass sie gesagt hat: ‚Kirche, groß, Sprengstoff' – präziser ist sie nicht geworden."

„Du hast auch schon härtere Methoden angewandt."

„Ha, ha! Daran hätte es nicht gelegen. Es war eher so, dass sie einfach ein zu kleines Licht ist, schätze ich. Kann sein, dass die ihr Wissen daher hat, dass sie bei den großen Leuten heimlich an der Tür gelauscht hat. Aber warum fragst du? Was ist eure Idee?"

„Kennst du den Scandic Tower im Oslo Plaza?"

„Ich ... so ein spitzes Gebäude? Ein Hotel, oder?"

„Hotel mit allem drum und dran. In der Saison bis zu 1600 Besucher pro Nacht. Ein paar Bars, Luxus-Zeug wie an internationalen Flughäfen – die ganze Klaviatur, wenn du so willst."

„Okay – also groß, zentral, viele Leute. Und wenn da einer öffentlichkeitswirksam was sprengen würde ..."

„Ich bin noch nicht fertig. Übermorgen findet dort eine große Zusammenkunft statt. Die obere Riege der Kirchen von Dänemark, Schweden, Norwegen, Finnland und Island treffen dort zu einem großen Austausch zusammen. Den gibt es nur alle 4 Jahre."

„Fuc...", murmelte Stella und starrte einen Moment ins Leere. „Das wäre genau die Kragenweiten dieser Spinner, wenn du mich fragst. Ich sag dir jetzt was: Wir glauben, dass die einen Anschlag verüben wollen, den sie ein paar Persern oder Arabern oder so in die Schuhe schieben wollen, damit die ganze Welt glaubt, dass Norwegens 1000 Ausländer so gefährlich sind wie eine ganze Armee. Vermutlich wird der Anschlag durch islamische Frauen verübt."

„Eine Adrawes-Attacke ..."

„Das ... sagt dir was?"

„Ist eine Art Phantom. Wir haben vor ein paar Jahren mal ein Papier bei so einem rechten Haufen gefunden. Warte ... wie hieß das genau ...?"

Er rief etwas. Einer seiner Mitarbeiter kam zu ihm und sie tippten gemeinsam hektisch. Dann hörte man ihn wieder. „Danke, Tjure! Stella?"

„Ja?"

„Ich habe es hier. ‚Das Andrawes-Prinzip. Sieben Aufbaumerkmale einer terroristischen Cocon-Organisation', nannte sich das. Verfasst von einem Spinner namens .... oh."

„Ein Spinner namens O? Ist das ein Künstlername, oder was?"

„Nein ... ich bin gerade ... verdammt nochmal!", bellte er hektisch. „Der Verfasser ist ein gewisser Yngve Fridtjof Torvik Sætervik! Das ist doch einer von euren Spinnern da oben, oder?"

„Das glaub ich jetzt nicht ..." Stellas Satz hatte sich auf etwas anderes bezogen. Er war ihr so rausgerutscht und hatte zufällig gepasst. Aber er galt einem Kerl, der gerade zwei Hügel weiter aus einem riesigen Wagen mit beschlagenen Scheiben gestiegen war und sich ausgiebig streckte. Sie erkannte ihn auch ohne das Fernglas.

„Stella ... da sehe ich jetzt schon ... wie sagt man so schön? Ich sehe Handlungsbedarf. Und nicht nur einen kleinen zufälligen. Ich sehe einen großen, großen

Handlungsbedarf. Ich habe keine Lust auf einen zweiten Breivik hier in Oslo. Verdammt – je länger ich mir diesen Tower ansehe ... Mir wird schlecht."

„Mir auch ... Im Ernst ... Ich nehme mal an, dass du jetzt auch mit ein paar Vorgesetzten sprechen musst und eventuell mit irgendwelchen Ministern, richtig?"

„Davon kannst du ausgehen", bestätigte er und klang jetzt auffallend angespannt.

„Dann lege ich jetzt mal noch einen drauf. Ich weiß aus WIRKLICH gut informierten Kreisen, dass Knut Solbakken in wenigen Tagen verkünden wird, dass er eine Partei gründet. Und du kannst dir vorstellen, was das für eine sein wird."

„Da greifen ein paar Zahnräder ineinander, scheint mir. Eine Partei, die was gegen solche Anschläge im Land unternimmt, nehme ich an?"

„Davon sollten wir ausgehen. Der Mann ist untergetaucht."

„Und du bist ihm auf den Fersen, oder was?"

„So ... in der Art."

„Oh ... ich höre gerade ein paar wichtige Paragraphen zu Boden fallen. Sie schlagen fest auf und zerbrechen und ..."

„Nein, Toralf. So weit würde ich nicht gehen. Ich kann den verfolgen. Ich habe gegen ihn selbst nichts Konkretes in der Hand – in dem Punkt hast du recht. Aber ich kann ihn mit Menschen in Verbindung bringen, die mehrere Morde begangen haben und reichlich Sprengstoff besitzen. Und vielleicht sogar mit Breivik, wenn das hilft. Also lass den Teil mal meine Sorge sein. Wenn du mit deinen Ministern und so gesprochen hast ... ruf mich doch noch einmal an. Ich muss jetzt einen meiner Mitarbeiter töten, denke ich."

„Sicher, das kommt ja ständig vor ..."

Sie grinste und legte auf. Dann wählte sie Bjarnes Nummer.

„Was denkst du dir eigentlich?!"

„Ja, dir auch einen wunderschönen guten Morgen, Stelly."

„Dreh dich doch mal. So um etwa 120 Grad. ... nein –

andere ... Genau." Sie winkte ihm grinsend, obwohl er ihr Gesicht auf die Entfernung vermutlich nicht erkennen konnte. Er trug seine Brille nur zum Lesen, aber er brauchte sie eigentlich öfter, hatte sie festgestellt.

„Ich ... komm mal rüber auf deinen Hügel ... falls ich ihn finde."

„Setz deine Brille auf."

„Ja, Ma'm!"

Es dauerte einige Minuten, bis Bjarne eintraf. Stella mustere seinen Wagen und hätte so viele dumme Kommentare im Kopf gehabt – aber sie verzichtete darauf.

Bjarne lachte, als er ausstieg. „Dass du hier bist, spricht nicht gerade für dein Vertrauen in all die Kollegen, die diese Leute im ganzen Land suchen."

„Ja ... siehst du die denn hier irgendwo?"

„Vielleicht haben die nur klügere Verstecke als wir?"

„Oder unauffälligere Autos ..."

Bjarne schaute sich demonstrativ um. „So auffällig finde ich deine Karre eigentlich gar nicht ..." Dann trat er näher an Stella heran. „Ganz im Ernst: Was machst du hier? Dass ich hier bin, ist schon etwas idiotisch – aber du?"

„Ich suche Mik Wallin ..."

„Wieso?"

„Ich könnte mir vorstellen, dass er gerade auf einem kleinen Rachefeldzug ist. Dieser Gustav ist tot. Wurde am Flughafen erstochen."

„Verflucht ..."

Bjarne setzte im Kopf ein paar Steine neu zusammen.

„Meinst du, die haben gemerkt, dass Gustav undercover war?"

Stella zuckte die Schultern. „Da müsste ich raten. Aber was ich sehe, ist ein Mann, der kurz vor dem Ausrasten ist. Ich hab eben mit der Terrorabwehr gesprochen. Es gibt übermorgen ein Event in Oslo. Die ganzen großen Vertreter der skandinavischen Kirchen kommen zusammen. Das könnte der perfekte letzte Angriff sein. Oslo Plaza – 1.600 Leute auf einen Schlag."

„Aber wenn das der Fall ist, sind wir hier in Torjulvågen

doch völlig falsch."

„Wenn wir davon ausgehen, dass er sich dort die Finger schmutzig machen will, dann schon. Wenn wir mal davon ausgehen, dass er dafür seine Leute hat, könnte er auch hier sein."

„Kümmern die Terror-Typen sich um Oslo?"

„Sicher – wir telefonieren nachher."

„Prima – dann haben wir ja auch unsere Leute und können das Ganze von hier machen. Ganz ehrlich: Ich will dir eins sagen: Nach allem, was ich von diesem Knut weiß, glaube ich, dass er ein Feigling ist.

Ich habe zwischenzeitlich mit jemandem gesprochen, der durchaus meinte, dass Breivik einen anderen Wingman gehabt haben könnte. Aber ich glaube, dass sein Wingman ein Feigling war."

„Hm?"

„Die Dramaturgie des Anschlags war ursprünglich anders angelegt. Überleg mal: Breivik hat ausgesagt, dass er damals auf Utøya die ehemalige Ministerpräsidentin töten wollte. Gro Harlem Brundtland. Was war da das wichtigere Ziel? Der Sprengstoffanschlag in Oslo oder die Politikerin?"

„Die Politikerin."

„Eben. Und die hat er verpasst. An seinem großen Tag macht er einen solchen Fehler? Mich hat das immer stutzig gemacht. Er fährt nach Oslo, begeht einen sehr riskanten Sprengstoffanschlag, der im Grunde schlecht vorbereitet war. Er konnte nicht wissen, wie wenig Kameras sie dort hatten. Und er war selbst viel zu nahe dran. Und dann fährt er raus zu der Insel, wo er die ehemalige Ministerpräsidentin verpasst.

Kann es nicht sein, dass das ganz anders geplant war? Als kluges Ablenkungsmanöver? Ein Sprengstoffanschlag in der Hauptstadt – und du hast alle gut ausgebildeten Einsatzkräfte in Oslo – von einem Moment auf den anderen. Du erwischst das Land mit runtergelassenen Hosen. Selbst von der Strecke, die Gro Harlem Brundtland gefahren ist, wurden Sicherheitskräfte abgezogen. Aber dann springt ihm im letzten Moment der Wingman ab. Sein zweiter Mann verlässt ihn, weil er kalte Füße bekommt. Er schickt also wütend ein Video ab, in dem er alles erklärt und muss dann beide Anschläge durchführen.

Sein Wingman war ein Feigling.

Und er ist es auch jetzt noch. Und deshalb ist er hier oben in den Bergen. Weit weg von Oslo, weit weg von einer ernstzunehmenden Polizei. Versteh mich nicht falsch, Stella – ich hab hier oben als Bulle gearbeitet. War eine tolle Zeit. Aber Morde aufklären und solche Sachen ... hey – das sollen mal schön die anderen machen."

„So ... aber heute bist du ja ein kluger Mordaufklärer. Hast du eine Idee?"

„Ich denke schon. Hubschrauber. Sie müssen einen besitzen. Sie waren von Italien aus wieder viel zu schnell in Norwegen. Und mit so einem Heli bist du nicht von den Linienflügen abhängig, nicht von den Flughäfen ..."

„Sie haben einen Hubschrauber. Das können wir als gesicherte Erkenntnis betrachten."

Er zuckte kurz, aber sie kannten einander zu lange. Er musste sie nicht fragen, ob sie das aus einer legalen Quelle hatte. Sie hatte ein paar Millimeter an ihm vorbeigeschaut. Das kannte er schon.

„Wenn man jetzt jemanden bei einer coolen Polizei-Einheit hätte, der so etwas herausbekommen könnte ...", grinste Bjarne. „Ich habe es eben versucht. Auf Knut ist keiner zugelassen."

„Was ist mit dieser Martina? Die macht einen reichen Eindruck. Und die hat einen reichen Vater, soweit wir wissen. Und einen Wohnsitz in Deutschland. Wahrscheinlich kann die mit einem Hubschrauber alles Mögliche ..."

„Warte – ganz so leicht ist das nicht. Die muss ihre Flüge anmelden, soweit ich weiß. Zumindest war das früher in Norwegen so. Warte, lass mich ein paar Telefonate führen."

#075

Er lief weit in den Wald hinein. So weit, dass er irgendwann bemerkte, keine Ahnung zu haben, wo er genau war. Er fluchte und sah sich um. Er hatte sich so über das Telefonat aufgeregt, von dem ihm Martina erzählt hatte, dass er sich nicht mehr auf den Weg konzentriert hatte.

Ihm war völlig klar, was da passiert war. Yngve steckte dahinter! Er hatte sie angerufen. Der verdammte Kerl machte sich einen Spaß aus der Sache, wollte ihn untergraben.

So nicht!

Er wandte sich um und lief die Strecke zurück, die er gekommen war. So lange, bis er an einem Haufen Birken vorbeilief und langsamer wurde. Hier war er noch nie gewesen.

Es war ihm äußerst peinlich – aber er musste sich eingestehen, dass er sich verlaufen hatte. Sein Smartphone, das ihm vielleicht jetzt geholfen hätte, hing noch im Haus am Ladegerät. Er fluchte erneut. Wie sollte er hier nur zeitnah wieder herauskommen?

Er traf eine praktische Entscheidung und lauschte einen Moment lang. Irgendwo weiter links musste die Straße sein. Als er genau hinhörte, schien sie ihm eher hinter ihm zu liegen. Er straffte sich und lief einen kleinen Hügel hinauf – und dann querfeldein. Als er die Straße erreichte, kam ein rotes SUV mit hoher Geschwindigkeit die schmale Straße hochgeschossen. Er winkte, aber die Frau donnerte laut an ihm vorbei. Er sah sich auf der Straße um und versuchte, sich zu orientieren. Dann begriff er, wo er sich befand, und begann wieder zu laufen. Er würde spät dran sein, aber er würde es schaffen. Nach wenigen Sekunden hörte er das nächste Auto.

Er wandte sich um und hob die Hand zum Winken, als

er den Fahrer erkannte. Langsam sank seine Hand und sein Gesicht verzog sich unwillkürlich. Der Fahrer hielt neben ihm und ließ die Scheibe herunter.

„Knut“, grüßte der Fahrer fröhlich. „Was machst du hier in deinen Joggingsachen …?“

„Mal einen neuen Weg probieren, Yngve. Kannst du mich mitnehmen … wegen des Video-Termins?“

„Sicher.“

Knut stieg ein, getrieben von dem Willen, seinen Termin zu schaffen. Auch, wenn es ausgerechnet Yngve sein musste, der ihm das ermöglichte. Er war gleich auf mehreren Ebenen wütend darüber, ihn hier zu sehen.

„Warum bist du schon hier?“, erkundigte er sich bei Yngve.

„Das weißt du nicht? Unsere Nummer 1 hat das dringende Bedürfnis, mich früher zu sehen.“

„Dich … Was? Warum? Wegen deiner Aufgabe?“

„Er hat mich gebeten, ihn früher zu treffen, ja. Also bin ich hier. Auch, wenn das eigentlich gegen die Abmachung ist.“

„Wer kümmert sich dann um die Sache mit … dem Hotel?“

„Martina fliegt vor, ich komme nach. Wir können ja ohnehin nicht in die Wohnung, weil die Polizei die hochgenommen hat.“

„Dann haben wir keinen Sprengstoff!“

Yngve lächelte. „Knut … hast du es hier mit Laien zu tun?“

„Wie meinst du das?“

„Es gibt ein Backup.“

„So eine Notlösung ist nie gut.“

„Ich habe *Backup* gesagt. Diese Lösung ist exakt genauso gut wie das Original. Ich denke, Nummer 1 weiß, warum er Leute wie mich und Martina mit solchen Sachen betraut.“

„Ich weiß nicht …“, knurrte Knut und merkte, dass er sich in den Türgriff des Wagens gekrallt hatte. Seine Finger schmerzten fast. Was sollte das? War das eine Verschwörung? Sie hatten ihn alle gewarnt, dass dieser Yngve clever sei. Aber wie es aussah, war er dabei, alles auszuhebeln!

Oder steckte Martina dahinter? Der Gedanke war Knut noch gar nicht gekommen.

„Du hast mit ... mit Nummer 1 direkt gesprochen?“, erkundigte er sich argwöhnisch.

„Nein ... er hat wohl gestern mit Martina telefoniert. Die hat es mir gesagt ...“

„Hm ... ungewöhnlich.“

„Warum? Weil er sonst dich anruft? Na ... ich denke, er hat einfach Pläne mit seinem neuen Team. Irgendwann muss man die Leute doch in Verantwortung bringen, oder?“

„Na sicher ...“

Knut hatte die Hand vom Türgriff genommen und knetete seine Fäuste. Martina ... war sie der Dreh- und Angelpunkt? Hatte sie Yngve mit in die Sache gezogen?

Knut fasste einen pragmatischen Gedanken. Er brauchte Martina offensichtlich noch für den Anschlag in Oslo. Anschließend würde er sich um sie kümmern. Bei Yngve sah das anders aus. Sie hatten ihn gewarnt.

#076

Sie hatten sich eine traditionelle Straßenkarte der Gegend besorgt. Auf Papier. Bjarne hatte darauf bestanden. Jetzt saßen sie bei kalten Pancakes in einem kleinen Restaurant an der Landstraße, hatten die Karte ausgebreitet und schauten sich immer wieder Orte, die auf der Papierkarte strategisch klug wirkten, auf der Satellitenkarte an.

„Ich könnte kotzen“, maulte Stella. „Dieses verdammte Pack sitzt hier irgendwo herum, vermutlich keine zehn Minuten von uns entfernt und wartet auf seinen

Hubschrauber!"

Bjarne wirkte konzentriert. „Stella ... nicht durchdrehen ... Ich glaube ... ich habe da was."

„Wo?"

„Hier ist ein Haus, an dem ein Hubschrauber landen könnte. Und es ist wirklich groß. Gehört keinem Russen – kann man aber von einer Firma in Stockholm mieten."

„Wo?"

Er deutete auf einen Punkt auf der Karte, den Stella nicht sofort zuordnen konnte. Dann begriff sie langsam, wo dieses Haus lag. „Das ist ja praktisch derselbe Wald, wie das Haus, bei dem wir gerade waren!"

„Ja ... es ist praktisch die Rückseite des Waldes. Ich denke ..." Bjarne maß die Entfernung auf der Papierkarte mit Daumen und Zeigefinger ab. „Das sind maximal 800 Meter Luftlinie." Bjarne Sandvik schüttelte den Kopf. „Aber das ist wirklich das Beste, was ich hier finden kann. Wenn es das Haus nicht ist, Stella – dann sind wir hier völlig falsch."

Er schaute sie ernst an. „Willst du Mik Wallin noch einmal anrufen?"

Sie zögerte. „Lass uns erst das Haus anschauen. Wenn wir dort falschliegen, dann ... Dann rufe ich ihn an."

„Okay ..."

Er faltete die Karte zusammen und winkte dem jungen Kellner, der alles Mögliche gesprochen hatte, nur kein Norwegisch. Er machte eine hektische Handbewegung und verschwand in der Küche. Kurze Zeit später kam er mit einem kleinen Gerät wieder und sie zahlten ihr Frühstück, für das es mittlerweile schon viel zu spät war.

Bjarne deutete auf einen jungen Mann am Hintereingang, der gerade versuchte, eine große Menge Pizza und Salate in den Koffer eines Motorrollers zu laden. „Ihr liefert hier in der Gegend Pizza aus?", fragte er den Kellner.

„Eigentlich nur in der Hauptsaison", erklärte der. Dann sah er auf das hoffnungslose Unterfangen am Hintereingang. „Aber da ist gerade ein großer Haufen Leute, die halten uns ganz schön auf Trab. Bestellen jeden

Tag."

„Wie meinst du das?"

Er suchte verzweifelt nach Worten, bis Stella vorschlug: „Lieber in einer anderen Sprache? Englisch? Deutsch? Schwedisch?"

„Du sprichst Deutsch?"

„Wenig – aber lass es uns versuchen."

Bjarne gab sich Mühe, dem Dialog zu folgen. Aber das, was Stella als „ein wenig" Deutsch bezeichnet hatte, wirkte so flüssig auf ihn, dass er nach wenigen Sekunden abgehängt war. Stella deutete mehrmals in Richtung des großen Waldes. Dann auf den jungen Pizzaboten am Hintereingang. Dann lachten beide herzlich und Stella wurde wieder ernst.

Wie es ihr gelang, die ganzen Sprachen, die sie in ihrer Jugend erlernt hatte, aufrecht zu erhalten, war Bjarne ein Rätsel. Und er bewegte sich einigermaßen fließend durch vier Sprachen.

Schließlich gab sie dem Jungen ein Trinkgeld und erhob sich. Sie blickte Bjarne durchdringend an. „Das verdammte Pack ist wieder ins erste Haus zurückgekehrt."

„Was? Das Haus dieses Russen?"

„Ja – hätte nicht gedacht, dass sie so frech sind und dort wieder hingehen. Und der junge Bursche sagt, sie haben kein Hauspersonal, wollen aber auch nicht selbst kochen. Deshalb bestellen sie jeden Tag bis zu dreimal Essen ..."

„Dekadent."

„Das vielleicht auch ... aber jetzt wissen wir, wo wir sie finden."

„Na dann los ..."

#077

Als er aus der Dusche kam, war er längst angefressen genug. Dann aber hörte er ein Stimmgewirr aus der unteren Etage.

Er beeilte sich. Doch der Blick in den Spiegel machte ihn unzufrieden. Sein Shampoo war nicht in der Dusche. Er konnte es nirgends finden. Er musste mit Martina sprechen. Als sie wieder in dieses Haus gezogen waren, war er in Dänemark gewesen. Sie hatte für ihn gepackt und das verdammte Tönungsshampoo vergessen!

Knut Solbakken starrte wie eingefroren in den Spiegel. Oder war das Absicht gewesen? Sie hatte ihn schon so umfangreich nach dem Shampoo gefragt ...?

Er schüttelte den Kopf. Er durfte jetzt nicht durchdrehen. Er musste sich um sie kümmern. Aber sicher nicht augenblicklich.

Unten war bereits alles aufgebaut, als Knut mit möglichst gewinnendem Lächeln die lange Treppe hinabstieg. Grelle Scheinwerfer wurden ausgerichtet. Sie würden ihn vor einem Greenscreen aufnehmen. Im späteren Film wäre dann ein norwegisches Motiv hinter ihm zu sehen. Das würden sie heute noch aussuchen. Er wollte ein starkes Symbol verwenden. Nicht irgendein Hochhaus in Oslo. Etwas, das sich heimatlich anfühlte.

Er entdeckte Martinas Tasche in der Nähe des Ausgangs. War es schon so weit? „Wann fliegst du?“, zischte er und nahm sie in den Arm.

„In ein paar Minuten, denke ich. Der Hubschrauber ist unterwegs.“

„Okay ... ich dachte, du würdest erst später ...“

„Ich muss ...“ Sie blickte sich um. „Wir können doch nicht mehr in Lykkes Wohnung. Ich treffe sie an dem anderen Ort.“

Dann löste sie sich von ihm und lächelte, wie man es von ihr erwartete.

„Dürfen wir von euch beiden rasch eine Aufnahme machen?“, fragte der junge Kerl mit dem Kinnbart, der sich hier wieder als Regisseur aufspielte, obwohl Knut ihm beim letzten Mal alles haarklein hatte erklären müssen. Man sah, dass der Bursche ein Ex-Skinhead war. Vielleicht einer der Klügeren – aber eben einer, von dem Knut sich bald trennen musste, wenn er politisch etwas erreichen wollte.

Gott – er würde sich von vielen Leuten trennen müssen.

Yngve kam aus der Küche, kaute auf einem Stück Pizza und lehnte sich entspannt lächelnd an die Zarge der Küchentür.

Er trug eine seltsam dick gepolsterte Daunenweste und Knut fixierte ihn misstrauisch. Warum lief er im Haus mit diesen dicken Schuhen herum?

Der Regisseur näherte sich. Ebenso eine junge Frau, die mit Puder auf Knut losging. Er ließ es sich mit einem gespielten Lächeln gefallen und konnte Yngve nicht aus den Augen lassen, wie er dort mit diesem nervtötenden Selbstbewusstsein am Türrahmen lehnte und den Filmleuten zusah.

Sie beendeten das Pudern. Dann drehten sie zwei kurze Einstellungen, die Knut und Martina zeigen würden. Er warf einen Blick auf den Schirm. Verdammt – sie sahen wirklich ausgezeichnet aus, wenn man sie nebeneinander sah. Ein Dreamteam. Blond, strahlend, aufrecht, Siegertypen.

Knut hatte die Ergebnisse einer Umfrage erhalten, die Gustav noch in Auftrag gegeben hatte. Man traute einer Partei wie seiner bis zu 15 Prozent bei den Wahlen in Norwegen zu. Das war in etwa die Größenordnung, in der sich die Fortschrittspartei bei den letzten Wahlen bewegt hatte. Die bewegten sich in einem ähnlichen Spektrum, hatten aber nicht die Konsequenz gezeigt, die ihm vorschwebte. Nie hatte jemand in diesem Land klar benannt, dass man die Fehler zurückdrehen musste, dass man das Volk endlich retten musste.

Er würde es tun. Und nun war er nicht mehr weit von diesem Moment entfernt.

Lächelnd blickte er über die ganzen kleinen Männchen, die hier herumwuselten und dafür sorgen würden, dass er gut aussah. Dass er respektabel und staatstragend daherkam, wenn er nach einem der schlimmsten Anschläge des Landes den Schuldigen benennen würde. Einen, gegen den man vorgehen konnte.

Sein Lächeln wurde breiter. Sogar dieser selbstgerechte Yngve wurde zu einer Randfigur in seinem Weltbild.

Er begab sich in den großen Hauptraum und nahm vor dem Greenscreen Platz. Erneut kam die Frau mit dem Puder und er fragte sich, ob die das eher reflexhaft alle paar Minuten machte, oder ob das wirklich notwendig war. Sie trug ein wenig Farbe auf, um seine Augenbrauen kräftiger wirken zu lassen. Dann musterte sie seine Haare misstrauisch.

Sie hatte es auch gemerkt. Die waren nicht so hell wie sonst.

Er verzog leicht das Gesicht und fühlte sich, als würde ein großer Pfeil auf seinen Kopf deuten und sagen: „Schaut her! Da stimmt etwas nicht!"

Ein Kerl mit einem Messgerät stellte sich neben ihn und prüfte die Beleuchtung. Dann entdeckte Knut, dass Yngve mit einem Telefon in der Hand zur Tür schritt.

„Yngve?"

„Hm?" Er kam ein paar Schritte zurück. „Was?"

„Wo willst du hin?"

Er deutete entspannt nach draußen. „Ich hab doch dieses ... Dieses Meeting."

„Hm?"

„Wir beide treffen uns im Wald." Er hob den Arm zum Abschied und verschwand mit gut abgemessenen großen Schritten in Richtung Eingang.

Die junge Frau puderte Knut Solbakkens Ohr und versperrte ihm halb die Sicht, als Knut erkannte, wie Martina ihre Reisetasche hochhob, die schwer zu sein schien. Er brauchte noch einen Moment, bis er begriff, was hier vorging. Die beiden würden ihn ins Messer laufen lassen. Sie mussten begriffen haben, wer die Nummer 1 war.

Er schob die Frau beiseite.

„Sekunde ... ich ... wir müssen noch etwas ...“, stammelte er und bemühte sich, auf dem Weg zur Tür nicht zu hektisch zu wirken. Als er die Tür öffnete, zog der Hubschrauber über sie hinweg und flog bereits recht tief.

Martina schloss den Kofferraum und schaute ihn überrascht an. „Was ist? Hab ich was vergessen?“

„Nein, du ...“ Er musterte sie und spürte, wie verwirrend all das war und dass er einen Moment brauchte, um über all das nachzudenken. Und die Zeit hatte er nicht! Martina war nun wirklich nicht seit gestern dabei. Sie hatte einiges für ihn getan und war die echten Risiken eingegangen. Würde die sich mit einem primitiven Kerl wie Yngve einlassen, um ... Ja – um was eigentlich genau zu tun?

Das alles ging gerade zu schnell für Knut. Er fühlte ein leichtes Schwindelgefühl und lächelte es weg. Dann trat er auf Martina zu, nahm sie in den Arm und küsste sie auf den Hals. „Viel Glück bei allem in den kommenden Tagen. Wir kommen so schnell nach Oslo, wie es nur geht.“

„Ja ... jetzt könnte es alles ein wenig hektisch werden, hm?“

Sie strich ihm über die Schulter. Dann presste sie sich an ihn, drückte ihre Hüftknochen gegen ihn und lächelte. Sie löste sich grinsend, winkte ihm ein letztes Mal und sprang dann in den großen Wagen, der sie zum Hubschrauber bringen würde.

Er lächelte, winkte ihr, so lange sie ihn sehen konnte und rannte dann in den kleinen Schuppen neben dem Haus. Wenige Sekunden später sah ihn das Filmteam in den Wald rennen.

#078

„Da ist der verdammte Hubschrauber!“, rief Stella und bog sich, um durch die Frontscheibe nach oben zu sehen. Einen Augenblick später griff ihr Bjarne ins Lenkrad und brachte den Wagen im letzten Moment wieder auf die schmale Straße zurück, auf der kaum zwei Autos aneinander vorbei passten.

Sie griff das Lenkrad wieder und bremste bis auf Schrittgeschwindigkeit herunter, um dem Fluggerät mit den Augen besser folgen zu können.

„Wohin werden sie fliegen ...?“

„Und wer wird fliegen? Nur Martina?“

„Knut jedenfalls jetzt ganz sicher nicht mehr.“

„Nein. Vermutlich sie und Lykke.“

„Da hinten! Er geht runter!“

Hinter Stella ertönte ein durchdringendes Hupen und der Fahrer presste seinen großen Geländewagen mit einem wütenden Gas-Stoß ruckartig an ihr vorbei.

„Ja, verdammt!“, schnauzte sie. Dann starrten die beiden Polizisten den Wagen an. „Das ist diese verfluchte Martina! Und sie ist allein.“

„Hm ... weiß nicht. Vielleicht. Wir können nicht durch die hinteren Scheiben sehen.“

Bjarne überlegte einen Moment. Dann griff er nach seiner Waffe. „Lass mich hier raus. Ich schleich mich zum Landeplatz. Fahr du oben auf den Hügel, um das Haus zu beobachten.“

„Kommst du dort hin?“

„Sicher!“

„Ich ...“ Stella zögerte. Diese Wälder hier hatten etwas äußerst Verwirrendes. Sie fragte sich, ob es andersherum nicht besser wäre. Bjarne war ein guter Waldläufer.

„Ja – so machen wir's“, erklärte sie schließlich. Es ging

hier nicht um ihre diffusen Ängste.

Bjarne sprang aus dem Wagen und hetzte los, während sie ihm hinterherschaute. Er hatte nicht gezögert. Er war ihr Fels – das wusste sie. Sie zog den Mund schief und sah ihn hinter einem Busch verschwinden. Dann gab sie Gas und wendete.

Wenige Minuten später hatte Stella den Wagen so sichtgeschützt geparkt, wie es hier oben ging. Sie trug ihre Waffe am Körper und hatte eine dünne Jacke übergezogen, um sie zu verbergen.

Langsam näherte sie sich dem Ende des Hügels, schaute sich mit bloßen Augen um und hielt das Fernglas bereit. Sie erkannte eine Bewegung am gegenüberliegenden Hügel und duckte sich instinktiv. Dann griff sie nach dem Fernglas und suchte die Stelle. Sie musste sich ein wenig erheben, um den Punkt wieder sehen zu können. Und dann stockte sie.

Auf der gegenüberliegenden Seite lief Mik Wallin!

Sie zückte ihr Telefon, rief seine Nummer an. Er nahm den Anruf nicht an. Sie schaute wieder rüber. Er hielt sein Telefon in der Hand, wirkte zögerlich. Also griff sie ihres wieder und tippte: „IDIOT! ICH KANN DICH SEHEN!" Sie zögerte einen letzten Moment. Traute sie dem Mann jetzt oder nicht? Möglicherweise hatte er eine Reise von Bjarne verschwinden lassen. Warum würde jemand so etwas tun? Er hatte dieses Tattoo ... konnte sie dem Mann wirklich vertrauen?

Stella drückte auf „Senden". Sie vertraute dem System. Jemand wie er musste derartig viele Sicherheitschecks hinter sich haben. Eine dubiose Vergangenheit hätte da auffallen müssen.

Sie hob das Fernglas wieder und suchte ihn. Aber sie konnte ihn nicht finden. Stella fluchte leise und suchte die Gegend mit bloßen Augen ab. In dem Moment erkannte sie Yngve! Wie war der denn hierhergekommen?

„Verdam...!"

Ihr Telefon vibrierte.

Sie nahm Miks Anruf entgegen. „Du Arsch! Was glaubst

du eigentlich, wer du bist, hm?"

„Wo bist du?"

„Auf dem Hügel gegenüber. Aber glaub nicht, dass ich jetzt winke!"

„Stella, komm mal ein bisschen runter. Wir wollen beide dasselbe!"

„Wollen wir ...? Wieso lässt du Reisen in unserem System verschwinden ...?"

Er schwieg einen Moment. „Vertrau mir – das .... Verdammt – da ist dieser Yngve."

„Ja ... ich sehe ihn. Er läuft auf die Lichtung zu", bestätigte Stella. „Wann ist der nur hierhergekommen? Der muss die ganze Nacht gefahren sein."

„So wie du und ich auch."

„Und Bjarne."

„Was? Im Ernst?"

„Er ist irgendwo hinter dir. Dort, wo der Hubschrauber gelandet ist."

„Okay ... Verfluchter Dreck!"

„Was?"

„Dort hinten kommt jetzt auch noch Knut."

„Wo?"

„Vom Haus aus ..."

Stella stopfte sich einen Kopfhörer ins Ohr und schloss ihn an ihr Telefon an. „Lass uns in der Leitung bleiben. Aber ab jetzt Funkstille. Ich kann den Kerl nicht sehen. Wieso siehst du den und ich nicht, wenn ... Ah – jetzt sehe ich ihn auch. Der rennt ja stramm!"

Stella versuchte, Knut durch das Fernglas zu fixieren – aber dazu war er beinahe zu schnell. Sie konnte ihn mit bloßen Augen erkennen. Er trug nicht eben die Kleidung, die sie hier im Wald erwartet hätte. Eine Jeans, ein Sakko und Lederschuhe, die im Wald hier so nützlich waren wie eine Gabel zum Suppe essen.

Aber er hielt sich ausgezeichnet auf den Beinen. Er lief zielstrebig, nicht hektisch. Er schien sehr genau zu wissen, wohin er wollte.

„Die beiden laufen vom Haus weg, um sich im Wald zu treffen? Wozu haben die das große Haus?"

„Hm ...“, murrte Stella. „Vielleicht haben sie drinnen unliebsame Zuhörer? Da standen ein paar Wagen, die ich nicht kannte.“

„Möglich ... Verdammt ...“

„Was?“

„Der Hubschrauber. Die haben gerade die Triebwerke wieder hochgefahren! Die fliegen jetzt schon wieder los.“

„Das wundert mich nicht ... Und jetzt PSSSST ...“

„Ja ...“

Stella pirschte vor, während weiter unten Knut vorbeilief. Er schaute nicht nach oben, sondern nur nach vorn. Der Weg, auf dem er lief, ging praktisch genau in der Mitte durch die beiden Hügel hindurch, auf dem die beiden Polizisten standen und ihn beobachteten.

Stella hörte, dass Mik ebenfalls seinen Kopfhörer anschloss. Nach dem Knacken folgte ein leises Rauschen – dann war alles wieder still.

Stella Nykvist ließ sich langsam den Weg hinuntergleiten. Ein dicker Ast knirschte unerwartet laut. Sofort hielt Knut an. Sie schluckte. Der Kerl starrte in ihre Richtung.

Ihr Herz pochte und sie rührte sich nicht. Dann wandte er den Kopf um und trabte weiter.

„Knapp“, hörte sie über den Knopf in ihrem Ohr. Sie antwortete nicht, musste jetzt ruhig sein und schob sich mit pochendem Herzen hinter den nächsten Baum.

Die Lichtung sah Stella jetzt nur in einem ungünstigen Winkel, aber sie war sich jedoch sicher, dass Yngve dort angekommen sein musste. Sie sah Knut Solbakken von schräg hinten. Das Sakko schlenkerte um seine Hüften herum und Stella sah misstrauisch auf das Kleidungsstück. Es schlenkerte nicht richtig. Irgendwie schief.

Vorsichtig schlich sie sich in den Schutz des nächsten Baumes.

„Wo bist du jetzt?“

„Ich schleiche mich zur Lichtung. Ich bin oben auf dem Kamm, kann aber jetzt auf die Lichtung schauen. Yngve ist dort. Er ... steht rum und schaut von der Lichtung über den

Wald hinweg, als wollte er ein Gedicht verfassen. Ich muss jetzt leise sein."

„Sicher ..."

Stella schob sich vor. Knut hatte ein paar Meter gut gemacht, da er frei auf dem breiten Weg lief. Also nahm sie ihren Mut zusammen und lief auch ein Stück durch den Wald. Blätter und Holzstücke knirschten unter ihren Füßen und erzeugten erstaunlich viel Lärm in dem ansonsten stillen Wald.

Erneut blieb Knut stehen und schaute sich misstrauisch um. Aber Stella hatte sich wieder hinter einen breiten Nadelbaum geschoben. Wer wusste, wo er hinschauen musste, würde sie sehen. Sie konnte Knut durch die Zweige hindurch sehen. Aber er schaute leicht an ihr vorbei.

Nach wenigen Atemzügen drehte er sich wieder um. Er rannte nicht mehr. Er lief mit großen Schritten auf die Lichtung zu, von der aus man einen hervorragenden Blick über das angrenzende Tal hatte. Eine Perspektive wie im Bilderbuch. Der Blick über eine gigantische Fläche gesunder, grüner Bäume, der am Horizont einen leicht verschneiten Hügel erahnen ließ, während an der anderen Seite zwei Fjorde hervorschimmerten.

Stella schob sich näher heran und fragte sich, wie das hier weitergehen sollte. Sie hatten die Chance, Yngve festzunehmen. Das war im Prinzip das Einzige, was sie hier tun konnten. Aber das wäre es ihr wert. Es würde Knut aus der Fassung bringen. Und sie war sich sicher, dass Yngve als der Sprengstoffbastler, der er immer schon gewesen war, eine Rolle in diesem geplanten Anschlag spielen würde.

Knut erreichte den großen Kerl mit der markanten Nase und der wandte sich zu ihm um. Sie sah, wie er lächelte. Aber das Lächeln verging ihm schnell. Die beiden wechselten ein paar Worte. Stella schob sich näher heran – aber der Wald bot ihr an keiner Stelle ausreichend Schutz, um die beiden hören zu können. Dafür stellte sie etwas Erschreckendes fest.

„Duck dich, Mik! Ich kann dich sehen!"

Er erstarrte schier und schob sich ein wenig nach hinten.

Er konnte ihr jetzt nicht antworten. Im Gegensatz zu ihr war er sicher in Hörweite. Jedes Knacken eines Zweiges konnte ihn jetzt verraten. Obwohl man in der Ferne die Motoren des Hubschraubers hörte. Aber die waren zu weit weg, um von allen Geräuschen hier abzulenken.

Stella spürte, dass sie die Hände zu Fäusten geballt hatte. Die Männer schienen ein intensives Gespräch zu führen. Stritten die sich?

Dann geschah etwas Unglaubliches. Ein lautes Klingeln ertönte. Und dann überschlugen sich die Ereignisse.

#079

Knut Solbakken stoppte. Er hatte Geräusche hinter sich gehört. Da war er sicher. Dann hörte er den Hubschrauber auf der anderen Seite des Waldes. Sie hatten die Motoren wieder angeworfen. Gleich würden sie losfliegen.

Das traf sich gut.

Er ging die letzten Meter, rannte jetzt nicht mehr. Schließlich konnte er Yngve sehen – wohin sollte der fliehen? Hinter der Lichtung ging es seines Wissens steil bergab.

Er machte zwei weitere Schritte, dann wandte Yngve sich um und lächelte, als hätte er gewusst, dass Knut hier auftauchen würde.

„Siehst du", erklärte er und drehte sich vollständig herum. „Ich wollte mich mit der Nummer 1 treffen und da kommst du auch schon."

„Du wolltest dich hier mit der Nummer 1 treffen? Ein ungewöhnlicher Platz. Hier kann man nur schwer mit dem Wagen ..."

„Knuuuut ... Im Ernst? Ist das das Niveau, auf dem wir

beide das Thema diskutieren wollen?"

„Hm? Wie meinst du das?"

Yngve lächelte und es war nur schwer zu ergründen, was das bedeuten sollte. Obwohl Knut es ja längst ahnte. Er begriff noch nicht recht, wie Yngve das angestellt hatte. Aber er war sich sicher, dass ...

„Knut, ernsthaft. Wollen wir beide uns hier hinstellen, in die Landschaft schauen und darauf warten, dass die Nummer 1 kommt? Oder wollen wir uns benehmen wie echte Männer? Wie solche, die in diesem Staat etwas verändern wollen? Ich will das jedenfalls. Und da passen solche Spielchen nicht rein."

„Spielchen?"

„Knut ..." Yngve schüttelte den Kopf – schwankend zwischen einem Lächeln und einem angewiderten Gesichtsausdruck. „Na, dann muss ich wohl der sein, der es ausspricht, oder?"

„Ja, na komm! Sag, wo dich der Schuh drückt!"

„Mensch, Knut ... ich habe es schon im Gefängnis gewusst. Wenn man deine Briefe liest und sich mal damit befasst, wann du wo bist und wann deine Leute glauben, dass du dich mit Nummer 1 triffst ..." Er grinste jetzt wie ein Schuljunge. „Ganz ehrlich: Ich weiß nicht, wie du es geschafft hast, dass es niemand merkt."

„Was merkt?"

Yngve seufzte, bevor er väterlich den Kopf schüttelte. „Du spielst die Nummer 1 – das ist doch vollkommen offensichtlich! Mann! Im Ernst – ich frage mich, ob die anderen das nicht wissen oder ob sie es einfach als eine Art Marotte von dir hinnehmen. Gab es denn mal eine Nummer 1? Oder hast du die ganze Nummer erfunden?"

„Natürlich gab es eine Nummer 1."

„Aber?"

„Du kennst ihn. Aber das spielt jetzt keine Rolle."

„Wieso nicht? Willst du ernsthaft so weitermachen? Knut – du rennst in dein Unglück. Wenn du mich fragst, ist das eine Frage von Tagen, bis sie herausbekommen, dass Martina die beiden Anschläge begangen hat."

„Hä? Welche Anschläge?"

„Knut ..."

Yngve schloss halb die Augen. Dann sah er zur Seite. Er hatte keine Lust auf diese Frage einzugehen. Aber Knut Solbakken trat einen Schritt vor. „Welche beiden Anschläge?"

Yngve Sætervik musterte ihn. „Na – auf Stina Burkhard und Elias Nordberg ...?"

Er hatte es wie eine Frage formuliert. Beide Männer sahen einander für einen Moment an. Sie hatten die Erkenntnis im selben Moment. Yngve begriff, dass Knut das nicht gewusst hatte. Er wusste von den Anschlägen. Sie hatten darüber gesprochen. Sie hatten nicht aussprechen müssen, dass die auf Knuts Befehl hin geschehen waren. Aber da gab es einen logischen Bruch in der Kette. Knut schien nicht zu wissen, dass Martina die beiden höchst blutigen Morde begangen hatte.

„Knut ... das macht mir im Moment ein wenig Angst. Hast du die Kontrolle über deine Organisation *derartig* verloren?"

„Blödsinn! Keinesfalls. Ich ... frage mich nur, woher du das wissen kannst. Martina und ich haben das für uns behalten. Hast du sie angerufen und ihr vorgegaukelt, dass du die Nummer 1 bist?"

Yngve lächelte gemein. Er hatte ihn mehr als nur durchschaut. Er hatte ihn ausgehebelt.

Plötzlich zuckten beide zusammen. Ein Telefon klingelte. Sie starrten beide zum Hügel über ihnen hinauf und in das erschrockene Gesicht eines Mannes, von dessen Ohr ein gut sichtbares Kopfhörerkabel abging. Dann hob der Hubschrauber weiter hinten mit lautem Getöse ab.

Knut begriff als Erster die Chance dieser Schrecksekunde. Er handelte und griff in die Jacke. Als Yngve sich umdrehte, hatte er die Waffe bereits entsichert. Der Kerl mit der markanten Nase erschrak. Dann feuerte Knut ihm zwei Kugeln direkt ins Herz. Yngve taumelte zurück. Nach dem zweiten Schritt verlor er den Halt und schwankte bedenklich. Dann fiel er am Rande der Lichtung weit in den Abgrund. Aber das sah Knut nur aus dem Augenwinkel. Er hatte sich umgedreht und zielte nach oben. Er schoss zweimal und konnte nicht genau sagen, ob er den Kerl getroffen hatte. Dann wandte er sich um und rannte los.

Er sah die roten Locken, bevor Stella Nykvist etwas rufen konnte. Er stoppte, stellte sich breitbeinig auf. Dann schoss er das Magazin leer. Er sah, wie die rothaarige Polizistin hinter einen Baum fiel und wartete eine Sekunde. Er war sich nicht sicher, ob er sie getroffen hatte. Vielleicht war sie geschickt genug gewesen und hatte sich fallen lassen?

Dann schlug ein Schuss neben ihm ein. Dicht neben ihm! Jemand hatte von hinten auf ihn geschossen. Das musste der Kerl mit dem Kopfhörer gewesen sein. Er wandte sich um und rannte in den dichten Wald. Ein weiterer Schuss fiel. Das war der Moment, in dem Knut begriff, dass ein Telefon nicht laut klingeln konnte, wenn man einen Kopfhörer angeschlossen hatte.

Hier war noch eine dritte Person. Aber wo?

Hektisch bog er in den Wald ab und fasste seinen Mut, sich den steilen Hang hinunterrutschen zu lassen.

#080

Bjarne hatte blitzschnell nach seinem Telefon gegriffen – aber da war es längst zu spät. Wie hatte das passieren können?

Er war auf diesen Einsatz nicht vorbereitet gewesen. Vom Hubschrauber kommend war er direkt in den Wald gestürzt. Sobald er gesehen hatte, dass Martina mehrere Sporttaschen in den Helikopter geladen hatte, hatte er sich umgedreht. Er hatte genug gesehen.

Dann war er in den Wald gestürzt, hatte sich orientiert und war in eine Richtung gelaufen, die ihm sinnvoll erschien. Er hatte Stella angerufen. Aber bei ihr war besetzt oder sie hatte hier keinen Empfang, was in einem solchen Wald kein größeres Wunder gewesen wäre.

Bjarne hatte losgelegt, war gelaufen, hatte sich zwischen den Bäumen einen Hügel raufgequält und war dann erstarrt. Er sah einen Kerl mit einer Waffe vor sich, der ihn nicht zu hören schien.

Er starrte ihn eine Sekunde bewegungslos an. Dann erkannte er das helle Kopfhörerkabel an seinem Ohr und begriff, warum der ihn nicht gehört hatte. Erst dann begriff er, wen er da vor sich hatte.

Verdammt – das war Mik Wallin! Und der wirkte angespannt. Bjarne musste sich ihm zu erkennen geben, damit er nicht in einem hektischen Moment erschrak und auf ihn feuerte.

Dann hörte er Stimmen. Zwei Männer sprachen. Sie waren laut geworden – obwohl er nicht verstehen konnte, was sie sagten.

Plötzlich zuckte Bjarne zusammen, als das Telefon in seiner Jacke klingelte. Er griff danach. Mik Wallin fuhr herum und richtete seine Waffe schussbereit auf ihn, während er das Telefon hervorzog. Ein Schuss fiel. Dann noch einer.

Bjarne erstarrte. Einen Moment lang war er sich sicher gewesen, dass Wallin auf ihn geschossen hatte. Der Hubschrauber setzte sich tosend in Bewegung und stieg irgendwo hinter Bjarne auf. Wallin hatte sich umgedreht, streckte den Arm durch und schaute hinter dem Hügel herab. Dann rief er etwas. Weitere Schüsse fielen. Bjarne hatte längst seine Pistole gezogen und lief an Wallin heran. Ob er ihm nun trauen konnte oder nicht – hier schien es um etwas anderes zu gehen.

Er sah einen blonden Kerl, der seine Waffe leer feuerte. Er erkannte Stella, die getroffen zu Boden fiel.

Was??

Bjarne streckte seinen Arm durch, zielte und schoss.

Der Mann rannte los. Bjarne brachte sich in Stellung. Als der Kerl plötzlich nach links abbog, begriff er, um wen es sich handelte. Er konzentrierte sich und schoss. Als

Knut Solbakken mutig den steilen Hügel hinuntersprang, erwischte Bjarnes Kugel ihn im Flug. Er wusste nicht, wo er ihn getroffen hatte, aber er konnte sehen, wie Blut auf den Weg spritzte. Dann rannte er los.

Er war keine 10 Schritte gelaufen, als er sah, wie Stella sich aufrichtete. Blitzschnell reckte sie den Daumen hoch. Es sah aus, als wäre ihr nichts passiert. Wallin rannte in dem Moment an Bjarne vorbei und folgte dem Weg, den Knut Solbakken genommen hatte. Dann hielt er schier ruckartig an, drehte sich um und stürzte auf die Lichtung zurück. Er warf sich auf den Boden und robbte dicht an die Kante heran, an der es steil bergab ging. So sehr, dass er fürchtete zu fallen, wenn er zu nahe herantrat.

Sekunden später robbte er wieder rückwärts. Er erhob sich und rannte Solbakken hinterher, während Stella sich aufgerichtet hatte und jetzt heranlief.

Bjarne atmete erleichtert aus, als er sie aus der Nähe sah und begriff, dass sie vollkommen unverletzt war. „Ich hab ihn getroffen."

„Wen?"

„Solbakken."

„Okay ... wo ist er jetzt? Und wo ist Yngve?"

„Yngve ...?"

„Wir müssen hier runter!!", rief Mik Wallin den beiden zu. Er hatte sich an der Stelle, wo Bjarne den Flüchtenden erwischt hatte, erneut auf den Boden geworfen und schaute fast ängstlich über die Kante.

Bjarne besann sich und griff entschlossen nach seinem Telefon. „Verdammt", murmelte er. „Das war Balto, der eben angerufen hat."

„Der kann warten", herrschte Stella ihn an, aber Bjarne Sandvik hatte längst gewählt und begann zu sprechen, während sie zu Mik liefen.

Dann stockte Bjarne und blieb stehen. Er schien erstaunt zu sein. So sehr, dass auch Stella stehenblieb.

„Nein!", hörte sie ihn sagen. „Bleib an ihr dran, lass sie nicht aus den Augen. Aber warte! Ich ahne, dass die da nicht alleine bleibt!"

Bjarne legte auf und konzentrierte sich einen

Augenblick. Wallin hatte sich erhoben und kam auf sie zugelaufen. „Worauf wartet ihr?"

„Lykke ist gerade gesehen worden", erklärte Bjarne. „Lykke Sætervik ist in soeben in Vikersund gesehen worden."

„Wo ist das?"

„Da hat die ganze Scheiße angefangen", erklärte Stella mit einem befremdlich leeren Blick. „Yngve und Lykke hatten dort ein Bootshaus. Am Fjord, in dem auch Utøya liegt. Vielleicht haben sie das Haus ja immer noch?"

Sie sah Bjarne an, der jetzt unkonzentriert wirkte. Von Vikersund aus waren es mit dem Boot keine zehn Minuten nach Utøya. Stella hatte dort vor Jahren den Mord an Yngves Schwester miterlebt, während sie Schutz gesucht hatte, um nicht selbst die Nächste zu sein. Yngve hatte sie einfach erschlagen. Hatte so lange auf sie eingedroschen, bis sie tot war. Ein Akt unvorstellbarer Gewalt.

Es schien, als führte die Spur zurück.

„Sag ihm, er soll sich mit der Terrorabwehr kurzschließen!"

Bjarne schüttelte den Kopf. „Bis die das alles erklärt haben, ist Martina längst dort."

„Du glaubst, dass sie auf dem Weg zu Lykke ist?"

„Sie haben damals dort Sprengstoff gelagert. Sie könnten es wieder tun! Wir machen es genau andersherum: Ruf du die Terrorabwehr an und sag ihnen, dass sie mit Balto Kontakt aufnehmen sollen! Die wollen kein zweites Utøya in Norwegen. Und er will es erst recht nicht. Die werden sich blendend verstehen."

Stella atmete durch. Dann deutete Mik hinter sich. „Lassen wir die Politik doch für den Moment Politik sein. Dieser Knut flieht!"

„Das ... stimmt." Bjarne schlug Wallin im Vorbeigehen auf die Schultern und stürmte los. „Na hopp!", rief er und zog seine Waffe.

Stella schüttelte den Kopf. Dann rief sie: „Ich komme nach!", und wählte die Nummer von Toralf Dalen.

#081

Die beiden Männer hatten den Abhang mit einigen kleineren Verletzungen überwunden. Es war erstaunlich steil bergab gegangen und Bjarne hatte sich die ganze Zeit gefragt, warum dieser Solbakken nicht hier herumlag. Er war mutig gesprungen und Bjarne konnte sich nur schwer vorstellen, dass er auf dem steilen Abhang keine groben Verletzungen erlitten hatte.

Sie hatten ein paar Blutspuren gefunden. Einige abgerissene Zweige, an denen sich jemand festgehalten hatte. Ähnlich verzweifelt wie sie jetzt. Bjarne entschied sich, Stella anzurufen.

„Stella? Spar die den Weg. Das ist irre gefähr..."

„Zu spät, Bär."

„Ach, Mist ... Oh – warte. Wir ... ich melde mich."

Mik Wallin deutete stumm nach vorn. Auch er hatte den Mann entdeckt, der sich an einem großen Stein ausruhte. Stumm zogen beide wieder ihre Pistolen.

„Ist er das?", erkundigte Wallin sich tonlos.

„Solbakken? Ich bin nicht sicher. Ich links, du rechts ..." Er musterte ihn kurz. Bjarne Sandvik war hier der Mann mit dem niedrigsten Rang – aber es fühlte sich nicht so an. „Und schön weit unten zielen, wenn du schießen musst, klar?"

Wallin holte Luft, dann nickte er stumm und lief in einer professionell geduckten Haltung los, die Waffe beidhändig auf den kleinen Felsen gerichtet. Bjarne beobachtete ihn eine Zeit, bevor er sich selbst in Bewegung setzte. Er wollte Feuerschutz von ihm, da sollte er keinesfalls vor ihm auftauchen.

Er nahm die Waffe ebenfalls beidhändig, um sie zu stabilisieren. Auch nach all den Jahren pochte sein Herz noch. Aber je näher er kam, desto mehr fragte er sich, ob das hier begründet war.

Der Kerl lehnte in einer seltsam unbequemen Haltung an dem Felsen. Viel zu aufrecht und ungemütlich. Und irgendwann hatte Bjarne ihn so im Blick, dass er nicht einmal sicher war, ob der Kerl atmete. Er rief den Namen des Mannes und erkannte nur eine ganz leichte Regung seiner Hand.

Hatte der eine Waffe?

Nein ... sein Bewegungsmuster war eingeschränkt. Er bewegte sich eher ruckartig, aber ohne Kraft. Und dann erblickte er das Gesicht, sah den Kopf, erkannte die unförmigen Verletzungen und rief laut „Abbruch!!“

Er behielt die Waffe zwar in der Hand, aber er wusste, dass er sie nicht mehr brauchen würde. Der Kerl lebte noch – aber er schien dem Tode im Moment näher zu sein. Die Atmung ging flach. Er hatte sich nicht selbst an diesen Stein gelehnt. Das hatte jemand anders für ihn getan.

Aus seinem Kopf pulsierte Blut. Bjarne war nah genug herangekommen und steckte die Waffe ein, bevor er in die Knie ging. Er hörte Wallins Schritte näherkommen und schrie, dass er den Rettungsdienst rufen sollte.

„Ist er ...?“

„RUF EINEN RETTUNGSHUBSCHRAUBER!“, schnauzte Bjarne zurück.

Er begutachtete den Kerl. Jemand hatte die obere Hälfte seines Schädels zermatscht. Die Nase war eingedrückt. Der gesamte mittlere Bereich des Gesichts schien geschwollen zu sein.

Er hörte, wie Mik jemanden am Telefon anschnauzte. Die Worte „Bergung“, „Notfall“ und „Hubschrauber“ fielen. Bjarne war sich nicht sicher, ob es sich hier noch um einen Notfall handelte oder es längst zu spät war.

Der Mann atmete, aber er war kaum noch zu erkennen. Er musste einen Schädelbruch haben. Sein linkes Auge saß nicht mehr richtig in der Höhle und Bjarne überwand sich, bevor er zu viel Zeit hatte, sich zu ekeln.

Er streckte die Hand aus und drückte das Auge in die Höhle zurück. Es glitt leicht hinein. So leicht, dass er verstand: Das Auge würde dort nicht bleiben. Der Schädel schien heftig gebrochen zu sein. Weit schlimmer, als er auf den ersten Blick erkennen konnte. Ebenso saß der Kiefer seltsam locker. Bjarne nahm seinen Mut zusammen.

Er riss sich die Jacke vom Körper, wickelte den Ärmel ungeschickt und zitternd um den Kopf des Mannes, der überall blutete. Jemand hatte immer und immer wieder auf seinen Schädel eingedroschen. Nicht nur, so lange bis Blut floss, sondern so lange, bis Knochen brachen, Haut aufplatzte, ein Auge ausgetreten war. Ein Mann, der das schon einmal getan hatte.

Für die Tat kamen nicht viele Menschen in Frage. Bjarne spürte eine unglaubliche Wut. Ein regelrechter Hass gegen Yngve baute sich in ihm auf, bis er schließlich einmal laut aufschrie. Es musste aus ihm heraus. Diese Art Menschen, die entschied, auf eine solche Weise ein Leben zu beenden, waren es, die ihn an seinem Job zweifeln ließen.

Dann legte er den halb leblosen Körper auf den Waldboden und brachte ihn in eine stabile Lage. Er schaute auf Knut Solbakken hinab. Er war sich nicht sicher, ob er echtes Mitleid empfand. Es war eher seine natürliche Reaktion gewesen, dem Mann zu helfen.

Bjarne fielen genügend Gründe ein, die dagegensprachen. Falls der Mann hier vor ihm mit Anders Behring Breivik den Anschlag auf Utøya geplant hatte, fielen ihm noch mehr Gründe ein.

Aber er vermutete, dass er das nicht mehr erfahren würde.

Wallin stand plötzlich neben aufgewühlt ihm.

„Stella geht nicht an ihr Telefon."

#082

Den Mann sehen und ihn zu erkennen, war eins. Stella hatte die Bewegung weiter unten an dem kleinen Fluss erkannt und hatte sofort gewusst, dass es sich um Yngve handelte.

Sein Oberkörper war nackt und er kniete im Fluss und wirkte regelrecht panisch dabei, sich die Hände zu waschen. Neben ihm lag ein weißes Hemd auf dem dreckigen Waldboden, eine zerfetzte Daunenweste und eine dünne schusssichere Weste. Der Kerl war also vorbereitet gewesen.

Stumm zog Stella ihre Waffe und entsicherte sie. Im Näherkommen begriff sie, dass Yngve weinte. Immer wieder schrubbte er abwechselnd Arme und Oberkörper und versuchte, das Blut zu entfernen. Ein hoffnungsloser Versuch. Erneut wollte er Wasser in seine Hände füllen, als er das Gleichgewicht verlor und nach vorn kippte.

Er schrie und zappelte herum, als wäre er in eine kochende Brühe gefallen, deren Temperatur ihm Schmerzen zufügte. Dabei handelte es sich um einen schnell laufenden Gebirgsbach, der eher kalt sein durfte.

Stella nutze die Gelegenheit und preschte vor. Als er sich wieder erhob, wusch er sich noch zwei Sekunden weiter, dann erkannte er sie aus dem Augenwinkel, fuhr herum und fiel erneut platschend ins Wasser.

Als er aus dem schmalen Fluss wieder nach oben kam, war nicht mehr zu sagen, ob es das klare Wasser war oder Tränen, die sein Gesicht so benässt hatten. Immer noch führten seine Hände Waschbewegungen aus, die ferngesteuert wirkten und kein Ziel hatten, nicht einmal seinen Körper erreichten.

„Hör auf!“, schnauzte sie schließlich. „HÖR AUF!!“

Yngve zuckte zusammen. Seine Hände blieben in der

Luft stehen, dann sanken seine Arme langsam herab und hingen schlaff am Körper. Er weinte und schluchzte dabei immer wieder ruckartig. Seine Hose, mit der er im Fluss kniete, war vollkommen durchnässt. Blutschwaden lösten sich von ihr und wurden von dem klaren Wasser mit nach unten gerissen.

Stella schaute sich kurz um. Sie hatte scheinbar einen anderen Weg genommen als Bjarne und Mik. Wo waren die nur?

Hatte ihr Telefon eben vibriert? Sie war sich nicht ganz sicher. Viel zu fixiert und angespannt starrte sie den Kerl an, der sonst so stolz gewirkt hatte. Der sie in der letzten Nacht noch mit seiner großkotzigen Art bedroht hatte, als sie ohne Unterwäsche in der Kälte gestanden hatte.

Und jetzt richtete sie eine Glock der schwedischen Polizei auf ihn. Die Machtverhältnisse hatten sich geändert.

„Wo sind die anderen?", schrie sie und kam einen Schritt näher. Sie bemerkte, dass das Blut auf seinem Bein pulsierte, wenn auch nur leicht. Er hatte eine Schusswunde an der Wade.

„Die and...", murmelte er abwesend. „Ich habe ihn getötet."

„Wen?"

„Na – Knut Solbakken!", spuckte er regelrecht aus. Stella trat einen weiteren Schritt näher.

Yngve erhob sich.

„Bleib am Boden!!", schrie sie und streckte die Arme mit der Waffe durch.

„Diesmal wollte ich alles richtig machen ... ehrlich."

„Runter auf die Knie!!", schnauzte sie, als er einen Schritt näher taumelte. Er hob die Arme.

Völlig unerwartet schrie er, legte die Hände an den Kopf und wirkte verzweifelt.

„Ich wollte alles richtig machen!! Stella – ich wollte alles richtig machen. Ich wollte nicht ..."

„Das ist mir scheißegal! RUNTER!!"

Stella spürte, dass sie zu laut geschrien hatte und ihr Hals schmerzte. Wo waren die beiden Kollegen?

Sie war nur eine winzige Sekunde mit ihren Gedanken

woanders. Yngve kam einen Schritt vor, er riss die Arme hoch, als wollte er auf sie losgehen. Sie schrie nochmals. Dann schoss sie.

Der Schuss donnerte laut, warf sie ein wenig zurück und sie machte sofort noch einen Schritt nach hinten. Sie hatte neben ihn auf den Boden gezielt. Ein berstender Stein bestätigte, dass das geklappt hatte. Yngve stand vor ihr wie eingefroren.

Seine Bewegungen verharrten wie in einem Foto. Dann ging er langsam auf die Knie und legte die Hände hinter den Kopf.

Wie ein Mantra murmelte er leise immer wieder: „... alles richtig machen .... alles richtig machen ... diesmal alles richtig machen ...“

In dem Moment hörte Stella die schweren Schritte von Bjarne Sandvik hinter sich und spürte, dass sie sich jetzt entspannen konnte.

#083

Marianne Sandvik war 16 Jahre alt gewesen, als sie starb. Sie war eine von 69 an diesem Tag gewesen, deren Leben Anders Breivik beendet hatte. Als Bjarne Sandvik den Namen las, dauerte es keine Sekunde und die Tränen schossen ihm förmlich aus den Augen. In einer ungesteuerten Bewegung glitt seine Hand zum gebogenen Metall des Denkmals und strich fast zärtlich über den Namen des 16-jährigen Mädchens.

Das hatte er nicht gewusst. Er trat einen halben Schritt zurück. Snorre Haller war 30 geworden. Auch sein Name war in das matt glänzende Metall gefräst worden. Unter ihm der von Marianne und darunter der von Johannes, dem nur 14 Jahre auf dieser Erde vergönnt gewesen waren. Synne Røyneland war 18 geworden. An sie erinnerte er sich.

Als sein Telefon klingelte, musste Bjarne sich die Tränen mit dem Handrücken aus den Augen wischen. Sein Atem ging immer noch ein wenig stoßweise und er hatte kaum eine Stimme. Er konnte sich nicht erinnern, wann er zuletzt so von Tränen übermannt worden war. Er hatte sich nicht getraut, hierher nach Utøya zu kommen in all den Jahren – und er hatte gewusst, warum.

Er hatte sich erst zu dem Besuch hier durchgerungen, nachdem klar war, dass Knut überleben würde. Aber ebenso klar war: Er würde in seinem Leben zu keinem artikulierten Wort mehr fähig sein. Sie würden nie erfahren, ob er der Wingman gewesen war oder nicht. Und erst in dem Moment hatte Bjarne begriffen, dass es ihm nach all den Jahren egal war.

„Bjarne?", hörte er am anderen Ende.

„Ja?"

„Maren hier ... Du klingst irgendwie ... Stör ich?"

„Nein ... schon gut ... hatte mich nur verschluckt, alles gut ... ich – warum rufst du an einem Sonntag an? Haben wir einen neuen Einsatz?"

„Nein ... also – nicht, dass ich wüsste. Ich bin immer noch in Borglund."

Bjarne schluckte. So langsam hatte Maren Christensen die Gründe aufgebraucht, die ihre lange Abwesenheit erklären konnten. Bjarne ahnte, dass da etwas anderes kam. Und er ahnte das schon seit ein paar Wochen.

„Und du willst dort noch länger bleiben?", sprach er seine Vermutung aus.

„Ganz lange", bestätigte sie.

Er atmete aus. „Verstehe. Und du hast dir gedacht, dass es vielleicht besser ist, wenn ich das unserer Chefin sage?"

Maren schwieg. Länger als Bjarne das je erlebt hatte. Er hatte lange schon geahnt, dass sie damals aus den falschen Gründen zur SkanForce gekommen war. Er würde das nicht ergründen und keine Fragen stellen. Jeder musste das mit sich selbst ausmachen.

Maren war jetzt um die 40. Aus seiner Sicht stand sie mit vier Beinen auf dem Boden, wie man in Finnland sagte. Wenn sie eine solche Entscheidung traf, dann hatte sie die Gründe sehr genau geprüft und eine Entscheidung getroffen, die auch als solche gemeint war.

Davor hatte er mehr Respekt als vor jemandem, der weitermachte, ohne mit dem Herzen dabei zu sein. Die Entscheidung würde er deshalb auch nicht diskutieren. Maren war nicht die erste Beamtin, die die SkanForce verließ, um wieder sesshaft zu werden.

Starnja kam den kleinen Hügel hinauf und winkte ihm, als sie ihn sah. Sie beschleunigte ihre Schritte und er erkannte, dass sie ein Telefon in der Hand trug, als sei es eine Waffe. Ungewöhnlich für sie.

„Maren ... ich weiß nicht, was ich dazu sagen soll, außer dir viel Glück zu wünschen und dir jetzt schon anzukündigen, dass Starnja und ich dich besuchen werden."

„Ich habe unglaublich viel Platz für Besuch in meinem Haus."

„Das klingt gut. Ich ... ich werde Stella das sagen. Mir tut das wahnsinnig leid. Ich habe wirklich gerne mit dir gearbeitet. Fachlich wie menschlich."

„Ich auch, Bjarne. Und mit Stella ebenso. Aber ... ich sehe hier eine ganz andere Chance für mich. Und ich kann hier eine große Station übernehmen. Hier gibt es neue Strukturen, die ..." Sie begann zu lachen. „Das erzähle ich euch alles, wenn ihr mich besuchen kommt."

„Ausgezeichnet."

Als Starnja ihn erreichte, hatte Bjarne das Gespräch beendet. Er blickte ihr in die Augen und konnte sehen, dass auch sie geweint hatte, als sie durch die Ausstellung gelaufen war. Man musste nicht dabei gewesen sein, um das geballte Unrecht dieses Tages zu fühlen.

Sie zog ihn ohne Worte hinter sich her, zog ihn den Hügel hinunter und in die kleine Ausstellung hinein. Mit einem einfühlsamen Lächeln deutete sie auf ein Bild. Auch sie hatte begriffen, dass Bjarne seine zehn Minuten alleine gebraucht hatte, und sie sah seine geröteten Augenränder.

Bjarne trat näher, kniff die Augen zusammen. Dann begriff er und begann zu lachen. Nach ein paar Atemzügen erschien ihm das unpassend, aber dann hörte er Stellas Stimme. „Dein dreckiges Lachen hört man mal wieder bis draußen. Du musst dir wirklich überle...“ Sie stockte und fixierte das Bild ebenfalls.

Es zeigte einen Haufen Menschen und links am Rand erkannte man Stella und Bjarne im Juli 2011. Erschrocken und verstört schauten beide in die Kamera und wurden von einem Mann fotografiert, der zur Presse zu gehören schien.

„Daran erinnere ich mich!“

Bjarne sah ihr zu, wie sie sich in einer fast kindlichen Weise freute. Starnja beobachtet ihn von der Seite.

„Ich erinnere mich an nichts an diesem Abend. Dass wir uns dort getroffen haben, weiß ich nur, weil du es mir erzählt hast.“

„Im Ernst?“

„Nach dem Einsatz ... ist alles weg. Für sicherlich zwei Monate“, setzte er hinterher. Auch das hatte er noch nie ausgesprochen, obwohl er es schon lange mit sich herumschleppte. Zu lange.

Starnja griff seine Hand. Ohne jede Dramatik, ohne falsches Mitleid. Sie nahm einfach seine Hand und signalisierte ihre Anwesenheit.

Er ergriff sie, verschränkte seine kräftigen Finger in ihren langen schmalen und zog die beiden Frauen mit sich nach draußen.

Stella schaute auf die Uhr und erklärte: „Balto braucht noch 20 Minuten, denke ich.“ Sie setzte sich auf einen breiten Holzbalken und ließ den Blick in den Fjord gleiten.

Es war ein hübscher kleiner Witz der Geschichte, dass sie Martina und Lykke ausgerechnet dort vor ein paar Tagen festgenommen hatten. Den Anschlag auf das berühmte Hotel in Oslo hatten sie verhindert. Aber das war nur Balto zu verdanken. Es wäre alles bereit gewesen: Der Sprengstoff und ein perfider Plan, bei dem Eiswürfel und die Klimaanlage des Hotels eine grausame Rolle gespielt hätten.

Konjunktiv.

Es war nicht passiert.

Sie hatten es verhindert und die Welt sollte von dieser Bedrohung so wenig wie möglich erfahren.

„Ich habe eben mit Maren telefoniert", erklärte Bjarne.

Stella sah weiter starr in den Fjord hinein.

„Wir müssen über sie sprechen."

Ohne ihn anzusehen, griff sie seine freie Hand. „Nicht hier, Bär. Nicht hier und nicht jetzt."

Sie seufzte. „Dort hinten kommt Mik. Lass uns über schönere Dinge reden."

...mehr von Liva Dalin

Die SkanForce-Reihe
Tulpenblut (2020) – Tulpenblut
Totenschmerz (2020) – Totenschmerz
Sterbensgrün (2021) – Sterbensgrün
Nackfrost (2022) – Nackfrost
Zornblut (2024) – Zornblut

Young Stella
Tödliche Sommer (2021) – Tödliche Sommer
Kargland (2022) – Kargland
Fjordhatz (2023) - Fjordhatz

LIVA DALIN und MAGNUS LUNDGREN
Das Blutige Jahr (2021) – Das Blutige Jahr
Das Wildere Blut (2022) - Das Wildere Blut
Die Tränen der Toten (2022) – Die Tränen der Toten
Das Blut der Krähen (2023) – Das Blut der Krähen
Schnitt ins Herz (2024) – Schnitt ins Herz

Printed in Poland
by Amazon Fulfillment
Poland Sp. z o.o., Wrocław

33099983R00251